鏡花水月

游士孔子

吳禮權 著

臺灣商務印書館

目次

推薦序一

實的更實，虛的更虛

吳禮權教授為大陸年輕一輩學者中的俊秀之士，三十多歲就以優異的學術成就破格拔擢為復旦大學百年史上最年輕的文科教授。吳教授不僅以修辭學與中國古典小說研究的突出成就享譽國內外學術界，而且在文學創作方面也嶄露鋒芒，所著《遠水孤雲：說客蘇秦》、《冷月飄風：策士張儀》兩部長篇歷史小說，二〇一一年及二〇一二年分別以正、簡二體在海峽兩岸同步發行，引起廣大的迴響。

吳教授的歷史小說在創作理念與寫作風格上，與臺灣著名的歷史小說家高陽先生近似。吳教授的古文根柢極好，史學基礎扎實，對歷史地理頗多涉獵，因此，創作的歷史小說極有可觀。他在史料處理上，能以史學家的眼光予以觀照；在生活細節與風物描寫等方面，又能充分發揮文學家的想像力；至於書寫的語言，則善用他作為修辭學家鋪采摛文、妙筆生花的特長。如果要對吳教授的歷史小說特點予以概括，那就是八個字：「實的更實，虛的更虛」，與古典歷史小說巨著《三國演義》最為神似。

吳教授這部《鏡花水月：遊士孔子》，同樣體現了上述的特點，既有厚重的歷史感，又富有文學趣味，讓人一覽之下，欲罷不能。吳教授生動鮮活地再現了一個真實的孔子：那是一位有遠見的政治家，也是一個不切實際的幻想家；是一位因材施教的好老師，也是一個不太稱職的丈夫與父親；是一位很有影響力的教育家，卻始終是一個落魄潦倒的書生。在吳教授的引領下，我們深刻的認識到孔子的人格、見解、修養、懷抱、理想，甚至缺憾。他平凡處，讓我們備覺親切；他智慧處，給我們無限啟示。

寫歷史小說能臻至這種境界，寫孔子能寫出這種味道，應該說是這部歷史小說最成功的地方。

——何寄澎　臺灣大學中文系教授

推薦序二　活生生的性情中人

復旦大學吳禮權教授的長篇歷史小說《鏡花水月：游士孔子》，實際上是一部用小說筆法寫成的孔子傳。它是一部很好讀而又很耐讀的書。好讀，是因為它人物形象鮮活，語言流暢，讀起來很有吸引力；耐讀，是因為它內容豐富，知識性強，思想內涵深厚，且能深入淺出。

吳教授的這部小說以史料為依據，思接千古，視通百代，以編年紀事的基本架構和靈活巧妙的穿插倒敘，以無數精彩的對話和戲劇化場面，帶領我們重回兩千多年前的歷史現場，讓我們仿佛置身於春秋時代特定的歷史情境之中，陪同孔子度過他不平凡的一生，從他十五志於學，三十而立，四十不惑，到五十知天命，六十耳順，直至他七十而從心所欲不逾矩和最後逝世。小說最可貴之處在於洗盡了歷代統治者為把孔子裝扮成聖人而塗抹在他身上的種種油彩，也蕩滌了那些攻擊謾罵孔子的不實之詞，從而還給我們一個真實的、充滿人情味而又極具人氣的孔子。

在吳禮權教授筆下，孔子是一個有遠大抱負的政治家，也是一個傑出的外交家，更是一個偉大的教育家，但這些遠不是孔子形象的全部。吳教授所塑造的孔子既有著常人所不可及的地方，也有著與常人一樣的喜怒哀樂和人性共同的弱點。正如作者在小說《卷首語》中所說，真實的孔子，其實就是我們日常生活中即之可溫的鄰家老伯。得意時，他會喜形於色，甚至手舞足蹈；失意時，他會垂頭喪氣，甚至大發牢騷；悲傷時，他會痛哭流涕，甚至呼天搶地；生氣時，他也會破口大罵，顯得毫無涵養。

他有著崇高的理想，有著多方面的傑出才能，但他並不是登高一呼應者雲集的英雄，相反地，經常處境尷尬，甚至狼狽到被人笑為悽惶無依的喪家狗。他一貫重視倫理親情，可是作為丈夫和父親卻實在不稱職。為了實現政治理想，他成年累月周遊列國，東奔西跑，哪裡還顧得上關愛妻子，教育兒孫！其實他心裡不是沒有他們，當他聽到老妻在家寂寞死去，兒子也先他而亡，他和那些普通老頭兒一樣，痛不欲生，傷心得幾次昏死過去。還有，他最講究師道尊嚴，可是對學生卻極為開明平等，沒有幾個學生真的怕他；他固然志存高遠，高倡克己復禮，一心為天下大同的宏偉理想獻身，可是他也很會生活，對飲食相當考究，宣佈割不正不食，肉不新鮮不吃，沒有好醬不吃！真實的孔子就是這樣一個多面體的、活生生的、充滿了矛盾的性情中人。

總之，讀《鏡花水月：遊士孔子》，會讓你懂得，孔子原來並不是以往歷史教科書中可望而不可即的所謂聖人，更不是不食人間煙火的神人，而是一個有著豐富感情、經歷過無數挫折，一生很不得意的遊士。他一輩子都在為理想奮鬥，在現實中搏擊和求索，是一個生活在理想與現實的矛盾之中、無比痛苦卻又無法解脫的書生。

吳禮權教授寫過不止一部歷史小說和小說史著作，既有創作理論，實踐經驗也很豐富。在這部小說中，他刻意將書卷語與口頭語、文言詞與白話詞恰到好處地揉和融會，使敘事語言顯得優雅，人物對話顯得活潑，以讓讀者能夠真正體會到「文學是語言的藝術」之真諦。還採用「對話敘事」手法，使人物聲口畢現，描述靈動如畫。

他力克歷史小說往往冗長沉悶的弊病，有意要讓讀這本書的人像是在聽一位老人親切地「講古」，或者像是在看一群朋友煮酒烹茶閒話古今。他希望讀者不必正襟危坐，不必以聆聽教誨的態度來讀這部小說，而是放鬆心情，就像讀一首詩、一闋詞、一則小令那樣放鬆，那樣隨意，以便收穫一種愉快的閱讀體驗。

我很欣賞吳禮權教授的創作理念。我要補充的是，由於作者是位語言學家，精熟儒家經典和歷史故籍，並且旁涉野史雜傳筆記小說，所以他的這部書在史學考訂和文學描寫上都達到很高水準。讀者不但能夠從輕鬆閱讀中獲得藝術享受，而且可以得到不少知識，特別是歷史和文化知識。如果你的閱歷夠深，又善於思考，那麼書中對人性多方面的深刻揭示，對政治智慧、外交辭令、教育方法等等的描寫，都將給你一些啟示，使你深感開券有益之樂。

倘若猶不滿足，或因讀小說而對據以敷演的史料產生興趣，那麼，根據吳教授在書後提供的參考書目錄，作擴大深入的閱讀和探究，當更受益匪淺。

——董乃斌 上海大學終身教授，原中國社會科學院文學研究所副所長

推薦序三 生動再現歷史的孔子

孔子可謂是中國最出名的一個人，不僅中國男女老幼時常念叨著他，就是外國人嘴裡也時常冒出個「孔夫子」。正因為孔子太有名，想寫這樣一個有名的人物，特別是以長篇歷史小說的形式呈現他的形象，對很多人都是一種誘惑，卻又是一種很大的挑戰。

就對史實的瞭解來說，研究歷史的學者最有資格寫孔子，但他們有一個難以迴避的困難，就是不能用文學形象直觀生動地呈現出孔子的音容笑貌；就形象塑造的技巧來說，專業作家最有資格寫孔子，但他們對歷史缺乏研究，即使有研究，也功力不夠，心有餘而力不足，所以不能寫出歷史的孔子；至於文學理論家與語言學家，雖然在創作理論與語言理論方面有優勢，但未必有實踐能力，

就像美食家懂得美味，但未必能親自下廚，所以他們也不可能寫出理想的孔子形象。

《鏡花水月：游士孔子》的作者，乃復旦大學中文系教授，是著名的修辭學家，也是中國古典文學專家，而且有過歷史小說創作的成功經驗，著有長篇歷史小說《遠水孤雲：說客蘇秦》、《冷月飄風：策士張儀》，由臺灣商務印書館與大陸雲南人民出版社同步以繁簡兩種版本在海峽兩岸同步發行，在讀書界與文學界早有影響。這部長篇歷史小說，則是吳禮權教授的第三部長篇歷史小說。

讀這部長篇歷史小說，如果要問它給我們最深刻的印象是什麼，約略說來，主要有三點：一是它讓孔子走下了神壇，走進了我們普通大眾之中；二是它還原了歷史，呈現出一個真實的、鮮活的孔子形象，讓人有一種即之可溫的親切感；三是它讓《史記・孔子世家》中的孔子摘下了聖人的冠冕，讓《孔子家語》中的孔子扯去了歷史的面紗，讓《論語》中與弟子坐而論道而又形象模糊的孔子清晰地浮現在我們眼前。

作者以小說家的豐富想像力與修辭學家的語言功力，通過一個個生動的故事情節與匠心獨運的細節描寫，讓孔子生活的歷史情境一一再現，讓孔子這個歷史人物踏著歷史節拍，穿越時空，走過兩千多年的歷史征程，款款地向著我們走來，一直走到我們的心靈深處，讓我們如沐春風，深刻難忘。

——王向遠　北京師範大學教授，中國東方文學研究會會長

卷首語

孔子是聖人，這是中國人婦孺皆知的。不過，這只是孔子身後人們對他的崇敬而已。至於至聖、至聖先師、大成至聖先師、文聖、太師、文宣王、衍聖公、文宣帝、大成至聖文宣王、大成至聖文宣先師等等頭銜與官爵，那都是虛的，是歷朝封建統治者為了維護自己的統治，借助孔子的思想以鉗制人們思想的政治權術，是為了榨取孔子的剩餘價值而已。

其實，拂去這些讓人眼花撩亂的外加光環，還原歷史，孔子並非是讓人不可接近的聖人，而只是一個讓人即之也溫的鄰家老伯而已：

得意之時，他會喜形於色，手舞足蹈，像個得意忘形的小人；

失意之時，他會垂頭喪氣，自暴自棄，說要「乘桴浮於海」；

悲傷之時，他會悲天搶地，哭得唏哩嘩啦，冉耕與顏回死時，他就是這樣；

生氣之時，他會直言痛斥，不加修飾。宰予聽課不專心，他便罵他「朽木不可雕也，糞土之牆不可杇也」。

他講親情倫理，卻是一個不大稱職的丈夫，為了自己那不著邊際的理想，整天整年周遊列國，東奔西走，從不關心自己的妻子——那個從宋國遠嫁而來，叫亓官氏的弱女子，甚至夫妻訣別時也不能見上一面。

他講父慈子孝，對自己的親生兒孫卻並未盡到關愛與教育的責任，兒子孔鯉年幼，他便遠離魯國而去了國外。孔鯉早早先他而死（享年五十歲），孫子孔伋尚在繈褓，他亦未曾返鄉。

他講師道尊嚴，學生卻不畏懼他，子路經常跟他頂嘴，宰予對他不以為然。

他講「克己復禮」，恢復周公禮法、「天下大同」的宏偉理想，卻也不忘美食，而且飲食還挺講究，割不正不食，肉不新鮮不吃，沒有好醬不吃……

當然，孔子也有過於常人之處，與我們的鄰家老伯不同：

他博古通今，好學不倦，堪稱萬世師表。為了瞭解古禮，他專程遠赴周都向老子、萇弘請教；為了提高琴藝，專門登門拜魯國樂師師襄為師；為了瞭解上古官制，雪夜請教到訪魯國的郯子；為了瞭解古代葬禮，帶領弟子奔波千百里，去觀吳公子季劄葬子。

他勤奮敬業，務實進取，堪稱實幹家。他做乘田吏與委吏時，使魯國馬肥牛壯，人口增加；他做中都宰時，一年期滿，便讓滿目瘡痍、盜賊遍地的中都面貌煥然一新，民風大變，「四方諸侯則之」。

他嫻於辭令，老成持重，堪稱傑出的外交家。齊魯「夾谷會盟」，他為魯國相禮，與強鄰齊國外交博弈，有理有節，迫使齊景公對他言聽計從，完美地達成了魯國的外交目標。

他心狠手辣，果斷堅決，具備政治家「厚黑」的資質。他擔任魯國大司寇後的第一件事，便是誅殺堅持改革、反對復古的政治對手少正卯，毫不手軟，即使受到弟子們的質疑，也決無後悔之意。

他誨人不倦，有教無類，是中國古代最傑出的教育家。他的弟子不僅遍及魯國各地，而且齊、衛、宋等諸侯各國都有。三千弟子，七十二賢，是他普及教育，開啟民智，培養人才的碩果，也是他對中國文化傳承的卓越貢獻。

他堅持理想，執著堅定，身處動盪變革之亂世，明知不可為而為之。周遊列國，四處碰壁，急急如漏網之魚，惶惶如喪家之犬，幾次身處絕境，仍從容淡定，坦然自然，為理想而獻身的勇氣讓人敬佩。

……

孔子是兩千多年前的人物，是一個遠去的歷史影像。從《論語》中，後人看不出完整的孔子形像；由《史記．孔子世家》，我們也不能看清孔子的音容笑貌；看《孔子家語》，人們也不能還原出一個清晰的孔子形象。正因為如此，對於孔子的認識，歷來的人們都是見仁見智的，孔子在不同人的心中，形象都是不同的。

但是，不論怎麼不同，有一點應該是相同的：孔子是人不是神，他有與普通人一樣的喜怒哀樂，他身上可能有平凡人所沒有的特質，但絕對具備平凡人所共具的人性弱點。他有我們現代人所缺少的某種氣質，但絕對是生活於我們之中的肉身凡胎，不是可望不可及的聖人，更不是不食人間煙火的神仙。

孔子是個理想主義者，但因為身處中國歷史上巨大的社會變動時期，他抱守的理想不切實際，這就註定了他的理想只是鏡中之月，水中之花，可遠觀而不可近褻，可嚮往而不可實現。

孔子看似個失敗主義者，其實是中國歷史上的最大成功者，因為任何時代的任何帝王將相、任何風雲人物都不及他在中國歷史上的影響力。

孔子的理想永遠只是理想，永遠沒有實現的可能，但它卻像一盞萬古不滅的明燈，給人以希望，給人以力量，讓人們覺得這個世界還有希望，還有為之努力奮鬥的動力。

吳禮權　二〇一三年二月十四日夜於上海

第一章　少年心事當拏雲

一、葬母

「提起衣襟，左手向上，然後，放下衣襟，右手上抬。再做一遍。」

周景王十年，魯昭公七年（西元前五三五年）。七月初五，驕陽似火。日中時分，魯國太廟左面廣場的一棵大槐樹下，一個峨冠博帶[一]、身材魁梧的年輕人，正在指導著三個約有八、九歲左右的童子在行揖讓進退之禮。雖然汗水早就濕透了他的長袍大裳，但他依然一絲不苟，一臉嚴肅，一個動作一個動作地給孩童們作示範，並不時對他們不規範的動作予以糾正。

「仲尼，你怎麼還有心思在這教孩子習禮呢？家裡出事了。」

孔丘正看著三個孩子有板有眼地舉手投足而感到欣慰時，突然冷不丁地聽到有人在背後說了這麼一句。猛然轉過身來，發現竟是哥哥孟皮正拖著先天殘疾的瘸腿一顛一顛，急急地走來，一邊走一邊抬袖揮汗，好像非常緊急的樣子。

「伯尼，你說什麼呢？」

一　編按：高帽子和闊衣帶，古時士大夫的裝束。

「仲尼，你娘走了！」

「我娘走了？到哪去了？我早上出來時，她還在家裡，沒說要到哪裡去呀？她要到我外公家，也會事先跟我說呀。」孔丘困惑地說道。

「我說的不是這個意思，我是說你娘死了！」孟皮吼道，他已顧不得語氣輕重了。

「什麼？我娘死了？怎麼可能呢？」孔丘突然睜大眼睛，吃驚地望著孟皮。

「死了約一個時辰了。」孟皮哭著說道。

「啊？」孔丘一聲驚叫，隨即一頭栽倒在地。

孟皮與三個孩子見此，立即上前扶起孔丘。孟皮舒開孔丘繫得緊緊的袍衫，在孔丘胸口一陣亂摸，三個孩子也一起幫助拍背搖臂。好大一會，孔丘終於醒轉過來。

醒轉過來的孔丘，看看孟皮，看看三個吃驚的孩子，突然從地上爬起來，舒開的袍帶顧不得繫上，就像發了瘋似地向家裡狂奔而去。

跌跌撞撞地跑回家裡，看見母親直挺挺地倒在灶台前，孔丘一下子撲在娘的身上，放聲大哭。哭了好長一段時間，孟皮也一瘸一瘸地趕到了。左鄰右舍聽到孔丘聲如洪鐘、撕心裂肺的哭聲，紛紛趕了過來。大家七手八腳，好不容易才將孔丘從他娘身上拉起來，扶到一邊坐下。

「孩子，你娘這輩子不容易，沒過一天好日子，活得累啊！現在死了，也未嘗不是一種解脫。既然已經走了，哭也沒有什麼用，還是想想辦法，怎麼把你娘好好地給葬了。」一個白髮蒼蒼的老婆婆不無悲傷地說道。

「婆婆說得對，這大熱天，不能等，得趕緊收殮，入土為安吶！」一個老伯一邊拍打著泣不成聲的孔丘，一邊冷靜地說道。

「可是，家裡拿什麼來收殮呢？」孟皮沉寂了一會，不禁憂慮地說道。

聽了孟皮的話，大家不約而同地望瞭望家徒四壁的孔家，不禁搖頭歎氣。

過了好一會，還是老伯理智清醒，說道：「孔丘，大家都是左鄰右舍，看著你長大，知道你是孝順的孩子。但是，你家就是這種情況，也沒有別的辦法了。我看就這樣吧，你先去房裡找一些你娘平時換洗的衣服，讓阿婆們給你娘淨淨身子，再換身衣服。然後，你再去找一張好點的席子來。」

孔丘點點頭，揮袖擦了擦眼淚，到娘房裡翻箱倒櫃去了。孟皮也跟了進去，一起幫助尋找。

與此同時，老伯又吩咐眾鄰居幫助卸下門板，找來兩條凳子，將門板架在上面。

過了好大一會，孔丘與孟皮才找了一套還算完整的舊衣服，交給年長的阿婆，然後又去找席子了。年長阿婆接衣在手，前後翻了翻，看了看，搖搖頭。然後，順手在灶臺上拿了一塊破布，在水缸裡舀了一瓢水，倒在一隻瓦罐裡，搓了搓，支開男人們，就地給顏徵在清洗身子。然後，在眾女鄰的幫助下，給她換了衣服，並順手給她攏了攏散在臉上的亂髮。

就在這時，在老伯的指導下，孔丘與孟皮將找來的一張席子平鋪在剛才眾鄰架好的門板上。

「眾鄉鄰，請幫忙，將孔丘他娘抬到席子上，幫助裹好。」

隨著老伯的一聲令下，幾個青壯的男鄰居迅急將顏徵在抬到門板的席子上放好。然後，又在老伯的指導下裹好。這樣，就算是陳棺停柩了。

孔丘一見娘被席子裹起，知道這就等於蓋棺入殮了，不能揭開再看娘一眼了。於是，不禁悲從中來，放聲慟哭起來。

老伯摸摸孔丘的頭，又拍了拍他的後背，輕聲地說道：「孩子，哭吧。但是，哭完之後，要準備儘快讓你娘入土為安，不能拖，天氣這麼熱。」

說完，老伯出去了，其他眾鄰居也跟著出去了。

一時間，屋裡只剩下了痛哭失聲的孔丘與陪在一旁飲泣的孟皮。

又哭了好大一會，天漸漸黑了，孔丘的眼睛也哭得模糊了。黑暗中，孟皮摸索著點亮了灶臺上那盞奄奄一息的油燈。微弱昏黃的燈光下，兄弟二人相對無語。

看看草席中被裹著的娘，孔丘不禁又哭了起來，但早已經哭不出聲音來了。就這樣，哭哭停停，不知不覺間，就到夜半三更時分。孟皮靠牆坐在地上睡著了，孔丘伏在娘停屍的門板上也睡著了，進入了夢鄉。

「三娘，仲尼跟人打起來了！」那是七年前的一個中午，顏徵在正在家中生火燒飯，突然孟皮拖著一條瘸腿急急忙忙地進來報告道。

「丘兒為什麼跟人打起來了？他不曾與人爭吵過一句，怎麼會跟人打起架來了呢？皮兒，你是否看錯了人？」

「三娘，俺沒看錯，您出去看看，不就知道了嗎？在屋後大榆樹下，仲尼正一個打仨呢。」

顏徵在一聽，知道這是真的了。灶膛裡的火都來不及熄滅，就匆匆趕了出去。轉到屋後一看，果然在大榆樹下，孔丘正跟三個比他大幾歲的孩子打成一團。

「丘兒，你在幹啥？怎麼跟人打架呢？姥爺怎麼教你的？你讀書習禮，就是為了打架嗎？」

聽到身後有人這樣吼叫著，原來扭打成一團的四個人都情不自禁地停了手。那三個孩子回頭一看，見是孔丘他娘，立即拔腿一溜煙地跑開了。而孔丘一見是娘，則耷拉著腦袋，垂手而立，一言不發。

「丘兒，你為啥跟人打架？」

孔丘看看娘，又看看跟來的孟皮，沒有回答。

顏徵在看兒子欲言又止的樣子，猜想他有什麼不得已的苦衷。又想到，兒子是個死要面子的人，雖然孟皮是他的哥哥，當著哥哥的面，教訓他恐怕也有傷他的自尊心。遂連忙說道：

「別杵在那了，快跟娘回去說清楚。」

回到家，顏徵在立即關上門，說道：「現在可以說了吧，為什麼跟人家打架？」

沒想到，兒子仍然不回答自己的問題，而是突然放聲大哭起來，這倒讓顏徵在為之愕然。遂連忙放緩語氣，撫了一下兒子的頭，溫柔地說道：

「丘兒，這裡就你跟娘兩個人，你有什麼委屈可以跟娘說。但是，你一定要實話實說，為什麼要跟人打架？」

「他們罵我是雜種？」

顏徵在一聽，不禁為之一驚，瞪大眼睛說道：

「他們果真這樣罵你？」

「娘，俺沒說謊，他們幾個人都是這樣罵俺的。」

頓了頓，顏徵在穩定了一下情緒，平和地問道：

「丘兒，你知道什麼叫『雜種』嗎？」

「不知道，反正是罵人的話，不是什麼好話。」

「不知道，是吧？那娘告訴你。丘兒，你見過馬、見過驢、見過騾嗎？」

「見過。」

「那麼，你知道騾是怎麼來的？」

「不知道。」

「那麼，丘兒，娘告訴你，騾就是雜種，它是馬與驢所生的。」

「哦，原來是這樣。」小孔丘瞪大了眼睛，一種恍然大悟的樣子。

顏徵在繼續說道：「馬與驢不是一個種類，所以它們生下來的孩子叫雜種。你爹娘都是人吧，是一個種類吧，你是爹娘所生，怎麼會是雜種呢？他們這樣罵人，是他們無知，沒文化、沒教養。跟這種孩子多接觸有好處嗎？除了罵人、打架，他們還能幹什麼？丘兒，娘告訴你，你爹和你娘都是上等出身的人。你爹是宋國貴族的後裔，身體裡流著的是高貴的血液；你娘家是世代詩書人家，你姥爺是魯國屈指可數的博學之人。俺們孔、顏兩家都是高門大姓，『雜種』與俺們何干？」

「如果他們只罵俺，俺還能忍住，不會動手的。他們還罵爹娘，罵得俺實在氣憤，所以就動手了。」

「他們罵爹娘什麼？」顏徵在追問道。

小孔丘囁嚅了半天，卻始終不開口。顏徵在急了，幾乎是吼叫了：

「丘兒，他們到底罵爹娘什麼了，你說啊！」

小孔丘看娘發急了，低著頭，用輕得不能再輕的聲音說道：

「他們說俺爹老不正經，七十多歲的人了，還跟一個十幾歲的少女『野合』，在尼山腳下的麥地裡打滾，生出俺這個頭頂長個坑，可以盛水的雜種。」二

顏徵在一聽，頓時語塞，一時愣在了那裡，半天說不出話來。

小孔丘見此，連忙問道：

「娘，難道他們說的是真的嗎？」

顏徵在一聽，突然醒悟，覺得非要跟兒子說清楚不可，否則不僅造成誤會，還會在他幼小的心靈裡留下陰影。整理了一下思緒，顏徵在裝得鎮靜自若的樣子，先淡然一笑，然後不緊不慢地說道：

「丘兒，這種沒教養的孩子說的話，你也信嗎？娘跟你講吧，你爹娶你娘時，確實年逾七十，娘也確實年僅十八。但是，你爹之所以在年過七十的高齡還要娶你娘，那是為了延續你孔家的香火，

二　孔子父親叔梁紇為鄒邑大夫，膝下只有一子孟皮，卻腳有殘疾。因此叔梁紇在七十二歲時三娶十八歲的顏徵在，生孔丘，字仲尼。孔子三歲喪父，十七歲喪母。司馬遷《史記·孔子世家》中描述：孔子「生而首上圩頂，故因名曰丘云。」圩頂指頭頂微凹。

讓孔家這支高貴的族裔不要斷了後。你大娘跟你爹一連生了九個女兒，卻沒有生出一個兒子。所以，後來你爹又在大娘的鼓勵下娶了二娘，生下孟皮。可是，孟皮先天殘疾，不是正常人。爹認為孟皮不能延續孔家族脈，所以最後在大娘的鼓勵下才向俺爹提親，娶了你娘，生下了你這個聰明的小子。雖然你在三歲時你爹就離世了，但爹因為有了你，去得安心，走得寧靜。」

「那麼，爹娘壓根兒就沒有什麼『野合』或是麥地裡打滾的事嘍？」

「傻孩子，當然沒有嘍。你想想看，你爹是宋國的貴族後裔，是魯國體面的將軍，娘是書香人家的好閨女，怎麼可能有麥地裡打滾這種事呢？這種事，只有沒教養的下等人才幹得出來。」

「那麼，他們為什麼說俺是爹娘野合生下的怪胎呢？」

這一下，顏徵在又被這個聰明的兒子問住了。想了想，她笑了笑，慢條斯理地說道：

「傻孩子，你懂什麼叫『野合』嗎？『野合』不是在麥地裡打滾的意思，而是指你爹娘結婚的年齡不合宜。按照古禮，男子娶妻年齡為二十，女子嫁人年齡為十八。你爹娶你娘時年近七旬，這不符合古禮，所以人家說這是『野合』，就是不正常的意思。但你爹也是事出無奈，是為了延續孔家香火才高齡娶妻啊！」

「哦，原來如此！」小孔丘終於恍然大悟了。

「丘兒，娘為什麼讓你讀書學習，就是要你做一個有文化、有教養的人，一個懂禮的人啊！你看，那些野孩子，因為沒文化，所以就亂說話，害得人際關係緊張，這多不好啊！如果他們也有文化，他們就說不出這種粗俗無知的話了，那丘兒也就不必生氣而跟他們動手打架了。你看，因為他們的無知粗俗，害得我們的小君子孔丘跟人打架。要是丘兒以後有出息了，將來青史上寫一筆，『孔丘少時與人打架』，那多不值啊！」

心裡疙瘩解開了，小孔丘終於露出了燦爛的微笑。

突然一陣涼風吹過，原來靠牆坐在地上睡著的孟皮驚醒過來，聽見孔丘笑出聲來，以為他悲傷過度而發瘋了。於是，連忙借著灶臺上那盞奄奄一息的油燈微弱的光線，起身推了推伏在他娘停屍板上的孔丘。

孔丘朦朧中睜開眼，看到孟皮，這才意識到剛才做了一個夢。也許是因為一天沒吃沒喝，又哭了一天，實在太累，沒清醒一會，孔丘又伏到他娘停屍板上，手撫著裹娘的草席又進入了夢鄉。

「娘，給您。」一進門，孔丘就從袍袖裡摸出一個小袋，恭恭敬敬地遞給母親。

沒想到母親顏徵在頭也沒抬，繼續縫著衣裳，更沒有伸手去接兒子遞過來的錢袋。

「娘，您怎麼了？」

「你眼裡還有俺這個娘啊？你現在有出息了！」

「娘，您這是說的什麼話？丘兒永遠都是您的兒子，怎麼有出息，也都是娘教育出來的啊！」

「那麼，娘教育你去幹下賤的事了嗎？」

「娘，俺做過什麼下賤的事？」

「你以前背著娘不讀書，跑去給人趕馬車，還自鳴得意，跟人誇耀自己馭車的技術高明，還說『富而可求也，雖執鞭之士吾亦為之』。現在好了，越來越有出息了，竟然給人家當起了吹鼓手，喪曲吹得萬人空巷，好不得意哦！」

「娘，您說什麼？俺不明白。」

「丘兒，你今年幾歲了？」

「十五。」

「那娘問你，你都十五歲了，堂堂一個男子漢，身上流著宋國貴族高貴的血，受著魯國當代耆宿顏氏的教育，怎麼為了幾個錢，而給人當起了喪葬吹鼓手呢？丘兒，你知道今天娘看到你在稠人廣座之中吹著喪樂，不以為恥，反以為榮的樣子，娘是怎樣的心情，娘當場想找塊石頭撞死的心都有。丘兒，你能體會到娘心裡滴血的感受嗎？你想想，如果你爹與孔家列祖列宗地下有知，知道他們引以為榮的孔丘不求上進，幹著這樣的賤業竟然還自鳴得意，那他們是怎麼想呢？」

「娘，別說了，兒知錯了。丘兒只是心疼娘辛苦，想為娘減輕點負擔，盡自己之所能，掙點錢貼補家用，免得娘深更半夜還為人家縫補漿洗。既然娘認為丘兒做得不對，那麼丘兒今後再也不會為人駕車、吹喪曲了，丘兒會一心向學，學好本領，做一個高貴的人，將來報效國家，光宗耀祖，青史留名。以此，上告慰孔氏列祖列宗，下報答娘的養育之恩。」

「好，娘等著哦！」

顏徵在笑了，孔丘也釋懷了。

「仲尼，快醒醒，還在做夢呢！天都亮了。」孟皮一覺醒來，發現孔丘還伏在他娘停屍板上睡覺，遂連忙起身推了推他。

孔丘揉了揉惺忪的睡眼，驚訝地望瞭望孟皮，然後又看著裹在草席中的娘，想到剛才夢中娘的微笑，不禁悲從中來，又放聲大哭起來。

「仲尼，別哭了，哭也不能把你娘哭活過來，還是想想辦法，怎樣安排你娘的葬禮吧。昨天老伯已經說過，天氣這麼熱，不能耽擱的。」

孔丘一聽，終於冷靜下來。現實的問題擺在面前，不能回避。目前最急迫的是讓娘快點入土為安，才算是對得起娘。於是，兄弟二人商量了一陣，就分頭求告左鄰右舍的鄉親們，幫助料理喪事。

第二天一大早，在曲阜城內許多熱心人的幫助下，顏徵在的喪葬事宜一切都按照古禮準備妥當。可是，出殯的時辰到了，孔丘卻仍然打聽不到父親到底葬在何處。因為父親去世時，他才三歲。長大後，問母親，她也不甚了了。因為母親不是正室，父親發喪時，沒有資格參加，所以她只聽人說丈夫葬在防山，具體位置則一無所知。

「孩子，都這個時候了，你還打聽你父親的墓地，來不及了啊！」鄰居老伯勸慰道。

「是啊，孩子，我們都不知道你爹當初葬在何處。再說，當時也沒樹碑，現在一時怎麼找呀？」一個老婆婆也勸說孔丘放棄合葬父母的想法。

「伯伯，嬸嬸，大家說的都不錯。可是，夫妻生同枕，死同穴，乃是古禮。為人之子，父母生前不能孝養，死後不能合葬，如何還算得了是人呢？」

大家見孔丘這樣說，既同情又無奈，只得搖頭歎息，愛莫能助。

僵持了很長時間，在長輩們的勸說下，孔丘只得同意按時出殯。

當長長的出殯隊伍在哀樂聲中逶迤著走到五父之衢時，走在隊伍前頭，身穿麻布喪服，腳蹬菲草之鞋，手拿哭喪棒的孔丘突然停了下來，回轉身來讓抬棺的鄉鄰停下了靈柩。

一時間，浩大的送喪隊伍與行走的路人都被堵在了五父之衢，車不得過，人不得行。孔丘當街跪倒在地，放聲大哭，以頭叩地，連連哀求左右行人道：

「各位高鄰，眾位鄉親，有知道魯將叔梁紇防山之墓的，乞請垂示，以實現孔丘為父母合葬這個小小的心願。」

說完，孔丘又連連向周圍及過路之人叩頭，直叩得滿頭是血。大家都看得心有不忍，但又愛莫能助。多少次，孔丘為此而昏死過去。

蒼天不負苦心人，日中時分，曾被孔丘之父叔梁紇過繼為承祧嗣子的同宗兄弟鄒曼父聞訊與母親趕來奔喪。曼父娘扶棺哭過一陣後，聽說孔丘停棺不行的原因，立即拉起孔丘，說道：

「丘兒，快起來，嬸娘知道你爹防山之墓的具體位置，俺給你帶路。」

於是，大家終於鬆了一口氣，浩浩蕩蕩的送喪隊伍又開始移動了。最終，顏徵在得以與丈夫叔梁紇合葬在了防山。

二、傷心饗士宴

周景王十年，魯昭公七年（西元前五三五年）。九月十八日，一大早，魯國執政季武子府前便開始熱鬧起來，因為一年一度的饗士宴就在這天如期登場了。

季府的十八名家臣分兩排站立，每排各九名，兩兩相對，從府前臺階下一直站到街道邊緣。所有迎賓家臣都衣冠整齊，垂手而立，目不斜視，作畢恭畢敬之狀。

來自魯國全境的老少各色士子，有的步行逶迤而來，有的坐著高大的馬車呼嘯而至；有的獨自一人踽踽而至，有的結伴說笑而來。

「歡迎，歡迎，請！」每當有人到來，十八位迎賓的年輕家臣都這樣齊聲有禮地問候。

當士子們穿過十八位迎賓家臣構成的迎賓甬道，魚貫而入時，在季氏冢宰府開闊的庭院裡，沿著進入正廳的通道兩旁，早已迎候在此的兩支樂隊鐘、鼓、磬、塤、笙、竽等樂器一起奏響，兩個妙齡少女輕舒素手，撥動箏弦，啟朱唇，縵聲唱起時尚的迎賓曲《鹿鳴》：

呦呦鹿鳴，食野之苹。我有嘉賓，鼓瑟吹笙。
吹笙鼓簧，承筐是將。人之好我，示我周行。
呦呦鹿鳴，食野之蒿。我有嘉賓，德音孔昭。
視民不恌，君子是則是效。我有旨酒，嘉賓式燕以敖。

呦呦鹿鳴，食野之芩。我有嘉賓，鼓瑟鼓琴。
鼓瑟鼓琴，和樂且湛。我有旨酒，以燕樂嘉賓之心。

所有走過的嘉賓，一邊欣賞，一邊說笑著抬步升階登堂。

時近正午時分，從遠道趕來的最後一批士子也陸續到達。

「歡迎，歡迎，請！」

就在迎賓家臣躬身施禮相迎之時，從季府走出一個身高八尺、魁梧壯碩的漢子。遠看頗有一種氣宇軒昂的威儀，但近觀則讓人覺得其一舉一動中都透著一種趾高氣昂的味道。

「宰臣好！」當大漢臨近時，所有迎賓家臣幾乎異口同聲地高聲問候道。

這大漢不是別人，乃是季武子家臣，亦是季府總管，所以家臣們都稱之為「宰臣」。他姓陽名貨，因為長得一副兇神惡煞的樣子，猶如一隻張牙舞爪，時刻都想吃人的老虎，故人贈外號「陽虎」。

陽虎一邊點頭回應家臣們的問候，一邊站在季府大門口最高一級臺階上，居高臨下地眺望著三三兩兩，零星而至的遠道之士漸漸走近。

看著最後一批參加饗士宴的士子進了季府，陽虎又在門口站了一會，向遠處望瞭望，見再也沒有別的士子朝季府這邊趕過來，便大手一揮，對眾位迎賓家臣吩咐道：

「午時已到，準備撤退，關門入府。」

話音未落，突然見一個年輕人正朝季府飛奔過來。眾迎賓家臣沒有猶豫，立即分兩排站回原位，準備迎接。

待這位年輕人走近，大家這才看清，這人年約十七、八歲，身高約在八尺開外，闊額方臉，濃眉大眼，面貌酷似陽虎，但看起來不像陽虎那樣咄咄逼人，而是一臉的正氣。[三]

只見他足蹬雙層厚底絲履，身穿青領士子長衫，頭戴殷朝流行的章甫帽。眾迎賓家臣見這位年輕人雖然著裝如此不合時宜，古裡古怪，但都認為這肯定是一個讀書的士子。於是，大家情不自禁地畢恭畢敬地站直了身子，然後躬身施禮，齊聲說道：「歡迎，歡迎，請！」

年輕人對他們點點頭，就準備邁步入府。但是，站在門前臺階上的陽虎突然伸出一臂，攔住了他，說：「慢著，你是誰？」

「我是孔丘。」

「孔丘？孔丘何許人也？」

孔丘一聽，非常氣憤，明明以前見過，還誇獎過自己學問大，怎麼今天就裝著不認識了呢？於是，立即明確地回答道：「孔丘乃魯國之士也。」

「魯國之士？我記得今天冢宰宴客名單中沒有孔丘這個人啊。」

三　編按：司馬遷《史記．孔子世家》記載孔子身長九尺六吋，因古人之尺寸可能較今日為短，因此推算出來，身高約在一九〇公分以上。《孔子世家》同時也記載孔子貌似同樣也是長人的楊虎，而被匡城人民拘留五天：「（孔子）將適陳，過匡。……以其策指之曰：『昔吾入此，由彼缺也。』匡人聞之，以為魯之陽虎。陽虎嘗暴匡人，匡人於是遂止孔子。孔子狀類陽虎，拘焉五日。」

孔丘先是感到詫異，為之一驚，但轉瞬就鎮定下來，不卑不亢地反問道：

「既然今天是冢宰的饗士宴，怎麼可能沒有孔丘之名呢？」

「是啊，是饗士宴！但宴請的是士啊，你是士嗎？」

孔丘一聽，更加憤怒了，於是語氣中也帶有了埋怨之情，反問道：「陽管家果真不認識孔丘？」

「當然不認識。在下不知曲阜還有孔丘，更不知孔丘亦為士林中人」。

孔丘見這個奴才如此裝瘋賣傻，故意刁難自己，遂氣不打一處來，一種與生俱來的血統優越感，使他顧不得謙恭，以不無驕傲的口吻說道：

「孔丘不僅是士林中人，而且先世還是宋國貴族。」

「哦，陽貨真是孤陋寡聞了，說來聽聽。」

「說了諒你也不懂。」

「你是嫌俺老粗？」

「孔丘倒是沒有這個意思。」

「好，那就說說你的貴族史吧，也好讓陽貨長長見識。」

「孔丘乃宋國後裔。先祖微子啟，是殷朝帝乙的長子，紂王同父異母之兄，亦是封疆千里的諸侯，在殷朝的朝廷中官至王卿士。」

「微子啟？沒聽說過。」陽虎以為孔丘在胡謅歷史，跟自己吹牛。

孔丘心知其意，決定說得更詳細點，讓這個無知的家奴長長見識，遂繼續說道：

「微，乃諸侯國名，屬公、侯、伯、子、男五級爵位的第四級子爵。當初周武王伐殷紂王，滅殷，封紂王之子武庚於朝歌，為諸侯，以奉殷商之祀。武王死後，武庚勾結周之管叔、蔡叔與霍叔謀反。周公旦攝政，輔助周成王出兵東征，歷二年，平定之，擒武庚與管蔡霍三叔。周公遂命紂王同父異母之兄微子接替武庚為諸侯，並作《微子之命》以申明法令，立其國于宋。原殷民亦隨之遷徙到新建之宋，遂有宋國。而微子本人則到周朝中央政府任職，被周天子封以『賢』號。微子有弟，曰仲思，名衍，亦名泄。仲思承襲微子之爵，故國號『微仲』。仲思生稽，是為宋公稽。其子孫襲國，爵位雖屢有變遷，但級別皆不過其祖，故仍以舊爵相稱。因此，微子及其弟雖為宋公，但仍沿用微之名號。真正稱公，始于仲思之子稽。」

陽虎見孔丘如此咬文嚼字地掉書袋，遂不耐煩地說道：「宋國稱公，與你們孔家何干？」

孔丘一聽，非常生氣，遂正色說道：

「如何沒有關係？陽管家請聽好！宋公稽生丁公申，丁公申又生湣公共與襄公熙。而襄公熙則生弗父何與厲公方祀。厲公方祀以下，則世襲為宋國卿。弗父何生宋父周，宋父周又生世子勝。世子勝生正考甫，正考甫則生孔父嘉。五世嫡親血統結束，再分出諸侯的同族。這樣，就有了後來一支以孔為氏。」四

四　編按：孔子先祖為宋國（今河南商丘一帶）貴族。其十五世祖為宋國第二任國君微子。六代祖孔父嘉是宋國大夫，曾為大司馬；在政治鬥爭中被殺害。孔父嘉之子木金父，為避難逃到鄒邑，成為魯國大夫。孔子父親叔梁紇居於魯昌平鄉鄒邑，為鄒邑大夫。

陽虎見孔丘說得鑿鑿有據，雖然仍然撇著嘴，但內心則不得不開始承認其有高貴的身世與血統。

孔丘察其心防已經崩潰，遂一鼓作氣說道：

「孔父這一名號，歷史上有一種說法，認為是周天子所賜。因此，孔父這一支的子孫從此就以孔父或孔來命名其宗族。孔父生子，名曰木金父。木金父生睪夷，睪夷生防叔。防叔因華氏之禍而逃亡於魯。防叔生伯夏，伯夏生叔梁紇。叔梁紇，即孔丘之父也。如果陽管家對宋國歷史不瞭解，那麼魯國的歷史，特別是叔梁紇為魯將，為魯國立下不世之功，應該是清楚的吧。」

陽虎見孔丘還跟自己擺譜，不僅炫耀自己高貴的出身，而且還誇口其父叔梁紇的功勞，心裡更是反感。於是，故意裝糊塗說道：「陽貨不聞叔梁紇對魯國有什麼功勞。」

「魯襄公十年（西元前五六三年）四月，晉悼公欲與南方大國楚國抗衡，以圖霸業，乃召魯襄公、宋公、衛侯、曹伯、薛伯、杞伯、邾子、滕子、小邾子、齊世子光等十三國諸侯會盟。晉國之荀偃、士匄以偪陽國親楚為由，請求用兵於偪陽，以此打通伐楚之通道。當以晉軍為首的聯軍向偪陽城進攻時，卻遭到了偪陽國軍隊頑強的抵抗。攻城很多天，聯軍都未得手，反而損失慘重。一天，魯國孟氏家臣秦堇父押送糧草輜重至偪陽城下。偪陽人為了補充困城的補養，遂打開城樓上的懸門，意欲出城奪取魯國的這批糧草輜重。魯將秦堇父和狄虎彌見城門懸起，以為有機可乘，立即率軍殺入城內。可是，魯軍剛入城至半，突然城上懸門落下。偪陽人意欲將魯軍切割成城外與城內兩部，分而殲之。就在這這千鈞一髮之時，我父叔梁紇躍馬飛奔過去，雙臂發力，硬是死死撐住了下滑的懸門，魯軍入城之兵得以安全撤出，從而避免了魯師全軍覆滅的厄運。」

「陽貨怎麼沒有聽說有這樣的事呢？」

孔丘見陽虎這樣說，更是為其父抱不平了，遂又說道：

「也許是因為年代久遠的緣故，那時陽管家還沒生出來吧，不知者不為怪。那孔丘就給陽管家說一件近事吧。魯襄公十九年（西元前五五四年）齊魯防邑之戰，十萬齊軍包圍了我防邑城，增援的魯軍為其勢所威懾，觀望而不敢救，守將臧紇絕望地準備引劍自刎。就在此時，我父叔梁紇率魯國三百死士拚死殺入城中，救出臧紇，並率兵與齊兵展開了殊死搏鬥，最終打退齊師。如果不是我父叔梁紇，魯國今日何有防邑之城？」

孔丘說完，感到無限自豪。但陽虎卻臉無表情，絲毫沒有一絲感動，只是冷冰冰地說了一句：

「防邑之戰雖有其事，但恐怕亦非叔梁紇一人之功吧。」

孔丘一聽，頓時怒不可遏，遂不無嘲諷地說道：

「陽管家既對宋國歷史不瞭解，對魯國歷史也不瞭解，那麼，憑什麼說孔丘不是士呢？」

陽虎聽出孔丘話中的嘲諷與輕蔑之意，遂立即翻臉，惡言相向：

「你說的大英雄叔梁紇的故事，俺陽貨通通沒聽說過。俺倒是聽說一個叔梁紇老不正經的故事，他年近七十，還見色起意，在尼山腳下的麥田裡與一個不滿十八歲的少女野合，然後生下一個怪物。這個怪物頭頂有一個坑，下雨天能盛水。他整天跟人講什麼周公之禮，穿著稀奇古怪的衣服，戴著不三不四的帽子，到處招搖撞騙，自稱是有學問的士。」

孔丘一聽，頓時氣得發抖：「陽虎，你、你……」

「你、你、你什麼？哈哈哈哈……小子們關門！」

隨著陽虎一聲令下，季府朱紅的大門便重重地關上了。

三、初出茅廬

饗士宴的風波，傷透了孔丘的心，強烈地刺激了他的自尊心。從此，他更加刻苦讀書，發奮一定要成為天下第一博學的士，讓陽虎這個狗眼看人低的奴才看看，也讓季武子這個魯國尸位素餐的執政看看。可是，沒過三個月，季武子就於這年的十一月突然死亡，永遠看不到孔丘被世人尊崇為聖人的那一天了。

周景王十一年，魯昭公八年（西元前五三四年）。八月二十七日，行過冠笄之禮的孔丘，不僅在學業上更有長進，而且身體發育也已成熟，身高達九尺六寸，被世人稱為「長人」。

「男大當婚，女大當嫁」，乃是天經地義的事。堂堂一表，凜凜一軀的孔丘，雖然沒了爹娘，缺少「父母之命」，但「媒妁之言」還是有的。自從行過成人禮後，曲阜城裡的許多媒婆就沒少上孔家的門。但是，一說到具體人選及其門第身世，往往都不合孔丘心意，所以最終都被他一一婉言拒絕。

周景王十二年，魯昭公九年（西元前五三三年）。六月十八日，雖天氣大熱，讓人坐立不安，但孔丘仍與平常一樣坐在書房專心讀著竹簡。

「仲尼，仲尼，你在哪呢？」孟皮拖著一條瘸腿一顛一顛地闖了進來。

孔丘被孟皮突如其來的叫喊打斷了思路，忙循聲望去，看見孟皮正靠在門框上喘氣呢，遂問道：

「伯尼，有什麼事嗎？」

「仲孫大夫的車馬正往俺家過來了。」

「仲孫大夫與俺孔家從無交往，他不會屈尊來俺家吧。你是自作多情了。」說著，孔丘又拿起竹簡讀了起來。

「仲尼，俺沒騙你，確實是往俺家來的。」孟皮急了。

「伯尼，那仲孫大夫來俺家所來何為呢？」

「是為你提親。」

「你咋知道是為俺提親來的呢？」

「他家小廝已經到俺家門口了，提早通知俺的。」

「哦，有這等事？」孔丘這才知道不是孟皮在誑他。

「快出門迎接仲孫大夫吧。」孟皮催促道。

孔丘只得放下竹簡，起身往門外走去。

來到門口一看，正好仲孫大夫的馬車已經停下。孔丘一見，連忙上前，躬身施禮。賓主略作寒暄，便一同進屋。

分賓主坐定後，孔丘開口道：

「承蒙仲孫大夫厚愛，屈尊紆貴，蒞臨寒舍，孔丘實在感動莫名！」

「言重了。仲尼博學多藝，名揚天下。這次老夫應楚王之招，參加諸侯各國在陳國的盟會。其間，有宋國大夫向老夫問起宋室流徙到魯國的一支的近況，提到了令尊大人英雄蓋世的事蹟，還特別讚譽了仲尼博古通今的才學，讚賞之情溢於言表。老夫感到非常欣慰，魯國有仲尼之賢才，何其有幸！交談中，宋大夫提出一個建議，希望魯宋應該繼承歷來聯姻友好的傳統。仲尼本是宋室後裔，如果能夠與宋女聯姻，那樣就可以親上加親了，對於宋魯睦鄰友好關係的發展更加有益。老夫回國以後，立即向國君報告了，國君非常贊成這樁兩國聯姻的美事。國君要老夫負責此事，務必要玉成其事。至於嫁娶一應開支，均由魯宋二國公帑負擔。所以，仲尼就不必操心了，只等著迎娶夫人吧。」

說完，仲孫大夫非常爽朗地大笑了幾聲。

孔丘一聽，竟然世上還有這等好事，愣了半天，猶如是在夢中。最後，還是站在一旁的孟皮催促道：「仲尼，還不趕快感謝國君與仲孫大夫啊？」

孔丘一聽孟皮的話，這才清醒過來，連忙翻身倒地，跪拜仲孫大夫的知遇之恩，感謝魯君齊天洪恩。三個月後，在魯國國君的關心下，在仲孫大夫的親自操持下，孔丘迎娶了宋國貴族之女亓官氏。

剛迎娶了亓官氏[五]不久，孔丘又有好事臨頭。魯昭公九年十月，仲孫大夫傳令，魯昭公任孔丘以委吏之職。雖僅是一個微不足道的小官，職責是管理國家倉庫，但好歹也是國家公務人員，算是有了一官半職。這對於一向生活沒有著落的書生來說，孔丘感到非常滿足。因此，對於所管理的倉

五　編按：亓官氏，亓音「姬」，亓官為複姓。史載孔子十九歲時娶亓官氏，此時孔子已行過冠笄之禮，也就是成年禮。

庫事務非常盡職盡責。為了改變以往倉庫管理工作中的混亂局面，孔丘建立了登記與會計制度，入庫與出庫的財物由誰經手，何年何月何日以什麼理由出入庫，都一一載明於簡冊。為此，魯昭公還專門表彰過仲孫大夫，認為他是為國舉賢的好榜樣。

就在倉庫管理工作做得有聲有色，深受朝廷上下好評之時，周景王十三年，也就是魯昭公十年（西元前五三二年）的九月，孔丘又有喜事臨門，結婚不到一年，亓官氏就給他生了一個大胖小子。魯昭公聽說，特意派人給孔家送了一條鯉魚。為此，孔丘夫婦感到非常榮幸，特意為兒子取名鯉，字伯魚，以示對魯國國君賜鯉的敬意。

鑒於孔丘出色的工作，周景王十四年，也就是魯昭公十一年（西元前五三一年）的三月，魯昭公頒令，改任孔丘為乘田吏，職責是為國家管理牛羊畜牧。這一職務，相比於負責倉庫管理的委吏，責任更大，難度也更高。而這正是魯昭公要改任他為這一職務的原因所在，因為他要進一步考察孔丘的行政才能究竟有多大潛力。

孔丘果然不負魯君期許，上任後虛心向飼養牲畜的前輩學習討教，並研究牛、羊、馬發情與配種的規律。結果，不到一年，不僅所飼養的牛、羊、馬匹匹膘肥體壯，而且數量也大為增加。這一下，可樂壞了魯昭公，連忙召孔丘來見，問他飼養牲畜的經驗。孔丘有問必答，應對得體。說到最後，魯昭公突然由牛、羊、馬的繁殖說到了魯國人丁不旺的事，問孔丘道：

「魯國雖然不大，但若論土地面積，只有這點人口，實在是太少了。楚人老聃所說的『小國寡民』，就天下諸侯所占地盤而言，魯國國土面積不算小，『小國』還與魯國不沾邊，但『寡民』則是實實在在了。如此，不僅大片土地得不到墾殖，經濟不能發展，而且一旦與敵國交起戰來，恐怕足夠的兵員都成問題。所以，寡人對此頗為擔憂。」

孔丘一聽魯昭公這樣說，不禁莞爾一笑，道：「國君對於人口問題倒是不必擔憂，增加人口與繁殖牲畜一樣，要注意總結經驗，按規律辦事就可以了。」

魯昭公一聽，連忙追問道：「那麼，如何使魯國迅速增加人口呢？」

「請問國君，按禮，男女婚配有什麼規定？」

魯昭公毫不猶豫地回答道：「男子三十而有室，女子二十而有夫。」

「國君，您想想看，男子三十才結婚，女子二十才成家，這是不是影響生育，影響人口增長的障礙啊？」

「當然。不過，周公之禮這樣規定，我們也不能改變啊！」

「其實，周公之禮的規定本身沒有錯，而是錯在世人理解上出了偏差。『男子三十而有室，女子二十而有夫』，說的是男女婚配的最遲上限，要人們不要逾越這個最遲的限度。男子十六而精通，女子十四則就有生育能力。生育規律如此，為什麼要死守『男子三十而有室，女子二十而有夫』的教條呢？如果男女都能遵循生育規律，在適齡階段就婚配，那麼人口不就自然增加了嗎？」

魯昭公一聽，頓時恍然大悟，欣喜地說道：「善哉！仲尼之言也！」

於是，立即著手頒令，糾正人們婚配觀念上的偏差。不出一年，魯國的人口就明顯增加了。

四、雪夜訪郯子

經過委吏與乘田吏的歷練，孔丘不僅行政能力得到了提高，充分展示了其先天即已具備的行政管理才幹，而且在行政管理工作中因為接觸到許多書簡上所沒有的問題，在求解答案的過程中，他與社會各界人士都有了廣泛的接觸，並時常不恥下問，獲益甚多。

周景王二十年，魯昭公十七年（西元前五二五年），十二月十五日，郯國國君郯子第二次朝魯。魯昭公舉行盛大的招待宴會，以示尊崇。

郯子的盛名，孔丘早就聞知。他不僅是愛民如子的仁君，更是聞名天下的大孝子。早在開始接受啟蒙教育的時候，孔丘就聽外祖父說起有關郯子的種種故事。

郯子，乃少昊氏（少昊，己姓，名摯，字青陽，建都窮桑，故號為窮桑氏，亦稱金天氏）之後裔，本是一個普通的農家子弟。自郯子三歲開始，他的父母就對他嚴格管教，注意從小培養他的人格。因此，長大成人的郯子，在鄉鄰們的眼裡不僅是一個特別能吃苦耐勞的莊稼漢子，也是一個懂禮貌、樂善好施、孝敬父母的好青年，同時還是一個好學不倦、知識淵博的夫子。每當田間勞作稍閑，或一天農事結束，他就抓緊點滴時間捧著書簡苦讀。因此，方圓百里的人們都知道他是一個上知天文、下知地理的博學才人。

可是，在三十歲時，郯子的父母突然都雙目失明了。孝順的郯子，為此遍訪周圍百里的郎中，翻遍了周圍所有的山嶺為父母尋草藥。吃了三年的藥，屋後的藥渣都快堆成了一座小山，但父母的雙目仍然不能復明。後來，在好心人的指引人，找到了一位名醫，給了一個藥方。這個藥方雖號稱是祖傳秘方，但醫者卻不諱言，由於藥引需用野鹿鮮乳，所以這個藥方的有效性就從來沒有被檢驗過。儘管如此，郯子還是滿懷希望地拿著藥方，回家後先是翻山越嶺找全各味草藥，然後安頓好二老雙親的生活，就背著行囊往有野鹿出沒的開闊山地出發了。

開始幾天，他一直不能接近鹿群，後來請教附近獵人，買了一張鹿皮披在身上，又將渾身浸透野鹿糞便氣味，經過多次努力，最終慢慢接近了鹿群，僥倖擠到了一隻正在哺乳的野鹿的鮮乳。然後，翻山越嶺，以最快的速度回到家裡，熬好藥，配上野鹿鮮乳，給父母雙親喝下。三天后，父母雙目神奇般地復明瞭。從此，郯子的孝名傳遍了周圍方圓百里。甚至幾百裡外的鄰國，都不斷有人來跟他學習，既學文化，也學為人處世的道理。慢慢地，郯子生活的村莊隨著越聚越多的人口增長而變成了一個市鎮。十年之後，慢慢向外擴展延伸，竟然變成了一個不大不小的城邦。大家推舉郯子為首領，開始了建邦聚民的立業征程。又過了十年，周天子聞知郯子其人其事，乃封郯子所居方圓百里為一個城邦，號為郯國。郯子成了第一任國君，因是子爵，人們便親切地稱其為郯子。

郯子雖是賢君，但他總覺得魯國才是現今天下周禮存續的正宗所在。所以，他兩次朝魯，目的就是表達對周公的尊崇之意。這次朝魯，魯國朝廷上下不僅更加瞭解了郯子的賢能，還進一步領略了他的博學。在魯昭公招待宴會上，魯國大夫叔仲昭子問起遠古帝王少昊氏以鳥名官的事，郯子如數家珍，娓娓道來，讓魯國君臣敬佩不已。

孔丘聽說此事後，欣喜若狂，因為他一直想瞭解遠古時代的官制問題。可是，典籍上找不到，問宿耆前輩也沒人知道。這下好了，終於找到人了。

欣喜了一陣後，孔丘突然清醒過來，自己目前還無資格參加魯昭公舉行的國宴，因此就不可能有機會接近郯子，並向他當面請教。

正當孔丘悶在家裡為此煩惱之時，突然孟皮與鄒曼父來了。看見孔丘正在發呆，若有所思的樣子，孟皮遂連忙問道：「仲尼，你在想什麼呢？俺們進來都不睬俺們。」

「沒想什麼。」孔丘心不在焉地回答道。

「仲尼，別瞞俺們了，你有什麼心思，或有什麼喜怒哀樂，都是刻在臉上的。」

「是啊，仲尼，你有什麼心思或有什麼難處，就說給俺哥倆聽聽吧。雖然俺們幫不了你什麼，但開解開解你，總比你一個人悶在心裡要好吧。」曼父也幫腔道。

孔丘見此，這才慢慢道出了心思：「俺聽說郯國的國君郯子知道俺想知道的事情，俺想當面請教他。可是，俺們國君招待他的國宴俺無緣參加，這樣俺想見郯子就不得其門而入。」

孟皮一聽，哈哈一樂，道：「我說仲尼啊，俺看你真是腦子一根筋！雖然國君的招待宴會你不能參加，但沒有不散的筵席啊！等到國宴散了，你在郯子回國賓館的路上或國賓館門口等他，難道他能拒絕你這樣好學不倦的魯國之士嗎？」

「是啊，伯尼說得對。」曼父附和道。

孔丘點點頭。

「那麼，還不收拾一下，準備準備？既然要見別國國君，總要穿得整齊點吧。」

「伯尼，這個不用你說了，仲尼在這方面肯定比你我要懂得多。」曼父道。

兄弟三人先商量了一下拜訪郯子的細節，然後又說了一些閒話，孟皮與曼父就告辭出去了。走到大門口，只見午後的天空突然陰沉起來，淒厲的北風呼嘯著吹過屋頂，吹過樹木，吹得老樹枯枝欲斷，吹得嫩枝瑟瑟顫抖，吹得行路之人情不自禁地縮起脖子躬起腰。

「唉呀，不好，不好！看樣子，這是要下雪了。」曼父看看了天，似乎很有經驗地說道。

兄弟倆正這樣站在門口說著，看著，猶豫不決之間，雪就真的紛紛揚揚地飄下來了。沒過一會，越下越大，直下得四野茫茫，不辨東西。

「不好了，仲尼，下雪了。」愣了一會，孟皮突然拖著那條瘸腿連忙奔進屋內。

孔丘此時正在房內翻箱倒櫃，想找件像樣點的衣裳。聽到孟皮突如其來的叫喊，情不自禁地停下了翻找，抬頭吃驚地看了看孟皮。

「仲尼，下雪了。」孟皮又重複了一遍。

「下雪了？剛才天氣不是好好的嗎？」孔丘吃驚地問道。

「你看看外面就知道了。」

孔丘立即停止翻箱倒櫃，連忙奔到視窗向外一看，果然下得滿世界是雪。站在視窗，孔丘不禁傻了半天。

「仲尼，今天還要去拜訪郯國國君嗎？」曼父在門口站了一會，也重回屋裡道。

聽到曼父這樣問了一句，孔丘彷彿如夢初醒，愣了一下，然後毫不猶豫地回答道：

「當然去。這樣好的機會上哪裡再找？不要說是下雪，就是下刀矛劍戟，俺今天也要去。」

「那好，你繼續收拾衣裳，俺哥倆給你準備簑衣、斗笠吧。」孟皮說道。

「還是伯尼想得周到。不然，這麼大的風雪，恐怕沒見著郯子，自己早就凍死在路上了。」

說著，哥仨就各自忙活開了。等到收拾穿戴停當，天色也不早了。

「仲尼，你知道國君的晚宴什麼時候結束？」望著外面飄飛的大雪，孟皮突然問道。

「不知道。」孔丘搖搖頭。

「天下這麼大的雪，宴會結束，郯子還要回到國賓館，俺國國君總不會讓晚宴拖得太久吧。」

曼父想當然地說道。

孔丘雖然知道曼父的話有些想當然，但心內暗忖，覺得也有些道理。遂不自覺地點了點頭。

孟皮見此，連忙補充道：「不管散早散晚，俺們還是早點出發，在路上等著。俺們可以等他，但他不會等俺們。」

「伯尼，你也想跟去呀？」曼父連忙問道。

「兩位哥哥都不必去了，一來天氣這麼冷，犯不著大家一起受凍；二來俺拜訪郯子是為了討教學問，二位哥哥一起去，恐怕多有不便。」

孟皮與曼父聽孔丘這樣一說，心知其意，遂連忙說道：

「仲尼說得對，那俺們就不陪了。只是你要穿得暖和點，這風雪之中等人可不是鬧著玩的。」

「知道了，謝謝二位哥哥關心！」

說著，曼父與孟皮就幫助孔丘穿衣結帶，披簑衣，戴斗笠。一陣忙亂後，二人目送著孔丘出門，然後消失在漫天風雪之中。

卻說孔丘出門之後不久，先是往魯國國君的宮殿方向急趕。但走不到一頓飯功夫，卻突然停下了。因為剛才他一邊走一邊想，覺得等在魯國國君宮殿門口，在禮儀上未必合適；同時，也怕郯子不知從哪個宮門出來，說不定自己所等非其所，反而錯過了機會。倒不如以不變應萬變，在郯子下榻的國賓館門口等著。無論郯子回來早晚，都不會錯過相見的機會，因為魯國國君總不至於因為風雪而留郯子住在自己的宮殿吧，這於禮儀不合。

這樣想著，孔丘就突然返身，轉向國賓館方向而去。雖然風雪很大，但曲阜城並不大，走不多會，就到了國賓館。

國賓館的守衛們早就聽說孔丘學無常師，博古通今，今天如此大的風雪他還來求見郯國國君，好學不倦的精神真是讓他們為之深切感動。於是，他們破例請孔丘進國賓館門前值守的小屋躲風避雪。但是，孔丘為了表達對郯子的敬重之意，婉言謝絕了守衛們的好意，一直堅持立於風雪之中，翹首而等郯子歸來。

等了將近兩個時辰，終於在風雪交加的黃昏，在暮色蒼茫之中，遠遠看到兩輛馬車一前一後地朝國賓館這邊慢慢移動過來。

孔丘一見，連忙移動在風雪之中站得麻木、凍得麻木的雙腿，情不自禁地迎了上去。沒走幾步，第一輛馬車就到了眼前，並停了下來。接著，從車上走出一個人。孔丘睜大眼睛一看，不禁心中一喜，原來是前些年給自己保媒的仲孫大夫。於是，孔丘連忙迎了上去，先是躬身施禮，然後叫了一聲：「仲孫大夫！」

仲孫大夫一驚，不知何人。因為孔丘穿著簑衣、戴著斗笠，又是風雪彌漫，實在看不出是誰，遂問道：「你是何人？怎麼呆在國賓館門前？」

「仲孫大夫，我是孔丘。我聽說郯國國君博學，有一些難以求解的問題想求教，所以就等在此，盼著國宴散後能有機會當面請教郯國國君。」

仲尼大夫一聽，這才恍然大悟，遂連忙說道：

「既然是仲尼，又是在這風雪交加的夜晚來求教郯國國君，不僅老夫深受感動，恐怕郯國國君也會感動的。那老夫就幫你引見一下吧。」

說著，仲孫大夫就迎向第二輛已然停下的馬車，對著馬車上將要下來的郯子輕聲說了幾句，郯子不住地點頭。

這樣，孔丘告別了仲孫大夫後，就隨郯子進了國賓館。

一進國賓館，分賓主坐定後，孔丘就迫不及待地問起了遠古帝王的官制問題：

「聽說國君的先祖少昊氏時以鳥名官，確有此事嗎？孔丘只是聽說，但未查到文獻根據，所以至今困惑不解。今聞國君辱臨魯國，孔丘以為乃是上天所賜良機，故不揣固陋，冒昧打擾請教，希望國君不吝賜教，則孔丘幸矣！」

「仲尼大夫好學不倦，令名滿天下。老夫僻居荒野之地，孤陋寡聞，豈敢在大夫面前談論學問，只能就老夫所聞，上達大夫尊聽而已。」

「國君不必過謙，孔丘是真心求教。」

郯子見孔丘確實是真誠向學，遂也不再客套，就剛才孔丘所提問題回答道：

「大夫剛才所問少昊氏以鳥名官之事，確是歷史的事實。我祖少昊氏初立國時，有鳳凰飛臨宮前。我祖以為鳳乃吉鳥，遂拜鳥為師，並以各種鳥名來命名百官之職。」

孔丘點點頭，對郯子的話深信不疑。

郯子見此，遂又接著說道：「其實，上古帝王，仰觀象於天，俯觀法於地，以自然物象命名職官，乃是常規。黃帝時，以雲記事，也以雲命名百官。炎帝時，以火記事，亦以火命名百官。共工氏以水記事，也以水命名百官。太昊氏以龍記事，亦以龍命名百官。我祖少昊氏以鳥名官，正是這一傳統的繼承。當時，我祖將曆正官稱之為鳳鳥氏，乃是因為鳳為神鳥，是吉祥之兆。人們認為，鳳凰出現就會天下太平。也就是認為鳳是知道天時的，所以就將主管歷數以正天時的官職稱之為鳳鳥氏。」

孔丘聽到此，終於恍然大悟。頓了頓，又問道：「少昊氏還以什麼別的鳥命名過別的官職嗎？」

「當然有。比方說，以玄鳥氏命名職掌春分、秋分的官員，以伯勞鳥命名職掌夏至、冬至的官員，以青鳥氏命名職掌立春、立夏的官員，以丹鳥氏命名職掌立秋、立冬的官員，這四種官職都是鳳鳥氏的屬官，由鳳鳥氏領導。」

「以鳳鳥氏命名曆正官員，是因為鳳乃吉祥之鳥。那麼，其他由鳥命名的官職是否也各有其依據與特定含義呢？」孔丘問道。

「當然有。比方說，以玄鳥氏命名職掌春分、秋分的官員，是因為玄鳥（即燕子）有一種生活習性，它們總在春分時飛來，秋分時飛離。以伯趙氏命名職掌夏至、冬至的官員，乃因伯勞鳥（即伯趙）夏至時始啼，冬至時止啼。以青鳥氏命名職掌立春、立夏的官員，是因為青鳥（即鴿鸛）在立春時開始啼叫，在立夏時停止啼叫。以丹鳥氏命名職掌立秋、立冬的官員，乃因丹鳥（即雉）在立秋時來，在立冬時去。」

聽到這裡，孔丘又提出問題道：「聽說遠古時代，還以祝鳩命名司徒之職，確有其事嗎？為什麼要用祝鳩而不是別的鳥來命名呢？」

郯子一聽，非常高興，連忙說道：「大夫確實是知識淵博！就老夫所知，上古時代之所以要以祝鳩命名司徒的官職，乃因祝鳩是一種非常孝順的鳥，以它的名字命名職掌教育的司職官位，有一種教化萬民的涵義。」

「哦！」孔丘恍然大悟地「哦」了一聲。

隨後，郯子又講了從顓頊之後為什麼管理百姓的官職只以百姓之事命名，而不像遠古時代那樣以龍、鳥等自然之物命名的原因。娓娓道來，有理有據，聽得孔丘如醉如癡，真正明白了什麼叫天外有天，什麼叫博古通今。

五、聞樂見文王

自從問學於郯子之後，孔丘更加謙虛了，並逢人便講：「我聞之：『天子失官，學在四夷』。從郯子問學，孔丘始信此言不虛也！」又說：「不登高山，不知天之高也；不臨深淵，不知地之厚也；不從聖人而學，不知學問之大也。」

周景王二十二年，魯昭公十九年（西元前五二三年）。八月二十七日，雖然處暑已過，但天氣仍然很熱。中午，孔丘從乘田吏值守的官署回到家裡。一踏進家門，就見妻子亓官氏正在忙裡忙外，食案上已經擺滿了好幾道美味佳餚。

孔丘剛要開口問妻子，六歲的孔鯉聞聲已從裡屋跑了出來，他早就熟悉了父親的腳步聲。

「爹，爹，抱抱！」孔鯉一邊說著，一邊就撲進了孔丘的懷中。

「鯉兒，都六歲了，還要爹抱，羞不羞？」亓官氏雖然這樣說著，但臉上卻洋溢著笑意。

孔鯉知道爹娘的心思，並不理會娘，勾著爹的脖子，扯著爹的鬍鬚，開心地笑著問爹道：

「爹，您知道娘今天為什麼要做這麼多好吃的呀？」

「不知道。是不是因為鯉兒今天特別乖呀？」

「爹猜錯了，刮鼻子！」說著，孔鯉用他胖胖的小手在孔丘鼻子上刮了一下。

孔丘與亓官氏都開心地笑了。

孔鯉見此，連忙說道：「爹真是一個糊塗蛋，今天是爹的生日呀！爹，你今年幾歲了呀？」

「傻兒子，爹還幾歲？爹都快三十歲了，還一事無成呢。」

「爹，怎麼一事無成？爹天天出去玩，不幹事呀？」

「好了，鯉兒，下來吧。今天是爹二十七歲生日，快跟爹在案前坐好，俺們吃飯嘍！」

於是，一家三口，跪坐于席上，圍著小食案一起吃起飯來。小孔鯉今天特別高興，吃飯時也說個不停，就像一隻多嘴饒舌的小鳥。

「鯉兒，吃飯不要說話，當心噎著。爹早就跟你說過：『食不言，寢不語』，不記得了嗎？」

孔鯉聽娘這樣一說，頓時不吱聲了，開始低頭專心地吃飯。

吃完飯，正當亓官氏跪直身子，準備收拾碗箸時，孔丘突然拉住妻子的衣袖，說道：

「且慢，俺正想跟你商量個事兒。」

「什麼事呀？」亓官氏還沒來得及答話，小孔鯉卻接口問道。

「鯉兒！大人說話，小孩子不要插話哦！到裡屋玩兒去吧。」

小孔鯉「哦」了一聲，從席上爬起，就奔裡屋去了。

「夫君，什麼事呀？」亓官氏認真地問道。

「俺已經托仲孫大夫向國君請了一個月的假，想到臨城跟師襄先生學琴。」

「夫君的琴彈得好，這曲阜城誰人不知？怎麼要到臨城去學琴呢？」

「夫人，你有所不知。俺的琴藝在一般人或外行看來，那已經算不錯。但是，內行人一聽，就知道沒到火候。如果以登堂入室來比方，俺的琴藝頂多隻算是登堂，離入室的境界還遠著呢？」

「夫君剛才說要跟師襄先生學琴，妾不明白。」

亓官氏是宋國的大家閨秀，並不是沒有文化的家庭婦女，難道她真的連師襄其人也不知道？孔丘不禁疑惑不解，遂認真地望著亓官氏，問道：「夫人怎麼不明白？」

「師襄為魯國樂官，雖有名聲，但是以擊磬而著名，並沒聽說他的琴彈得好呀！」

孔丘一聽這話，終於明白了，連忙回答道：「夫人有所不知，其實師襄先生的琴也彈得不錯，而且對琴有研究，能夠聞琴而知音。」

「哦？妾真是孤陋寡聞了。」

「如果夫人沒有意見，那麼俺明天就準備動身，去拜師襄先生為師，好好提高一下琴藝？家裡的事，可就要辛苦夫人了。」說著，孔丘就跪直了身子，從席上爬起，又到官署理事了。

第二天一大早，孔丘就告別了妻兒，驅車出了曲阜城，往臨城去拜訪師襄了。

輾轉顛簸了好多天，孔丘才在一個山環水繞的小山村與師襄見了面。互通姓名，互道仰慕之情之後，二人便分賓主在席上坐定。

「仲尼好學深思，學無不精，老夫早有耳聞。不想，今日遠道辱臨寒舍，實在讓老夫始料不及，也是受寵若驚呀！」師襄因為是主人，遂首先開了口，客氣了一番。

孔丘一聽，連忙跪直了身子，作起身致敬之狀，道：

「先生擊磬彈琴，藝精無人能出其右。孔丘雖有好學之名，然所學皆不能精。於琴一藝，更是淺嘗輒止，至今亦未入門。因此，不揣固陋，冒昧打擾，專程來拜先生為師，希望能夠提高一下琴藝。不奢望能入室一窺堂奧，希望能夠登先生之堂而一開眼界。」

「拜師的話，實在不敢當！老夫只是馬齒徒增而已，學問並不見長，更不敢與仲尼相比。如果說擊磬，尚有點體會；若說到琴藝，實在就很慚愧了，這世界上比老夫技高一籌者恐怕比比皆是。仲尼若是要跟老夫學琴，恐怕是要失望的。」

「先生不必過謙！孔丘是誠心而來，跟您拜師學藝的。」

「仲尼誠意，老夫當然不懷疑，只是拜師之事實在不敢當！如果仲尼不嫌棄，老夫願意盡己所知，一起切磋提高。」

「孔丘的琴藝水準如何敢跟先生切磋？有關琴的基本常識，孔丘還有一大堆問題要向先生請教呢？比方說，琴到底始於何時？琴分五弦與七弦，其來何自，等等，孔丘都不甚了了。因此，望先生不吝而教孔丘！」

「琴作於伏羲。伏羲之琴，形長七尺二寸，一弦。神農之琴，以純絲為弦，刻桐木而成。五帝時，琴的形長由原來的七尺二寸改為八尺六寸。到虞舜時，琴弦又發生了變化，由原始的一弦而改為五弦。再後來，武王又改五弦為七弦，形長則改為三尺六寸五分。今日之琴，正是沿襲武王之琴制也。」

師襄剛說到此，孔丘立即接口問道：

「《書》曰：『舜彈五弦之琴』，說的就是琴分五弦的開始吧。那麼，舜帝為什麼要改伏羲、神農一弦而為五弦呢？這裡有沒有什麼特別的涵義呢？」

「神農氏作五弦之琴，其意在澄澈人心，禁邪止淫。因此，他改伏羲一弦之琴而為五弦之琴，意在以五弦而配金、木、水、火、土等五行。以大弦象徵國君，以小弦寓意臣。五弦依次與宮、商、角、徵、羽等五音相匹配。」

「五弦有寓意，那麼武王改五弦為七弦，有什麼道理嗎？」孔丘又迫不及待地問道。

「琴有七弦，定于武王，但卻有一個過程。周文王時，其子伯邑考英年早逝，文王非常悲傷。為了悼念伯邑考，乃于琴上增加了一根弦。而到了周武王伐紂之時，武王為了鼓舞士氣，又於六弦之外續增一弦，始成七弦之琴。正因為如此，七弦琴又有一個別名：文武七弦琴。」

「那麼，琴的形體為什麼屢有變化，由最初的伏羲之琴長七尺二寸，一變為五帝之琴的八尺六寸，最終成了今天的三尺六寸五分呢？」

師襄一聽孔丘的疑問，先是呵呵一笑，然後從容說道：

「越是時代久遠，人們的身體就越高大，肢體也越長。後世之人，愈進化智力愈發達，但身體則愈不及古人。因為後世之人在身高與肢長方面都遠不及古人，因此適應人體特點，琴在形體上也就有了變化，形制也就越來越短小。」

孔丘情不自禁地連連點頭，一副茅塞頓開的樣子。頓了頓，又問道：「今日之琴定制於三尺六寸五分，有沒有什麼必然的道理呢？」

「當然有。琴長三尺六寸五分，乃是象徵一年三百六十五天。」

「那麼，琴面形狀為何是圓的，而琴底則是方的呢？」

「這也有寓意。琴面是圓的，象徵的是天；琴底是方的，乃地之象。」

孔丘點點頭，表示明白，接著又問道：「為什麼古今之琴，一律都用桐木製作呢？」

「桐乃陽木，通天地萬物之靈。立秋之日，其葉必落，故有『一葉而知秋』之說。除了知秋，桐還知閏年平年。平年，桐生十二葉；閏年則生十三葉。」

「製琴之桐，是否以我魯國嶧山所產最好？」

「不能這樣說，天下製琴之桐很多，只是魯國嶧山之桐比較有名而已。」

接著，孔丘又就琴的製作方法、琴的沿革傳承、名琴傳說，以及彈琴的指法等等，一一請教了師襄。師襄見孔丘態度真誠，好學深思的精神著實令人感動，遂對其所提的所有問題都一一解答。二人一問一答，從日中直談到黃昏，還意猶未盡。於是，師襄決定留孔丘在家中住下，以便隨時切磋。而孔丘則正有此意，所以也就不推辭客套，坦然住了下來。

談了兩天后，孔丘覺得光有理論還不行，此次專程來拜師求教，也並非就理論上的困惑來請教，還要在實踐上真正提高自己的琴藝。於是，第三天，孔丘就向師襄提出了請求：

「先生，兩天來，孔丘從先生問學，對於琴的知識已有了較全面的瞭解，真有一日勝讀十年書的感覺。可是，孔丘的琴藝始終提不高，恐怕還是因為缺少名師指點的緣故。今承蒙先生不棄，不吝悉心教導，還望先生親自教導孔丘練習幾首古代名曲，讓孔丘能從中領悟到先王所作名曲的精髓與內涵。」

「教導不敢！但是，盡老夫所能，將幾首由前賢相傳的古曲彈奏給仲尼聽聽，還是可以的。」

說完，師襄搬出一張古琴，架好後，輕拂長袖，閉目深思了一會，便叮叮咚咚地彈奏了起來。

孔丘立即凝神屏息，閉目傾聽，無論是散音，還是泛音，一個也不敢錯過。遇到技音時，孔丘則睜大眼睛，目不轉睛地注視著師襄左手的吟、猱，綽、注、撞、進複、退複、起等動作，以及右手托、擘、抹、挑、勾、剔、打、摘、輪、撥刺、撮、滾拂等技法。

一曲結束後，孔丘又請求師襄再演奏一遍。師襄允請，遂又再演奏了一次。

第三遍，則由孔丘演奏。但效果明顯比師襄差了很多，這讓孔丘自己也感到沮喪。遂自卑而不是自謙地說道：「孔丘的琴藝與先生相比，真乃天壤之別矣！」

「仲尼，不必灰心。此曲比較生僻，一般人都很難演奏好。你聽了兩遍，能夠完整地記下來，並復奏出來，已是非常難得了。只要假以時日，多予練習，相信仲尼演奏得一定比老夫要好。」

說完，師襄又重新坐回琴前，第三次給孔丘做演奏示範。

這一次，因為有了前一次自己演奏的實踐，在對比中對第一遍第二遍沒有掌握到的細節有了深刻的印象，所以演奏的效果明顯提高了不少。

師襄遂熱情地予以鼓勵道：「仲尼真是聰穎過人，過耳成誦也！」

「先生過獎了，還是有很多丟漏之處，請先生明以教我。」

師襄遂又一一指出孔丘第二次演奏中的問題，並讓他再次演奏。一連演奏了五次，師襄說：「曲目的內容基本都已掌握了，但是神韻還是相差甚多，需要反覆練習，用心體會。」

說完，師襄就退出琴房，從此由孔丘自己一人靜心練習，不再打擾，也不再予以指點。

練習了三天，師襄站在屋外偷聽了幾次，覺得已經差不多了。第五天，師襄走進琴房，高興地對孔丘說：「仲尼，此曲練習得差不多了。可以更換一個曲目再練吧。」

「先生，請讓孔丘再練習幾天吧！孔丘覺得在節奏的把握上還有些問題，不是太精通。」

師襄點點頭，欣慰地笑了。然後，逕自走出了琴房。

又過了五天，師襄再站在琴房外偷聽，覺得孔丘這次在節奏的把握上已經好多了，基本上已達到了自己的水準。於是，再次走進琴房，對孔丘說道：

「這次節奏的把握差不多了，是到了更換曲目再練習的時候了。」

沒想到，孔丘卻回答道：「先生，雖然孔丘這次已基本掌握了曲子的節奏，但是曲子所表達的思想感情，孔丘還是沒有通過琴弦表現出來，需要更多的時間練習。」

「仲尼，你能認識到這一點，已到了學琴的一個新境界了。好，那就繼續練習吧，直到能與曲作者達成思想和情感的共鳴，那就達到目標了。」

說完，師襄又退出了琴房。

又過了十天，師襄再站在琴房外聽時，簡直驚為天人。只聽孔丘的演奏已超越了自己，將曲目的神韻與獨特的意境全部表現出來。時而嘈嘈切切，猶如萬馬奔騰；時而叮叮咚咚，恰似滴水穿石；時而空靈，時而渾厚；時而歡快，時而低回。歡快時，如百鳥齊鳴，鶯歌燕舞；低回時，如白楊悲風，如泣如訴。仔細傾聽，從琴弦上流出的聲音，讓人彷彿可以聽到大海的濤聲，可以感受高山的巍峨，可以見出平原的遼闊，可以看見怒髮衝冠的武士，可以發現嬌柔嫵媚的少女……

師襄站在琴房外好久好久，聽得如癡如醉，忘了時間，忘了一切。最後，琴聲戛然而止，師襄才從沉醉中清醒過來，快步走進了琴房，高聲說道：

「仲尼，你終於成功了！老夫望塵莫及也！」

沒想到孔丘卻說：「先生，孔丘覺得雖已得曲目之神韻，但還不能由曲及人，想像出作曲者是何許人也？就讓孔丘再練習幾天吧。」

又過了七日，師襄最後一次站在琴房外側耳傾聽時，琴弦間流淌出的聲音彷彿有一種如臨其境、如見其人的感覺。師襄再也忍不住了，沒等琴聲結束，就迫不及待地推門而入，興沖沖地說道：

「仲尼，這次感受到作曲者的形象了吧。」

「先生，這次孔丘彈奏間彷彿有一個高大的漢子站在我的面前，他面色黝黑，身材魁梧，目光如電。視其為人，彷彿有包羅天下的氣度，高瞻遠矚的目光，君臨天下的威儀，這個人除了周文王，還能是誰？」

「仲尼真乃聖人也！此曲即是周文王所傳《文王操》。」

第二章　三十而立

一、杏壇聚徒

告別師襄，回到曲阜城，孔丘對自己更加自信了。而今，他不僅精通作為士與貴族必須掌握的禮、樂、射、禦、書、數等「六藝」，對《詩》、《書》等古代文獻典籍也非常熟悉並有所研究。通過向郯子、師襄問學，對於世人少有瞭解的失傳之學，如遠古時代的職官制度、文王之樂、周公之禮等都有所洞曉。

也正是因為通過這幾次問學，他逐漸認識到，要想「克己復禮」，恢復周公禮法，使紛亂的世界重歸昔日的寧靜，使天下清平，百姓安樂，僅靠自己一個人奔走呼告是沒有用的。只有大量培養人才，使自己的政治理念為更多人瞭解認同，並讓瞭解認同的人走上執政之路，將其理念付諸實施，自己的理想才能真正實現。

那麼，如何使更多的人認同自己的政治理念，並成為執政者來實施自己的政治理念呢？思來想去，孔丘還是覺得只有一個途徑，興辦教育，培養學生，儲備人才。

周景王二十三年，魯昭公二十年（西元前五二二年），八月二十七日，是孔丘三十歲的生日。與往年一樣，這天中午，孔丘從乘田吏值守的官署回到家裡，又見妻子亓官氏燒了滿滿一食案的菜肴。一家三口高高興興地吃過午飯後，孔丘並沒有起身到官署上班的意思。亓官氏不解地問道：

「夫君今天不要去官署上班了嗎？」

孔丘頓了頓，然後才慢慢說道：「我正要跟你商量一件事，我想辭了乘田吏之職，開辦學校。」

「夫君，你發瘋了？乘田吏雖然官小職低，但也是一份穩定的工作，可以保證俺一家老小溫飽呀！再說了，開辦學校，那是多大的一件事呀？需要場所，需要相關設施，這需要多少錢啊？俺們如何能籌集到那麼多經費呢？」

「夫人，這件事俺已經想了很久，之所以一直下不了決心跟夫人開口，就是因為經費問題。如果不是因為經費沒有著落，俺早就辭了這個碌碌無為的乘田吏之職了。」

「夫君，俺不懂，您辭了乘田吏之職而興辦學校，又是圖個啥呢？」

「這個世界越發不像樣子了，周室式微，諸侯做大。天子管不住諸侯，父親管不住兒子，丈夫不像丈夫，妻子不像妻子。如此國不國，君不君，臣不臣，父不父，子不子的，禮法何存，規矩何在？」

「現實本就如此，夫君還想如何？」

「正因為現實如此，俺才立志要改變這一切。」

「那麼，如何能改變呢？」

「俺想開辦學校，培養學生，目的就是為國家儲備人才，逐步改變這種狀況。」

「夫君是個有遠大志向的人，也是個非常博學的人，夫君之所為，當然都是有道理的。只是為妻要告訴夫君的是，現實就是現實，『學在官府』是大家都知道的常識。夫君要興辦私學，這在魯國沒有先例。因此，除了經費難以解決外，要國君同意恐怕也不容易吧。」

「這兩個問題，俺都想到了。仲孫大夫對俺一向愛護有加，俺想先跟他商量一下，請求得到國君的支持。」

亓官氏聽了，沒有再說什麼，只是默默地點了點頭。

想到做到，是孔丘一向的作風。與妻子亓官氏商量過以後，第二天孔丘便找仲孫大夫商量。

「仲孫大夫，孔丘承蒙您關照愛護，才有今天。而今，孔丘有一件事在心裡想了很久，不能定奪，所以特請教您。」

「仲尼，你的情況老夫清楚，所以跟老夫就不必客氣了，有話直說吧。」

聽仲孫大夫這樣說，孔丘遂下定了決心，但心中仍不免有些忐忑地說：「孔丘想興辦私學，教化年輕人，為國家培養人才，希望為魯國的振興，為天下的安定做點事情。」

「好哇！只是自古以來都是『學在官府』，你辦私學，優勢何在？」

「仲孫大夫也知道，官學雖是正統，但大多數官學都是官僚氣十足，教學方法僵化，所以並培養不出什麼治國平天下的優秀人才。而官學裡的學子都是達官貴人的子弟，養尊處優慣了，在官學裡更是不願意學習。您也知道官學的現狀，而今官學裡有幾個好好學習的學子？」

仲孫大夫沒作聲，沉默了一會，重重地點了點頭。

孔丘見此，遂趁熱打鐵地說道：「貴族子弟有學習機會而不好好學習，而貧寒子弟渴望學習文化卻不得其門而入。為了提升全民的文化素養與道德教化，難道不應該加強教育嗎？」

「當然，當然。」仲孫大夫連連稱是。

「貧寒子弟不能入官學，這是不可改變的現狀。那麼，為了讓更多想學習文化的貧寒子弟有一個學習向善的機會，現在唯一的辦法也只有興辦私學，有教無類。」

「有教無類？」

「是啊，仲孫大夫，難道學文化、受教育只是貴族階層的特權，而普通大眾不能有份嗎？」

「從理論上說，當然受教育的權力是人人應有的。但是，興辦私學，在魯國沒有先例。再說了，即使國君同意，教育經費、教育場地、教育設施，等等，如何解決？仲尼，你個人有辦法解決這一大堆的問題嗎？」

「仲孫大夫考慮得非常周到，確實如此。孔丘也已想過，只要國君同意，教育經費、教育場地、教育設施等問題都不成問題。」

「不成問題？仲尼，你乃一介書生，難道現在有了什麼特別的生財之道，發了大財嗎？」

「那倒沒有。孔丘以為，既然篳路藍縷辦私學，那麼只能一切因陋就簡。俺可以自任教師，天當房，地當席，只要不颳風下雨，隨處都可成為課堂。讓學子們在生活實踐中學習、思考，在交流討論中求知益智。凡有志于文化學習者，不論富貴貧賤，一視同仁，就算是帶一束乾肉作為敬師之禮，孔丘也不嫌棄，一定好好教他，讓他學習成才。」

「那好，老夫去跟國君彙報，希望國君支持你。如果能夠辦好私學，對於官學也是一種促進，對於培養魯國人才，促進魯國安定和諧，振興魯國國力，相信都是有益的。」

「非常感激仲孫大夫的支持與理解！」

過了三天，消息傳來，魯昭公不僅相當爽快地同意了孔丘興辦私學的想法，還指示仲孫大夫在可能的情況予以經費上的支援。

孔丘獲悉後，高興得像個孩子似的，再也顧不得士之優雅的行步之態，飛奔著回到了家中，還沒進門，就上氣不接下氣地向妻子亓官氏報告道：

「夫人，國君已經同意俺興辦私學了，還指示仲孫大夫給予經費上的支持。」

亓官氏一聽，心裡的石頭落地了。她雖心底裡不贊成丈夫辭去乘田吏的官職去辦什麼私學，但是看著丈夫辦學努力獲准後的興奮模樣，她只得報以欣喜的笑臉予以祝賀與鼓勵。

還沒等妻子開口說話，孔丘旋踵即欲離去。亓官氏一見連忙問道：

「夫君，怎麼還沒進門，就又要離開呢？」

「夫人，俺到官署把乘田吏的事務交接一下，明天就正式辭職辦學。」

「怎麼那麼急？」

亓官氏話音未落，孔丘已經飛快地轉身離開了。

果然，第二天孔丘就開始了辦學的準備工作。一大早，當聞訊趕來的鄉鄰約二十多人聚集到孔府門前時，孔丘立即招呼大家幫忙：「各位鄉親高鄰，國君已經批准孔丘興辦私學。有願跟孔丘學習的子弟，不論富貴貧賤，不論老少男女，都可自由入學。只是目前孔丘沒有辦學條件，所以只能因陋就簡，準備以舍下後園空地為教學場地，築壇授徒，還望大家鼎力相助。」

大家一聽孔丘要築壇授徒，不論老少，不分貴賤都能免費接受教育，覺得是開天闢地以來未曾有過的新鮮事。年輕人一蹦三尺高，立即轉身回家拿鎬頭、木　等傢伙，準備築壇。不一會兒，一幫年輕人就拿來工具，蜂擁而至孔府後園幹開了。有的除草，有的平地，有的挖土，有的運土，有的壘土。至於土壇選在園中何處為宜，經過大家熱烈的討論，最後選在了園子正中央的兩棵高大而有年頭的銀杏樹之間。這樣，便於孔丘坐壇授徒時可以有個東西遮陽擋風。後來，這個講壇便被稱為杏壇。

杏壇築就以後，孔丘指導幾個年輕人用木　將壇上鬆土拍實。接著，又讓人找來一張舊席子，放在壇上。最後，脫履坐上草席，端坐而等眾人行拜師之禮。

可是，孔丘坐在壇上等了約一頓飯的功夫，只見壇下老少推推擠擠，交頭接耳，談笑風生，可就是沒有一個人到壇前來行拜師禮。孔丘開始坐不住了，又申明了一下「有教無類」的辦學宗旨，鼓勵大家接受教育。

一番語重心長的勉勵話，終於打動了壇下年輕人的心。孔丘話音剛落，突然從人群中擠出一個人來，搶步奔到壇前，雙膝跪地，鄭重其事地向壇上的孔丘行了一個拜師之禮。待他起身抬頭時，孔丘這才看清，原來是隔巷而居、比自己只小六歲的顏由（字季路）。孔丘非常感動，連忙欠身還禮。

顏由退回人群後，又有一個年輕人上前，拜倒在壇前。大家一看，原來是魯國南境武城人曾點（字晳），因性格豪放不羈而被人稱之為「魯國狂人」。

見年長的顏由與狂士曾點都已拜孔丘為師，秦商（字不慈）猶豫了一會，也上前跪拜於壇前，向孔丘行起拜師之禮。秦商之所以會猶豫一會，乃是因為他也是魯人，只小孔丘四歲，平時與孔丘是以好友相處的。

顏由、曾點、秦商等三人行完拜師之禮後，好長時間都不再有人回應。孔丘承嗣之兄鄒曼父、同父異母之兄孟皮看了，心中不免著急。於是，為了鼓動大家積極拜師學習，也相繼跪倒在壇前向孔丘行起拜師之禮。

大家一見，氣氛立即活躍起來。既然孔丘自家兄弟也拜起師來，年齡與孔丘相仿的年輕人也打消了拜師的顧慮。至於比孔丘年紀小的，大到二十八、九，小至八、九歲的，更是深受鼓舞。於是，大家都紛紛有樣學樣，魚貫而至壇前向孔丘行拜師之禮。

就這樣，開壇第一天，孔丘就收了二十幾位八歲到三十歲左右的弟子。雖然不多，但孔丘已經心滿意足。

第二天，孔丘就登壇給新收的第一批學生正式授業。他授業沒有課本，除了識字教育之外，常常聯繫社會現實生活，就學生所提出的各種各樣的問題予以深入淺出的解答。其間雖也有借題發揮的情形，如說到社會現實的陰暗面時不禁大發牢騷，說到亂臣賊子的倒行逆施時更是義憤填膺，情緒激動；但更多時候，則是就具體問題進行鞭辟入裡地剖析，讓學生感到受益匪淺。

隨著「有教無類」的平民教育新理念在民眾中口耳相聞，孔丘築壇授徒的名聲也日益得到廣泛傳播。影響所及，僅僅一個月就聚起魯國各地前來求學的一百多名學子。這些人既有出身于貴族家庭的，如魯國貴族孟懿子（魯國孟孫氏第九代宗主，名何忌，世稱仲孫何忌）、南宮敬叔（孟懿子之弟，又稱南宮韜、南宮括，字子容）等，也有出身貧民甚至是奴隸身份的，如秦商、冉耕（字伯牛）等。除此，魯國之外的鄰國年輕人也有慕名前往曲阜的。如弁人仲由（字子路）等，就是專程從衛國趕來向孔丘拜師求學的。

到魯昭公二十年（西元前五二二年）十月中旬，不到兩個月時間，聚在孔丘杏壇前向他問道求學的弟子就已近二百人。孔丘的人氣驟然上升，在魯國的影響也日益擴大，魯昭公也對他另眼相看了。

二、見景公

其實，隨著杏壇聚徒規模的日益擴大，隨著「有教無類」教育理念的深入人心，孔丘的影響與名聲早已越過了國界，甚至連魯國東鄰大國的齊景公與名相晏嬰也對之刮目相看。

周景王二十三年，魯昭公二十年（西元前五二二年）。十月二十六，齊景公攜齊相晏嬰訪魯，展開「睦鄰之旅」，第一天就向魯昭公提出要見見杏壇聚徒的孔丘。

魯昭公一聽，很是得意，以自己國家有孔丘這樣的天下聞人而高興。於是，立即作出安排，第二天齊景公就在國賓館與孔丘會面了。

賓主相見，客套寒暄了一番後，依禮坐定，齊景公就開口了：

「夫子淹通古今，好學不倦，弟子滿天下，寡人早就耳有所聞，仰慕已久，只是無緣相見，不能當面向夫子請教，悵恨久矣！今日相見，何其幸哉？」

「賢君謬讚，丘實不敢當！丘何人哉，賢君何人哉？賢君治大國舉重若輕，齊國經濟繁榮，社會安定，人民幸福，天下何人不知賢君之能？」

「先生言過其實矣。寡人之國雖大，但無論經濟實力，還是軍事實力都還不強。寡人治國雖也盡心盡力，但效果總是不盡如人意。」

「賢君何以這樣說？」孔丘不知齊景公說這話的意思是什麼，遂問道。

「齊自分封立國以來，就是一個大國。但除桓公時期較為強大外，一直都非諸侯國中最強的。而相對來說，秦國僻處西部荒遠邊陲之地，周初還是一個遊牧于秦亭周邊的嬴姓部落。直到平王東遷，因助遷有功，始封為諸侯。平王賜岐山以西之地，乃成一附庸小國。但不出百年，到秦穆公時便蔚然而為大國，實力超過很多諸侯大國，這是為什麼呢？請夫子不吝賜教！」

「秦國強大，乃因秦穆公善用人才。由余、百里奚、蹇叔、丕豹、公孫支，乃為輔佐穆公成就霸業的五位奇才。但這五人都不是秦國本土之士，而是穆公千方百計從他國招引的客卿。秦晉崤山之戰，秦軍大敗，孟明視、西乞術、白乙丙等三員秦國猛將亦為晉軍俘獲，秦國東進的計畫受挫。秦穆公痛定思痛，乃設計將由晉投戎的由余招為謀士，委以重用。由餘在西戎生活多年，瞭解戎人情況，知己知彼。穆公對由餘言聽計從，放手任用。由余在穆公的支持下，不斷對戎人用兵，最終陸續滅掉西戎十二國，為秦辟地千里。為此，周王賜金鼓，予以慶賀。穆公霸西戎，乃由餘之功也。」

齊景公點點頭，表示贊同。

「百里奚，本為虞國大夫。晉獻公借道伐虢成功後，回師伐虞，百里奚與虞公、大夫井伯等便成了亡國君臣。晉獻公知百里奚賢能，欲加重用，但百里奚寧死不屈，不為其用。秦穆公五年，穆公遣公子縶往晉，代其向晉獻公求婚。晉獻公允請，將長女嫁之。並聽晉臣之計，將不願屈從為官的百里奚作為奴僕隨公主陪嫁到秦國。但在前往秦國的途中，百里奚趁秦公子縶不備，中途脫逃了。秦穆公與晉獻公之女成婚後，偶然間查核晉國陪嫁奴僕，發現少了一個奴僕百里奚。遂追問公子縶因由。公子縶不以為然，說少的只是一個奴僕，無關緊要。但是，穆公朝臣公孫支則以為不然。他是從晉國投奔到秦國的武士，知道百里奚其人，遂將百里奚的才能向秦穆公大大誇說一番。求賢若渴的秦穆公一聽，不禁為之砰然心動。立即下令，不惜一切代價，也要將百里奚找到。」

「那麼，找到沒有？」齊景公急切地問道。

孔丘見齊景公情急，卻反而不急，乃從容說道：「百里奚中途脫逃，慌不擇路，逃到晉楚邊境，被楚人所獲。楚人以為是晉國奸細，欲送官處死。百里奚辯說自己並非晉人，而是虞國人，原本是為富家牧牛，因晉滅虞而逃難至楚。楚人見百里奚憨厚之態，且年近七旬，遂相信他不是奸細，留他在楚國牧牛。百里奚牧牛有方，所牧之牛皆膘肥體壯。楚成王聞之，乃令其往南海放馬。」

「那麼，後來呢？」齊景公又急切地問道。

「後來，百里奚的下落終被訪查清楚。秦穆公得知，大喜過望，立即備厚禮，欲遣使往楚，迎回百里奚。公孫支聞知，諫道：『厚禮而迎百里奚，臣以為不可。楚王令百里奚南海牧馬，乃不知其為賢才也。今大王致楚王以厚禮，豈不是告知楚王，百里奚乃曠世奇才也？如此，楚王豈肯送還百里奚？』秦穆公情急，問道：『依卿之計，如何是好？』公孫支建議說：『當以普通奴僕視之，以五張羊皮贖回即可。』秦穆公允請，遣使而見楚王，說：『秦有奴隸百里奚，畏罪潛逃到貴國，望大王允臣之請，將之贖回治罪。』說著獻上黑色上等羊皮五張。楚王不知就裡，允請而放了百里奚。」

「百里奚回到秦國以後，怎麼樣？」齊景公又急切地追問道。

「百里奚一回到秦國，秦穆公立即召見。但一見是個年過七旬的老者，秦穆公不禁大失所望，脫口而出道：『太可惜了，歲數太大了！』沒想到，百里奚也幾乎是脫口而出道：『大王錯了！若是上逐天上之飛鳥，下擒地下之走獸，臣確實是老了點；若與大王共商國是，治國謀策，臣的年歲還不算大。』秦穆公聽百里奚竟然說出這一番不卑不亢、擲地有聲的話，不禁為之肅然起敬。遂連忙起身繞席，恭敬有加地請教道：『寡人欲使秦國強大起來，超越列強，大夫有何良策？』百里奚應聲答道：『秦雖西陲荒遠之國，但有地利之便，諸侯各國，無有過之者。秦憑雄關險隘，進可攻，退可守。積糧儲才，厲兵秣馬，以待天下有事，一舉可霸天下。』秦穆公一聽，認為百里奚確是目光如炬，誠為天下奇才，不禁喜形於色，立即任之為上卿，準備委國政於他。」

「結果怎麼樣？」齊景公急切地問道。

「沒想到，百里奚卻連連謝絕，道：『大王，上卿之位，臣實不敢受之。臣有一友，名曰蹇叔，乃天下奇才，勝臣百倍。為秦國計，臣請大王任蹇叔為上卿。』」

「秦穆公同意嗎？」

「秦穆公從諫如流，立即命人攜重金，前往蹇叔隱居之所，請其出山。蹇叔瞭解詳情後，為使百里奚安心留秦，建功立業，遂欣然從命。蹇叔至，穆公問道：『大夫的才能，百里大夫推崇備至。不知大夫有何良策以教寡人？』蹇叔回答說：『天下諸侯，強手如林，秦不能立於其中，乃威德不足也。』秦穆公又問道：『大夫認為如何才能威德足以服諸侯？』蹇叔道：『嚴法度，則諸侯不敢欺秦；愛百姓，則大王必受擁戴。若要富國強兵，則須教民以禮，別貴賤，明賞罰，戒貪戒躁。臣以為，當今諸侯之強者，不復有昔日之霸的氣象。而大王之國則如日初升，雄霸天下之日可待也。』秦穆公以為然，乃任蹇叔為右相，百里奚為左相。百里奚又薦蹇叔之子西乞術、白乙丙於穆公，穆公任之為將。未久，百里奚之子孟明視亦投秦，穆公亦任之為將。五張羊皮得五賢，這便是穆公用人的境界，亦是其過人之處。」

「秦國能夠在秦穆公時迅速崛起，當然與為君者知人善用，從諫如流的雅量有關，但也與為臣者為國舉賢的雅量有關吧。」齊景公說道。

「賢君說的是。秦穆公能得二相三將，就是因為公孫支的知人薦才之功！沒有公孫支，就沒有百里奚；沒有百里奚，也就沒有蹇叔，當然更不可能有西乞術、白乙丙、孟明視三員秦國猛將。事實上，秦穆公也不是從一開始就特別重視人才，而是受到伯樂的影響與啟發。」

「大夫所說的伯樂，是不是那個傳說中善於相馬的秦國人？」齊景公連忙問道。

「賢君說的是。伯樂是秦國最善於相馬的人，但到秦穆公時，已垂垂老矣。穆公為此感到憂慮，遂問伯樂：『您的年歲大了，不知子孫中有無能繼承您事業的？』伯樂喟然長歎道：『臣之子孫皆不才，能識得良馬，但識不得天下之馬。良馬，可從形貌筋骨上看出；天下之馬，若滅若沒，若亡若失，可遇而不可求，非有慧眼不可識之。不過，臣有采樵擔薪之友九方皐，其于相馬之術，才不在臣之下，請大王召試之。』穆公見之，使九方皐求天下之馬。

三月而後返，報曰：『已得之。』穆公問：『在何處？』九方皐回答說：『在沙丘。』穆公又問：『何馬？』答曰：『母馬，黃色。』穆公令人至沙丘取之，則為一匹公馬，黑色。穆公大為不悅，召伯樂而抱怨道：『您真是看錯人了！您所薦之人，馬之雌雄顏色尚不能辨別，又如何能識得天下之馬？』伯樂喟然長歎道：『大王有所不知，善相馬者，得其精而忘其粗，見其內而忘其外。見其所見，不見其所不見；視其所視，而遺其所不視。馬之優劣，不在其顏色、體貌，更不在其雌雄，而在其天生品性。今九方皐忘馬之顏色、體貌、雌雄，必是專注于馬之品性。臣敢斷言，九方皐所求之馬，必為天下之馬。』於是，穆公令取馬試之，果為千里良駒。由此，穆公得到啟發，頓悟治國之要在於得才，遂下令招賢，廣羅天下英才。由此，秦由荒僻小國一躍而為天下強國。」

孔丘說到此，齊景公重重地點了點頭，似乎若有所悟。

三、會晏子

「先生，齊國使者已在門口，持齊相晏子名帖，說齊相馬上就要到府拜訪您。」

魯昭公二十年（西元前五二二年）十月二十八，也就是與齊景公會面後的第二天，午飯過後不久，顏由就急急進來向孔丘稟報道。

「哦？人到了沒有？」

「還沒有，齊使說還有一個時辰才到。說先來稟告一聲，大概是讓先生有個準備，不至唐突而失禮吧。」

「晏子是個知禮之人，處事極為周到，待人極其體貼。」

「作為一個大國之相，這很難得。」顏由不禁感歎道。

「除此，我聽說，晏子雖貴為一國之相，但生活上卻極其儉樸，衣著與普通平民沒有兩樣。這又不是一般為官者所能比的。」孔丘補充道。

「弟子知道先生非常推崇晏子的品德為人，但不知先生認為晏子治國的能力如何，他最傑出的才能表現在什麼方面？」

「治國才能如何，主要是看治國的績效。晏子在齊國執政已有些年頭了，但治國績效並不明顯，究竟是什麼原因，為師不太瞭解。因此，不敢妄加評論。但是，有一點，為師可以肯定地說，晏子絕對是當今天下最善於說話的人。」

顏由對言語表達的技巧一向非常感興趣，聽老師說晏子是當今天下第一個會說話的人，頓時來了精神，連忙問道：「先生可否說一些晏子的掌故，讓弟子可以從中受些啟發。」

「據說，早些年齊景公年輕氣盛，當時有一個齊臣得罪了他，他不禁勃然大怒，下令將其縛置於殿下，召左右肢解之。並明言：『有敢諫者，殺無赦。』晏子覺得那個齊臣是個正直之人，只是不會說話而已。同時認為，齊景公這樣做太過份。所以，就想諫說齊景公。但礙于齊景公有令在先，於是就想了一個計策。他到殿外找來一把刀，進殿後直奔那個被縛的齊臣，左手按住他的頭，右手做出磨刀霍霍之狀，仰頭看著齊景公，從容問道：「嬰才疏學淺，孤陋寡聞，請問大王，古代明王聖主，其肢解人，不知從何肢解始？』一句話問得齊景公啞口無言，愣了一會，終於悟出晏子話中的弦外之音：要做明君，就不能對臣下施以肢解極刑。於是，立即離席起身，向晏子道歉說：『快放人，罪在寡人！』」

「真是會說話！」顏由不禁脫口而出贊道。

「齊景公漸入老境後，執政的雄心有所消退，而且還養成了一個壞習慣，飲酒無度。有一次，一連喝了七天七夜，醉了睡，醒了再接著喝。有位大臣叫弦章實在看不下去了，遂勸諫道：『大王縱欲飲酒，七日七夜不止，怠事廢政，臣希望大王從此把酒戒了！要不然，您就把臣給殺了吧！』齊景公雖然喝多了，但並不糊塗，心知弦章有愛君之心，就猶豫不決。這時，正好晏子入見。齊景公就跟他說：『弦章諫寡人戒酒，寡人若不戒，他讓寡人把他殺了。寡人正為此犯難，不殺，說明寡人為臣所制；殺，又可惜了這樣的正直之臣。』晏子立即跪拜慶賀道：『太幸運了！弦章今天遇到了大王，要是遇到夏桀、商紂這樣的昏君，他早就死了好幾回。』齊景公聽出了弦外之音：殺了弦章，自己就成了夏桀、商紂一樣的昏君。要做明君，青史垂名，就不能殺了弦章。於是，不僅沒殺弦章，而且真的戒了酒。」

顏由聽到此，再次脫口而出贊道：「晏子的口才，真是舉世無雙！如此諫臣，亙古難覓！」

「說得對！晏子確實稱得上是難得一見的諫臣，齊景公在位這麼長時間沒犯大錯，晏子善諫的功勞實不可沒！」

「先生之言，真是一針見血！」

「其實，晏子不僅是天下聞名的諫臣，更是一位傑出的外交家。」

「那麼，先生是否可以給弟子講一講他外交上的作為呢？」

孔丘看著顏由懇切的目光，非常讚賞他的好學不倦的精神，遂接著說道：

「齊是東方大國，楚則是南方大國。齊、楚關係穩定，天下就會太平。一次，齊景公派晏子為特使出訪楚國。楚王知晏子乃齊國賢相，又是善說之人，遂心生一計，想乘機羞辱他一下，挫一挫齊國的銳氣。晏子身材矮小，楚王命令司儀官在晏子入城時開小門延入。但是，晏子不入，說：『入狗國者從狗門入。』楚國司儀官討了個沒趣，只得開正門延入。

楚王聞之，心有不甘，乃與臣下設計，必欲辱之而後快。晏子至，楚王設宴招待。酒酣耳熱之時，突見楚王殿上來了兩個楚吏，押一人從楚王面前經過。楚王止之，問道：『所押何人？』二吏答：『齊人。』楚王又問：『所犯何罪？』二吏答：『偷盜。』楚王看看晏子，意味深長地問道：『齊人愛盜，是其天性嗎？』晏人起身繞席，從容回答道：『嬰聞之：橘生淮南則為橘，生於淮北則為枳。橘、枳葉雖相似，其實味道不同。為什麼這樣呢？水土異也。今民生長於齊不盜，入楚則盜，莫非楚國水土使民善盜？』楚王一聽，尷尬無比，只得陪笑說道：『聖人不可戲弄，是寡人自討沒趣了。』」

顏由一聽，不禁歡喜雀躍，連聲說道：「晏子真乃外交奇才也！」

師生二人又說了一些關於晏子的掌故，孔丘算了算時間，說道：

「時間不早了，恐怕晏相馬上就要到了。我們一起到門口恭候吧，不要失了禮數！」

於是，師生二人連忙一起來到門口。果然，遠遠望見有一輛馬車往這邊來了。看著馬車越來越接近，孔丘的表情也越來越嚴肅，態度越發顯得恭敬。

不一會，馬車就在門口停了下來。在車夫的攙扶下，走出一個瘦削乾癟的小老頭。只見他年約五十左右，頭髮蒼白，兩腮瘦削。穿的是一件半新不舊的長袍，灰濛濛的。顏由站在門口冷眼旁觀，絲毫看不出這個人就是想像中的大國之相。不僅氣宇軒昂、威風凜凜的氣度從他身上看不出，倒是與老師剛才所形容的樣子一般無二，活脫脫就是生活中的一個鄉下老漢。

就在顏由站在一旁發呆之時，孔丘早已恭敬地迎了上去。二人打躬作揖，施禮客套了一番後，賓主就一起手攙手地進了孔府簡陋陰暗的正廳。

依禮分賓主坐定後，二人又說了一些互相仰慕想念之類的客套話。之後，嬰子開始切入正題道：

「仲尼博古通今，好學不倦，又築壇授徒，弟子遍天下。嬰早有就教之願，惜無機緣。今有幸相會，望仲尼不吝賜教！」

「嬰相說笑了！丘何人也，嬰相何人也？嬰相執齊政，輔齊君，齊國政通人和，一派盛世氣象。丘乃一介書生，焉敢在嬰相面前置一言？」

「仲尼不必過謙！今嬰造府拜謁，就是虔誠求教的。嬰雖承蒙齊君不棄，任為齊相，但只是尸位素餐，並未治理好齊國。聞古三皇五帝不用五刑而天下大治，不知仲尼以為如何？」

孔丘見嬰子態度誠懇，問的又是三皇五帝的事，正好與自己想推闡的政治理念有關，遂連忙回答道：「古之聖人設五刑，意不在用刑，貴在威懾民眾，使其不敢作奸犯科。」

「仲尼之言，意謂三皇五帝設五刑而不用，意在防患於未然，從而達到至善至美的治國境界嗎？」

「正是。凡夫俗子，沒有聖賢的思想境界，難免會產生作奸犯科的念頭。饑則求食，渴則求飲，寒則求溫，乃是人之本性。生存的需要不能滿足，品行定性差的，必生奸邪盜竊之心。邪惡生於欲望，而欲望又是沒有限度的。欲望一旦不能節制，則大者奢靡浪費，小者偷盜搶劫。因此，明君聖人設刑罰、定制度，就是要民眾知道什麼欲念不能有，什麼事情不能做。知禁之所在，則必不敢觸而犯之。這樣，雖明定了奸、邪、盜、劫等罪狀，但卻沒有陷入刑罰的民眾，這不正是高明的治國之道嗎？」

嬰子點點頭，接著問道：「奸邪盜竊之罪生於欲望，那麼不孝之罪又是因何而起呢？」

「不孝源自於不仁，不仁則由於喪祭之禮的缺失。」

「何以言之？」嬰子急切地問道。

「喪祭之禮，乃是教導民眾仁愛的重要方法。民眾知道仁愛，服喪期間必會追思父母養育之恩。舉行祭禮時，則不敢廢人子孝親之道。喪祭之禮得以彰顯，則民皆知孝敬之義。如此，即使明定忤逆不孝之罪，也不會有陷入刑罰之民。」

「嬰明白了，要使天下無不孝之民，喪祭之禮不可缺也。」

「正是。」

「今之天下，以下犯上者有之，以臣弒君者亦有之，這是為什麼呢？如何才能遏止弒上之罪的發生？」晏子又問道。

「弒上之行，因為不義。義是用以分別貴賤、表明尊卑的原則。貴賤有別，尊卑有序，那麼民眾沒有不尊上敬長的。諸侯朝天子，小國敬霸主，三年而聘，五年而朝，這便是朝聘之禮。朝聘之禮的制定，也是為了彰顯義的。義顯，則民知所禁，不敢有違。如此，即使明定弒上之罪，也不會有陷入刑罰之民。」

「仲尼的意思是說，強調義，才能別貴賤、明尊卑，使社會秩序井然，不會有犯上作亂、以下上的事情發生。」「正是。」

「那麼，爭鬥動亂之罪，又是因何而起？如何才能遏止？」晏子又問道。

「民好爭鬥，社會動亂，乃源于相互侵淩。世有侵淩之事，是因為長幼無序，大家不知尊老愛幼，不存敬讓之心。古時有鄉飲酒之禮，正是為了彰明長幼之序，推崇敬讓之風。長幼有序，彼此敬讓，即使明定爭鬥、動亂之罪，也不會有陷入刑罰之民。」

「也就是說，遠古時代的鄉飲酒之禮，乃是遏制民眾爭鬥、培養民眾敬讓之心的禮儀制度。」

「鄉飲酒之禮，本意正在於此。」

「那麼，淫亂之罪，又是因何而起？如何遏止呢？」晏子又問道。

「淫亂生於男女無別。男女無別，則夫婦之間的恩義不存。男女婚配，之所以有聘禮、有享禮，就是為了強調男女之別、夫婦之義的。男女之別既已清楚，夫婦之義既已明確，那麼，雖明定淫亂之罪，也不會有陷入刑罰之民。」

嬰子聽了點點頭，表示贊同。孔丘遂又接著說道：

「上述五種情況，就是上述五種刑罰產生的原因，因為它們各有其制定的依據。如果不防患於未然，預先設定刑罰，讓民眾知所畏懼，堵塞犯罪的源頭，而只知用刑罰制裁，那麼就無異於設陷阱而陷害民眾。刑罰之源，生於嗜欲不節。」

「嬰相說的是。」

「仲尼是說，嗜欲不加節制，就是罪惡之源，也是刑罰得以產生之源。」

「那麼如何使人節制嗜欲，而不至於犯罪呢？」嬰子緊接著問道。

「禮制與法度。」

「為什麼？」嬰子又問道。

「禮制與法度，是抑制人積習成性的嗜欲和彰顯善惡最有效的方法。順應天道，張揚禮制與法度，就能修明五教，使父義、母慈、兄友、弟恭、子孝。如果這樣，尚有人沒被教化，那麼就要申明法典，彰顯法律的尊嚴。有犯奸邪盜竊之罪的，則整飭制度，修訂規則；有犯忤逆不孝之罪的，則整頓喪祭之禮；有犯上之罪的，則整頓朝覲之禮；有犯爭鬥動亂之罪的，則整飭鄉飲酒之禮；有犯淫亂之罪的，則整頓婚聘之禮。三皇五帝就是這樣教化人民的。這樣做了，即使有動用五刑的，不也無可厚非嗎？」

「仲尼的意思是說，三皇五帝不是不用五刑，而是先禮而後刑。」嬰子聽到這裡，終於明白了。

「五刑之用，乃是萬不得已。一言以蔽之，治國之道，禮為上也！」孔丘收結道。

「嬰謹受教！」

四、悼子產

「先生，弟子剛從一位由鄭國來的客商那裡聽到一個消息。」

周景王二十三年，魯昭公二十年（西元前五二二年）。十一月初二，天雨風寒，杏壇授徒只得中止，孔丘與顏由、曾點等幾個弟子在家席地閒聊。中午時分，秦商突然冒雨而來，衣服都被淋濕了。

「不慈，你就為了告訴先生這個消息而冒雨前來嗎？」曾點不禁奇怪地問道。

「正是。」秦商肯定地答道。

「那麼，這肯定是個重要消息嘍！」顏由也插話道。

「是。鄭國子產過世了。」

「真的嗎？什麼時候的事？」孔丘終於坐不住了，立即跪直了身子，吃驚地問道。

「是真的，過世將近半年了。」

「唉，天下又少了一個好人，一個好官！」孔丘不禁深深地歎息道。

「先生為什麼這樣感歎？這個子產難道真的那麼偉大嗎？」曾點不以為然地問道。

「他可是個開明的賢相與傑出的外交家啊！」孔丘回答道。

「先生，以前弟子也曾聽人說起過子產的賢能，但具體如何賢能，弟子則不甚了了。不如先生今天就給弟子們講講他的事蹟，也算是給弟子們上了一課。」

顏由話音剛落，曾點連聲附和道：

「對，對，對！就請先生好好給弟子們講一講吧。」

孔丘看了看圍在身旁的三個弟子，然後以深情的口吻說道：

「子產，名僑，字子產，又字子美。乃鄭穆公之孫，故人稱公孫僑、鄭子產。」

顏由、曾點、秦商一聽老師竟能如數家珍似地娓娓道出子產的身世，不禁打心底裡佩服老師的博學。

「自鄭簡公時被封為鄭卿，為鄭國執政以來，子產一直克盡心力，殫精竭慮地為鄭國政局的穩定與民眾的幸福而努力。對內，他鑄『刑書』於鼎，公佈了華夏有史以來的第一部成文法，實施『寬猛相濟』的政策，維護國內穩定，促進社會發展。對外，採取不結盟的外交策略，巧妙周旋於大國與小國之間，力爭鄭國的最大利益。」

「先生，子產鑄刑書的事，弟子也曾聽說過。但不知，這鑄刑書的意義何在？」曾點突然岔斷孔丘的話問道。

「子產鑄刑書於鼎，乃在昭告百姓，何事能做，何事不能做，什麼行為合法，什麼作為違法。這個做法徹底打破了自古以來『刑不可知，則威不可測』的刑法神秘感，讓百姓知法而不犯法，促進社會和諧，避免人間悲劇發生。」

「哦，原來是這樣。」曾點頓時恍然大悟。

「先生，那麼『寬猛相濟』是什麼意思？」顏由也插話問道。

「就是調和歷代『以寬服民』與『以猛服民』兩種不同治國方略，既強調道德教化，用仁政懷柔百姓，又強調嚴刑峻法對百姓的威懾效果。」

孔丘說到此，秦商接口說道：

「弟子聽鄭人說，子產病重時，召鄭大夫太叔至病榻前說，我死後，鄭國必由你執政。執政治國，要麼『以寬服民』，要麼『以猛服民』。『以寬服民』，需要執政者有高尚的道德，才能以德服人，化育萬民。如果德望不足，則不如採『以猛服民』之策。這就好比兇猛的大火，人們懼而遠之，就不會被燒死。一平如鏡卻深不可測的河水，人們只看到它清澈至柔的一面，卻忽視了其危險的一面，結果就會玩水而溺死。死於火者少，溺于水者多，這個道理就好比治國的『寬政』與『猛政』。一般情況下，『猛政』易行，而『寬政』難為。希望你記住我的話。」

「結果如何？」曾點迫不及待地問道。

「沒過多久，子產死了，太叔果然為鄭國執政。他性情柔弱，不忍實行『猛政』，而用了『寬政』。結果，太叔執政不到一月，鄭國偷盜搶劫之事到處都有，社會風氣大壞，政局開始變得混亂起來。至此，太叔才後悔沒有聽從子產的忠告。」

秦商說到此，孔丘立即接口評論道：

「政寬則百姓必生怠慢之心，必有違法之行。所以，子產實行『寬猛相濟』的政策是英明的。當『寬政』出現問題時，就要及時輔以『猛政』糾正之。當『猛政』出現問題時，則及時以『寬政』

調和之。如此寬猛相濟，則國家必然政通人和，社會安寧。《詩》曰：『民亦勞止，汔可小康。惠此中國，以綏四方』，說的就是實行寬政的政治效果。又曰：『毋縱詭隨，以謹無良。式遏寇虐，慘不畏明』，說的就是施以猛政的作用。又曰：『不競不絿，不剛不柔。布政優優，百祿是遒』，說的則是和諧的氣象。今世之有子產，真乃古之遺愛也！」

孔丘說完，不禁潸然淚下。

師生相對無言，沉寂了好久，還是秦商打破了沉默的局面，說道：

「弟子又聽鄭人說，子產不僅是個治國的能臣，還是一個開明的執政者呢。據說，子產執政時，有很多人經常聚於鄉校，議論子產執政的是非曲直。鄭國大夫然明認為，這有損於子產執政的威信，建議子產毀了鄉校。但子產卻不同意，說：『為什麼要毀鄉校呢，就因為他們聚在那裡批評我的執政嗎？我認為，不但不應毀了鄉校，還應加強鄉校建設。這樣，人們在勞作之餘有個地方休閒或聚會，議論議論政事的好壞。如果批評得對，我們就可以改正；說得不對，我們就引以為戒。我聽說有這樣一句話，忠言可以消除怨恨。沒聽說忠言讓人畏懼而想方設法予以防堵。防民之怨，猶如防水。小怨不排解，就像積小流而成大江大河，一旦積怨甚多，就會如大水決堤，危害大矣。弄得不好，甚至會人亡政息。對於民怨，倒不如像治水，小規模的放水疏導，必無決堤之虞。民怨得紓，民心必平。因此，我希望經常聽到一些來自鄉校的批評之聲。』然明以為子產開明，鄭國百姓也認為子產開明。」

孔丘一聽，遂又情不自禁地評論道：

「由此小事觀之，以往聽人說子產為政不仁的話，實在是誤解。丘以為，子產是個仁人。」

孔丘話音剛落，曾點又提出了問題：

「先生，您剛才說子產是個傑出的外交家，不知從何說起？」

孔丘一聽，先是呵呵一笑，然後從容說道：

「阿點呀，子產的外交才能當今之世誰人不知？」

「慚愧，弟子實在是孤陋寡聞了。還請先生教導。」曾點誠懇地央求道。

「說起子產的外交才能，故事太多了。為師就給你們講兩個吧。那是在晉國范宣子執政時代，晉國為諸侯之霸，各個小國都要向晉國上貢。鄭國當時覺得負擔很重，就心有怨意。一次，鄭簡公要到晉國朝覲，子產就托隨行的鄭大夫子西給范宣子帶了一封書信。信曰：您為晉國執政，鄰邦沒有聽說您有什麼嘉惠諸侯的美德，卻收了諸侯各國很多貢品。對此，公孫僑感到非常困惑。僑聽說有這樣的話：君子治國，不為無財貨而憂心，而以無美德而苦惱。今天下之財皆聚于晉室，諸侯必與晉離心離德。若您恃諸侯之財而治國，晉民必不與您同心。諸侯二心，晉國必亡；晉民二心，晉室必崩。您為何認識不到這一點，而一定要執著于收取諸侯鄰邦之財呢？晉國要那麼多財貨有什麼用呢？僑聽說，令名，就像風行草上，不脛而走；美德，就像廣袤厚地，乃國之基礎。一個國家有堅實的基礎，就不至於滅亡；執政者有令人稱頌的美德，百姓就會擁戴，治國就能長久。《詩》曰：『樂只君子，邦家之基』，說的就是美德對於治國的作用。又曰：『上帝臨女，無貳爾心』，說的就是令名的意義。執政者以寬恕之心來彰顯仁德，則令名必傳之四方，天下之人遠則聞風而至，近則安居樂業。因此，賢明者寧願施惠於人，而不願索賄於人。大象何以被人獵殺，因為它的長牙是寶啊！」

「結果，怎麼樣？」曾點急切地問道。

「范宣子閱信後非常感慨，於是主動減輕了諸侯各國的貢賦負擔。」孔丘欣慰地說道。

「子產這是在為鄭國爭取利益呀！弟子也聽說過一個故事，說的也是子產與晉國就貢賦問題討價還價的事。晉平公時代，晉君召諸侯之君于平丘，齊侯也參加了會盟。子產隨鄭簡公出席，在討論到諸侯各國的貢賦時，子產認為諸侯各國向霸主晉國進獻貢物時，應該有個輕重次序。

他說：『昔日周天子確定諸侯各國進貢物品的等級，以輕重論尊卑。貢賦是周朝的制度，其通例是地位卑微而貢賦負擔多的，往往是那些環繞周室周圍的小國。而那些離周天子遠的大國，則負擔反而最輕。今天下諸侯向晉上貢，遵循的仍是周室原則。鄭國乃小國，若依例納貢，以鄭國目前的國力，屆時可能不能如數如期完成。與其以後完不成而生齟齬，倒不如現在把話說明，請晉君體諒。』晉君不肯破例，子產遂與之爭辯，從日中直到黃昏，終於使晉君鬆口，同意了鄭國要求減貢的請求。」

顏由說完這個故事，孔丘高興地點點頭，接著評論道：

「此次諸侯會盟，子產不畏強權，據理力爭，維護了鄭國的國家利益，確實是起到了國家基石的作用。《詩》云：『樂只君子，邦家之基』。子產之所為，即為君子所追求的一種快樂境界。協同諸侯之力而重定貢賦標準，這也是『禮』的表現。」

孔丘說完，眾弟子都連連點頭稱是。但是，秦商沉默了一會，卻突然說道：

「先生，弟子當然佩服子產正道直行、不卑不亢的外交表現。不過，子產也有為鄭國一己之利而講歪理的時候。」

「哦？這個為師還沒聽說過，一妨說來聽聽。」孔丘饒有興致地說道。

秦商立即接口說道：

「弟子聽鄭人說過一件事，鄭國曾與陳國發生矛盾，鄭國倚仗其遠強于陳國的實力，揮師入陳，佔領了陳國。為了獲得霸主晉國的認可，子產奉命將攻佔陳國時所獲戰利品奉獻給晉國。晉國並不領情，乃以霸主的身份向鄭國問罪，追究其以大欺小之罪。子產回答說：『陳國不記前周時我們鄭國對他的恩德，卻投靠楚國，恃楚地大人眾之勢，欺辱鄭國。因為此事，我們曾向晉國請命，欲興師向陳問罪，但晉君不允。結果，陳國反而以小欺大，攻入我國東門。東門之役，陳國軍隊所經之地，水井被填，樹木被伐，寸草不留。陳國軍隊的暴行，令人髮指，人神共憤。我國軍民忍無可忍，乃奮起反抗，一舉擊潰入侵的陳國軍隊，將其打回老家，使陳國為其侵略行徑得到了應有的懲罰。今特將獲得的戰利品奉獻給大國。』

但晉國不肯接受，質問子產說：『鄭國為何以大欺小？』子產回答說：『先王有命，只要有罪過，就可以予以懲罰。再說了，以前周天子的土地方圓千里，諸侯封地大者方圓數百里，小者百里或數十里，大小不等，依爵遞減，這是周朝的制度。而今的諸侯，大國方圓數千里，如果沒有侵佔其他諸侯土地，何來如此之大的地盤呢？』最後，晉國被說得啞口無言，承認他說得有道理，只好承認既成事實，不再追究鄭國侵陳之罪。」

孔丘聽完這個故事，不禁雀躍欣喜，評論說：

「古聖賢有言：『志有之，言以足志，文以足言；不言，誰知其志？言之不文，行而不遠』。意思是說，言語是思想表達的工具，文采是增加說服力的途徑。一個人有想法，有道理，不說出來，誰會知道呢？語言表達，如果不能精彩動人，就不能傳之久遠。晉國為天下霸主，鄭國侵略陳國，如果不是因為子產說得好，恐怕鄭國就有危機了。小子們，記住了，以後可要注意學習語言表達的技巧，說話謹慎啊！」

「先生不是說過『巧言令色，鮮矣仁』的話嗎？怎麼對於子產，就採取雙重標準了？是不是有點講歪理，太偏愛子產了呢？」曾點忍不住率性提出了異議。

「阿點，太沒禮貌了！怎麼如此看待為師呢？」

於是，師生之間一時陷入了尷尬的境地。好久好久，大家都沒有說一句。為了打破尷尬的局面，秦商又說道：

「弟子還聽鄭人說過一個故事，說子產雖然精明賢能，但也有被屬下矇騙而不知的時候。」

「哦？有這事？」孔丘一聽，頓時忘記了尷尬，欣然問道。

「據說，有一次，一個人給子產送了一條魚，子產命專司雜務的小吏校人拿到池中放養。可是，校人並不領命，趁人不注意，將這條魚烹而食之。然後，回去向子產覆命說：『那條魚，小人剛把它放入水中時，它還是奄奄一息的樣子。過了一會，它就緩過來了，在水中搖頭擺尾地游動起來。

再過一會，就遊到深水裡不見蹤影了。』子產聽了，非常高興地說：『好，好，好！魚兒得其所哉，得其所哉！』校人轉身出去，跟別人說：『誰說子產睿智過人？我將魚兒烹而食之，他卻說得其所哉，得其所哉，豈不可笑？』」

孔丘聽了，不禁莞爾一笑，說道：

「一個人被人矇騙，並不說明他不睿智。君子以善意度人，難免不被合乎情理的謊言所欺騙。」

三個弟子聽了老師的話，不但不認為老師強詞奪理，反而覺得老師真實可愛，遂大笑而罷。

五、周室觀禮

杏壇授徒，與弟子相處，讓好為人師的孔丘增加了不少快樂。隨著名聲的擴大，來自諸侯各國的弟子接踵而至，杏壇更加興旺熱鬧。在快樂與熱鬧之中，孔丘暫時忘卻了不為世用的精神苦痛。轉眼間，兩年過去了。但是，到第三年，即周景王二十五年，魯昭公二十二年（西元前五二〇年）的四月，平靜了幾年的天下又風波陡起。

五月初，從周室傳來消息，周景王崩逝，其子猛繼位，史稱周悼王。周悼王大位尚未坐穩，王子朝便聯絡舊官僚、百工以及靈、景之族造反，殺悼王而自立。晉人聞之，立即起兵勤王，匡扶周廷，立景王另一子　，是為周敬王。聞知這一變故，孔丘不禁感慨萬千，深為周室式微，人心不古而感到痛心疾首。

第三年，也就是周敬王二年，魯昭公二十四年（西元前五一八年）春，魯國三大權臣之一的孟僖子病重。臨死前，他把兩個兒子仲孫何忌（即孟懿子）、南宮韜（即南宮適，又稱南宮閱、南宮敬叔）叫到跟前，交待說：「禮，乃做人之根本。非禮，則無以立於世。我死後，你們必須拜孔丘為師，好好學習。」孟僖子死後，仲孫與南宮遂遵父命，虔誠投在了孔丘門下。其中，南宮敬叔拜師學禮之意最為誠懇，因此，孔丘也最信任他。一次，孔丘與南宮敬叔閒聊，話說得投機，脫口而出道：「我聽說楚人老聃博古知今，知曉禮樂之起源，明白道德之指歸，堪為我師。因此，我想前去拜訪他，請教禮樂、道德之精蘊。」

南宮敬叔為人非常聰明，一聽便知老師的弦外之音，是想讓他向魯昭公請示並給予支持，遂立即回答道：「弟子謹受命。」

第二天，南宮敬叔就晉見魯昭公，說道：「臣受先父之命，拜孔丘為師。先父有言：孔丘，聖人之後也。其先祖弗父何，本為宋國之君，卻將國家讓給弟弟厲公。至正考父時，則輔佐戴公、武公、宣公三君。宋君三次任命嘉獎，他卻一次比一次謙恭。因此，其傳家寶鼎銘文曰：『一命而僂，再命而傴，三命而俯。循牆而走，亦莫餘敢侮。饘於是，粥於是，以餬其口。』」

「什麼意思？」魯昭公沒聽明白孔丘傳家寶鼎銘文的意思，立即接口問道。

「哦，銘文的意思是說，第一次接受任命，正考父躬著背；第二次彎著腰；第三次則俯下身。走路貼著牆腳，但卻沒人敢欺侮。以鼎煮粥，果腹度日。其節儉謙恭的情形可見！因此，臧孫紇有言：『聖人之後，縱不能當國治世，亦必受明君重用而有一番作為。孔丘少而好禮，大概就是這種人吧。』

臣父離世，囑臣必以孔丘為師。今孔丘欲往周，觀先王之遺制，考禮樂之所極。此為大業也！國君何不資以車駕？臣亦請求國君，允臣偕行，以長見聞。」

魯昭公聽了，爽快地答道：「諾！」

遂下令撥付孔丘車一乘，馬二匹，並指示有司加強對其出行的保護措施。

於是，魯昭公二十四年（西元前五一八年）三月初五，孔丘便在南宮敬叔的陪同下，前往周室觀禮。此時正值春暖花開，天氣晴好。師生二人輕車快馬，一路談天說地，述古道今，上至治國安邦，下至百姓日用。不知不覺間，四月初一就到達周都洛陽，前後行程不及一個月。

一入周都洛陽，師生二人就被天子王城的氣勢所吸引。停車安頓未穩，師生二人就迫不及待地出門，去觀周室宮殿廟堂等建築。他們首先來到天子明堂，看見四道宮門之間的牆上並列刻著堯、舜、桀、紂的畫像，旁邊各有善惡褒貶的評語，以及國家興衰、治亂得失的警示格言，還有周公輔佐成王聽政，背倚斧扆（繪有斧形圖案的屏風）而受諸侯朝見的圖像。

孔丘仰望這些圖像，來來回回地看了好幾遍，最後，回過頭來對南宮敬叔說道：

「看了這些圖像，就可以瞭解周之所以興盛的原因了。」

「先生為什麼這樣說？」南宮敬叔不解地問道。

孔丘看了看南宮渴切求知的眼神，從容說道：「察鏡者可以照形，觀古者可以知今。一國之君不知借鑒前代治亂得失的經驗，使國家沿著和諧安定的道路前進，結果必然會人亡政息。為政輕忽，不知危機之所在，不察前代滅亡之原因，就像一個人倒行而想超越別人一樣，豈非糊塗之極？」

「先生說的是，弟子謹受教。」南宮敬叔恭敬地答道。

師生二人一邊說著，一邊在宮廷有司的導引下恭敬有加地邁步進入天子明堂。參觀一番後，又請教了執事者有關天子明堂的建築規制等等。之後，就轉往周太祖後稷之廟參拜。

未近太廟，二人遠遠就看到廟堂右階之前，有一尊高大的金人鑄像。走近一看，見金人嘴上竟然貼有三道封條。師生二人不解其意，乃圍金人轉了一圈，發現金人背後刻有一個很長的銘文。南宮敬叔看了半天，不明其意，乃問道：「先生，這個銘文是什麼意思？弟子看不明白。」

孔丘見問，遂指著銘文，一字一句地給南宮敬叔解釋道：

「這個金人是古代說話謹慎之人。立此金人，意在告誡後人，不要多說話，多說話就會多失敗。不要多事，多事則多患。安樂之時要保持清醒，多加警惕；做事之前要多加考慮，思之周延，才不至於失敗而後悔。不要以為說話無關緊要，說錯了也無傷大雅，其實很多時候都是禍從口出，影響深遠。不要以為自言自語，別人聽不見，其實神靈時時都在監視著你。小火初起不加控制，等到變成熊熊大火，就無法撲滅了。涓涓細流不加堵塞，就會積小成大，匯成大江大河。纖纖蛛絲不予剪斷，就有可能織成羅網。小樹幼苗不拔，不要幾年就會長成大樹，可以用作斧柄。誠能出言謹慎，便是幸福之源。

嘴巴能損傷什麼？其實它是禍患出入的門戶。強橫之人，不得好死；好勝之人，必遇勁敵。盜賊憎恨財主，民眾怨懟國君。聖人君子知不可妄自尊大，居萬民之上，所以放低姿態，屈身下人；自知不可居眾人之前，所以甘心屈居人後。謙恭溫和，謹慎修德，就會讓人敬仰；表現柔弱，謙卑居下，則反而無人超越。人人爭趨彼處，我獨堅守此處；人人變動不居，我獨堅定不移。智慧過人，卻深藏不露，不向別人誇耀自己的技藝。如此，我雖尊貴，他人也不會嫉妒而攻毀。這樣的境界，何人能夠臻至呢？江海地勢雖低，卻能納百川，因為能謙卑處下；蒼穹在上，不與人親近，而能讓人對之敬畏有加，甘居其下。以此為戒，方能立於不敗之地！」

南宮敬叔聽了，不住地點頭稱是。孔丘又回頭對他說道：

「你把銘文上這些話記下來，它說的道理合情入理，真實可靠。《詩》曰：『戰戰兢兢，如臨深淵，如履薄冰。』一個人立身行事，若能如此，還會口無遮攔，禍從口出嗎？」

「弟子謹受教！」南宮敬叔虔誠地回答道。

接著，師生二人就進了太廟仔細瞻仰了一番，並向人請教了有關太廟祭祀的禮儀，以及朝廷的法度等等。出門時，孔丘喟然長歎道：

「丘今日始知周公之聖明，以及周王能夠稱王天下的真正原因。」

回到驛館，孔丘好像還沉醉于周公時代。南宮敬叔不時發現他精神恍惚，一人獨坐時總在自言自語。

在周都觀遊了三天后，南宮敬叔提醒孔丘道：

「先生，您來周都除了觀光，還有問禮、問樂之事呀！要不，弟子明日就去接洽，如何？」

孔丘想了一想，說道：「那好。你先打聽到萇弘先生的住處，我們後天拜訪他，請教一下古樂的問題。然後，再拜謁老聃，約定拜謁的時間，我想好好請教一下有關禮的問題。」

「弟子遵命！」

第二天，南宮敬叔就出去將老師所交待的事情都辦妥了。畢竟他在魯國是朝臣，有實際行政工作經驗，辦事頗是幹練。

第三天，孔丘在南宮敬叔的陪同下拜訪了萇弘。萇弘早就聽說孔丘其人，並為其好學深思的精神所感動。因此，關於樂的問題，凡是孔丘問到的，他都知無不言，一古腦兒的全盤托出，毫無保留。孔丘沒有問到的，萇弘也主動告知，大有「寶劍贈英雄」的意味，絲毫不存壟斷知識以炫世人的想法。

第四天，在南宮敬叔的陪同下，孔丘又如約在周王室的藏書樓見到了頭髮雪白，長鬚飄胸，仙風道骨的周王室史官老聃。

在恭敬地問候揖讓致敬之後，孔丘也不繞彎子，直接說了此行不遠千里求教的誠意。老聃還之以禮，對孔丘也敬重有加。遂將所知有關三皇五帝時代的古禮，以及周朝之前的夏、商之禮，悉數一一指陳。對於周公之禮，老聃不僅如數家珍，說起來滔滔不絕，還不時從庫房中艱難地搬出相關記載的竹簡或木簡，讓孔丘聽得如癡如醉，恍如隔世。

請教完有關禮的知識後，孔丘突然又想到「道」的問題，遂誠惶誠恐地問道：

「先生有言：『道生一，一生二，二生三，三生萬物。萬物負陰而抱陽，沖氣以為和』。意思是不是說，『道』生太極，太極裂而為陰陽。陰陽二氣對立，但交會之後則生出第三者。由第三者再生變化，遂有了天下萬物。」

「老朽謬說，不曾想仲尼竟了若指掌，知之甚深，真是佩服之至！」

孔丘本以為這個問題問得唐突，沒想到老聃竟誇獎起自己，遂深受鼓舞，又接著問道：

「陰陽消長，化育萬物。人為萬物之一，為什麼人與鳥獸昆蟲不同，生命化育之期各有奇偶，氣分不同呢？」

老聃一聽，先是呵呵一笑，然後不急不徐，從容說道：

「這其間的道理，一般人難以明白，只有通曉『道』之奧蘊的人，才能從中推求出它們的本源。」

「丘生性愚魯，孤陋寡聞，望先生明以教我。」孔丘急切地請求道。

「天為一，地為二，人為三，三三得九，九九八十一。一代表日，日之數為十，故人類十月懷胎而生。八九七十二，偶與奇相承。奇代表辰，即日、月交會之點，位在十二支之五。辰為月，月代表馬，故馬孕育十二月而生。七九六十三，三代表鬥。鬥星代表狗，故狗三月而生。六九五十四，四代表時，即季節。時代表豬，故豬四月而生。五九四十五，五為音。音代表猴，故猴五月而生。四九三十六，六為律。律代表鹿，故鹿六月而生。三九二十七，七代表星，星代表虎，故虎七月而生。二九一十八，八代表風。風為蟲，故蟲八月而生。餘下的則各隨其類屬之特徵。

鳥、魚生育于陰，卻屬於陽，故皆卵生。魚游水中，鳥飛雲間，故到立冬季節，燕、雀即入大海化為蛤蜊。蠶食而不飲，蟬飲而不食，蜉蝣不飲不食，萬事萬物皆有不同。介蟲與鱗蟲，夏季進食，冬季蟄伏。吞咬進食的動物卵生，居有八穴；咀嚼進食的動物胎生，居有九穴。四足動物無翅，長角動物無上齒。無角無前齒者，油脂呈膏狀；無角無後齒者，有油如脂狀。晝生者類父，夜生者似母。所以，陰極代表雌性，陽極代表雄性。」

孔丘聽了連連點頭，十分佩服老聃的智慧。而南宮敬叔聽了，則一頭霧水，不知所云。但是，看到老師與老聃談得如此投機，又不便插嘴相問。之後，孔丘又向老聃請教了一些其他問題。談了有兩個時辰，看看時候不早，孔丘與南宮敬叔師生二人便一邊感謝，一邊起身告辭。

老聃也不慰留，遂禮節性的送到門口。與孔丘、南宮敬叔作揖拜別時，老聃突然叫住孔丘，說道：「老夫聽說有這樣一句話：『富貴者送人以財，仁者送人以言。』老夫雖不能富貴，卻虛有仁者之名，所以老夫就送仲尼一句話吧。」

孔丘一聽，連忙接口說道：「贈人以言，重于金石珠玉；勸人以言，美于黼黻文章；聽人以言，樂於鐘鼓琴瑟。先生贈丘以言，勝似連城之璧，其價無限。」

老聃從容說道：「當今之士，大凡資質聰穎，且一輩子都善於體察事物的，卻都是些喜歡諷嘲非議別人的人；學識淵博，辯才無礙，雖寬宏通達，卻又常陷自己于危境的，都是些喜歡揭他人之短的人。為人之子，當思父母養育之恩，不要只想到自己；為人之臣，當有盡忠報國之心，不要存有抱怨之意。」

老聃說完，孔丘深施一禮表示感謝。然後，恭敬有加地回答道：「先生之言，乃是金玉之論，丘謹受教！」然後，二人舉手相別，各作依依不捨之狀。

從周都返回魯國，孔丘學識又比以前大有精進，所傳之道更令人心服。隨著名聲擴大，諸侯各國的學子從四面八方湧到了曲阜。一時間，孔丘門下，聚有弟子上千。

第三章　奔齊

一、魯國之難

「娘，鯉兒餓死了，爹怎麼還不回來？」

周敬王三年，魯昭公二十五年（西元前五一七年）。八月十八，時已過午，小孔鯉幾次跑到門口張望，都不見他爹孔丘回來，於是忍不住再次向他娘抱怨道。

亓官氏也感到奇怪，平時丈夫出門都是準時回來吃午飯的，他是一個非常刻板的人，做事總是非常有規律，怎麼今天到現在也不回來呢？莫非出了什麼事？

正在亓官氏心裡七上八下，非常焦急之時，小孔鯉從門口急急跑進屋裡，邊跑邊興奮地喊道：

「爹回來嘍！爹回來嘍！」

沒想到孔丘進門後，卻全然沒注意妻兒焦急而興奮的表情，自顧自地一屁股坐到席上，氣呼呼地說道：「哼，一個小小的卿大夫，竟敢八佾舞於庭。是可忍，孰不可忍？」

亓官氏不明白丈夫的意思，連忙問道：「什麼八佾舞於庭？」

「八佾舞是周天子祭祖大典時所用的一種舞蹈，一佾為一列，八佾就是八列。每列八人，八八六十四，由六十四人組成一個隊列載歌載舞，以娛祖先。按照周禮，八佾舞只能由周天子祭祖時使用，諸侯不可使用，否則就是僭越。但是，魯國可以例外，因為魯國是周公封地，周公輔佐成王有功，成王允許魯國用天子所用禮樂，包括八佾舞。」

亓官氏一聽，倒來了興趣，遂連忙問道：

「那諸侯用什麼舞呢？」

「按周禮規定，諸侯只能用六佾，也就是六列，每列八人，共四十八人的方陣。諸侯之外，還有卿大夫、士也可以用佾舞。但是，卿大夫只能用四佾，即三十二人的隊列；士用二佾，共十六人的隊陣。」

「那麼，夫君剛才說到八佾之舞，怎麼那麼生氣呢？」

「唉，真是豈有此理！今天是國君祭祖的大典，往年都是由季平子主持。今年孟懿子與南宮敬叔向國君建議，按照周禮，祭祖大典應該由國君自己主持，還建議讓我襄助。結果，季平子表面沒意見，心裡卻埋怨國君。國君讓他操練八佾舞的事，他虛應故事。今天，祭祖大典開始，不但沒有八佾舞的隊伍出現，而且連季平子本人也不見。國君非常著急，派人去問。不問不知道，一問嚇一跳，這個亂臣賊子竟然在家中歌舞作樂，八佾舞於庭。」

說完，孔丘不停地捶打地下的坐席。

亓官氏瞭解丈夫，他是個非常拘禮之人，自從到周室觀禮回來後，更是不勝嚮往周公時代。今天發生這樣的事，他豈能不生氣而感到痛心疾首？但是，現實已然如此，魯國已是「三桓」的天下。國君早已是傀儡，也不是一天兩天的事了。生氣有什麼用，痛心疾首有什麼用？除了傷害自己，又能起什麼作用呢？

想到此，亓官氏便跪到孔丘的身邊，好言寬慰他。說了半天，在小孔鯉不斷叫餓的情況下，孔丘終於消了氣，與妻兒一起坐到了食案前，勉強吃了一個饃饃。

八月十九，一夜未眠的孔丘一大早就爬了起來，一邊揉著太陽穴，一邊走到自己後園。那裡有他授徒講學的杏壇，看到杏壇，他就想起他來自各國的數百個弟子，他覺得還有希望能改變這個世界。

就在他對著杏壇凝神，思緒萬千，感慨萬千之時，突然曾點急急忙忙地跑來了，並且大老遠就大呼小叫，道：「先生，先生，不好了！」

「何事驚慌？發生什麼事了？」孔丘見曾點驚慌失措的神情，不禁也有些慌張地問道。

「國君被季平子驅逐出境，逃往齊國避難去了。」

「啊？」孔丘叫了一聲，便一頭栽倒在地。

曾點急忙上前抱起孔丘，又搖又叫，半天才見老師睜開眼睛，恢復了平靜。

曾點扶起孔丘，又從近旁搬來一塊石頭，讓老師坐下。

孔丘坐下定了定神後，又立即問道：

「這到底是怎麼回事？真有此事嗎？」

「確有其事！國君昨天晚上就被趕出了城門，在夜幕中帶著幾個隨從逃走的。」

見曾點說得鑿鑿有據，孔丘不得不信。但仔細一想，覺得不對，曾點不在宮內為官，他怎麼能知道魯國的宮內政變呢？想了一想，孔丘突然對曾點說道：

「阿點，你去把南宮叫來，說我有話要問他。」

「好，先生。」說完，曾點一轉身就走了。

過了約一個時辰光景，曾點帶著南宮敬叔回來了。

南宮敬叔還沒有走到跟前，孔丘就迫不及待地問道：

「季平子果然造反了？真的把國君驅逐出境了？」

南宮敬叔默默地點點頭。

「這種大逆不道的事，那你怎麼不制止？」孔丘憤怒地質問道。

南宮敬叔惶惶不安，低聲說道：

「事發突然，弟子確實一點都不知情。即使知情，先生也知弟子沒有回天之力。」

南宮這話說的也是事實，魯國國政雖由季孫氏、孟孫氏、叔孫氏三家共掌，但季平子是冢宰，實際控制權在季平子手上。至於孟孫家，自父親孟僖子過世後，在朝中的權力是由哥哥孟懿子接任，南宮並無實權。

孔丘見南宮說得誠懇，也就體諒了他的苦衷。於是，就問道：

「此事因何而起？怎麼一點跡象也沒有？」

「先生，您有所不知。昨日季平子不參加國君祭祖大典，除了在家八佾舞於庭外，還招來郈昭伯在家鬥雞作樂。」

孔丘一聽，更是氣斷肝腸了。

南宮繼續說道：

「季平子招郈昭伯到家中鬥雞，並不是因為他們關係好，而是二人長期爭權奪利，彼此互相不服，要分出個高低的心理表現。上一次鬥雞，季平子將自己雞的翅膀都塗上了芥末，結果郈昭伯的雞無論如何兇猛，結果都被弄瞎眼睛而鬥敗。後來，郈昭伯暗中察訪，瞭解到真相。昨天當季平子邀請前往季府鬥雞時，他想起以前的舊仇，遂心生一計，以其之計，還之其人之身，在雞的爪子上綁上了金鉤。結果，無論季平子的雞多麼厲害，最終都被郈昭伯的雞弄瞎了眼而鬥敗。」

「結果呢？」孔丘急切地問道。

「結果，季平子大怒，拽住郈昭伯到國君那裡評理，並當場要殺郈昭伯。最後，被家兄等眾人勸住。郈昭伯感到受了奇恥大辱，越想越氣，遂惡從膽邊生，聯合與季氏一向不和的臧昭伯，秘密求見國君。國君因為昨天上午祭祖的事正記恨著季平子，遂橫下一條心，答應與郈昭伯、臧昭伯合兵一處，決定晚上對季氏發動突然襲擊，一舉剷除季孫氏勢力，重拾君權。」

南宮說到此，還來不及換口氣，孔丘就追問道：「接下來，情況又如何呢？」

南宮又接著說道：

「開始挺順利，因為季平子完全沒想到國君會來這一手，也想不到他能借到郈昭伯與臧昭伯二家之兵。當三股兵力將季府團團圍住時，季平子因完全沒有準備，倉促之間組織兵力應對就顯得非常被動。攻打了約一個時辰，就在季府大門將被攻破之時，弟子兄長與叔孫氏家的支援力量突然從天而降，從背後殺得國君與郈昭伯、臧昭伯的隊伍措手不及。之所以孟孫與叔孫二家拖到最後才發兵來救季平子，那也是經過矛盾反復之後才作出的決定。他們認為，『三桓』之間雖有矛盾，但利益上本為一體，一榮俱榮，一損俱損。若國君扳倒了季平子，君權回歸，則孟孫、叔孫二家也就岌岌可危了。在此利益平衡下，這才有孟孫、叔孫二家軍隊合兵來救季平子的事。季平子見有救兵來援，立即組織兵力衝了出來，與來援之兵對國君率領的軍隊形成前後夾擊之勢。很快，國君率領的軍隊就垮了，國君本人也被季平子抓住。」

「啊？季平子這個逆賊，竟敢以下犯上，抓住國君，實在是太可惡了！」孔丘氣得要咬斷鋼牙。

「季平子抓住國君後，據說當場就要處死國君，意欲自己取而代之。但弟子兄長與叔孫大夫不同意，這才好歹饒過國君，但卻連夜打開城門，將國君逐出了曲阜城。據說，國君出城時，身邊只有十幾個人跟隨。弟子問了一下在現場的士兵，據說是往東而去，大概是投奔齊國去了。」

當南宮說完，孔丘這才不得不相信這一切都是真的。傻了好大一會，孔丘這才自言自語地說道：

「國一日不可無君，魯將不國也！」

說完，突然身子一歪，從坐著的石頭上滑落下來，倒在了地上，半天都不省人事。

二、苛政猛於虎

魯國突如其來的變故，讓孔丘從周室觀禮歸來所憧憬的理想頃刻間化為泡影。而今魯昭公都被季平子驅逐出境了，這個國家還可能恢復到周公禮法的時代嗎？亂臣賊子犯上作亂竟然到了這種赤裸裸的程度，這個天下還有救嗎？

痛苦思索了三天，儘管解散來自各國的弟子於心不忍，拋妻別子違背人倫常理，但最終孔丘還是作出了離開魯國的決定。為了魯國，他必須追隨魯昭公到齊國，而且要想方設法說服齊景公出來干預，幫助魯國恢復政治秩序，讓魯國社會重新回到正常的軌道上。

下定了決心，並安排了相關事情後，周敬王三年，魯昭公二十五年（西元前五一七年）八月二十三日，一大早，孔丘就在顏由、子路、曾點、冉耕、秦商等幾十個弟子陪同下，駕著一架舊馬車，悄然離開了曲阜城，追隨魯昭公往齊國而去。

一路上，大家看到老師心情沉重，都沒有人說話。空曠的山野與驛道上，只有馬車發出的「哐啷」、「哐啷」之聲，空氣好像凝固了似的。

這種壓抑的氣氛，第二天就被率性耿直的子路給打破了。

「你們怎麼都變成啞巴了？兩天了，怎麼都不說一句話，人都快要憋死了。」

時近正午，當馬車停下，大家坐到路邊一棵大樹下準備打尖吃點乾糧時，子路終於爆發了。

「子路，先生不是教導過我們，『寢不言，食不語』嗎？你難道忘了？」顏由年長於子路，看著老師緊繃的臉，出來打圓場道。

沒想到子路不懂顏由的用意，不僅不就此打住，反而立即把顏由頂了回去：

「這不還沒吃飯嗎？說句話就不行啦？」

秦商機靈，見子路說話很衝，知道他怨氣挺大，遂以退為進地說道：

「人的嘴巴就是兩個功能，一是吃飯，二是說話。吃飯是為了延續生命，留得有用之身，做大事，做好事，成為一個造福於社會國家的人；說話是為了表達思想，傾吐感情，讓我們大家彼此瞭解，相互學習，共同進步。是不是？」

大家一聽，不禁非常敬佩秦商的口才。於是，連聲附和道：「不慈說得對。」

「既然大家認為我說得對，那大家就先吃飯，吃飽了，我們就有勁頭了，又可以快快趕路，還可以盡情說話，是不是？」

秦商這幾句話，不僅說得幾位同門師兄弟一致點頭稱是，而且也讓坐在一旁一直心事重重，一語不發的孔丘也側臉向秦商看過來，眼光中那種情不自禁表露出的讚賞之情讓大家看得一覽無餘。

顏由見此，連忙給老師遞上乾糧和水，同時招呼大家快點吃了好趕路。

雖然乾糧比不上平時所吃的飯菜可口，但逃難途中能吃上乾糧，喝上水，也覺得是一件挺幸福的事了。所以，大家都很知足，神情也變得輕鬆起來。於是，秦商對子路打趣地說道：

「現在飯吃過了，水也喝過了，你可以說話了。」

子路是個缺心眼的人，他不知道秦商是為調解氣氛而說這個話的，以為真的讓他隨便說話了。於是，轉過身來，對著孔丘，張口就來：「先生，此次昭公被逐，錯在昭公，還是錯在季氏？」

「太放肆了，阿由！為師不是早就跟你說過：『義不訕上，智不危身』嗎？」孔丘也率直地說道。

「先生也說過：『修辭立其誠』，弟子有話直說，不藏不掖。此次政治風波，總有人錯，不然如今怎麼搞得如此君不君，臣不臣，國不國的呢？」

大家見子路竟然引老師的話來反駁老師，都為他捏了一把汗，生怕老師又要生氣了。沒想到孔丘不僅沒有生氣的意思，而且還語氣和緩地說：「阿由，你繼續說。」

「按照先生的說法，『義不訕上』，對於國君的錯誤不提出批評，表面上是給了國君面子，符合了『義』。但實際上是害了國君，使他在錯誤的道路上越走越遠。『智不危身』，就是讓大家都明哲保身，不得罪人，這不是教人都做滑頭嗎？如果大家都這樣，那只能壞人得勢，好人受氣了。就像季平子那樣的壞蛋越來越得勢，先生這樣的謙謙君子卻要受氣逃離魯國一樣。」

一向粗魯的子路，今天竟然說出這樣一番話來，不僅讓所有的師兄弟們大感意外，就是孔丘也始料不及，沒想到這個外表粗魯的莽漢卻還有這等獨立思考的精神，不禁對他刮目相看了。於是，孔丘情不自禁間默默點了點頭。

子路見老師不僅沒責備他，反而有肯定他的意思，於是膽子更大了，問道：「先生說『義不訕上』，那我們就不討論魯昭公是否賢君的問題了。但是，對於賢君，不知先生有什麼判斷標準？賢君治國，當以何為先？」

孔丘不假思索地回答道：「尊賢而賤不肖。」

「先生是賢者，昭公不重用您；季平子不肖，昭公不賤之。于此可知，昭公不是賢君。既然不是賢君，那先生何必要追隨他呢？」

「阿由，太放肆了！國君也是你可以議論的嗎？」孔丘對於子路的直率再也不能包容了。

秦商一聽，知道老師生氣了。子路哪壺不開提哪壺的性格，如果再讓他說下去，恐怕會讓老師更生氣的。於是，連忙和稀泥道：

「時候不早了，還是趁早趕路，早點到達齊國，也好早點有所作為。」

大家一聽，一邊連忙附和，一邊從地上爬起，拍拍屁股上的灰，就開始套車上路了。

師生十幾人逶迤地走了十幾天。一天，經過泰山腳下時，忽然聽到有女人淒涼的哭聲隱隱從山坳中傳來。孔丘立即讓馬車停下，側耳傾聽。弟子們則跳下車來，個個伸長脖子傾聽。

最後，大家都確定是有女人在哭，而且哭得好像非常悲慘。於是，孔丘命冉耕等大部分弟子駐車在此等候，自己則帶著顏由、子路、秦商、曾點等四人循著女人的哭聲找了過去。走了大約一頓飯的功夫，終於看到不遠處的山腳下有一個女人跪在地上痛哭。待到走近一看，原來女人跪在一座新墳前，一邊往墳頂上撒土，一邊悲傷地哭泣著。

子路搶步跑過去，問道：「大娘，您這是哭誰呀？」

那老婦人見突然有這麼多人過來，哭得更加悲傷了。

哭了好長時間，大概已經是哭不動了，沒力氣了，老婦人才止住了哭聲，抬頭望了望孔丘，又看了看圍在他身邊的幾位弟子，以為孔丘是什麼官老爺，於是哭訴道：

「老爺，您不知俺們百姓的苦哇！」

孔丘知道她錯認人了，但此時他不想糾正，而是連忙問道：

「大娘，您這是在哭您丈夫嗎？他是怎麼死的？今年高壽？」

那婦人一聽，連忙擺手搖頭說道：「俺丈夫早在二十年前就死了。」

「那您這哭的是……」孔丘連忙追問道。

「俺哭的是俺兒子，今年才三十歲，他爹也是三十歲時死的。俺真是苦命啊！」說著，老婦人又放聲大哭起來。

孔丘見此，連忙勸慰，說：「請節哀保重，生活還得繼續。」

「保重有什麼用？丈夫沒了，兒子如今也沒了，讓俺一個老太婆如何再活得下去？」

孔丘一聽，不禁非常悲傷，一時無語。

「大娘，那您丈夫與兒子得什麼病，這麼早都走了呢？」秦商見此上前問道。

「俺丈夫沒得什麼病，俺兒子也沒什麼病，都是健健康康的人。」

「那為什麼會突然都這麼過早地離開呢？」曾點也插上來追問道。

「他們都是被老虎給吃了，埋在這墳墓裡的，只是他們的幾根骨頭與幾件衣裳。」說著，老婦人指了指新墳旁邊的一個舊墳，示意那就是她丈夫的墳墓。

「既然知道這裡有老虎，丈夫又被老虎給吃了，那你為什麼不帶兒子離開這裡呢？天下如此之大，哪裡不能存身？」子路也上來插話道。

老婦人看看這些長袍大褂的年輕人，不禁失望地搖搖頭，說道：

「你們有所不知，天地雖然很大，但卻沒有俺們老百姓的存身之處。雖然這裡有虎，俺們也知道隨時都有危險，但這裡官府衙役不會來，沒有徭役，沒有賦稅。只要不被老虎吃了，俺們自耕自食，還能活下去。出了這山坳，恐怕俺們早就餓死了。」

孔丘一聽，不禁悲從中來，深深地長歎了一口氣，說道：「苛政猛於虎也！」

過了一會，又回過頭來對顏由、子路、秦商、曾點等人說道：

「你們記住，如果有一天你們當政，千萬不可實行苛政害民！」

「是！弟子謹受教！」四人齊聲答道。

於是，孔丘吩咐子路，給了老婦人一點錢，憂傷地告別了老婦人，走出山坳，登車又往齊國方向而去。

三、割不正不食

行行重行行，經過一個多月的奔波顛沛，周敬王三年，魯昭公二十五年（西元前五一七年）九月三十，孔丘攜顏由、子路、秦商、曾點、冉耕等一眾弟子終於到達了齊都臨淄。

臨淄街道齊整，道路寬廣，兩旁屋舍儼然，店鋪林立，街上行人摩肩接踵，熙熙攘攘，一派商業繁榮的興旺氣象。不像魯國之都曲阜，不僅街道狹小，道路坎坷不平，而且市井蕭條，一派沒落破敗的景象。孔丘與弟子們都是第一次來齊都臨淄，對比曲阜，不禁在內心深切感歎，齊國不愧是大國，氣象就不一樣。

孔丘一心想著為魯昭公復國的事，所以進了臨淄，第一個念頭就是想去拜訪晏子，然後通過他的引薦，希望能夠前去遊說齊景公，讓他以大國之威出面干預，使魯國權臣季平子知難而退，不敢進一步胡作非為，從而實現昭公復國的目標。

第二天，孔丘就讓弟子顏由持名帖往齊相晏子府中投謁，希望約定一個時間，親自登門拜訪，先做好晏子的思想工作。然後經由晏子從旁協助，遊說齊景公就方便多了。

顏由奉命持老師名帖往晏子相府，但是沒有見到晏子。而是被嬰府家人告知，嬰相不在府中，名帖留下。說等相爺回來，會另派人回拜約定時間。

第三天一大早，齊國相府果然派人找到顏由昨天留下的客舍地址，恭恭敬敬地送上了晏子的名帖和邀請函，約定當天午時相見。

孔丘收到晏子的名帖和邀請後，心情非常激動，這下好了，只要見了晏子，相信他肯定幫助自己。從以前他到曲阜拜訪魯昭公時專程登門拜訪自己，二人相談甚歡的交情來說，他對晏子的才德深信不疑。帶著激動的心情，孔丘一邊著手梳洗，一邊在心裡準備著見面時如何寒暄，然後如何切入話題，請求他先跟齊景公做做工作，再引見自己親自去遊說齊景公。

一切準備妥當，看看時間也差不多了，孔丘就讓顏由陪著自己前往。為了表達誠意，他與顏由沒有坐馬車。這一來是為了表達對晏子的敬意與自己登門拜訪的誠意，二來是因為昨天顏由回去已經報告過，晏子的相府是在一條狹窄的陋巷之中，真要坐馬車去，恐怕是通不過的。

走了約半個時辰，孔丘與顏由準時到達了晏子相府。走近一看，孔丘倒是吃了一驚。如果不是顏由領著到來，他絕對想像不出，眼前這破籬圈圍的院落，這前後兩排高低不等的幾間草房，竟然就是一個堂堂大國之相的府第。雖然昨天顏由回去已經形容過嬰府的簡陋情狀，但是親眼看到後，孔丘還是感到有一種心靈的震撼。這種廉潔奉公，節儉自愛的官員，不要說在大國中找不到，就是魯、宋、陳、衛等蕞爾小國之相的府第也比這闊綽豪華多了。如果不明就裡的人，走到此處，肯定認為這就是一個陋巷中的普通人家。

因為離約定的時間還有一會，孔丘是守時守禮之人，就站在門口跟顏由說著話，等晏子出來迎接。他知道，晏子也是一個非常守禮與守時的人。但還沒跟顏由說上幾句話，就見一個矮小的老頭從草屋中走出來。孔丘與顏由一見，立即認出，這就是齊國之相晏子。因為他們二人在曲阜接待過晏子，絕對不會看錯人的。於是，不等晏子走到籬笆破院門口，師生二人就立即迎了上去。

按照禮儀，晏子與孔丘及顏由互相行過見面之禮，並略作寒暄致意後，便攜孔丘之手一起進了嬰府前廳。

說是相府前廳，實際上與普通貧民家的草堂沒有什麼分別，只是面積稍大，寬敞一點。由於四面透風，採光還算好，晴好之天，讓人有一種寬敞明亮之感。如果要是風雨之日，相信就是另一種讓人難堪而煩惱的情形了。

再次敘禮分賓主坐定後，未等孔丘開口說話，就聽晏子吩咐家人道：「請夫人出來相見。」

「是，相爺。」

不一會，一位同樣是粗衣布裙的老婦人細步快趨地跟在家人後面出來了。

「夫人，請過來拜見魯國聖人孔仲尼。」晏子一邊從席上起身，一邊這樣說著。

只見老婦人約有五十開外年紀，相貌平常，與市井中所見的張家阿婆李家大嬸沒有什麼區別。

「老嫗見過遠方貴客。」晏子夫人一邊說著，一邊行禮如儀。

孔丘與站在身後的顏由連忙還禮寒暄。然後，夫人退後一步，孔丘坐回原位。晏子則趨前一步，走到夫人面前，低低地在她耳邊說了一句：「時已正午，備餐吧。」

「是。」夫人答應一聲，就與家人一起往後排草房去了。

還未等孔丘回過神來，晏子夫人與家人就用託盤從裡屋端出了飯菜。擺放完畢後，夫人對晏子做了一個手勢，又對孔丘與顏由躬了一下身子，就慢慢地倒退著退到後屋。

晏子見此，連忙招呼孔丘與顏由入席：「仲尼遠道而來，略備薄酒粗食，不成敬意，還望仲尼不嫌怠慢。」

說著，晏子先起身走向主人的食案前，待孔丘起身走到客人的食案前，並坐到布團之上時，他才慢慢地跪下，舉起自己盤中的酒盞，對著孔丘說道：「齊乃荒遠僻塞之國，沒有瓊漿玉液，只有寡味薄酒，為仲尼與高足接風洗塵，實在簡慢，還望多多見諒！嬰先飲了此盞，以表老夫一片赤誠之意！」

說著，晏子便以袖掩口，舉盞一飲而盡。

孔丘與顏由見此，連忙從席上起身，跪直了身子，恭恭敬敬地舉起酒盞，也依樣一飲而盡。

賓主再次坐回原位後，晏子又指著盤中的的菜肴說道：「盤中菜肴，雖然粗劣，但都是拙荊親自烹飪，不假他人之手。」

孔丘一聽，又連忙起身，跪拜道：「真是折煞孔丘也！豈敢讓嬰相如此費心，讓夫人如此勞累？」

晏子一邊還禮，一邊又說道：「老夫聽說，仲尼生活非常規律，『不時不食』。所以，老夫今日特在午時設粗食相待。」

「嬰相見笑了！『不時不食』，那只是孔丘教育學生的話，有時自己也很難做到按時吃飯。就說這一次奔齊，一路上何嘗能夠『不時不食』？」

晏子一聽孔丘巧妙地把話題切換到昭公奔齊上，一方面佩服他的聰明和說話技巧，另一方面也感到緊張。如果不及時把話題扳回來，沿著自己設計的路徑進行下去，那麼這次相見與午宴就會有很尷尬的結果。正是要避免這種尷尬局面的出現，所以這次相見才刻意安排在午時，目的就是想利用吃飯這一話題，巧妙地把孔丘想談的話題避開。同時，自然而然地將談話的話題始終固定在飲食方面，使孔丘沒有機會提起昭公奔齊之事。這樣，既盡了禮數，又避免了自己不願意觸及的話題，給自己和齊國帶來不必要的麻煩。

想到此，晏子連忙又把話題扳到飲食方面，說道：「據說，仲尼有言：『食饐而餲，魚餒而肉敗，不食』。所以，老夫讓拙荊所準備的菜肴，雖不能算是美味，但食材都是最新鮮的，不會有腐爛變質的東西。仲尼可以放心食用。只是，若按仲尼『色惡不食，臭惡不食』的標準，拙荊所烹飪的菜肴肯定不符合仲尼的要求，色、香方面有很大的差距。這要仲尼多遷就了。」

孔丘一聽，連連擺手，說道：「嬰相見笑了！孔丘的這些話，只是酒後一時興起所說，不足為憑也！」

「不，不，不！老夫覺得仲尼的這些話說得都非常有道理。隔夜變質的飯食，腐爛不新鮮的魚肉，吃了對身體不利，會引起疾病。所以，從健康的角度看，仲尼的話確是至理名言。至於『色惡不食，臭惡不食』，講究飲食的顏色、味道，這也是非常有道理的。菜肴色澤好看、聞起來香，會讓人增加食欲。」

孔丘見晏子如此讚賞他的美食論，一時高興，頓時忘記了此行的目的。並在晏子的一再勸慰下，不禁喝了一盞又一盞。晏子見此，遂又說道：

「據說，仲尼又有言曰：『食不厭精，膾不厭細』，『割不正，不食。不得其醬，不食』。所以，老夫讓拙荊烹飪時，留意切割的刀功，儘量使魚和肉切得細、切得正，並準備了醬料和生薑。不知仲尼對拙荊的廚藝到底滿意不滿意？如果不滿意，那就將就著吃點。至於酒，則不妨多喝點。因為老夫聽說，仲尼對於吃肉與喝酒有個原則，『肉雖多，不使勝食氣。唯酒無量，不及亂。』今天拙荊準備的肉，量不大，肯定不會讓仲尼『不勝食氣』。準備的酒，味道很淡，不至於喝醉。憑仲尼的海量，完全不必有顧慮。」

孔丘不知晏子是計，不僅宴席期間沒有機會提昭公復國之事，而且還在晏子的殷勤勸導下，喝得醉醺醺，飄飄然。幸虧顏由清醒，沒有喝多，最後扶著他回到了館舍下處。

四、景公問政

拜訪晏子，孔丘沒有達到預定的目標，結果被弟子們抱怨，認為他看錯了人。但孔丘並不以小人之心度君子之腹，他始終認為晏子與自己是「道不同而不相為謀」，在是否助昭公復國的問題上存在觀點上的分歧。但觀點上的分歧，並不表明晏子的人品值得懷疑。這一點，他反復向弟子們說明。正因為如此，弟子們雖對晏子有怨言，但卻更加堅信自己的老師是個正人君子。

既然晏子的門路走不通，那麼只好自己想辦法直接晉見齊景公了。如果先取得他的信任，不愁最後達不到目的。想到此，孔丘召集追隨而來的五個弟子，商討如何晉見齊景公，如何取得他的信任。

子路率先說道：「這種事還商討什麼，先生名滿天下，報上名來，齊景公能夠不見先生嗎？只要他見了先生，先生把道理跟他說清楚，不就結了嗎？」

「師弟，你想得太簡單了！雖然齊景公拜訪魯昭公時曾經召見過先生，表達了對先生的崇敬之意。但是，那只是對先生學識與影響表達敬意，是一種禮節而已。真正涉及到國家利益，恐怕他就未必對先生的要求有求必應了。」秦商一針見血地指出了子路想法的不切實際。

「師兄這個話說得有理。此一時也，彼一時也。當初齊景公主動召見先生，只是表達對賢者的敬重之意，為自己賺個重賢敬賢的名聲；而今，魯昭公被逐而逃到齊國，先生主動求見，齊景公焉能不知先生所事何為？他知道先生為昭公復國之事而來，他避之唯恐不及，怎麼可能召見先生呢？這個社會，就是這麼現實！」顏由也很有感慨地說道。

一直沉默不語的曾點，聽了顏由與秦商的話，似有所悟。他先看了看老師，再掃視了圍坐在周圍的其他師兄弟，以試探性的口氣說道：「齊國政壇最有權勢的人，除了晏子，還有高昭子，這是人所共知的。據說，晏子與高昭子一直不睦，矛盾不可調和。而且相比之下，高昭子更顯強勢。既然晏子不肯幫忙，那麼先生何不去找高昭子？」

「師弟這個想法非常好！利用晏子與高昭子的矛盾，我們可以借力使力。只是先生與高昭子完全沒有交集，如何能夠結交他呢？」秦商提出了問題。

大家一聽，覺得這確實是一個很難解決的問題。如今這個社會，都是勢利得很。人與人之間，要麼彼此有交情，要麼彼此之間有利益交換關係，不然想別人幫助你，門都沒有。

「雖然先生跟高昭子沒有交情，過去沒有關係，現在也沒有關係，但是現在去找他，以後不就有關係了嗎？」就在大家都沉默不語，一籌莫展之時，子路又率爾說道。

「師弟說的也是。現在也只有高昭子這張牌了，不管能不能攀上他，總要試試看。試了，是行還是不行，都有一半的概率。」

大家聽秦商這樣一說，都默默地點頭。

最後，孔丘看看眾弟子，問道：「諸位還有什麼好的想法，不妨說出來看看。如果沒有更好的辦法，明天就請顏由到高昭子府上，聽聽他的口氣，然後我去求見他。為了國君能夠復國，一切在所不惜！」

第二天，顏由聽從老師的意見，前往求見高昭子。沒想到，高昭子聽說是孔丘的得意弟子顏由來求見，不僅沒擺架子，熱情接待，而且還因顏由說話得體而對他大加讚賞。二人談到投機處，高昭子突然脫口而出道：「人言：『名師出高徒。』由季路之才，可知令師之賢。令師之名，老夫早已耳聞。若令師不棄，是否可為高府家臣？」

顏由一聽高昭子要自己的老師做他的家臣，不禁非常氣憤，這不是侮辱自己嗎？他想立即回絕，但想起老師以前說過「小不忍，則亂大謀」的話，想到昨天老師「一切在所不惜」的決絕表態，他最終忍住了怒火，平靜地回答說：「謝執政盛意，回去一定稟告先生。」

顏由回來，將情況一說，師兄弟們都嚷開了，認為高昭子這是對老師大不敬，不可接受。

但是，孔丘沉默片刻後，卻堅決地說道：「昨天我已說過，為了國君能夠復國，一切在所不惜。高府家臣，我願接受。」

眾弟子一聽，心裡不禁為之辛酸。但是，大家都瞭解老師對國君的一片赤誠之心，瞭解他不惜犧牲自己的清高而接受高府家臣之職的用意。於是，也就不再說什麼了。

果然，利用高昭子這一步走對了。孔丘做了高昭子家臣之後不久，就在高昭子的引薦下，見到了齊景公。

齊景公見了孔丘，寒暄過後，就問道：「昔日寡人訪魯，曾問夫子興國之道，夫子答曰：『治國之道，在於人才。』並舉秦穆公霸天下之事，寡人深以為然。這些年來，寡人治國也注意招攬人才，但是齊國至今不見強大起來，王霸之日更是遙遙無期。」

孔丘一聽，呵呵一笑，道：「治國之道，除了人才，尚需節財，愛民。如此，才能得天下而贏民心。」

「節財，愛民？這和富國強兵有什麼關係？」

「地之力有限，人之力亦有限，以有限之地力與人力，不可能生出無限之財力，故國君治國當思節財。有些諸侯之君，則不然。為了自己享樂，不惜妨民農時，大發徭役，大興土木，為自己建築高大的宮室。不僅生前揮霍奢侈，死後還要用無數金銀珠寶殉葬。如此不知節財，何能使國家富強呢？」

齊景公覺得有理，遂點點頭。

孔丘接著說道：「興徭役，妨農時，不僅影響百姓生計，也影響國家賦稅收入。節民之力，便是生地之財。君不苦民所苦，民亦不愛其君也。民與君，乃是舟與水的關係。」

「此言何謂？」齊景公急切地問道。

「民猶江河之水，浩浩湯湯。君猶水上之舟，飄流其上。舟無水，則不能行；水進舟，則舟沉。水能載舟，亦能覆舟。因此，君主要知道愛民，離開百姓，則無國可治。君不愛民，民不愛君，則必人亡政息。」

「那麼，治國的最高境界是什麼呢？」齊景公又問道。

孔丘脫口而出道：「君君，臣臣，父父，子子。」

「此言何謂？」齊景公不解地問道。

「如果國君愛民如子，盡為君之道，百姓必然擁戴，國家必然大治。如果做國君的沒有國君的樣子，則必然民怨沸騰，國家大亂。如果做臣子的都盡為臣之道，忠君愛國，那麼天下必然清平，人民必然安樂。如果做父親的為子女做榜樣，父親像個父親，何愁子女不孝，何愁家道不興？做子女的像做子女的樣子，孝親友弟，則家庭必然和睦，外人哪敢相欺？君明，臣忠，父慈，子孝，天下豈能不治平安定？所以，孔丘以為『君君，臣臣，父父，子子』，即是治國安邦的最高境界。」

「說得好！假若君不君，臣不臣，父不父，子不子，則綱常倫理蕩然無存，天下必然大亂，縱使有粟，寡人豈能得而食之？」

齊景公剛說到此，就見宮中謁者慌慌張張地跑進來，稟告道：「大王，不好了！」

「何事驚慌？」

「周王使者到，說先王之廟遭火災了。」

「是哪一位先王之廟？」齊景公又急切地追問道。

不等謁者回答，孔丘接口答道：「此必周釐王之廟也。」

齊景公見孔丘說得如此肯定，立即追問道：「夫子何以知之？」

孔丘見齊景公面露懷疑的神色，不禁微微一笑，從容說道：

「《詩》曰：『皇皇上天，其命不忒。』積德行善之人，上天必報其德。災禍的降臨，情況亦然。釐王不遵周公之禮，擅改文王、武王制度，服飾五彩斑斕，宮殿高大巍峨，車馬儀仗規模過度，奢侈浪費難以盡言。天下之主有如此者，天火焚其廟，理所當然。因此，孔丘作出如此推測。」

齊景公不以為然，立即反駁道：「如果這樣說，上天為何當時不加禍于釐王本人，而要事後加殃其廟呢？」

「那是因為文王、武王的緣故。若當時加禍于釐王本人，則文、武二王必絕其嗣。今上天降災，火焚其廟，乃彰顯鳌王之過，警示後世之君也。」

齊景公雖然認為孔丘說得有理，但對事實是否如此，仍心存疑慮。但沒過一會，第二撥報信使者到，稟報說：「所焚者乃鳌王之廟。」

齊景公一聽，吃驚地從席上爬起來，對著孔丘打躬作揖拜了兩次，說道：「善哉！聖人之智，過人遠矣！」

從此，齊景公對孔丘更是刮目相看，尊敬有加。

第二年春天，齊國大旱，不少百姓死于饑荒。齊景公聞報，連忙找來孔丘，問道：

「今春，齊國大旱，不少地方都報告說有人因饑荒而死。這該如何是好？請夫子賜教于寡人。」

孔丘聽了，沉思有頃，說道：「天意難違，國君亦無回天之力。不過，孔丘以為，既有災荒發生，那麼只能面對。為今之計，只有節省開支，以賑濟百姓。」

「請問如何節省開支？」

「國君您出行，不要乘寶馬良駒，只以駑馬駕車；大小勞役，悉皆停止；馳車驛道，停止修整；祈福之儀，以幣玉而代牲畜；祭祀之禮，不用太牢（牛羊豬），不奏音樂。」

齊景公一聽，立即質疑道：「這樣做，能節省多少財力呢？恐怕不是治本之策吧。」

「是。這樣做，雖只是治標而非治本之策，但卻是賢君自貶以拯百姓之禮，可以贏得百姓的擁戴。只有苦民所苦，才能贏得民心，共同度過難關。」

齊景公以為然，依孔丘之計而行，終於度過了難關。

通過與孔丘的不斷接觸，齊景公覺得孔丘確實是一個難得的人才，也是一個品德高尚的君子，所以他就想將孔丘留下來，為齊國所用。但是，這個想法一直得不到晏子的支持，所以他也就一直沒有跟孔丘提起此事。

周敬王四年，魯昭公二十六年（西元前五一六年）。春末夏初之交的一天，齊景公正無事坐於殿中，望著窗外發呆。突然，有左右急急跑進來，稟告道：

「大王，剛才有一隻鳥飛到殿上，現在又飛到殿前，正展翅跳躍呢。」

「鳥兒本來就是飛上飛下，展翅跳躍的，這有什麼奇怪？」齊景公道。

「大王，臣說的不是這個。」

「那說的是什麼？」

「這鳥只有一隻腳，很奇怪。所以，臣才來向大王稟告。」

「一隻腳的鳥？在哪？領寡人去看看。」齊景公終於來了興趣。

那鳥似乎也不怕人，見齊景公領著一大幫人出來圍觀，仍然旁若無人地在殿前展翅跳躍。

齊景公看了一會，終於確信眼前所見到的一切。心中不免起了懷疑，他怕這是不祥的徵兆。於是，立即對左右說道：「快，快去請孔丘孔夫子來見。」

大約過了約半個時辰，孔丘應召來見齊景公。齊景公將所見之鳥的情形向孔丘一說，孔丘呵呵一笑，道：「國君您不必奇怪，此鳥名曰『商羊』，是一種預示即將有水災的鳥。以前有孩童屈起一條腿，展開兩臂，一邊跳舞一邊唱道：『天將大雨，商羊鼓舞。』此鳥今現于齊，恐怕水災將至。

國君您趕緊通知民眾修渠築壩，疏通水道，不然就要受澇了。」

不久，果然大雨連旬，很多國家都遭受洪水災害，唯有齊國因為事先有了準備，沒有受災。為此，齊景公不禁大為感歎道：「聖人之言，信而有徵矣。」於是，他下定了決心，決意要將廩丘之邑賜給孔丘作為終養之湯沐邑。但是，孔丘卻辭而不受。

事後，他的弟子問他為什麼不接受。他解釋說：「我聽說古人有言：『當功受賞。』我對齊國無功，只是偶爾被齊景公召見說說話，不當領受他的賞。我來齊國的目的，是為爭取齊國的幫助，讓魯昭公復國。齊景公明白我的意願，卻不願意採取行動，反而賞賜城邑給我。所以，我不能領受。」

五、三月不知肉味

廩丘之賜，最終沒有成為事實。這固然與孔丘的推辭不受有關，但更關鍵的因素則是晏子的反對。晏子認為，孔丘雖是正人君子，但觀念迂腐。時代變了，人的觀念也變了，他卻執意要「克己復禮」，力主恢復周公禮法，企圖將已變化的社會重新扳回到周公時代，這是不切實際的。他還認為，孔丘提倡的古禮，繁文縟節，在日常生活中會讓人束手束腳，不利於社會的發展。

他指出，孔丘雖主張節財、節葬，卻極重喪禮，這事實上又是在提倡鋪張，不利於公序良俗的建立。更為重要的是，晏子還認為，儒生生性傲慢，為人處事太過固執，不宜為人之臣。因此，他認為，對於孔丘不可重用，更不可重賜，否則，會給齊國之臣一個錯誤的資訊，從而改變齊國的社會發展導向，距離齊景公欲效齊桓公「九合諸侯，一匡天下」的目標會越來越遠。最終，齊景公被晏子說服，從此再也不提封賞孔丘之事。

孔丘後來知道此事後，雖沒有怨恨晏子，但對於齊景公始終不肯幫助魯昭公復國的事卻一直耿耿於懷。而齊景公也因為晏子的關係，與孔丘的關係越來越生疏了。為此，孔丘感到心情非常抑鬱。這之後，他也很少再去拜見齊景公。除了不定時地去看望在齊國避難的魯昭公，就是與弟子一起切磋琴藝，以詩書之澤、弦歌之聲來排遣鬱悶，休養身心。

在孔丘的影響下，原來對琴藝並無多大興趣，對彈琴也沒什麼天分的子路，這時也雅好琴瑟之音。一天，孔丘與冉耕一起出去閑走。回來時，突然聽見子路在叮叮咚咚地彈琴。孔丘側耳聽了一會，把冉耕拉到一旁，悄聲說道：「唉，阿由在彈琴方面太沒有天分了！」

「先生為什麼這麼說？弟子覺得還不錯呀！」冉耕故意這樣說道。

「先王創作音樂時，奏中音用以節制琴聲。且讓音樂在南方流傳，而不讓往北方傳播。」

「這是為什麼呢？」冉耕又追問道。

「這是因為南方乃萬物生長繁育之地，而北方則多為征戰殺伐之域。因此，有道君子的音樂溫柔中和，以養育萬物之氣，使憂愁之感遠離人心，躁動暴厲之舉不生於身體。這樣的音樂，便是太平盛世之風的體現。」

「那麼，小人之音又是如何呢？」冉耕又問道。

「無道小人之音，則完全不是這樣。其音激亢細瑣，充滿殺伐之氣。這是因為他們心中不存任何中和之意，身體裡不存一絲溫柔之感。這樣的音樂，便是亂世之風的體現。」

「原來如此。」冉耕恍然大悟地點點頭。

「昔舜彈五弦之琴，作《南風》之詩。其詩曰：『南風之薰兮，可以解吾民之慍兮；南風之時兮，可以阜吾民之財。』意思是說，南風輕柔地吹拂，可以讓百姓情緒安定，消除心中的憂愁。南風來得及時，便會風調雨順，五穀豐登，人民富足。正因舜帝這樣加強自身的修養，並努力教化百姓，所以他能迅速崛起，成為千古明君。舜帝的德化猶如一股股甘泉，汩汩長流。王公大人遞相師法，一代一代傳授，不敢相忘。而殷紂王則不然，他所好者是北鄙征戰殺伐之音，所以他滅亡得就很快。直到今天，王公大人還以殷紂王之事為鑒。舜帝本為一介布衣，因為心存仁厚中和之情，又不斷加強自身道德修養，所以能成為萬民擁戴、一統諸侯的一代帝君。殷紂貴為天子，不僅荒淫無道，而且暴戾殘民，最後以人亡政息而告終，這就是不加強自身道德修養的結果。阿由啊阿由，你只是一個匹夫之徒，不去瞭解先王制樂之奧蘊，而習亡國之音，讓為師如何不為你擔心？」

冉耕默然，無言以對，唯唯而退。

過了幾天，冉耕終於憋不住，將老師的話告訴了子路。子路聞之，懼而自悔，遂靜思反省，不飲不食，以至形銷骨立。孔丘聞之，乃說道：「過而能改，這也是子路的一大進步啊！」

在孔丘的指教下，子路的琴藝一天天在進步，其他弟子的琴藝則更是大有長進。由此，孔丘琴藝高超的名聲在齊國傳播開來。

一天，有一個年輕人自稱來自周都洛邑，名叫賓牟賈。說是早慕孔丘大名，特意前來拜訪。孔丘一聽是來自周室的書生，出於對周王與周公的崇拜心情，立即熱情接待，賓主相談甚歡。談著談著，二人突然談到音樂上。孔丘突然問道：「先生來自周室，孔丘有一個問題想討教，不知肯指教否？」

「在仲尼面前，牟賈豈敢言教？」

「《武》，乃周之六舞之一，又稱《大舞》。在正式表演《武》舞之前，有一個擊鼓提醒表演者作好準備的前奏，不知為什麼時間要延續那麼長？」

賓牟賈一聽孔丘提的是這樣一個簡單的問題，遂不假思索地回答道：

「這是在模仿武王出征，擔憂不能得士眾之心，而一再擊鼓動員的情節吧。」

「那歌手詠歎之聲何以拉得那麼長，伴奏樂聲何以連綿不絕呢？」孔丘又問道。

「這大概是在模仿武王伐紂而不能及時集合諸侯，抓住戰機，及時進軍而焦急等待的情節吧。」

「演出剛開始，演員為什麼那麼早就舉手頓足，以示奮發猛厲呢？」

「這大概是在模仿武王伐紂，抓住了時機而趁機進軍的情景吧。」賓牟賈答道。

「那麼，《武》舞演員左膝跪地，右膝提起，這是何意呢？」孔丘又問道。

賓牟賈肯定地答道：「那不是《武》舞的跪起動作。因為《武》舞要表現的是激戰情景，動作要迅猛疾速，不可能有時而跪地，時而提膝的動作。」

「《武》舞的歌聲充滿了肅殺之氣，這又是為何呢？」

賓牟賈再次肯定地答道：

「那也不是《武》舞的歌樂。因為武王伐紂，乃在應天意，順民心，不得已而為之，並非為奪天下，貪權位。因此，《武》舞的歌樂不可能充滿肅殺之氣。」

孔丘反問道：「若非《武》舞所應有之音，那麼又是何音呢？」

「那是因為樂官傳授錯了，因而失去了《武》舞音樂應有的本色。」賓牟賈肯定地說道。

「丘曾至周室觀禮，問樂於萇弘先生，他的說法與先生所說相同。今日我們所見《武》舞表演的動作與音樂，若非樂官錯傳，就是表現武王心志迷亂，濫用武力。」

賓牟賈聽孔丘這樣說，連忙跪直身子，從坐席上爬起，站起來向孔丘施禮，討教道：

「《武》舞開始時擊鼓警示時間很長，其理由牟賈剛才已經說過，也得到了先生的認同。但是，對於《武》舞演員在演出時久立舞位不動的原因，牟賈一直弄不明白。」

孔丘見問，頓時來了精神，連忙接口說道：「先生請歸席就坐，容丘細細說來。丘以為，樂舞都是模仿歷史上的既有事實。舞者持盾久立如山，乃是再現武王伐紂時持盾而立，指揮各路諸侯兵馬的情景。舞者舉手以示奮發，頓足以顯猛厲，乃是表現武王接受姜太公建議，用兵作戰，以武止暴的境界。《武》舞結束時全體跪下，表達的是武王伐紂大功告成，周、召二公共同執政的意境。」

孔丘說到此，賓牟賈突然插話問道：「那麼，《武舞》為什麼六段的隊列變化方向都不同呢？」

「《武》舞六段的隊列確實在方向上不斷有變化。第一段由原位而往北，象徵武王以臣伐君，征討紂王。第二段隊列往東，象徵武王兵出於周，由西向東消滅了紂王。第三段隊列向南，象徵武王滅商南還。第四段隊列由南而北，象徵南方各國歸順周朝。第五段隊列一分為二，象徵周、召二公左右分治國土。第六段隊列返回原位，象徵周王在位，天下諸侯尊崇天子。」

「在《武》舞第六段，隊列有時排成雙行，又有二司馬振木鐸，四卒以戈矛擊刺，這是何意呢？」

賓牟賈又問道。

「那是象徵武王以強大武力征服了中國。在第六段，有時也分兩列行進，那是象徵武功早成。」

「那麼，舞蹈開始時，舞者長時間站立舞位不動，又是何意呢？」

孔丘答道：「那是象徵武王伐紂時正在集合軍隊，等待四方諸侯的到來。難道你沒有聽說過牧野之戰的傳說嗎？」

賓牟賈點了點頭。

孔丘又接著說道：

「牧野之戰，武王克紂，又返政于商的後人。未下戰車，就將黃帝之裔封於薊，將帝堯之後封于祝，將帝舜後代封于陳。走下戰車，則封杞于夏後氏之裔，遷殷商之後于宋，又為殷王子比干堆土築墳，釋箕子於牢獄，還派人四處訪察賢臣商容，並恢復其官職。將百姓從紂王時代繁重的徭役中解放出來，將士人的薪給增加一倍。然後，渡河而西，放馬于華山之陽，不再騎乘。散牛于桃林之野，不再運輸輜重。車輛鎧甲蒙裹入庫，以示不再啟用。兵器藏鋒，包之以虎皮。將戰場回來的將帥，分封到各地做諸侯。由此，昭告天下，武王從此不再用兵。然後，解散軍隊，行郊射之禮。東郊習射，奏《狸首》之詩；西郊習射，奏《騶虞》之詩，禁止貫穿皮革的猛射。文臣戴禮帽，穿禮服，腰插笏板；勇猛武臣，則解下佩帶的刀劍。祭後稷於郊外，讓百姓知道尊敬父輩；祭祖先於明堂，使百姓明白孝順的道理。春秋二季定期接受諸侯朝見，讓諸侯知道為臣之道。行耕藉之禮，讓諸侯明白農耕的意義，懂得如何敬祖。」

「以上六事，就是人們所說武王教化臣民的重要措施嗎？」

孔丘點點頭，繼續說道：

「除上舉六端，武王又宴三老五更於太學，袒臂割牲，執醬勸食，執爵勸飲，還戴禮帽，執盾牌而歌舞，以此教化諸侯孝悌之義。正因為如此，周代的教化能夠通達四方，禮樂制度能夠通行天下。武王有德化如此，歌頌武王事功的《武》舞以那麼長的時間演出，不也是合適的嗎？」

「《武》舞的宗旨，先生述之備矣，牟賈已然明白。但《武》樂的特點，以及《武》樂與《韶》樂的差異，牟賈仍不明白，望先生能為牟賈指點迷津。」賓牟賈誠懇地說道。

孔丘頓了頓，說道：

「《韶》樂，據說是舜帝所作，是一種集詩、樂、舞於一體的表演藝術。舜帝作《韶》樂，意在歌頌堯帝之德，並示忠心繼承之意。夏、商、周三代帝君承襲餘緒，將《韶》樂用為國家大典之樂。武王伐紂定天下，論功行賞，姜太公居功其偉，封營丘而建齊國，將《韶》樂傳入齊國。」

「先生能否具體說說《韶》樂的特點，以及與《武》樂的區別呢？」賓牟賈提醒道。

「丘雖然喜愛音樂，但卻只是一知半解，並不精通。為此，丘曾赴東周洛邑，問學于萇弘先生。萇弘先生認為，《韶》樂與《武》樂，都是高雅之樂，流行於天子及諸侯各國宮廷之間。但是，二者還是有區別的。《韶》樂乃虞舜太平盛世之樂，音韻和諧柔婉，曲調優雅宏盛。而《武》樂則是敘武王伐紂克敵、一統天下之樂，因此它曲調高昂激亢，音韻壯闊豪放。」

「如果將二樂作個比較，先生以為哪個更勝一籌？」

孔丘頓了頓，若有所思。良久，才回答道：

「萇弘先生曾說過，就表現形式而言，二樂各具風格，都是優美之樂。但就表現內容來看，《韶》樂側重于表現安泰祥和，禮儀教化；而《武》樂則側重於大亂大治，述功正名。因此，丘以為，《武》樂盡美而不盡善，《韶》樂則盡善盡美矣！」

「那麼，先生有沒有親耳聽過《韶》樂呢？」賓牟賈又追問道。

「丘以前從未聽過，來齊後，在高昭子府上聽過。」

「感覺如何？」賓牟賈緊追不捨道。

「美妙之感難以言表！未曾想過竟有一種音樂能讓人有如此奇妙的感受。丘聽後，三月不知肉味啊！」

第四章 返魯

一、禍在旦夕

周敬王四年，魯昭公二十六年（西元前五一六年）。十一月初二，一大早，子路就急急跑進來，向孔丘稟告說：

「先生，有一個齊國之士說遠道而來，說是專程來向您請教的。您見不見？」

「有朋自遠方來，不亦樂乎？快，快，快，快請他進來相見。」孔丘一邊說著，一邊從坐席上爬起來，準備到門口迎接。

還沒等孔丘走到門口，那人已經進來了。孔丘連忙讓座，施禮。賓主寒暄互揖，分位坐定後，那人就開口了：

「在下乃齊國僻遠之士，姓高，名庭。今不遠千里，爬高山，涉惡水，披著簑衣，提著薄禮，以虔誠之心前來拜謁先生，想就如何侍奉君子的方法，請先生指教。」

孔丘見高庭問的是這個問題，便不假思索地回答道：

「以忠誠之心輔之，以恭敬之心事之。行仁行義，不知疲倦。見君子則薦舉，見小人則罷黜。去掉你心中的惡念，獻出你的赤誠之心。學習君子為人處事之道，效法君子待人接物之禮。如此，遠隔千里，亦親如兄弟。反之，縱使與人對門而居，人亦不與你相親。」

「先生的意思是說，言行舉止要學君子，禮儀規範要學君子。這樣，就能與君子相親，潛移默化，自己也就成了君子，是吧？」

孔丘點點頭，繼續說道：

「終日說話，務須謹慎，常思禍從口出之憂；終日做事，務須穩當，切記三思後行之誡。這些只有智者才能做到。因此，只有注重自身修養的人，才會常懷畏懼之心，以消彌可能產生的禍患；常存恭敬之意，以避免可能出現的災難。終身為善，若一言不慎，則一切努力皆化為烏有。可見，君子處世，一言一行能不謹慎嗎？」

「先生之言是也！高庭謹受教！」

說完，高庭就告辭離開了。孔丘將他送至門口，目送他走遠才回到屋裡。

正在此時，冉耕急匆匆地進來，稟告道：「先生，不好了！」

「伯牛，何事驚慌？」孔丘望著弟子從容問道。

「先生，弟子剛剛聽說，齊國與魯國開戰了，已經攻佔了魯國鄆原。」

孔丘一聽，不禁脫口而出問道：「是否為了魯昭公復國的事而與魯開戰的？」

「弟子不清楚。」

「伯牛，你快去套車，我馬上面見齊君。」

不一會，孔丘就穿戴整齊，走到門口時，冉耕已經套好了車，在等他了。

師徒二人立即登車，冉耕執鞭，驅車迅疾奔向齊王宮。大約過了半個時辰，就到了。又過了約半個時辰，齊景公才傳出話來，讓孔丘進去晉見。

孔丘連忙隨景公左右進了殿，跟齊景公客套禮讓了一番後，就直奔主題道：

「國君，孔丘聽說齊國發兵攻打魯國，還占了魯國之地鄆原，不知是否確有其事？」

「夫子消息好靈通！確有其事。不過，這不正是大夫所希望的嗎？」

「國君，孔丘不明白，這怎麼是孔丘所希望的呢？」

「夫子至齊，不就是為了魯昭公復國之事嗎？」

「確實是為魯君復國之事來請求大王的幫助。」

「那麼，寡人派兵攻打魯國，不正是大夫所希望的嗎？」

孔丘不解地問道：「孔丘沒有說希望大王出兵攻打魯國呀！」

「寡人不出兵，如何能干預魯國國政，讓昭公復國呢？」齊景公振振有詞地反問道。

「孔丘是想大王以齊國的威勢震懾一下魯國執政的季孫氏、孟孫氏、叔孫氏三家勢力，以外交的方式予以解決。並沒有希望齊國直接出兵，更不會希望齊國攻佔魯國的土地呀！」

齊景公見孔丘竟然跟自己講起理來，不禁啞然失笑道：

「寡人之國方圓千里，鄆原只不過是區區彈丸之地，寡人何嘗有過要取魯國土地之念？寡人取鄆原，乃為魯昭公也。」

「是為魯昭公？」孔丘睜大眼睛，吃驚地問道。

「正是。寡人已經將魯昭公安置於鄆原，並派兵予以保護。寡人這樣做，既是對魯昭公奔齊的一種恰當安置，也是對夫子的要求有了一個交代。」

孔丘對於齊景公這個說法，不知說什麼好。愣了好一會，也沒有回應。

齊景公見此，又說道：「魯昭公的安全與生活問題，夫子盡可放心。不過，寡人這裡有句話，事到如今也就只得跟大夫實話實說了。」

「國君，有話直說吧。」

「好！齊國有大夫多次來跟寡人請求，要求將夫子驅逐出齊。寡人認為夫子是賢者，不忍為之。但是，如今寡人老了，無法再用夫子。若他們亂來，寡人也很難約束他們。」

「國君，不必再說了，孔丘明白了。」

說完，孔丘就告辭出了齊景公大殿。回到下榻的客舍，他立即讓冉耕通知追隨自己來齊的弟子們，跟他們商量離開齊國的事。

日中時分，弟子都集齊了。如今還追隨在孔丘身邊的弟子，只有顏由、子路、冉耕、曾點、秦商等十余人，其餘都陸續回家孝養父母去了。見到弟子們，孔丘如實地將今天晉見齊景公的事從頭說了一遍，弟子們聽了都覺得還是離開齊國為上策。商議已定，大家就各自分頭準備，收拾行李，餵馬套車。午飯也沒來得及吃，總算在酉時將一切打理停當。匆匆上車後，就催動車馬急急出城。緊趕慢趕，好歹總算在日落閉城前出了城。

一行十多人，出了城之後，這才發現有很多現實問題擺在了他們面前，亟待他們解決。第一個問題，就是晚上的吃飯、睡覺問題。好在天氣晴朗無風，只要不下雨，不下雪，天當房，地當炕，好歹也能對付著解決一宿，因為大家都帶了鋪蓋。但是，吃飯問題就有很大的麻煩了。因為匆忙間來不及在城裡買個煮飯燒水的瓦釜，有米有粟也吃不進嘴裡。

大家商量了一番，最後決定趁著天色還未完全黑下來，讓秦商與子路到附近村子裡向老鄉借一個燒水煮飯的瓦釜，中午沒吃飯，好歹怎麼著也讓大家晚上吃飽肚子，睡個好覺。不然，饑腸轆轆，晚上睡不好，明天如何趕路。

秦商與子路奉命走後，其他弟子們則在附近尋找起枯枝乾草，以備燒水煮飯和晚上照明驅寒之用。冉耕、曾點二人找來一些石頭，壘起簡易灶台，等秦商、子路借回瓦釜後，就可以支鍋煮飯燒水了。

過了大約一個時辰，秦商與子路終於在暮色中回來，兩人手中各捧著一個瓦釜，一大一小。顏由迎上前去，接過一個大的瓦釜，將早已準備好的米倒入瓦釜中。然後，招呼曾點一起到附近一條溪流中去淘洗。不大一會，米淘好了，曾點還盛了一小瓦釜清水。

眾弟子於是有的鑽木生火，有的搬石為凳。當乾草枯枝終於被點燃，顏由正要把淘好的米倒進瓦釜中時，突然就聽一陣急促的馬蹄聲由遠而近順風傳來。顏由不禁停住了手中的活，與大家一起側耳傾聽。

還未等大家聽出個所以然，只見火光照耀中，三個黑衣人騎馬舉劍呼嘯而來。

子路大叫一聲：「不好，有刺客。大家保護先生先走，我來抵擋。」

但是，孔丘並沒有馬上走，而是仗著自己身高力大，拔出腰中佩劍，與子路一起奔向那三個騎馬而來的黑衣人。一邊衝，孔丘還一邊招呼不會武功的弟子趕快走。

「趕快把火熄掉！」秦商突然若有所悟地喊了一句。

曾點與顏由立即會意，趕緊熄了火。顏由在黑暗中脫下外衣，將已淘好的米從瓦釜中倒入衣中包好，一邊滴著水，一邊隨眾兄弟一起撤退。

由於孔丘與子路二人都身高力大，劍法高超，雖以二敵三，但並不怯懦。加上黑暗中，大家都看不見，怕自己人傷了自己人，大家都不敢使盡全力。最後，孔丘與子路且戰且退，配合默契，跳上了冉耕一直守著的馬車，驅車在夜幕的掩護下，順利地脫身了。

一夜狂奔之後，第二天日中時分，師生二人才精疲力竭地與昨夜走散的秦商、曾點、顏由等人會合在一起。師生之間、弟子之間，大家夥兒面面相覷，都不勝感歎唏噓。

後來，孔丘回到魯國後，從齊國來的弟子那裡得知原委，那晚追殺孔丘師生的三個黑衣人，就是齊景公所說的那個揚言要殺他的齊國大夫。這個齊國大夫是怕齊景公愛孔丘之才而重用孔丘，奪了自己在齊國的地位。

二、嬴博觀葬

周敬王五年，魯昭公二十七年（西元前五一五年）。二月初，孔丘師生行行重行行，走走停停，快要到齊、魯交界之地時，偶然聽人說到吳國公子季札出使齊國，回去的時候，長子死于嬴、博二邑之間。據說，過幾天季札就要在此為其子舉行葬禮了。

孔丘一聽，立即決定前往嬴博之間，觀看季札如何舉辦葬禮。為此，弟子們都感到不解。子路率爾無忌，就直截了當地問道：

「先生的學問當世有誰能比？季札葬子，先生何必還要親自前往觀看？難道葬禮方面的禮儀，先生還有什麼不明白的嗎？」

「阿由，你真是坐井觀天之蛙！季札是吳國最瞭解古禮之人。他的學問，為師不能比；他的德行，為師不能比；他的才能，更是為師不敢望其項背也。」

子路不服氣地說：「季札有那麼好嗎？先生說來聽聽。」

秦商、曾點、冉求等人也來了精神，說道：

「先生就給俺們說說這吳公子季札吧，也算是給弟子們上了一課，讓俺們長長見識，以後不敢妄自尊大。」

孔丘看了看弟子們渴求的眼光，乃從容說道：「季札，姓姬，名札，乃吳王壽夢少子。因封於延陵，故稱延陵季子。後又封於州來，所以亦稱延州來季子或季子。」

「季札姓姬，是不是周王的後代？」孔丘剛說了幾句，子路突然插話問道。

「正是。季札的先祖，即周朝的泰伯，乃世所少見的至德之人。泰伯本為周王的法定繼承人，但其父太王寵愛幼子季曆及其孫姬昌。泰伯順其意，主動讓出王位繼承權，並藉口採藥而逃至南方蠻荒之地，建立了吳國。」

「那後來呢？」曾點也迫不及待地追問起來。

「泰伯建立吳國後，傳了數代，至季札之父壽夢。壽夢生有四子，幼子即為季札。季札德行才幹在四兄弟中最為突出，不僅其父壽夢最喜歡他，就是他的三個哥哥，也無一不喜歡他，贊成父王壽夢將王位傳給他。但是，季札不肯接受，執意要哥哥諸樊繼承王位。哥哥諸樊有自知之明，知道治國重任交給弟弟季札最為合適，所以他堅持要季札繼承王位。季札仍然不肯，乃說服哥哥諸樊道：『昔子臧賢能，曹人欲擁立為君，子臧不允。為堅守為臣之義，斷絕國人擁立之念，子臧乃潛逃至宋。由此，曹君得以繼續執政。子臧遜讓之德，守節之義，國人皆稱頌之。今子臧榜樣在先，季札焉敢求國君之位。季札雖無德無能，但尚有追慕先賢之心。』季札越是謙讓，吳人越是如眾星拱月一般擁戴他，執意要擁立他為吳王。」

「最後呢？」冉耕問道。

「最後，季札不堪其憂，乃退隱於山水之間，棄其室而耕于焦溪舜過山下。壽夢死，諸樊繼位為吳王。諸樊死，其兄餘祭立。餘祭死，夷昧立。夷昧死，欲依序傳位於季札，季札仍然不受。夷昧無奈，只得傳位於其子僚。」

孔丘說到此，頓了頓，看到弟子們個個面露肅然起敬之表情，遂又接著說道：

「季札不僅是個厚德載物的謙謙君子，謹守臣道的世之楷模，還是一個義薄雲天的重情漢子。」

「先生何以這樣說？」曾點問道。

「一次，季札奉吳王之命，出使中原各國。路過徐國時，徐君愛其劍，但未明言。季札心知其意，但因奉命出使不能無佩劍，所以當時就沒有將佩劍獻給徐君。但心中暗許，等完成使命後，再將佩劍獻給他。沒想到，完成使命再經過徐國時，徐君已經過世。季札聞之，不勝悲傷，遂決定將所佩寶劍贈與徐國繼位之君，以了卻心願。但隨從卻勸諫說：『此劍乃吳國之寶，不可以贈人。』

季札回答說：『這劍不是我贈給他的，而是兌現諾言還給他的。前次我經徐國時，徐君觀我劍，心甚愛之，但未言。我因有出使上國之使命，未敢獻之。但心中已許給了徐君。今徐君已死，我因之不獻，這是欺騙自己的良心。愛劍欺心，廉者不為。』但是，徐國新君卻不敢接受，說：『先君沒有留下遺命，寡人不敢受之。』於是，季札到徐君墓前痛哭一番之後，解下腰間佩劍，懸於徐君墓前樹上而去。徐人不忘季札情義，乃作歌謠曰：『延陵季子兮不忘故，脫千金之劍兮帶丘墓。』」

「真乃義薄雲天之士也！」秦商不禁脫口而出贊許道。

「以上所說，都是季札之德。那麼，他的才幹又表現在什麼地方呢？」子路又重拾老師前面提到的話題，不依不撓地追問道。

孔丘見子路對自己禮敬季札仍存懷疑之意，遂又說道：

「季札的才幹表現在很多方面，他既是出色的政治家、外交家，還是著名的交遊家與傑出的音樂家。」

「那請先生給弟子們好好說說吧。」子路似乎對季札之才仍有懷疑。

「吳國僻處南蠻荒遠之地，而今崛起為天下大國，與齊、秦、晉等平起平坐，這與季札輔佐吳王的功勞分不開。這便是他的政治才幹。至於季札的外交才幹，那更是天下聞名了。周景王元年，季札奉吳王之命出使魯、齊、晉、鄭、衛等五國。在此中原五國之行中，季札與齊國的晏子、鄭國的子產等著名的政治家與外交家相會，充分展現了其不平凡的外交才能，使北方強國對南方吳國有了清楚的認識，並促使諸國與吳國通好。在鄭國時，他與子產建立了深厚的感情，二人成了莫逆之交。離開鄭國時，他以洞若觀火的眼光，對子產提出了建議：『鄭君無德，政將歸您，但您務須以禮治國，方可使鄭免於厄運。』在晉國時，季札預言晉政將歸韓、魏、趙。在衛國時，他廣交朋友，發現衛國有很多賢明的君子，衛國之君也很開明。因此，他對人說：『衛雖小國，但多賢臣輔政，衛國政局穩定，百姓安樂的局面將會延續一個時期。』後來事實證明，果然如此。」

子路聽到此，才默默地點了點頭，知道老師對季札才能的推崇不是虛言。

孔丘看到子路點頭，遂又接著說道：

「季札出使諸侯各國，善於廣泛交友，對於南北文化交流，起了不少作用，因此諸侯各國亦視其為一個友善活躍的交遊家。」

「說季札是外交家、交遊家或是政治家，弟子以為都不是虛言，那麼說他是一個傑出的音樂家，依據何在？」顏由忍不住問道。

孔丘一聽，先是呵呵一笑，接著從容說道：

「周景王元年，季札曾奉命出使魯國，聽到了周樂。雖是第一次聽周樂，但對周樂的感悟力卻比訓練有素的人都好。其對周公禮樂奧義精蘊的理解，對周樂所體現的周朝盛衰之勢的把握，都令人吃驚。如在欣賞《秦風》後，他說：『此乃華夏之聲也！秦為西戎小國，近華夏而強大，假以時日，必有周朝鼎盛之象。』他能從樂聲中聽出秦國的發展趨勢，預知其未來，令人折服。又如他聽到《唐》樂時，感受到遠逝的陶唐遺風；聽到《大雅》時，他聽到了樂曲中展現的文王之德；聽到《魏》歌時，他仿佛聽出了那『大而寬，儉而易』的盟主之志和以德輔行的文德之教；當《招箾》舞起時，他感歎道：『此乃至德樂章也！猶如蒼天覆地，大地載物，無所不包。縱使盛德之至，亦無以復加也！』」

孔丘說到這裡，子路終於服氣了，說道：

「季札既是如此奇才，俺們願隨先生前往求教，以觀喪葬之禮。」

其他弟子也齊聲附和，於是師生立即動身，前往接近魯國邊界的齊國嬴、博二邑之間的地方，參加弔祭季札之子的葬禮。

葬禮開始前，季札給兒子穿好衣裳。但所穿衣裳都是日常穿過的。然後，季札讓工人開挖墓穴。挖墓穴時，沒有挖到泉水時，季札就令停止了。落葬時，季札沒讓在棺木裡面放置任何隨葬冥器。棺木下壙後，季札令人填上土，上面堆了頂。但是，墓堆的長度和寬度只與墓穴相當，高度僅可讓人倚靠而已。堆土成墳後，季札袒露左臂，從左往右繞著墳堆，邊走邊哭。哭了三遍後，飲泣曰：「骨肉歸此土，命也。魂魄無所不在，無所不在。」說罷，季札就離開了。

孔丘眾弟子看了，都覺得季札葬子太過草率，不夠莊重。於是，紛紛交頭接耳，竊竊議論起來。

子路是個直性子，乃問孔丘道：

「先生曾說過，生死乃人生大事。今季札中途喪子，葬子如此輕率，根本就不合禮制。可是，先生前些時候還跟俺們說，季札乃吳之最習古禮者。」

孔丘聽了，淒然一笑，道：

「阿由知其一，不知其二。季札乃吳國王叔，葬子之禮本可從繁辦得隆重，厚殮厚葬亦無不可。只因季札此行乃是奉命出使，不當挈子同行。今子不幸中途棄世，葬禮也就只能從簡。不過，葬禮雖然從簡，但並不表示季札沒有舔犢深情，對其子之死不哀傷。看他繞墳悲號三聲，其悲痛之情可見。這便是古人所謂『禮不足而哀有餘』。所以，為師認為，季札葬子之禮從簡，最合古制。」

眾弟子一聽，這才恍然大悟，連連點頭稱是。

三、山水故國情

周敬王五年，魯昭公二十七年（西元前五一五年）。四月初，孔丘攜弟子進入魯國境內。一入魯境，遠望山上樹木，近看路邊小草，孔丘都感到無比親切，也有無限的感慨。眾弟子追隨老師，在齊國流落這麼多年，自然也有相同的感受。

因為魯昭公沒能復國，孔丘總是擔心回到魯國後有什麼不測，所以雖與眾弟子進入魯境，卻並不急於趕回曲阜。於是，師生十餘人便一路走走停停，一邊不斷向人打聽曲阜方面的情況，瞭解魯國政局發展情況，一邊欣賞沿途的風光。

七月的一天，一場大雨過後，天氣大熱。日中時分，孔丘和弟子們都覺得受不了，便在路邊靠近一條小河的一棵大樹下坐下來，想避避暑，納納涼。坐下後，大家一邊鬆開衣帶散熱，一邊拿出乾糧打尖。孔丘也與弟子們一樣，草草吃了幾口，然後就靠著大樹開始閉目養神。而弟子們吃完乾糧後，則三三兩兩聚在一起閒聊。孔丘閉目養神片刻，大概是覺得煩悶，便起來信步走到小河邊。坐在小河邊的一塊石頭上，看著雨後漲起的河水滾滾東流而去，孔丘一時陷入了深思。

這時，顏由悄悄地走過來，問道：「先生在觀賞流水嗎？」

孔丘點點頭。

顏由又問道：「為何君子看見大水，就一定要駐足觀賞呢？」

孔丘看了看顏由，又望了望眼前奔流不息的河水，語重心長地說道：

「因為河水會給君子以啟示。」

「何以言之？」顏由不解地問道。

「河水奔流不息，所過之處，給萬物以生命，但卻從不居功，這就像一個人的德；河水從高低不等、曲折不一的地面流過，看似沒有規律，但卻遵循著一定的道理，這就像一個人的義；河水浩蕩無際，沒有窮盡之期，這就像是至大無垠的道。」

說到此，其他弟子也圍了過來。孔丘望了望大家，遂又發揮道：

「河水從高處流下，遇百仞之谷而不住，這就像是一個勇敢無畏的勇士；以河水為標準，將之作為參照物來衡量他物，必然公平公正，這就像是法。盛水於器，水滿則溢，不必以概刮平，這就像是一個正人君子。水雖柔弱，但卻無孔不入，沒有什麼細微的地方不能到達，這就像一個明察秋毫之人。河水一旦發源，就會一直奔流往東，這就像一個抱定某一志向的人。萬物在水中洗過，就會蕩污滌垢，變得潔淨，這就像是一個善於教化的人。水具有如此的品德，因此君子見水，必要欣賞觀察。」

眾弟子沒想到老師從眼前的河水，竟能引出如此一番做人的大道理，不禁肅然起敬。於是，齊聲說道：「先生說的是，弟子謹受教！」

送走了炎夏，又迎來金秋。十月中旬，孔丘與眾弟子終於走到了泰山腳下。之所以走得這麼慢，是因為至今魯國的政局仍然不明朗，執政的季平子對自己回國到底什麼態度，會不會加害自己，孔丘心中都沒數。他要靜觀其時局，留得有用之身，以實現「克己復禮」，恢復天下秩序的人生目標。

「先生，泰山就要到了，回到曲阜也為時不遠了。」冉耕看到泰山，興奮地說道。

「不忙著回曲阜，難得有這樣一個機會，俺們師生正好順便登臨一下泰山，放開懷抱，好好欣賞一下山水。」孔丘好像是漫不經心地回答道。

「記得先生曾說過：『仁者樂山，智者樂水。』看先生這一路又是觀水，又是登山，可知先生是仁智二者兼備矣。」顏由說道。

「弟子曾聽人說過，先生曾說過一句名言。」曾點也插進來說道。

「什麼名言？」子路好奇地問道。

「『登東山而小魯，登泰山而小天下。』」曾點說。

孔丘一聽，呵呵一笑，道：「那只是為師登東山時一時脫口而出，其實為師並未登臨過泰山。所以，這次倒想登臨一下泰山，領略一下『登泰山而小天下』的感覺。」

「先生如此雅好登山臨水，難道就是為了尋找一種感覺嗎？」

子路這突如其來的問題，讓眾弟子們為之一愣，覺得子路太過唐突了。沒想到，孔丘並不生氣，從容說道：「阿由只知其一，不知其二。登山臨水，除了能尋找一種親近自然的感覺，放鬆身心外，還能從中得到人生的啟示。」

「什麼啟示？」子路立即追問道，他以為老師是在故弄玄虛。

「不觀高崖，何以知顛墜之患；不臨深泉，何以知沒溺之患；不觀巨海，何以知風波之患？一些人之所以會丟掉性命，不正是因為不明白這些道理嗎？為士者慎重地對待上述三個方面，就不會使自己遭遇不測的災難。留得有用之身，才能孝親友悌，治國平天下。這樣不好嗎？」

「先生說的是！弟子謹受教！」眾弟子齊聲答道。

深秋的天氣雖然有些涼，攀爬泰山雖然有些吃力，但有眾弟子的陪同，孔丘感到是一種從未體驗過的人生快樂，畢竟登臨泰山一直是他的理想，親身體驗一下「登泰山而小天下」的感覺遠比懸想中的感覺要真實得多。

經過約三個時辰的攀爬，孔丘與弟子們從午時爬到申時，終於在日落時分登上了泰山，看到了紅霞滿天的泰山晚景。第二天，他又與眾弟子領略了泰山日出的晨景，體驗了雲飛霧繞的情境。

第二天午時下得山來，在山腳下遇到了一位身穿鹿皮裘，腰繫草繩，邊奏瑟邊吟唱的白髮男子。

孔丘覺得此人非比尋常，在好奇心的驅使下，便迎了上去，躬身施禮後，彬彬有禮地問道：

「請問老丈尊姓大名，仙鄉何處？」

那老者看了看孔丘，知道他是一位儒者，遂也恭敬有禮地回答道：「老朽乃郕之野人榮聲期也。」

「那麼，敢問老丈何以快樂如此？」

榮聲期不假思索地回答道：

「老朽的快樂很多，但最快樂的事有三：天生萬物，唯人為貴，老朽有幸為人，此一樂也；男女有別，男尊女卑，老朽有幸為男，此二樂也；人生有胎死腹中者，有年幼而夭者，老朽行年九十有五，此三樂也。貧窮，乃士之常態；死亡，乃人生之歸宿。安貧而享天年，何憂之有？」

孔丘聽了，不禁脫口而出道：

「善哉！達觀有如先生者，天下能有幾人？」

告別了榮聲期，孔丘師生又繼續慢慢前行。走了幾天，到了一個臨溪的小山之下。突然，顏由指著山腳下一所孤零零的房子，說道：「看，那所房子還在，大家還記得三年前這裡發生的事嗎？」

孔丘與眾弟子一聽顏由的話，都循著他手指的方向望去。但是，大家看到那所房子後，卻都沒有一人吱聲。一時，大家都陷入了回憶之中。

那是魯昭公二十五年九月的一天，在孔丘師生追隨魯昭公而奔齊的途中，經過了這個地方。時當日中時分，大家正要停下打尖休息，忽然遠遠傳來一個男人悲傷的哭聲。孔丘側耳傾聽了一會，說道：「這個男人的哭聲確實是很悲哀，但好像不是剛剛失去親人的那種悲哀。」

「先生難道是從哭聲中聽出來的？」子路懷疑地問道。

孔丘點點頭，說道：「不信，俺們過去問問。」

眾弟子一聽，都有興趣，這一路老師逢事都要給大家講一番道理，這也是一種很好的教學方式啊！於是，大家就隨孔丘一起臨時拐到山腳下那所房子前。近前一看，只見一個長相與氣質都與眾不同的男人，正手拿鐮刀，腰繫繩索，哭得傷心，但並不顯悲哀。孔丘下車，小步趨前，施禮後恭敬地問道：「不知您是哪一位？」

那人見孔丘是儒者打扮，言行彬彬有禮，遂連忙回答道：

「在下乃丘吾子。」

「您現在並不在辦葬禮，如何哭得如此傷心呢？」孔丘問道。

丘吾子答道：「我生平有三大過失，而今幡然醒悟，悔之莫及。」

「敢問是哪三大過失？希望您能毫無保留地告訴我。」孔丘誠懇地央求說。

丘吾子見孔丘態度誠懇，遂平靜地說道：

「我少時好學，周遍天下。遊學歸來，雙親盡亡，此一失也。後事齊君為臣，齊君驕奢淫逸，盡失人心，我為臣之節不能保，此二失也。我平生喜好結交，朋友遍天下，而今卻都離我而去，與我斷絕了來往，此三失也。」

孔丘聽了，默默地點點頭。

丘吾子繼續說道：「樹欲靜而風不止，子欲養而親不待。逝去而不能回來的，是歲月；失去而不能再見的，是雙親。身為人子，而不能在父母生前盡孝，枉為人子也，我何面目見人，還是讓我從此與大家告別吧。」

說著，丘吾子就投到屋前的溪流中，溺水而亡。

孔丘望著溪中載浮載沉的丘吾子，不勝悲傷地對弟子們說：

「大家記住了，丘吾子之事足以為戒也！」

當時聽了老師的話，看著眼前的丘吾子浮漂於溪水中的屍體，弟子們都非常悲傷。其中，有十三位弟子觸景生情，感慨繫之，告別孔丘回到家鄉去孝養父母了。

望著遠處丘吾子曾經住過的房子，想著丘吾子當年投溪而亡的一幕，孔丘與弟子們都陷入了沉思，沒有一個人說話。也許他們都會想到自己的前世今生，想到自己的父母雙親，或是想到為此而離去的師兄弟們。

四、入晉暢想

周敬王五年，魯昭公二十七年（西元前五一五年）。十二月二十八，孔丘攜十餘名弟子回到了魯國首府曲阜。

雖然是要過年了，但在曲阜城內的弟子們，聽說老師回國了，立即聚攏來，要求孔丘再開杏壇，繼續跟他求學。孔丘答應過完年後再開杏壇，並請弟子們互相轉告，在曲阜城外或國外的弟子，如果有辦法通知，也通知他們回來。

曲阜的父老鄉親們聽說孔丘回來了，也非常高興，紛紛扶老攜幼前來探望。十二月三十，除夕在即，一位衣衫襤褸的老人手捧一個瓦罐，來到孔丘府前，說有一道美味請他品嚐。

孔丘聞言，連忙小跑著出來迎接。一看，原來是曲阜城裡一位遠近有名的既非常節儉又非常吝嗇的老人。

老人見孔丘出來，看到自己似乎有驚訝之色，遂主動開口說：

「俺用瓦鬲煮食，煮出來的食物，吃起來非常鮮美。先生是美食家，又是剛從國外回來，所以俺特意盛了一罐給您嘗嘗，看看味道如何？」

說著，老人恭恭敬敬地將手中捧著的瓦罐遞給孔丘。孔丘連忙一邊施禮感謝，一邊說道：

「感謝老伯饋贈盛情！」

送走了老人，孔丘如受太牢（牛羊豬肉）之饋，小心翼翼地捧著那個瓦罐進了門。然後，放在食案上，慢慢打開瓦罐的蓋子，先用鼻子聞了聞，再用筷子夾了一塊放到嘴裡。咀嚼了一會，孔丘似乎很陶醉，心情顯得非常好。

子路看了不懂，以為老師吃的真是什麼美味，就冒昧地上前朝瓦罐裡看了一眼。不看不知道，看了之後，子路不禁立即捂住嘴巴，背過面去，偷偷大笑。

曾點立即湊過去，問子路道：

「先生到底吃的是什麼？看他那享受的樣子，好像是享受太牢一樣陶醉。」

子路又捂著嘴笑了一會，然後才告訴曾點說：

「什麼太牢？是一罐清水煮蘿蔔啦！」

曾點聽了，也捂起了嘴巴偷偷地笑了起來。

子路笑過一陣，又忍不住地對孔丘說道：

「先生，瓦甂是一種陋器，清水煮食毫無味道，為什麼先生食之如此高興呢？」

孔丘聽了，呵呵一笑，道：「阿由，你真的是不懂道理啊！好諫者，是因為他想到了國君；吃到美食者，總會想到自己的親人。我受人之饋，不在乎其盛物器皿之好壞，而是在乎他吃到美味想到了我，這是多麼真誠的情意啊！」

子路、曾點等弟子聽了，都慚愧地低下了頭，連聲說道：「弟子謹受教！」然後諾諾而退。

周敬王六年，魯昭公二十八年（西元前五一四年）。九月二十日，天氣晴好，秋風習習。早飯後，孔丘就聚集來自魯國以及遠從衛、齊等國再次聚攏來的眾弟子在杏壇講學。日中時分，突然顏由急急跑來，報告說：「先生，弟子打聽到一個消息。」

「什麼消息？快說！」孔丘看顏由緊張的神情，不免也著急起來。

「魯昭公到晉國去了。」

「到晉國了？怎麼去的？現在晉國什麼地方？」孔丘急促地問道。

「是怎麼去的，不知道。但現在可以準確地說，魯昭公是居於晉國乾侯。」

孔丘聽到此，不禁默然無語。沉默了好久，又問顏由說：

「晉國現在是誰在執政？」

「弟子聽人說，是魏獻子。」

「哦？現在是魏獻子在執政？」孔丘喃喃自語道。

「正是。先生知道魏獻子？」顏由連忙追問道。

「魏獻子，誰不知道？那可是個了不起的人啦！」

子路、曾點等人一聽，連忙追問道：「魏獻子怎麼了不起，先生可否說說，讓弟子們長長見識。」

孔丘點點頭，清了清嗓子，然後從容說道：「魏獻子，是晉國名將魏絳魏昭子之孫，亦是晉國步陣戰術的發明者。」

「步陣戰術？」子路好奇地問道。

「正是。晉平公十七年（西元前五四一年）夏，山戎犯晉。魏獻子與中行穆子（即荀吳）奉平公之命，率師迎敵。山戎聯合群狄，與晉師遭遇于大原。大原屬太行山區，山道狹窄而崎嶇，地勢險要。山戎以步兵見長，行動敏捷，正適宜於在此山區戰場大顯身手。而晉師歷來都是以車戰見長，但大原並非平原而是山道，兵車無法運動。這就給晉師的作戰帶來極大的困擾。

面對變局，魏獻子臨危不懼，毅然『毀車為行』，將兵車方陣改為步兵方陣。晉師的兵車方陣，一般是五乘甲車為一組，每乘甲士三人，一組共十五人。改為步兵方陣後，編五人為一伍，三個伍編為一組，再與原有輕裝步兵配合，形成一個新的作戰單位。這樣，將歷來定制的伍、專、參、偏為編組的兵車陣列，變成了以前鋒、後衛、左翼、右翼和前拒為編組的步兵陣列。」

「結果如何？」子路焦急地問道。

「結果，中行穆子的寵臣不肯聽命，不願捨車就步。魏獻子立即軍法論處，斬其首而號令晉國官兵。戎狄之師長于步戰，見晉師棄長就短，不禁大為得意。魏獻子利用戎狄麻痹輕敵心理，指揮將士乘機發動攻擊。戎狄之師隊陣尚未擺好，晉師就已將其打散，由此取得了大原之捷。」

「哦，步戰陣法原來是魏獻子發明的，真是了不起！」子路脫口而出道。

「還有更了不起的呢！」顏由說道。

「快說。」孔丘與子路幾乎異口同聲地說道。

「今年初，執政的韓宣子老死，魏獻子開始執政。祁奚之孫、叔向之子與晉君相惡，魏獻子乃滅祁氏、羊舌氏，分祁氏之田為鄔、祁、平陵、梗陽、塗水、馬首、盂七縣，分羊舌氏之田為銅鞮、平陽、楊氏三縣，選派賢能之士，包括自己的兒子魏戊，擔任縣宰，命司馬彌牟為鄔大夫，賈辛為祁大夫，司馬烏為平陵大夫，魏戊為梗陽大夫，知徐吾為塗水大夫，韓固為馬首大夫，孟丙為盂大夫，樂霄為銅鞮大夫，趙朝為平陽大夫，僚安為楊氏大夫。」

孔丘一聽，脫口而出道：「魏獻子此舉，近不失親，遠不失舉，可與當年祁奚薦賢『外舉不避仇，內舉不避親』相媲美，可謂義矣！」

過了幾天，南宮敬叔來看孔丘，孔丘提到晉國魏獻子執政的新氣象，表達了有意到晉國投奔魏獻子，實現自己政治抱負的想法。同時，也提出想借此機會到晉國乾侯去探望一下在此避難的魯昭公。

南宮敬叔覺得老師前幾年到齊國流浪，已經受了不少委屈，吃了不少苦。現在回國不久，又要到更遠的晉國，恐怕形勢並不會如他所樂觀的那樣。如果再有什麼意外，那困難會更大。所以，他就勸說老師稍安勿躁，不妨再觀察一下。因為魏獻子剛剛執政，就有祁氏與羊舌氏之變，今後晉國政局如何變動還不得而知。如果晉國政局真的明朗了，到時再去不遲。孔丘覺得南宮敬叔這些年在政壇上歷練得越來越冷靜了，分析得頗有道理，遂暫時打消了動身往晉國的念頭，等待時機。

但是，沒過兩個月，晉國政壇的另一個風雲人物趙簡子，聽說孔丘已經從齊國回到魯國，知道他是一個幹才，又是博學之士，可能對其開創晉國政治新局面有所助益，遂鄭重其事地派出其家臣、中牟邑宰佛肸前往魯國召請孔丘。孔丘一聽是趙簡子相召，心為所動。正要動身時，卻遭到了子路的勸阻，說：「先生曾經說過：『一個人不能躬踐善行，則君子恥與為伍。』今佛肸以中牟邑宰而叛晉廷，您卻要依附于他，於理不合，於禮不宜。」

孔丘覺得這是他用世的一個好機會，所以說服子路說：

「為師確實說過這個話。不過，阿由啊，你沒聽說過這樣一句話嗎？」

「什麼話？先生請講。」

「至堅之物，磨而不薄；潔白之物，漂染不黑。為師難道只是一隻瓠瓜，可觀而不可食？」

可是，還沒等孔丘動身，從晉國傳來的一個消息，終於讓孔丘自己改變主意。周敬王七年，魯昭公二十九年（西元前五一三年）冬，晉國正卿趙鞅（即趙簡子）和晉國中行氏第五代家主荀寅（又稱中行寅）聯手，出兵佔領了汝濱，令晉國民眾鼓石為鐵，鑄為刑鼎，將范宣子昔日所用「夷蒐之法」鑄刻其上。

孔丘知道後，對晉國政局徹底失望，從此打消了投奔晉國的念頭。因為在孔丘看來，鑄法於鼎等於是徹底否定了以往「刑不可知，則威不可測」的理念，破壞了周公制定的等級制度，導致「貴賤無序」，並發出了「晉其亡乎！失其度矣！」的慨歎。六

五、學而時習之

死了入晉的念頭，孔丘更安心地在曲阜聚徒授課了。

六　編按：趙簡子是中國春秋時期晉國趙氏一族的領袖，原名趙鞅，也就是史事「趙氏孤兒」中的孤兒「趙武」之孫。晉昭公時，趙簡子為大夫，專心國事，致力改革。魯昭公二十九年，趙鞅和荀寅，向晉國百姓徵收了四百八十斤鐵，鑄成刑鼎，把范宣子（晉國六卿）所制定的刑書鑄在鐵鼎上。孔子聞後嘆：「晉其亡乎，失其度矣！……民在鼎矣，何以尊貴？何業之守也？貴賤無序，何以為國？且夫宣子之刑，夷之蒐也。晉國亂制，若之何其為法乎？」鼎為禮器，鑄法於鼎等於是將刑法置於道德禮儀之前，以刑法威嚇百姓，設置刑法等著人民自投羅網，因此說「民在鼎矣」。見《孔子家語》。

到魯昭公二十九年（西元前五一三年）年底，重又聚集到杏壇的各國弟子人數竟達三百餘人。由於學生人數多，年齡結構不一樣，學習時間不一致，來自的國家與地方又不同，這就給孔丘授課帶來了極大的困難。如果所教的內容過簡，老生毫無收穫，覺得是徒然浪費了青春；如果所教的內容過深，新生無法理解，猶如對牛彈琴，這樣會讓他們對學習知識失去興趣與信心，產生畏懼心理。

為此，孔丘感到苦惱。一方面，他仍然堅持「有教無類」的教育理念，堅持平民化辦學的方針，對於從四面八方、國內國外絡繹不絕而來的莘莘學子持歡迎的態度；另一方面卻又為教學場地與師資缺少而一籌莫展。

思來想去，孔丘有一天終於想到了一個辦法，遂立即找來顏由、秦商、子路、曾點、冉耕等十餘位第一批招收的弟子，跟他們說：「今各地、各國來此求學的人，計有三百餘人。」

「這說明先生『有教無類』的辦學思想深得人心，先生興學成功啊！」秦商說道。

「但是，杏壇能夠容納的人有限啊！」孔丘無可奈何地說道。

「先生說得對，即使能夠擠得下，但是這麼多人裡三圈外三圈圍著小小的杏壇，教學效果也會大打折扣的。」顏由補充道。

「除了季路所說，還有一點，也讓為師感到困擾。」

「先生還有什麼困擾？」子路追問道。

「求學的人年齡大小參差不齊，學習的時間有長有短，無法統一教學。」孔丘補充道。

「那麼，怎麼辦？又不能把大家都遣散了。」曾點說道。

「為師最近幾天一直在為此而苦惱，今天突然想到一個辦法，所以找大家來商量一下是否可行。」孔丘說。

子路一聽老師有辦法，遂急不可耐地追問道：「先生有什麼辦法？快說給弟子們聽聽。」

「可否將三百多人劃分為十幾個小組，每組三十人左右。如有再來者，各小組可陸續添加幾人。每個小組的學生採大小搭配、新舊結合的方式組合。這樣，大孩子帶小孩子，老生帶新生，不僅師資問題可以解決，還能解決教學場地問題，使擁擠在杏壇的弟子們能夠化整為零，分散到各個合宜的場所。」

「先生的意思是說，讓我們先及門的弟子做後入學弟子的老師，是嗎？」曾點問道。

「子皙說得對。為師正是這樣想的。你們跟為師多年，已經學有所成，完全可以做後學者之師。再說，教學相長，通過教學，你們也可以重新溫習一下為師教給你們的知識，豈不一舉兩得？」

「先生以前跟我們說過：『溫故而知新，可以為師矣』，說的就是這個意思吧？」冉耕詮釋道。

孔丘聽了，不禁會心一笑，點點頭，說道：「伯牛現在也很有悟性了。」

子路見老師表揚冉耕，連忙插話說：「弟子記得先生還說過這樣一句話：『學而時習之，不亦悅乎？』說的也是這個意思吧。」

孔丘聽了，拈鬚莞爾一笑，道：「阿由說得也對。」

「先生，那弟子們給後學的師弟們教些什麼內容呢？」曾點迫不及待地問道。

「就像為師以前教導你們的那樣，先從識字開始，同時在識字教學中將做人的道理講清楚，教書同時也要育人啊！」

「那麼，應該講哪些做人的道理呢？」秦商問道。

「告訴他們，做人要誠實，不要花言巧語。」孔丘答道。

子路一聽，立即接口說道：「先生以前教導我們時說過兩句話：『人而無信，不知其可也』，『巧言令色，鮮矣仁』，說的就是這個意思吧。」

孔丘點點頭，表示贊許。

「先生以前還教導過我們，說做人要有風骨，有氣節。這一點，弟子們也要跟師弟們講吧。」冉耕問道。

「當然，這一點正是君子與小人的區別，怎麼能不強調呢？」孔丘肯定地說道。

秦商接著說道：「先生以前教導我們，曾說過：『三軍可以奪帥也，匹夫不可奪志也』，又說過：『歲寒，然後知松柏之後凋也』，說的正是這種君子風骨吧。」

「不慈是個有心人，為師的話記得很清楚。」孔丘笑著嘉許道。

顏由聽老師這樣表揚秦商，也忍不住插話說道：

「關於如何做人的道理，先生說過很多。這些話，我們至今都是記得的。」

孔丘聽顏由這樣說，似有與秦商一較高下的意味在，不無邀寵之意。遂有意鼓勵他說：

「季路，為師還說過哪些有關做人的道理，不妨說來一聽。」

顏由接口便道：「先生說過：『人不知而不慍，不亦君子乎？』又說：『不患人之不己知，患不知人也』，還說：『不患人之不己知，患其不能也』，告訴我們做人要知道反省自己，加強自身修養。這與先生的另一句話：『見賢思齊焉，見不賢而內省也』，其意旨也是相通的吧。」

孔丘聽到此，感到無比的欣慰，沒想到這些弟子對於自己以前隨性而發的議論還記得這麼清楚，並奉為圭臬。看來，興學為人之師，何嘗不是人生的一大快樂呢？想到此，一絲得意之色情不自禁地寫在了臉上。

眾弟子見老師如此高興，就更來勁了。

冉耕問道：「先生，具備怎樣的品質才能為人之師呢？」

孔丘不假思索地說道：「送你們八個字：『學而不厭，誨人不倦』。」

「『學而不厭』，意思我們明白，就是讓我們對知識有永無止境的追求，不滿足於一知半解，不淺嘗輒止，做一個像先生一樣博學的人。『誨人不倦』，就是像先生教導我們一樣，不厭其煩，有問必答，是吧。」子路立即接口詮釋道。

孔丘點點頭，拈鬚而笑，道：「阿由說得對。但是，怎樣才能做到有問必答呢？」

「先生說過，『敏而好學，不恥下問』，向所有人學習，就能使自己變得博學起來。」子路答道。

「弟子還記得先生說過這樣一句話：『三人行，必有我師焉』，說的就是這個意思吧。」曾點補充道。

孔丘見弟子們都深得自己的教學思想，感到非常欣慰，遂進一步啟發說：

「那麼，僅有好學的精神是否就夠了呢？」

子路立即搶著回答說：「還要有一種誠實的態度。先生曾教導過我們：『知之為知之，不知為不知，是知也』，說的就是這個意思吧。」

「阿由越來越長進了，為師甚感欣慰。」

曾點見老師表揚子路，立即搶著說道：「學習僅有誠實的態度還不夠吧，還要善於思考，不能毫無保留地接受別人的說法吧。先生曾說過：『學而不思則罔，思而不學則殆』，說的就是這個意思吧。」

顏由聽大家說了半天，這時也提出了問題：「先生以上所說，弟子都記住了。但目前當務之急是，如何掌握一種好的教學方法，使我們能夠勝任為師者的角色？」

孔丘聽了，點頭稱是。頓了頓，說道：「季路所言是也。工欲善其事，必先利其器。教學與做其他一切事情一樣，也是要講究方法的，方法不當，教學效果會事倍功半。」

子路又急不可耐地問道：「那先生快說什麼方法最有效？」

「方法很多，其中之一，就是首先要引導、培養學生的學習興趣。興趣是最好的老師，只有感興趣，才能有好的學習效果。」

「先生曾經說過一句話：『知之者不如好之者，好之者不如樂之者』，說的就是這個意思嗎？」

秦商的話，讓孔丘聽了先是一愣，然後連連點頭稱是，拈鬚而笑道：

「不慈活學活用，對為師的話領會得深刻。」

「除了培養學生的學習興趣外，還要注意什麼方法呢？」子路又追問道。

孔丘答道：「要注意運用啟發式教育，循循善誘，講道理要由淺入深，言近而旨遠。這樣，學生就能舉一反三，活學活用，教學效果就能事半功倍。」

顏由接口說道：「先生的這個意思，就是以前跟人說過的那句名言吧。」

孔丘一愣，問道：「什麼名言？為師何嘗有什麼名言？」

顏由立即回答道：「先生在齊國時，有人問學，先生脫口而出道：『不憤不啟，不悱不發。舉一隅不以三隅反，則不復也。』」

孔丘聽到此，這才恍然大悟，想起以前確實跟人說過此話，遂連連點頭。

頓了頓，孔丘掃視了一下眾弟子，語氣誠懇地說道：

「今日聽諸位一席話，讓為師既感到欣慰，也覺得受益匪淺。為師曾說過『教學相長』，今日看來是不無道理的。相信有諸位輔助為師，不要說是三百弟子，就是再來三千弟子，為師也有信心收下他們。既來之，則安之。諸位一起努力吧！」

「弟子謹受教！」眾弟子齊聲唱諾。

第五章　四十不惑

一、己所不欲，勿施於人

周敬王八年，魯昭公三十年（西元前五一二年）。十二月二十八日，又到了一年之末，快過年了。望著外面陰沉沉的天空，聽著呼嘯吹過屋頂的寒風，孔丘一時陷入了深思。從齊國回來已經兩年了，年紀亦過四旬，雖然自己曾不無自豪地跟弟子們誇說「四十不惑」，但對於魯國季平子一人專政，魯昭公反被放逐于晉的亂象，人們安之若素，他一直不懂；對於魯國的前途何去何從，他也茫然不知所終。

「先生，弟子給您請安了！」

正當孔丘獨自一人對著窗外發呆之時，只聽一個稚嫩的聲音從背後傳來。孔丘連忙轉過頭來，發現是顏回又來了。

顏回，字子淵，是孔丘大弟子顏由之子，今年才九歲。兩年前，孔丘從齊國避難回國後，他才七歲，便吵著要拜孔丘為師。當時，孔丘看著這孩子又矮又小，面黃肌瘦，便隨口問了顏由一句：

「這孩子是不是有病？怎麼七歲了還這樣矮小，面色也不好。」

沒想到，孔丘言猶未了，其父顏由未及答話，小顏回就接口回答道：

「我聽人說：『無財無產曰貧，無學無識曰病。』我非病，而是貧。」

顏回的回答不僅讓其父顏由與在場的人大吃一驚，也讓孔丘不禁為這個七歲孩子的機敏拍案而起，連聲誇獎。最後，破例收為弟子，並從此對他痛愛有加。

顏回自從拜在孔丘門下學習後，比一般弟子都用功，問學也最勤。幾乎每天都會準時來向孔丘問這問那，有時竟然會讓孔丘招架不住。儘管如此，但孔丘內心還是高興的。雖然自己在政治上沒有用武之地，對於改變魯國政局亂象也無能為力，讓他時常感到痛心疾首，精神非常痛苦；但是，回國後四面八方蜂擁而來的弟子，使杏壇人氣越來越旺，這給他孤寂的內心多少帶來了些安慰。特別是這幾年先後投到門下的弟子，不少都是他感到特別滿意的，如顏回、子貢、冉求、冉雍、閔損、公冶長、宰予等，都是頗有悟性的弟子，這使骨子裡先天就有好為人師稟性的他尤感欣慰。

「先生，您在想什麼呢？」顏回見孔丘看著自己半天沒言語，便忍不住問道。

「沒想什麼。今天又有什麼問題要問嗎？」孔丘和藹地看著顏回，親切地問道。

「先生，您經常跟人講『仁』，那究竟什麼是仁呢？」

孔丘見顏回問到了自己思想的核心方面，就想跟他好好闡述一番。但是，轉念一想，不行。畢竟他還是個孩子，說得太深奧或說得太多，他肯定不會明白。於是，頓了頓，簡明扼要地回答道：

「克己復禮便是仁。」

顏回立即接著問道：「克己復禮，就是克制自己，恢復周公禮法，是吧？」

「不對。是克制、抑制自己的情緒情感，使自己的一切言行都合乎禮。」

「先生的意思是說，一言一行，喜怒哀樂都合乎禮的要求，便可稱為仁，是吧。」顏回問道。

「正是。一旦做到一切言行都合乎禮的要求，那麼天下便就歸於仁了。」

孔丘話音剛落，顏回又緊接著問道：「仁是一種道德境界，怎樣才能達到呢？」

「實踐仁德，需出於本心。自己不努力踐行，難道還能指望別人嗎？」

「弟子明白了，修養仁德，乃出於個人的自覺，需從自身做起。是嗎？」顏回又問道。

「正是此意。」孔丘肯定地說。

「那麼，請問先生，實踐仁德需要有哪些條件呢？」

「十六個字。」

「請先生明教。」顏回懇切地請求道。

「非禮勿視，非禮勿聽，非禮勿言，非禮勿動。」孔丘肯定地說道。

「弟子不敏，但一定遵照先生的話認真去做。」

孔丘點點頭，慈祥地看著顏回，摸了摸他的頭，表示鼓勵。

顏回看著老師親切和善的眼光，轉了轉大眼睛，突然又提出了一個問題：

「先生常常跟人說君子如何，小人如何。那麼，請問先生，什麼樣的人是君子，什麼樣的人算小人呢？」

孔丘拈著鬍鬚，想了想，說道：「關心他人、愛護他人，接近仁愛的程度；行為端正，處事謹慎，一切深思熟慮，接近理智的程度；關愛自身不放在心上，對別人卻愛護體貼有加，這樣的人，便可稱為君子了。」

「那麼，什麼樣的人算不得君子呢？」顏回又問道。

「不學而行，不思而得，這樣的人就算不得君子。阿回，你要努力啊！」

「弟子謹受教！」顏回一邊施禮，一邊說道。

孔丘點點頭，慈祥地看著顏回。

「先生，算不得君子的人，是否就是小人呢？」顏回又突然接著前面的話題問道。

「不能這樣說。」

「那究竟什麼樣的人，才算是小人呢？」顏回窮追不捨道。

孔丘見顏回如此好學深思，求學如此執著，遂非常認真而嚴肅地回答說：

「好攻擊他人之長，而自以為能說會道；暗揭他人之短，心懷鬼胎，而自以為聰明過人；見他人有失，不是熱情相助，而是幸災樂禍；沒有好學深思之心，自己不學無術，卻還看不起沒有才能的人，這樣的人便是小人。」

「這是從品德上來分辨君子與小人的標準吧。」

孔丘點點頭，對顏回的領悟力之高非常欣賞。

「那小人在言行上與君子有什麼分別呢？」顏回又提出了問題。

「君子以自己的行為說話，小人則憑善於狡辯的舌頭說話。因此，君子在追求義的過程中，常會痛恨別人不夠努力；而平時與人相處時，關係卻很融洽。小人則不然。他們往往在為非作歹方面志同道合，平時相處則相互憎惡。」

「弟子謹受教！」說著，顏回又向孔丘深施一禮。然後，倒退著唯唯而去。

顏回出去不久，冉雍就進來了。

冉雍，字仲弓，生於不肖之父，與孔丘第一批所收弟子冉耕（字伯牛）為同一宗族。至於新近拜在孔丘門下的冉求（字子有），則是他的晚輩，同屬仲弓宗族。

冉雍進門與孔丘見過禮後，就開門見山地跟孔丘說道：

「弟子剛才見到師弟子淵，他說今天來向先生問學，就『仁』的問題求教了先生，收穫甚多。不知先生能否也跟弟子講講何為『仁』？」

孔丘脫口而出道：

「阿雍既有求學之志，為師焉能不盡平生之學而授之。」

「謝先生教誨之恩！」

孔丘向來主張因材施教，知道冉雍不同于顏回，心志已經成熟，年齡也較大，素有大志。所以，他對冉雍問仁，沒有馬上回答，而是想了一會，很有針對性地說道：

「出門如見大賓，使民如承大祭，這便是仁。」

「先生的意思是說，待人處事恭敬有禮，役使百姓嚴肅謹慎，不輕易使喚民眾，要有愛民之心。做到這些，便是仁了，是吧？」

「正是此意。」

「若如先生所說，仁只是為政者之事，與普通人無關了。」冉雍說這話時雖口氣上非常謙恭，但話中不無質疑之意。

孔丘聽出其意，他也喜歡有獨立思想的弟子，於是呵呵一笑道：

「不能這樣理解，仁非某一特定人群的特權。為師只是從為政者當率先垂範的角度立論，認為只有為政者、在上位者有仁愛之心，才能德化民眾，使天下之人不分貴賤、不分老少、不分地域，都有仁愛之心。如此，天下就能清平，周公禮制便能恢復矣。」

「如果就天下眾生而言，先生以為『仁』應當是一種什麼樣的境界？」冉雍追問道。

孔丘想了想，然後說出八個字：

「己所不欲，勿施於人。」

「先生的意思是說，自己不想要的，或不想做的，也不要強加於別人。換句話說，就是只要能有推己及人之心，便算達到了『仁』的境界了，是嗎？」

「正是此意。」

「弟子謹受教！雍雖不敏，但一定按先生的教導認真去做！」

二、昭公歸葬

「夫君，剛才來的是哪一位弟子，怎麼沒見過？」

周敬王九年，魯昭公三十一年（西元前五一一年）。初春的一個午後，孔丘剛送一個前來問學的弟子出門，夫人亓官氏恰好看見，遂好奇的問道。

「是公治長。都已經拜師兩年了，來問學不是一次兩次了，夫人怎麼沒見過呢？」孔丘感到有些奇怪地說道。

「夫君有那麼多弟子，每天出出進進，我怎麼認得過來？」

孔丘點點頭。心想，也是，從齊國回來兩年多，現在聚到門下的弟子又有三百多人了。不要說夫人認不得所有的弟子，就是自己也不能叫出所有弟子的名字，只是一些比較得意的弟子由於相處來往較多，能夠叫上名字，瞭解其稟性。

亓官氏見孔丘低頭若有所思，又重拾剛才的話題，問道：

「好像聽人說過一句，說夫君收了一個坐過牢的弟子公冶長，是不是這個公冶長？」

「就是這個公冶長。」孔丘肯定地說道。

「既然公冶長做過牢，夫君為何還要收他為弟子呢？夫君不怕壞了自己的名聲？」

孔丘不以為然地回答道：

「這有什麼？公冶長不僅有悟性，是個讀書的材料，而且還是一個道德高尚的君子，收這樣的人為弟子，難道還辱沒了我孔丘的名聲嗎？」

「既然道德高尚，那怎麼還會犯罪坐牢呢？」

聽夫人這樣說，孔丘顯然有些情緒激動了，連忙辯解道：

「公治長坐過牢是有其事，但他沒有犯過罪，是受了冤枉。」

亓官氏聽公治長是受冤枉而坐牢的，又見丈夫說話有些激動，遂舒緩了語氣，問道：

「他是受什麼冤枉呢？」

「公治長是個孝子，因家境貧寒，從小就上山打柴，賣薪養家。一次，他母親生病，年僅十歲的他，就瞞著母親獨自一人上山打柴。可是，到了山裡，不知如何打柴，於是傷心地哭泣起來。這時，一隻鳥兒飛來，問道：『你哭啥？』公治長不禁大吃一驚，這只鳥兒竟然會說話。於是，就問道：『鳥兒，你怎麼會說人話？』鳥兒答曰：『我是八哥，天生會學人話。』」

亓官氏聽到此，插話說：

「八哥會學說人話，不奇怪，大家早就知道了。」

孔丘看了看夫人，繼續說道：

「八哥會說人話當然不稀奇，但稀奇的是公治長懂得鳥語。那次與八哥對話後，公治長就琢磨著，鳥兒能說人話，那麼為什麼人不能學說鳥語呢？於是，他就經常入山聽鳥鳴之聲，看鳥飛鳥落的規律。漸漸地，他懂得了不同鳥兒的鳴叫之聲與它們行動之間的關係。一次，有一隻烏鴉對他不停鳴叫，他認真傾聽，明白了它的意思：『南山之頂死了一隻獐，你吃肉我吃腸。』公治長按照烏鴉的指示，果然找到了那只死獐，剝皮去腸後，他就將獐肉拿回了家，並當場將獐的內臟埋了，忘了烏鴉的叮囑，沒將內臟留下給它。」

「果有其事？」亓官氏驚奇地瞪大了眼睛，望著孔丘。

「公治長親口所言，當不為虛。」

「那之後呢？」亓官氏開始感興趣了。

「烏鴉記恨公治長第一次不守信用，沒將獐的內臟留給它。過了幾天，它又對公冶長說：『北山之頂死了一隻羊，你吃肉我吃腸。』公冶長這次對烏鴉的話更是深信不疑了。於是，連忙拿著砍柴刀，往北山奔去。未到山頂，看見一群人正圍成一圈，他以為大家都在爭搶那只死羊，遂一邊跑一邊高聲喊道：『那是我打死的，大家都不要爭。』可是，到了山頂一看，死的不是羊，而是一個中年男子。於是，大家便將公治長捉拿見官。官長不問青紅皂白，就依殺人罪將公治長囚禁起來，並準備處死。後來，幸得一位官長開明，為他洗清了冤屈，免了他死罪，並將他無罪釋放。這樣，他才投到我門下求學來了。」

「原來如此。這樣說來，公治長還真是一個難得的人才呢。」亓官氏不無感慨地說道。

「今天既然說到公治長，我正好有一件事要與夫人商量商量。」孔丘一臉嚴肅地說道。

「夫君博學多才，外面人都稱你為聖人，難道還有什麼不明白的事，要來問我不成？」亓官氏瞪大眼睛，好奇地看著孔丘說道。

「記得我剛從齊國回來時，夫人就跟我提起女兒無違的婚事，曼父兄長也跟我說到他女兒無加的婚事。這兩年，我特別留意從所收弟子中物色合適的人選。」

「那有沒有找到合適的人選呢？無違與無加年紀都不小，是適婚年齡了。」亓官氏緊追不放地盯住丈夫。

「經過考察，我認為公治長與南宮敬叔二人是合適的人選。公治長的為人與身世，剛才已經跟夫人說過了，夫人也認為他是個難得的人才。至於南宮敬叔，他跟我求學已有多年。他為世家出身，現做著朝廷大夫，人品學問都不錯。國家清明無事時，他不會被罷免；國家政治黑暗、政局混亂時，他也能免於刑罰。可見，是個處事為人、才能學識都不錯的青年。」

「那夫君準備為咱們女兒無違選擇哪一個？」

「這事正是我今天要與您商量的。」

「何必商量，家裡家外的大事一向不都是由夫君您做主嗎？」亓官氏以問代答道。

「這是咱們女兒的終身大事，所以要跟你商量。我對這事考慮了很久，覺得咱們的無違與公治長蠻是般配。夫人覺得呢？」

「夫君，這不合適吧。雖說公治長人品才學都不錯，但是他畢竟是坐過牢的人，說出去不好聽。即使女兒同意，咱們家是世家，與他家也是門不當戶不對啊！夫君不是整天要恢復周公禮法嗎？如果按周公禮法，等第不可僭越，南宮與咱們家無違倒是般配的一對。」

孔丘見亓官氏如此振振有詞，雖然覺得也有道理，但還是理性而耐心地勸導道：

「夫人，話不能這樣說。剛才我也說過，公治長坐牢是事實，那是含冤受屈，不是他的錯。他出身貧寒是不假，但聖人往往都是起於貧賤啊！我之所以不主張咱們無違嫁給南宮，並不是不為女兒幸福著想，而是考慮到這樣一個現實。南宮已經婚娶過，前妻過世時還留下幾個孩子。無違如果嫁給南宮，那就是續弦。這對咱們的女兒不公平，身份上也有礙。咱們是世家，女兒豈能嫁給別人做妾當續弦？這恐怕不合適吧，夫人。」

亓官氏沒吱聲，沉默了一會，說道：「俺還是想不通。」

說著，亓官氏便起身離開。孔丘知道，妻子思想上還有障礙，待有機會再跟她好好說吧，這事也不急在一天兩天。

後來，孔丘又與亓官氏談了幾次心，總算說服了她。這年八月十八，由孔丘主婚，女兒無違與公冶長、南宮與侄女無加喜結秦晉之好。由此，孔丘夫婦與曼父夫婦都了卻了一樁心事。

辦完女兒與侄女的婚事，孔丘感到輕鬆了許多。每天除了在杏壇集中給來自各國與魯國各地的弟子講授學問外，就是隨時接受弟子個別上門問學。但不管是在杏壇為眾弟子答疑解惑，還是在家為一些得意弟子或好學弟子個別傳道授業，孔丘都非常耐心，而且講究因材施教，注重方法。由此，追慕他的弟子越來越多，來自的國家也越來越多。孔丘因此對教書育人也更加醉心，他覺得自己的思想學說還是有市場的。有了這麼多弟子，他的思想不愁不廣泛傳播。只要自己「克己復禮」、「仁者愛人」的思想得到更多人的認可，只要自己培養的學生足夠多，踐行自己思想學說的人足夠多，只要諸如子路、冉求等具有行政幹才的弟子有機會掌握各級政權，那就不愁天下局面不有所改變。只要亂臣賊子肆意妄為的事逐漸減少，周公禮法恢復的一天也就可以指日可待。

正當孔丘陶醉於教書育人尉然有成的喜悅之中，沉溺于對未來「天下大同」世界美好景象的深情憧憬之時，周敬王十年，魯昭公三十二年（西元前五一〇年）年底的一天，都快要過年了，南宮敬叔卻突然在日暮時分急急登門。

「子容，這麼晚過來，難道有什麼重要事情嗎？」南宮一進門，孔丘便迫不及待地問道。

「是，先生。」

「快說。」孔丘連忙催促道。

「昭公已經病逝于晉國乾侯。」

「真的？什麼時候的事？」孔丘似乎不敢相信南宮的話。

「確確切切的事。晉國使者剛剛來報。」南宮敬叔肯定地說。

孔丘一聽，不禁悲從中來，久久無語。他為魯昭公作為一國之君，卻被亂臣賊子逐出自己的國家而客死他鄉而悲哀；也為自己沒有能力改變這個世界亂局而悲哀；更為自己恢復周公禮法、實現天下大同的理想實現無望而悲哀。

南宮敬叔看著孔丘癡癡呆呆的表情，知道老師此時此刻的心情，他找不出一句合適的話來安慰老師。沉默了好一會，他只得起身告辭，說道：

「先生，弟子告退。一有什麼消息，弟子馬上來向您稟報。」

過了兩天，南宮又來了。

「子容，今天有什麼消息？」孔丘一見南宮連忙問道。

「季孫冢宰[七]說，昭公已經駕崩，國不可一日無君。所以，決定立昭公之弟，即公子宋為魯國之君。」

七 編按：冢宰為官名，即太宰，位居三公，為六卿之首。季孫冢宰即魯國當時最有權位之人。

「季孫冢宰有沒有與人商量？」

「沒有，他一人決定的。弟子今天入朝，他順口說出來的。」南宮說道。

「如此重大國事，竟然一人獨斷專行，豈有此理！」

看到孔丘氣得臉色發青，南宮雖然心裡很難過，但卻找不出一句合適地話來安慰老師，只是站在一旁，默默地陪著老師。

良久，南宮向孔丘躬身施禮後，默默地退出。

望著南宮遠去的背影，孔丘陷入了沉思。以前君權雖不在昭公，但卻是由季孫氏、孟孫氏、叔孫氏三家共同掌握，好歹能夠互相牽制，做事不致於太離譜。現在，由季平子一人獨斷，公子宋繼位為魯國之君，那還不等於是個地地道道的傀儡，真正當政的不仍是季平子一人嗎？

孔丘越想越氣憤，但氣憤卻起不了任何作用，只能使自己的心情更加抑鬱。在抑鬱中過完新年後，孔丘等到了南宮敬叔第三次來稟報情況。

「先生，昭公之弟已經繼位為魯國之君，號曰定公。」

「還有什麼消息？」孔丘追問道。

「弟子與兄長，以及叔孫大夫，共同向季孫冢宰提議，請求儘快從晉國迎回昭公靈柩。」

孔丘又問道：

「季孫冢宰怎麼說？」

「季孫冢宰答應了，決定不日就派人前往晉國乾侯。」南宮回答道。

「還有什麼消息？」孔丘又問道。

南宮囁嚅了半天，卻沒回答出來。

孔丘再次追問道：「到底還有什麼事？快說呀！」

南宮又猶豫了半天，最後望著老師，怯生生地說道：「季孫冢宰說，昭公靈柩可以迎回，但不能歸葬祖塋。」

孔丘一聽這話，頓時怒不可遏，一掌拍斷了面前的一個几案，道：

「豈有此理！這個亂臣賊子，越來越放肆，是可忍，孰不可忍也！」

雖然孔丘非常氣憤，認為季平子的所作所為大逆不道，不可饒恕，但卻無奈他何。季平子仍是季孫冢宰，孔丘仍是一介寒儒。現實如此，形勢比人強，孔丘只能在氣憤中歎氣而已。

周敬王十一年，魯定西元年（西元前五〇九年）夏，魯昭公靈柩迎回魯國，按照季平子的旨意，葬于祖塋之旁，不在魯國歷代國君的墓田範圍之內。而且為了向世人昭示，魯昭公為魯君異類，季平子特意讓人在魯昭公陵墓與魯君祖塋之間闢出一條道路，有意將其隔開，等於將魯昭公打入了另冊。

三、隱公問禮

魯昭公歸葬被摒于祖塋之事，讓孔丘對魯國政治徹底失望。從此，再也不過問魯國朝中之事，即使南宮敬叔主動跟他說，他也不要聽。他對魯定公不抱任何希望，因為有季平子在，縱使魯定公是個明君，真想有所作為，也是根本不可能的。而今，他只一心一意聚徒傳授學問，培養能夠繼承自己思想與學說，並有志于恢復周公禮法的弟子們。對於這幾年新收的得意弟子如顏回、子貢、冉雍、冉求等人的殷勤問學，他更是傾注了全部的心力。

周敬王十三年，魯定公三年（西元前五〇七年）三月十八日上午，突如其來的一場春雨打亂了原定的教學計畫。弟子不能再聚到杏壇聽講學問，孔丘只得百無聊賴地在家呆著，望著窗外的雨點時大時小，望著街上的行人腳步匆匆，他一時陷入了沉思。

「先生，弟子來給您請安了！」

聽到身後傳來說話聲，孔丘這才從沉思中回過神來。回過頭來一看，原來是子貢。

子貢，姓端木，名賜，衛國人，為人聰明機警，極有悟性。和顏回一樣，他也是七歲時就投在孔丘門下求學的。顏回問學十分勤快，子貢也不輸給他。這不，今天下雨，其他弟子看看天雨不會上課，都賴在家裡睡懶覺了，只有他披著簑衣，冒著綿綿春雨來到老師府上求學。

孔丘見子貢冒雨前來，說不出的高興，遂親切地問道：

「阿賜，今天下雨怎麼不在家裡呆著，冒雨前來，有何急事嗎？」

「弟子何曾會有什麼急事？不過，要說急事，也未嘗沒有。」

「說，什麼急事？」孔丘和藹地問道。

「先生整天跟我們說，要做君子，不要做小人。弟子一直在想，到底什麼樣的人才算君子呢？

先生好像從來沒具體說過，達到什麼樣的標準才能算是君子？平時杏壇教學，師門兄弟多，弟子無從請教。今日天雨，弟子想不會有很多人來向先生求教，正是一個問學的好機會。請先生好好給弟子講一講，君子究竟為何等之人？」

孔丘聽子貢這番話，見他求學善於見縫插針，真是打心眼裡喜歡。於是，想了想，根據他的年齡特點，認真地說道：

「要做君子，必須做到『三思』、『三患』、『三恕』、『三所』、『五恥』、『六本』。」

「那麼，何謂『三思』？」子貢立即追問道。

「所謂『三思』，就是有三種情況需要想清楚。年少時不肯學習，長大後沒有一技之長；年長時不知教導子女，死後無人追思；富有時不知施捨，到自己貧困時無人救助。因此，君子年少時會想到長大後的問題，進而努力學習；年長時會想到死後的問題，進而致力於兒孫的教育；富裕時想到窮困的處境，進而明白施捨的道理。」

「先生的意思是說，凡事要預先想清楚，那樣才不會有後悔。先生曾說過：『凡事豫則立，不豫則廢』，說的也是這個道理吧。」

孔丘一聽子貢的解讀，不禁喜上眉梢，打心眼裡佩服這個孩子的領悟力與舉一反三的能力。於是，點點頭，伸手在他頭上摸了一下。

子貢見得到了老師的鼓勵，遂又接著問道：「那麼何謂『三患』呢？」

「所謂『三患』，就是三種憂慮。沒有聽說時，憂慮不能聽說；聽說後，憂慮沒機會學習；有了機會學習，又憂慮不能付諸行動。」

「先生的意思是說，君子嚴于律己，唯恐學得不多，做的不好，是吧。」

孔丘點點頭。

「那『三恕』呢？」子貢又問道。

「有君不能侍奉，有臣而求其聽使，此非恕也；有雙親不能盡孝，有兒女而求其報恩，此非恕也；有兄不能敬愛，有弟而求其順從，此非恕也。讀書之人，明白此三恕之本，差可稱得上是行為端正了。」

「先生的意思是說，自己做不到的，不要勉強別人做到。用先生以前說過的話來說，就是『己所不欲，勿施於人』，是嗎？」子貢怯生生地望著孔丘說道。

孔丘聽了子貢的詮釋，拈鬚而笑。

子貢見此，膽子更加大起來，又問道：「先生，那何謂『三所』呢？」

「君子有所恥，有所鄙，有所殆。年少不能勤奮學習，年老時不能教育兒孫，君子恥之；離鄉事君，官至高位，突遇故舊，而無憶舊之言，君子鄙之；與小人相處，而不親近賢者，君子殆之。」

「先生的意思是說，年少好學，年老教子，得意而不傲人，親賢者而遠小人，才是君子，是吧？」

「正是此意。」

「那『五恥』呢？」

孔丘看了看子貢渴望的眼神，從容說道：

「有仁德而無仁言，君子恥之；有仁言而無行動，君子恥之；得而復失，君子恥之；土地廣袤，而民眾衣食不足，君子恥之；所做之事不少於他人，但卻事倍功半，君子恥之。」

「那『六本』又是何謂？」子貢緊追不捨道。

「所謂『六本』，就是君子立身行事的六個基本原則。立身有義，以孝為本；喪紀有禮，以哀為本；戰陣有列，以勇為本；治政有理，以農為本；治國有道，以嗣為本；生財有時，以力為本。本末不分，則農桑之事無從談起；不能取悅于親戚，則外交成效可想而知；做事有始無終，如何指望其做好所有事情；道聽塗說之言，則不必引以為據；身邊之人都不能安頓，遑論遠方不服之民。因此，反本修邇，君子之道也。」

「先生的意思是說，善於抓住問題的關鍵，立足于根本，從近處做起，才是君子立身行事的根本。所謂『反本修邇，君子之道也』，與先生以前所說『君子務本，本立而道生』，是一個意思吧？」

「正是。」

聽了子貢的詮釋，孔丘不禁再次為子貢的領悟力與活學活用的能力而歡欣鼓舞，打心眼裡認定，孺子可教也。

「先生，一向可好？」正當子貢還想向孔丘請教其他問題時，孟懿子冒雨急急進來。

孟懿子也是孔丘的弟子，十幾年前就已與其弟南宮敬叔拜在孔丘門下求學。但因他是朝廷重臣，因此與其他弟子情況不同，主動上門求教的時候不多見。今天看他冒雨登門，又見其行色匆匆，孔丘不禁吃驚地問道：「何忌，有什麼急事嗎？」

「郲國新君遣使來請教您。」

「郲國新君？」孔丘不解地問道。

「三個月前，郲莊公卒。上個月，郲隱公即位，將要行冠禮，但不懂規矩禮儀，故特意遣使來請教先生。」孟懿子清楚明白地說明了事情的原委。

「郲隱公之使何在？」孔丘問道。

「就在府外，弟子可否請他進來？」孟懿子問道。

「外面正下著雨，快請郲君使者進來說話吧。」

不一會，孟懿子就領著郲隱公之使進來了。分賓主坐定後，使者便將所有的疑問提了出來。孔丘聽了，不假思索地回答道：「郲隱公即位的冠禮，應當與世子的冠禮規格相同。」

「那麼，世子行冠禮的規格是什麼樣的呢？」郲隱公之使立即追問道。

「世子加冠時，要立于大堂之前東面的主人臺階上，以示即將代其父成為一國之君。之後，再站到賓客之位，舉爵向位卑者敬酒。每加一次冠，就敬一次酒，以示禮成。三次加冠，由緇布冠到皮弁冠，再到爵弁冠，一次比一次尊貴，其意是教導他要有遠大志向。加冠之後，人們開始以字稱之，以示尊敬其名。即使是天子之長子，與普通之士亦無二致，其冠禮儀式完全相同。天下無生來就是尊貴之人，因此行冠禮必在祖廟。以裸享八之禮節加以約束，以鐘磬之樂予以節制，以此使行禮者感受到自己的卑微而愈加敬畏自己的祖先，以此表明行禮者不敢擅越祖先禮制。」

八 編按：裸享：灌以鬱金香和黍一起釀造的香酒敬獻給神，裸即為「灌」。

郕隱公使者又問道：「天子未成年而即位，成年後需辦加冠之禮嗎？」

「古代世子雖年幼，但即位之後即貴為人君。人君治成人之事，何須再辦加冠之禮？」

「那麼，諸侯的冠禮與天下的冠禮有什麼不同嗎？」郕隱公使者又問道。

孔丘答曰：「天子駕崩，世子為其主持喪葬，說明他已成人，不必再舉行加冠之禮。諸侯的情況，與此相同。」

說到這裡，孟懿子突然問道：「今郕隱公舉行加冠之禮，是否不符合禮制呢？」

孔丘呵呵一笑，說道：

「諸侯舉行加冠之禮，始于夏朝末年。由來有自，今天我們不必對此予以譏諷。為天子舉行加冠之禮，則始于周成王時代。當年周武王駕崩，周成王才十三歲便繼承了大統。周公為冢宰，佐其治天下。第二年，夏曆六月，周武王葬後，便為周成王舉辦了加冠之禮，並讓其朝拜祖先。以此昭示諸侯，他們又有了自己新的國君。成王加冠禮上，周公令祝雍作頌辭，曰：『使王近於民，遠於年，嗇于時，惠於財，親賢而任能。』其頌曰：『令月吉日，王始加元服，去王幼志，服袞職，欽若昊命，六合是式，率爾祖考，永永無極。』這便是周公創造的天子加冠之制。」

孟懿子接著又問道：「諸侯的加冠之禮，為什麼必須在賓位上舉行呢？」

「諸侯是公爵的，舉行加冠之禮，以卿為賓，無需仲介之人。自己主持儀式，拱手行禮，將賓客迎至賓位後，自己則站到席北主位。敬斟醴酒之禮，則與普通士饗之禮相同，敬酒三次以祭祀自己的祖先。斟酒既畢，回到東面之階。非公爵之諸侯，也是自己主持加冠儀式，但必須回到賓位上舉行。這便是二者的不同之處。玄端與皮弁，雖為不同朝代之服飾，但均不著色。公要四次加冠，戴禮帽，穿禮服，在賓位上酬酢賓客，然後乘馬出行。太子、庶子的加冠之禮，與此相同。天子的加冠禮，則要行三次禮，這與士之冠禮無別。至於以酒食招待賓客的禮節，也是大致相同。」

孔丘說到這裡，孟懿子又代郲隱公之使問道：

「那麼，為什麼加冠之禮開始時一定要戴黑色的麻布帽呢？」

孔丘答道：「此示不忘古禮。遠古之冠，用布皆以原色麻布。只有在行齋禮時，才戴黑色麻布帽。至於帽飾下垂之緌帶，丘則未聞。而今要行加冠之禮，只要酬贈賓客即可。」

郲隱公之使問道：「那麼，古代三王之冠又有什麼區別呢？」

孔丘回答道：「周弁、殷冔、夏收，都是相同的。三王之冠皆是皮質，冠帶沒有色彩。周朝常戴之冠叫委貌，殷朝常見之冠是章甫，夏朝的常戴之冠是毋追。」

孟懿子聽完，不禁脫口而出道：「先生博學無人可及，真是讓弟子開眼了。」

郲隱公之使則聽得瞠目結舌，不知所云。

四、中則正，滿則覆

周敬王十四年，魯定公四年（西元前五〇六年）。三月十五日，曲阜城風和日麗，一場春雨剛過，空氣顯得格外清新。一大早，當陽光初照孔府後園，杏壇之樹晨露未乾之時，好幾百名弟子就聚到了杏壇前，等待著孔丘開講。

辰時剛到，孔丘就衣冠整齊地出現在杏壇。原來嘰嘰喳喳，眾聲喧嘩的孔府後園頓時一片寂靜；原本或站或坐的好幾百弟子，立時齊刷刷地站成幾排，躬身向孔丘行禮作揖。

孔丘還禮如儀，然後坐上杏壇。眾弟子立即各就各位，就地席坐，全神貫注地看著杏壇之上的孔丘，等待他的教誨。

可是，孔丘掃視了一遍眾弟子後，卻並沒有開講。頓了頓，他望了望壇下眾弟子，突然若有所思地說道：「今日雨過天晴，陽光明媚，春風和煦，吹面不寒。難得如此好天氣，為師現在突然有個想法，今日不聚壇講論了，咱們去參觀鄉射之禮，現場接受教育，理論與實踐結合，如何？」

眾弟子一聽，連聲叫好。年紀小的，甚至跳起來拍手。

於是，在孔丘的帶領下，好幾百弟子個個穿著整齊，束髮合式，很有秩序地繞著杏壇，魚貫走出孔府後園，結隊前往鄉射禮演習之所。

到了現場，演習尚未開始，孔丘便向眾弟子講解道：「鄉射之禮，一般分為兩種。一是州長每年的春秋兩季於州序，即州校以禮會民，練習射箭。二是三年大比貢士之後，鄉大夫、鄉老與鄉民舉行習射之禮，以此向眾人諮詢。今日所觀鄉射之禮，屬於前者。」

孔丘話音剛落，鄉射之禮正式開始。於是，孔丘示意眾弟子就近席地而坐，好好觀摹學習。

演習結束後，孔丘對眾弟子喟然而歎道：

「射箭一定要配合禮儀與音樂。為什麼射箭之人要一邊射箭，一邊聽音樂呢？這是讓他培養專心致志的定力，排除干擾，配合音樂節拍把箭射出，並要射到靶心。這種境界，只有賢德之人才能達到。如果是不肖之輩，怎麼可能射中而讓別人飲罰酒呢？《詩》曰：『發彼有的，以祈爾爵。』意思是說，對準靶心去射擊，祈求射中免罰酒。酒，是用以敬奉老人和養護病人的。射擊者祈求射中而辭謝罰酒，其意就是推辭別人的奉養。因此，士人若是不能射箭，辭讓就要以有病為理由。因為男子生來就應該會射箭。」

「弟子謹受教！」眾弟子聽了，齊聲唱和道。

「既然明白了鄉射之禮的意義，明白了男人會射箭乃是題中之義的道理，那麼大家就跟為師往矍相之圃習射，那裡曾是為師少年習射之地。」

眾弟子一聽，一片歡呼之聲。

於是，孔丘便在好幾百弟子的簇擁之下，來到了曲阜城內闕裡西的矍相之圃。曲阜城中民眾，見孔丘與眾弟子要往矍相之圃習鄉射之禮，紛紛奔相走告。結果，習射尚未開始，矍相之圃已被圍得水泄不通，觀者如牆矣。

練習之前，孔丘先教大家基本動作，然後依次習射。輪到子路時，孔丘讓子路執箭出列，邀請射箭者，說道：「敗軍之將、亡國之大夫，以及過繼為他人之子者，不得入內，其餘可以進來。」

子路話音剛落，就有一半人離去。

孔丘又讓公罔之裘和序點二人舉起酒盞，對剩下的一半人說道：

「年輕時孝順父母、友愛兄弟，年老時雅好禮儀，不隨流俗，終身修身養性而追求最高道德境界的，請站到這邊。」

公罔之裘的話剛一出口，就又有一半人自動離開了。

序點接著又舉起酒盞，說道：

「好學不倦，好禮不變，到八、九十歲高齡仍追慕道義，言行不會錯亂的，請站到此位。」

序點說完，剩下之人已是寥寥無幾了。

射箭結束後，子路與沖沖地上前，跟孔丘說道：

「先生，弟子與他們幾人是否可以勝任司馬之職？」

孔丘拈鬚而笑道：「可也。」

接著，大家開始飲酒。才喝了一口，子路突然停下來，問孔丘道：

「先生，能否給弟子們仔細講講鄉飲酒之禮？」

孔丘看看子路，又望了望公罔之裘、序點等弟子懇切求知的眼神，頓了頓，便從容說道：

「鄉飲酒之禮，看似簡單的人際酬酢，實則乃王道教化之重要途徑。我們從鄉飲酒之禮，就知道王道的推行其實並不難。」

「請先生仔細給弟子講一講鄉飲酒的具體禮儀吧。」序點催促道。

「按鄉飲酒之禮，賓客和陪客由主人親自邀請，而從賓則可隨主賓及陪客一同前往。賓客應邀而至，主人到大門外親迎主賓與陪客，又向從賓作揖，延請他們入內。在這種場合，尊卑之客所受到的接待禮節是不同的，有明顯的差別。主人與賓客互相揖讓三次後，一起走到堂階前。之後，賓主再次相互揖讓三次，再由主人引導著賓客登上廳堂。」

「然後呢？」公罔之裘有些心急地問道。

「登堂之後，主人以三揖三讓之禮拜謝各位賓客的到來，然後斟酒敬獻賓客。賓客則也依禮回敬主人。這時，相互推辭謙讓的禮節就顯得特別多了。但是，待到賓客登堂時，禮節就簡化了很多。至於從賓，登階接受主人的獻酒，坐著祭酒，站著飲酒，都很隨意。甚至從賓可以不回敬主人就走下臺階，也不算失禮。由此可見，禮節的隆重與簡單其實是分得非常清楚的。」

「這就結束了嗎？」子路問道。

孔丘搖搖頭，接著說道：「酒過一通，樂師進來，在大堂之上唱三首曲子。唱畢，主人再給客人敬一次酒。隨後，堂上樂師與堂下吹笙樂手輪番演奏三首歌、三支曲。最後再相互配合，合奏完三首樂曲後，樂師告知主人演奏結束，就退下堂去。這時，主人事先派定的一個主事屬員上來，對著眾客舉起酒爵，以示飲酒正式開始。為了使飲酒符合禮儀，乃設立一個司正負責監察。如此，在鄉飲酒過程中既能保證快樂和諧的氣氛不被破壞，又能使大家盡歡而不失禮。」

「這確實是一個好辦法。」序點脫口而出道。

孔丘頓了頓，接著又說道：「司正宣佈飲酒開始後，賓客開始給主人敬酒，主人又給陪客敬酒，陪客則向從賓敬酒。敬酒時，要根據年齡大小順序依次進行。這樣的輪番敬酒，一直延續到侍奉主賓盥洗者到來為止。」

「先生，弟子不明白，喝個酒何必一定要按什麼順序，這樣不太麻煩嗎？」公罔之裘不解地問道。

「這樣做，雖然有些繁瑣，但可以保證不論年齡大小的客人都不會被遺漏。不被遺漏，也就不會失禮。序齒飲酒程式結束後，眾客下堂降階，脫去鞋子後，再登堂就坐。這時候，賓客之間、賓主之間，又可以相互敬酒了，而且不計盞數，也就是不限量。不過，不限量並不意味著可以無限期喝下去，而是限定了一個節點。即早上不能耽誤早朝，晚上不能影響回家治事。飲酒結束，賓客離去，這時主人要親自拜謝相送。送走客人，鄉飲酒之禮，就算完成了。」

「這樣繁文縟節，僅僅只是為了彰顯一種禮的精神嗎？」子路忍不住問道。

「非也。繁文縟節，依程式進行，才能不出差錯；沒有差錯，才能保證飲酒過程中大家相處始終快樂和諧。」

「先生說的是。」序點說道。

孔丘看了看子路，又瞥了瞥其他弟子，最後總結道：

「鄉飲酒的目的，就是要彰顯一種重視禮儀的精神。飲酒過程中，尊卑貴賤的地位得以分明，禮節的隆重與簡單得以區分，盡興而不失禮，歡樂而有節制；長幼有序，但均不遺漏怠慢。此五者，足以正身安國矣。國家安，則天下安。因此，為師以為，從鄉飲酒的禮儀，我們便知推行王道其實並非難事。」

「先生說的是！先生克己復禮的理想定當實現！」眾弟子齊聲說道。

第二天，天氣仍然晴好。顏回與子貢等年紀小的弟子因為昨天沒有機會參加習射，所以今天一大早見了孔丘就吵著要他領著去觀太廟，也好現場獲得一些感性知識。孔丘對顏回與子貢等人本就有偏愛之心，他們一說，就立即答應了。

辰時剛過，巳時剛到，孔丘就率領兒子孔鯉及弟子顏回、子貢等一幫弟子到達了魯國太廟。一些沒有來過的，或是像顏回、子貢等年紀小的弟子，看到太廟中的許多器物都覺得新鮮，不停地向孔丘請教。孔丘有問必答，一點也不嫌煩，因為他喜歡好學深思、好問好奇的弟子。

正當孔丘跟其他弟子逐件器物講得津津有味之時，突然子貢指著一件器物，好奇地問道：

「先生，您看，那是什麼器物？」

孔丘循著子貢手指的方向看去，發現是一件傾斜欲倒的器物。他仔細看了看，不認識。於是，就轉向守廟者問道：「此謂何器？」

守廟者回答道：「這是以前國君放在座位旁邊的宥坐之器，名曰欹器。」

孔丘聽了，點了點。頓了頓，若有所悟地說道：

「我聽說宥坐之器，虛則欹，中則正，滿則覆，明君以為至誡，故常置之於坐側。」

說完，孔丘回過頭來，對眾弟子說道：「打水來，試試看。」

孔鯉一馬當先，立即找來一隻桶，打來一桶水。

孔丘對兒子說：「往裡面倒水。」

隨著孔鯉倒進的水逐漸加多，欹器傾斜的幅度逐漸減小。倒到一半時，欹器由斜轉正。再倒，欹器又傾斜了，原來注入的水都傾倒出來了。

孔丘見了，喟然慨歎道：「唉，世上哪有什麼東西盈滿而不傾覆的呢？」

子路見老師如此感慨，遂立即走上前去，問道：

「先生，敢問世上有沒有保持盈滿而不傾覆的辦法呢？」

孔丘看了看子路，又望了望兒子孔鯉與其他大小弟子，然後語重心長地說道：

「聰明睿智者，以守拙為法寶來保護自己；功高齊天者，以謙讓為盾牌來保護自己；勇力蓋世者，以怯懦為武器來保護自己；富有四海者，則以謙卑之態示人，以保全自己的身家性命。這便是所謂的『損之又損之』的做人之道。」

「先生，所謂『損之又損之』，是不是俗話所說的『退一步海闊天空』之意？」子貢轉動著大眼珠說道。

顏回也不甘示弱，上前一步，抬起頭來，望著孔丘說道：

「《書》曰：『滿招損，謙受益』，亦是此意吧。」

「說得不錯。」孔丘一邊說著，一邊慈愛地摸了摸顏回的頭。同時，又看著孔鯉說道：

「鯉兒，要加油哦！」

五、陽虎饋豖

「先生，不好了。」

周敬王十五年，魯定公五年（西元前五〇五年）。六月初三，孔丘在杏壇聚徒講論周禮剛剛結束，南宮敬叔突然急急趕來。

「子容，何事驚慌？」孔丘看南宮臉色緊張，連忙問道。

「季冢宰過世了。」

「季平子死了？」孔丘驚訝地問道。

「是的，先生。」

「真的死了？」

「真的死了。難道弟子還敢作弄先生不成？」

孔丘看到南宮敬叔一臉嚴肅的樣子，知道季孫意如（季平子）確實是死了。於是，一絲笑意藏不住地寫在了眼角，洩露了他內心的秘密。在孔丘心裡，季平子不僅是個獨裁者，更是一個不折不扣的亂臣賊子。因為正是他，當初以臣欺君，將魯昭公趕出了魯國，使一國之君的魯昭公有家歸不得。不僅如此，甚至在魯昭公死後，他還不准魯昭公歸葬祖塋。想到這些，孔丘就恨得咬牙切齒。如今這個亂臣賊子終於死了，這叫他如何不高興。

南宮敬叔見老師半天不說話，臉上還寫著不易察覺的笑意，他猜到了老師此時此刻的心理。於是，提醒孔丘道：「先生，您看季冢宰死了，這魯國的政局將如何收拾？」

「如何收拾？那還不是老規矩，子承父業，父死子繼嗎？」

南宮見老師說話沒好氣的樣子，知道老師對季平子還是充滿敵意，對他以前的所作所為耿耿於懷，於是，放緩語調，平心靜氣地說道：

「雖然有老規矩，但目前局勢非常複雜，恐怕並非如先生所想像的那麼簡單了。」

孔丘見南宮這樣說，立即反問道：

「現在魯國由季孫氏一人專政的局面難道改變了嗎？目前難道還有別人能改變此政治格局嗎？」

「先生，弟子今天來，就是專程來請教先生的，如何才能保持魯國政局的穩定。其實，這也是季冢宰臨終時所希望的。」

「他是怕他的兒子不爭氣，保不住季孫氏在魯國政壇特殊的政治地位吧。」孔丘語帶不屑地說道。

「先生說得對。季冢宰知道其子季孫斯能力不足，而他的家臣陽虎又特別強勢，早有不臣之心。因此，季冢宰臨死前，特意密托家兄兩件事，一是代他向您道歉，說以前對您多有得罪，希望您看在他行將就木的份上，原諒他。並希望家兄教育季孫斯要信賴您。」

「果真如此？」孔丘似乎很難相信南宮的話。

「家兄親口所言，不是虛言。」南宮認真地說。

孔丘看了看南宮的表情，點點頭。因為南宮一向對他恭敬有加，其兄長孟懿子（仲孫何忌）也是他的學生，他們的話應該不會假。

「那第二件事呢？」孔丘問道。

「第二件事是，季冢宰請托家兄，請求先生為季孫氏薦才。」

「他是想借助我的力量抗衡陽虎的勢力吧。」

「先生明察秋毫，弟子也認為確有此意。不過，這也是一個好機會啊！」

「為什麼這麼說？」孔丘不以為然地反問道。

「先生不是一直想改變魯國這種臣強君弱的局面嗎?既然季家宰臨終前囑託家兄，要求您為季孫氏薦才，先生為何不順水推舟，將您弟子中堪可造就者推薦給季孫斯，讓他們到季孫氏家宰府任職呢?這樣，通過您的弟子在任上實踐您的思想主張，您的理想豈不就能逐步實現了嗎?」

孔丘聽到此，頓時豁然開朗，沒想到南宮這些年在官場中歷練後，竟然已經相當成熟有思想了。於是，情不自禁地拈鬚而笑，無限欣喜地看著南宮。

南宮被老師看得不好意思，遂連忙說道：「先生，您以為弟子的話有沒有道理?」

「有道理!為師突然想到，既然有這個機會，那就先將冉求薦到家宰府任職。」

南宮立即接口問道：「先生，您推薦冉求，弟子覺得非常合適，他確有行政長才。但是，冉求文韜有餘，恐怕武略不足。先生也知道，陽虎絕非善類，亦非一般文弱之輩所能抗衡的。因此，弟子想，在先生諸弟子中，唯有子路的勇毅才有可能鎮得住陽虎。」

「你是以為只有子路才是最適合的推薦人選，是嗎?」

「弟子有這個意思。」

「不可。一來子路為人過於耿直，不善於變通，恐怕讓他為季氏家臣，他不願為之。二來現在就將子路派到季府，會讓陽虎有所警覺，有打草驚蛇之虞。因此，為師以為，目前還是穩妥點，不妨靜觀其變，謀定而後動。等到時機成熟，我們再將子路安插到季氏府中。為今之計是，先讓冉求早點進入季氏府中為家臣，然後為子路謀得一個邑宰之職，先讓他有一個歷練。讓他積累起一定的從政經驗，有了一定的政績，屆時到關鍵時刻再派他大用。你看如何?」

「先生深謀遠慮，慮事極為周到。弟子一定照辦。」

於是，師生二人又經過了一番密商，一邊找來冉求面授機宜，一邊讓孟懿子做季桓子的工作，第三天，冉求就順利進入冢宰府，做起了季孫氏家臣。

孔丘將冉求安插到冢宰府，陽虎當然知道這不是孔丘的本事，而是季桓子（季孫斯）想起而抗衡自己的戰略，因此，他原本要取季孫氏而代之的意志就更堅定了。只是要取代季孫氏，需要找到一個冠冕堂皇的理由，出師有名才能贏得人心，最終才有可能取得成功。

苦思冥想，陽虎終於找到一個挑起事端的好辦法。這些天正在給季平子辦理喪事，因為要準備殯葬之物，他便想到了季平子以前代昭公執政時常佩的那塊代表君權的璵璠，想慫恿季桓子以此玉佩為其父殯葬。然後，再以季平子殯葬物僭越禮制為由，起兵討伐亂臣賊子，一舉翦除季孫氏，取而代之。

打定主意，陽虎便以盡孝與頌揚季平子之功為名，不斷找季桓子遊說。季桓子雖然不知道陽虎遊說所包藏的禍心，但知道以天子與諸侯之玉為自己父親殯葬，會給人留下話柄，未必是盡孝之道。於是，就予以拒絕。但是，陽虎並不死心，不斷地遊說。最後，季桓子沒有辦法，悄悄地托孟懿子向孔丘請教。

孔丘認為，此舉萬萬不可。理由有二，一是以天子與諸侯之物為大夫殯葬僭越了禮制，於禮不合；二是季平子生前所作所為已經有違為臣之道，早已背上了亂臣賊子的惡名。現在，若再以天子與諸侯之物殯葬，等於更清楚地向世人昭示了其生前所作所為確有謀逆之意。孟懿子轉告了孔丘的分析，季桓子以為然，乃以璵璠已為魯定公收回為由，讓陽虎死了心。

雖然想借璵璠為由挑起事端，進而討伐季桓子的陰謀沒有得逞，但陽虎取季孫氏而代之的野心始終沒有死。季平子喪事辦完之後，陽虎想到了另一個計謀。既然硬的不行，那就來軟的，而且軟繩子比硬繩子更能捆得住人。於是，他開始拉攏孔丘。因為他知道，現在的孔丘已非昔日的孔丘，他的弟子遍天下，許多都是難得的人才。如果拉攏住孔丘，那麼所有孔門弟子就會為他所用。到那時，何愁不能取季孫氏而代之，何愁不能成為魯國實權第一人，即使最後做了魯國之君，恐怕也無人奈何得了他。

謀劃已定，陽虎便開始行動了。

周敬王十五年，魯定公五年（西元前五〇五年），八月二十七日，是孔丘四十七歲的生日。陽虎借為孔丘祝壽為名，準備了一隻上等的烤乳豬，前往孔丘府上拜訪並祝賀。可是，孔丘一聽弟子報告陽虎要來的消息，立即躲了起來，不肯與之相見。這倒不是因為孔丘還記著當年陽虎將他拒于季武子饗士宴之外的舊事，而是他早已看出了陽虎欲結交自己，懷有不可告人的險惡用意。

陽虎雖然也已猜出孔丘是故意避而不見，但卻並不在意。留下饋贈的烤乳豬，便揚長而去了。

可是，孔丘回來一看，卻犯難了。他是一個重視禮節的人，知道「來而不往非禮也」的道理。既然陽虎來訪，而且還饋贈了珍貴的烤乳豬，這樣大禮相見，自己若是不予回訪，那就真是大大的失禮了，傳揚開來對自己的名譽有損。自己都不懂人情世故之禮，以後還有何面目、有何資格跟弟子大談禮的問題呢？如果要去回訪，他實在是心不甘情不願。陽虎這種人，所出非士族名門，他自來都是看不起的。況且他還是一個得志便倡狂的小人，一個包藏禍心的陰謀家。這樣的人，值得自己屈身回訪嗎？思來想去，孔丘陷入了兩難的窘境。

第二天，子貢來問學，瞭解到老師的為難，便給出了一個主意，道：

「先生，您何不趁陽虎不在家時前往回訪？那樣，既避了不想見的尷尬，又免了失禮之嫌。豈不兩全齊美？」

孔丘一聽，拍案而起，連聲說道：「妙哉！妙哉！阿賜之言。」

於是，立即派人托在季孫氏冢宰府任職的冉求打聽，陽虎何時不在家。打聽確切後，孔丘便穿戴整齊，坐著馬車，裝著虔誠的樣子，驅車回訪陽虎去了。結果，正如事先所設計的情節一樣，陽虎真的出去了。孔丘便高興地坐著馬車回家了，一路上心裡那個高興勁兒就甭提了。

可是，人算不如天算。就當孔丘的馬車快到家時，卻遇上了迎面而來的陽虎馬車。

陽虎一見孔丘，可高興了。遠遠就喊道：

「來，我跟你說句話。」

孔丘聽陽虎這樣跟自己大呼小叫，覺得這個奴才真是一點禮貌也沒有。而細細體味他說話腔調中所透著的那種趾高氣揚的味道，更是打心裡反感。可是，出於禮貌，他還是讓馬車與陽虎的馬車靠近了。陽虎一見孔丘的馬車靠上來了，立即憑軾俯身對孔丘說道：

「懷其寶而迷其邦，算得上是仁人嗎？」

孔丘反感他這種說話的口吻，就默不作聲，不予回答。

陽虎見此，心知孔丘之意，遂代為回答道：「不是。」

孔丘見陽虎這樣自說自話，更加反感了。遂側過臉去，看著另一邊。

陽虎見此，並不在意，又大聲問道：「好從政，而屢失時機，算得上是聰明人嗎？」

孔丘聽了，明顯更加反感了。

「非也。」陽虎再次代孔丘答道。

孔丘這次真的非常生氣了，他想好好教訓一下這個不知天高地厚的奴才，但囁嚅了半天卻沒說出一句話來。

陽虎見此，哈哈大笑。接著，說出了一句意味深長的話：「時光如流水，時不待人啊！」語罷，陽虎便驅車揚長而去，車後卻留下了一串得意的笑聲。

孔丘望著陽虎的馬車絕塵而去，不禁陷入了沉思。是啊，歲月不等人！自己想克己復禮，恢復周公禮法，要改變這個被亂臣賊子顛倒了的世界，僅靠自己遊說國君，讓他們接受自己的政治主張，那是不實際的。當年自己跟魯昭公說過，跟齊景公也說過，跟衛國、宋國等國君都推銷過，結果誰也沒踐行。看來，靠人不如靠自己。何不自己出仕，謀個一官半職，在自己管轄的範圍內實踐自己的政治理想，做出成果來，讓人看看，豈不更有說服力？

想到此，孔丘情不自禁地摸了摸花白的頭髮，暗下了決心，自言自語道：

「我將出仕也！」

第六章　知天命

一、小子何莫學夫詩

聽了陽虎的一番遊說，孔丘雖然下定了決心要出仕，以此實踐自己的政治理想。但是，事實上他還是遲遲沒有出仕。因為他改不了自命清高的書生氣，邑宰之類的小官，他不願為之。在他看來，這種小邑父母官，由他的弟子當作行政歷練小試牛刀還可以，至於自己則完全不合適。而儐相之類，雖是朝廷官員，但那只是些閒職，做不成大事，對自己施展拳腳，大手筆施政毫無助益。

正是基於這種想法，孔丘除了經常給冉求等已入仕途的弟子們講些為政之道外，反而對從政做官比以前看得更淡了，先前積極入世的態度差不多蕩然無存。而今，他最醉心的事，除了給眾弟子傳道解惑，跟顏回、子貢等得意弟子切磋學問外，就是刪《詩》、訂《詩》。

周敬王十六年，魯定公六年（西元前五〇四年）。三月的一天，天氣晴好，風和日麗。眾弟子都出外踏青郊遊了，只有子貢與顏回沒有去。二人結伴來看孔丘，名為給老師請安，實則是要向老師請教學問。在眾多弟子中，子貢與顏回年紀雖然最小，但學業上的進步卻是最快的。這既與他們自身的悟性有關，更與二人善問，主動積極地尋找機會勤于向孔丘問學有關。

這天，二人來到孔丘府上，見老師又埋首於堆得如小山一般高的竹簡中。子貢嘴快，脫口而出道：「先生一向志存高遠，主張克己復禮，立志要恢復周公禮法，讓世界清平。怎麼如今不思積極入世，不僅拒絕陽虎與季桓子的邀請，甚至不奉魯定公之命，放著朝官不做，卻整天埋頭於破簡殘牘之中，實在讓弟子不明白。」

孔丘頭都沒抬，不假思索地回答道：「不義而富且貴，於我如浮雲。」

「先生是不想跟陽虎和季桓子之流為伍，才不肯出來做官吧。」顏回說道。

「知我者，顏淵也。」

子貢見表揚顏回，連忙問道：「如果如今魯國不是陽虎與季桓子之類的小人當道，先生就不會認為做官是『不義而富且貴』吧，也就不會將做官之事看得如同浮雲吧。」

孔丘抬起頭來，看了看子貢，然後重重地點了點頭。

顏回頓了頓，又問道：「先生既然如此醉心于《詩》，莫非《詩》中有什麼奧妙？」

孔丘見顏回問到《詩》的問題，立即精神煥發，興致勃勃地說道：

「《詩》，是周初開始的歷朝中央政府派員振鐸采風而徵集起來的各地歌謠。雖然數量非常龐大，目前尚有三千多首。但據為師這些年不斷整理研究，發現可以分為《風》、《雅》、《頌》三大類。」

顏回見老師說話時眉飛色舞的樣子，知道老師興致很高，立即問道：「願聞其詳。」

「《風》，是指周初開始採集於十五個不同地區的樂歌，帶有鮮明的地方色彩。包括《周南》、《召南》、《邶風》、《鄘風》、《衛風》、《王風》、《鄭風》、《齊風》、《魏風》、《唐風》、《秦風》、《陳風》、《檜風》、《曹風》、《豳風》等。這些土風民歌，有的是寫男女戀情，如《周南•關雎》、《邶風•靜女》等。有的表達了勞動的快樂，如《周南•芣苢》、《魏風•十畝之間》等。有的表現了對於勞役、兵役的怨憤之情，如《唐風•鴇羽》、《豳風•東山》、《王風•君子于役》等。有的謳歌了保家衛國的熱情，如《秦風•無衣》、《鄘風•載馳》等。」

「那麼，《雅》又是寫些什麼內容呢？」子貢也插進來問道。

孔丘從容說道：「雅，就是正。所以《雅》所包含的篇什，都是周天子朝廷正樂，是西周王畿的樂調。《雅》分《大雅》與《小雅》。《大雅》多作於西周初期，《小雅》則多是西周末期之作。《雅》的內容也很豐富，有的是宴饗詩，如《小雅•鹿鳴》，寫的是天子宴群臣的場景，反映的是君臣及上層社會的和諧與歡樂。有的是怨刺詩，如《小雅•節南山》、《小雅•十月之交》等，就是怨刺周王及其王政的。還有不少詩是描寫戰爭的，如《大雅》中的《江漢》、《常武》，《小雅》中的《出車》、《六月》、《采芑》等，都是表現天子與諸侯的武功。」

「老師，《頌》呢？」顏回迫不及待地問道。

「《頌》，是用以祭祀的樂曲，因此演奏時會有舞蹈予以配合。《頌》的內容分為兩類，一是讚美鬼神，二是頌揚祖先功德。《頌》雖分為《周頌》、《魯頌》、《商頌》，但性質是一樣的。」

孔丘說完，子貢立即感歎道：「弟子雖然讀了不少《詩》，但從未聽人說得如此詳細而有系統，真是讓弟子開了眼界，知道先生整理研究《詩》的意義。」

「子貢說的是。弟子謹受教！」顏回也連聲附和道。

孔丘見兩名得意門生終於明白了自己一直埋頭整理研究《詩》的意義，不禁由衷感到高興。遂又接著說道：「其實，《詩》之作，大多都有諷喻教化意義。」

「弟子不敏，請先生明以教之。」顏回請求道。

「為師以為，《詩》可以興，可以觀，可以群，可以怨。近可以事父母，遠可以事君王。最不濟，也可以多瞭解一些草木蟲魚之名。」

子貢立即介面說道：

「先生說得極是。但是，何謂『興』、何謂『觀』、何謂『群』、何謂『怨』，不知先生能否說得更具體，更明確點。」

孔丘呵呵一笑，望著子貢，又看看顏回，慈祥而親切地說道：

「所謂『興』，就是激發情志；所謂『觀』，就是觀察社會；所謂『群』，就是結交朋友，團結他人；所謂『怨』，就是怨刺不平。」

「弟子明白了。」子貢與顏回齊聲說道。

孔丘接著說道：「如果說得誇張點，為師以為，正得失，動天地，感鬼神，皆莫近於《詩》。先王之所以采風以為詩，其意乃在以此經夫婦，成孝敬，厚人倫，美教化，移風俗。因此，為師以為，天下學問之大，知識之多，小子莫若從學《詩》開始。」

「弟子謹受教！」子貢與顏回又齊聲說道。

孔丘點點頭，臉上露出欣喜的笑容。

顏回望著老師和藹的面容，突然說道：「先生讓弟子們學習《詩》，這裡弟子正有一些有關《詩》

的問題，想求教先生。」

「哦？說來聽聽。」

顏回見老師予以鼓勵，遂大著膽子問道：

「《關雎》以鳥起興，君子稱美；《鹿鳴》以獸起興，君子讚頌，究竟為何？」

孔丘不假思索地回答道：「《關雎》以雎鳩和鳴起興，而君子稱美，這是因為君子看重詩中所寫之鳩雌雄有別，各有自己的禮儀規範；《鹿鳴》以野鹿相喚起興，而君子讚頌，這是因為君子讚賞野鹿找到食物互相呼喚，有不忘同類之誼。」

「先生的意思是說，《關雎》雖寫男女之情，說的則是男女有別的道德人倫規範；《鹿鳴》雖寫宴客之景，說的卻是同類相愛的道理。」顏回說道。

「正有此意。《詩》三百，一言以蔽之，思無邪。」

子貢覺得老師的話有些勉強，於是問道：

「《關雎》除了表達男女有別的人倫規範的主題，就沒有寫男女戀情的意思嗎？」

「當然有。只是它寫男女戀情，樂而不淫，哀而不傷，這就是它最成功的地方。」

子貢聽了，點了點頭。

「先生，《豳》詩有曰：『殆天之未陰雨，徹彼桑土，綢繆牖戶。今汝下民，或敢侮餘？』這話有什麼微言大義嗎？」

「這些詩句，說的是為政豫則立、不豫則廢的道理，同時也說明瞭仁德是為政的根本。」

「何以言之？」子貢有些困惑地反問道。

孔丘看了看子貢，拈鬚而笑道：「能夠像此詩所寫，治國安邦未雨綢繆，他人縱想侵犯，難道還有可能嗎？周之為周，正是如此。周人從後稷開始，就積德累功，逐漸取得了爵位與土地。公劉則踵事增華，更加注重仁德修養。及至太王亶甫，又樹德謙讓。他為周所立下的根本，可謂備豫遠矣，為遙遙後世做了充分的準備。當初，太王以豳為邑時，常為翟人欺淩。太王貢之以皮毛與錢幣，仍不免於侵害。後貢之以珠玉，還是不能免于翟人之欺淩。於是，太王亶甫囑咐族中耆老，並告之曰：『翟人所欲者，我之土地也。我聞之：君子不因養人之地而起害人之心。二三子何患無君？』然後，與太薑悄然離豳。越過梁山，建邑於歧山之下。豳人說：『太王乃仁德之君，我輩不可失之。』結果，追隨太王而至歧下之下者，猶如趕集者一樣多。天之佑周，民之棄殷，久矣。如此，周不能王天下，未之有也。」

子貢與顏回聽到這裡，不得不佩服老師。無論如何，他都能將《詩》與政治和教化聯繫到一起。二人雖心裡不以為然，但卻無力質疑。

二、陽虎叛魯

周敬王十六年，魯定公六年（西元前五〇四年）。三月十二，在孔丘和南宮敬叔的推薦下，通過季桓子與孟懿子向魯定公爭取，子路被任命為蒲邑之宰。臨行前，子路來向孔丘請益：

「先生，弟子馬上就要到蒲邑為宰。希望先生指教弟子一二。」

「你以為蒲邑如何？」孔丘單刀直入地問道。

「蒲邑民風強悍，又多壯士，治理這種地方，弟子恐怕心有餘而力不足。」

孔丘頓了頓，望著子路語重心長地說道：

「所慮極是。不過，阿由，你不必有畏難情緒，更不要打退堂鼓。若要治理好蒲邑，記住為師四句話就可以了。」

「哪四句話，先生請說。」子路迫不及待地說。

「恭而敬，可以攝勇。」

「先生是說，對於兇猛之人不要以硬碰硬，而是以柔克剛。以謙恭之態，誠敬之心，去感化他，使他產生敬畏之心。也就是先生常說的，以德服人，而不是以力服人。是嗎？」

「孺子可教也！」孔丘不禁興奮地脫口而出道。

「那先生再說第二句吧。」子路催促道。

「寬而正，可以懷強。」

「先生的意思是說，寬厚待人，做人正直，就可以懷柔強人，是吧。」

「正是此意。」

「那第三句呢？」子路又催促道。

「愛而恕，可以容困。」

「先生是說，要有同情之心，寬恕之仁，包容一切貧弱之人，是吧？」

孔丘高興地點點頭。

子路又問道：「先生，那第四句呢？」

「溫而斷，可以抑奸。」

「先生的意思是說，為人要溫和，但處事要果斷，這樣就能抑制奸邪之人，是吧。」

「正是此意。此四者並舉，則治蒲不難也！」

子路點頭稱是。頓了頓，又問道：

「為政之道，關鍵何在？」

孔丘不假思索地伸出四根手指，從容不迫地回答道：

「記住四個字：『先之勞之』。」

「先生的意思是說，為官牧民，自己要身體力行，率先率範，是吧。」

「正是此意。」

子路又問道：「除此，還有嗎？」

孔丘又伸出兩根手指，說道：「無倦。」

「先生的意思是說，為政之道，貴在堅持，持之以恆，勤政不懈，是吧。」

孔丘高興地說道：「阿由，你可以從政了。」

「弟子謹受教！」

告別孔丘，子路就赴蒲邑就任了。

下車伊始，子路立即發動民眾修渠築壩，興修水利，治理水患。他自己也身先士卒，與老百姓一起勞動。不僅如此，他還同情老百姓的辛苦，將自己的薪給悉數獻出，給每一個參加興修水利的百姓發放一簞食物，一壺水酒。

子路治蒲愛民的事蹟一傳十，十傳百，不久就傳到了曲阜。孔丘聽說後，急得跳腳。連忙找來子貢，讓他連夜趕往蒲邑，務必阻止子路給百姓發放酒食。子路雖為人率真，常常敢當面駁難老師，但內心卻對老師極其敬重。見子貢話說得重，他不敢違背師命，只好停止。但是，心裡卻不服氣，也想不明白其中的因由。所以，子貢前腳剛走，他立即也跟著回到了曲阜，他要當面向孔丘問個清楚。

一見孔丘，子路就沒好氣地說道：

「先生經常教導弟子，做官要勤政愛民。弟子治蒲，因為考慮到夏季將至，擔心暴雨來臨而造成水災，所以親率百姓修渠，以防患於未然。修渠百姓很多都是饑民，弟子憐而饋其簞食壺漿，這也是人之常情啊！沒想到先生派子貢急急趕往制止弟子之所為，弟子實在不明白這是為什麼？先生不是一向提倡『仁者愛人』嗎？不是經常鼓勵我們行仁行義嗎？為什麼現在一定要阻止我行仁行義呢？」

雖然子路說得慷慨激昂，但孔丘卻不動聲色，顯得異常冷靜。等子路說完了，情緒也平靜了下來，他才從容說道：

「你既然認為百姓饑而無食，為何不向國君稟報，請求國君開倉濟民呢？現在，你將自己的食物賑濟百姓，瞭解你的人知道你有同情之心，是在行仁行義。不瞭解實情的人，則會以為你是在以小恩小惠收買人心。」

「先生，有這麼嚴重嗎？」子路吃驚地看著孔丘。

「還不止這些呢。如果是別有用心的小人，他們還會認為你這是在故意彰顯自己的仁德，而突顯國君的不仁不義。所以，阿由啊，為師勸你還是早點停止這種不明智的做法吧。及早回頭，也許還不致造成什麼大的不良影響。否則，你肯定會招來罪禍的。」

這一下，子路終於明白了老師派子貢前往勸止自己的良苦用心。遂連忙致謝道：

「謝先生指點迷津，不然弟子定會執迷不悟，鑄成大錯的。」

告別老師，子路又急急趕回蒲邑。按照老師的教導，他不僅解決了百姓的饑餓問題，也消除了蒲邑歷年屢治不見成效的水患。由此，生產提升了，經濟繁榮了，社會治安也出現了煥然一新的面貌。

周敬王十八年，魯定公八年（西元前五〇二年）春，子路為蒲邑之宰已滿三年。一天，孔丘與弟子子貢閒聊，突然子貢提起三年前的事，並提議說：

「先生，我們去蒲邑看看子路如何？」

雖然這三年子路也時常偷空回來看孔丘，但畢竟不能與以往那樣朝夕相處。所以，當子貢提起子路在蒲邑已經三年，頓時讓孔丘觸動了情思，起了思念子路之情。於是，爽快地答應道：

「好啊！你去套車，咱們師生二人一道去吧。」

子路執轡而馭，師生二人很快就到了蒲邑。

剛入蒲邑之境，孔丘就感歎道：

「善哉，阿由！恭敬而信。」

進入蒲邑之城，孔丘又感歎道：「善哉，阿由！忠信而寬。」

到了蒲邑治所的廳堂，孔丘再次感歎說：「善哉，阿由！明察而斷。」

子貢看到老師如此一而再，再而三地讚揚子路，不免感到困惑，遂不以為然地說道：

「先生，您還沒有見過子路為政處事，怎麼就已經讚揚了他三次呢？您認為子路為政有哪些優長，能否說給弟子聽聽？」

孔丘看了看子貢，從容說道：

「為師已經看到了子路為政的成果了。當我進入蒲邑之境時，看到田地平整，雜草盡除，水渠深挖，就知道蒲邑百姓是盡了力，這說明是子路的謙恭而有誠信深深感動了百姓，他們做事才會全力以赴。當我進入蒲邑之城時，看到牆厚房固，樹木茂盛，就知道民風淳樸，百姓做事沒有苟且之心，這說明是子路的忠信寬厚感化了百姓，他們才返樸歸真，行事認真。當我走上蒲邑治所大堂時，看到堂中清靜閒適，所有下屬都恭敬聽命，這說明子路為政明察，處事果斷，因此政事不受干擾。以此觀之，為師三稱其善，亦非溢美之辭吧。」

子貢聽到此，不禁心服口服，連連點頭稱是。

從蒲邑回到曲阜，孔丘對於實現自己的理想又多了一份信心。自己有這麼多能幹的弟子，只要他們都陸續走上從政之路，並努力踐行自己的政治主張，天下何愁不清平，周公禮法恢復的一天也是指日可待的。

可是，沒高興一年，憂心的事就一件接一件地來了，讓孔丘的信心深受打擊。周敬王十七年，魯定公七年（西元前五〇三年）二月，齊景公派特使到曲阜，傳達齊景公與齊相嬰子的決定，將原來奪占的魯國鄆和陽關二地歸還給魯國，以修齊魯永世之好。當孔丘得到南宮敬叔報告的這個消息時，不禁高興得手舞足蹈，好多天都激動得心情難以平靜。

可是，沒高興多久，南宮敬叔就來報告說：

「先生，陽虎以替魯定公接收鄆和陽關舊地為名，已將此二地據為己有，並派有私家兵卒守衛。」

孔丘一聽，頓時氣得差點背過氣去，好久才說出話來：

「季平子養虎為患，如今這奴才膽子比主子還大，胡作非為比季平子還要過分。這個奴才不翦除，終究是要成為魯國禍亂之根，從此魯國永無寧日。」

「先生，您看怎麼辦？現在陽虎已經尾大不掉了，季桓子對此也一籌莫展。」

孔丘看了看南宮，沉思良久，果斷地說道：

「子容，現在應該是讓子路發揮作用的時候了。我馬上派子貢到蒲邑召回子路，你與你兄長同時向季桓子建議，接受子路到冢宰府為家臣，協助季桓子訓練家兵，以備不虞之事發生。」

「明白，弟子立即去辦。」

南宮走後，孔丘立即召來子貢，面授機宜後，就讓子貢急急上路了。

第三天，子路就隨子貢急急趕回曲阜。一見到孔丘，子路就急不可耐地問道：

「先生如此緊急召弟子回來，有什麼重大事情嗎？」

「阿由，你在蒲邑為官已有幾年了，行政歷練到了一定程度。現在為師要你換一份職位，到季孫家宰家去當家臣。」

「到季府當家臣？」子路吃驚地看著孔丘問道。

「是，到季府當家臣。已經安排好了。」孔丘以不容置疑的口吻說道。

「為什麼？先生當初因為季桓子之父季平子驅逐魯昭公而對季孫氏恨之入骨，有不共戴天之仇嗎？今天怎麼突然態度有了如此大的轉變，要自己的弟子去做這樣的亂臣賊子的家臣呢？先生剛才說的話，是跟弟子開玩笑吧。」

「阿由，為師沒有跟你開玩笑。這是一件大事，事關魯國的前途命運。」

子路聽了，更是不敢相信，驚訝地問道：

「弟子到季府當家臣這麼重要？會關係到魯國的前途命運？」

「正是如此。」孔丘肯定地回答道。

「那先生說說看其中的道理，讓弟子明白。」

「阿由呀，為師確實痛恨季孫氏，包括季武子、季平子與今日的季桓子。但是，現在看來，這些已經不重要了，個人感情不能代替理智。為了魯國的前途命運，目前我們必須幫助並聯合季桓子，挫敗陽虎的陰謀，阻止他發動叛亂。」

「陽虎敢發動叛亂嗎？」子路不相信。

「他與季武子、季平子不同，他只是一個家臣，也就是一個奴才。季武子與季平子雖然獨斷專橫，但他們畢竟還是士大夫，還知道些禮義廉恥，還怕在青史上留下罵名。所以，他們做事至少在面子上還過得去。魯君無實權，已經由來已久了。魯國之政由『三桓』操縱，亦已成了慣例。再說，要找歷史根據，當初周公輔佐成王，情形何嘗不類似于季孫氏之於魯君？但是，陽虎則不一樣。他是個奴才出身，根本沒有什麼禮義廉恥。他內心無所顧忌，做起事來也就肆無忌憚了，什麼事情做不出來？比方說，這次齊國歸還我們魯國鄆和陽關二地，他卻據為己有，這種事連當年專橫一世的季平子也不敢做啊！但是，陽虎現在做了，而魯定公無奈他何。季桓子雖名為他的主子，卻實為他所挾制的傀儡，根本不能約束他。」

「哦，原來事情已經到了這個地步！」子路默默地點了一下頭，好像是自言自語地說道。

「季孫氏被陽虎挾制做傀儡，並非是現在的事，而是自季武子時代就已開始了。但是，今日的季桓子既精明不過其祖父季武子，能力更不能比其父季平子。因此，為師非常擔心陽虎會有　主之心，說不定哪天就把季桓子給殺了，自己取魯定公之位而代之。」

「先生覺得他有這個膽？」子路以為這是老師有意危言聳聽，目的是要說服他去當季氏家臣。

「怎麼沒有這個膽？一個人無知便會無畏，無恥便會無懼。剛才為師已經說了陽虎的為人。」

「無知無畏，無恥無懼，先生說得對。」子路終於認同了老師的說法。

「既然如此，那麼先生讓弟子到季府做家臣又能幹些什麼呢？如何才能遏制陽虎可能的犯上作亂呢？」

孔丘胸有成竹地回答道：「你到季府為家臣，與冉求配合，可以先以大興土木為掩護，一面替季府修築高牆大院，一面暗中訓練家兵。一旦情勢有變，憑藉高牆大院與訓練有素的一支季氏家兵為主力，為師讓孟孫氏、叔孫氏再與季氏聯合，講清『三桓』唇亡齒寒的道理，一定能夠挫敗陽虎武力奪取魯國政權的陰謀。」

「先生深謀遠慮，慮之極深，弟子謹受教。」

子路到季孫氏冢宰府為家臣後，陽虎對孔丘的佈局意圖更加清楚了。為此，他使盡了手段拚命拉攏孔丘，想借重他的聲名與其龐大的弟子資源。可是，每次都被孔丘巧妙地回絕了。

多年拉攏孔丘不成，又見季桓子的羽翼將豐，陽虎覺得到了非動手不可的時候了。周敬王十八年，魯定公八年（西元前五〇二年）冬，在一個月黑風高的夜裡，陽虎突然率兵攻打季孫氏冢宰府。結果，在孔丘運籌帷幄的謀劃下，子路率領季氏家兵憑高牆深院為依託，耗盡了陽虎之兵的大部分精力。與此同時，由孟懿子結合叔孫氏的力量，在關鍵時刻對季孫氏大力支持，從而一舉擊敗了陽虎的軍隊。

陽虎謀刺季桓子的陰謀失敗後，連夜逃出曲阜，回到他之前所盤據的讙、陽關，企圖積蓄力量，再次反撲。

挫敗陽虎的陰謀後，孔丘又有了文韜武略的聲名。但是，自詡「五十而知天命」的孔丘，卻仍然弄不懂自己有學問有才能，怎麼就不能為世所用，發揮才能，建功立業呢？

說也湊巧，就在孔丘抱怨不為世用的時候，也就是陽虎敗逃不久，季孫氏的另一個家臣公孫不狃遣使來請孔丘。

公孫不狃也早有不臣之心，但卻沒有陽虎那麼囂張。他見陽虎敗逃，又見孔丘弟子眾多，遂有意結交孔丘，以為日後打算。此時，他正盤據在季孫氏的封地費邑。雖然他沒有像陽虎那樣公開擺出與季桓子分庭抗禮的架式，但卻是真真實實地將費邑變成了自己的獨立王國，讓季桓子風吹不進，水潑不進。

孔丘見公孫不狃遣使專程來請他到費邑任職，頗有誠意，又想想自己年已五十，弟子子路、冉求等人從政都很有成就，所以早就有一種躍躍欲試的想法。於是，就爽快地答應了公山不狃的請求。

然而，就在孔丘正要起身前往費邑就職之時，子路聞聽了消息，立即前來勸阻：

「先生，您不為世用已非一日。既然沒地方去，那就算了。在杏壇授徒，不也非常好嗎？以您目前的聲名與身份，您何必要到公孫不狃那裡去呢？」

「為師為什麼不能去？」孔丘不無賭氣地說道。

「公孫不狃與陽虎乃一路貨色，早有謀逆之心。如果他有一天與陽虎一樣發動叛亂，那先生豈不蒙受了一個不白之冤？如果有人說您為虎作倀，您的聲名受損，您縱有千口百口，能辯白得清楚嗎？」

子路愛師心切，說得慷慨激昂，孔丘覺得子路說話太過衝撞，情緒也有些激動，遂提高聲調說道：「別人專程跑一趟來請我，難道我能讓他白跑一趟？再說，縱然公孫不狃有不臣之心，只要他用我，我也能感化他、改造他，使周文王、周武王的德政在東方得以復興。」

子路見情勢不對，自覺自己說不過孔丘。遂辭謝而退，找子貢與冉求去了。在子貢與冉求的說服下，最終孔丘打消了往費邑依附公孫不狃的想法，繼續留在了曲阜教書育人。

第二年六月，在孔丘及其弟子的支持下，季桓子請求魯定公出兵平定陽虎的勢力。魯定公兵至陽關，陽虎寡不敵眾，戰敗突圍，逃往齊國。

陽虎兵敗逃跑後，孔丘覺得勸說季桓子將魯昭公陵墓合併到祖塋的時機已然來臨。於是，他便請南宮敬叔與季桓子約定時間，在弟子冉求的安排下與季桓子第一次正式見面。

見到季桓子，孔丘也沒有多少客套，便直奔主題道：「『君君臣臣，父父子子』，乃周公之禮法，亦為人倫之通則。昔魯昭公奔齊，後輾轉崩逝於晉。歸葬魯國時，令尊不允其陵入祖塋，天下物議甚多。」

季桓子聽到孔丘說到其父季平子當年之事，雖覺得做得有些過分，不合為臣之道，但自己身為其子，也不能否定其父之所為。否則，豈非有悖人倫？於是，就默不作聲。

孔丘見此，心知其意，又繼續引導說：「摒昭公之墓于祖塋之外，乃是貶君。丘以為，以臣貶君，非禮也；貶君而彰己罪，非智也。為今之計，冢宰莫若填平昭公陵墓與祖塋之間的鴻溝，使其合為一體，既不必驚動先君之靈，亦可掩令尊不臣之過，豈非兩全其美？」

季桓子覺得孔丘的這個主意真的不錯，可以不動聲色地將過往的歷史一筆抹掉，無論是對先君昭公還是對先父季平子都是最好的安排。於是，欣然同意，立即交辦。

落實了魯昭公歸葬祖塋之事，孔丘心裡的一塊心病總算消除了。

高興了兩天，南宮敬叔又來向他報告了一個好消息：

「先生，陽虎逃往齊國，齊景公令人拘禁了他，準備送歸魯國。可是，不慎又讓陽虎逃脫了。」

「那麼，現在陽虎逃到哪裡去了？」孔丘急迫地問道。

「這個倒是不清楚，待有消息，弟子再來向先生報告。」

知道亂臣賊子陽虎不受歡迎，孔丘心裡又多了一份欣慰，這說明這個世界還有公理，齊是大國，他對陽虎不歡迎，也就表明了齊景公不贊同以臣逆君、以下犯上的事，這對那些有不臣之心的亂臣賊子們也算是一種警告吧。

可是，沒高興多久，一個月後的一天，南宮敬叔又來向孔丘報告消息了：「先生，有消息了。」

「什麼消息？」孔丘急切地問道。

「陽虎從齊國脫逃後，到了宋國。最後輾轉逃到晉國，投靠了晉國執政趙簡子。」

孔丘一聽，不禁喟然長歎道：「趙氏執政將現亂局的時候不遠了。」

三、中都執政

陽虎叛亂平定後，魯國的政局開始步入正軌。原來由季平子一人專權的局面，逐漸又回復到季平子以前的舊格局，即由季孫氏、孟孫氏與叔孫氏三家共同執掌。這倒不是因為季桓子比乃父季平子有容人之雅量，而是因為他沒乃父的本事與手段。

正因為沒有乃父季平子的本事與手段，又由於在平定陽虎叛亂中孔丘師生發揮巨大的作用，這就使季桓子更加深刻地認識到，要想在魯國執政，保持季孫氏魯國第一權貴的地位，就必須結合孔丘師生的力量。

周敬王十九年，魯定公九年（西元前五〇一年），子路因功調任他職，不再擔任季氏家臣的職位。經孔丘與其弟子孟懿子和南宮敬叔的推薦，子路空缺的家臣職位改由冉雍擔任。

冉雍任職前，來向老師孔丘請益，道：

「先生，弟子承蒙您推舉，就要到冢宰府任職了。但是，對於如何管理政事，弟子毫無經驗，請先生賜教。」

「阿雍，為師送你九個字，保你勝任其職綽綽有餘。」

「哪九個字？請先生明以教我。」

「先有司，赦小過，舉賢才。」

「先生的意思是說，作為上司，首先要給自己的下屬主管做出榜樣。對他人的過錯，要予以寬宥，要容許他人出錯。對於有才能的人，要有愛才惜才之心，積極舉薦他，提拔他。是這樣嗎？」

孔丘看了看冉雍，滿意地點點頭。

冉雍見此，又追問道：「那麼，如何知道哪些人是有才能的，而去提拔他呢？」

孔丘不假思索地回答道：「舉薦與提拔你所瞭解的人。」

「那麼，不瞭解的人呢？」冉雍又追問道。

「你所不瞭解的人，如果真有才能，總會有人舉薦他，難道別人會埋沒了他不成？」

「弟子謹受教！」

「為師還有一句話，請你切記。」

「請先生教我。」

「為政之道，無論是治邑還是治國，都要記住『正人先正己』。如果執政者自己的言行端正了，即使是治國安邦，還有什麼難的呢？如果不能正其身，如何正別人呢？」

「弟子謹受教！」

冉雍走後，又相繼有五六個弟子前來問學。等到送走了前來問學的所有弟子，天都快黑了。就在此時，冉求來了。

孔丘覺得奇怪，問道：「阿有，今天怎麼這麼晚才來？」

「今天朝中有公務。」

孔丘不以為然地說道：「那恐怕只是一般性事務吧。如果有什麼重要政務，為師雖不在朝，也會知道的。」

冉求明白老師說的意思，他有弟子孟懿子與南宮敬叔，都是在朝中執政的重臣，朝中有重大事情，他們肯定是會及時來向老師報告的。所以，孔丘才會如此自信地認為，朝中有大事，那是瞞不過他的。

「先生，今天您恐怕猜錯了。」

孔丘一聽，頓時好奇地問道：「哦，還有為師不知道的？請說說看。」

冉有望瞭望孔丘，頓了頓，有意賣了個關子，然後才從容說道：

「今天孟懿子與南宮向季桓子建議，季桓子又向國君請求，國君已經同意請您出仕。明日國君要召見先生，孟懿子與南宮特意讓弟子前來通知。先生，這難道不是朝中大事嗎？」

孔丘聽了，先是一愣，後後淡然一笑。

冉有知道此時老師的心理，師生彼此會心，不必再說什麼。之後，師生閒話一回，冉有就告別而去了。第二天，孔丘如約來見魯定公。

依禮揖讓如儀，君臣各就各位。之後，二人又說了一些互相仰慕之類的套話，魯定公就步入正題，問道：「寡人聽人說過一句話，說：『一言可以興邦』，真有這樣的事嗎？」

孔丘一聽，跪直了身子，回答道：

「臣以為，不能對一句話抱有那麼高的期望。臣也聽說過一句話，叫做：『為君難，為臣亦不易。』如果能體會到做國君的難處，為臣的都努力效命，那麼這不就近於『一言興邦』嗎？」

「言之有理。那麼，『一言喪邦』的事有沒有呢？」魯定公又追問道。

「一句話的負面效果不至於有這麼大。但是，如果是國君，有時一句話說得不好，真會有非常嚴重的後果。假如有人說：『我做國君，每日辛勞理政，沒有什麼快樂啊！如果說有什麼快樂，唯一的安慰就是我說的話無人敢違抗。』如果一個國君所說的話真的沒錯，而無人違抗，那也是一件很好的事。可是，若他說的話並不正確，卻也無人敢於違抗，那後果是可想而知的。這不就近於『一言喪邦』嗎？」

「夫子之言是也！」魯定公重重地點點頭，說道。

之後，魯定公又問了一些治國安邦的問題，孔丘都一一作答，魯定覺得非常滿意。最後，魯定公攤出了底牌，說道：「夫子博古通今，卓有見識，是難得的人才。寡人早有請夫子出仕之意，為寡人、為魯國排憂解難。但是，因種種原因，一直未能如願。」

孔丘聽魯定公這樣說，知道他的用意何在。魯定公大概是想用這種模糊的表達，讓人產生聯想，從而巧妙地推卸自己的責任，並有向自己示好、賣人情的意味。於是，便順水推舟地回答道：

「臣乃一介儒生，並無國君所期待的治國安邦之才。雖如此，魯是臣的父母之邦，國君若有吩咐，臣自當竭盡全力。」

「夫子果然是忠心報國之人！今寡人有一難治之邑中都，雖名為魯國第二大都，如今卻凋蔽衰落。寡人雖有振興中都之願，但惜不得其人。若夫子不嫌屈辱，肯為國盡力，為寡人解憂，一展治國長才，則魯國幸矣！」

孔丘一聽，便知魯定公之意。他是怕自己徒有其名，而無其實。所以，就藉口找不到合適人選，趁機將最難治理的中都交給自己，試試自己的能力到底如何。

想到此，孔丘雖心有不快，但因生性好強，越有挑戰性就越有興趣證明一下自己，這就是他以前所說的，自己不是高懸的葫蘆，只能看而無實際的用處。於是，一橫心，回答道：

「臣雖不才，但願一試。」

「善哉！」魯定公聽到孔丘肯定地回答，不禁拍案叫好。

接受任命之後，孔丘第二天就帶著顏由、冉耕、子貢、閔損、宰予、公冶長、漆雕開、秦商、巫馬期、商瞿等一幫得意弟子，駕著一架破舊的馬車，風塵僕僕地往中都赴任了。

行行重行行，當孔丘偕一幫弟子晝行夜宿，費時近半個月到達中都後，這才知道魯定公之所以要請他出任中都之宰的原因。

當孔丘師生一行剛入中都之境時，觸目所見的，不是平疇沃野，牛肥馬壯的景象，而是滿目荒涼，田地不整，雜草叢生，幾十裡地雞犬之聲不聞。甚至渴了想討口水喝，半天都找不到一戶人家。而進入中都之城後，則更是讓孔丘心都涼透了。街道坑坑窪窪，坐在馬車裡有時幾乎要被顛得從車上摔下來。街道兩旁的房子，幾乎沒有一間像樣的，大多是些東倒西歪的草房，哪裡有魯國第二大都的景象。整個中都城，既不見曲阜城或齊國大小都市店鋪林立的景象，也無多少行人。偶爾從眼前走過幾個人，沒有一個穿得齊整，都是衣裳襤褸，怎麼看都不像是魯國大都的市民，而是像乞丐，只差手上少了一根打狗棍和一隻破碗而已。

「先生，您看，那裡一幫人在幹什麼？」

正當孔丘坐在馬車上向大街四周察看之時，子貢突然指著前方街道一角的一群人說道。

「咱們前去看看。」說著，孔丘就從車上下來了。

在眾弟子的陪伴下，新任中都宰孔丘深一腳淺一腳地奔向那群人而去。不下車不知道，一下車，孔丘心更涼了。滿大街隨處都是人畜糞便，即使是非常小心，有時也要踏得一腳糞便。好不容易一蹦三跳地走到那群人跟前，這才發現，原來是一幫人在打群架。

孔丘一見，更是怒不可遏，血直往上沖，早已忘了自己的身份，大吼一聲道：「都給我住手！」這一吼還真管用，原來扭成一團的那幫鬥毆者立即都停手散開了。等到他們定睛看清吼叫者及其周圍的一幫人都是儒生打扮，都不約而同，行動異常統一地向孔丘逼過來，大有統一思想，一致對外的意思。其中，一個長得高大威猛者，一邊向孔丘逼過來，一邊還惡狠狠地向孔丘嚷道：

「你們是哪來的貨色，竟敢管閒事管到大爺的頭上了，活膩了吧？」

孔丘眾弟子見此人來者不善，唯恐老師吃虧，遂情不自禁地圍到了一起，將孔丘包圍在中心。

但是，孔丘知道，眼前這些弟子都不是子路，論武功蠻力肯定不行。所以，還是自己親自出馬吧。想到此，孔丘分開眾弟子，道：

「大家讓開，讓為師好好教訓一下這些沒有教化的刁民。」

當那人惡狠狠地撲過來時，孔丘不躲不閃，借著他猛撲過來的衝擊力，抓住其胳膊，順勢往前一拽，就將他摔倒，正好趴到一堆糞便上。孔丘眾弟子見此，一齊拍手，道：

「先生武功高強，摔得好！」

當那人趴在地上正噁心時，只聽子貢大喊一聲道：「你們還不都給中都宰孔大人跪下？」

「啊？」那幫人聽子貢說剛才摔倒他們大哥的人是中都宰，一陣詫異後，便齊刷刷地跪倒在地，不少人都跪在了近身的糞便上，這既讓孔丘弟子感到好笑，又讓他們感到一陣噁心。

孔丘見此，對他們揮揮手，道：「你們都起來吧，以後再也不要打架鬥毆了！」

「是，大人。」眾無賴一邊唱諾答應，一邊急忙從地上爬起來，然後倒退著散開了。

接著，孔丘率眾弟子繼續往前走。最後，費了好大周折，才找到所謂的中都宰治所。所謂的中都宰治所，如今只不過是三間屋瓦殘缺不全，透光漏雨通風的舊屋。屋內既無辦公几案，也無晚上睡覺的寢具。因為中都宰空缺已久，不僅而今無人與孔丘交接職務，甚至以前歷任的公文也不見半片殘簡斷牘。

大家一看，都傻眼了。

孔丘看著眼前的景象，想起魯定公殷殷拜託之情，一時也陷入了矛盾之中。

「先生，咱們回曲阜吧，這個中都宰有什麼好做的？」宰予突然說道。

眾弟子大多附和宰予的意見，子貢開始雖沒做聲，但後來卻出來勸孔丘道：

「先生，這種爛攤子是很難收拾的，要做出政績更是不可能。先生倒不如現在就辭掉這個中都宰職務，免得到時做不好，反而壞了名聲，對今後的仕途發展更不利。」

眾弟子覺得子貢的話說得理性，遂一片聲的附和贊成。但是，孔丘卻不假思索地說道：

「受君之命，食君之祿，理應為君解憂排難，豈可臨陣脫逃，知難而退？為師已經抱定一個信念：既來之，則安之。不整頓好中都，為師就決不回曲阜。如果你們當中有人缺乏信心，或是遭不了罪，吃不了苦，現在就可以回去。」

眾弟子見老師這樣說，遂連聲說道：「弟子願追隨先生，永不言棄！」

「好，那麼大家現在就動手收拾治所，把牆上的洞堵上，把地上打掃乾淨。有會爬高摸低的，上房將屋瓦先勻一勻，先蓋住屋頂，不讓漏雨，以後再添瓦重整。從此以後，咱們還得要在此棲身度日呢。」

冉耕等人都是貧苦人家出身，這些粗活都能幹。不到半天，大家一起動手，一切都收拾妥當，包括起灶做飯的事，也都有了著落。

忙活一天，吃完晚飯，孔丘召集弟子商量，如何振興中都。眾弟子各抒己見，孔丘覺得都有道理。但是，他認為目前要做的事，只有三件：一是將中都城的道路修好，起碼要填好坑窪之處，讓馬車能走。二是整治中都城人畜糞便隨處亂拉的情況，讓大家都有良好的生活習慣。三是整治打架鬥毆，教育民眾要知禮守法。

打定好主意，第二天，孔丘便頒佈政令，通告全城。

結果，在孔丘的親自帶領下，全城百姓參與，一個月內道路全部暢通。兩個月內，街道上人畜糞便的問題也得到瞭解決。為了不死灰復燃，孔丘規定各戶門前環境自清制度，從而徹底杜絕了人畜糞便無人管的情況。又用了三個月時間，讓眾弟子分戶承包禮法教育工作，讓民眾有了「非禮勿視，非禮勿聽，非禮勿動」的意識，讓他們知道什麼是法律不允許做的。

經過眾弟子艱苦而細緻的工作，中都的社會秩序在短時間內便有了根本的改觀。為此，孔丘信心大增。到一年期滿，不僅中都城的面貌煥然一新，中都全境的民風也隨之轉變。加上勸農政策成功，中都全境田地拋荒的情況少多了。外地人入境，看到中都到處田地平展，莊稼長勢良好，牛羊成群，簡直不敢相信這麼短的時間會有如此大的變化。

初戰告捷之後，孔丘開始法制建設。先後制定了養生送死的法律制度，讓生者的生活有所保障，讓死者能夠體面地離去。又制定了「長幼異食，強弱異任，男女別途」的禮法，使老少、強弱、男女都有自己的行為規範。為了提倡節儉，又作了安葬制度上的安排。棺木規格統一為裡四寸外五寸，墓地要依傍丘陵而建，不堆高大的墳頂，不在墓地大量種植樹木。這些政策的制訂及施行，不到一年就產生了效果，遠古時代淳樸的民風重又在中都重現。四方諸侯聞之，爭相派人來觀摹學習。

隨著到中都看過的人日益增多，孔丘治理中都的名聲也就越傳越神。等到傳到曲阜，傳到季桓子的耳裡，傳到孟懿子和叔孫氏的耳裡，傳到魯定公的耳中時，大家都不相信這是真的。一致認為，這肯定是孔丘所帶的那一幫弟子在為老師吹噓。

最後，魯定公決定讓叔孫氏親自到中都視察一趟，看看情況到底如何。結果，證明傳言並不虛，一切都是事實。中都確實徹底改變了，孔丘治國安邦的才能確實卓而不群。

四、代攝魯相

周敬王二十年，魯定公十年（西元前五〇〇年）六月，孔丘奉魯定公之命回到曲阜覆命。一見面，魯定公就興奮地問道：「夫子治理中都，一年有成。百姓豐衣足食，路不拾遺，器不雕偽。四方諸侯聞之，皆引以為則，寡人欣慰之至也！」

孔丘連忙繞席致敬，謙恭有禮地回答道：「國君過譽，讓臣實在是慚愧之至！」

「夫子不必過謙。中都治理模式，今四方諸侯皆引以為則，不知以此模式治理魯國如何？」

魯定公話音未落，孔丘便不假思索地回答道：「縱使以此治天下，亦綽綽有餘，何況一魯國？」

魯定公看到孔丘如此自信，也深受感染，情不自禁間對自己也陡增了些自信。於是，重重地點了點頭。

第二年，魯定公力排眾議，升孔丘為小司空，再由小司空升為大司寇[九]，兼攝魯相之職。

孔丘剛做上大司寇不久，就接連遇到了多起民事訴訟案子。

第一件案子，是一個婦女狀告鄰居之男。

孔丘接報，立即令人找來那個被告的男子，讓他上堂與那告狀的婦女對質，以厘清事實真相。他要兼聽雙方之言，查明真相，不冤枉好人。

訴訟兩造到齊，孔丘先問那男子道：「現有人狀告你，你可知罪？」

那男子看了看那婦女，又望瞭望堂上威風凜凜地坐著的大司寇孔丘，從容說道：

「草民一向潔身自好，獨處一室，與她並無瓜葛，亦無侵犯她之事，何罪之有？」

「你不仁不義。」那婦女立即反駁道。

孔丘見那婦女情緒激動，慷慨激昂，便對她說道：「你說他不仁不義，請舉出事實。」

「前天夜裡，風雨大作，妾所居之室牆倒頂坍。夜半妾無處寄身，只得就近來到他門前，敲門

九　大司寇為古時最高掌管司法的官職，僅次於周天子。大司寇下設立小司空，輔佐審理法律案件。

半日，他才探頭出見。當他看到妾渾身濕透的樣子，聽妾訴說屋倒不幸之事後，不僅不予以同情，邀請妾入室躲風避雨，反而閉門落閂。任憑妾如何哀求，他都不為所動。大人，您說，這樣的人是不是不仁不義，是個見死不救的罪人？」

女子話音剛落，男子立即反駁道：「我聽說陌生男女之間，不到六十歲，是不能孤男寡女同處一室的。而今你為壯年，我亦為壯年，所以半夜不敢開門接納你，以避孤男寡女苟且之嫌。大人，請您說說，我何錯之有？」

婦人亦不甘示弱道：「那你為什麼不能像柳下惠一樣，將無家可歸的女子當作老婦人一樣看待而收留呢？柳下惠當年這樣做了，別人也沒說他淫亂啊！」

男子回敬道：「柳下惠可以那樣做，但我卻決不能那樣做。我將堅持自己『不能那樣做』的原則，來實踐柳下惠『可以那樣做』的境界。」

孔丘聽到此，不禁拍案而起說道：「說得很好，也做得很好！世上欲學柳下惠者很多，但沒有一個像你。希望達到做人的最高境界，但又不沿襲柳下惠做人的行為，可以算是上上之智也！」

於是，判那男子無罪，然後開解了那婦人一番，就將一樁有關風化的案子予以圓滿地判結了。

第二件案子，是父子訴訟案。

一次，一對父子同時告官到案，父訴子不孝，子訴父不慈。孔丘將其二人同時收監，三個月不判其案。後來，做父親的扛不住了，請求撤訴。孔丘欣然同意。於是，立即將父子二人同時釋放了。

季桓子聽說此事，非常不高興，說：「司寇在騙我，以前他跟我說：『治國以孝為先。』今有一不孝之子，殺之以教民孝，不是很好的事嗎？為什麼要將不孝之子也赦免了呢？」

冉求在季氏府中為家臣，就將季桓子的話告訴了孔丘。孔丘聽了，喟然長歎說：

「古之聖賢和執政者，居高位而心系民眾，總是竭盡全力，想著如何才能做好教化勸導民眾的工作，使他們遵禮守法，免於犯罪。而今的執政者，則不然。他們自己未盡教化民眾之責，卻要以民眾犯罪為由而濫施刑罰，這是有違常理的。如果我們不用孝道教化民眾，讓他們懂得孝悌的道理，而是一遇父子爭訟之事，就以所謂忤逆之罪濫殺無辜之人，這尤其是要不得的。攻伐失利，三軍敗退，我們不能以格殺士卒而阻止敗退之勢；刑事案件不斷發生，我們不能靠嚴刑峻法來制止。這是為什麼呢？別無他因，是當政者沒有盡到責任，沒有事先加強對民眾的教化。所以，罪責不在民眾，而在當政者本人。」

「先生的話是對的，只是大家都沒有看到這一層。」冉求點頭贊同道。

孔丘看了看冉求，繼續說道：

「當政者事先不修明法令，讓民眾知其所禁，等到民眾無知而觸犯刑罰，然後施以嚴刑峻法，這種做法是不仁道的酷民行徑。不體恤民眾之苦，隨意橫徵暴斂，這種行為是慘無人道的暴行。不盡教化民眾之責，而要苛求民眾遵禮守法，這種執政理念是暴戾殘忍的。如果當權者在施政過程中沒有上述三種弊端，那麼才有資格對民眾施行刑罰。《書》曰：『義刑義殺，勿庸以即汝心，惟曰未有慎事。』」

「先生，何謂『義刑義殺』？」冉求聽到此，連忙插話問道。

「就是施行刑罰要恰如其分，不能隨心所欲。判刑要依據事理，使百姓雖然受刑，但卻心悅誠服。」

「古人的刑罰原則是對的。」冉求回應道。

孔丘又接著說道：

「治國安邦，不是不能動用刑罰，而是要以教化為先，刑罰在後。只有在充分曉諭民眾，使他們明白道理，知道哪些事應該做，哪些事不能做，使他們知所敬畏。如果教化之後，仍無效果，那就再以賢良方正之士的行為鼓勵他們，引導他們。如果這樣還不行，那才放棄說教，最後運用刑罰對之予以震懾。如此三年之後，百姓自然會步入正道，社會秩序自然會好。當然，對於其中個別不受教化的頑劣之徒，就應該運用刑罰了。這樣一來，就有殺一儆百的效果，讓民眾知道所犯何罪了，並明白犯罪是要受到懲罰的。《詩》曰：『天子是毗，俾民不迷。』意思是說，良臣輔佐天子，職責便是讓百姓不迷惑。如果能做到這一點，那就不必用嚴刑峻法來嚇唬民眾了，刑罰則可以束之高閣，備而不用了。」

冉求聽了，連連點頭稱是。

孔丘頓了頓，頗是感慨地說道：

「當今之世則不然。教化體系紊亂，刑罰規定繁瑣，讓民眾無所適從，就像面前有無數的陷阱，隨時都會掉進去。而一些官吏又不守法律，肆意妄為，緊迫盯人，對百姓言行時刻予以嚴格管控，讓百姓失去自由。結果，刑法越是嚴密，盜賊就越是層出不窮。三尺之障，即使是空車，也難以逾越。這是為何？是因為陡峭之故。百仞之山，負載極重之車，也能登上。這又是為何呢？這是因為山道由低到高，坡度緩和，車子可以慢慢登上。而今世道劇變，遠古民風不存，社會風氣越來越壞，縱使有嚴刑峻法，百姓能不逾越嗎？」

說到這裡，冉求脫口而出道：「弟子明白了，為政之道，教化民眾才是最重要的，刑罰只能起輔助作用。刑罰只治標，教化才治本。」

第三件案子，是民眾集體狀告不法商人。

孔丘剛任大司冠的第三天，就有幾百個民眾聚集于大司寇公署，要求嚴懲不法商人沈猶氏。此人長年在曲阜從事販羊生意，為人奸詐。他每天早上把羊趕到集市出售時，先給羊餵鹽。羊吃了鹽後口渴，他便讓羊大量飲水；結果，趕到集市上的羊顯得又肥又大。這樣，他就可以多開價，求取不法利潤。

許多買過他羊的人事後才知道上當，因為買回的羊一路走一路便溺，等到回到家裡時，原來又肥又大的羊變得又瘦又小。開始時，儘管也有買家上了當後，將羊再趕到集市找沈猶氏理論，但沈猶氏死活不承認，而買家又提不出證據。結果也就不了了之。而更多的買家因為怕麻煩，往往忍氣吞聲，自認倒楣。正因為如此，沈猶氏多少年來一直都在坑蒙顧客，但有司也無奈他何。

孔丘聽取大家的投訴後，立即令人將沈猶氏拘捕。在查清事實後，從嚴懲處了沈猶氏，並將其騙術公之於眾，以防類似侵害顧客的詐騙行為再次發生。之後，又頒佈買賣公平政令。從此，曲阜集市交易中再無欺詐事件發生，商販都能誠實經營，待客和氣，童叟無欺。為此，民眾一片稱頌之聲。

第四件案子，是有關風化罪。

孔丘就任大司寇不久，有民眾揭發，曲阜有市人公慎氏，其妻不守婦道，放蕩不羈，與人通姦有年，但其夫公慎氏卻視而不見，充耳不聞，嚴重妨礙風化，影響極壞。

孔丘接到舉報，立即派人調查，發現果有其事。於是，傳拘公慎氏夫婦到衙。除了予以懲處外，又對其進行了教化，令其改過自新。最後，公慎氏依禮休了淫蕩之妻，重新贏得了人們的尊敬。

第五件案子，是有關奢侈逾禮之事。

當時，曲阜有一個著名的富商，名為有慎氏。他生活的奢華程度超過魯國之君，食器用具之精美亦不是普通民眾所應有，嚴重逾越了禮制規定。很多士人都看不過去，但卻無人能夠約束他。

孔丘上任後，覺得有慎氏之奢侈，並非個人生活之事，而是事關朝廷禮法。因此，決定予以懲處，以儆他人。同時，也阻止奢靡炫富之風的漫延，以正魯國民風。有慎氏聽說孔丘要懲處他，連夜逃出國境，遷居到別國去了。

幾個案件處理下來，朝野震動，社會風氣為之大變。在孔丘任大司寇期間，再也沒人敢在早上賣羊前給羊灌水了，販牛販馬之商不敢漫天要價，賣豬賣羊之販不敢再搞花樣。男女行路，依據禮法，各走一邊，井然有序。路上有東西，亦無人撿拾而占為己有。男人崇尚忠信，女子貞節順從。結果，魯國大治。外國客商入境，不會遇到任何麻煩，更不必前往打擾當地官署，大家都有一種回家的方便之感。

孔丘在大司寇任上，雖制定了不少法令，但結果都因無奸民而沒派上用場。

五、夾谷會盟

孔丘由小司空升任大司寇，政績非常突出，不僅贏得民眾的普遍讚揚，也深得魯定公的贊許，甚至執政的冢宰季桓子也由衷欽佩。

魯國政局的逐漸穩定與國力的不斷提升，還有國際影響的擴大，都使魯國近鄰齊國感到了壓力。特別是因為孔丘及其弟子已經掌握實權，而當年齊國對於逃難到齊國的孔丘極不友好，所以，齊景公怕魯國強大後對齊國不利。為了防患於未然，也為了厚結魯國之心，齊景公決定以敦睦近鄰為由，主動與魯國修好。於是，在周敬王二十年，魯定公十年（西元前五〇〇年）春，齊國向魯國派出了使節，商量這年夏天兩國舉行會盟之事。

魯定公見大國齊國主動約請會盟，覺得非常有面子，自然是樂得心花怒放。但是，冢宰季桓子卻犯了愁。因為按照禮儀規定，兩國之君會盟，一般都由兩國之相陪侍，並擔任相禮之職。季桓子本來就是一個不學無術的紈絝子弟，內政的很多事情都不會處理，更何況是外交上的事情。

冉求擔任冢宰府家臣，天天陪侍在季桓子身旁，當然瞭解他。於是，就給季桓子出了個主意，讓他請孔丘代理相禮之職。冉求提出這個建議，是想給自己的老師一個顯示才能的機會，讓魯定公與世人進一步瞭解自己老師在外交上的才幹。提出這個建議後，冉求本來還怕季桓子多心，以為自己是在為老師攬權。沒想到，季桓子卻樂得一跳三尺高，立即答應。第二天，他就向魯定公提出請孔丘代理齊魯二國會盟的相禮之職，並以自己身體不適為由，請求魯定公同意，讓孔丘暫時代理冢宰之職。實際上，他是想偷懶，夏天快到了，他體胖怕熱，懶得理政。

魯定公對孔丘的能力非常讚歎，對季桓子則是打心眼裡看不起。他任魯國冢宰，只是「三桓」

世襲制的結果，實際上他並無治國才幹，只是一個尸位素餐者而已。因此，一聽季桓子提出讓孔丘代理冢宰之職，他是打心眼裡高興，巴不得他索性把冢宰之職讓給孔丘才好呢。於是，滿口答應，並立即遣人傳召孔丘來見，當場作了任命。

孔丘雖然口頭上一再謙讓，但內心裡則對這樣的機會是求之不得。因為他盼望著這一天已經很久了，現在終於有了統攬魯國大權，可以施展拳腳大幹一場的機會，那麼接下來他便可以朝著自己既定的「克己復禮」的目標做下去。魯定公與季桓子雖然不知道此時孔丘內心的真實想法，但他們二人都各有自己的目的，所以孔丘不斷地謙讓，他們就不斷地勸進。最終，孔丘裝得無可奈何的樣子，好像是給魯定公與季桓子面子似的，勉強答應下來。

可是，一出魯定公大殿，孔丘就再也抑制不住內心的喜悅了，走起路來就像展翅的鳥兒一樣，如果不顧及路人的觀瞻，他大概會手舞足蹈起來的。回到家中，馬車尚未停穩，他便高聲吩咐亓官氏道：

「夫人，今天多備一些酒菜，俺要喝個一醉方休。」

亓官氏聞聲出來一看，見丈夫喜形於色，手舞足蹈的樣子，不禁脫口而出，揶揄道：

「夫君今日有何大喜之事，看你得意忘形的樣子，好像是個得志的小人似的」。

亓官氏說完這話，便覺得後悔了。如今丈夫身為大司寇，算是魯國的第三號人物了，夫妻之間開玩笑也是應該有所顧忌了。可是，出乎意料的是，孔丘並沒有生氣，而是呵呵一笑，從容說道：

「夫人，國君已經任命俺為齊魯二國會盟的相禮，又讓俺代理冢宰之職。你說，俺這該不該高興呢？難道在夫人面前還要裝矜持嗎？」

亓官氏一聽，覺得丈夫今天格外可愛，做人就應該如此，高興了就笑，悲傷了就哭，何必心口不一，假裝正經呢？想到此，連忙說道：

「夫君擔當大任，值得慶賀！妾這就去備酒菜，今日也要破例陪夫君喝一杯。」

亓官氏說完轉身剛進廚房，子路就進來了。見到孔丘笑意寫在臉上，不禁好奇地問道：

「看先生高興的樣子，莫非國君派您什麼重任了？」

「阿由，猜得對。今日國君決定讓為師出任齊魯二國會盟的相禮，兼攝魯相之職。」

子路一臉認真地說道：「先生，弟子聽說有這樣一句話，叫做：『君子禍至不懼，福至不喜。』今先生得位而喜，不知什麼原因？」

孔丘見子路這樣說，遂也一臉認真地回答道：

「是的，是有這樣的話。但是，你沒有聽說還有一句話，叫做：『樂以貴下人』嗎？」

「先生的意思是說，君子得位而喜，與小人得志而傲人不同。富貴而仍能謙恭待人，才是最重要的。是嗎？」

「正是此意。」孔丘點點頭，臉露滿意的微笑，他為子路越來越有悟性而高興。

高興了一夜，第二天孔丘便沉靜下來，開始思考起如何施政才能實現「克己復禮」，恢復周公禮法的目標。想來想去，覺得目前在魯國最可能影響自己實現政治理想的障礙便是少正卯其人。

少正卯，與孔丘一樣，不僅也是魯國的大夫，而且也興辦私學，廣招學生，宣揚自己的學說，被稱為魯國的「聞人」。之所以稱為「聞人」，那是因為他的教學水準遠在孔丘之上。二人同時設壇授徒，但往往都是孔丘的學生被吸引到他那邊，甚至有些還成了他的弟子。即使是孔丘的得意弟子如子路、子貢等，事實上也是聽過少正卯的課。只有顏回始終沒有前往，這也可能是孔丘最喜歡顏回，並將之視為孔門第一弟子的原因吧。

孔丘其實並不是一個胸懷狹窄的人，事實上他也有容人的雅量，甚至對於對手也能做到這一點。所以，他常常標榜自己是君子。但是，他有一句名言，叫做：「道不同，不相為謀。」他跟少正卯之間，恰恰就是因為「道」不同，即政治主張相左而互相敵視的。孔丘主張「克己復禮」，恢復周公禮法；而少正卯則相反，他主張與世俱進，適應社會發展的需要，變革舊制度，建立新制度。正因為如此，孔丘覺得少正卯是他實現政治目標的重大障礙。所以，當他謀得魯國最高行政大權後，便在第七天就毫不手軟地對少正卯下手了。

孔丘生平做事都非常講究「名正言順」，「師出有名」，所以他要誅殺少正卯，也是找到了一個冠冕堂皇的理由，這便是「擾亂朝綱」。結果，少正卯就被他以「君子之誅」的名義處死於魯國宮殿的兩觀之下，而且還將其暴屍三日。

孔丘的許多弟子以前都去聽過少正卯的課，對於少正卯多少有些同情之心，對於老師一掌權就誅殺政治異己頗有些不以為然。比方說子貢，他就很有看法。於是，他便找到孔丘進言道：

「少正卯，乃魯國之聞人。今先生執政伊始，就將其誅殺，先生不覺得有些失策嗎？難道先生就不怕別人物議，認為您沒有容人之量呢？如果這樣，先生執政勢必會失去人心啊！」

孔丘聽子貢這樣說，非常生氣，覺得自己的弟子都不能理解老師，那如何讓外人能理解自己的苦心孤詣呢？於是，就厲聲喝道：「你坐下，我跟你說說其中的緣由。」

子貢見老師生氣的樣子，遂連忙表現出更加恭敬的心情，謙恭有禮地說道：

「請先生教誨！」

「天下有五宗大惡是不能饒恕的，盜竊之事還不能算在其中，因為相比這五宗大惡，盜竊根本算不上什麼。」

「天下竟有這樣的大惡嗎？弟子未曾與聞，請先生教誨。」

孔丘見子貢仍有懷疑之意，遂一臉嚴肅地說道：

「這五宗大惡，一曰『心達而險』，二曰『行僻而堅』，三曰『言偽而辯』，四曰『記醜而博』，五曰『順非而澤』。」

孔丘話音未落，子貢就一臉認真地追問道：「那麼，什麼叫『心達而險』呢？」

「所謂『心達而險』，就是內心通達，對於古今政治的變化與事物發展的規律都非常瞭解，但是卻心存險惡。」

「先生的意思是說，這種人對於事理是明白通達的，只是心地險惡，不存善意，是吧。」

「正是。」孔丘點點頭。

「那麼，『行僻而堅』呢？」

「所謂『行僻而堅』，就是行為怪僻，卻又固執。這種人表面標榜特立獨行，實際上是有意標新立異。明明知道別人對他的指責是對的，他仍要固執己見，不知悔改。」

「那『言偽而辯』呢？」子貢又追問道。

「所謂『言偽而辯』，就是說的是假話，卻要強詞奪理，巧舌如簧，百般辯解。」

「先生以前說過一句話：『巧言令色，鮮矣仁』，說的就是這種人吧。」

「說得對。」孔丘又點點頭。

「那『記醜而博』，又是何意呢？」

「所謂『記醜而博』，是指這種人記憶力特好，博聞強記，但所記的都是些怪異之事。」

「先生從不言怪力亂神之事，就是生平痛恨這些事吧。」子貢追問道。

「可以這樣說。」孔丘看了看子貢，肯定地點了點頭。

子貢遂又問道：「那麼，什麼是『順非而澤』呢？」

「所謂『順非而澤』，就是言行明明有悖常理，有違禮法，但卻顯得理直氣壯。」

「弟子明白了。」子貢答道。

孔丘遂又繼續接著說道：

「上述五宗大惡，一個人只要有其一，正人君子就可誅殺他。更何況少正卯已經是五惡兼而有之，怎麼能不殺呢？」

「除了上述原因外，先生誅殺少正卯還有別的理由嗎？」子貢心裡仍是不認同老師殺少正卯的行為，所以孔丘話音未落，他又不禁脫口而出，這樣追問道。

孔丘心知子貢之意，遂毫不含糊地回答道：

「少正卯為魯國大夫，有一定的社會地位，足以聚集一定的追隨者，結黨營私，形成自己的勢力。他巧舌如簧，言論有很大的煽動性，足以蠱惑人心，欺世盜名，從而獲取民眾的擁護。他積蓄的力量越大，就越有可能離經叛道，逆禮悖倫，謀求獨立，成為異端。這種人，可是真正的大奸大雄啊！因此，不能不及早剷除他，以防患於未然。」

「這是不是先生誅殺少正卯的真正原因呢？」子貢又追問道，因為他始終不認同老師誅殺少正卯的行為。

孔丘見子貢仍有疑慮，便不得不引經據典對他予以說服了：

「在歷史上，商湯誅尹諧，文王誅潘正，周公誅管蔡，太公誅華士，管仲誅付乙，子產誅史何，皆是人所共知之事。這被誅七人，雖生於不同時代，但被殺的原因則是相同的。所處時代環境不同，但所具有的罪惡則是相同的。因此，對他們都不能放過。否則，姑息養奸，必會釀成大禍。《詩》曰：『憂心如焚，慍於群小。』小人成群，豈能不令人憂心？」

孔丘說到這裡，又看了看子貢，見其態度恭敬，聽得非常認真，還不住地點頭，覺得他應該被說服，於是便停下不說了。

子貢對老師上述一番振振有詞地辯解，雖在內心裡仍不能認同，覺得少正卯不至於非要被處死不可，但礙於老師的威嚴，他只得違心地點頭稱是，並謙恭地說道：「弟子謹受教。」

雖然誅殺少正卯連自己的弟子們也有不認同的，但孔丘自己卻從此心定了。沒有了少正卯在魯國搖唇鼓舌，與自己唱反調，至少在政治理念宣導上他沒有了後顧之憂。於是，他開始集中精力籌畫當年夏天即將登場的齊魯二國之君的會盟事宜。

魯定公十年（西元前五〇〇年）夏，齊魯二國之君先前商定好的會盟在雙方選定的夾谷舉行。齊魯二國的主角分別是齊景公和魯定公，配角分別是晏子與孔丘，會盟主要由他們二人擔任相禮，即司儀。

臨行前，孔丘向魯定公建議道：「臣聽說有句話：『有文事者必有武備，有武事者必有文備。』」

魯定公不解地問道：「兩國之君會盟，乃是為了表達敦睦關係，為什麼要有武備呢？難道兩國之君會盟，揖讓致敬之間，雙方軍隊要較量一番嗎？」

孔丘搖搖頭，說道：「國君，不是這個意思。兩國會盟，雖是為了和平的目的，但是和平談判時沒有武力作後盾威懾對方，那麼就有可能在談判案前吃虧。這便是『有文事者必有武備』的原因。」

「那麼，『有武事者必有文備』，又是為什麼呢？」

「國君，兩國交戰，兵戎相見，殺得個你死我活，但最後的結果仍要坐下來解決問題，無論是戰勝或戰敗，或是打個平手，都要通過談判確定戰爭的結果與戰後兩國關係的安排。這便是『有武事者必有文備』的原因。如果『有武事』而無『文備』，屆時戰爭結束，對方事先準備好一個談判方案而自己沒有，就必然陷於被動，要隨著對方的步子起舞了。」

魯定公聽到這裡，這才明白地點點頭。

孔丘繼續說道：「古代的諸侯，離開國都前往他國或外地進行外交活動，伴從的隨員一定是有文有武。因此，臣建議這次您參加會盟時，要帶上正副司馬。」

魯定公一聽，覺得有理，遂朗聲應道：「諾！」

於是，孔丘立即吩咐正副司馬，將軍隊先行秘密佈置到夾谷山周邊隱蔽之處，不要被齊國人察覺。但布點要恰當，以便隨時調動候命。

一切安排妥當後，孔丘便陪伴魯定公往會盟地夾谷去了。到了夾谷，看到會盟儀式的土台已經築就，並設立了位次。土台兩旁各有三級臺階，以便二國之君拾級登臺。

儀式開始後，兩國之君先行會遇之禮，然後相互揖讓一番，各自從盟壇一側拾級登臺。接著，在臺上二國之君互贈了禮品，再互相敬酒。儀式未畢，突然齊國方面令東夷萊人舉起兵器擊鼓喧嘩，企圖逼近並脅迫魯定公。孔丘見此，一個箭步躍向盟壇，快速拾級登壇，用身體護住魯定公，且退且避，並高聲命令魯國正副二司馬道：「魯國軍隊，快攻打萊人。」

魯國軍人立即圍上來。孔丘又高聲對齊景公說道：

「齊魯二國之君在此友好盟會，遠方夷狄之俘竟敢以兵擾亂。這恐怕不是齊侯所願意看到的吧，更不是齊國與諸侯友好邦交應有之義。夷夏不可混同，夷狄不可謀我華夏，更不可擾亂我中國。萊人乃東夷之俘，豈可驚擾我齊魯二君會盟。至於會盟之所，本就不應該出現甲兵。否則，於神為不敬，於義講不通，於人為失禮。外臣以為，齊侯一定不願這樣吧。」

齊景公聽了孔丘如此一番不卑不亢的陳說，不禁慚愧地低下了頭，連忙下令讓萊人軍隊撤離。

過了一會，齊景公為了打破尷尬的局面，命令齊國樂師演奏宮廷音樂。但是，音樂響起後，竟有一幫侏儒小丑蜂擁而上，嬉戲於齊魯二國之君面前。

孔丘覺得這是對二國之君的侮辱，於是快步走過去，疾步登上臺階，站到第二級臺階上，高聲說道：「俳優侏儒，卑微不足道，乃匹夫小人也，今敢戲弄二國之君，其罪當誅。右司馬何在？請立斬之！」

魯國右司馬聞命，立即上前，揮刀斬殺了俳優侏儒，而且手足皆被斬斷。齊景公見此，不僅大為恐慌，而且面露慚愧之色。

齊景公見諸招皆被孔丘一一拆解，知道沒有什麼花樣可以再玩了，遂與魯定公按照會盟程式，舉行歃血為盟儀式。但是，在寫盟書時，齊國方面卻記載說：「齊師出境征伐，而魯不以兵車三百乘隨之，則依盟約懲之。」

孔丘見此，立即命令魯國大夫茲無還回應說：「齊不歸還魯國汶陽之田，而要魯派兵隨從，則依盟約懲之。」

雙方交換盟約後，齊景公準備設宴招待魯定公。孔丘怕齊國又要使出什麼壞招，屆時要是控制不住局面，那麼就會讓魯國君臣受辱了。

想到此，孔丘便對齊國大夫梁丘據說道：

「齊魯二國邦交傳統，想必閣下最為清楚。而今盟約既已締結，貴國之君再設宴招待敝國之君，豈不給貴國君臣徒然添忙添煩嗎？如果一定要舉行招待國宴，按照禮制，應該有牛形與象形酒器佐觴，同時還要有宮廷之樂的演奏。今處荒野之中，宮內酒器依禮不能攜出，宮中雅樂不能演奏。如果這些都要做到，則明顯有違禮制；如果做不到，則一切就顯得過於簡陋，如同舍五穀而用秕稗。宴陋則君辱，棄禮則名惡。為貴國之君計，為貴國大夫計，何不取消此次宴會呢？國君宴客，乃在昭顯威德。不能昭顯威德，則不如取消。」

一席話說得合情合理，又顯得頗為體貼，齊大夫梁丘據深以為然，乃勸齊景公取消了宴會。兩國之君就此拜別，各自分道揚鑣去也。

孔丘偕魯定公回到曲阜，深為魯國上下交口稱譽，大家都覺得此次魯國取得了重大的外交勝利，孔丘居功其偉。

而齊國之臣呢？回到臨淄後，則被齊景公罵得狗血噴頭。齊景公責備道：

「魯國之臣以君子之道輔佐其君，爾等則以夷狄之道而教寡人，讓寡人顏面盡失。」

於是，按照盟約規定，將昔日侵奪的魯國四邑及汶陽之田歸還給了魯國。

第七章 治國平天下

一、道之以政

由於夾谷會盟所取得的重大外交勝利，使孔丘的聲望如日中天，在魯國政壇的地位也得以大大提高。而伴隨著孔丘政治地位的提升，孔丘弟子從政的積極性也大大提高了。又由於孔丘官居高位，有更多的機會推薦自己的弟子從政，所以他的弟子走上仕途的也越來越多了。就連一向對從政不怎麼感興趣的子貢，也在此時走上了仕途，出任信陽宰。

周敬王二十二年，魯定公十二年（西元前四九八年）初春，一個風和日麗的日子，子貢一大早就來孔府向孔丘辭行並請益。

「弟子承蒙先生抬愛，推舉入仕，現在就要到信陽履職了。但是，對於是否能夠勝任，弟子心裡一點也沒底。」

孔丘一聽，遂鼓勵道：「凡事都有個開頭，沒有人天生就會做官，都是要經過一定的歷練。」

「先生說的是。弟子有個問題，還想請先生指教。」

「有什麼問題，但問無妨。」孔丘看了看子貢，親切地說道。

「為政之道，最重要的是什麼？」

孔丘不假思索地伸出三根手指，說道：「做好三件事。」

「哪三件事？請先生明以教我。」

「足食，足兵，民信之。」

子貢立即追問道：「先生的意思是說，只要能讓老百姓吃飽肚子，使軍隊有足夠的軍備，能夠取得老百姓的信任，就可以了，是嗎？」

「正是。」

「假如能力不及，三件事只能做好兩件，那麼暫緩哪一件呢？」子貢問道。

「去兵。」

子貢又追問道：「假如這兩件事仍有一件做不到，那麼應該放棄哪一件呢？」

「去食。」孔丘不容置疑地答道。

子貢聽了，不禁吃驚地瞪大了眼睛，問道：

「不吃飯，那老百姓不都餓死了嗎？」

「自古皆有死，民無信不立。」孔丘斬釘截鐵地回答道。

「先生的意思是說，取信于民是從政的根本，是嗎？」

「正是。」

子貢望著孔丘堅毅的表情，堅定地點點頭，說道：「弟子謹受教！」

頓了頓，子貢又問道：「治民之道，又如何？」

孔丘看了看子貢，想了想，說道：「治民之道，有兩個層次。」

「哪兩個層次？請先生明以教我。」

「第一個層次，可以用八個字概括。」

「哪八個字？」子貢急切地追問道。

「道之以政，齊之以刑。」

「先生的意思是說，以政令引導民眾，以刑罰約束民眾，是吧？」

「正是。不過，這是低層次的，是為政者常用之道。」

「為什麼說這是低層次的呢？」子貢追問道。

「『道之以政，齊之以刑』，只能讓老百姓免于犯罪而已，並不能讓他們自覺地認識到，不服從教化管理是可恥的。」

「那麼，第二個層次呢？」

「第二個層次，也可以用八個字概括。」孔丘從容答道。

「哪八個字？」

「道之以德，齊之以禮。」

「先生的意思是說，用道德來教導民眾，用禮教來約束民眾，是嗎？」

「正是。只有達到這個層次，才是治民之道的最高境界。」孔丘以不容置疑的口氣回答道。

「為什麼？」

「『道之以德，齊之以禮』，不僅能使民眾有廉恥之心，而且會發自內心地真心歸服。」

「弟子明白了。」子貢恍然若悟地點了點頭

頓了頓，子貢又問道：

「先生，治民當抱持怎樣一種心態才合適呢？」

「治民如馭馬，當抱持一種戒慎恐懼的心態，就像用腐爛之韁駕馭奔馳烈馬一樣，時時緊張謹慎，那就不致於出問題了。」

「為什麼呢？」子貢不理解，於是追問道。

「馭馬馳於通衢，雖行於稠人廣座之中，但戒慎恐懼，駕馭方法得當，雖烈馬亦如馴服之家畜；若用心不專，方法不當，則必被摔於馬下。」

子貢點點頭，又問道：「弟子為信陽宰，具體說來，該怎麼做才好呢？」

「勤勉謹慎，遵從君主之命，不強奪，不摒賢，不殘暴，不偷盜。」

「弟子很小就侍奉先生，求學問道，難道您還擔心弟子會幹那些巧取豪奪、嫉賢妒能、殘暴生靈、盜人錢財之事嗎？」

孔丘呵呵一笑，道：

「阿賜啊，你並沒有聽懂為師的話，理解得不全面。所謂『強奪』，是指任用一個賢人而剝奪另一個賢人為國效勞的機會；所謂『摒賢』，是指以不肖之輩代替賢能之人；所謂『殘暴』，是說百姓犯法，可以從緩懲罰的，卻要急迫地去執行；所謂『偷盜』，不是指偷盜他人錢財，而是指撈取不應屬於自己的名利。」

子貢聽到這裡，恍然大悟道：「弟子不敏，先生原來說的是這個意思。」

孔丘續又接著說道：

「為師聽說，知道如何為官者，奉公守法，造福人民；不知如何為官者，徇私枉法，侵害百姓。這便是人民怨恨為官執政者的原因。因此，約束官吏不如公平些，面對錢財不如廉潔些。公平與廉潔，是做官的基本操守，不可改變。匿人之善，這叫蒙蔽聖賢；揚人之惡，這叫小人作派。對於朋友同僚，有意見不當面誠懇地予以指出，幫助他改正，而是在背後說三道四，這不是與人為善、友好和睦的表現。提到他人的優點，就像說起自己的優點一樣感到自豪；說到他人的缺點，就像是說到自己的缺點一樣感到難受。因此，君子從政，沒有什麼事是可以不謹慎為之的。」

「先生的意思是說，為政者除了有從政的才幹，還要有從政的德行，是吧？」

「正是此意。」孔丘滿意地點點頭。

「弟子謹受教！」

子貢謙恭地向孔丘行了一個禮，轉身正要告辭時，孔丘突然又說道：

「為師再送你三句話，牢記之，踐行之，雖治千乘之國，亦綽綽有餘，遑論區區一個信陽小邑。」

「哪三句話？請先生明以教我。」子貢立即追問道。

「第一句話是『敬事而信』。」

「先生的意思是說，處理政事要有戒慎恐懼之心，慎重為之；為人處事，要講信用，取信於民，取信於人。是吧？」

「正是。」孔丘滿意地點點頭。

「那第二句呢？」

「節用而愛人。」

「先生的意思是不是說，為政要注重節省開支，減輕人民負擔，愛護老百姓？」。

孔丘又點點頭，子貢遂接著問道：「那第三句呢？」

「使民以時。」

「先生的意思是說，徵發勞役，不要侵奪農時，要安排在農閑之時，是吧？」

「正是。今你所治雖為區區信陽小邑，但也要以治千乘之國的標準要求自己。」孔丘望著子貢，語重心長地叮囑道。

「弟子一定遵從先生教導，戰戰兢兢，如履薄冰，克盡心力而為之。」

說完，子貢又向孔丘深施一禮，然後告辭而出，赴信陽履職去也。

二、強公室

周敬王二十二年，魯定公十二年（西元前四九八年）。四月初五，風雨如晦。因為不能上朝，孔丘獨自佇立窗前，看著風雨飄搖中的曲阜街巷房舍，不禁觸景生情，感慨萬千。

就在這時，突然身後傳來一聲輕輕地叫喚：「先生。」

孔丘回頭一看，見是冉求。

「阿有，這麼大的風雨，你怎麼來了？」孔丘關切地問道。

「今日季府無事，弟子好久未與先生見面了，所以特來看看先生。」

「冢宰近日在做什麼呢？一直不見他上朝。」

冉求呵呵一笑，道：「還能幹什麼？自從先生代攝國政以來，他樂得逍遙自在，整天歌舞飲酒。最近，因為購得一批江南佳麗，更是整天沉醉於酒色之中而不能自拔了。」

聽冉求這樣說，孔丘一時不知說什麼好。過了好久，他突然看著窗外的急風驟雨，好像是對冉求說，又好像是在自言自語，道：

「今周公禮法崩壞，天下風起雲湧，諸侯割據，尾大不掉。周天子雖名為天下共主，但有哪一個諸侯國還聽命於他呢？這周王之廷，何嘗不像是風雨飄搖之中的一葉小舟呢？」

「其實，不光是周天子被諸侯架空，就是各個諸侯國的國君，何嘗沒有被其權臣所架空的呢？魯國的情況不正是如此嗎？」冉求說道。

「魯國的亂局，根源在於『三桓』。『三桓』不除，公室難強。公室不強，則魯難難免。」孔丘感慨地說道。

「先生說得對，昭公出奔，就是以臣欺君，公室不強的結果。那麼，如何才能強公室，收君權呢？」冉求望著孔丘，問道。

孔丘看著冉求，一時語塞。

就這樣，師生二人，一會兒互相對視一眼，一會兒看看窗外的風雨，誰也不說話。

過了好久，冉求打破沉寂的局面，問道：「先生，『三桓』得勢掌權，左右魯國政局，具體是從什麼時候開始的？」

「『三桓』起於兩百年前的魯莊公時代。魯莊公之父魯桓公生有四子，嫡長子即後來繼位的魯莊公，庶長子是慶父，庶次子叫叔牙，嫡次子叫季友。因慶父死後謚共，故稱共仲，其後代便被稱為仲孫氏，後改稱為孟孫氏。叔牙死後謚僖，其後代被稱為叔孫氏。季友死後謚成，其後代被稱為季孫氏。孟孫氏、叔孫氏、季孫氏，都被魯莊公封之為卿。因為三氏皆出於魯桓公之後，遂被人稱之為『三桓』。」

「哦，原來『三桓』是這麼來的，弟子明白了。」冉求恍然大悟道。

孔丘繼續說道：「『三桓』之中，以季孫氏勢力最大。」

「為什麼季孫氏會勢力最大呢?是因為季友為嫡次子，而慶父與叔牙皆為庶出之故嗎？」冉求好奇地問道。

「那倒不是。關鍵原因是季友在魯莊公立太子問題上站對了立場，得到了魯莊公的信任。魯莊公三十二年時，莊公病篤欲立太子，遂徵詢慶父、叔牙與季友的意見。叔牙力薦慶父，認為慶父有才能，以後繼位為君，既有利於魯國政局穩定，也符合『父死子繼，兄死弟及』的傳統。季友則強烈反對，說寧死也要擁立莊公之子般為儲君。莊公本來就對慶父有忌憚之心，根本沒有要傳位於他的意思。傳位給自己的兒子般，那是他的本意。只是他自己不便說出來，故徵詢三個庶出與嫡出弟弟的意見。」

「莊公徵詢意見，只是擺擺樣子吧。」冉求問道。

「其實，不僅是擺擺樣子，更是偵測三個弟弟的心思。由於叔牙力薦慶父觸犯了莊公之忌，而季友擁立莊公之子態度堅決而深得莊公之心，莊公便覺得季友可靠，暗示他派人賜鴆酒毒死了叔牙，然後立其後為叔孫氏。」

「之後呢？」冉求又追問道。

「叔牙死後，莊公立其子般為太子，命季友為輔。後莊公薨，季友立太子般為君。但是，慶父不甘心，欲立哀姜陪嫁媵女叔姜之子開為君。」

冉求不解，追問道：

「慶父何以要立叔姜之子為魯國之君呢？他跟叔姜有什麼特別的關係嗎？」

「慶父與叔姜倒是沒有什麼關係，叔姜只是莊公夫人哀姜的陪嫁女。只是因為慶父早在莊公在世時就與哀姜私通，所以哀姜要慶父立媵女叔姜之子開為魯國之君。」

「結果呢？」冉求迫不及待地追問道。

「其時，莊公未葬，太子般寄住母家黨氏，未及正式就位。慶父趁機派人暗殺了太子般，立叔姜之子開為魯君，是為湣公。季友雖有討伐慶父弒君之罪，苦無實力，只得出奔至陳。湣公即位後，慶父與哀姜私通更加肆無忌憚。不久，慶父覺得與哀姜的事雖已公開化，但畢竟有不倫悖理之嫌。

於是，就想殺了湣公，自立為魯君。當時，齊國大夫仲孫湫就預言說：『不去慶父，魯難未已。』果不其然，湣公二年，慶父遣大夫卜齮襲殺湣公于武闈。」

「慶父實在是太過份，這樣的亂臣賊子真該千刀萬剮，人人得而誅之。」冉求不禁恨恨地說道。

孔丘繼續說道：「季友驚悉湣公被弒，立即由陳至邾，接回莊公侍妾成風之子申，請求魯人立之為君。慶父憂之，懼而出奔至莒。公子申由此得以在季友的護送下回到魯國，並被擁立為魯君，是為僖公。接著，季友賄莒人以重金，欲拘慶父回魯。慶父請求出奔他國，季友不允，慶父只得自殺。」

冉求聽到此，又問道：「季友此次擁立有功，又為後來季孫氏勢力坐大再次奠定了基礎吧。」

孔丘點點頭，說道：「正是。僖公元年，季友率師敗莒師於酈，獲莒拏而歸。僖乃賜以汶陽之田及費邑而為封地，又命之為魯國之相。僖公十六年，季友卒，其後立為季孫氏。」

「那後來呢？」冉求又追問道。

「季友死後，魯國政壇權力幾易其手，最後東門氏掌握了大權，並在與孟孫氏、叔孫氏的較量中勝出。」

「那麼，季孫氏情況如何？」冉求又問道。

「季友之孫季文子當時勢力不足，乃依附於東門氏，並為魯宣公效力。後來，勢力漸漸壯大。到宣公十五年時，由於宣公聽從了季文子的建議，在魯國推行初稅田，大力開墾私田，結果使得更多的民眾都歸附了季文子。從此，魯國之民不知有魯宣公，而只知有季文子。」

「那魯宣公怎麼樣？」冉求問道。

「當然不甘心。宣公十八年，宣公下定決心，欲去三桓，以張大公室。於是，與公孫歸父謀劃，以派公孫歸父到晉國求娶之名，借晉人之力以去三桓勢力。但是，公孫歸父未回，宣公即崩逝。季文子聞知公孫歸父之謀，大為震怒。公孫歸父懼而逃往齊國。由此，季文子正式執政，三桓勢力更加坐大。襄公五年，季文子卒。其子宿承其爵，是為季武子。」

「季武子為人如何？」冉求問道。

「季武子相比乃父季文子，更加霸道。根據周禮規定，天子有六軍，諸侯大國是三軍。周公封于魯，魯亦有三軍。但是，自魯文公開始，魯因國力較弱而要聽從霸主號令。若繼續保持三軍規模，則需多向霸主進貢。魯文公遂決定自減中軍，只設上下二軍，歸之於公室。若國家有事，需要出兵征伐，則由三卿輪流統率。這樣做的目的，是不讓三卿專其民。但是，季武子承襲父爵，執掌魯國權柄後，欲專其民，架空公室，乃於襄公十一年增設中軍，與叔孫穆叔、孟獻子各分一軍之民，各主一軍之征賦。由此，三桓勢力強於公室。到襄公十二年，魯國十二分國民，三桓得其七，襄公得其五，國民不盡屬公室，公室由此衰微矣。」

「那後來呢？」冉求又追問道。

「襄公三十一年，襄公病篤，立其妾胡女敬歸之子子野為嗣君。襄公薨，公子野哀傷過度，未及立而死。季武子欲立敬歸娣齊歸之子公子裯為魯君，遭到叔孫穆叔的反對。叔孫認為，依照禮制，立君當立嫡。嫡長死，則立幼。倘若立庶，亦應立賢。而公子裯既非嫡，亦非賢。其年十九，心智仍如童子。父兄死，臨喪無哀容，不堪為君。但是，由於季武子的堅持，公子裯仍被立為魯君，是為昭公。」

「這個季武子確實很霸道。」冉求不禁脫口而出評論道。

孔丘繼續說道：「昭公五年，季武子改三軍為四軍，自領二軍，孟孫氏、叔孫氏各領一軍。三家自取其稅，減已稅以貢於公室，國民不復屬於公室，公室至此更加卑弱矣。」

「既然三家都向魯昭公貢賦，何以公室益弱呢？」冉求不解地問道。

「因為魯國是軍、賦統一，分軍即是分賦。三家雖向昭公貢賦，但何時貢，貢多少，都不由昭公做主。也就是說，在貢賦問題上，昭公要仰三桓之鼻息。如此，公室豈能不日益卑弱？」

「季武子這種行徑，也是種下日後昭公決意要剷除季孫氏的原因吧？」冉求又問道。

「正是。昭公二十五年，當郈昭伯、公若勸說昭公討伐季孫氏時，儘管有臧孫等人的反對，但昭公仍然決意要剷除季孫氏。此時，季孫氏襲爵當家的是季平子，季武子早在昭公七年就已過世。」

「昭公決意要伐季孫氏，是因為此時季武子不在了，認為季平子不及乃父，才敢向季孫氏開刀吧？」冉求又問道。

「也許有這個原因吧。季平子雖三次向昭公請罪，但昭公仍然不允。說明昭公深恨于季孫氏專權，決心要改變長期以來魯國政在季氏的局面。事有湊巧，此時正好發生了郈昭伯與季孫氏的『鬥雞之變』，昭公得到郈昭伯與臧昭伯二家兵力的支持，遂毫不猶豫地起兵攻伐季孫氏。可惜，功敗垂成。在季孫氏岌岌可危之時，孟孫氏與叔孫氏基於三桓利益一致的考量，及時發兵救了季孫氏。

季平子轉敗為勝後，將昭公驅逐出境，自己代攝國君之職。至此，季孫氏勢力可謂如日中天，魯國公室則衰微至極矣。」

孔丘說到這裡，看著冉求很久，都沒有再說一句話。最後，又是冉求打破沉默局面，說道：

「昭公痛失了一次除『三桓』的良機，反成被黜之君，確實值得深思反省。先生，現在情勢不同以前了，季孫氏勢力不比從前，季桓子不比乃父季平子，孟孫氏、叔孫氏的實力也不比從前，他們與其家臣之間都有矛盾。先生及眾弟子都在魯國從政，現在是不是強公室最好的時機呢？」

孔丘聽了冉求這番話，不禁脫口而出道：

「知我者，阿有也！為師最近一直考慮的就是這個強公室計畫。」

「好！弟子們一定竭盡所能協助先生實現強公室的計畫。」冉求堅定地說道。

三、隳三都

與冉求談話後，孔丘強公室的決心更加堅定了。第二天，他便晉見魯定公，決定跟他認真商討一下這個計畫。

君臣見禮畢，孔丘就直接上題道：

「魯自莊公以來二百餘年，三桓勢力日益坐大。政在臣而不在君，已非一日矣。這一極不正常的局面一日不解決，魯國就一日不得安寧，遲早會釀成大患。慶父之難，昭公之奔，都是前車之鑒。」

「大司寇言之有理，寡人何嘗不知道，何嘗不想改變呢？但是，自季武子四分公室以來，公室便沒有固定的貢賦收入，軍、賦皆歸於三桓。手中無錢無糧，又不掌握軍隊，如何能夠撼動三桓，改變目前君弱臣強，公室卑弱的局面呢？」魯定公無奈地說道。

「國君不必消極悲觀，形勢總是在不斷變化的。自您親政以來，局面不是一天天向好的方向轉變了嗎？比方說，以前臣雖有忠君之心，報國之情，但不得其門而入。而今，臣不是已經官至大司寇，兼攝冢宰之職了嗎？臣的許多弟子，現在不也在為魯國效力嗎？」

聽到孔丘這樣一鼓勵，魯定公頓時精神為之一振。低頭一想，情況確如孔丘所說，真的是在向好的方向轉變了。至少，季桓子的權力就沒有其父季平子那麼大了，而今他又將冢宰之職讓給孔丘代理，政在季氏的局面明顯已經改變。以前孔丘因為季平子的專橫跋扈，一直被排斥在魯國政壇之外，有心報國，而無處投效，如今，情況已然不同。

季桓子雖然治國執政能力不及其父季平子，但專橫專權的程度也不及其父，這就給孔丘這樣的治國能臣以發揮才能的空間。自從孔丘出任中都宰以來，無論治理地方，還是執政中樞，無論處理內政，不是應對外交，都有很多新氣象，魯國的國際地位明顯提升了。

想到此，魯定公不禁感到莫大的欣慰，臉上露出了一絲笑意。

孔丘見此，連忙趁熱打鐵地說道：

「政在季氏，或曰政在三桓的局面不改變，國君就不能改變受制於臣的被動處境，要想有所作為，恐怕比登天還難。要想政歸國君，唯一的辦法就是消除三桓的勢力，加強君權，削弱卿大夫權力，重新回歸到『君君臣臣』的禮法制度上。」

「大司寇說得對。只是如何才能消除早已尾大不掉的三桓勢力呢？寡人雖也一直在苦思冥想，但總覺得目前沒有一個可行的辦法。如果硬做，又怕重蹈先君昭公之覆轍。所以，寡人即位十幾年來毫無作為。」

孔丘見魯定公顧慮頗多，遂鼓勵道：

「國君其實不必有那麼多顧慮，只要確立了一個可行的方案，這件事還是不難做到的。」

「哦，不難做好？大司寇難道有什麼萬全良策？快快給寡人說說。」魯定公急忙催促道。

孔丘見魯定公急不可耐的樣子，不禁呵呵一笑，道：

「國君莫急，容臣細細道來。臣以為，三桓之所以飛揚跋扈，不受國君約束，甚至以臣欺君，關鍵就是因為他們各自擁有其領地，還有自己可以支配的私家軍隊。季孫氏有封邑費，叔孫氏有封邑郈，孟孫氏有封邑成。三邑皆高牆深池，以為憑藉，縱使國君發兵征討，又何懼之有？因此，臣以為，目前唯一可行且又可說得冠冕堂皇的辦法，就是依照周公禮制，禁止卿大夫私藏兵器，禁止擁有私人武裝，禁止其領邑有超過百雉之牆。逾越此禁者，依法削除。如此，三桓沒有可以憑險抗衡公室的城邑，沒有可以用以抵抗公室的軍隊，那麼三桓尾大不掉的局面何愁不能消除？」

魯定公點點頭，頓了頓，又憂慮地問道：

「大司寇的計謀確實高明，如果得以實行，確實能夠徹底解決問題。但是，三桓肯俯首聽命嗎？如果他們聯合起來，以武力威逼寡人，那寡人豈不又重蹈了先君之覆轍？」

孔丘呵呵一笑，道：

「此一時也，彼一時也。而今的形勢不比從前。國君雖受制于三桓，但三桓與家臣之間的內部矛盾也日益加深。前些年，季氏家臣陽虎謀殺季桓子，起兵叛亂；最近聽說叔孫氏家臣侯犯、季孫氏家臣南蒯各據其邑，都有蠢蠢欲動的苗頭。至於季孫氏家臣公山不狃，不臣之心早就昭然若揭。對此，季孫氏、孟孫氏、叔孫氏都心知肚明。他們都不甘心受制於其家臣，早有削弱其家臣的想法，只是目前尚未找到合適有效的解決辦法。如果國君能利用其矛盾，因勢利導，予以推動，此次也許就能順水推舟地將三桓問題徹底解決了。」

「大司寇深謀遠慮，確實慮之極深，想得周密。寡人覺得這個辦法可以一試，只是要謹慎而為之。否則，一著不慎，就會全盤皆輸的。」魯定公還是有顧慮，遂叮囑孔丘道。

「國君放心，臣會謹慎處之，三思而後行。」

「那就有勞大司寇費心謀劃了。」

孔丘連忙跪直身子，深施一禮，道：

「食君之祿，擔君之憂。為國君效勞，乃臣之本份，臣定當鞠躬盡瘁，死而後已。」

孔丘受命後，立即找來此時在季氏府中擔任宰臣的子路，跟他詳細說明了自己的計畫。子路領命後，派人密切偵察三桓家臣的動靜，然後不露痕跡地在其主子與家臣之間製造猜疑，加深其矛盾，促使其矛盾公開化。

周敬王二十二年，魯定公十二年（西元前四九八年）。六月初一傍晚時分，子路在夜暮的掩護下，急急來到孔府，將近兩個月的工作簡要地向孔丘作了彙報，並報告他一個消息：

「公山不狃據費，經營有年，倚城憑險，早已不把季冢宰放在眼裡。費是季孫氏封邑，現在倒像是公山不狃的封邑一樣。季冢宰說，公山不狃已有多年不向他納貢了。為此，季冢宰非常氣憤。弟子已將所偵知的公山不狃諸多不臣動向向季冢宰作了彙報，並建議他接受先生的建議，遵從國君之命，帶頭拆除費邑城牆，使公山不狃從此無險可憑，也就不敢再存不臣之心了。」

「那季冢宰怎麼說？」孔丘急切地追問道。

「季冢宰聽了弟子的分析，也同意帶頭拆除費邑城牆，以防患於未然。但是，他又有一個顧慮，怕自己帶頭拆除了費邑城牆後，孟孫氏與叔孫氏不拆，自己的勢位就會受到影響，在三桓之中就占不到優勢，甚至會反處劣勢。」

孔丘聽後，沉思片刻，覺得季桓子的顧慮也有道理。這個世界，誰不為自己打算。俗話說：「人不為己，天誅地滅」，現實就是如此啊！

想到此，孔丘說道：

「這事先說到此，不要急催季冢宰。容為師再想對策，或過些日子我和國君找季冢宰親自談，也許效果會好些。這些日子，還要密切關注孟孫氏與叔孫氏封邑內的家臣動向，有事立即前來報告。」

「弟子謹遵先生之命。」

過了沒幾天，還未等孔丘與魯定公找季桓子商量，就傳來了消息。叔孫氏家臣侯犯和季孫氏家臣南蒯各據其城而背叛了主子，意欲獨立。

季桓子與叔孫氏聽到消息後，大為震驚。遂立即找到孔丘，表示支持隳三都計畫。根據計畫，孔丘採取了先易後難的策略，先讓叔孫氏拆除郈邑的城牆，然後再拆除季孫氏家臣公山不狃盤踞的費邑。公山不狃當然明白主子季桓子的用意，知道這是季桓子借國君隳三都計畫，讓他無險可憑而被迫就範，從此死心踏地做他的奴才。所以，公山不狃堅決反對隳三都計畫。這時，正好有叔孫氏之庶子叔孫輒，因不得意于叔孫氏，與公山不狃聯合，趁著魯定公派出的隳三都軍隊開赴費邑，而國都曲阜空虛之機，先發制人，率費人對曲阜發動了突然襲擊。

孔丘獲悉公山不狃率兵襲擊曲阜，立即召集子路等弟子進行軍事佈署。然後，保護著魯定公與季桓子、叔孫氏、孟孫氏躲到季氏冢宰府中，憑藉冢宰府的高牆厚壁以與公山不狃周旋。公山不狃乃亡命之徒，因此圍攻冢宰府的戰鬥進行得異常慘烈。結果，魯定公的軍隊與冢宰府的家兵不敵，冢宰府的幾道院落都被攻破。孔丘只得保護著魯定公與三桓首腦退到冢宰府最險要的武子台。當公山不狃攻到魯定公所居之台一側時，情況非常危急了。這時，孔丘果斷決策，派人突圍，傳令申句須、樂頎二大夫率兵前來救應。最終，打退了費人，並追擊公山不狃至姑蔑。公山不狃見大勢已去，逃奔到了齊國。

隳費之後，叔孫氏的郈城、孟孫氏的成城，都迎刃而解了。

由孔丘謀劃的隳三都計畫實現後，魯定公的君權得到了鞏固，三桓的勢力得到了抑制，其他大夫的勢力也有所削弱。由此，強公室的初步目標得以實現，君尊臣卑，上下秩序井然，政治教化亦取得了明顯的效果。

四、四國來朝

隳三都計畫的實施，使魯國長期以來君權旁落、公室孱弱的局面有了改觀，至少三桓的勢力被削弱了，季孫氏、孟孫氏、叔孫氏三家不敢再像以前那樣囂張跋扈了。魯國的政局開始走上了正軌，社會秩序趨於穩定，農業生產與商業經濟也隨之得到了發展。原來政局混亂，民生凋蔽的魯國，開始走上了蓬勃發展的道路。

看到這一喜人局面的出現，孔丘由衷地感到高興，也對魯國的復興與恢復周公禮法充滿了自信。這些年來，從中都宰開始，到小司空，再到大司寇，直到代攝國政，雖然每一步都走得很艱難，但經過努力都實現了既定的目標，取得了重大的成果。特別是隳三都計畫的實施，堪稱是政治生涯的神來之筆。每當有人提到這一點，孔丘都會情不自禁地露出欣慰的笑容，甚至私底下跟弟子交談時還不免表現出些許得意之色。

其實，隳三都計畫成功後，不僅孔丘感到得意，他的許多弟子也感到得意，老師不僅政治上有一套，治國安邦斐然有成；外交上也有巨大成就，夾谷會盟讓他聲名遠播；至於這次隳三都計畫的實施，則表現了其卓越的軍事領導才能。

在眾弟子中，要說最志得意滿的，恐怕就是子路了。因為他為季氏宰臣，是此次隳三都計畫實施的核心人物。因此，隳三都計畫成功後，他著實很自豪和得意了一陣。子路是個直爽而透明的人，心裡有什麼，外表上就有什麼表現。內心的自豪與得意，除了在言談舉止上時有表現外，在衣飾上也有表現。

周敬王二十三年，魯定公十三年（西元前四九七年）仲春，一個風和日麗的日子，子路穿了一套新裁成的春服到孔府來看老師孔丘。

孔丘一看子路今天穿得如此華麗，不禁愕然。從出任蒲邑之宰，再到季府之宰，子路都是穿著樸素的，從未這樣張揚，穿得如此華麗。於是，孔丘便脫口問道：「阿由，你今天穿得這樣華貴富雅，到底是為什麼呢？」

子路聽老師這樣說，一時愣住了，低頭看了看衣服，不知說什麼好。

孔丘又繼續說道：「長江始出於岷江，源頭水流很小，僅能浮起酒杯而已。及至流到江津，若無舟楫，不避風浪，將無法渡過江面。之所以如此，不是因為水流太大，讓人無法接近的緣故嗎？今日你穿得如此華貴，色彩又是如此鮮豔，這樣誰再敢接近你呢？當你將自己推到一個高高在上的位置時，還有誰願意做你的朋友，給你指出缺點呢？」

子路一聽，終於明白了老師的意思。於是，一句話都沒說，拔腿就往回跑。不一會，換穿了一套平常的服裝，顯得輕鬆自在的樣子，又來拜見老師了。

孔丘一見，連忙說道：「阿由，你記著，為師告訴你一個做人的道理：夸夸其談的人，往往會華而不實；行動力強，但喜歡表現的人，往往會給人一種自吹自誇的感覺；有智慧，也有能力，但喜歡形之於色者，是小人的作派。因此，君子之為人，知道就說知道，此乃言說之關鍵；做到就說做到，此為行為之準則。說話掌握關鍵，說到點子上，這就是智慧；做事把握一定的準則，這就是仁德。一個人既有仁德，又有智慧，那麼他還有什麼可說的呢？」

「弟子謹受教！」子路連聲應諾。

就在子路唯唯而退之時，南宮敬叔突然到來。

孔丘一見南宮敬叔來得急切，遂連忙問道：「阿韜，有什麼急事嗎？」

「先生，吳國派使者來魯。」

孔丘不解地問道：「吳國派使者來魯，有何貴幹？」

「吳使說奉吳王之命，前來朝魯。還送來兩匹文馬，吳錦百尺。」

孔丘看著南宮說道：「為師沒有聽錯吧？吳王派使者朝魯？吳國是南方大國，無緣無故，怎麼可能不遠千里北上朝魯呢？」

南宮見老師不敢相信，遂一臉認真地跟他解釋道：「因為先生治國安邦卓然有成，聲名遠播。今先生執掌魯國之政，社會安定，經濟發展，民眾知禮守禮，古道之風蔚然。認為長此以往，魯國必成為天下強國，不戰而屈天下。」

孔丘聽了，呵呵一笑道：「說得誇張了！魯國政局剛剛開始穩定下來，經濟發展任重道遠，說魯國成為天下強國，那實在還很遙遠。為師雖不敏，但還有一點自知之明，不戰而屈天下，那更是不敢想嘍！」

儘管吳王派使者朝魯是事實，但是孔丘始終不敢相信，這是真的。不過，不管他相信不相信，沒過多久，北方大國的晉國執政趙簡子也向魯國派出了使者，同時也致送馬匹文錦。除此，趙簡子還給孔丘寫了一封書信，表達了其對孔丘治國斐然有成的敬意。這次，孔丘開始相信諸侯朝魯，確是真真切切的事。為此，他對治理好魯國，對恢復周公禮法，更是充滿了信心。

吳、晉兩大國先後朝魯的事，很快就在諸侯各國之間傳播開了。不久，魯國近旁的宋、衛等小國，也聞風而動，相繼向魯國派出了使者，表達了對魯國、對孔丘的敬意。

四國來朝，在魯國引起了極大的轟動效應，也對周邊各國產生了輻射作用。隨著大家對孔丘的越發崇拜，諸侯各國學子前來拜師問學的也就越來越多。

看著孔府每日來來往往的年輕人，看著他們向孔丘畢恭畢敬問學的樣子，孔丘遠房之兄孔蔑不禁也對孔丘生出了敬意。

周敬王二十三年，魯定公十三年（西元前四九七年）暮春的一天，日中時分，孔丘辦好公事，提早從朝中歸來。因為這天他與許多新來的弟子有約，要回答他們的問題。申時將過，當諸多學子問學散去之後，孔蔑情不自禁地也走進了孔府。

孔丘一見是兄長孔蔑，連忙起身施禮讓座。

坐定後，孔蔑單刀直入地問道：「兄弟現在居一人之下，萬人之上，又深得天下學子擁戴，真是榮寵至極矣。愚兄有個問題，想請教兄弟，請兄弟也像對待其他弟子一樣對愚兄耳提面命。」

「兄長言重了！丘何敢在兄長面前置一言？」

「兄弟不必過謙！你既然能有今日，必然在為人處世方面有過人之處，請問有什麼好的方法？」

孔丘見孔蔑說得認真，遂也不再謙讓，一臉認真地回答道：

「知道而不去做，不如不知；親近一個人，而又不肯信任他，還不如不親近。有高興之事來臨時，不要得意忘形；災難將至時，也不必整日憂心忡忡。」

「那是君子修身的大境界，愚兄恐怕難以企及。像愚兄這種情形，該怎麼做比較好呢？」孔蔑又問道。

「攻其所不能，補其所不備。」孔丘不假思索地說道。

「你的意思是說，對自己身上已有的缺點，予以改正；自己所不具備的才能，要設法彌補，是吧？」

孔丘點點頭，繼續說道：「除此，還要加強自身修養。不要因為自己有某種不當的想法，就懷疑別人也有這種想法；不要因為自己有些才幹，就瞧不起他人。每天說話都要謹慎，不要給自己帶來後患；每天做事都要三思，不要給自己留下隱憂。只要做到這些，也就可以稱之為智者了。」

「兄弟說得對。愚兄真是癡長了這把年紀！如果早些知道這些道理，也就不至於今日仍一事無成。」

「兄長不必自責！人非聖賢，孰能無過？過而能過，則善莫大焉！」

孔丘話音未落，南宮敬叔急急進來。

「阿韜，這麼晚了，還有什麼急事嗎？」

孔丘一見南宮，便連忙問道。因為每次南宮來，都與朝廷大事有關。

「先生，今日您離開朝中後，有一個重要情況，弟子想還是早點向您彙報一下為好。」

「什麼重要情況？快說！」孔丘催促道。

「日中之後，齊國使者到來。」

「齊國使者是來朝魯的嗎？」孔丘以為還與前幾次一樣，所以這樣問道。

「弟子以為不是。」

「為什麼？」孔丘又問道。

「弟子認為齊國是別有用心。」

「此話怎講？」孔丘再次問道。

「齊國使者饋贈給國君的不僅有文馬二十四駟，還有美女八十人，打扮得妖妖嬈嬈的。」

「果真有此事？」孔丘有點不信南宮的話。

「弟子豈敢在先生面前說一句假話？」

孔丘又急切地問道：「那國君收下了嗎？」

「季冢宰代國君收下了。」

孔丘聽了，沉思不語。半日，才語氣堅決地說道：「明日，我去面諫國君。」

五、女樂風波

第二天，一大早，孔丘就穿戴整齊，今天他要面諫魯定公。

可是，早早上朝的孔丘，一直等到平日正常上朝時間都過了一個時辰，也不見魯定公出來。這一下，孔丘急了。連忙叫來宮內侍者，問道：「國君今日為何遲遲不上朝理政？莫非身體有恙？」

侍者跟孔丘已經很熟悉了，自從孔丘代攝國政以來，他天天都要陪侍魯定公，並看著他們議論並處理朝政。他對孔丘已經很瞭解了，對其治國理政的才能也已了然於胸，並深深感佩。特別是對孔丘的勤政，他更是印象深刻。今天見孔丘相問，他不忍心隱瞞實情，遂拉著孔丘走到一旁，悄悄在他耳邊說道：「國君還在睡覺呢？」

「為什麼現在還在睡覺？平時國君不是都有早起的習慣嗎？自從即位以來，他也從來沒有上朝遲到的記錄啊！」

對於孔丘一臉的疑惑，侍者不禁搖頭苦笑道：

「大司寇，您昨天處理完朝政離開後，有齊國使者來見，說是奉齊侯之命，送上文馬一二十四駟，以表示對魯國大治的祝賀。國君高興地接受了，並請齊國使者轉達對齊侯的謝意與問候。」

「就這些？」孔丘直視侍者，急切問道。

侍者遲疑了一會，看了看大殿之上已經在等候上朝的其他魯國之臣，然後附耳對孔丘悄聲說道：「齊國使者還向國君獻上美女八十人，都是濃妝豔抹，香豔得讓人不敢正眼相看的嬌娘。」

「那國君接受了嗎？」孔丘急切地問道。

「國君看到這些美女，雖有喜愛之意，但卻推辭不受。說齊侯太過厚愛，不敢接受。但是，季冢宰卻勸說國君應該收下。」

孔丘又問道：「那季冢宰是怎麼說的呢？」

「季冢宰說，齊魯山谷會盟之後，便是兄弟之邦。齊侯致送良駒美女，乃是有意要結交魯國，敦睦近鄰，國君不應該拒絕齊侯好意。否則，齊魯交惡，于魯不利。國君沉吟半日，看了又看站在一旁的八十名美女，最終答應收下齊侯的心意。但是，國君又說，季冢宰為國操勞，賞賜四十名美女以為獎賞。」

「然後呢？」孔丘又急切地問道。

「季冢宰謝過國君後，就帶著國君賞賜的四十名美女回到冢宰府了。」

「那國君呢？」

侍者看了看孔丘，又掃視了站在遠遠的其他魯國之臣，囁嚅了半日，才低聲對孔丘說道：

「季冢宰與其他魯國之臣退下後，國君賞賜了齊侯之使，便讓四十名美女進了後宮。」

「進了後宮，又幹了些什麼？」

侍者聽孔丘問出這等話來，不禁掩口而笑，道：

「大人，進後宮還能幹什麼，表演歌舞啊！不過，小人沒有進去觀看，只是猜測哦。」

說完，侍者又神秘地一笑。

「歌舞表演是昨天的事，怎麼今天早上這麼晚國君還不起來呢？」

「大人，您是真的不懂嗎？那麼多妖豔的美女，國君青春正富，您說能幹什麼呢？」

說完，侍者看了看孔丘一臉正經的樣子，又掩袖笑了起來。

「勞駕去請國君，就說孔丘有國事相奏。」孔丘乾咳一聲，止住了侍者的笑，嚴肅地說道。

「小人不敢！聽說國君昨晚跟美女們折騰了一宿，現在大人讓小人去請國君，豈不是為難小人嗎？」侍者面露難色。

孔丘見侍者一臉無奈的樣子，又看了看遠遠站在大殿之上的其他魯國之臣，發現季桓子今天到現在也未來上朝。莫非他也在府中歌舞昇平，不問國事了嗎？

想到此，孔丘心裡涼了半截，一甩大袖，走出了大殿，徑直往冢宰府而去，他要看看季桓子到底在幹什麼。未進冢宰府，孔丘就遠遠聽到笙竽琴瑟之聲從府中飄出。進了冢宰府，一上大堂，就見季桓子坐在大堂之上，正色迷迷地看著堂下四十個美女扭腰抖胯地在跳舞。她們身上所穿的衣裳不僅色彩非常豔麗，而且薄如蟬翼，隱隱約約，身體的各個部位都突顯得一清二楚。孔丘一瞥之後，再也不敢正眼多看一眼。

猶豫了一會，孔丘還是低著頭，悄悄地走到季桓子身邊，輕輕地叫了一聲：「冢宰大人。」

季桓子聽到有人叫他，轉過臉來，發現是大司寇孔丘，不禁大感驚訝，態度也顯得十分不自然。

沉默了一會，季桓子突然乾笑了一聲，說道：

「大司寇昨日提早退朝，有件事恐怕還不知道吧，我正想要跟您說呢。」

孔丘立即接口說道：「是齊國使者送來良駒美女之事吧。」

「大司寇消息真是靈通啊！不過，這也不奇怪，大司寇弟子滿朝廷，就連這冢宰府當家的也是大司寇的得意弟子啊！」

孔丘一聽，就知道季桓子這是在說孟懿子與南宮敬叔在朝中為官，子路與冉求在季府當家臣的事。話中似乎有話，好像在暗指自己到處安插弟子，企圖弄權。這不是以小人之心，度君子之腹嗎？於是，心裡對季桓子就更加反感了。但是，眼前他還是魯國的冢宰，實權還是掌握在他手上，自己只是代理國政，一旦他哪天不高興而要親政，不讓自己代攝國政，那麼魯國的事情就更難辦了。

想到此，孔丘忍住怒火，平心靜氣地說道：「冢宰大人，丘以為齊侯此時致送魯國良駒美女，似乎別有用心。魯國最近幾年社會穩定，經濟發展，出現了一些喜人的局面，諸侯各國時有朝魯者。齊為魯國近鄰，唯恐魯國強大，成為齊國的威脅，所以就向魯君致送良駒美女，名義上是敦睦邦交，親善近鄰，實則是麻痹我魯國君臣鬥志，阻緩我魯國復興的進程。」

季桓子看美女歌舞正在興頭之上，聽孔丘講出這番大道理，頓感掃興。於是，隨口說道：「大司寇扯得太遠了。不就是幾匹馬，幾個歌女嗎？難道這就能亡了我魯國？人生在世，不過短短幾十年而已。有的吃就吃點，有的喝就喝點，有的玩就玩點，何罪之有？何必時時刻刻把事情想得那麼複雜呢？那不累得慌嗎？」

說完，季桓子看都不看孔丘一眼，就一邊飲酒一邊觀看歌舞，自我陶醉，不亦樂乎。

孔丘見此，實在忍無可忍，但是又不便發作，遂不辭而別，悄然離去。走出季府大門時，正好碰上子路與冉求。

「先生，弟子一大早就到府上，要報告先生一人重要消息。可是，先生一大早就離開了。沒想到，先生原來是到季府來了，俺們走岔了。」冉求說道。

孔丘穩了穩情緒，看了看畢恭畢敬地站在自己面前的二位弟子，不忍心將剛才在季桓子那裡所受的氣遷撒到他們身上，遂語氣溫和地說道：「你們要報告的消息是齊侯致送魯君良駒美女之事吧？」

「哦，原來先生早就知道了。是南宮報告給先生的吧，還是他比俺們早了一步。」子路說道。

孔丘不置可否，接著說道：

「有其君，必有其臣。昨日傍晚，我接獲報告，今日一大早就上朝面君。可是，等了一個多時辰，國君都沒來上朝。原來是昨天通宵荒淫，今天日上三竿都起不來，完全置國家政事於不顧。我左等不見，右等不見，知道今日是見不到國君了。於是，就來找冢宰，希望他能明白齊侯用美人計痲痹我魯國君臣的用意，及時識破其詭計，勸說國君，重新振作精神，君臣同心同德，把復興魯國的大業進行下去。沒想到，冢宰比國君更糊塗，沉醉于淫曲豔舞之中而不知今夕何夕，唉！」

說著，一頓足，不說了。

子路與冉求見老師氣壞了，連忙安慰。子路說：

「先生莫要生氣，氣壞了身子，魯國這個爛攤子就更沒人收拾了。」

「而這正是齊人所希望看到的。所以，先生還是先消消氣，冷靜一下，徐圖良策。相信國君與冢宰總有清醒過來的一天。只要有先生在，魯國這艘大船就傾覆不了。」冉求補充道。

孔丘看著兩個得意弟子，又聽了他們上述一番話，心裡感覺好多了。頓了頓，說道：

「我再去找國君，今日非要把他說醒不可。」

說完，就走向馬車，命令車夫道：「往宮中見國君。」

子路與冉求望著老師的馬車漸漸遠去，心中不是滋味。

日中時分，孔丘終於等到魯定公起來的消息。於是，立即請宮中侍者通報，請求晉見。

過了約一個時辰，魯定公才不耐煩地出來相見。

君臣依禮進退揖讓之後，各就各位坐定後，孔丘便開門見山地說道：

「臣聞昨日齊國使者送來文馬二十四駟，美女八十名，國君與冢宰卻欣然接受。」

魯定公正與美女們廝混得正歡，對於孔丘一大早就來打擾，本來就心中不快了。現在又見他語有質問之意，更加不高興了。於是，沒好氣地回答道：「這有什麼不對嗎？」

孔丘也顧不得推究魯定公的口氣與情緒，繼續依照自己的思路說道：

「國君難道不明白，齊侯致送魯國良駒美女的用意嗎？」

「什麼用意？無非是敦睦邦交，親善近鄰而已。」魯定公說得一派雲淡風輕。

孔丘一聽，更急了，提高聲調，說道：「國君，我們絕不能把事情看得如此簡單。齊侯看到我們魯國近些年來頗有些復興氣象，唯恐我們魯國強大起來，對齊國構成威脅，所以就以敦睦鄰邦的名義致送良駒美女，由此痲痹我魯國君臣鬥志，阻緩我魯國復興的進程。是用心險惡啊！」

「不要把別人都想得那麼壞，更不要以小人之心度君子之腹。良駒美女，只不過是一種禮物，表達一種友善之情。哪裡與復興國家與滅亡國家扯到一起呢？」魯定公不以為然地說道。

「國君，微臣話雖說得直了點，說得重了點，但微臣對您、對魯國是一片忠心，所以知無不言，將心中的憂慮一古腦地向您說出。微臣聽說有這樣一句話：『良藥苦於口，而利於病；忠言逆於耳，而利於行。』商湯、周武聽得進臣下的直言忠諫，所以國運隆昌；夏桀、商紂聽不得逆耳忠言，因而國滅身亡。君無諍臣，父無諍子，兄無諍弟，士無諍友，不犯錯誤的，從未聽說過。所以，前人有言：『君有失，臣知之；父有失，子知之；兄有失，弟知之；士有失，友知之。』明白此理，國家就無亡國之虞，家庭就無忤逆犯上之子。明白此理，就會父慈子孝，兄弟相愛，交友無絕。」

孔丘懷著一片赤誠之意，說得口乾舌燥，魯定公卻聽得心不在焉，臨了說了一句：「寡人知道了。」然後，頭也不回就又回到後宮了。從此，日日歡歌，夜夜淫樂。不僅上朝理政三天打魚，五天曬網，甚至會一連幾天索性不上朝。孔丘雖然屢屢進諫，但都毫無效果。

到了夏至時，按照祖宗規制，國君要在舉行郊祭之後，於朝廷之上當眾將郊祭的膰肉親自分割好，分給親近之臣，讓大家共用。可是，由於魯定公為齊國女樂所惑，整天心思都在女人身上，對於郊祭這樣的國家大禮，他也視為兒戲。

郊祭雖然援例舉辦了，但卻草草收場。儀式還沒結束，他就急著回宮與女樂追歡。至於饋贈膰肉之事，他壓根兒就沒想到要好好落實，任憑季桓子手下家臣處分。結果，連身為魯國攝政的孔丘也未得到。這一下，孔丘算是徹底失望了。他知道魯定公已經無可救藥，魯國已經沒有希望了。

第八章　去魯適衛

一、匡之危

郊祭分膰事件，讓孔丘感到非常抑鬱。他並不是在乎那塊膰肉，而是在意那塊膰肉所代表的君臣之義，以及所體現的禮。他是一個非常拘禮的人，他終身為之奮鬥的目標就是「克己復禮」，如何能夠寬宥國君如此藐視郊祭大禮的行為呢？

越想越感氣憤，越想越覺得魯定公無可救藥。於是，一氣之下，事件發生後的第三天，孔丘就向魯定公與季桓子提出掛冠去職之意。雖然魯定公與季桓子也都真心予以慰留，但他覺得，他們只是需要他做事，並沒有尊重他的意思。所以，最後他還是堅持辭職，決定再到諸侯各國遊歷。因為他相信，天下之大，總有國君會認同他的價值觀，認同他的治國理念。只要有人認同，能夠讓他發揮才幹，在哪裡都能實現「克己復禮」的理想，又何必拘泥于魯國這區區一隅呢？

打定主意後，孔丘將在曲阜的新老弟子都召集起來，將自己今後的打算說給大家聽。然後，對各位弟子的去留問題進行了交待。他勸大家有雙親要孝養的，儘量回家孝養雙親；有妻兒要照顧的，儘量回家照顧妻兒。但是，眾弟子都不願意離去，紛紛表示願意追隨老師到天涯海角。為此，孔丘做了大量的說服工作。最後，好說歹說，總算給大家勸走了。只留下子路、冉求、顏回、子貢、冉耕、公良儒等十幾個弟子隨行。因為人多開銷大，在外時間不能確定，生活就無法保障。

周敬王二十三年，魯定公十三年（西元前四九七年）。五月初八，旭日初升，晨露未幹，對魯定公徹底失望的孔丘，負氣帶著一幫弟子，駕著幾輛馬車，悄然出了曲阜城。

出城之前，孔丘對魯定公與季桓子是怨恨交加，對魯國也沒有多少留戀之意。可是，出了城之後，當他回首再遠望曲阜城的那扇巨大的城門時，突然又生出了一番難以割捨的留戀之情。因為這城裡，有他的妻兒，還有剛剛會伊呀學語的小孫子孔伋。只要一想到可愛的小孫子，他就心軟了。所以，每當想到小孫子，他就設法轉移注意力，去想別的事情。不然的話，他此時也出不了城。

眾弟子看見老師駐足回望曲阜城的眼神，都能理解此時此刻老師的心情。所以，大家誰都不吱聲，卻默默地站在一旁等候。

過了好久，孔丘才掉過頭來，對充任馭手的弟子子路說道：「快走吧。」

行行重行行，師生一行漫無目的地往西走了幾天，快出魯國之境時，突然顏回問道：

「先生，我們走了這麼多天，都沒有確定此行的目標啊！現在要出魯國之境了，到底往哪個國家，要先確定下來啊！」

大家一聽顏回的話，這才想起原來這幾天大家一直趕路，都是毫無目的的。大概是因為大家都在心裡想事，壓根兒沒往這方面想。如今被顏回這樣一提，大家這才恍然大悟。

「先生，您離開曲阜前，有沒有事先想過此行的目標國啊？」冉求輕聲問道。

孔丘看看冉求，又看看顏回以及各位弟子，撓了撓頭，不好意思地說：「哦，這個，為師還真的沒想過。」

眾弟子一聽，不禁傻掉了。沒有目標，那不等於是出來漫遊嗎？這麼多人，每天都要吃喝住店，可不是隨便漫遊鬧著玩的。

大家沉默了半天，冉求提議道：「俺們往南走，就到宋國了。宋是先生的先祖之國，想必先生到了宋國，是會受到重用的。再說，效忠先祖之國，也算是落葉歸根，更有意義。」

大家聽冉求這樣一說，都覺得很有道理，於是，連連點頭稱是。但是，孔丘卻半天沒有回應，不置可否。

子路坐在馭手位置，冷眼旁觀老師的表情，猜想他大概沒有要去宋國的意思。於是，便建議道：「先生，弟子有個建議。」

孔丘見子路半天沒有說話，現在突然有話要說，遂鼓勵道：「阿由，你有什麼建議，儘管直言。」

「先生，弟子除了在魯國蒲邑做過邑宰外，還曾在衛國做過一段時間的邑宰。這個大家可能都不記得了。」

「師兄既然在衛國做過邑宰，想必一定有很多熟人與朋友嘍！」子貢一直沒有說話，這時見子路說在衛國做過官，遂立即接口說道。

子路望了望孔丘，又看了看諸位師兄弟，從容說道：「其實，弟子不僅在衛國有熟人與朋友，還有親戚呢。」

「什麼親戚？很親嗎？」顏回立即接口問道。

「當然，還是至親呢。衛君之臣顏濁鄒就是本人妻兄，在朝很受器重。妻兄對先生敬仰已久，如果先生到衛國，妻兄一定會向衛君極力保薦先生。屆時，先生在衛國也可以一展長才啊！」

眾人聽子路這樣一說，立即歡喜雀躍，連聲稱好。

孔丘看了看眾弟子，又看了看子路，然後重重地點了點頭。

子路看到老師欣然同意往衛國，心中非常高興。於是，又提出一個建議道：「先生，俺們先不忙到衛國，不妨先在此多呆幾日。容弟子先行，報告妻兄，奏明衛君後，再讓衛君派人來接先生，豈不更好？」

「師兄說得對，應該讓衛君派人來接。俺們先生在魯國也算是一人之下，萬上之上的人物。衛君若是有心重用俺們先生，理應禮遇俺們先生，派人來接也是題中應有之義。」子貢說道。

孔丘沉吟了一會，然後輕輕地點了點頭。

於是，子路立即卸下車轅，解馬飛身而上，一揚鞭子，馬兒就衝出了很遠。不一會兒，就從大家的視野之中消失了。

三天後，衛靈公果然派來了官員與馬車來接孔丘。到達衛國之都帝丘後，孔丘就住到了子路的妻兄顏濁鄒家中。

孔丘剛到衛國時，衛靈公聞其賢能，意欲大用。但是，靈公之臣有反對者不在少數。他們認為，孔丘若一旦被重用，大權在握，加上有子路、子貢等眾多能文能武弟子的輔佐，勢必會形成氣候。屆時，孔門勢力在衛國坐大，尾大不掉，要想剪除恐怕不易。如果孔丘三千弟子都聚到衛國，那麼衛國不僅有君權旁落的危險，甚至衛君都有被孔丘取而代之的可能性。

衛靈公開始並不相信這些危言聳聽的話，認為孔丘的為人是值得信賴的。既然大家都認為他是聖人，他就不至於做對不起衛國的事，更不會做對不起自己的事。可是，衛靈公雖有知人善用的優長，但也有一個毛病，那就是耳朵根子軟。因架不住衛臣接二連三不斷地在耳邊吹風，聽著聽著，他就信以為真了。於是，不僅沒有委孔丘以任何官職，只是予以虛意尊崇，比照孔丘在魯國代攝國政的待遇支給最優厚的俸祿；而且還聽信讒言，派人對孔丘在衛國的一舉一動進行暗中監視。

開始孔丘並不知道這一切，對衛靈公給予自己優渥的待遇感激不盡。後來知道後，就非常生氣了。在衛國呆了約半年，就帶著子路、子貢、顏回、冉有、冉耕等十余名弟子，于周敬王二十三年，魯定公十三年（西元前四九七年）十月，悄然離開了衛國之都帝丘，準備前往自己的先祖之國宋國。

在前往宋國的路上，孔丘師徒意外地遇到了從陳國趕來的公良儒。公良儒，字子正，賢而有勇，深得孔丘喜愛。他家境較為富裕，聽說老師在魯國不得意，轉往衛國發展。於是，召集了六位師兄弟，從家中趕出五架馬車，前往衛國投奔老師。沒想到，還沒到衛國之都，卻在路上遇見老師與眾位師兄弟要離開衛國。

孔丘與公良儒相見，悲喜交集，相擁良久，相對無言。

最後，還是顏回打破了沉寂，說道：「先生，師兄又帶來五架馬車，這下俺們弟子們也可以享清福了。以後就是再來幾位師兄，大家都不必再用雙腳丈量道路了。」

孔丘與眾人聽了，都一齊笑了。

於是，師徒近二十人，趕著六架馬車，浩浩蕩蕩地往宋國而去。

可是，道經衛國之境的匡時，孔丘被匡人簡子誤認為是陽虎。簡子乃以甲兵將孔丘師徒團團圍住，並意欲攻打之。子貢見情勢不妙，立即前往瞭解原因，問簡子道：

「我們師徒往宋，道出於匡，不知勇士何故圍住我們不放？」

「快叫陽虎狗賊出來受死，不然把你們所有人都剁成肉醬。」簡子惡狠狠地說道。

「我們這裡哪有陽虎啊？」子貢覺得非常奇怪，一臉茫然地問道。

「那個坐在車內的大個子，不就是陽虎嗎？你還敢跟爺爺打馬虎眼？」

「呵呵，勇士，您弄錯了，那是我們的先生孔丘孔聖人。」子貢謙恭地說道。

「你小子別騙你爺爺了，他就是陽虎。當年，他在魯國叛亂失敗，逃到齊國，又被齊國囚禁。用計脫獄後，率領殘兵敗將逃往晉國。路出於匡，匡人憐之，奉之以食。結果，這個畜生不思恩義，反而在此殺人越貨，無惡不作，洗劫無數財物而去。天道無欺，今天讓爺爺碰上這個惡賊，豈能饒過？」

子貢聽簡子這樣一說，猛然醒悟。原來，簡子將老師誤認為是陽虎了。想一想，子貢突然覺得那反賊陽虎，論長相還真的酷肖老師，無論是身材，還是面容，都差不多。於是，呵呵一笑道：

「原來是這麼回來，怪不得勇士那麼恨陽虎了。那反賊確實是罪該萬死！不過，坐在車中確實是我們的老師，而非陽虎。這世上，面貌相像的多得很。」

「小子，你別花言巧語騙爺爺，快叫惡賊陽虎下車受死，不然爺爺就要動手了。」

子路站在一旁，見簡子蠻橫無理，不聽子貢解釋。於是，提戟便想上去跟簡子決鬥。孔丘連忙喝住：「阿由，別衝動！哪有修仁義之人而跟世俗之惡者計較呢？這些人《詩》、《書》不講，禮樂不習，這都是為師之錯。如果為師有能力，教導天下之人都能知書達理，熱愛禮樂，何至有今日天下之亂象？如果說弘揚先王美德、崇尚古法是一種罪過的話，那就不是孔丘之過了，大概要歸之於命了吧。阿由，取琴來，你唱歌，我彈琴應和。」

子路遵從孔丘之意，捧琴獻上，然後清了清嗓子，放聲唱了起來。孔丘撫琴伴奏，絲絲入扣，聲聲動情。

歌三曲，簡子終於明白，坐在車內這個人應該不是陽虎。陽虎是粗人，不可能精通琴藝。於是，解圍而去。

二、蒲之困

離開匡，孔丘師徒一行又繼續往宋國的行程。

行行重行行，非止一日，孔丘師徒近二十人終於到了宋國之都。可是，到了宋國後，情況並沒有如想像的那樣。孔丘不僅沒有得到宋君的重任，甚至也沒得到像在衛國那樣的禮遇。百般無奈之下，孔丘只得天天帶著弟子在靠近宋君宮殿旁邊的一棵大枟樹下習禮講學。

一天，在習禮講學間隙，子路想到來宋國後遇到的一件事，便跟孔丘說道：

「弟子前幾天聽人說，宋國司馬桓魋為自己造石槨，三年都未完工，而所有的工匠卻都累病了。

先生，您如何看待這件事？」

孔丘聽了，沒有直接回答子路的問題，而是先喟然長歎一聲，然後神情悲傷，卻一臉嚴肅地說道：「如果像這樣奢侈地準備棺槨，那還不如死了就迅速爛掉為好！」

子路又接著問道：「那您覺得桓魋其人如何？」

孔丘看了看子路，又望了望樹下眾弟子，說道：

「桓魋，乃齊桓公之後。齊襄公時，桓公為公子，出奔于莒。襄公被　後，桓公回國繼立為君，任管仲為相，進行改革，遂國強民富，成為天下之霸。桓公死後，被謚為『桓』。其支庶子孫，遂以『桓』為氏，稱桓氏。」

「怪不得桓魋這麼猖獗，原來是系出名門。」冉求說道。

孔丘見冉求讚賞桓魋的身世，於是不屑地說道：

「依為師看，這個桓魋為人狂妄自大，心術不正，是個野心家，將來為害宋國者，必是此人。」

子貢聽了孔丘這番激烈的評論，也深有感觸，說道：

「先生，您還記得嗎？您的弟子中，有一個叫司馬黎耕的，宋人，字子牛，他就是桓魋的弟弟。弟子有一次與子牛閒談，他偶爾說到其身世，提到其兄桓魋。他說，他不滿其兄桓魋作惡多端，自己又性情急躁，好言語，看不慣其行為作派，經常替他擔憂。後來，實在難以與他相處，慕先生之名，前往魯國，投在先生門下求學了。」

孔丘眾弟子聽子貢這樣一說，這才恍然大悟道：

「哦？原來子牛就是桓魋的弟弟，俺們以前倒是完全不知。」

不久，孔丘對桓魋的評論不慎被弟子說漏了嘴，為桓魋所聞。桓魋本就不願意孔丘師徒來宋國，他怕孔丘師徒被宋君重用，而奪了自己的寵。現在，又聽說孔丘在背後詛咒他。依孔丘的影響力，如果宋國人都知道孔丘對自己有如此負面的評價，那麼將對自己的仕途與在宋國的地位造成極大的不利。所以，他就懷恨在心，必欲逐孔丘師徒於宋國而後快。

一天，桓魋找來心腹之人，交待道：「孔丘在魯國不得意，跑到衛國，不為衛靈公所用。今到宋國，攜弟子十餘人。其中，有勇力者如子路，有文韜者如子貢。這些人一旦為國君所重用，必會勢力坐大，不僅危及國君的地位，也會影響到我輩的前程。我聽說，孔丘每日率弟子在宮前大枟樹下習禮講學。你們今晚先將那棵大枟樹鋸得將斷不斷，然後用繩子套好。明日孔丘再與弟子在樹下習禮講學時，你們可以遠遠拉著繩子，將樹朝著他們所在方向拉倒，定會將他們壓得粉身碎骨。即使壓不死他們，也會讓他們知難而退，滾出宋國。」

桓魋心腹聞命，立即執行。第二天，正當孔丘如往常一樣，率眾弟子在那棵大枟樹下習禮講學之時，忽聞有吱吱作響的聲音傳來。子路乃習武之人，對聲音比較敏感。眼觀六路掃視一番後，大叫一聲：「不好，樹要倒了，大家快逃。」

說時遲，那時快，子路一邊推開老師孔丘，一邊拉住顏回就閃。幸好逃得快，大家都安然無恙。

等到大家驚魂甫定，再回過頭來調查原因時，這才發現套在大樹上的繩子被遠遠地拉到幾十丈遠的高坡上。這一下，孔丘師徒終於明白了原因。於是，子貢建議孔丘立即離開宋國這個是非之地，看來宋國的國內形勢要比衛國險惡多了。衛靈公君臣雖然不想孔丘師徒插足衛國政壇，不給他們發揮才幹的機會，但至少衛國君臣沒有人會想到用這種卑鄙的手段暗害他們師徒。

孔丘與眾弟子商量了一會，決定目前還是以回到衛國為好。雖然這次回去，可能衛靈公仍然不會重用他，但是起碼會尊崇他，不會趕他離開。再說，生活上還有子路妻兄顏濁鄒的幫助，衛國朝中還有史魚、蘧伯玉等正直的朋友，這多少能讓自己有一種歸依感。

打定主意後，孔丘對眾弟子宣佈說：「咱們離開宋國吧，還是回到衛國去。」冉求立即接口說道：「此地形勢險惡，要走現在就走，遲了恐怕又有危險。」

孔丘見冉求神色慌張，乃從容不迫地說道：「天生孔丘，德在我身，桓魋能奈我何？大丈夫光明磊落，君子臨危不懼，咱們不必如喪家之犬，漏網之魚那樣急急而走。」

眾弟子覺得也有道理，於是，決定在宋都再住一夜，明日一早城門開時便出城離開。

行行重行行，非止一日，孔丘師徒經過長途跋涉，終於到達衛國之境。入境不久，道經衛國之蒲時，正好趕上衛國政壇上的一件意外動亂。

衛國大夫公叔發，為人清廉而寧靜，時人稱之為不笑不言不取，頗為國人所稱道。可是，由於衛靈公不辨是非，寵信佞臣彌子瑕，排斥賢臣璩伯玉與史魚，公叔仗義執言，屢諫靈公而不聽，遂忍無可忍，乃鋌而走險，舉兵叛于蒲。孔丘師徒不知近況，進入蒲城後便被公叔發扣住，不讓再出城。大概有借用孔丘師徒之意。公叔發叛衛，孔丘師徒知道無論是什麼原因，都不能參與其中，更不能明確站到公叔發的一邊，那樣便會落得個不仁不義的名聲。

公良儒知道老師左右為難，迫不得已，乃仗劍而出，喟然長歎，對孔丘說道：

「昔弟子追隨先生，先是遇難于匡，後又有宋人伐樹之危。今遇困於此，看來都是命吧！與其看先生再次遭遇危困，不如我與他們拚個你死我活。」

說完，就挺劍而出，集合諸位師兄弟，擺開陣勢，要與蒲人決一勝負。蒲人兵力不強，見公良儒與子路等人個個人高馬大，威風凜凜，就畏懼而退縮了，轉而派人來與孔丘談判，說：

「如果你們不再回到衛都帝丘，我們可以讓你出城。」

孔丘及其弟子都明白公叔發的意思，他怕孔丘及其弟子到了衛都被衛靈公重用，會成為消滅自己的重要力量。孔丘讓子貢與之交涉，答應了他們的條件。雙方約盟後，公叔發便令蒲人放孔丘師徒出了蒲城。

出城後，子路問孔丘道：「先生，既已與蒲人約盟，答應不再回到衛都帝丘。那麼，我們下面要到哪去呢？」

「為什麼不到衛都去？不去衛都，我們還能去哪？」孔丘反問道。

子路聽了，驚訝得半天都合不攏嘴。良久，才徐徐問道：

「先生，弟子剛才沒聽錯吧？」

「繼續往衛都帝丘。」孔丘看著子路，以不容置疑的語氣說道。

子路又看了看孔丘，一臉嚴肅地問道：

「先生沒有開玩笑吧？先生常跟弟子們說：『人無信不立。』今先生剛剛答應蒲人，不往衛都。

怎麼盟誓旦旦，言猶在耳，先生就背棄盟約了呢？」

「阿由，你想想，這個盟約是我們出於真心要答應的嗎？是他們強迫我們答應的。古人有曰：『迫人以盟，非義也。』既然是蒲人強迫我們答應的，我們為什麼要信守呢？」

子路與眾弟子聽了孔丘這番解釋，覺得也有道理。於是，便心安理得地直奔衛都而去了。

周敬王二十三年，魯定公十三年（西元前四九七年）年。十二月初三，日中時分，孔丘攜弟子終於抵達衛都城外。

離城尚有幾十裡地，孔丘師徒剛想坐下休息一下，吃點乾糧後再進城，卻見一騎飛奔而來。未等他們反應過來，只見從飛馬之上跳下一人，奔到孔丘面前行禮後，說道：

「孔大夫，國君聽說您要返回衛都，早就出城相迎了。」

孔丘聽了，不禁吃了一驚。

其實，早在孔丘師徒剛脫離蒲人羈絆，朝著衛都進發之時，就有偵探將此消息報告給了衛靈公。衛靈公經過這次公叔發之亂，又瞭解到公叔發懼而釋放孔丘及其弟子的情況，開始真正瞭解到孔丘及其弟子們的能量了。於是，在孔丘離衛都帝丘尚有五十裡地時，便早早出城迎到了郊外。

吃驚過後，孔丘又愣了一會，然後便隨來者往見衛靈公。

衛靈公一見孔丘，立即上前，拉住孔丘的手，問長問短，就像闊別了多年的老友一樣親熱。然後，又邀孔丘坐到了自己的馬車上，與之並坐而談。

「夫子剛從蒲城脫身，對其情況比較瞭解。寡人欲起兵伐蒲平叛，不知夫子以為如何？」衛靈公試探性地問道。

孔丘見問，不假思索地回答道：「可以啊！」

「不過，寡人之臣皆認為，蒲乃衛據以抗衡晉、楚二國的前沿戰略要塞，若是寡人起兵討伐，恐怕有什麼不測後果。」

孔丘聽衛靈公語氣中充滿了擔憂，遂鼓勵他道：

「蒲地男兒向來就有報國獻身之志，他們是不會追隨叛亂者的。如果國君要起兵伐蒲，討伐的也只是為首的幾個叛亂者而已，還擔心不能取勝嗎？」

衛靈公聽孔丘這樣一說，便露出了欣慰的笑容，拍了拍車軾，大聲說道：「善哉！」

三、見南子

回到衛國之都帝丘後，衛靈公雖然仍然沒有安排孔丘官職，但是明顯比以前對孔丘更加客氣了。為了表示對孔丘的尊崇之意，周敬王二十四年，魯定公十四年（西元前四九六年）三月十二日，風和日麗，衛靈公與夫人南子特意邀孔丘一起出郊踏青，並讓孔丘為次乘。

這天，南子打扮得比平時更加妖嬈。頭挽高髻，身穿杏黃薄裙，上身的抹胸與下身的內褲在陽光的透視下，隱隱可見，讓人不禁產生無盡的遐想。孔丘因為就坐在她身後，近在咫尺，不僅聞到她身上隱隱透出的陣陣香氣，更能在低頭抬眼之間，不經意地看到她那半隱半露的酥胸。為此，孔丘感到非常不自在。但是，車內主乘與次乘位置固定，無法選擇距離遠近。所以，孔丘只能長時間的低著頭，不能抬眼左右顧盼，生怕看到不該看到的。

如果說這些讓孔丘感到窘迫，那麼還有更讓孔丘手足無措的。南子是個風騷的女人，又是一個分外豔麗的女人，衛國人無人不知，無人不曉。大家雖然都在背後說她如何不守婦道，如何媚騷，但是衛國男人卻沒有一個不在心中想著她，念著她，都有一睹其丰采的渴望。今天得知南子要乘車出行，天氣又很好，所以大家都奔相走告，男女老少爭相湧到街上，企踵引頸，以望南子馬車經過。因為女人們都想親眼看看這個傳說中的女人究竟有多美，男人們則想領略一下這女人究竟有多麼風騷。

衛靈公見街道兩旁都是夾道觀望的民眾，以為大家是在爭睹他的丰采與威儀，所以顯得神采飛揚，頗是得意。而南子呢，見男女老少企踵延頸相望，知道大家都是為了看她。於是，更是搔首弄姿，擺出各種風騷撩人的姿勢。結果，引得男人們一陣陣驚呼。南子得意之餘，不禁回頭望了望坐在自己身後、近在咫尺的美男子孔丘，卻發現他正低著頭，一動也不動。

「孔大夫，您看今天天氣有多好，街上行人有多少？」南子故意柔聲媚氣地叫了一聲。

孔丘見南子回頭跟自己說話，出於禮貌，只得抬起頭來望了南子一眼。南子一見孔丘終於抬起頭來，但卻窘迫得可笑。於是，一時興起，故意側過身子，挑逗似的向他抖了抖胸前那對高聳的酥胸。看到孔丘再次羞得低下頭去，南子不禁哈哈大笑。由此，馬車後除了街上男女老少一陣陣驚呼聲外，又留下了一串串南子銀鈴般響亮而放蕩不羈的笑聲。

這次出遊，孔丘不僅沒有感受到受尊崇的榮耀，而是覺得人格上受到了極大的侮辱。眾弟子們則更是在背後閒話三千，都覺得老師此次真是一世的英名都被毀了。

一天，孔丘應衛靈公之召晉見。回來後，還未進門，隱隱約約就聽院中有人在說悄悄話。出於好奇，他便駐足門外，聽了一會。

「那天先生與南子同車出行，真是莫大的恥辱，讓俺們弟子都臉上無光。」好像是冉耕的聲音。

「不能這樣講。衛君讓先生同乘出行，也是出於對先生的尊崇。南子是衛君夫人，同車出行，也合於禮，無可厚非。」聽聲音，好像是顏回。

冉耕不服氣地說道：「先生與衛君、南子同車出行，於禮確實無可厚非，但是，南子之為人，先生應該也知道吧。為了避嫌，先生理應婉拒衛君的邀請啊！」

「南子怎麼啦？」顏回反問道。

「南子，乃宋國公主，比靈公小三十歲，因為貌美而深得靈公寵愛。可是，靈公年老不能滿足她的生理要求，所以宮中常有種種議論，說她與靈公男寵公子朝有不倫之情。最近，又傳出她與彌子瑕有私情。」好像是冉求的聲音。

「彌子瑕何人？南子怎麼會與他有染呢？」又是顏回的聲音。

「彌子瑕是衛國的美男子，衛國的女人誰不愛他。但是，他不愛任何女人，只鍾情于南子。」

「可是，南子在宮中，彌子瑕鍾情于南子，又能如何呢？」還是顏回反駁的聲音。

「彌子瑕不僅風流瀟灑，儀表堂堂，而且能說會道，頗得靈公信任。如今他早就是靈公面前的寵臣與大紅人了。所以，他與南子接觸的機會自然就多了。」好像是冉求在說。

孔丘聽到此，覺得再讓他們說下去，恐怕什麼捕風捉影、道聽塗說的荒誕之言都會說出來了。於是，乾咳一聲，然後邁步進了院子。

眾弟子聽到剛才那一聲咳嗽之聲，早就停止了竊竊私語。而一見老師進門，更是噤若寒蟬，都不再說話了，紛紛站起來向孔丘行禮致意。孔丘裝著剛才什麼事也沒發生，什麼也沒聽到，與大家打了個招呼，就徑直進屋了。

因為聽到自己的弟子都在背後說他閒話，孔丘就更後悔當初不應該與南子同車出行了。可是，就在孔丘還在為與南子同車之事而自怨自艾時，又接到南子的邀請，說要單獨見見他，向他請教一些問題，也好長長見識。

孔丘怕再引起他人包括自己弟子的非議與閒話，同時也為了不引起衛靈公不必要的猜疑，所以，他不僅托人向南子婉轉地表達了謝絕之意，而且還當著靈公的面表達了此意。沒想到，衛靈公聽了哈哈大笑，道：「人說夫子乃拘禮之人，沒想到竟然拘禮到如此地步！今天下諸侯與四方君子，凡要結交寡人而為兄弟的，沒有一個不願意拜見她啊！」

孔丘一聽衛靈公說出這話，不禁吃驚地抬頭望了他一眼。只見他非常坦然，一臉嚴肅的樣子。心想，衛靈公是如此坦蕩的君子，他相信自己，也相信他的夫人，如果自己再推託拒絕與南子相見，反倒顯得自己心中有鬼，不夠君子了。想到此，孔丘便心定了許多。

正當孔丘準備開口應諾時，衛靈公又說道：

「明日寡人正好要與群臣出去狩獵，夫人對此不感興趣，夫子也無此好，不如明日就讓夫人與夫子相見。夫子多給她講講古今禮法與學問，也好讓她長長見識，不要做井底之蛙。」

孔丘聽衛靈公這樣說，覺得已經沒有退路了。如果再推託婉拒，就顯得自己心中有鬼，是虛偽小人而非君子了。於是，只得恭敬地應道：「既蒙國君與夫人厚愛與高看，丘自當遵命。」

第二天，衛靈公在出獵之前，就安排好車輛來接孔丘進宮。

進宮後，孔丘先在宮中一位男侍者的導引下，來到了宮內的一所偏殿等候。過了一會，有一個宮女過來，領著孔丘從側門出了偏殿。然後，循著宮內曲曲彎彎的小徑一直走。此時，雖是暮春時節，但小徑兩旁邊依舊有許多不知名的花兒在微風中綻放飄香。

也不知走了多久，也不知是怎麼走的，反正孔丘根本不知方向，只是隨著宮女走。最後，在一所頗是精巧的小殿前停下了腳步。

宮女說：「大夫，請在此等候片刻，容奴婢進去報告夫人。」

說著，那宮女就進去了。不一會，那宮女就興沖沖地出來了，高聲說道：「夫人請大夫晉見。」

孔丘聞聽，遂立即一路小跑，跟在那宮女後面進了那所宮殿，大概就是南子所居住的後宮吧。進門走了幾步，就見堂上掛著一幅珠簾，孔丘立即止步，知道南子就在這珠簾之後了。

「有勞孔大夫大駕，百忙之中允請蒞臨寒宮。」

孔丘一聽南子說話，立即跪倒在地，一邊向珠簾後絺帷內北面而稽首，一邊連忙說道：

「臣孔丘拜見夫人。」

孔丘話音未落，就聽珠簾後絺帷內有叮叮噹當的環佩之聲。孔丘明白，這大概是南子在簾後欠身還禮，身上和頭上的玉佩隨著她的低頭彎腰而發出了響聲。

正當孔丘作如是之想時，又聽南子說道：「來人，請賜大夫一壺飲。」

「諾。」一個宮女從左面一邊答應著出來，一邊端上了一壺酒；而另一個宮女則從右面上來，手腳麻利地擺好了坐布團與小食案。

「一壺薄酒淡漿，不成敬意，請大夫先飲了，妾再向大夫請教。」

兩個宮女配合，一人遞盞，一個執壺，給孔丘斟好了酒，然後倒退著站到一旁。等孔丘喝完了一盞，她們又如前再斟。直到孔丘全部喝完，她們才收拾壺盞退下。

兩個宮女剛剛退下，又聽南子說道：「紅兒，快扶大夫到裡面稍坐片刻，等老身略作準備，再與大夫說話。」

南子話音未落，珠簾後已然閃出一個美貌的宮女。孔丘正要自己站起，卻發現身子有些飄飄然。定睛一看珠簾之後，已不見了南子的影子。

正在孔丘疑惑之際，那宮女已經伸手過來，扶起了孔丘，連攙帶拉，引孔丘進了一間面積雖小卻很精緻的小屋內。小屋內也掛了一道珠簾，而珠簾之後又多了一道薄紗，看起來更顯得有一種朦朧飄渺之感。

正當孔丘定睛打量小屋陳設佈置時，忽聞耳邊響起一陣琴瑟之聲，好像就是從珠簾薄紗後面發出的。孔丘側耳細聽，發現伴著琴聲，還有女子歌唱之聲：

碩人其頎，衣錦褧衣。齊侯之子，衛侯之妻。東宮之妹，邢侯之姨，譚公維私。
手如柔荑，膚如凝脂，領如蝤蠐，齒如瓠犀，螓首蛾眉，巧笑倩兮，美目盼兮。
碩人敖敖，說于農郊。四牡有驕，朱幩鑣鑣。翟茀以朝。大夫夙退，無使君勞。
河水洋洋，北流活活。施罛濊濊，鱣鮪發發。葭菼揭揭，庶薑孽孽，庶士有朅。

聽了一會，孔丘立即明白這唱的是什麼，原來是《齊風．碩人》，說的是兩百多年前衛莊公之後莊姜的事。聽著聽著，隨著酒勁上來，孔丘眼前出現了幻覺，仿佛看到了美麗動人的莊姜正從簾幕後款款走出，那如柔荑一般白嫩的小手，那如蝤蠐一般頎長的脖項，那如凝脂一般的皮膚，那如瓠犀一般的牙齒，還有那螓首蛾眉，巧笑倩兮，美目盼兮的樣子，都讓孔丘如醉如癡。不知不覺間，孔丘如同夢遊般地迎了上去，一抱卻落了個空，原來是珠簾與薄紗。正當孔丘疑惑是夢之時，忽然聽到琴聲中還有水聲。於是，便一步步地走向了簾幕之後。結果，發現原來好像不是夢。因為眼前的大木桶中，就有一個膚如凝脂的美女躺在水中，正向他「巧笑倩兮，美目盼兮」。

「夫子，過來！」南子柔聲輕輕地招手。

孔丘再次以為是進入夢鄉，揉了揉眼睛，定睛一看，卻是南子。他不敢相信這是真的，連忙閉上眼睛。穩了穩神，他想邁步逃出去，可是血卻往上湧，讓他邁不開步子往外走，不知不覺間一步步地走向了那個浸泡著一個鮮活美人的大木桶。一步，兩步，三步，越來越近，血越來越往上沖。

「撲通」一聲，孔丘終於一頭栽進了那只大木桶。

「迂夫子，假正經，你終於進來了。哈哈哈，……」

南子勝利地笑了，銀鈴般的笑聲回蕩在蘭室，也透過戶牖之隙飄到衛宮的每一個角落。

四、衛靈公問兵

「先生怎麼還不回來？」

日中時分，子路與冉求站在寄住的璩伯玉家門口，焦急地望著遠處。子路是急性子，一會兒抬頭看看天上的太陽，一會兒望望遠處，嘴上反復念叨著這句話。

冉有聽得不耐煩了，說道：「急什麼？天不是還沒黑嗎？」

「還要等到天黑啊？跟一個女人有什麼重要的話需要說上一天？」

「南子也許是個像你一樣好學深思的人，向先生請教的問題很多吧。」

子路聽冉求這樣說，更氣不打一處來，高聲說道：「就算有再多的問題，也應該問完了答完了。一大早就進宮，現在都時已過午，快要三個時辰過去了。」

「別急，別急，你看，那是不是先生的馬車？」

子路抱怨聲未落，冉求突然發現遠處好像有一輛馬車正朝這邊過來，遂連忙指給子路看。

子路立即手搭涼棚，向遠處望去，果然有一輛馬車過來了。

不大一會，馬車就到了眼前，從車上下來的正是子路焦急等待了很久的老師孔丘。

孔丘從車上下來，臉上還是紅撲撲的。子路與冉求迎上前去，正要與他打招呼，他卻低著頭要往院內走。

子路見此，連忙叫住孔丘，說道：「先生，您現在急什麼？都已經到家了，進門早一步晚一步又有何妨？您一大早進宮，現在才回來，快三個時辰了，怎麼不急啊？」

「子路，你這是跟先生說話的口氣嗎？」冉求拽了一下子路的衣袖，提醒道。

子路並不買賬，繼續說道：

「南子是什麼樣的女人，您與她單獨相見這麼長時間，就不怕別人說閒話嗎？我們都知道您是正人君子，但世上並不是所有人都是正人君子啊！衛君可能怎麼想，您想過嗎？」

子路一連串的質問，不僅讓冉求聽呆了，也讓孔丘聽呆了。半天，孔丘都回不過神來。

子路見此，更加懷疑老師與南子有什麼了。於是，繼續問道：

「先生，您跟南子到底有沒有什麼？」

孔丘見子路這種無禮的話都問出來了，於是發急了。指了指天上的太陽，跺了跺腳，說道：

「孔丘若做過什麼，老天都會厭棄我，老天都會厭棄我！」

說完，一轉身回到屋裡去了。

子路與冉求見老師真的生氣了，你看看我，我看看你，一時呆在了門口。

因為南子的事，子路等弟子與孔丘鬧得很不愉快。為此，孔丘也深感苦惱。可是，更讓孔丘感到苦惱的是，從宋國折返回到衛都快一年了，衛靈公雖比以前對他更加客氣，但就是不給他安排職務，這使滿懷治國平天下豪情的孔丘感到非常抑鬱。

在抑鬱中度過了一年，周敬王二十六年（西元前四九四年）初，又從魯國傳來消息，說魯定公已於去年底崩逝，其子蔣繼立，是為魯哀公。為此，孔丘感歎唏噓了好一陣子。因為一想起魯定公為善不終，將本已走上正軌的魯國政治重新引向混亂，使他不得不負氣出走，他就無限悲憤；但是，想到魯國是自己的父母之邦，想到魯國的前途與未來，他又不能不憂心如焚。

其實，令孔丘憂心如焚的，不僅僅是魯國不可預測的前途，還有衛國日益不穩定的政局。隨著衛靈公年事漸高，早年知人善用、曾讓孔丘充滿期待的衛靈公，早已變得越來越糊塗了。賢能之臣如蘧伯玉等人越來越被排斥在衛國的權力核心之外，而彌子瑕之流的佞臣則上下其手，左右著衛國的政局。

這一切，孔丘看在眼裡，急在心裡，但卻一點也沒有用。因為他只是一個流落衛國的遊士，並非衛國的主人，更不是衛靈公的大臣。如果不是蘧伯玉重情重義，留他在其府中長期寄住，他如今在衛國連個立足庇身的地方都沒有。因此，他雖明知蘧伯玉賢德而又能幹，但卻不能為蘧伯玉在衛國朝廷爭得應有的地位，或為他的屈辱鳴一句不平，因為他沒有話語權。

有話語權的衛國忠直之臣如史魚，雖長期為蘧伯玉鳴不平，但由於奸佞當道，屢諫衛靈公而無結果。最後，史魚無奈，在病危之時，將其子叫到榻前，囑咐道：

「我在衛國朝中，不能進薦蘧伯玉，而使彌之瑕遭到罷黜，這是我為臣沒能盡到匡正國君之職責啊！生不能匡正君主之過，死也就不必成禮。我死後，你將我的屍體放在窗戶之下。這對我而言，也算是盡到為臣之責。」

史魚之子雖不明白父親之意，但還是遵從父命，按照父親的遺囑做了。

衛靈公獲悉史魚病故，前往史府弔唁，發現史魚停屍於窗下，覺得不合禮制。遂怪而問之。史魚之子將其父臨終之言和盤托出，衛靈公這時才如夢方醒，大驚失色地說道：「這都是寡人之過！」

於是，一邊令人將史魚之屍停放於正堂，一邊召進璩伯玉，委以重用，同時罷黜了彌子瑕等佞臣。

當孔丘聽到這個消息，並看到璩伯玉終於被衛靈公重用時，不禁高興地對眾弟子說道：

「古代的正直之士，勸諫國君不成，到自己死了也就算盡職而結束。從未有人像史魚這樣，死了還以其屍諫君。能夠以忠誠感動君主，難道還不算是正直之士嗎？」

雖然璩伯玉終於再次被衛靈公起用，但是，衛靈公卻始終不肯重用孔丘。儘管璩伯玉多次推薦，但也沒有結果。

周敬王二十七年，魯哀公二年（西元前四九三年），孔丘已經五十九歲。眼看年屆六旬，時不我待的緊迫感讓孔丘再也不能保持矜持了。為了能在有生之年能夠一展治國安邦之長才，實現「克己復禮」、恢復周公禮法的理想，孔丘一次在與衛靈公的交談中，直接跟衛靈公推薦了自己，說道：

「丘雖不才，如果國君能夠委我以大用，一月之後便見分曉，三年之內定會有成。」

可是，衛靈公卻王左右而言他，不置可否。這讓孔丘顏面盡喪，自尊心受到極大打擊。從此以後，他便有意疏遠衛靈公。衛靈公即使有事召見他，他也召見三次，只禮節性地晉見一次。

周敬王二十七年，魯哀公二年（西元前四九三年）。八月初九，金風送爽，丹桂飄香。這天衛靈公興致特別好，特意派馬車接孔丘到宮中庭院賞桂。一番閒談之後，衛靈公突然對孔丘說道：

「寡人有心振興衛國，惜武備不整，國力不強。夫子在魯隳三都，平陽虎，有著天生的軍事才能，不知能否給寡人出出主意？」

孔丘想想自己從魯國往衛國，在衛國前後住了五年多，就是希望衛靈公給他一個治國安邦，一展長才的機會。但是，衛靈公卻一再虛意推崇自己，而不予以重用。如今要振興衛國，就想起要來問計於自己了，天下豈有這樣的君主？

想到此，孔丘聞聞桂花之香，看看天上的飛雁，從容不迫地回答道：「孔丘不敏，俎豆之事則曾聞之，軍旅之事未曾學。」

衛靈公一聽，頓時默然。他不能再說什麼了，因為從孔丘說話的神態與語氣，他已經明顯感到孔丘對自己是心有怨氣的，怪不得最近一年來孔丘與自己的關係是越來越疏遠了。

孔丘偷眼看了一下衛靈公，見其低頭沉思，也已瞭解到他的心理。

五、喪家之犬

周敬王二十七年，魯哀公二年（西元前四九三年）。十月初一，孔丘召集在衛國的眾弟子，鄭重其事地跟他們說道：

「承蒙諸位深情厚義，拋妻別子，捨家棄親，追隨為師來衛，至今五年有餘矣。為師本寄望於衛君，希望在此有一番作為。但是，至今衛君都沒有重用我的意思。為師年屆六旬，來日無多。所以，經過慎重考慮，為師決定離開衛國。不知諸位以為如何？」

大家一聽，都理解老師的心情，知道以老師目前的處境，作出這樣的決定是明智的。如果衛靈公真的有心要用老師，應該早就重用了。老師志存高遠，目標明確，年紀大了，自然會有一種時不我待的緊迫感。於是，大家都點頭稱是，贊成孔丘的決定。

「好！大家既然都贊成，那我們就準備準備，明天就離開衛國。」孔丘看了看眾弟子，語氣堅定的說道。

「先生，弟子也覺得不能再這樣在衛國耗下去了。但是，有一個現實問題，不知先生考慮過沒有？」冉求問道。

「阿有，你是說接下來咱們該往哪裡去吧。這個，為師也早已考慮過了。」

子路迫不及待地馬上接口問道：「先生，那您準備到哪裡去呢？」

「為師準備到晉國去。」

「為什麼要到晉國去？」子路又追問道。

「因為晉國現在是由趙簡子執政，政治上出現了新氣象。為師覺得，目前恐怕只有到晉國，才有可能有一些用武之地。」

聽孔丘說是因為趙簡子執政，才決定要到晉國去，顏回立即問道：

「記得前些年在魯國時，先生聽說趙簡子鑄刑鼎之事而大為憤慨，認為會導致『貴賤無序』，破壞等級制度。甚至還說過這樣的話：『晉其亡乎！失其度矣』。如今先生怎麼忘了呢？」

孔丘聽顏回說起往事，呵呵一笑，說道：「為師後來瞭解到，鑄刑于鼎，趙簡子不是主謀，而是迫於形勢而被動參與。關於趙簡子的為人，請阿賜給大家說說。阿賜前年剛剛回過魯國，參加過郳子朝魯的儀式，又周歷過一些諸侯國，瞭解晉國近年來的政局變動情況。」

子貢見老師要他給大家講講趙簡子與晉國目前的情況，知道是老師要他幫助說服大家，希望大家追隨老師一起前往晉國，投奔趙簡子。於是，子貢便從容說道：

「晉國歷來是由六卿分權，各派矛盾重重，朝廷權力鬥爭非常激烈。趙簡子先祖趙盾，曾為晉國執政，趙氏家族勢力也曾如日中天。但是，經過『下宮之難』，趙氏地位一落千丈。趙氏大宗則僅存一趙氏孤兒。如果當初沒有執政韓厥的援手，趙氏的骨血都難以延續。後來，雖有趙武執政，趙氏勢力有所崛起。但趙武之後，趙氏子孫在晉國政壇仍然處於弱勢。」

「那麼，後來趙氏是怎麼鹹魚翻身的呢？」子路迫不及待地問道。

「趙氏鹹魚翻身，其實就是最近幾年的事。今年八月剛剛結束的『鐵之戰』，是趙簡子政治生命上的一個轉捩點，它給了趙簡子一次樹立權威，並掌握兵權的絕佳機會。『鐵之戰』結束不久，晉國執政智文子荀躒油盡燈枯，壽終正寢，又一次給了趙簡子一個絕好的機會，終於讓他水到渠成地成了晉國的執政。」

子貢剛說到此，冉求又迫不及待地問道：

「為什麼說『鐵之戰』是趙簡子政治生命的轉捩點呢？」

子貢看了看冉求，又看了看老師與諸位師兄弟，然後從容說道：

「其實，『鐵之戰』乃是晉國內部鬥爭的延續與延伸。由於趙簡子得到晉侯的支援，使範氏與中行氏在權力鬥爭中感受到了巨大壓力。於是，他們便聯合鄭國與齊國進攻趙氏。這樣，原本是晉國六卿之間為了利益與權勢而進行的戰爭，便擴大為鄭、齊、衛、晉等國之間的混戰。因為當時流亡于晉的衛太子蒯聵事實上也參與了戰爭，他是幫助趙氏攻打範氏與中行氏。」

「結果呢？」冉耕急切地問道。

子貢繼續說道：

「由於鄭、齊兩個大國參戰，表面是支持範氏與中行氏對付趙氏，實際上有著自己的政治利益與爭霸目的。因此，『鐵之戰』一開始，趙簡子率領的軍隊處於弱勢。但是，在形勢非常危急之時，趙簡子身先士卒，衝鋒陷陣，並在軍前當眾起誓說：『昔範氏、中行氏逆天命，濫殺無辜，欲擅權而　晉侯。晉侯賴鄭之助，性命得以保全。而今，鄭國無道，棄晉侯而助逆臣，所以，我等決定順天意，聽君令，張揚德義，一雪國恥。今日之戰，若戰而勝之，上大夫得縣，下大夫得郡，士得良田萬畝，庶人工商業者皆可為官，奴隸則可獲自由。若戰而不勝，我願受絞刑。死後以下卿之禮葬之，棺無外槨，運棺之車無飾，不葬趙氏祖塋，以辱先祖之名。若戰而勝之，亦願受國君處分。』結果，全體將士深受鼓舞，一鼓作氣，打敗了範氏、中行氏與齊、鄭聯軍。」

孔丘點了點頭，又掃視了一下其他弟子。

子貢接著說道：

「趙簡子執政後，不出一個月就進行了政治、經濟、軍事改革。政治上，趙簡子禮賢下士，選賢任能，重用尹鐸、史黯、竇犫等人。並且虛心納諫，鼓勵與表彰敢於犯顏直諫之臣，痛斥唯唯諾諾之士。經濟上，趙簡子革新田畝制，改原來六卿『百步為畝』舊制，實行以一百二十步為寬、二百四十步為長的田畝制，同時減輕賦稅，深得民眾擁戴。軍事上，獎勵軍功，以功釋奴，大大提高了軍隊戰鬥力。」

子貢說到此，孔丘接口說道：

「晉有趙簡子，實乃國之大幸也！今吾意已決，往晉投奔趙簡子矣。」

於是，師徒立即準備，收拾行裝車輛。第二天一大早，告別了璩伯玉，便急急出發了。

可是，行行重行行，晝行夜宿，師徒十餘人走了近半個月，正準備渡過黃河進入晉國境內時，卻無意中在渡口聽一位剛從晉國來的人說到趙簡子剛剛殺了竇犫和舜華兩位賢臣的事。這讓孔丘頓時如臘月裡喝冰水，心裡涼透了。站在黃河渡口，望著滾滾而去的黃河之水，孔丘不禁悲從中來，喟然長歎道：

「河水滔滔，汪洋恣肆，多美啊！可惜孔丘不能渡過這條河了，唉，這都是命啊！」

子貢見孔丘無限感傷的神情，連忙趨前問道：

「敢問先生，您剛才的話是什麼意思啊？」

孔丘看了一眼子貢，又望了一眼寬闊的河面，長歎一聲道：

「竇犫鳴犢與舜華，都是晉國有才有德的大夫啊！趙簡子政壇立足未穩時，全仗此二位相助。

如今執政得志，便殺了他們，這讓人作何感想呢？我聽說，一國一地之人，若無仁慈之心，虐殺動物殘忍到剖腹取胎的地步，則麒麟不至其郊；若是為了獲魚，而排乾湖水，不分大小，一網打盡，則蛟龍不處其淵；若是為了捉鳥，而覆巢破卵，則鳳凰不翔其邑。何以然？君子諱傷其類，不願受到同樣的傷害啊！鳥獸對於不義之人，尚且知道避而遠之，何況是人？」

說完，孔丘掉頭便走，回到鄒歇息。感傷之餘，作《槃操》琴曲以悼念竇犨鳴犢與舜華。悲傷、感傷了幾天，孔丘不得不面對現實，不得不考慮接下來的去向。經與眾弟子商量，決定先往曹國，然後再到宋國，畢竟那是自己的祖國。

可是，師徒輾轉到了曹國，曹國之君卻不予接見，而且對他們非常不禮貌。孔丘感到非常失望，覺得這個國家不是久留之地。於是，決定立即轉往宋國。但是，子路提出了反對意見，道：

「上次到宋國已被桓魋所暗算，現在再往宋國，豈非自投羅網？」

孔丘不以為然地說：

「此一時也，彼一時也。那時，為師是因為沒有見到宋君。如果見到了宋君，有宋君的庇護，諒他桓魋也不敢加害於我們師徒。此次，為師首先就去拜見宋君。若宋君禮遇，授我以官職，則桓魋無奈我何。若不如意，我們立即離開。桓魋見我們並無留在宋國之意，必不起加害我輩之心。」

眾弟子雖然不以為然，但目前亦別無其他出路，只得隨孔丘再次前往宋國。可是，沒等孔丘師徒進入宋國之都，桓魋就已偵知他們動向，立即暗中派出眾多殺手尾隨孔丘師徒。一天傍晚，子路偶然到野外出恭，發覺住店周圍出現了約有幾十個行動可疑之人。這引起了他的警覺，立即回到客店向孔丘報告，並建議孔丘掉頭離開宋國，不要再進宋國之都了。

孔丘召集眾弟子商量了一番，最後決定往鄭國去，明天一早就出發。可是，睡到半夜，突然聽到門外有一陣陣的腳步聲，雜亂而急促。子路起來，從門縫裡往外一看，不禁大吃一驚，原來這幫不明身份的人已經包圍了客店。於是，子路立即叫醒大家，跟孔丘商量了幾句，大家便立即準備突圍，約定若路上走散，就在鄭國之都的東門會合。

安排妥當後，子路持劍斷後，讓大家從後窗逃跑。還好，在夜色的掩護下，大家都從客店突圍了出來。但是，經過一夜狂奔，子路發現許多人都走散了，包括孔丘。

子路無奈，只得集合了子貢、冉求、顏回等幾位師兄弟，按照事先約定的計畫，前往鄭國之都。因為他想，既然公良儒、冉耕等人都沒見，大概是與老師在一起。有了公良儒、冉耕等人保護老師，老師就不會有性命之憂。

經過近半個月的奔波，子路與子貢、冉求等人終於到了鄭國之都。一到鄭都，子路與子貢等人就按照在宋國突圍那夜的約定，到鄭都東門去找老師孔丘及其他師兄弟。等了三天，陸續等到了冉耕與公良儒等師兄弟，但卻沒見老師孔丘。大家一合計，開始著急了。

正當子路等人焦急萬分時，第五天有人告訴子貢說：「東門外有一個老頭，身高九尺六寸，眼眶平正而長，額頭高而突起。其頭似堯，其頸似皋陶，其肩似子產。但是，自腰以下則比禹短了三寸。看他疲憊失落、東張西望的樣子，就像是一隻喪家之犬。」

子貢立即告訴子路等眾位師兄弟，大家立即分頭前往東門去找老師。果不其然，在東門口，大家找到了孔丘，卻見他穿的不是以前穿的衣裳，而是老農穿的衣裳。眾弟子一看，知道老師這是微服逃到鄭國的。於是，很多人都心裡一酸，眼淚不禁奪眶而出。

大家接到孔丘，並將他安頓到鄭都一家客舍後，子路侍候他洗了個澡，換了一身衣裳。然後，出來與眾弟子相見。師徒十餘人又開始有說有笑起來。說著說著，子貢突然忍不住將當日東門所遇到的事，以及那位告訴他消息的人所說的話告訴了孔丘。

眾弟子都認為子貢平時說話都很得體，今日說話太過唐突了，讓老師太沒面子了，老師肯定會生氣的。正當大家都很著急時，孔丘卻呵呵一笑道：

「那人說得很對啊！他對我形貌的描述未必盡是，但他說我像一隻喪家之犬，一點沒錯啊！一點沒錯啊！」

雖然孔丘有雅量自我解嘲自己的困境，但鄭國之君卻無雅量接納他在鄭國為官，這再次讓孔丘感到失望與沮喪。

走投無路之下，他只得再帶著弟子們黯然離開鄭國，往陳國而去。

第九章　六十耳順

一、聽其言，觀其行

周敬王二十七年，魯哀公二年（西元前四九三年）夏，從衛國傳來消息，衛靈公崩逝，蒯聵之子立為國君，是為衛出公。

衛靈公的過世，讓孔丘頗是感傷。想當初，他從魯國出走，選擇到衛國政治避難，而不去他國，並且一住就是五年，是因為他認為衛靈公除了家事沒有處理好，在處理國政、任用人才方面，都是堪稱明君的。只是晚年糊塗了，不僅不肯重用自己，而且近小人而遠賢臣，致使衛國政局出現了混亂，太子蒯聵甚至逃往了晉國，並參與到晉國內部趙氏與範氏、中行氏之間的權力鬥爭。

而今衛靈公已經不在了，如果去年離開鄭國時選擇再回到衛國，那麼如今鬱悶了，恐怕連找個人說說話也難了。還好，離開鄭國時他力排眾議，選擇了來到陳國。雖然陳國之君也沒有重用他，但在陳國卻比在衛國安靜。特別令他高興的是，這段時間他所收的弟子，比在魯國時還多。因為經常有弟子來問學，絡繹不絕，門庭若市，使他在陳國賦閑的這段日子過得很是充實，不至於百無聊賴，這對他也算是一種莫大的精神慰藉。

八月二十七日，天氣大熱，街上的樹葉都被烈日曬蔫了。除了趕工過生活的，沒有什麼人在外面活動。而這一天，正是孔丘五十九歲的生日。儘管暑氣逼人，但從一大早起，追隨孔丘到陳國的弟子們都絡繹不絕地前來給老師祝壽，這給他孤寂而不得志的心靈帶來了不少慰藉。

然而，直到午時已過，未時已到，宰予才姍姍來遲。看著午後才來的宰予，孔丘不禁想起了宰予初投門下的那幕場景。

那是十年前，在魯國曲阜，也是一個盛夏時節的午後。一場暴雨剛過，原來燥熱難擋的暑氣頓時消除盡淨。孔丘召集弟子，在雨水還未完全幹的杏壇開始講學。在習習涼風吹拂下，樹上的水珠不時滴下，打在孔丘的衣服上。

難得這麼好的天氣，難得先生這麼好的心情，在杏壇下聽講的弟子們都聚精會神，傾聽著老師每一句教導，記著老師所講的每一個歷史掌故。可是，講學開始後不久，坐在壇下前排新來的宰予卻呼呼大睡起來，而且還打起很響的呼嚕，惹得周圍同學全都傾目而視。孔丘正在杏壇上講得酣暢，突然聽到有人在自己眼皮底下打呼嚕，頓時怒不可遏，以未曾有過的嚴厲口吻呵斥道：「子我，要睡覺就回去睡吧！」

「啊？」宰予被孔丘突如其來、聲如洪鐘般的怒呵及旁邊師弟的推搡驚醒後，看到老師在壇上那副從未見過的憤怒神色，這才知道事情的嚴重性。

未等宰予反應過來而道歉，孔丘又厲聲說道：「真是朽木不可雕也，糞土之牆不可圬也！子我，對你為師還說什麼好呢？先前我對他人，總是聽其言而信其行，而今恐怕只能改變了，要聽其言而觀其行。子我，為師今天發生人生態度的改變，都是因你而起。」

孔丘之所以這樣說，乃是因為原來對宰予寄予的希望太高。宰予投在他門下時，與別的弟子不同，他已經有了一定的文化水準，能識字，能刻簡，加上頗有獨立思考的精神，讓孔丘對他另眼相看。剛投在門下第一天，便與老師辯論起來：

「父母亡故，服喪三年，時間實在是太長了。君子三年不習禮，禮必崩壞；君子三年不奏樂，樂必荒疏。舊穀既已食畢，新穀既已登場，鑽木取火之木已輪換一茬，所以服喪一年也就行了。」

孔丘覺得宰予的想法不對頭，遂教育他說：

「父母亡故，不足三年，為人之子便食稻米飯，穿錦緞衣，能夠心安嗎？」

沒想到宰予回答得斬釘截鐵：「心安！」

孔丘覺得他有些離經叛道，遂更加嚴厲地說道：

「你若心安，你便這樣做吧！為師以為，君子服喪，食美味不覺其香，聽音樂沒有快感，居於家不能心安，所以君子不會那樣做。而今你覺得心安，那便這樣做吧！」

宰予知道老師生氣了，唯唯而退。

孔丘乃喟然長歎道：「子我真不仁也！子女生下三年，才能離開父母懷抱。子女為父母服喪三年，豈有不可？居喪三年，乃天下之通禮也。難道子我沒有從其父母那裡領受到三年之愛嗎？」

想起這些往事，看著姍姍來遲的宰予，孔丘雖然有些生氣，但他始終是賞識宰予那種富有質疑精神的個性，認為他有思想，能夠獨立思考，不是人云亦云的平庸之輩，將來應該是一個可造之才。

宰予知道今天老師可能又要生自己的氣了，於是放低姿態，首先向孔丘道歉說：「今天是先生的生日，弟子來遲了，望先生勿怪！弟子自知有許多毛病，也努力去改正。先生曾說過：『過而不能改，是過也。』弟子喜歡白天睡覺的老毛病總是改不了，就真的成了弟子之過了。」

孔丘見宰予這樣說，本來想批評他幾句，現在倒是不好意思了。

宰予看看老師那遲疑不決，欲言又止的神態，心知老師此時的心理狀態，遂接著說道：

「弟子今天來，一是來向先生祝賀壽誕，二是來向先生求教問學的。」

孔丘畢竟是個儒生，有好為人師的毛病。一聽宰予是來求教問學的，原來的怒氣早就沒了，代之而起的是施教授業的濃厚興趣，遂連忙問道：

「有什麼疑惑，儘管說來，為師願盡其所學，給你解惑釋疑。」

「謝先生教誨之恩！以前弟子曾聽榮伊說過：『黃帝君臨天下三百年。』請問黃帝是人，還是神？怎麼能治理天下三百年呢？」

孔丘一聽，知道這個好質疑成說的弟子又來事了。但是，想到他提問題是一種好學深思的表現，應該鼓勵，遂語氣輕緩，耐心解釋說：「禹、湯、文、武、周公之事，目前尚說不清，道不明，更何況是前人口耳相傳中的先古黃帝之事呢？」

「關於上古的傳說，前人或模糊其辭，或眾說紛紜而莫衷一是，沒有確切的說法，此非君子之道。所以，弟子今天一定要弄清楚。」

孔丘本來是想將此問題搪塞過去，沒想到這個愛鑽牛角尖的弟子偏要自己說清楚，這可讓他犯難了。但是，頓了頓，他決定還是勉為其難地給他一個解釋。於是，從容說道：

「好吧，那為師就將我所知道的說給你聽聽吧。黃帝是少昊氏之子，號軒轅。生而神異，少而能言。幼年時代，即睿智、機敏，誠實、敦厚。成年後，則更是聰穎過人，能運五行之氣，創制了五種度量器具。還遍歷天下，安撫民眾。又牧牛乘馬，馴服猛獸。與炎帝戰於阪泉之野，三戰而克之。從此，天下太平，萬民皆能穿上繡花的禮服，逍遙度日。」

「黃帝何以能至此？」宰予疑惑地問道。

「無為而治。」

「何謂『無為而治』？」宰予又追問道。

「所謂『無為而治』，就是遵循自然規律，按自然規律辦事，不違背天意，胡作妄為。」

宰予點點頭，孔丘繼續說道：

「黃帝治民，順天地之綱紀，知陰陽之更替，明生死之道理。根據季節變化播種百穀，栽花培草，仁德及於鳥獸蟲魚。又觀察日月星辰之變化，費心竭力，盡水火之利，造福萬民，養育百姓。黃帝在世時，人民得其利、受其惠一百年；黃帝去世後，人民思念他、敬仰他一百年；之後，人民運用他的智慧、感念他的教化一百年。所以說，黃帝君臨天下三百年。」

「原來黃帝三百年是這麼回事，弟子明白了。那麼，請問顓頊帝又是怎樣的一個人呢？」

孔丘見宰予一個問題未了，又來一個問題，雖感到有些招架不住，但還是耐心地予以回答：

「遠古五帝，只有傳說；近古三王，則可意度。你想一天遍聞遠古之說，不是太心急了嗎？」

宰予立即回答道：「先生曾經說過：『小子有疑即問，勿需隔夜。』所以，弟子才敢斗膽請教。」

孔丘見宰予引自己的話來說事，只得無奈地繼續往下說了：

「顓頊，乃黃帝之孫，昌意之子，名曰高陽。他沉靜而有謀略，曠達而有遠見。他生財有道，善於因地制宜種植莊稼，造福於民眾。他仰觀天象，依循時序變化，根據神靈的意志，制定治國安民的政策。運五行之氣以化育萬民，虔誠齋戒而祭祀神靈，巡狩四海以安定民心。他治理的疆域版圖，北至幽陵，南達交趾，西抵流沙，東到蟠木。因此，天下動靜之物，大小之事，日月所照之地，莫不臣屬於他。」

不等孔丘歇口氣，宰予又迫不及待地問道：「那麼帝嚳又是怎樣的一個帝王呢？」

孔丘頓了頓，又繼續回答道：

「帝嚳，乃玄枵之孫，喬極之子，名曰高辛。生而神異，自言其名。博施厚利於萬民，不謀私利於自身。他聰穎而富遠見，明察秋毫，知微見著。仁義而有威望，慈惠而重誠信，並順從天地自然的規律。他急民所急，苦民所苦，修身而天下服。取地之財而注意節用，教化萬民而使他們受益。觀察日月星辰之變化，通曉明暗晦朔之道理；明察鬼神之旨，敬而事之。他注重道德修養，待人和顏悅色，舉止合乎禮儀，為父母舉喪則盡其哀。春夏秋冬，育護天下萬物。因此，日月所照之處，風雨所至之地，莫不為之感化。」

「帝嚳如此深得民心，那麼帝堯又是如何呢？」宰予又問道。

孔丘看了看宰予認真而虔誠的樣子，遂又從容說道：

「帝堯，乃高辛氏之子，名曰陶唐。其仁如天，其智如神。接近他的人，都會感受到猶如太陽般的溫暖。但仔細看看他，則又如天上行雲，自然而平常。他富而不驕，貴而能降。他命伯夷掌管禮儀，令夔、龍職掌音樂。請出賢人舜出來為官，令其巡視作物四季生長情況，要求他凡事務須率先垂範，為民榜樣。流放四大惡人于遠方。共工逐之於幽州，驩兜驅之於崇山，三苗竄之于三危，鯀殛之於羽山。由此，天下咸服。他謹言慎行，從未說過錯話；循規蹈矩，未曾有違道德綱常。因此，四海之內，舟車所及之地，民眾無不歡悅。」

見老師如此推崇帝堯，宰予又問道：「那帝舜怎麼樣？」

孔丘雖然說得口乾舌燥，但對於宰予如此執著地求知，還是頗為感動的。頓了頓，遂又說道：「帝舜，乃喬牛之孫，瞽瞍之子，名曰有虞。帝舜以孝順父母、友愛兄弟而遠近聞名。他生於貧賤，出身清寒，以陶器為工具，捕魚供養雙親。他寬厚而溫良，機敏而知時，敬畏上天，愛護萬民。體恤遠方之人，親近鄰里鄉親。他受命而治天下，依靠二位賢妻。他聰明曠達，足智多謀，終為天下之王。堯為天下之主時，舜率二十二臣歸附，虔誠而事之。天下太平，風調雨順，他便巡狩四海，五年一次。他為天下之王雖僅在位三十年，卻職掌天下之事五十年。後至四方之嶽接受朝會，死於蒼梧之野，並葬在那裡。」

宰予立即接口說道：「帝舜雖是明君，可惜不得好死。」

孔丘一聽，立即生氣地說道：「小子無禮！帝舜忠於職守，鞠躬盡瘁，死而後已，乃是千古之明君也。」

「先生莫要動氣，弟子失言了！請先生再給弟子講講五帝最後一位的禹帝吧。」宰予一邊道歉，一邊轉移話題道。

孔丘見宰予問到大禹，遂又壓住了怒氣，恢復了平靜。歇了一會，慢慢地說道：

「禹乃高陽之孫，鯀之子，名曰夏後。他為人機敏，無事不成。道德高尚，言而有信，仁慈可親。他說出的話便是法度，做出的事便是規範。他為人勤勉，容止莊重，一言一行都遵綱守紀。他的功德，使眾神都有了歸屬感；他的恩惠，使萬民感戴，視之如父母。他凡事皆遵循一定的準則與禮法，所作所為不違四時之宜。因此，他所統轄的地域能廣達四海。他任人唯賢，任命皋繇、伯益為官，襄助治理國家，率六師以平定叛亂。四方之民，莫不臣服。」

孔丘說到這裡，早已月華初生，蟲聲四起，暮色已經籠罩了四野。

宰予看見天色已晚，就想起身告辭。只聽孔丘又說道：

「子我，禹之功天高地大，大者如天，小者如我所言。但無論大小，民眾都感到非常滿意。子我啊，為師以為，你還不是瞭解帝王之德的人。」

宰予一聽，立即明白，老師對他始終是有偏見的。於是，便順著孔丘的話回答道：

「弟子明白。弟子確實還不配以戒慎恐懼的心情來接受先生的教導。」

雖然嘴上這樣說，但宰予告別孔丘之後，心裡還是對老師的話耿耿於懷，覺得老師瞧不起他。第二天，他忍不住，把心裡話告訴了師兄子貢。而子貢不小心，也無意中洩露了宰予的怨言。於是，孔丘脫口而出，感慨地說道：

「我欲以言取人，子我之事讓我不得不改變想法！」

宰予聽到孔丘跟子貢說了這樣的重話，感到非常害怕，很長時間都不敢再向孔丘求教問學。

二、刑不上大夫

「今日是先生六十大壽，弟子無以獻效，這點禮物聊表寸心。」顏由一進門，見到孔丘就先施一禮，然後獻上大家一起湊錢買的禮物，恭恭敬敬地說道。

子路緊隨其後，也一邊施禮，一邊說道：

「恭賀先生六十華誕！祝先生健康長壽！」

「祝先生福如滄海，壽比泰山。」子貢說得更是動聽。

曾點不甘示弱，連忙緊隨其後，說道：

「先生之德，與日月同光；先生之恩，山高水長。弟子敬祝先生福祚綿綿，身體安康！」

接著，冉有、言偃、閔損等人都一一上來給孔丘行禮祝壽，每人都各有說辭。

這是周敬王二十八年，魯哀公三年（西元前四九二年）八月二十七日，是孔丘流落到陳國後所過的第一個生日，也是他的六十大壽。

六十歲，是人生的重要階段，更是人生的一種境界。因此，這天一大早，孔丘在陳國的弟子就陸續前來給老師拜壽祝福。而在齊、魯、衛、宋等國的弟子，則早就數著日子在趕路了。

日中時分，陸續趕到的弟子計有五十多人。孔丘看到這麼多的弟子圍在身旁噓寒問暖，心裡感到無比的欣慰。雖然政治理想至今無法實現，生活顛沛流離，但至少他還有一批信徒追隨他。有了這批信徒傳承他的學說與思想，即使在他活著的時候看不到「天下大同」的景象，但是在他身後，周公禮法仍有恢復的希望。

想到此，孔丘一直抑鬱的心情好了很多。眾弟子見老師今天心情不錯，聊著聊著，便有大膽的弟子跟孔丘開起了玩笑。孔丘也不介意，樂呵呵地與眾弟子說東道西，師生其樂融融。

後來，子路提出了一個要求，說：

「先生，今天是您的六十華誕，想必先生有很多人生的感慨吧。是否可以跟弟子們分享一下，讓弟子們今後的人生道路更有明確的方向。」

孔丘拈了拈花白的鬍鬚，頓了頓，說道：

「為師十五志於學，三十而立，四十而不惑，五十而知天命。如今六十矣。」

「那麼，六十是什麼境界呢？」冉求問道。

「六十耳順。」

子路立即搶著問道：「為什麼這麼說？」

「人活到六十歲，算是什麼人生經歷都有了，世態炎涼，世道人心，都差不多看夠了。因此，對於別人的話是真是假，是好是壞，憑著自己的人生閱歷都能分辨出來了。別人對自己的評價，說好說壞，都能泰然處之。這便是『耳順』的境界。而今，為師差可及之。」

「那麼，『五十而知天命』，又是什麼樣的一種境界呢」言偃也插上來問道。

孔丘呵呵一笑，說道：「五十已是半百，人的精力已衰，建功立業已非當時，一切當聽天由命，順其自然了。縱是一個壯懷激烈、豪情萬丈之人，在這個年齡也多趨於冷靜，歸於平淡，能夠達觀地看待人事，一切隨性了。」

「那『四十而不惑』，是不是就意味著人到四十，就沒有什麼不知道的事，沒有不明白的理呢？弟子而今早已年過四十，但好像還有很多事情、很多道理都不明白。按照先生的話，弟子是不是一個不成熟的人呢？」閔損也接口問道。

孔丘聽了，又是呵呵一笑。然後，慈祥地看著閔損，又望了望圍在身旁的所有弟子，語重心長地說道：「那倒不是這樣。為師所說『四十而不惑』，只是相對於人生各個不同階段而言，是就一個人的經歷與人生發展的境界而言。不是絕對的。如果絕對地說，即使是為師，至今也算不得達到了『不惑』的境界。」

孔丘剛說到此，子路立即接口說道：

「弟子明白了，先生是說人到四十，是他人生中相對比較成熟的階段，是吧？」

「正是此意，阿由果然比以前領悟力強了。如果為師說阿由已到『不惑』的境界，也未嘗不可也。」

孔丘話未說完，子路早已咧開大嘴笑了。老師今天當著這麼多師兄弟表揚他，讓他好有面子，感到從未有過的自豪。

「先生，那『三十而立』又是怎樣的一個人生境界呢？」冉耕問道。

「『三十而立』，是指人到三十，思想基本定型，對於人生的態度也已經確定，人生的發展方向也已經明確，不會糊裡糊塗地過日子了。」孔丘解釋道。

「這個境界只有先生才能達到，一般人恐怕很難達到。像弟子這樣，到三十歲時，雖天天受先生耳提面命，但仍在糊裡糊塗過日子，沒有明確人生的發展方向。可見，先生的境界，弟子們只能是可望而不及。」卜商說道。

正當眾弟子還要問孔丘「十五志於學」的情況時，南宮縚從魯國趕到。

孔丘與眾弟子一見，連忙問道：

「子容從魯來，有什麼消息嗎？」

南宮縚是孔丘的得意弟子，也是孔丘的侄婿。當初就是孔丘作主，將其兄之女嫁與南宮縚的。這些年，孔丘一直在國外顛沛流離，家中之事幸有南宮縚照料。所以，一見南宮縚，孔丘自然就倍感親切，也急於從他口中瞭解目前魯國國內的相關情況。

南宮縚先給孔丘施過大禮，祝過六十大壽，然後才從容說道：

「魯國冢宰季桓子前幾天剛剛過世。他病重期間，後悔過去長期未重任先生，致使魯國的經濟文化振興計畫受到影響。所以，臨終前，他囑咐其子季康子，務必要召回先生相魯。但是，據說是公之魚堅決反對，百般阻攔，季康子最終改變了主意，現在已經遣使來召冉求回國了。」

眾弟子一聽，雖為老師感到可惜，但聽說師兄弟冉求將被季康子重任，回國就職，還是感到非常欣慰的。於是，大家紛紛向冉求表示祝賀。冉求對大家的鼓勵一一表示了感謝，然後誠懇地請教孔丘說：「先生如何看待此事？」

孔丘不假思索地回答說：

「子有，這是件好事，你應該回去就職。為師而今年已六十，雖有克己復禮、恢復周公禮法的志向，也有時不我待之感，想回到魯國報效父母之邦，可惜沒有機會。所以，你代為師回國實現理想，為師之願亦足矣！」

「弟子謹受教，遵命就是。」冉求說道。

「既如此，那就回去準備準備吧。」

「今奉命於先生，要回國就職，但心裡總有不安，實在是誠惶誠恐。」冉求誠懇地說道。

「有戒慎恐懼之心，就能做好事情。」孔丘鼓勵道。

「弟子有一個問題，一直想求教先生。今弟子就要告別先生了，臨行前，希望先生能夠就此問題為弟子解惑釋疑。」

「子有，什麼問題？儘管說來。」孔丘直視冉求，慈祥地說道。

「遠古聖賢帝王制定法律制度，定下一個戒律：『刑不上于大夫，禮不下於庶民』。依此規定，那就意味著大夫犯罪不能對他施以刑罰，老百姓行事可以不依循於禮。是這樣嗎？」

孔丘立即回答道：

「不是這樣。大凡治君子，不用刑罰，而是以禮馭其心，以禮規範其思想，是因為他們屬於有廉恥之節的一類人。因此，古代大夫，若因不廉而被罷黜放逐，一般不說是『不廉而黜』，而是說『簠簋不飭』，意思是說他祭祀時祭器沒整理好。」

「是不是說他嘴饞偷吃？」子路問道。

「正是此意，是不廉的一種委婉說法。若因男女無別或淫亂之罪而被見斥，一般不說『淫亂』或『男女無別』，而是說『帷幕不修』。若犯欺上不忠之罪，一般不直言『罔上不忠』，而是說『臣節不著』。若因軟弱無能、不勝用其職而被罷免，不說『疲軟不勝任』，而說『下官不職』。有觸犯國家法紀之罪，一般也不直言『干犯國紀』，而是說『行事不請』。這五種情況，大夫早就自定其罪了，只是不忍心直言其罪名，這是為其避諱。但避諱的本意並不是開脫，而是使他們感到羞愧。因此，大夫之罪若在上述五種情況之內的，大夫就會自動摘去官帽，整理冠纓，以盤盛水，劍橫于盤水之上，以請求自盡。或是直接向君王請罪，君王依法治罪，但不派有關司法官員對犯罪大夫予以拘捕。若是犯有大罪，聞君王有令，立即面北而拜。兩拜之後，跪下自殺。君王並不派人拘捕，更不命人直接處死，只是說：『你身為大夫，咎由自取，我對你算是以禮相待了。』正因為如此，用刑用不到大夫身上，大夫也不能逃避其罪行，這便是教化的結果。」

「原來如此！不是先生今日這番解釋，弟子就要誤解先王制法的本意了，以為『刑不上于大夫』是說大夫犯罪享有刑事豁免權呢。」

見冉求已然明白，孔丘遂又接著解釋「禮不下於庶民」一句道：

「所謂『禮不下於庶民』，並不是輕視庶民百姓，說他們不配講禮，而是說對於庶民百姓在禮儀上的要求可以放寬。因為庶民百姓生活艱難，整天忙於生計，沒有充足的時間詳盡地學習有關禮儀之事，所以就不能要求他們懂得完備的禮儀。」

冉有聽到這裡，連忙跪直身子，並以膝行代步，離開座位，說道：

「先生說得太好了，弟子從未聽過如此精闢的解釋。請讓弟子退下後將這些話記錄下來，以傳後世吧。」

在場的眾弟子也齊聲唱諾道：「弟子謹受教！」

三、無禮則手足無所措

周敬王二十九年，魯哀公四年（西元前四九一年），孔丘來陳國已經有一年多了。每日賦閑在家，甚是無聊，亦很抑鬱。幸好有一批追隨的弟子在身旁，時時來求教問學，算是給他寂寞的流亡生活添了不少生氣。

三月的一天，孔丘正閑在家中，望著窗外雲來雲去，聽著屋外鳥鳴人喧，越發感到寂寞無助。日中時分，突然子張、子貢、子游三人結伴而來，手裡還拿了一些食物，是給老師當午餐的。

孔丘一見有弟子來見，心情一下子就好起來了。師生略為寒暄，施禮落座後，就將帶來的食物分而食之。子貢又去燒了一陶壺熱水，拿來四個瓦盞，將水倒滿後，先給老師遞上一盞，然後給子張、子游與自己各一盞。師生四人一邊喝著水，一邊就開始閒聊起來。聊著聊著，不知怎麼聊到了禮。孔丘頓時興奮起來，說道：「小子們，坐好！為師今天好好給你們講講無所不在的禮。」

子貢一聽，立即越席而對道：

「敢問先生，禮究竟有什麼樣重要的作用？為什麼先生說它無所不在？」

對於子貢一連串的問題，孔丘從容不迫地回答道：

「誠敬而不合乎禮，謂之野；恭順而不合乎禮，謂之諂；勇敢而不合乎禮，謂之亂。」

「為什麼？」子遊問道。

「雖誠敬在心，但行動上率性而為，不合乎禮，給人的感覺就是粗野，沒修養。恭順過了頭，不合乎禮，給人的感覺就是諂媚，讓人覺得反感。勇於行動，但不是依禮而動，便是魯莽，結果必然添亂。」

子貢接口說道：「先生言之有理！不過，敢問先生，具體如何做，才算是合乎禮呢？」

「禮啊，它的作用就是使一切表現得恰到好處。」孔丘回答道。

「弟子謹受教！」說著，子貢退到席後。

子游越席向前，問道：

「敢問先生，所謂禮，就是把好的方面表現出來，把不好的方面排除掉，是嗎？」

孔丘不假思索地回答道：「正是。」

子貢又越席向前，問道：「可是，具體說來，又該怎麼做呢？」

「郊社之禮，乃祭天地之禮，要讓鬼神感受到仁愛之心；禘嘗之禮，是夏季於宗廟舉行的祭祀祖先之禮，要讓祖先感受到仁愛之意；饋奠之禮，乃祭祀死者之禮，要使死喪者感受到來自祭者的仁愛；鄉射之禮，是密切同鄉情誼之禮，要讓同鄉感受到鄉鄰間彼此的仁愛；食饗之禮，乃酒食待客之禮，要讓受招待的賓客感受到主人的仁愛。明白了郊社之禮和禘嘗之禮，治國安邦就像指畫於手掌那樣簡單。」

孔丘說到此，頓了頓，看了看三個弟子。見其專注向學的神情，遂又繼續說道：

「日常生活有了禮，長幼之間才能有所區別；家庭內部有了禮，一家三代人之間才能和睦相處；朝廷之上有了禮，官職大小、爵位高低才能井然有序；田獵之時有了禮，行動起來才能彼此配合默契；軍旅之中有了禮，將士才能奮勇殺敵，建立戰功。」

孔丘說到此，子貢連忙給老師續了一盞水。孔丘呷了一口，又繼續說道：

「宮室營建要遵循一定的法度，祭祀器具要符合一定的形狀要求，使用器物要視不同的季節，音樂演奏要符合一定的節拍，一架馬車要有合適的車軾，這些都是禮的要求。鬼神各有不同的供獻，喪葬要有適度的悲哀，論辯要有唱答應和之人。這也是禮的要求。」

子游聽到此，忍不住插話道：「怎麼有這麼多禮？禮簡直是無所不在。」

孔丘笑著答道：「說得對！禮確實是無所不在。百官有了禮，政事才能順暢運作。如果自覺以禮約束自己，並以禮處理日常生活中的一切事情，那麼所有人的言行舉止就都能適宜得當了。」

子游聽到此，一邊點頭稱是，一邊退下。

子張又上前問道：「先生，您說了那麼多禮，那麼究竟什麼是禮呢？」

孔丘呵呵一笑，道：

「所謂禮，簡單點說，就是處理事情的方法。君子遇事，則必有自己解決處理的方法。治國安邦，若是沒有禮，那麼就會像盲人走路沒有幫扶，而茫然不知所向；又像是半夜裡在暗室中尋物，而沒有燭照。所以，沒有禮，我們的手腳都不知該往哪兒放，眼睛不知往哪看，耳朵不知聽什麼，進退、揖讓都失了尺度與規範。如此，在日常生活中，就會長幼無別；家庭生活中，三代不能和睦同堂；朝廷之上，就會官爵失其序；田獵之時，就會失去指揮而混亂；軍旅之中，將士就會沒了殺敵立功之志。

如果沒有禮，那麼，宮室營建就會失了尺度，祭祀之器就會沒了規範，器物之用就會沒有季節的區分。如果沒了禮，音樂便沒了節拍，車輛就像缺了軾，鬼神失了四時供享，喪禮沒了悲哀，辯說失了幫腔，百官沒了職守，政事無法開展。如果不自覺以禮約束自己，並以禮處理日常生活中所發生的一切事情，那麼眾人的一切言行都會失宜。如此，豈能協調萬民，安定天下？」

「先生言之是也，弟子謹受教！」子張、子貢、子游異口同聲地說道。

孔丘頓了頓，喝了口水，掃視了一下三位弟子，見其神情專注，遂又接著說道：

「仔細聽著，小子們！為師告訴你們，禮有九項，大饗之禮則有四。這些若是都掌握了，縱使他是一個莊稼漢，只要依禮而行，也能成為聖人。

兩國之君相見，先要相互作揖謙讓。之後，才能入門。入門之後，鐘鼓齊鳴，二人再行揖讓之禮，然後再登大堂。這時，鐘鼓之聲停止，但庭下奏起管樂之曲《象》。接著，夏籥之樂響起，執事者陳列鼎器供品，按照禮樂規範安排儀式，百官執事一一到位。如此，君子便可從中看到仁愛的精神。兩國之君應酬周旋，一切中規中矩，合乎禮儀，就是車上的鈴聲也會合著《采薺》樂曲的節奏。當客人告辭將出時，奏《雍》曲以送行；撤下供品時，則奏起《羽》曲。因此，君子行事，無一事不合乎禮。入門鳴金，乃表歡迎之情；登堂唱詩，意在讚美其功德；庭下奏《象》，是為表現祖先功業。所以，古代兩個君子相見，表達敬意不需言語，以禮樂即可表現。所謂禮，就是條理；所謂樂，即是調節。無禮不動，無節不作。不懂賦《詩》言志，禮儀上就會有偏差；不能以音樂配合，行禮就會顯得單調乏味；沒有高尚的道德修養，有禮也顯得虛偽。」

聽到此，子貢情不自禁地從席上爬起，站起身來，問道：

「照此說，夔應該算是精通了禮的人吧？」

孔丘立即回答道：

「阿賜，夔是舜帝時代的樂官，難道他不是古人嗎？不僅是古人，而且還是上古之人呢。精于禮而不精于樂，叫淳樸；精于樂而不精於禮，是偏頗。夔可能是只精通音樂而不精通於禮，所以後世之人只知他精通音樂的名聲。上古時代，一切制度皆見存於禮。制度靠禮來呈現，但實行起來恐怕還得靠人吧。」

子張、子貢、子遊三人聽到此，頓如醍醐灌頂，茅塞頓開，齊聲說道：

「弟子明白了！弟子謹受教！」

四、生事盡力，死事盡思

「先生今年已是六十一歲了，但至今仍不得重用，流落在陳這樣的一個小國，真是天屈其才啊！」子貢歎息著說道。

子路不以為然，說道：「先生是個道德高尚的君子，但是這個世界不愛道德高尚的君子，奸巧弄權的小人當道。先生執著於其克己復禮的理想，固守其不與世合作的人生態度，不能變通，不願與時俱進，所以才處處碰壁！」

子貢默然。於是，二人不再說話，只顧低頭走路。不一會，他們就結伴來到了老師孔丘的居所。

這天是周敬王二十九年，魯哀公四年（西元前四九一年）九月初九，是一年一度的重陽節。孔丘見子路與子貢一大早就結伴而來，心知其意，不免為之油然而生感動之情。

子貢與子路先向孔丘敬上了一份禮物，然後再跟老師敘禮寒暄。禮畢，師生便落座閒聊起來。由敬老的話題說起，不一會就自然轉到了孝道的話題上。

子路問道：「人生於世，最重要的是什麼？」

孔丘毫不猶豫地回答道：「孝與悌，大概就是為人的根本吧。」

「為什麼這麼說？」子路問道。

「阿由，你讀過《詩》嗎？」孔丘以問代答道。

「讀過。」

「既然讀過《詩》，想必記得《蓼莪》篇吧。」

「弟子當然記得。不僅記得，弟子還會背誦呢。」子路自豪地說。

孔丘饒有興致地說道：

「那就背給為師聽聽。」

子路接口就背誦道：

「蓼蓼者莪，匪莪伊蒿。哀哀父母，生我劬勞。

蓼蓼者莪，匪莪伊蔚。哀哀父母，生我勞瘁。

缾之罄矣，維罍之恥。鮮民之生，不如死之久矣。

無父何怙，無母何恃。出則銜恤，入則靡至。

父兮生我，母兮鞠我。拊我畜我，長我育我；顧我復我，出入腹我。

欲報之德，昊天罔極！

南山烈烈，飄風發發。民莫不穀，我獨何害！

南山律律，飄風弗弗。民莫不穀，我獨不卒！」

「好，一字不差！阿由，讀了這首詩，你有什麼感受呢？」孔丘和顏悅色地問道。

「天大地大，不如父母恩大；河深海深，不如父母恩深。父母之愛，乃天下最無私。」

「說得好！既然如此，孝為人生之本，如何還有疑問？」孔丘反問道。

子路回答道：

「孝為人生之本，弟子沒有疑問。只是關於孝的問題，有很多說法，弟子常感困惑。」

孔丘聽子路這樣說，乃從容答道：

「孝有三：大孝尊親，其次不辱，其下能養。」

「先生的意思是說，孝並不能一概而論，而是分為不同境界，不同層次的，是吧？」

「正是。一個子女以自己的辛勤勞動贍養父母，使他們吃飽穿暖，這是最低層次的孝，即『其下能養』的境界。一個子女行為端正，道德無疵，不使父母聲名受累，這比僅僅養活父母又上了一個層次，即『其次不辱』的境界。一個子女能夠立德立言立功，使父母揚名於後世，則比養活父母和保住父母聲名又要更上一個層次，即『大孝尊親』的最高境界。」

聽老師與子路一來一往說了半天，子貢突然也插進來說道：

「曾記得先生說：『小孝用力，中孝用勞，大孝不匱』，說的也是孝的三種境界吧。」

「阿賜記得清楚。為師確實說過此話，但與剛才所說並不矛盾。所謂『小孝用力』，就是尊長愛幼，忘記自己的勞苦，算是盡力的層次。所謂『中孝用勞』，就是尊重仁者，安頓義者，算是立功的層次；所謂『大孝不匱』，就是廣施恩惠，備其物用，讓愛推廣到更多人，是立德的層次。」

子路立即應道：「按照先生所說的孝的三個標準，弟子至今還只停留在小孝的層次。」

「阿由，這話怎麼講？」孔丘寬厚地望著子路，和藹地問道。

「一個人背著沉重的包袱，跋涉於千山萬水之間，累了就會不擇地而休息；一個人家境清寒，父母年邁，進入仕途時就不會計較俸祿的多少。弟子早年侍奉雙親時，經常以藜藿之類的粗劣食物充饑。但為了父母能吃得好點，經常要到百里之外背米回來。父母過世後，弟子南游大楚，從車百乘，積粟萬鍾，疊席而坐，列鼎而食。此時，弟子縱使再想藜藿充饑，而為父母背米，已是不可能了。枯魚在索，必生蠹蟲；歲月不居，無人不死。二親之壽，忽如過隙。」

看到子路無比感傷的神情，孔丘連忙寬慰他道：

「阿由侍奉雙親，可謂生事盡力，死事盡思矣！」

「雖如何，弟子事親仍停留於小孝的境界啊！」子路不無遺憾地說道。

孔丘一聽，呵呵一笑，道：

「阿由何必拘泥于為師『為孝有三』之說呢？生事盡力，死事盡思，亦非人人都能臻至的境界啊！」

子路見孔丘這樣說，遂又說道：

「有一個人，他每日起早摸黑，辛勤耕耘，努力種植，手掌與腳板都磨出老繭，只為養活父母雙親。但是，很多人都不認可他是孝子，這又是為什麼呢？」

孔丘笑了笑，從容說道：

「想必這個人在侍奉雙親時，或是態度不夠恭敬，或是言語不夠謙遜，或是臉色不大好看吧。古人有言：人與人的心靈是相通的，你誠心待人，別人也不會欺騙你的。現在這個人拚命勞作，盡力養活父母，若無上述三種過失，如何大家不認可他是孝子呢？」

子路聽了，不得不佩服老師分析得鞭辟入裡，精闢無比，遂連連點頭。

孔丘見此，又繼續說道：

「阿由，你記住了，為師告訴你一個道理：縱然是國士，勇力冠天下，亦不能自舉其身。非力量不及，其勢不可也。一個人如果不注重內在道德的培養，便是自己之過。注重了自身道德修養，但名聲仍然不彰，那就是朋友之過了。只要自己注重修身養性，加強道德培養，名聲自會不脛而走，傳揚四方。因此，君子居家要行為端正，質樸純厚；出外則要廣交賢能之人為友。如此，豈能沒有孝子之名？」

子路聽了，連連點頭。但頓了頓，卻又問道：「什麼是孝，如何做到孝，為什麼說孝是做人之本，這些道理弟子現在都明白了。只是不明白的是，先生為什麼說悌也是為人之一本呢？」

孔丘聽了不禁莞爾一笑，道：「悌，就是敬愛順從兄長。長兄為父，長嫂為母。事兄如父，事嫂如母，如事父母道理一樣。能敬愛順從兄長，豈能不孝敬父母？」

「先生之言甚是！」子路與子貢都連連稱是。

孔丘又繼續說道：「為人孝而悌，喜歡犯上的可能性就很小。不好犯上，而好作亂的，則幾乎不可能。因此，君子修身要抓住根本，只有抓住了根本，才能成為仁德之人。所謂『君子務本，本立而道生』，此之謂也。」

「先生之意，是說孝與悌是為人之本，也是立仁之本，是吧？」子貢問道。

「正是。阿賜果然很有悟性。」

子貢見老師表揚了自己，遂大起膽子，情不自禁地將一直存在心裡的一個疑問脫口問出：

「子從父命，就真的算孝嗎？臣從君命，就真算忠嗎？對於這一點，不知先生有沒有懷疑過？」

「你太淺陋了，阿賜！怎麼能這樣理解呢？以前的賢主明君，一般都有犯顏直諫的諍臣。萬乘之主，有諍臣七人，使君主不易犯錯；千乘之主，有諍臣五人，使社稷不致有傾覆之危；百乘之主，亦備三位諍臣，使俸祿爵位無廢替之憂。」

子貢聽了，連連點頭。孔丘又繼續說道：

「父有諍子，不致有無禮之過；士有諍友，則不致有不義之舉。可見，子從父命，豈能一概而論，認為就是孝行呢？臣從君命，豈能不加辨別，就認為是忠貞呢？能夠真正明白應該服從的才服從，這才是孝，這才是忠。」

「弟子明白了。」子貢與子路齊聲說道。

五、禮不足而哀有餘

周敬王三十年，魯哀公五年（西元前四九〇年）三月，一個接連三天陰雨連綿的午後，顏由、子貢、子路、子遊四人結伴來看孔丘。

孔丘在陳國賦閑已經近三年了，每天除了接待來自各國慕名追隨而來的新老弟子的問學外，沒有別的事。所以，有弟子來問學求教或是閒聊，他都感到非常高興。

師生見面後，按照常規敘禮畢，便席地而坐，隨意聊了起來。突然，顏由因為來時路見有人哭墳而聯想到鬼神，遂問孔丘道：「先生，侍奉君王的道理以前您講了很多，那麼今天是否可以給我們講講如何侍奉鬼神，才能讓鬼神高興呢？」

孔丘答道：「活人尚且不能侍奉好，哪裡還顧得過來要侍奉鬼神呢？」

四位弟子一聽，都覺得很意外，沒想到老師原來那麼理想主義，經過這些年的挫折，竟然變得如此現實了。

子路向來耿直，率性而為，遂順著孔丘的話，問了一個非常現實的問題：

「先生，今天我們可以不說鬼神之事。但是有一個問題，弟子一直弄不明白。人為什麼會死，這到底是怎麼回事呢？」

「未知生，焉知死？」

眾弟子本以為孔丘一定會講出一番大道理來，沒想到孔丘卻只說了六個字就打發了。

子貢對討論生死問題非常感興趣，見老師今天刻意避而不談，於是故意繞著彎子說道：

「人為什麼會死，真的很難說。有的人因戰爭而死，有的人因溺水而死，還有很多人因病而死，或是因為各種意外的原因而死。但是，也有許多人既無意外，也無疾病，最後也會死。可見，先生說得對：『未知生，焉知死。』」

孔丘見子貢如此詮釋他的說法，不禁呵呵一笑。

子貢見老師態度變得溫和，遂連忙問了一個問題道：

「人固有一死，誰也逃不過。但不知死人是否有知覺，也就是人死有沒有靈魂？敬請先生指教！」

孔丘頓了頓，說道：

「我若說死者有知覺，則恐天下的孝子賢孫為了安慰死者而破費厚葬，從而影響到他們的生活；我若是說死者沒知覺，又怕那些不孝子孫會親死不葬，棄之不顧。阿賜，你想知道死者有知還是無知，這個問題不是當務之急，以後你會明白的。」

子貢聽孔丘這樣一說，不好再問了，遂諾諾退下。

沒想到，子貢話猶未了，子路率爾上前，說道：

「先生今天既避談鬼神之事，又不願談生死之事，不知何故？」

子路此話一出，大家都覺得有些唐突。他們明白，老師歲數大了，怕言生死問題，乃是人之常情。不說鬼神之事，也與此有關。所以，大家都以為孔丘聽了子路的話會生氣。

可是，孔丘並沒生氣，而是呵呵一笑，道：

「為師生平從不言怪力亂神。為師的人生態度是，朝聞道，夕死可矣。豈以生死為意？」

子路立即接口說道：「先生從不以生死為意，弟子們雖不能達到先生的境界，但也能坦然並達觀地看待。只是對於我們的父母，他們的生死，我們該如何對待呢？」

「生，事之以禮；死，葬之以禮，祭之以禮。」

子路見老師回答得如此直接而不假思索，遂立即提出要求道：

「關於葬禮與祭禮，以前先生從未跟弟子們說過，我們對這一方面的禮儀知識都不甚了了。不知先生今天能否跟弟子們好好講講，也好讓我們補上這一方面的知識欠缺。」

「阿由好學深思，為師有什麼不願意的呢？有什麼問題儘管問，只要為師知道，定當知無不言，言無不盡。」孔丘爽快地說道。

「卞邑有一個人，死了母親，哭得像個孩子似的。這符合禮嗎？」

孔丘斷然回答道：「哭得像個孩子似的，可見其出乎真心。不過，哭得儘管夠悲哀，但恐怕難以為繼，沒人能夠學得了。因為禮是為了傳揚，可以讓人去學去做。所以，喪葬之禮的哭泣與跺腳都是要有一定節度的，變服除喪也要有一定的期限。」

子遊接著問道：「昔魯國大夫孟獻子禫祭除服之後，卻仍然掛起樂器而不演奏，可以與妻妾同房而不為之。像孟獻子的這番作為，是否已經超過了禮儀的規定了呢？」

「孟獻子這是高人一等的表現啊！」孔丘情不自禁地贊道。

子路聽了立即反駁道：

「先生剛才不是說喪祭之禮要有節度，才符合禮嗎？怎麼對於孟獻子則又是另一個標準呢？」

孔丘呵呵一笑，道：「阿由，你只知其一，不知其二。君子律己，多多益善。孟獻子乃魯國巨卿，居喪嚴格要求自己，這不是以身作則，為民垂範的表現嗎？」

「先生的意思是說，守禮，於君子可以從嚴，於小人可以從寬，是吧？」子遊問道。

「正有此意。」

子路見此，連忙說道：「這樣說來，弟子倒想起了一件往事。」

「什麼往事？」孔丘饒有興致地問道。

「昔日在魯國時，有一個人早上剛脫下喪服，晚上就唱起了歌，弟子笑話他，先生卻說：『阿由，你怎麼對他人的要求那麼多？他守喪三年，已經很久了，不容易啊！』今天弟子才明白，原來是先生對小人守禮要求從寬。」

子路話音剛落，子貢立即接口說道：「子路說得對。當時先生說完這番話，子路出了門，我悄悄問了先生一句話：『那人等多久再唱歌才算合禮呢？』先生回答說：『要是再等一個月，就更好了。』先生當時跟子路說那番話時，確實是有從寬要求小人的意思。」

「阿賜記得清楚，也瞭解為師的意思。」孔丘拈鬚欣慰地看了看子貢，說道。

顏由見此，立即接口說道：

「弟子也記得一件往事，那是先生帶著我們弟子們往齊國的路上，看見一個家境赤貧的漢子，守著死去的父親哭得非常悲傷。子路情不自禁地感歎說：『真是讓人傷感啊，沒錢真讓人無奈！父母生前無法供養，死後則無法辦理喪葬。』記得先生對我們弟子說：『父母在世，儘管天天喝豆汁，飲清水，只要使他們感到精神愉快了，那也是孝啊！父母死後，即使無錢置辦棺槨，只要衣能蔽體，盡自己的財力，殮畢就予以安葬，這也是禮啊！有沒有錢，又有什麼關係呢？』現在想來，這也是先生體諒小人難處的表現吧。」

顏由言猶未了，子游立即接口問道：

「說到棺槨，請問先生，不知古代喪葬之禮在棺槨、壽衣等喪具方面有什麼要求？」

「這要根據家庭經濟條件而定。也就是說，喪葬的豐儉要與其財力相稱。」

子游立即問道：「根據家庭經濟條件而決定喪葬的豐儉，這符合禮的要求嗎？」

「禮，體現的是一種態度。家境殷實的，不要越禮厚葬；家境貧寒的，不要顧及體面而硬性攀比。收殮時，只要衣裳能夠蔽體，殮畢即葬，縱使以繩吊著棺木下葬，只要是盡心盡力地辦喪事，誰會責備說是失禮了呢？喪葬之事，與其哀不足而禮有餘，還不如禮不足而哀有餘。」

「先生的意思是說，與其講究禮儀形式，對死者沒有悲傷悼念真情，還不如不講禮儀形式而極盡悲哀感念之情。」子貢詮釋道。

孔丘笑著點點頭，說道：「阿賜說得對，正是此意。」

子貢得到老師鼓勵，遂又提出了一個問題：「聽說殷人與周人在葬禮方面是存在差別的。比方說，殷人是在死者下葬後，於墓地當場慰問孝子。而周人則是在葬禮結束，孝子回到家裡號哭時才慰問孝子。請問先生，這二者之間究竟有什麼實質性區別嗎？」

「葬畢死者，孝子回家號哭，親友上門慰問他，是因為此時為孝子哀痛至極的時候。」

「為什麼呢？」子路不明白，連忙插上來問道。

孔丘看了看子路，頓了頓，說道：

「葬完親人，回家一看，親人的一切都沒有了，必然觸景生情，這豈不是最為痛苦的時候？所以，親友這時候來慰問他，是最恰當的。死，乃人生最後一件大事，也是很神聖的一件事。殷人在葬畢死者，於墓地間慰問孝子，就算了事，這種禮儀太過誠實淳樸了。所以，在慰問孝子的時間節點上，我贊成周人的做法。但是，在祔祭時間上，我則傾向于殷人的做法。殷人舉行祔祭，是在同年練祭之後的第二天舉行，地點放在祖廟。周人祔祭的地點雖也在祖廟，但祔祭的時間是放在卒哭後的第二天就舉行。祔祭，祭祀神靈的開始，是非常嚴肅的儀式。相比而言，周人在祔祭方面操之過急，做得倉促。所以，在這一點上，我贊成殷人的做法。」

「先生說得透切，弟子明白了。不過，弟子這裡還有一個問題，需要先生指教。」子貢說道。

「但說無妨。什麼問題？」孔丘問道。

子貢連忙說道：「為父母舉喪，最要緊的是什麼？」

「記住九個字：『敬為上，哀次之，瘠最下』。」

「弟子不敏，先生請道其詳。」子貢誠懇地望著孔丘說道。

「所謂『敬為上』，是指內心要虔誠。所謂『哀次之』，是說哀傷之情表現出來，要比內心虔誠次一等。所謂『瘠最下』，是說一個人因為失去雙親而外表消瘦憔悴，是又次一等。」

「弟子明白了，對父母養育之情的感念與失去父母的哀傷之情，不是裝出來給人看的，而是一種內在誠懇的感動。」

孔丘又說道：「除此，還要記住八個字：『顏色稱情，戚容稱服』。」

「此何謂？請先生明以教我。」子貢誠懇地央求道。

孔丘頓了頓，看了看子貢，以及顏由、子路、子游，然後從容說道：

「所謂『顏色稱情』，就是臉上的表情要與內心的悲哀之情一致；所謂『戚容稱服』，是說悲哀的表情要與喪服的差等相吻合。這樣，才算真正地合乎禮。」

「弟子謹受教！」四位弟子異口同聲地說道。

第十章 遊楚

一、厄陳蔡

光陰似箭，日月如梭。到周敬王三十一年，魯哀公六年（西元前四八九年）春，孔丘在陳國已經度過了整整三年的時光。

在這三年裡，孔丘的生活雖然平淡平靜，淪漪不起，但卻過得閒適恬然。在與來自諸侯各國前來問學的弟子們交流切磋之中，他感到是幸福的。看著他們的學問日益進步，自己「克己復禮」的思想主張為更多弟子所理解，他感到是莫大的安慰。

這年三月的一天，孔丘接待過幾批弟子問學後，日中時分正想休息一下，子路來了。

子路見孔丘每天跟眾弟子切磋學問，樂而忘憂，似乎早就把自己的理想拋到了九霄雲外，於是，就信口問道：「君子也有什麼憂愁嗎？」

孔丘不假思索地回答道：「沒有。」

「沒有？何人會沒有憂愁？」子路不以為然地反問道。

「君子修行，在優良品德未養成時，會為自己有追求上進的想法而快樂；優良品德養成後，又會為自己修養成功而快樂。因此，君子一生都是快樂的，沒有一日是憂愁的。但是，小人則不然。

在他未得到所追求的東西時，因擔心得不到而整日憂愁；當他得到所追求的東西時，又擔心得而復失而整日憂愁。因此，小人只有終身之憂，而無一日之樂。」

孔丘話音未落，子路立即反問道：「先生如今是樂而忘憂吧？」

「得天下英才而教之，為師何憂之有？不樂何為？」

子路聽了，不禁莞爾一笑。心想，老師怎麼這樣不誠實，他這些年一直不得志，到處求售卻到處碰壁，明明每天都過得很不開心，卻硬要裝得很快樂的樣子，還要說些言不由衷的違心話。

想到此，子路就想反駁一下老師的違心之言。但是，還未開口，顏回興高采烈地進來了。

顏回一向深沉穩重，很少有喜形於色的表情。孔丘見顏回一反常態，遂連忙問道：

「阿淵，怎麼這麼高興啊？」

「先生，您猜猜看今天會有什麼高興的事？」顏回仍然笑眯眯地。

孔丘搖搖頭，表示猜不到。

顏回見此，不再跟老師賣關子，連忙說道：「南宮師兄來看望您了，就在門口呢。」

孔丘一聽，立即站起身來，並情不自禁地往外就走。但是，還未出門，南宮敬叔已經進來了。

師生相見，悲喜交加。互道別後思念之情後，二人又彼此認真地打量了對方。南宮覺得老師老多了，但精神好像還不錯。孔丘看南宮，鬍子雖然長得更長了，頭上好像也添了幾莖白髮，但明顯比以前更沉穩了，頗有些政治家的氣質。

略略說了些閒話後，孔丘立即向南宮打聽這些年來魯國政壇的情況。南宮一一向孔丘作了彙報，而且特意提到了上次隨自己回國任職的冉求在魯國政壇的表現。孔丘聽了，感到很高興，覺得自己培養人才還是有成果的。

在陳國盤桓了二日後，南宮又告別孔丘回國了。孔丘又恢復了每日與弟子講論的平靜生活。一天，孔丘正跟顏回講君子修身的問題，談得正投機，突然子貢急急地進來了。

「先生，不好了。」

「何事驚慌？到底出了什麼事？」孔丘見子貢神色不對，連忙追問道。

「吳國又派兵伐陳了。」

「上次吳國已經無故出兵伐陳，此次又無故伐陳，意欲何為？」子路問道。

孔丘不假思索地說道：

「吳師伐陳，其意不在陳，而在楚。伍子胥逃楚投吳，其意即在借吳王夫差之力而報殺父兄之仇。你們不用慌張，陳乃楚國盟邦，吳師伐陳，意在挑戰楚國，楚國必然出師相救。」

果不其然，沒幾天就傳來消息，楚國軍隊已經跟吳國軍隊打上了。不過，雖然前線上有大國楚國相挺，但陳國民眾一聽說大國吳國軍隊來伐，立即人心浮動，國內一片混亂。

孔丘看看形勢不對，立即召集眾弟子前來商議對策。

眾弟子聚齊後，孔丘首先開言道：

「危邦不入，亂邦不居，此乃君子為人處世之道。今陳外有吳師攻伐之憂，內有政治混亂之患，所以，為師以為，我們不如暫時離開陳國。」

「陳國雖小，卻是先生目前寄身最安定的國家。如今要離開陳國，又能到哪裡去呢？」子路問道。

「為師準備到楚國一趟。」

「先生是想到楚國投奔楚王嗎？楚都離此可不近啊！」公良儒說道。

孔丘回答道：「現在，吳楚交戰，我們不去楚都見楚王。」

「那先生要到楚國什麼地方去？」冉耕問道。

「負函。」

「去負函幹什麼？如果是避難，那何必一定要到負函呢？」子路問道。

「因為那裡有一位賢大夫，名叫沈諸梁，人稱葉公。前些年，我們剛到陳國時，他曾托人給我捎信，希望能夠與他見一面。負函離此不遠，現在正好趁此去一趟。一來可踐朋友之約，二來可以短期避難。如果陳國形勢穩定，我們立即回來也方便。」

一聽老師要去拜訪葉公，眾弟子都表示同意。因為，大家對葉公早有所聞，知道他是楚國的賢大夫。他是楚國王室子弟，曾祖父乃春秋五霸之一的楚莊王。其父沈尹戌，乃楚之名將，在吳楚之戰中屢立戰功。後楚昭王感念沈尹戌之功，封二十四歲的沈諸梁為楚國方城之外的北方重鎮葉邑之尹。沈諸梁至葉，採取養兵息民、發展農業、興修水利的政策，很快將葉邑治理得井然有序，呈現出一派繁榮景象。為此，不僅葉邑民眾擁戴他，楚國朝野及四境之諸侯亦對之敬重有加，稱之為葉公。

商議已定，第二天一大早，孔丘便在眾弟子的陪同下，悄然離開了陳國之都，往楚國負函而去。但是，路出陳、蔡二國交界之地時，因為師徒人數較多，一路浩浩蕩蕩，引起了陳、蔡兩國大夫的注意，他們相聚而謀道：

「孔丘，乃一代之聖賢。他經常指摘批評諸侯各國的政治弊端，每每都切中要害。他杏壇聚徒，弟子遍天下，賢能者如子路、子貢、冉耕、公良儒等，或文或武，都是治國安邦的良才。如果他到了楚國，並為楚王所重用，楚國則如虎添翼，那時我們陳、蔡二國就危在旦夕了。」

當孔丘師徒走到陳、蔡二國交界的兩座山之間的一個山谷時，還沒等他們在山腳下那個路邊茅店安頓下來，就被陳、蔡二國的數百名士兵團團圍住。

由於山谷兩頭被陳蔡二國士兵阻斷，孔丘師徒既不能出，也不能進，更無法與外界聯絡。由於師徒共二十餘人，小店的食物根本無法供應。到了第三天，大家就斷炊了，連藜羹這樣粗劣的食物也沒得吃了。眾弟子都是年輕力壯之人，一頓不吃都餓得慌，更何況一兩天沒進食呢？於是，大家就在山間找些蕨菜，洗一洗，用清水煮一煮，就算食物了。因為才是三月暮春時節，山中樹木尚未掛果，無果可採，而蕨菜之類又很有限。所以，到第四天時，大家就徹底斷炊了。

斷炊的第二天，隨從的弟子都感到困苦不堪。但是，孔丘仍然堅持要給弟子們講學，並弦歌不絕。子路見大家困頓如此，而老師仍然像沒事人似的，甚至還到山谷欣賞蘭草，並操琴而為《倚蘭操》。於是，忍不住衝進孔丘所住的茅屋，問道：

「先生，這種情況下，您還弦歌不絕，合乎禮嗎？」

孔丘繼續彈琴唱歌，並沒理會子路。等到一曲終了，才對子路說道：

「阿由，你過來。我告訴你：君子愛好音樂，是為了使自己不放縱不驕傲；小人愛好音樂，是為了消除心中的恐懼。你們追隨我這麼多年，有誰不瞭解我呢？」

子路覺得老師說得有理，並為其臨危不懼的氣度所感染，於是高興地操起兵器舞了起來，直到三次樂曲終了才告辭孔丘而出。

到了斷糧的第六天，許多弟子都病倒了。但是，孔丘仍然要給弟子講學，並弦歌不輟。見大家都無精打采，孔丘召子路而問道：

「《詩》曰：『匪兕匪虎，率彼曠野。』意思是說，不是犀牛，不是猛虎，卻都跑到曠野中。我們今天不正是如此嗎？難道是我的思想與政治主張錯了？不然，怎麼到了今天這個地步呢？」

子路本以為孔丘要教導他什麼，不意卻是找他來發牢騷，在怨天尤人。於是，多天以來的憋屈再也忍不住了，面帶生氣的表情，對孔丘說道：

「既為君子，那麼世上就沒有什麼能讓他感到困擾的。想必先生或是因為還不夠仁德，所以別人才不相信您，不重用您；或是因為先生還不夠聰明，所以諸侯各國才不願推行您的政治主張。記得以前先生曾教導弟子說：『為善者，天必報之以福；為不善者，天必報之以禍。』今先生積德懷義，長期以來一直在推行您的政治主張，怎麼也會走到今日如此困頓之境呢？」

孔丘聽了，並不生氣，而是語氣平和地說道：

「其實，你並沒真正瞭解我。那我現在就告訴你吧。你以為仁德的人就一定會得到信任嗎？如果是這樣，那麼伯夷、叔齊就不會餓死于首陽山中了；你以為聰明的人就一定會得到重用嗎？如果是這樣，那麼比干就不會被剖腹掏心了；你以為忠誠之人就一定會得到報答嗎？如果是這樣，那麼關龍逄就不會被殺了；你以為忠君之諫就一定會被採納嗎？如果是這樣，歷史上就不會有那麼多忠臣因為諫君而被殺了。」

「那麼，先生以為這是為什麼呢？」子路還是氣鼓鼓的，不以為然地問道。

孔丘看了看子路，接著說道：

「一個人能否被人賞識而獲得人生的種種機遇，那全要看他的運氣；而一個人是否賢能，則是要看他是否真的有才能。學識淵博、深謀遠慮的君子，終其一生，不被賞識，不被人重用，實在是太多了，何止是我一人？但是，芝蘭生於深林，不因為無人欣賞而不香；君子修道立德，不因為遭遇困頓，窮愁潦倒而改變志向。為善與否，在於個人；生死富貴，則在於天。因此，重耳有稱霸之心而生於曹衛，勾踐有稱霸之心而生於會稽。位卑而無憂者，一定是因為他思之不深，沒有遠慮；立身處世，而貪圖安逸者，一定是因為他沒有遠大的理想與志向。這樣的人，哪裡用得著考慮自己的生死呢？」

子路唯唯而退後，孔丘又將子貢叫了進來，把對子路說過的話，再對他說了一遍。子貢聽後，說道：「先生的學說，博大精深。先生的主張，宏闊高遠，故天下沒有人能夠接受。先生為什麼不面對現實，標準稍微放低一點呢？」

孔丘喟然長歎道：

「阿賜呀，出色的農夫也許懂得如何播種，但未必就懂得如何收穫；優秀的工匠也許能夠做出精巧的器具，但未必懂得如何修理。君子能夠提升自己的道德修養，立一家之言，提綱挈領，理清頭緒，但是別人未必就能理解並接受。而今，你不思主動提升自己的道德修養，創立仁德的思想主張，卻一心想著如何使別人接受。阿賜呀，看來你的志向不夠遠大！你的思慮不夠深遠！」

子路唯唯退下後，孔丘又將顏回叫了進去，把剛才對子路與子貢說過的話再對他說了一遍。顏回聽完，略作思考，回答道：

「先生的政治主張，志存高遠，博大精深，但天下沒有人能夠接受。即便如此，先生您仍然執著地予以推行。先生主張不見用於世，乃當政者之醜，先生何必為此而憂心呢？先生的主張沒被人接受與踐行，這是曲高和寡，正可見先生的君子本色呀！」

孔丘聽了顏回這番話，欣然感歎道：

「不愧為顏家之子，真有修養！假若你有很多錢，那我就來做你的管家吧。」

顏回莞爾一笑，道：「先生真會說笑！」

到了第八天，孔丘師徒終於可以說笑了。

由於陳、蔡二國大夫動用士卒太多，山谷中時有士卒喧囂之聲傳出，鬧出的動靜很大，結果讓楚國駐守陳、蔡邊界的軍隊偶然偵知了情況，立即前往山谷驅散了陳蔡二國士卒，使孔丘師徒被圍困了七天七夜後獲得了自由。

危難過後，孔丘師徒又重新向葉邑出發了。子貢抓住韁繩，對大家說道：

「諸位兄弟，此次我們追隨先生遭此厄難，恐怕一生難忘了！」

孔丘登車憑軾，捋鬚遠望，欣然說道：

「善是什麼？惡是什麼？陳、蔡之間遭此厄難，乃丘之幸也！諸位追隨我而遭此難，亦為大幸也！我聽說，一國之君不受厄難，則不能成就王業；胸懷壯志、重義輕生之士，不遭厄難，則不足以彰顯其高風亮節。怎知我輩發憤勵志，不始于陳蔡之厄呢？」

看到老師如此達觀，又是如此自信，眾弟子深受感染。於是，大家又精神抖擻地上路了。

二、往者不可諫

周敬王三十一年，魯哀公六年（西元前四八九年）。四月初二，走出幽蘭之谷的孔丘師徒進入了楚國北部境內。

在一個市井凋蔽的小鎮上，孔丘師徒一行正一邊走一邊向街道兩旁觀看著。突然，一個衣衫襤褸的中年漢子，剪掉了頭髮，敞開衣襟，跟著孔丘乘坐的馬車竄前躍後地跑來跑去。孔丘覺得這個人好怪，怕馬車撞到了他。於是，讓執轡的公良儒將馬車停了下來。

孔丘從車上探出頭來，剛想問他是何人時，卻見那人繞著他的馬車不停地轉圈，一邊轉圈，還一邊拍手唱歌道：

「鳳兮鳳兮！何德之衰？往者不可諫，來者猶可追。已而，已而！今之從政者殆而！」

孔丘聽了半天，才從他那濃重的楚語中聽出其所唱的內容。公良儒始終沒聽明白，於是，就回過頭去，問孔丘道：「先生，您聽懂了這個怪人的話嗎？」

孔丘點頭說道：「為師聽懂了，但是這個人不是怪人，而應該是隱士。」

「那他唱的是什麼意思呢？」公良儒追問道。

孔丘微微一笑，但從表情看，公良儒知道老師笑得頗是無奈。

「先生，這人到底唱的是什麼意思啊？」公良儒再次追問道。

「他說，鳳啊鳳啊，你的德行怎麼衰退了？過去的事就不必再說了，將來的事還來得及。算了吧，算了吧！如今的那些從政者，都是很危險的啊！」孔丘只得將那怪人所唱歌的內容給公良儒解釋了一遍。

「他是將先生比作鳳啊！」公良儒興奮地說。

「將我比鳳，那是謬贊。他的中心思想是要我不要再從政了。」

「為什麼呢？」公良儒又問道。

「為師也不知道。待我下去問問他。」說著，孔丘便從車上跳了下來。

可是，沒等孔丘走近，那人立即快步跑開，避而遠之。孔丘沒能跟他說上隻言片語，只好悻悻地再爬上馬車，望著他的背影遠去。

馬車又走了一會，孔丘師徒來到了小鎮一頭的一家客店前。子路建議說：

「先生，我們就在此停下休息一會吧，吃點飯，休息一夜，明天再趕路，也不耽誤多少時間。聽人說，負函還遠著呢。」

孔丘點點頭，大家便都從馬車上跳下來。

安頓好以後，大家便讓店主給準備飯菜。在等飯菜的時候，公良儒出於一探究竟的好奇心，問店主道：「老闆，我們今天在街上碰到一個怪人，不知您認識他不？」

「客官，你說說看，他是怎樣的怪？」

公良儒從容說道：

「他的頭髮剪得很短，而且亂糟糟，就像一個亂雞窩。穿了件破衣，又髒又臭，還把衣襟敞開來。見到我們馬車過來，迎面直撞過來。我們停下馬車後，他又繞著我們馬車手舞足蹈，嘴裡唱著不知什麼歌。」

公良儒話音剛落，店主就呵呵一笑道：

「這人我知道，姓陸，名通，字接輿。他本來也是一個讀書人，在楚國也是一個很有名的士人。聽說，他因看不慣官場黑暗，又對楚國社會不滿，於是就把頭髮剪掉，假裝發瘋，從此不再做官，隱居山裡，躬耕自食。因為行為古怪，所以人們給他取了一個外號，叫『楚狂』。」

孔丘聽了，暗暗地點了點頭，並輕輕地噓了一口氣。公良儒冷眼旁觀，心裡明白，老師肯定是知道這個楚狂，因此聽了他的身世，想起他剛才所唱的歌而有所感慨。

又走了幾天，孔丘師徒已經進入了葉邑境內。一路不曾多說話的顏回突然興奮起來，說道：

「先生，馬上就能見到葉公了。」

孔丘點點頭，目光卻望著遠方。

隨著顏回的興奮，子路、子貢、冉耕等人也都興奮起來，一邊坐在車內觀看著兩旁的楚國田疇沃裡，一邊三三兩兩地聚談著到達葉邑後的安排。

「籲！」一直趕著馬車，走在前頭的公良儒突然收住轠繩，行進中的馬車戛然而止。由於馬車之前一直跑得很快，突然收轠　車，讓坐在車中凝神思考的孔丘差點從車中被顛了出去。

「阿儒，怎麼啦？」孔丘吃驚地問道。

「先生，前面沒路了，是條河。」公良儒回答道。

「那讓子路去問問人吧，看哪裡有渡口。」

「是，先生。」公良儒停穩了馬車，就跳下去找後面馬車上的子路。

子路聞命，立即前往問路。但是，找了半天，在河邊都沒看見一個人。於是，就轉向離河邊較遠的地方，看看前面有沒有村莊。可是，走了半天，沒發現什麼村莊。於是，失望而沮喪地往回走。快走到他們停車的地方時，一轉身卻突然發現，就在他們停車不遠處的田裡有兩個人。子路連忙走過去，發現是兩個中年漢子，他們正在犁田，但卻沒有牛。是一人在前面拉犁，一人在後面扶犁。過一會，兩人掉換。看樣子，這二人配合頗是密切默契。

子路看了一會，然後輕手輕腳地走過去。等他們停下來稍歇時，才恭恭敬敬地問道：「二位，打擾了。」

那兩個漢子突然看到一個陌生人悄無聲息地站到身後，都吃了一驚。

子路又開口說道：「敢問二位怎麼稱呼？」

其中的一個漢子打量了子路一下，回答道：「我叫長沮，他叫桀溺。您是外鄉人吧。請問有什麼事要我們效勞嗎？」

「我們要往楚國葉邑，去拜訪葉公。走到這裡，發現沒有路了，前面是條河。不知附近什麼地方有渡口，請二位指教！」說著，子路給他們深施一禮。

那個叫長沮的漢子問道：「請問坐在第一輛馬車內的那個高大的漢子是誰？」

「是孔丘。」子路回答道。

「是魯國孔丘嗎？」長沮又問道。

「正是。」

「既然他周遊列國，應該熟悉道路，渡口就不必問我們了。」

子路無奈，只得轉向桀溺。

桀溺沒有回答子路渡口在哪，而是反問子路道：

「請問您是哪位？」

「我是仲由，字子路。」

「那麼，你就是魯國孔丘的弟子嘍！」桀溺問道。

「正是。」

桀溺接著說道：「今天下諸侯紛爭，世事混亂，猶如這滔滔洪水，誰能力挽狂瀾，跟你們一道去改變這種局面呢？你與其追隨孔丘這種逃避惡人的君子，還不如追隨我們這樣逃避整個社會的隱士。」

說完，桀溺又繼續以土覆種，勞作如故。

子路無奈，只得跑回來，將二人所說的話一五一十地說給孔丘聽。孔丘悵然若失，喟然長歎道：「人不可以與鳥獸同群。世道雖亂，但我們不與世人在一起，又能與誰在一起？逃避現實，不是解決問題的辦法。正因為現在是亂世，所以我們要奮起拯救，使昏濁的亂世重新變成澄清的治世。如果天下太平，我就不與你們一起周遊列國，顛沛流離，來努力從事改革了。」

一席話，說得眾弟子感慨萬千，深為老師拯萬民於水火的闊大胸懷而感動。

望著滔滔奔流的河水，孔丘師徒感慨、感動一番之後，只得面對現實，自己尋找渡河之津。

行行重行行，孔丘師徒一路逢山繞路，遇水乘舟。五月初的一天，師徒貪圖趕路，結果走到一片廣闊的山野中，太陽快下山了，還沒見一個村莊。孔丘讓大家把馬車停下，讓子路徒步從小路往山腳下看看有沒有可以借宿的村莊。

走著走著，天色越來越晚，找了半天也沒發現有一個村莊。子路急了，連忙往回趕。若是天黑前趕不回去，老師與諸位師兄弟一定會著急的。若是大家走散了，既會耽誤往負函的行程，又要讓老師與師兄弟們擔心。可是，越是著急，卻偏偏在暮色中走岔了路。結果，越走越遠。最後，無奈只得持劍倚著一棵大樹半睡半醒地靠了一夜。

第二天，子路連方向也不辨了，不敢再走了。於是，找到一條大的道路，站在路口，等待有人來時再問。等了半天，晌午時分，遠遠看見一個老者，滿頭銀髮，胸前飄著銀鬚，用拐杖挑著除草用的工具，正迎面走了過來。

子路一見，驚喜萬分，連忙迎了上去，恭敬而親切地問道：

「老爺爺，您從哪裡來？路上有沒有看見過三輛馬車？」

老者不假思索地說道：「昨天傍晚時，好像是看到過有幾輛馬車在前面的路上徘徊。」

「那麼，您見到第一輛馬車上坐著的一個身材高大的老人了嗎？」子路急切地問道。

老者點了點頭。

子路高興地說道：「那麼，您是見到過我的先生嘍？」

老者打量了一下子路，面露疑惑不解的神情，問道：「你的先生是誰啊？老朽如何知道？」

「我的先生就是魯國的孔丘，人稱孔聖人。」

老者一聽，面露不屑的表情，說道：「哦，就是那個四體不勤、五穀不分的孔丘啊！老朽哪裡知道他就是你的先生？」

說完，老者將拐杖插在地裡，開始除草。子路想從他那裡知道老師現在到底在哪，只好恭敬地拱手站在一旁，看著他除草。

約過了一個時辰，老者拔起插在地裡的拐杖，準備回家。見子路還恭敬有加地拱手站在一旁，頗為感動。遂招呼子路跟他一起回家過夜，並殺雞做飯盛情招待，又讓兩個兒子出來相見。

第二天，老者將子路送出大門口，指著門前的道路，比劃了幾下，告訴了孔丘馬車所在的方向。子路連忙出發，一路緊趕，總算找到了焦急等待他一天兩夜的老師與諸位師兄弟。

子路見了孔丘，將迷路情況及老者招待之事詳細地作了報告。孔丘聽完，不假思索地說道：「這是一個隱士。」

於是，孔丘連忙讓子路再回去見見那個老者。可是，子路返回後，卻發現大門緊閉，老者及其兩個兒子的身影都不見了。子路只得悻悻地回來，將情況報告了孔丘。

孔丘聽了，喟然長歎一聲。然後，繼續向負函方向而去。

三、葉公問政

雖然一路遇到很多怪人，都勸他不要再從政了，但孔丘還是抱著極大的希望來到了負函，希望見到葉公後，能夠得到他的推薦而從政，從而實現其「克己復禮」、再造周公盛世的政治夢想。

周敬王三十一年，魯哀公六年（西元前四八九年）。六月十三日，孔丘率眾弟子終於到達了楚國葉邑的負函。

負函地處楚國方城之外的北疆，與北方多個諸侯國交界接壤。所以，這裡南來北往的客流特別大，來自各諸侯國的消息也特別多特別快。

六月十四日，一大早，孔丘就起來了，正想安排一位弟子前去打探葉公的住所，並與之約定拜訪的時間。就在此時，子貢急急來見，說道：

「先生，弟子剛剛聽到一個從齊國來的客人說到一個消息。」

「什麼消息？快說！」孔丘急不可耐地催促道。

「去年八月，齊景公病逝。臨死前，命國惠子、高昭子立少子呂荼為太子，逐群公子，遷之於東萊。」

「為什麼立幼不立長呢？」孔丘不解地問道。

「呂荼，即晏孺子，是齊景公嬖姬之子。」

「那後來呢？」孔丘問道。

「齊景公死後，晏孺子呂荼繼立。未久，田乞發動宮廷政變，遷晏孺子于駘，後　之，逐其母芮子，與諸大夫另立年長之呂陽生為新君。」

孔丘聽了，憂心地說道：

「看來齊國要發生大亂了。」

「先生說對了，從齊國來的人說，就在上個月，先是晏孺子被　，後是陳氏、鮑氏聯合，驅逐了國氏與高氏，國內大亂。」

「還聽到什麼消息？」孔丘急切地問道。

「從晉國來的客人也說了一些有關晉國的事。」

「晉國發生了什麼事？」孔丘急忙問道。

「年初，晉定公為報復中山國曾支持範氏、中行氏作亂，傾晉之全境之兵，大舉進攻中山，必欲滅中山而後快。據說，現在正打得難解難分呢。」

正當孔丘還想問子貢聽到什麼消息時，突然子路領著一個年輕人進來了。一進門，子路就與沖沖地對孔丘說道：「先生，我給您帶來一個人，您猜他是誰？」

孔丘將進來的這個瘦削而略顯疲憊的青年上下打量了半天，然後搖搖頭，說道：「猜不出。」

子路哈哈一樂。又對子貢說道：「師弟，你來猜猜看，你看長得像誰？」

子貢仔細看了半天，突然拍手叫道：「像師兄子皙。」

說著，轉向那青年問道：「你是不是曾點的兒子？」

那青年靦腆地點點頭。

孔丘一聽是曾點的兒子，頓時醒悟過來，連聲說道：「不說想不起來，一說還真是越看越像阿皙呢！」

子路站在一旁，微笑不語。

孔丘又問道：「孩子，你叫什麼名字？今年多大了？怎麼跑到楚國來了？你一個人大老遠跑這裡幹什麼呀？」

對於孔丘一連串的問題，年輕人從容不迫地一一回答道：「俺叫曾參，字子輿，今年十七歲了。家父說您學問淵博，是天下最好的先生，所以讓俺來跟您學習。聽說您在陳國，俺便趕到陳國。到了陳國，又聽人說你到楚國去了，是來負函見葉公。這樣，俺便一路走一路問人，半個月前就到這裡了。可是，一問人，說沒見您來此。今天在您門前，遇到師叔了，這才知道您昨天剛到。這才讓師叔帶俺過來拜見您，想拜您為師。不知您肯不肯收俺為弟子？」

曾參話音未落，孔丘高興得連聲說道：「好，好，好！肯收，肯收。」

頓了頓，孔丘又問道：

「前幾年，曲阜市井有一個『曾參殺人』的故事，說的就是你吧。聽說，你還是一個大孝子，好像還說過一句很有名的話：『慎終追遠，民德歸厚矣』，是吧？」

曾參靦腆地點了點頭。接著，當著子路、子貢兩個師叔的面給孔丘行了拜師之禮。行完禮後，孔丘吩咐子貢道：「阿賜，你帶子輿去找顏回，他們年齡相差不大，可以作個伴，互相多學習。」子貢答應一聲，便領著曾參出去了。

孔丘又對子路說道：「阿由，你持我的名帖去葉公府上拜見葉公，跟他約個方便的時間，我前往拜訪他。」子路答應一聲，也出去了。

正午時分，子路回來了。孔丘詳細詢問了他拜見葉公的情況，子路一一作了回答，並將葉公約請的時間也一併告知。

報告完畢，又說了些閒話，子路便告別孔丘出去了。但出門沒幾步，卻又折返回來。

孔丘一見，連忙問道：「阿由，還有什麼事嗎？」

「先生，還有一句話剛才忘記跟您說了。」

「什麼話？」

「葉公跟弟子談話中，曾問弟子先生是怎樣的一個人。」

「你是怎麼回答的？」孔丘連忙追問道。

「弟子一時答不上，就沒有說。」

「阿由呀，你怎麼不這樣說呢？孔丘其人，發憤忘食，樂以忘憂，不知老之將至矣。」

子路連忙說道：「弟子不敏，愧對先生教誨！」

從孔丘屋內走出，子路更明白了老師此次要來見葉公的用意了。他是想通過葉公的推薦，在有生之年再有一番作為，所以他對自己的評價是「不知老之將至矣」。

周敬王三十一年，魯哀公六年（西元前四八九年）。六月十五，又是一個炎熱的日子。一大早，客棧前院後院便蟬聲陣陣。雖然天氣大熱，但是因為今天要與葉公相見，所以孔丘還是穿得格外正式。因為他是一個拘禮之人，對於禮節禮儀向來是一絲一毫也不肯馬虎的。

收拾停當，孔丘便在子路與子貢的陪同下，由公良儒執轡，駕車前往葉府拜訪葉公。

與葉公見了面，互道仰慕，答禮如儀之後，孔丘便與葉公依賓主之禮各自坐定。

「夫子乃聖人，杏壇授徒，弟子遍天下。今不遠千里而至南蠻荒僻之地，讓諸梁由神往而親炙，實乃大幸也！」

孔丘見葉公（沈諸梁）如此推崇自己，雖明知他是客套，但仍然很高興。於是，以禮答禮，回敬道：「明公過譽了！孔丘只是一介書生，立德、立功、立言皆無建樹，至今仍顛沛流離，一事無成，實在是慚愧！明公治葉，輕傜薄賦，刑罰不用，萬民擁戴，四方諸侯規之摹之。楚之有明公，不僅是葉邑萬民之福，亦是楚國之福也！」

「夫子溢美之詞，實在讓諸梁汗顏。諸梁治葉，只是遇事公開，遇人公正，聽斷無私，正道直行。故葉邑民眾皆率直無私，民風歸於淳樸矣。」

孔丘聽葉公說到葉邑民風，不禁想到剛剛聽到的一件事。於是，隨口問道：

「丘來負函，聽人說葉邑有一個少年，其父竊人之羊，售而獲利。失主查知，其父不肯承認，其子遂出而指證。這件事，在葉邑據說還被傳為美談。不知這是不是明公所謂的『率直無私』、『民風淳厚』？」

「夫子認為不是嗎？」葉公聽孔丘的口氣，似乎不以為然，於是反問道。

孔丘心知其意，遂回答道：「丘之鄉黨也有率直者，然其率直與此不同。其父竊羊，其子隱之。」

「父竊子隱，何謂率直？」葉公立即反問道。

「父子乃至親，子為父隱惡，雖不求直，但直亦在其中矣。」

葉公立即追問道：「此言何謂？」

「父惡子隱，順乎天理，合乎人情。古人曰：『子不言父過』，其義一也。」

葉公聽了孔丘這番解釋，雖覺得有狡辯之嫌，但礙於賓主初見的情面，沒有再爭論下去，而是別開話題道：「夫子昔為魯國大司寇，兼攝國政，三月有成，期年而政通人和，四方則之。魯為天下教化首善之區，楚為南蠻荒遠之國，其間的差距不可以道裡計矣。諸梁僻處葉邑，更是井底之蛙，不知為政之道究竟以何等境界為最高？」

「丘以為，為政之道，因人而異，因地而異，很難說有一個泛之四海而皆準的標準。不過，就楚國情況而言，若能『近者悅，遠者來』，則至化境矣。」

葉公一聽，立即問道：「何以言之？」

孔丘莞爾一笑，道：「楚乃泱泱大國，幅員遼闊，但都市偏狹，民有叛心，不安其居。所以，對於楚國而言，為政之道的最高境界便是讓近處的人安樂，讓遠處的人願意來依附。《詩》曰：『亂離瘼矣，奚其適歸？』這是哀傷國家大亂，民眾離散而無所歸依啊！」

葉公聽到此，連忙起身繞席，施禮答謝道：

「夫子之言，真乃金聲玉振，諸梁謹受教！」

四、楚王欲封七百里

由於葉公的推薦，楚昭王對孔丘非常敬重，立即遣使者奉幣往葉邑來聘孔丘。

周敬王三十一年，魯哀公六年（西元前四八九年）。八月初，孔丘師徒隨楚昭王使者到達楚國之都。孔丘一到楚都，楚昭王立即隆禮接待。

賓主行禮如儀，互致問候，分庭抗禮坐定後，楚昭王就開口說道：

「大夫乃當今聖人也，寡人久聞大名，望大夫如久旱之望甘霖。今幸得大夫不遠萬里而來，寡人得以親炙受教，此何等之幸也？」

孔丘見楚昭王如此推崇，連忙起身繞席，謙恭答禮道：「丘乃一介寒儒，何敢當得起大王如此溢美謬贊！」

楚昭王又說道：「強吳崛起於東，幾滅我楚國。寡人不敏，臨政之日淺，不知如何才能做好一國之君？如何才能使國家強大，不受他國欺淩？請大夫明以教寡人！」

孔丘一聽楚昭王說到強吳幾滅楚國之事，立即明白，這是指十八年前（即周敬王十四年，楚昭王十年）吳楚柏舉之戰，吳人三戰入郢，毀楚都，伍子胥掘楚平王之墓，鞭屍三百而去的往事。這是楚國之痛，更是昭王之痛。所以，孔丘決定繞開歷史的傷痛，只就楚昭王所問的問題談談自己的治國理念，不觸及具體事件。

想到此，孔丘望了楚昭王一眼，從容說道：「丘以為，要做一個明君，務須做到八個字。」

「哪八個字？請大夫明以教寡人。」楚昭王急切地說道。

「為政以德，以身作則。」

「此言何謂？」楚昭王又問道。

「為政以德，猶如北斗之星，高掛蒼穹，安處其位而不動，而眾多星辰則都圍繞其旁。」

楚昭王接口說道：「大夫的意思是說，做國君的首要任務是加強自己的道德修養，以道德的力量感化臣下，教化萬民，而不是以武力、以刑罰來服天下萬民，是嗎？」

「正是此意。」

楚昭王又問道：「那麼，『以身作則』又怎麼說呢？」

「要做一個明君，就要像春夏秋冬一樣運行正常。春雨夏陽，秋風冬雪，四季分明，風調雨順，沒有季節上的反常，萬物生長才能順利，五穀豐登才有可能。」

「這個比喻好！」楚昭王情不自禁地脫口贊道。

孔丘望又望楚昭王神采飛揚，神情專注的樣子，接著說道：

「周文王以王季為父，太任為母，太姒為妃，以武王、周公為子，乙太顛、閎夭為臣，可見其出身便與眾不同，是根正苗壯。」

「大夫的意思是說，做一個明君既要有後天的修養，也要有先天的基礎。是嗎？」

孔丘點點頭，說道：「近朱者赤，近墨者黑。一個人有什麼樣的成長環境，就會有不同的人格境界。君王更是如此。」

楚昭王聽了，不覺低下頭去。他大概是想到，孔丘這話可能是影射其父楚平王為君無道，強娶子婦，濫殺賢臣的事吧。

孔丘見楚昭王突然低頭沉默，猛然醒悟，遂連忙說道：

「一個明君的成長之路，除了要有一個好的成長環境，更重要的是自己後天的修養。周武王之所以成為後代稱頌的一代明主，就是他重視加強自身的道德修養。他是先將自己的道德修養提升了，然後再去要求別人，治理國家，最後再治理天下。他秉持道義，討伐無道之國，誅罰有罪之人。他一旦行動，天下便得以安寧，功業即成。這就像四季按一定規律轉換，萬物才能茁壯成長一樣。為王為君之人，治國安邦按照一定的方法，天下便會清平，萬民便會馴服。周公輔佐成王，之所以天下歸心，就是因為周公為政處處以身作則，嚴於律己，以自己的言行教化天下萬民，所以天下百姓都會順從他。可見，周公治天下，是以人格感染人，以誠心征服人。」

「大夫說得真好！寡人謹受教！」

過了一會，楚昭王又問道：「寡人聽說大夫有句名言：『政在選臣。』那麼，怎麼知道何人是忠臣，何人是奸佞呢？」

孔丘不假思索地回答道：「視其所以，觀其所由，察其所安。」

「大夫請為寡人詳說之。」楚昭王請求道。

「所謂『視其所以』，就是考察他的所作所為，包括一些細節，從中可以看出其為人與人品如何。」

「那『觀其所由』呢？」楚昭王緊追不捨道。

「所謂『觀其所由』，就是考察他處事的動機，看他是否有正直之心。如果有正直之心，必然處事公正，那便是忠臣。反之，則為奸佞明也。」

楚昭王連連點頭，接著問道：

「那『察其所安』，又是何意？」

「所謂『察其所安』，就是考察他做得心安理得的事是否真的合法合禮。如果不合法，也不合禮，而他做了卻心安理得，則必為大奸大佞。」

「善哉！」楚昭王不禁拍案叫好。

孔丘續又說道：

「抓住這三點，認真考察一個人，就能對其內心洞若觀火。他的內心不能掩蓋，他的品德如何，大王自然可以瞭解。這樣選臣，豈能錯得了？」

「大夫，剛才您說治國安邦，國君要以身作則。那麼，教化百姓，又要達到什麼境界，才算成功呢？」楚昭王又問道。

孔丘伸出一個指頭，毫不含糊地說道：「信。」

「大夫是說，教化百姓，讓他們知道誠信，便是最高境界了，是嗎？」

「正是。人而無信，不知其可也。」

楚昭王點點頭，表示贊同。

孔丘接著說道：「治國好比拉車。一輛牛車，車軸橫木兩頭沒裝活鍵，牛車就無法拉動；一輛馬車，轅前橫木兩端沒裝木梢，則無法運行。誠信，便好比是牛車的活鍵與馬車的木梢。民不知誠信為何物，則治國安邦無從談起。」

「這個比方好！」楚昭王又拍案贊道。

頓了頓，楚昭王又說道：「魯乃禮儀之邦，楚在王化之外。大夫歷來主張以禮治國，不知像楚這樣的國家，如何貫徹落實這種治國理念？」

孔丘回答道：「治國如做人。人不學禮，則無以立世；國不講禮，則國將不國。」

「何以言之？」楚昭王問道。

「對於一個人來說，為人不知禮，而只知一味對人恭敬，就會疲憊不堪；做事不知禮，而只知一味謹小慎微，就會縮手縮腳；處世不知禮，而只有敢作敢為的膽量，就會走上犯上作亂的道路；說話不知禮，而只知有話直說，心直口快，就會尖刻傷人。因此說，人不學禮，則無以立世。」

「精闢！」楚昭王贊道。

孔丘接著說道：「對於一個國家來說，不講禮法，則上下失序，君不君，臣不臣，父不父，子不子，國家必陷於混亂。所以說，國不講禮，則國將不國。」

「大夫說的是。」

孔丘望了望楚昭王，突然語氣一轉道：「不過，講禮法，也不能完全拘泥於形式，無論個人修身，還是國君治國，只要內心純正守禮，一切外表的虛飾都可以拋棄。」

楚昭王知道孔丘是一個拘禮之人，聽他這樣說，不禁心存疑惑，於是追問道：「此話怎講？」

孔丘又看了看楚昭王，從容說道：

「不講形式的禮節，也可以是恭敬的；不穿喪服，也可以表達內心深切的悲傷；無聲的音樂，也許是讓人最感快樂的。不言而信，不動而威，不施而仁，這才是講禮法的最高境界。何以言之？鐘之音，怒而擊之則武，憂而擊之則悲。人的情感心志改變了，鐘的聲音自然隨之改變。心有感觸，通于金石，何況是人？」

「大夫的意思是說，講禮最重要的不是形式，而是內容，是一種發乎內心的真誠。是嗎？」

「大王所言極是！天縱聰明如大王，楚國何愁不治？」

賓主相談甚歡，越談越投機。最後，楚昭王突然對孔丘說道：

「寡人欲以書社地七百里以封大夫，不知大夫以為如何？」

孔丘一聽，簡直不敢相信。定了定神，心想，這也許是楚昭王的一時衝動、於是，連忙辭謝道：

「丘至楚寸功未立，豈敢受如此過望之封？」

接著，賓主又互相推讓了一番。說了一些閒話後，才盡歡而散。

五、人不知而不慍

得知楚昭王要封孔丘書社地七百里的消息，孔丘眾弟子都歡欣鼓舞。既然第一次見面，楚王就要封老師七百里地，接著肯定要委老師以大用。這一下，不僅老師在泱泱大國楚可以大展一番宏圖，就是他們這些追隨而來的弟子們，看來也會大有用武之地了。

然而，就在孔丘及眾弟子躍躍欲試，等待楚昭王落實封地並委以重任時，卻傳來了消息。吳國從去年就開始征伐陳國，陳國是楚國的盟友，所以楚國去年就派兵增援陳國。但是，戰事時斷時續，不僅不能迅速結束，現在反而更加吃緊了。楚昭王心中著急，決定親征，以鼓舞士氣，迅速擊退老冤家吳國，然後專心楚國的經濟發展。

楚昭王親征雖極大地鼓舞了楚國將士的士氣，使戰爭膠著的局面有所轉變，但是，因為戰場上不比在國都宮中生活舒適，很快楚昭王就在前線病倒，並最終死在了城父。

周敬王三十一年，魯哀公六年（西元前四八九年）。十月初五，楚昭王病逝前線的噩耗傳到楚都時，孔丘正在楚昭王招待他的崇賢館跟弟子講學論道。

「先生，不好了！」日中時分，早上奉孔丘之命出去辦事的子貢突然急急慌慌地跑回來，一邊跑一邊叫道。孔丘立即中斷與諸弟子的講論，問道：「阿賜，出了什麼事？」

「楚昭王病逝于前線城父了。」

「啊？」孔丘聽了，不禁大吃一驚。

「那現在由誰繼位為楚王？」子路急切地問道。

「據說，昭王親征救陳前，曾占了一卦，于王不利。群臣諫勸昭王不要親征，但昭王不允，執意親征與吳決一死戰，並指定令尹子西為國君繼承人。」子貢說道。

冉耕又問道：「昭王沒有兒子嗎？」

「昭王有子，名曰熊章，其母為越國女子。」

子路搶著問道：「熊章為昭王之子，子西為昭王庶長兄。按照周公禮法，理應由熊章繼位，楚昭王為什麼要決定王位傳兄不傳子呢？」

子貢說道：「根據楚國人的說法，這主要基於兩個方面的原因。一是昭王相信子西的能力，子西長期為楚國令尹，輔佐昭王忠心耿耿，且有長期執政的豐富經驗，況且當前是與強敵吳國交戰的關鍵時刻，非子西這種能臣不能控制局面。二是感念子西的恩情。」

子貢話還沒說完，公良儒便插話問道：

「昭王是君，子西為臣，子西會對昭王有什麼恩情？」

子貢微微一笑道：「這個，師兄就有所不知了。早在二十七年前楚平王病逝時，令尹子常就要立子西為楚王。但子西堅辭不就，反而擁立了楚平王幼子珍為王，這才有了楚昭王。昭王即位伊始，吳國趁機伐楚。吳公子掩余與燭庸率吳師主力與楚師主力相持於潛。但吳師退路被楚師所切斷，進退維谷。恰在此時，吳國王室發生內訌，吳公子光使專諸刺殺了吳王僚，自立為王，是為吳王闔閭。公子掩余與燭庸恐不見容於闔閭，遂分別亡奔徐、鐘吾二小國。楚昭王四年，吳王闔閭要求引渡掩餘與燭庸。

二人無奈，乃向大國楚求助，尋求庇護。昭王令迎掩餘、燭庸二公子於養，並為之築城。吳王闔閭遷怒徐、鐘吾二國，遂起兵滅之。接著，吳王闔閭接受伍子胥建議，三分吳師，輪番對楚國進行騷擾。不久，出奇兵，以迅雷不及掩耳之勢，俘二公子而殺之。楚昭王五年，吳王闔閭又接受伍子胥建議，採取『彼出則歸，彼歸則出』的游擊戰略，不斷襲擾楚境，使楚師疲于應付。楚昭王十年，吳楚柏舉之戰，吳師三戰入郢，昭王棄都避難。楚王宮室與令尹、司馬等府第，則被吳王闔閭及其將帥佔據，楚國幾乎已到了亡國的地步。楚國大夫申包胥為拯救楚國，歷盡無數風險，跋山涉水，三月而至秦都，向秦王請求援助。」

「結果呢？」冉耕對這一段歷史不熟悉，遂急切地問道。

子貢看了看孔丘，見老師不住地點頭，遂又說了下去：

「雖然申包胥百般遊說，但秦王始終不肯出兵。申包胥無奈，七日七夜滴水不進，粒米不食，飲泣不止。最後，終於感動了秦王，答應出兵。與此同時，昭王庶長兄子西則留在郢都附近，一邊重樹楚王大旗，仿製昭王車仗服飾，以示楚國尚存，安定楚國人心；一邊收攏潰散的楚國軍政人員，訓練散兵游勇，組織楚國軍民抵抗吳師，使殘暴的吳兵在郢都舉步維艱，甚至連吳王闔閭也感到了楚國人民拚死相爭的巨大壓力，以致為了安全而一夜換了五個地方。在『各致其死，卻吳兵，復楚地』

的口號感召下，楚國軍民經過浴血奮戰，加上秦國出兵相助，終於趕走了吳國軍隊。昭王復國後，任子西為令尹，掌領楚國軍政大權，這才有了今日強大而繁榮的泱泱大楚。」

子貢說到這裡，大家終於明白了楚昭王為什麼那麼感激子西。

當眾弟子熱烈的問答結束後，孔丘突然問子貢道：

「阿賜，昭王指定子西為楚王繼承人，那麼子西現在是否已經繼位為楚國之君了？」

「據楚國人說，昭王當初指定子西為儲君時，子西堅辭，轉而推薦子期。但是，子期也堅辭不受。昭王乃讓公子啟繼位，公子啟也堅辭。昭王連說五次，公子啟連辭五次。最後，沒有辦法，公子啟才答應下來，楚昭公這才開赴前線親征。」

子貢話音未落，孔丘急切地問道：

「如此說來，那麼現在楚國的國君應該是公子啟了吧。」

子貢回答道：「弟子也問過這個問題，但楚國人都說不知道。」

孔丘一聽，覺得楚國的政局可能有些複雜了。於是，開始憂心當初楚昭王許諾的書社地七百里的話，是否能夠兌現。雖然自己假意推辭過，但楚昭王知道這只是謙遜的表示。如果現在還是楚昭王當政，相信他一定會再提舊事，將書社地七百里封賞給他。即使不封賞，也會委自己以重任。封地不封地，對自己並不要緊，只不過是一種禮遇的表示。而能否得到一個實職，發揮自己的政治才幹，實現自己的政治抱負，這才是他最希望的。

過了約一個月，子貢又打聽到消息，急忙向孔丘報告道：

「先生，弟子剛獲得消息。楚國國君的事有著落了。」

「快說。」

「楚昭王之子熊章在城父即位為王了。吳楚之戰也結束了，新楚王馬上就要回都正式執政了。」

孔丘一聽，不覺一驚，反問道：「阿賜啊，你以前不是說公子啟答應了楚昭王繼位為君嗎？怎麼現在新楚王成了昭王之子熊章了呢？」

「據說，公子啟多次拒絕楚昭王后，最後終於答應繼位，那是假意受命，並非出於真心，是為了安慰昭王。等到昭王死在城父時，公子啟與子西、子期商議，決定將昭王之子熊章從郢都迎到城父，以繼承王位。商議已定，他們立即封鎖消息，阻絕道路，派心腹之將秘密回到郢都，將熊章迎到了城父，在昭王靈柩前舉行了繼位儀式。據說，子西仍然為令尹，掌領楚國的軍政大權。」

果不其然，沒過幾天，公子啟與子西、子期護送新楚王熊章（即楚惠王）回到郢都，楚國歷史從此又翻開了新的一頁。

然而，就在楚惠王即位翻開楚國歷史新一頁時，楚昭王許諾孔丘的書社地七百里以及當初遣使聘請孔丘準備予以重用的計畫也一併被翻過去了。

楚惠王執政一個月後，孔丘眾弟子終於得到消息，原來是令尹子西不同意再踐諾當初楚昭王對孔丘的封賞以及重用孔丘的計畫。楚惠王乃子西所立，自然不敢提出異議。

周敬王三十一年，魯哀公六年（西元前四八九年）。十一月十五，當孔丘在子貢的陪同下出去拜訪新楚王時，眾弟子聚在一起對楚惠王的無能與子西的獨斷議論紛紛，群情激憤。

子路憤憤不平地說道：「當初先生真不該離開陳國。費了這麼大勁，跋山涉水，吃盡苦頭來到楚國，如今卻是這種情況，真是竹籃打水一場空。」

公良儒本是一個穩重的人，平時不大喜歡說什麼過激的話，更不會公開地發牢騷。此情此景，大概也是憋不住了，接著子路的話說道：

「是啊，要是當初俺們被陳、蔡之兵困死于幽谷之中，那也是冤死啊！」

顏回雖是孔丘最喜歡的弟子，非常有君子修養，聽師兄們議論了楚國君臣半天，遂也情不自禁地說道：「先生常說：『人無信不立。』當初先生不辭辛苦，從陳往楚，只是慕葉公高義。而從負函往郢都，千里迢迢，先生不負昭王之約，只是感於他的一片真誠之意。既然昭王賞識我們先生，親口封我們先生書社地七百里，又準備予以重用，不能因為昭王如今不在了，新君就不兌現諾言啊！引車賣漿之徒，尚不失信，何況泱泱大國之王？」

「依我看，不兌現封地和重用先生，主要不是新楚王的問題，他不過是一個傀儡而已，是公子啟與子西、子期硬要抬出來的楚國之君。楚國真正的實權還是掌握在令尹子西手上，不肯兌現先王諾言的，其實就是子西。」曾參冷靜地說道。

冉耕聽了曾參的分析後，則恨恨地說道：「依我看，子西就是一個偽君子。別看他表面道貌岸然，屢屢推讓王位，讓楚國人都說他高風亮節，其實他是要實權的獨裁者。有這樣的獨裁者，他豈能容得下我們先生這樣治國安邦的曠世之才？」

正當眾弟子這樣為他抱不平時，孔丘與子貢回來了。他們其實回來已有一會了，因為聽到屋內人聲鼎沸，議論紛紛，好像說得還很憤激，所以他特意駐足門外聽了一會。聽著聽著，覺得大家越說越沒君子風度了，這才邁步進了門，說道：

「人不知而不慍，這才是君子應有的風度。為師不要說不是治國安邦的曠世之才，就真是這樣的人，我們也不能因為別人不用而有抱怨。君子修身，嚴於律己，不苛求他人。既然新楚王不用我，令尹子西不願踐行昭王前諾，為師也不貪那書社地七百里。如今，陳楚聯盟與吳國的戰爭剛剛結束，楚國與陳國都要經過一段時間醫治戰爭的創傷，所以這二國都非久留之所。所以為師想，咱們還是回到衛國去吧。衛靈公雖已故去，但為師在衛國還有不少朋友如璩伯玉等。在那裡，為師的心才能徹底安靜下來，靈魂也為之澄澈。今天我與子貢去晉見新楚王，就是說明咱們要回衛國的打算。」

眾弟子聽老師這樣一說，雖仍然心存不平之意，但也只能三緘其口了。

第十一章 在衛

一、必也正名乎

周敬王三十一年，魯哀公六年（西元前四八九年）。十一月中旬，楚都的天氣又濕又冷，孔丘和他的眾弟子們大多是北方人，很不習慣這種天氣。

望著清冷而高遠的楚國天空，看著廣袤無際的楚國大地，孔丘及其弟子們的心裡空蕩蕩的，冷颼颼的。這一趟千萬里之行，空手而歸，如何不讓他們內心感到無比的失落與淒涼。

行行重行行，曉行夜宿，起早摸黑，師徒十餘人走了近一個半月，十二月二十八又到達當初被陳、蔡之兵圍困的那個山谷地帶。

望著山腳下那座當時住過的茅屋，想著當時被圍困的日日夜夜，孔丘再一次回憶起當年春天那絕糧七日饑腸轆轆的日子。而當他回過身來，看到因一路又冷又累而病倒躺在自己車內的得意弟子顏回那瘦削清臒的面龐，他的思緒一下子便被拉回將近一年前「埃墨墮飯」的情景中。

那是孔丘師徒絕糧已到第七天的時候，許多弟子因為饑餓而一個個病倒了。開始幾天，眾弟子每天都到山間樹下採些野菜，拿到澗邊水中洗一洗，找些枯枝朽木當柴禾，清水煮一煮，權且充饑。

後來，野菜採完了，大家又到處尋找別的替代品。有時，運氣好，會挖到一些藜藿。這時，就可以用它來做些藜羹，改善一下飲食。但是，由於山谷狹小，陳、蔡之兵圍困的圈子又收得很緊，到第五天第六天，連可以食用的樹葉也沒得吃了。這樣，眾弟子便一個個病倒。孔丘開始不知弟子們每天都把東西省下給他吃，後來知道了，就不願意吃了。到了絕糧的第七天，子貢看到老師也快撐不住，便在半夜趁著夜色的掩護與陳、蔡之兵睡著之機，隻身冒險摸出包圍圈，用身上所攜帶的一點物品，跟包圍圈之外的鄉野老農換了一石米回來。

子路與顏回歡天喜地從子貢手上接過那一石米，然後二人就到一間土屋中煮飯了。飯熟後，顏回揭開鍋蓋正想盛飯，不意從屋頂掉下一撮黑灰，不偏不倚地落在鍋中，將飯污染了。顏回想將沾有黑灰的那撮飯從鍋面剔掉，於是，就用木鏟輕輕地將那撮飯劈起。正想丟到旁邊時，卻突然手在空中停下了。猶豫了好一陣子，最終將那撮帶有黑灰的飯吃了下去。

子貢此時正在井邊打水，偶然一瞥，發現顏回正在低頭吞飯，以為他是背著人在偷吃。於是，心中大為不快。自己冒著生命危險弄了點米回來，想給老師與病倒的師兄弟們緩解一下饑餓，顏回卻坐享其成，煮好後竟然背人先偷吃起來，連老師都不孝敬一下。

越想越生氣，子貢便進屋問孔丘道：「仁人廉士，在窮困之時是否會改變節操呢？」

孔丘不假思索地回答道：「窮困之時改變了節操，哪裡還算得上是仁人廉士呢？」

子貢接著又問道：「在先生眾多弟子中，以顏回最讓先生引以自豪。依先生看，像顏回這樣的人在窮困之中會不會改變節操？」

「絕對不會。」孔丘斬釘截鐵地回答道。

「是嗎？先生就能這樣自信？」子貢不以為然地說道。

孔丘覺得今天子貢的問題問得莫名其妙，於是就追問其原因。子貢見此，也就不再隱瞞，遂將自己所見一五一十地告訴了孔丘。

不意，孔丘聽完，莞爾一笑道：「顏回是個仁德之人，我早就這樣深信不疑了。即使就像你剛才所說的那樣，我還是不懷疑他的仁德。縱然他真的偷吃了，我相信那也一定是有原因的。你別急，先等我一會，我找顏回來問問看。」

說著，孔丘讓子貢先回避，然後出去把顏回叫進屋裡，和藹可親地問道：

「阿淵啊，為師昨晚做了一個夢。」

「先生，您是否可以跟弟子講一講？」顏回望著孔丘，真誠地說道。

「為師昨晚夢見了自己的祖先，這難道是祖先在開導我，保佑我嗎？你快去煮飯，我要向祖先獻飯表達敬意。」

顏回聽孔丘這樣說，連忙回答道：

「先生，飯弟子倒是已經煮好了，只是今天的飯不能拿來祭祖了。」

孔丘連忙追問道：「為什麼啊？」

「剛才弟子把飯煮熟後，揭開鍋蓋要盛飯時，正好房梁上掉下一撮黑色灰塵，把表面一層飯污染了。弟子想把這表層的飯鏟起來丟掉，但又覺得太可惜了。師兄冒著生命危險好不容易弄來這點米，弟子覺得丟了這污染的飯也對不起師兄。所以，弟子猶豫再三，就將那被污染的飯吃了下去。既然飯已經被弟子吃過了，豈能讓您拿來祭祖呢？那是大不敬啊！」

孔丘聽完顏回的敘述，不禁為其真誠所感動，情不自禁地說道：「阿賜，你做得對。如果是為師，我也會將那撮帶灰的飯吃掉。」

顏回告辭出去後，孔丘召集子貢及眾弟子，跟他們說明了原委，並當眾說道：「為師對顏回的仁德深信不疑，不僅僅是在今天。」

從此，弟子們都打內心敬佩顏回，自認仁德不及他。

正當孔丘沉浸在往日受困的痛苦記憶之中而不能自拔時，執轡駕車的公良儒突然揚鞭一指，回過身來對車內的孔丘說道：「先生，您看，今年春天我們受困的那間茅屋還在那裡呢。」

孔丘這才從回憶中回到現實，望著山腳下那座讓人無限感慨的茅屋，看著車中奄奄一息的弟子顏回，不禁感慨萬千，喟然長歎道：「楚人接狂說得對，『往者不可諫，來者猶可追。』」

公良儒一聽這話，知道老師此時此刻正觸景生情，後悔起這一趟艱難的楚國之行。於是，就不再說話，揚起一鞭，催動馬車快速穿過了山谷。

周敬王三十二年，魯哀公七年（西元前四八八年）一月底，闊別衛國五年後，孔丘又攜眾弟子回到了衛國之都帝丘。

此時的衛國已是衛出公執政，政壇格局有了很大改變。其中，最讓孔丘意想不到也是最感欣喜的是，他的許多弟子都已在衛國任職。為此，楚國之行內心深受重創的孔丘深受鼓舞，再次燃起從政的熱情。子路最瞭解老師的心理，一天閒聊時，他突然問孔丘說：

「如果衛君虛席以待，要您主持衛國國政的話，您打算先從什麼做起。」

孔丘不假思索地回答道：

「一定是先從正名工作做起吧。」

子路呵呵一笑，道：「先生是有感于衛靈公崩逝，衛國不是由世子蒯聵繼任，而是由衛靈公之孫輒繼任為君這一不正常的現象吧。」

「衛君由靈公之孫輒繼任，也未嘗不可。從名分上講，也能講得通。」

「為什麼？」

「世子蒯聵，乃南後之子。南後行為不檢，蒯聵羞而欲　之。蒯聵之所為，雖情有可原，但於母子人倫有悖，於君臣之義有違。再加靈公崩逝時，蒯聵亡奔于晉，因此，衛君不以蒯聵繼任，合乎情，亦合乎理。」

子路又提出疑問道：「衛靈公薨，南後欲立幼子郢，郢辭而不就，遂由輒繼任，這確實無可厚非。但是，輒乃蒯聵之子，受命于南後而為衛君後，卻拒絕其父蒯聵回國。這不是明顯有悖人倫綱常嗎？」

「說得對。正因為如此，衛國的事才被諸侯各國議論紛。因此，為師以為，要使衛國政治走上正軌，就非得從正名著手不可。也就是要向世上講清衛出公繼任為君的合理性，使諸侯各國打消對衛國的疑慮。」

子路不以為然地說道：「衛國的政局已然如此，我們面對現實就好，何必再去追究什麼合理不合理？管它什麼名分不名分？先生要想正名分，未免太過迂腐了吧？」

「阿由啊，你太淺薄了！君子對於他不瞭解的事，採取存疑和保留的態度就好，豈可不知而妄言呢？阿由，為師告訴你，凡事都要講個名分。」

「為什麼？」子路仍然不服氣。

孔丘直視子路，以不容置疑地口吻說道：

「名分不正，則難以言之成理；言不成理，則事必難成。事不能成，則禮樂何興？禮樂不興，焉敢奢求刑罰公允？刑罰不公，百姓就會無所適從。可見，君子對於名分不能不講究。凡做一事，都要講出道理。只有言之成理，才能一切行得通。因此，君子對於他所說的話一定是嚴肅認真的，絕不會信口開河，馬虎隨意的。」

子路聽到此，不禁慚愧地低下頭，說道：「弟子謹受教！」

二、吳魯之戰

周敬王三十二年，魯哀公七年（西元前四八八年）。七月初三，天氣大熱，室內高溫難耐，孔丘乃與弟子到河邊一棵大樹下乘涼講論。

日中時分，南宮敬叔從魯國飛馬而來。

「子容，何事酷暑而來？」孔丘見南宮渾身濕透，馬毛滴水，急切地問道。

「弟子此來，是奉冢宰季康子之命，來請師弟子貢。」

「請子貢何事？」孔丘又問道。

「上個月初，吳王恃強挾持魯君會于魯國之鄫，公然向魯君提出許多無理要求。」

孔丘連忙問道：「吳王對魯君提出了哪些無理要求。」

「其他要求還能容忍，而不能容忍的是，吳向魯強征百牢，要魯君向吳國敬獻牛、羊、豬各一百頭以為祭品。」

孔丘一聽，不禁脫口而出道：「豈有此理！魯君答應了嗎？」

「師弟子服景伯為魯君會盟之相禮，據理力爭道：『先王時代無此禮制。』吳人說：『宋已向吳敬獻了百牢，魯不可落後于宋。況且魯國曾向晉大夫范鞅敬獻過十一牢，今向吳王獻百牢，不是理所當然的嗎？』」

孔丘立即問道：「子服怎麼回答的？」孔丘對子服一直寄予很大的希望，認為在外交才幹上只有他可與子貢相匹敵。

「子服回答說：『晉大夫范鞅貪而棄禮，恃強晉而欺我弱魯，敝邑不得已，乃獻其十一牢。吳王若以禮而命諸侯，敝邑可依周禮規定之數奉之；若棄禮而強索，則必為天下諸侯所非議。周禮規定，奉天子之牢不過十二，此乃天之大數也。今吳王棄周禮而強索百牢，不是敝職可以答應的。』」

「子服說得好，有理有據，不卑不亢。」孔丘說道。

「但是，吳人不聽，必欲得百牢而後止。否則，兵戎相見。子服權衡利弊後，對魯君說：『吳棄天背本，必將亡國。但目前吳強我弱，為今之計，還是屈從為上。』遂予以百牢。」

「唉，弱國無外交啊！」孔丘不禁悲歎道。

「這還沒完呢。吳得魯百牢而歸，吳太宰伯　得寸進尺，又令人召魯冢宰往吳晉見。冢宰認為這是奇恥大辱，但又無計可以應對，故讓弟子前來求師弟子貢回去。」

孔丘聽到此，終於明白了原委，道：「季康子沒能耐應對吳國的無禮要求，怕魯國受辱，也怕自己受辱，這才想到子貢，要他出面應對吧。」

「先生說得對，季康子正是此意。」

「魯乃父母之邦，既有危難，匍匐救之，理所當然。」

孔丘說著，便召來子貢，跟他交待了幾句，就讓他跟南宮一起快馬加鞭回魯國去了。

結果，如孔丘所預料的那樣，子貢回到魯國，以魯國之使的名義往見吳太宰伯　，述周禮鑿鑿有據，據理力爭，有禮有節，終使伯　羞愧而罷。

卻說季康子倚子貢之力而擺平吳太宰伯　後，饗大夫而相與為謀，欲伐邾以泄吳國欺壓之憤。因為邾乃小國，一直依賴于吳國。子服景伯認為此舉不明智，勸諫道：

「小國事大國，講的是信；大國保小國，講的是仁。小國背棄大國，是無信；大國伐小國，是不仁。築城，是用於保民；保城，是為了修德。失信失德，還能保住什麼？」

孟懿子聽了，拿不定主意。於是就問大家：「諸位以為如何？哪一種意見可行，我就採納哪一種意見。」

可是，大家都不肯表達意見。最後，有一位大夫站出來說道：

「大禹塗山會諸侯，持玉帛與會者有萬國。今天尚存者，不過幾十國而已。究其原因，就是因為大國不養小國，小國不事大國。明知伐邾有風險，大家為何不說呢？」

結果，饗宴不歡而散。季康子也沒聽進大家的意見，最後仍然實施了其伐邾計畫。

周敬王三十三年，魯哀公八年（西元前四八七年）。春二月，魯師伐邾。邾本是魯國的附庸國，但一直與吳國也保持關係。此時見魯國起兵要滅亡自己，連忙向吳國求救。吳王接報，連忙徵詢與季氏家臣公山不狃一起叛魯亡奔吳國的叔孫輒的意見。叔孫輒回答道：

「魯乃有名無實之國，舉兵伐之，定會大獲全勝。」

叔孫輒出來後，將自己與吳王的問答告訴公山不狃。公山不狃不以為然，回答道：

「此舉於禮不合。君子離開父母之邦，不投敵對之國。我等在魯時未盡到臣下之責，現在又為吳國效力而攻打父母之邦。如果這樣做，還不如現在就死去。吳王委以這樣的任務，我們理應規避。一個人離開父母之邦，可能有不得已的理由，但是無論如何不能因為心有怨恨而起禍害鄉土之心。而今，您因小怨而要顛覆祖國，於心何安？如果吳王要你領兵先行，你務須推辭。屆時，吳王若讓我去，我自有分寸。」

一席話，說得叔孫輒慚愧不已。

果不其然，吳王跟叔孫輒談話後，馬上又召見公山不狃，詢問攻打魯國的意見。公山不狃從容回答道：「魯雖素無盟友，然一旦有難，則必有生死與共之援者。魯國有難，其他諸侯國出兵相助，沒有可能；但是，晉、齊、楚三大國必不會袖手旁觀。」

「為什麼？」吳王不解地問道。

「魯，乃齊、晉之唇。唇齒相依，唇亡齒寒，這個道理大王是知道的。因此，一旦魯國有難，指望齊、晉、楚按兵不動，坐視不管，那是不可能的。」

公山不狃雖然道理講得很透，說的也很巧妙，但是吳王最終沒有聽從，而是派他領兵先行。公山不狃無奈，只得領兵向魯國進發。但是，進軍時他選擇了一條險路，道經武城。因得到一個曾遭武城人拘捕的鄫國人的引導，而攻下了武城。武城是一個重要戰略要衝，對魯國來說至關重要。武城陷落，對魯國震撼極大。

孟懿子對子服景伯說：「吳國大軍如山壓境而來，這如何是好？」

子服從容說道：「既然吳人已經打過來了，又是我們自招的，現在怕也沒有用了。眼前唯一的辦法，就是直面現實，奮起抗戰。」

吳軍攻勢很猛，很快就攻下了魯國重鎮東陽。接著繼續進軍，駐紮在五梧。第二天，又前進駐紮到蠶室。魯將公賓庚、公甲叔子在夷地與吳國之師展開了殊死戰鬥。公甲叔子與析朱鉏同車作戰，一同戰死。吳軍將二人屍體獻給吳王，吳王感歎地說道：

「同車能俱死，看來魯國會用人，魯國不可覬覦。」

第二天，吳王便將軍隊駐紮到了泗水邊的庚宗。

魯國大夫微虎見有機可乘，遂決定夜襲吳王駐紮之所。為了保證夜襲的成功，微虎先從他所帶的私家之兵中挑選出七百精壯。然後，又在帳幕之外的庭院中讓七百精壯每人向上跳躍三次，從中挑出三百人，由此組成了一支夜襲突擊隊。其中，孔丘弟子有若也被選中。

夜襲突擊隊一切準備就緒，並已走到稷門時，突然有人報告了冢宰季康子，說：

「區區三百人不足以成事，不僅不能構成對吳軍致命一擊，反而無謂斷送了魯國最精銳的將士，還是取消行動為好。」

季康子覺得有理，遂下令停止行動。但由於微虎的堅持和有若等三百死士的決心感動了季康子，季康子同意了此次行動。最終，夜襲取得了成功。吳軍由於地形不熟悉，又是半夜受襲，許多人慌不擇路，掉入泗水中溺斃。吳王雖然僥倖保住性命，卻嚇得一夜轉移了三次住處。

吳王見情勢不對，遂無奈地向魯國求和，要求簽定城下之盟。季康子膽小怕事，想早點結束戰事，就準備答應了。但子服景伯覺得不可，勸諫道：

「昔楚人圍宋，宋人易子而食，析骨為炊，尚無城下之盟。今我軍大獲全勝，吳國遠道而來，時日甚多，已是師弱兵疲，何不乘勝追擊，一鼓作氣，徹底消亡來犯吳軍？今與吳簽城下之盟，豈非放虎歸山，貽患無窮？」

季康子不聽，子服景伯無奈，只得奉命背著盟書來到萊門。與吳國簽下盟約後，子服景伯提出，為了落實盟約，雙方以後不再兵戎相見，自己願意到吳國為人質，但是吳國必須以王子姑曹為人質留在魯國。吳王不同意，結果雙方停止人質交換，訂約而去。

周敬王三十三年，魯哀公八年（西元前四八七年）四月，當南宮敬叔飛馬奔衛，將吳魯之戰的結果報告給孔丘時，孔丘大為高興。特別是當他知道自己的弟子子服景伯與有若是此次戰役的功臣時，更是由衷地高興，有什麼能比培養出優秀而有用的弟子更令他高興的呢？

三、絕弦之哀

吳魯之戰，以魯國大獲全勝而告終，極大地鼓舞了孔丘的信心，從此，他更堅信培養弟子比什麼都重要。

周敬王三十三年，魯哀公八年（西元前四八七年）。八月十八，孔丘如往常一樣與來自各諸侯國的眾弟子坐而論道。正在講論的興頭上，突然南宮敬叔又從魯國急急而來。

「子容，又有什麼急事嗎？」孔丘一見南宮敬叔，便急切地問道。

「先生，齊國上月發兵伐魯，取我讙、闡等三邑而去。」

「齊國現在當政的是公子陽生吧。」

南宮回答道：「正是。前年田乞　晏孺子，而詐立公子陽生，今年公子陽生才正式繼任齊國之君，號曰齊悼公。」

「齊悼公新立不久，怎麼今年就舉兵伐魯呢？」孔丘不解地問道。

南宮無奈地搖搖頭，歎了一口氣，說道：

「當初，陽生為公子，亡奔于魯。季康子為了結好于他，曾將其妹許配給他。陽生歸國為君後，就準備正式迎娶季康子之妹。」

孔丘更加不解了，問道：「這不是兩國交好的一個契機嗎？」

「唉，先生有所不知。齊悼公派人來迎娶季康子之妹時，其妹才向季康子坦陳事實真相，原來她早就跟季魴私通多年了。」

「季魴不是季康子之叔嗎？這不是亂倫嗎？」孔丘吃驚地問道。

「正是這個原因，季康子不敢再把妹妹嫁給齊悼公。但是，齊悼公不知事情真相，以為季康子有意毀約，遂發大兵伐魯，奪我三邑而去。」

「那現在呢？」孔丘又追問道。

「弟子今天來，就是來向先生報告結果的。本月初，通過外交斡旋，齊悼公將季女隆重迎回。季姬頗受齊悼公寵愛，遂建議齊悼公將所奪魯之三邑奉還給魯國了。」

南宮話音未落，孔丘竟然脫口而出道：

「齊國之君怎麼總是如此無恥呢？對這樣無恥的女人還隆禮迎娶，寵愛有加。」

「先生為什麼這樣說？」

「子容，你知道齊國第十四代君主的事嗎？」

「先生說的齊國第十四代君主，是不是兩百多年前齊桓公之兄、齊僖公之子齊襄公？」

「正是。齊襄公年少時，就與其妹妹文姜亂倫通姦。後來，文姜嫁給魯桓公為夫人。齊襄公即位的第三年，也就是文姜嫁魯的第十五年，齊襄公求娶周莊王之妹周王姬。魯為周天子同姓，齊襄公就邀請了魯桓公出席婚禮並代為主持。文姜聞知魯桓公將至齊國，就要求與魯桓公一同回齊國。桓公竟然不顧眾臣反對而允其隨行。回到齊國後，文姜與齊襄公舊情復燃，留在齊宮與齊襄公徹夜宣淫，不回魯桓公所居驛館。桓公怒而斥之，文姜向齊襄公告狀。齊襄公則以宴請桓公為名，派力士彭生在送桓公回驛館時殺了桓公。」

「世上竟有這樣的國君，既無恥，又無禮！難道魯國就這樣饒過齊國了？」南宮憤憤地說道。

「齊強魯弱，魯國還能拿齊國如何？最後，齊襄公殺了彭生，就算向魯國作了交待。」

「這不是魯國的奇恥大辱嗎？」南宮歎了一口氣道。

孔丘也歎了一口氣，接著說道：「還有奇恥大辱在後面呢？」

「還有？」南宮吃驚地問道。

孔丘點點頭，說道：「魯桓公死後，文姜與齊襄公的來往更是肆無忌憚了。魯莊公二年，二人會於禚；莊公四年，會于祝丘；莊公五年，文姜往齊師會之。莊公七年，則一年兩會，春會於防，冬會于穀。而魯莊公竟然坐視並默認其母與齊襄公這種不倫的行為，這豈非魯國更大的恥辱？」

說完，師徒二人相對無語，唯有擊案歎氣。

孔丘生平最講究的就是禮義廉恥，四維八德，想到齊魯二國之君不斷上演的亂倫醜事，不禁痛心錐骨。然而，正當孔丘為此心情抑鬱之時，南宮前腳剛走，公冶長又來報告了一個讓他頓時為之昏厥的噩耗。

「先生，師母過世了。」雖然早已做了孔丘的女婿，但公治長還是改不了稱孔丘夫婦為先生與師母的習慣。

孔丘一聽，不敢相信，連問三遍道：「子長，你說什麼？」

「先生，師母過世了。」公治長也重復了三遍。

這一次，孔丘終於沒有再追問了，目光呆滯地望著公治長，久久都沒有說一句話。當年與亓官氏結為夫婦的往事，仿佛還在眼前。

周景王十二年，魯昭公九年（西元前五三三年）。九月十八日，日中時分，一輛裝飾得頗是豪華的馬車緩緩向孔府駛來。

馬車之前並列打著兩面旗子，分別寫有「魯」、「宋」字樣。旗手之後各有四名穿戴整齊但明顯服色不一樣的兩列年輕男儐。馬車後面，也各有相同數量的兩列同樣的年輕男儐。很明顯，這車前車後兩列不同服色的男儐，是按國別排列的。看得出來，這樣的迎親隊伍在規格上不是普通平民所具有的，而是由國家出面、具有一定邦交聯姻色彩。

事實確實如此。這輛向孔丘府前駛來的馬車，裡面坐的不是普通女子，而是宋平公挑選的宋國宗室女子亓官氏。她到魯國來，是要與魯國大夫孔丘成親，是由魯國仲孫大夫建議魯昭公確定的。由於這樁婚姻帶有一種政治色彩，是宋平公有意要通過宋魯聯姻而達到敦睦邦誼的一種外交努力，因此，迎親與送親隊伍都是由兩個國家共同派員執行，不由男女雙方個人操辦。

當馬車平穩地停在了孔府門前時，孟皮定睛一看，立即轉身，一瘸一瘸地跑向屋裡。一邊跑著，一邊還興奮地高聲喊著：

「仲尼，仲尼，新娘子到了。」

穿戴整齊的孔丘，聞聲立即從屋裡出來，奔向門口。

看到停在門前的馬車和馬車前後兩列整齊排列的年輕男子，孔丘已然知道，車裡坐的肯定就是自己即將結縭的妻子亓官氏，而車子前後的兩列男子，肯定就是兩國迎送的男儐了。

孔丘雖然最重視禮，也對各種禮的儀式有所瞭解，婚禮也參加並觀摹過幾次，但是事情臨到自己頭上，則就一時手足無措了。在車前呆站了好久，最後還是經司儀的提醒，他才上車去攙扶著頭蓋紗巾頭飾的亓官氏下車，並迎她進屋。

當他們走進大堂時，在司儀的指揮下，樂隊吹起了歡快的《詩．大雅．文王之什》樂曲：

明明在下，赫赫在上。天難忱斯，不易維王。天位殷適，使不挾四方。
摯仲氏任，自彼殷商，來嫁于周，曰嬪於京。乃及王季，維德之行。大任有身，生此文王。
維此文王，小心翼翼。昭事上帝，聿懷多福。厥德不回，以受方國。
天監在下，有命既集。文王初載，天作之合。在洽之陽，在渭之涘。文王嘉止，大邦有子。
大邦有子，俔天之妹。文定厥祥，親迎於渭。造舟為梁，不顯其光。
有命自天，命此文王。于周於京，纘女維莘。長子維行，篤生武王。保右命爾，燮伐大商。

殷商之旅，其會如林。矢於牧野，維予侯興。上帝臨女，無貳爾心。
牧野洋洋，檀車煌煌，駟騵彭彭。維師尚父，時維鷹揚。京彼武王，肆伐大商，會朝清明。

樂曲過後，在司儀的主持下，花了近兩個時辰，才算完成繁文縟節的全部儀式程式。接著，便是喜宴。由於由國家操辦，宴席儀式也帶有官方色彩，吃頓飯也費時甚多。直到戌時，孔丘與亓官氏才在接受了大家的祝福之後，雙雙進入了洞房。

雖然儀式上二人都嫌累嫌吵，很不自在，也不習慣，但是，一旦所有迎送賓客與親朋都離開後，家中只剩下他們二人時，孔丘與亓官氏這才發現更加不自在，更加不習慣了。因為他們都從未單獨與陌生異性相處過。而今，洞房之中除了艾蒿和蘆葦紮成的照明火把發出「絲絲」的微響外，什麼聲音也沒有。二人略微靠近點，連彼此呼吸的聲音都能聽見。寂靜，寂靜，寂靜得快要令人窒息了，孔丘這才努力鼓起勇氣向亓官氏走了過去，猶豫了一下，終於揭開了亓官氏的遮面紗巾的頭飾，低頭一看，不禁讓他看呆了。

眼前的亓官氏，與他平時在曲阜看到的魯國姑娘明顯不同，她皮膚白皙而細膩。特別是她的臉，由於被猛然揭開紗巾頭飾而羞紅，更是燦若三月桃花，粉白相間。再看她偶然偷偷抬起的明眸，恰似一泓清泉，是那樣的明澈而又靈動。孔丘看得都發呆了，而亓官氏的頭則低得更低了。

就這樣，一個呆呆癡癡地看，一個羞澀地低著頭。大約有半個時辰，亓官氏實在是頭都低得酸痛了，於是，抬起頭來說道：「夫君，您怎麼一句話都沒有？」

孔丘突然聽到夫人開口說話，雖然帶有宋國口音，但卻如黃鶯嬌啼那般動聽，這讓孔丘更加憐愛了。情不自禁間，他雙手捧起亓官氏的臉，認真仔細地看。看得亓官氏實在不好意思了，又說道：

「夫君，您沒看過女人啦？」

孔丘一愣，他沒想到夫人會問出這種話來，不禁認真地思考了一下，說道：

「夫人，不瞞你說，孔丘還真沒有這樣認真看過一個女人。」

亓官氏聽了，不禁格格一笑，道：

「聽說夫君有句名言，叫『非禮勿聽，非禮勿視，非禮勿動』什麼的，所以不敢看女人吧。」

孔丘一聽，不禁莞爾一笑。沒想到夫人還如此調皮有趣，於是更是看不夠，愛不夠了。

說著說著，二人的情緒都放鬆多了，態度也自然多了，男女大防的那道堤壩漸漸被男女之愛的自然之情慢慢溢過。孔丘問過亓官氏一路而來的辛苦情狀，表達了慰藉之情；亓官氏則問了孔丘家中的一些情況，對婆婆過早地去世而不能親見一面而感悲傷。

二人越談話題越開闊，越談越投機，最後就像是一對闊別多年的的老朋友。就這樣，直談到子時已過，這才警覺到夜已深，照明的光線也越來越弱了。最後，在屋內最後一絲光線消失時，二人才合帷並枕，一陣興奮激動後沉沉睡去。

由於那情景太溫馨，太讓孔丘難忘了，沉溺於往事回憶之中的孔丘突然笑了起來。

公冶長不知老師為什麼會笑起來，以為他悲傷過度，精神失常了，於是連忙問道：

「先生，您怎麼啦？」

孔丘聽公治長突然這樣一問，這才徹底從甜蜜的回憶中清醒過來，回到了現實。看著公治長哀容滿面的悲傷情狀，他強抑著悲痛之情，儘量平靜地說道：「師母的後事都辦妥了嗎？」

「先生請放心，一切都辦妥了。」

「那麼，師母臨終前有沒有說什麼呢？」孔丘又問道。

「師母臨終前非常平靜，只說您這麼多年在外顛沛流離，不知身體怎麼樣，是否有飯吃，有水喝，衣裳破了不知有沒有人補？……」

孔丘再也聽不下去了，一股老淚如洪水潰堤似地奪眶而出。

四、齊魯之戰

正當孔丘沉浸于喪妻的悲痛之中而不能自拔時，幾個月後，又有讓孔丘憂心的事來了。周敬王三十六年，魯哀公十一年（西元前四八四年）春，齊為郞地的緣故，遣國書、高無丕率師伐魯。當齊師前鋒抵達清地時，季康子覺得情況不妙，慌忙問計於其府宰冉求道：

「齊師抵清，一定是要進攻魯國的，怎麼辦？」

冉求鎮定自若、胸有成竹地回答道：「冢宰何必驚慌？兵來將擋，水來土掩，自有應對之策。」

「有何應對之策？」季康子急忙問道。

「魯有三桓，一家守住國都，另二家跟隨國君前往邊境迎敵。」

「這不可行。」

「那就在魯國境內抵禦，如何？」冉求又提出了一個折衷的辦法。

季康子將冉求的策略告訴了孟孫氏與叔孫氏，二人都不贊同。冉求又提出另一個辦法，道：「這樣也不行，那麼只有一個辦法了。」

「什麼辦法？」

冉求從容回答道：

「國君作戰時就不出城了。您作為一國之宰，率師背城而戰。不肯效力作戰者，就不算是魯人。魯國卿大夫所有的兵車，加起來比齊國之師多得多。就是冢宰一室之兵車，數量也多過此次來犯齊師。冢宰，您還怕什麼？孟孫氏、叔孫氏二家不肯效力作戰，也情有可原。魯國之政，由季孫氏執掌；魯國國家命運，自然要由您承擔起責任。齊師伐魯，季孫氏不能戰，是您的恥辱。如此，則不配與諸侯等而視之矣。」

季康子覺得冉求說得有道理，於是就邀他一同上朝去見魯哀公，在黨氏之溝等著。這時，孟懿子長子孟孺子看見冉求，問他如何應對齊國來犯。冉求故意激將他說：

「君子計深慮遠，小人目光短淺，君子與小人沒有共同語言。」

冉求話雖說得婉轉巧妙，但孟孺子也不是傻瓜，當然聽出冉求是在影射孟孫氏沒種，大敵當前為了保存自己實力，不顧國家利益，不肯出兵。於是，裝著聽不懂的樣子，繼續問冉求如何應敵的問題。冉求於是就回答道：「在下是量才而與之說話，量力而與之共出力。」

「你的意思是說，我孟孺子不是男人嘍？」

孟孺子說完，一氣之下，立即回去整頓軍備，帶著孟孫氏家兵，就準備與季孫氏一起上前線作戰。冉求見此，心中大喜，激將法終於奏效了。於是，遣孟孺子率領的孟孫氏軍隊為右軍，讓顏羽為他駕馭戰車，以邴泄為車右。而他自己則率領季孫氏軍隊為左師，讓管周父為他駕馭戰車，以樊遲為車右。季康子提醒冉求說：

「樊遲年紀太小，掌車右恐怕有失。」

冉求回答道：「樊遲雖小，但惟命是從。」

此次出征，季孫氏共出動甲士七千人。冉求從中挑選了三百名作為親衛，他們都是能夠效死的武城人。又命令老弱年幼者守衛宮中，駐紮於雩門之外。冉求的左軍開拔後的第五天，孟孺子的右軍才趕上來。

冉求心裡明白，孟孫氏軍隊雖然出動，但並沒有堅心而戰的決心。其實，不僅右軍的軍心令冉求憂心，就是他自己所率的左軍，軍心也不是很穩定。左軍中有一人，名曰公叔務人。他出發時，就對守城之兵說道：

「魯國賦稅多，傜役重，居上者不能深謀遠慮，居下者不能效死戰場，何以治國安邦？我已經將心裡話說出來了，豈敢不效死努力！」

當齊魯軍隊相遇於曲阜城之郊時，齊師已從稷曲對魯師發起了攻擊，而魯師卻不敢越溝迎戰。

面對這種不利的局面，冉求非常擔憂。樊遲見此，乃建議冉求說：

「不是我師不能越溝迎敵，而是將士們不相信您。請您申明號令三次，然後自己帶頭衝過去，大家一定奮勇向前。」

於是，冉求身先士卒，率先越溝沖入敵陣。最後，經過魯國左右二軍全體將士的浴血奮戰，加上冉求讓士兵改劍為矛作戰的決策，終於將齊師擊敗。

齊魯之戰，弱魯之所以能戰勝強齊，固然與冉求指揮得當分不開，但更與子貢折衝樽俎，調動吳、越、晉等國的力量對齊國進行牽制有極大的關係。

當齊國的軍隊剛剛出發時，子路就獲得了消息。

「先生，齊國又要攻打魯國了。」

「這次又有什麼藉口？」孔丘追問子路道。

「齊為郈地的緣故，遣國書、高無丕率師伐魯，前鋒已抵清地。齊國大夫田常見有機可趁，便蓄謀叛亂。但是，忌憚鮑牧、晏圉二人的勢力，於是準備將發動叛亂的軍隊轉移到魯，對魯國發起進攻。」

「阿由，你覺得田常此舉用意何在？」

子路脫口而出道：「無非是想借攻打魯國建立戰功，然後以外逼內，實現自己的野心罷了。」

孔丘點點頭，說道：「你去把在衛國的師兄弟都召集來，為師要與大家商量應對之策。」

「弟子遵命。」

不一會，子路就將追隨孔丘到衛國的幾位師兄弟都召集來了。孔丘開門見山地說道：

「魯，乃父母之邦。今齊無故犯魯，不可不救。我不忍心父母之邦生靈塗炭，所以準備委曲求全，遊說田常。不知你們誰肯出使齊國，替為師走一趟，向田常轉達一下我的意見。」

子路率爾而出，說道：「弟子願往。」

孔丘搖搖頭。

子張見此，向前一步，說道：「弟子願往。」

孔丘又搖了搖頭，沒有答應。

公孫龍一向以能說會道而為師兄弟們所敬服，他見子路、子張請戰都沒同意，便自信地上前一步，說道：「先生，弟子願往，您以為如何？」

沒想到，孔丘仍然搖了搖頭。

於是，子路、子張、公孫龍三人便退了出來。不久，見前天剛從魯國來向孔丘報告齊魯戰事的子貢施施然而至，三人便將情況說了一遍，並勸說子貢道：

「先生一向賞識你的口才，認為你有天生的外交才能。這次你又剛剛顯示了外交才能，何不抓住機會，代替先生出使，繼續展示你的長才呢？」

子貢想了一會，便進去見孔丘，請求代他出使齊國。孔丘欣然同意。

子貢到了齊國，見到田常後，就開門見山地說道：

「聽說大夫要領兵攻打魯國，在下以為，此非明智之舉，亦很難成功。要想憑伐魯建功，以提高您在齊國的地位，恐怕是很難做到的。不如攻打吳國，反倒容易些。」

田常見子貢說話不轉彎，但卻一語中的，說到了他心裡的痛處，於是就很不高興。

但是，子貢卻不管，他就是要先挫挫田常的銳氣，然後再好遊說他。於是，他看了一眼田常，又接著說道：

「憂患在朝廷者，必攻強國；憂患在百姓者，則必攻弱國。不才聽說大夫受封三次都沒成，那是因為您朝中有反對派。今大夫領兵欲攻弱魯，戰勝了魯國，則會讓齊侯更加驕傲；攻破魯國，則會讓朝中大臣地位更顯尊貴。無論如何，反正都是沒有您的好處。這樣，您與齊侯的關係會越來越疏遠，而與朝中權貴的關係將越來越緊張。所以說，攻打魯國，對於您來說確非明智之舉，只會使您在朝中的地位有危機。」

田常一聽，覺得子貢的話還真說到了要害處，於是情不自禁地說道：

「說得好。不過，我的兵已經派到魯國前線了，現要不可能再抽掉回來去打吳國啊！」

子貢莞爾一笑，道：「這好辦。您的軍隊到了魯國前線，按兵不動即可。在下請求前往吳國，讓吳王發兵救魯伐齊，您屆時率兵迎擊吳師即可。」

「諾。」田常欣然同意。

子貢於是飛馬前往吳國，遊說吳王道：

「在下聽說有一句話，稱王天下者，不使諸侯屬國被人滅亡；稱霸諸侯者，不會讓另一個強者出現而威脅到自己。這就好比千鈞砝瑪，一頭加上些微重量，就會改變平衡局面一樣。而今，齊以萬乘之強而欺淩千乘之弱魯，與吳爭強。在下以為，這將構成大王之國莫大之患。大王今若發兵以救魯，一則可以揚名，安撫泗上諸侯；二則可以誅暴齊而抑晉，利莫大焉。名存亡魯，實困強齊，此乃智者不疑之所為。」

吳王聽了，連連點頭，說道：

「好！不過，寡人曾使越王受困被辱，越王今苦身養士，似有報復吳國之心。你等我收拾了越國，再出兵伐齊，不知意下如何？」

「大王，越國不比魯國強，吳國的實力也比不了齊國。現在齊魯交戰，大王不趁機伐齊而伐越，等到齊國滅了魯國，齊國的實力就更強了。屆時，對於吳國的威脅也就更大。再說，大王一向以『存亡繼絕』相標榜，今棄強齊而伐小越，非勇也。勇者不避難，仁者不爽約，智者不失時，義者不絕世。大王今若存越，則示天下以仁；救魯伐齊，則威加晉國，諸侯必相率而朝吳，大王霸業成矣。如果大王還不放心越國，恐遭其報仇突襲，那麼臣請求去見越君，令其發兵隨大王出征。這樣，越國國內就空虛了，大王無後顧之憂，而越國只是得了一個跟隨諸侯一起伐齊的虛名。」

吳王聽了非常高興，於是立即委任子貢為吳國特使，前往越國晉見越王勾踐。

越王勾踐聽說子貢奉吳王之命而來，郊迎二十里，而且親自給子貢駕車，說：

「越乃蠻夷之國，王化所不及，今大夫不惜降尊紆貴，辱臨小邦，勾踐哪裡擔待得起啊！」

子貢沒有客套，而是直接上題道：

「臣此來，意在存越。齊師犯魯，臣說吳王伐齊而救魯。吳王有伐齊之志，但有畏越後顧之憂，說：『等我伐越而後伐齊。』如果這樣，那麼越國必亡。在下以為，無報復之志而令人起懷疑之心，這是笨拙的表現；有報復之心而讓人偵知，這是危險的預兆；事情還沒做而讓人先知道，這就更危險了。以上所述三種情況，都是成大事的最大禍患。」

勾踐連忙頓首拜謝道：

「寡人曾不自量力，興兵而伐吳，結果受困於會稽山上。這種恥辱，至今讓寡人痛入骨髓。寡人整天口乾舌燥向屬下講述歷史教訓，只求最終要與吳王拚個你死我活。今大夫告知利害關係，寡人真是感激不盡！」

子貢見越王坦陳心意，遂接著說道：

「吳王為人暴戾陰鷙，群臣不堪，國家疲憊凋敝，百姓怨聲載道，大臣都有蓄謀叛離之心。伍子胥忠言直諫而屈死，太宰專權獨斷，迎合吳王之意，這是報復吳國最好的時機。大王此時若能發兵以佐吳王伐齊，以此投合他的心意，再以重寶以悅其心，卑辭以尊其禮，則吳王必然答應起兵伐齊。這一謀略，便是聖人所說的『屈節而求其達』。吳王一旦發兵伐齊，戰而不勝，則是大王和越國之福；戰而勝之，吳王必乘勝而兵臨于晉。屆時，臣請求北往晉國，請求晉侯出兵共擊之。如此，吳師必敗，吳國必弱矣。吳師精銳盡喪于齊，吳國重兵皆困于晉，大王趁機而起，伐吳而敝之，必獲大勝也。」

勾踐聽了，點頭稱好，諾諾連聲。

與勾踐約定後，子貢立即返回吳國覆命。五日後，越王勾踐派大夫文種至吳，頓首而拜吳王道：

「敝邑之君悉起境內所有之兵，得三千人，願率之而聽任大王驅使。」

吳王將文種來見的事告訴了子貢，並問子貢道：「越王願率兵跟隨我一起伐齊，可以嗎？」

「大王，使不得！」

吳王感到詫異，連忙反問道：「為什麼？」

「一國之君調動另一國所有之兵，還要其君親自出征，這不合道義啊！」

吳王聽了，覺得子貢說的也在理。於是，決定讓越國之兵跟隨自己出征，越王勾踐可以不隨從。

於是，吳王悉起吳國全境之兵以及越國三千兵卒，趁齊師不備，發動突襲，一舉而敗之。

子貢獲悉吳師已敗齊師，立即北見晉定公，讓他乘機攻打吳國，不讓吳國一國坐大。晉定公接受了子貢的建議，發兵與吳師在黃池展開了一場二強相搏的惡戰。

越王勾踐獲得消息，乘機出動十年生聚的生力軍，趁吳國國內空虛之機，一舉佔領了吳國國都。吳王獲悉，立即從晉國撤兵回救，但吳師已經精疲力竭，越師以逸待勞，最後以吳王身死國滅而告終。

當吳國滅亡的消息傳到衛國之都時，孔丘心情頗是複雜，對弟子說道：

「亂齊而存魯，乃我之願。至於折衝樽俎之間，使晉國強大而吳國滅亡、越國稱霸，則是子貢遊說的功勞。不過，應該記取的教訓是，美言傷信，還是應該慎言啊！」

五、和風細雨

齊魯之戰，由於孔丘弟子冉求傑出的組織與指揮能力和樊遲等人的奮勇，以及子貢折衝樽俎的外交努力，終於使魯國化解了一場覆巢厄運。

為此，魯哀公事後專門召見冉求，在表彰了一番他指揮有力、運籌得當之後，突然好奇地問道：「此次齊魯之戰，孔門弟子出力甚多，起了關鍵性的作用。只不過，寡人有個疑問，夫子並不懂兵陣之事，你們的軍事才能是從何而來？莫非是與生俱來？」

冉求自從上次老師將他從衛國送回魯國以後，心裡一直在想著如何讓老師回國，重返魯國政壇。只是一直沒有機會見到魯哀公，跟季康子說的機會也不成熟。這次，倒是一個很好的機會了，得在魯哀公面前好好誇誇自己的老師，讓他知道老師的才能，以便及早讓老師返回魯國，一展政治才幹，不然老師真的是要老死衛國而不得其用了。

想到此，冉求立即回答道：「臣等排兵佈陣、運籌帷幄的本領，都是學之於夫子的。只是一般人並不知道夫子在兵法方面的造詣，因為夫子向來主張以仁治天下，所以不公開言兵。所以，大家都有一種錯覺，覺得夫子在軍事方面是外行，其實不然。」

魯哀公恍然大悟似地說道：「原來如此！怪不得這些年屢有孔門弟子戰場立功。」

冉求見此，覺得機會來了，於是就想順水推舟，請求魯哀公將老師從衛國請回。可是，不巧的是，還沒來得及開口，侍者來報，晉侯使者求見。

冉求一看，今天沒法再說此事了，只得告辭而出。

告別魯哀公出來後，冉求想請回老師的願望更加強烈了。雖然今天沒有在魯哀公面前找到機會推薦老師，但已瞭解到魯哀公對老師的軍事才能開始相信了。這就好。如果有一個合適的人自然巧妙地推薦老師，那麼魯哀公就可能順水推舟答應老師回國了。

想了幾天，都覺得沒有什麼得力的人。因為原來親近老師，也算是老師弟子，又在朝廷上行走的孟懿子已經過世，他的兒子孟孺子雖然子承父職，但在政壇上則還嫩得很。南宮敬叔雖然對老師特別親，又誠心希望幫助老師重返政壇，但他的力量不夠。最後，想來想去，還只得借重季康子。雖然老師當初辭去大司寇及代理冢宰之職而出走魯國，是與季康子之父季桓子有關。但事過境遷，季康子雖然不瞭解老師，但至少不會對老師有惡感。況且他執政以來，一直都是自己及其他孔門弟子在幫他，包括這次齊魯戰爭。

想到此，冉求終於打定主意，要找一個合適的時機正式跟季康子談這個問題了。因為老師年紀已經很大了，再不重返政壇，就沒有機會了。

曲阜的仲夏，一向都是乾燥多風。但是，魯哀公十一年（西元前四八四年）五月初，天氣卻來得與往年不同。一入仲夏，淅淅瀝瀝的小雨就下個不停，纏纏綿綿，讓爽直乾脆的魯人大覺不爽。

五月初九，久違的藍天終於重現，天空又浮動起朵朵白雲。當許多人還在夢鄉時，太陽已經早早地在地平線的遠處露出了和善的笑臉。和煦的陽光照著剛吃透水的小草，照著風中瑟瑟搖曳的樹枝，照著曲阜城的宮牆，照著大街小巷的屋舍民房，也照得魯國執政季康子的府第一片燦爛。

有早起習慣的季康子，走出廳堂，步入院中，看到滿院的陽光，感受著雨後清新的空氣吹在臉上，頓時心情開朗起來。

「冢宰，早啊！」

「子有，今天天氣這麼好，陪老夫出去走走如何？」見到一向早起早到的冉求進來，季康子不禁脫口而出道。

「難得有這麼好的天氣，冢宰大人興致這麼高，冉求當然願意奉陪。」

「好，備馬！」說著，季康子一揮手，徑直向門外走去。

「備馬？冢宰，您這是要出遠門啊？」

「當然。你看，陽光明媚，空氣清新，不冷不熱，難得這麼舒適的仲夏，出城到郊外走走，看看田疇沃野，仰觀飛鳥橫空，俯察碧草青青，遠眺牛羊撒歡，近賞游魚戲水，是多麼一件快樂的事呀！」

「冢宰日理萬機，每日為國操勞，也該稍事休息，放鬆放鬆了。」

「操勞也沒什麼，就是常年累月蝸居在這小小的曲阜城，每天做著同樣的事，看著同樣的人，乏味！」

「冢宰說得對，文武之道，一張一弛嘛！」

二人正說著，車夫已經備好了馬車在府前等著了。上得車來，車夫一聲吆喝，一個響鞭，馬車就衝出了幾丈之外。

「子有哇，你是第二次到我府裡做家臣吧，也快已經一年有餘了吧？」

「是，冢宰，是一年零三個月。」

「記得這麼清楚啊？」

「當然記得清楚。冢宰對冉求信任有加，點點滴滴，冉求都是銘感在心的。沒有冢宰大人的信任，何來冉求在季府一人之下、眾人之上的宰臣地位。」

季康子聽了，雖沒說什麼，但笑意卻寫在了臉上。

馬蹄叩擊青石板路發出的「得」、「得」之聲，馬車顛簸發出的「　啷」、「　啷」之聲，雖然單調而枯燥，但在季康子與冉求二人聽來，卻顯得那樣清脆悅耳，仿佛是一曲和諧動聽的合奏。因為此時此刻，他們的心情都相當不錯。

沉寂了好大一會，看著街上熙熙攘攘的人流，以及不時見到市民揖讓寒喧的場景，冉求又禁不住打破了沉寂，說道：「冢宰，您看，曲阜城的市井是多麼繁華，社會秩序有條不紊，老百姓恭謹有禮，一派盛世景象，這都是您執政有方啊！」

季康子明知這是恭維話，但似乎並不反感。側身看了看坐在侍從位置的冉求，淡淡地一笑，優雅而矜持。冉求察知季康子此時的心情，遂不失時機的說道：

「今日侍從冢宰大人出城郊遊，不禁想起十五年前陪侍老師出城郊遊的往事。」

「啊，夫子離魯已經十五年了？」

「沒有十五年，是十四年。」

「那麼，他現在在哪裡？一切都好嗎？」

「前幾日有師兄從衛國來，說老師正在衛國，衛君正欲委大任于老師呢。」

「哦？老夫完全不知，真是孤陋寡聞呀！」

「冢宰大人，冉求有句話，不知當講不當講？」

「但說無妨。老夫就喜歡實話實說的人，不喜歡儒生那種欲言又止的作派。」

「好，冢宰大人，那麼小人就斗膽了。」

「請說。」

「國有聖人而不能用，欲求國家繁榮昌盛，是否有點像倒著走路，卻想超越他人的情形？」

季康子不傻，聽出了冉求話中的弦外之音，但臉上絲毫沒有不高興的神色，反而側身回看著冉求。冉求從季康子的眼光中讀出了他的心思，遂又接著說道：

「今夫子在衛，若衛君真的委以重用，以夫子的才能，衛國必然很快強盛起來。衛國乃魯國近鄰，國雖小，強盛起來則勢必成為我們的大患。魯有人才，而資鄰國，難以言智也。」

話一出口，冉求就有點後悔了，覺得這話說得太直白，冢宰大人肯定不愛聽，因為孔子當初之所以被迫離魯，那是與季氏有關的。

就在冉求後悔的一剎那，突然聽到季康子爽直地問道：「依你之見，應當如何？」

冉求一聽，不禁大吃一驚，同時也是喜出望外。連忙轉身仰望著季康子，見他眼露真誠之意，遂堅定地說道：「冢宰大人可建議國君，發重幣迎回夫子，為魯所用。」

季康子點點頭。

轉眼間，馬車已經出了曲阜城。一條寬闊的驛道出現在眼前，車夫甩了一記響鞭，馬兒跑得更歡了，車子也顛得更厲害了，但車內主僕二人卻笑得更爽朗了。

第十二章 哀公問政

一、何為則民服

周敬王三十六年，魯哀公十一年（西元前四八四年）。五月二十日，天氣格外的好，和風輕拂，鳥鳴於枝，狗吠於巷。

一大早，曲阜的主街道上便熱鬧起來。辰時剛過，熙熙攘攘的人流突然被一輛疾馳的馬車分開左右兩股。人們還未回過神來，馬車早已風馳電掣而過。

「稟國君，孔丘大夫已經回魯國了。」

「啊，這麼快？」

魯哀公一聽侍者稟報孔丘已從衛國返回了魯國，不禁心裡一驚。從季康子向他建議從衛國迎回孔丘到現在，也才十多天時間啊。看來，這個季康子比他父親強，起碼辦事效率比他高，容人雅量亦大過乃父。

過了一會，魯哀公又問侍者道：「孔丘大夫現在住哪？」

「稟國君，季冢宰已將他接到招賢館了。」

魯哀公聽了一驚，心想，這個季康子真比乃父有容人雅量，竟然這樣禮賢下士。頓了頓，魯哀公對侍者說道：

「你到招賢館把季冢宰叫來，寡人問問他有關孔丘大夫的情況，然後再召見他。」

「稟國君，季冢宰正在招賢館向孔丘大夫求教呢。」

「你怎麼知道的？」魯哀公問道。

「小人就是剛從招賢館回來的。」

「那季冢宰問孔丘大夫什麼呢？」

「小人在旁邊聽了一會，還有南宮敬叔大夫也在場。」

「說了些什麼？」魯哀公又追問道。

「季冢宰問孔大夫如何從政？」

「孔大夫如何回答？」

「孔大夫只說了四個字。」

「哪四個字？」魯哀公窮追不捨。

「孔大夫說：『政者，正也。』季冢宰不明白，就問何意。孔大夫答曰：『為政，就是把人做端正。』」

魯哀公點點頭，又問道：「孔大夫還說了什麼？」

「孔大夫又說了八個字。」

「哪八個字？」魯哀公又問道。

「『子率以正，孰敢不正？』」

「是不是說，為政者自己以身作則，率先垂範，別人就不敢胡作非為了？」

「國君說得對，孔大夫也是這樣說的。」

「除此，孔大夫沒有說別的什麼嗎？」魯哀公又追問道。

「稟國君，小人因為急著回來稟告，沒有再聽下去了。」

「那你再去招賢館，看季冢宰求教完了沒有？如果完了，就請孔丘大夫來晉見寡人。」

「遵命！」侍者答應一聲，就迅疾離去。

大約過了半個時辰，侍者又回來了，稟告說：

「國君，孔大夫現已在宮外，是否現在就傳他來晉見？」

「請稍等片刻，容寡人略作準備。」

「是。」說著，侍者退出了宮中。

約略過了烙十張大餅的功夫，魯哀公盛裝出宮，恭謹有加地站在大堂東階，迎候孔丘。他雖早就聽說孔丘其名，大家都稱他為聖人，但卻從未見過這位號稱聖人的魯國男子。所以，這次接見，他頗是充滿期待。

就在魯哀公站在東階一楞神的時候，剛才那位傳報的侍者又一路小跑地進來了。離他約十丈遠，另一個侍者陪著一個高大魁梧的男子正迎面走了過來。魯哀公知道，那個大漢大概就是大家口耳相傳的聖人孔丘了。想到此，他情不自禁地站直了身子，打內心表現出對賢士的敬仰之情。

眼見孔丘越走越近，魯哀公更是恭謹有加，情不自禁間扯了扯衣袖與前襟。然而，就當他注目相迎，二人近在咫尺時，孔丘卻突然繞他而去，小步快趨地跑到了西階。這讓引領的侍者莫名其妙，更讓魯哀公不解。

然而，就在魯哀公感到不解而一楞神的瞬間，孔丘已然站到了他的面前，正行禮如儀呢。魯哀公一見，這才醒悟，原來孔丘是個守禮拘禮之人，東階是國君之位，所以才捨近就遠，循西階而上，以與自己相見。

快進集賢殿時，魯哀公命令宮內侍者道：「打開中門，請孔大夫入殿。」

隨著魯哀公的一聲令下，兩個高大的宮內侍者打開了中門。

接著，魯哀公自己帶頭從中門邁入。連進三重門，進殿落座後，魯哀公卻發現孔丘並沒有隨自己進殿，而是還站在殿門外。良久，才見他慢慢地從集賢殿的第一重正門進來。

進第二重門時，他的步伐更小了，那種小心謹慎的樣子，好像此處沒有他的容身之地。進門時不從門的中央邁入，也不敢踩踏門檻，而是提起長裾，高高抬起左腿，小心翼翼地從門的西側一邊跨步而入。到第三重門時，看著洞開的中門，他沒有像季康子那樣昂首而入，而是繞到中門之西的側門，側身輕輕擠了進去。

魯哀公看他那進門的樣子，好像是在做賊似的，差點沒笑出聲來，心想：這孔丘怎麼這樣拘禮？但是，魯哀公最終既沒笑，也沒說出揶揄的話來，而是非常禮貌地首先寒暄了一句：

「孔大夫一路舟車勞頓，今既回國，寡人日後便可隨時求教了，真是欣慰之至！」

孔丘一聽魯哀公慰問自己，連忙回答。但是，聲音低得像蚊子叫。魯哀公只見他嘴巴在動，卻沒聽清他在說什麼。經過魯哀公座位前，只見他的臉色變得更加莊重起來，腳步更小了，但速度卻很快。魯哀公知道，這叫「小步快趨」，是一種對君主表示敬重的禮節。

「孔大夫不必拘禮，請坐！」

聽到魯哀公賜座，孔丘更顯惶恐不安。連忙提起裙裳下擺，小步急趨地走上臺階，到達席前，憋住一口氣，好像不呼吸似地慢慢跪坐下去。

看孔丘已在席上坐定，魯哀公對宮內侍者說道：「賜食。」

隨著魯哀公一聲令下，一位宮內侍從立即端上一個食盤，放到了孔丘坐席前的食案上。孔丘情不自禁地低頭看了一眼，原來是一碗黍米，一隻鮮桃。

「孔大夫，請！」

孔丘見魯哀公有令，先起身答謝了一番，然後就低頭端起食盤中的那碗黍米吃了起來。

魯哀公身邊的侍者見了都捂著嘴大笑，魯哀公也忍不住說道：

「孔大夫，黍米是給您擦拭桃子用的，不是讓你吃的。」

孔丘立即跪直身子，回答道：「這個臣是知道的。只是黍米是五穀之中最為貴重的，國君在郊外舉行大典祭祀祖先時，都是以黍米為上等祭品供物的。而我們所吃的水果，一般有六種，其中最低檔的就是桃子了。因此，祭祀時桃子根本擺不上供桌。」

魯哀公聽了，連連點頭。魯哀公左右侍者，聽了則肅然起敬。

孔丘見此，遂又接著說道：

「臣聽說，君子以賤物拭珍品，沒聽說以珍品而拭賤物。黍為五穀之長，桃乃果中之下。今臣若以黍拭桃，則是以賤拭貴。這樣，於禮不合，有傷於禮，有礙於義，故臣不敢。」

魯哀公聽到此，脫口而出贊道：「說得好，大夫真聖人也！」

「國君過譽矣，臣實不敢當！」

「大夫博古通今，又周遊列國，見多識廣。寡人愚鈍，治國之日淺，望大夫不吝賜教寡人一二！」

孔丘立即接口說道：「臣豈敢在國君面前言教？但願竭其忠心，以效愚誠！」

魯哀公見孔丘這樣說，立即問道：「為政治國，不知關鍵何在？」

「為政之要，治國之本，貴在選臣。」

「何以言之？」魯哀公追問道。

「選臣得當，不貪不怠，官知清廉，民知勤奮，國家何愁不治，政治何愁不清？」

「一國之君，何為則民服？」

魯哀公一聽，連連點頭。頓了頓，又問道：

「臣以為，作為一國之君，做到五個字，便可使臣民信服，天下太平了。」

「那五個字？」魯哀公急不可耐地追問道。

「舉直錯諸枉。」

「請大夫說得具體些。」魯哀公誠懇地說道。

「國君治國，要使臣民服從，唯有以德服人。為政以德，譬如天上北斗之星，安然處其位，而眾星拱之。國君任用正人君子，將其置之奸邪小人之上，就能以正壓邪。臣民就會知道國君用人的導向，大家一心向善，天下何愁不治？國君何憂之有？反之，『舉枉錯諸直』，以錯誤的糾正正確的，以邪壓正，則民心必不服，國家必不治也。」

「大夫言之是也！」

二、懷忠信以待舉

周敬王三十六年，魯哀公十一年（西元前四八四年）。五月二十八日，雨後天晴，空氣清新。辰時剛到，孔丘就依約來晉見魯哀公了。

因為已是第二次晉見了，君臣二人依禮揖讓進退一番之後，便進入了魯哀公議事大殿。賓主循禮各就各位，魯哀公打量了一下孔丘的著裝，見他這麼熱的天卻長袍大袖，峨冠博帶，覺得新奇，遂不禁脫口而出，問道：

「今日大夫之衣冠，莫非就是傳說中的儒者之服？」

「臣不知什麼是儒者之服，只知穿衣戴帽要入鄉隨俗。曾記得，小時候臣在魯國生活，所穿之服是腋下肥大寬鬆的那種袍子。年長，遷居於宋，所穿衣裝又有所不同，連冠冕也有差異，好像戴的是殷朝流行的章甫帽。」

「既然儒者之服未有一定之說，那大夫就給寡人說說儒者之行，如何？」魯哀公轉移話題道。

「儒者之行，說來話長，恐怕一時半會難於窮其究竟。」

「哦，是嗎？」魯哀公更加好奇了。

「三言兩語，肯定講不清楚。如果要講清楚，恐怕您的侍者全部換班了，也未必能夠講完。」

「有這麼複雜嗎？」魯哀公以為孔丘在故弄玄虛。

「臣在國君面前豈敢戲言？」

「既然如此，來人，擺席看酒，請先生盡言之。」

孔丘見魯哀公真有誠意，大有挑燈夜戰的意味，遂放開懷抱，說道：

「儒者好比是席上珍饈，以待知味者享用。他們晝夜苦學，滿腹經綸，是為了有朝一日有人向其請教；他們懷忠抱誠，崇道弘義，是為了將來能得到舉薦，發揮長才；他們全心全意，勉力做事，是為了得到國君的聘用，為國效力。這便是儒者修身立世的標準。」

「大夫請喝口酒，不急，慢慢說。」魯哀公一邊說著，一邊自己先端起酒爵呡了一口。

孔丘沒有端起酒爵飲酒，而是直視魯哀公，繼續說道：

「儒者穿衣戴帽，講究端莊古雅，不媚俗，不趨新，更不標新立異。他們行為謹慎，舉止從容。委以大事，辭讓不就，似有倨傲之嫌；委以小事，亦辭讓不就，似有虛偽之情。然而，一旦決定受命從事，對大事則如履薄冰，權衡再三，謹慎而為之，好像心有畏懼；對小事，亦態度嚴謹，戰戰競競，不因事小而草率視之，好像心懷愧疚。他們進取難，退讓易，柔弱謙恭，給人以無能之感，這便是儒者的外表。」

魯哀公聽到此，放下手中酒爵，跪直了身子。

「儒者起居，即便是平日，亦嚴肅謹慎，不肯苟且。或坐或立，皆有一定之儀，表現恭敬之意。他們言必誠信，行必忠正。道途之上，不會為了省點腳力而與他人爭搶捷徑。冬天不與人爭避風向暖之所，夏日不跟人搶有樹木陰涼之地。他們珍愛生命，善保有用之軀，以待他日而有所作為。這便是儒者『豫而有立』的行事風範。」

魯哀公聽到此，態度更加嚴肅了。

孔丘看了看魯哀公的表情，知道他有誠意，遂又繼續說了下去：

「儒者不以金玉為寶，而視忠信為寶。他們不謀求佔有多少土地，而視仁義為立身處世的肥田沃土。他們不求積累萬貫家產，而以追求學問為最大財富。儒者難得，卻易於供養；易於供養，卻難以羅致。時機不宜，難以相見，可見儒者並非易得。非正義之事，不予合作，可見儒者並非招之即來就可以效力的。如果他願意合作，一定是先效力，而後取俸祿，可見儒者是易於供養的。這便是儒者對待人情世故的態度。」

說到此，孔丘感到有點口渴，情不自禁間端起坐席前的酒爵飲了一口。望了一眼魯哀公，見他不住地點頭，遂又繼續說道：

「儒者不貪圖他人錢財，不沉溺於嗜好而玩物喪志。對於外來威脅，不以對方勢眾勢大而畏懼；

縱使戈矛以臨之，亦不苟且退縮。見利不虧其義，見死不改操守。過去之事不後悔，未來之事不疑慮。錯誤的話不說第二次，流言誹謗不為所動。注重威儀，但不工於心計。這便是儒者的處世方式。」

魯哀公沒吱聲，但看得出聽得非常認真。

「儒者可以親近，但不能脅迫；可以交往，但不可威逼；可以殺頭，但不受辱。他們居不求安，食不求甘，安貧樂道。他們有過失，可以婉轉指摘之，不可直言相斥，不留情面。這便是儒者的剛毅表現。」

「哦，原來儒者是這樣的個性，寡人完全不知。」魯哀公恍然大悟似地說道。

孔丘沒有接話，繼續順著自己的思路說了下去：

「儒者以忠信為盔甲，以禮義為盾牌。守仁義以行事，懷美德以處世。雖有暴政，亦不改其志。這便是儒者抱持原則、卓而不群的品格。」

魯哀公聽到此，又忍不住插話道：「夠君子，佩服！」

孔丘報以莞爾一笑，繼續說道：

「儒者有一畝之宅，容膝之室，足矣。編竹以為門，織草以為席，破甕以為窗，不以為陋。他們可以兩天只吃一餐，但出門必須換件像樣的衣裳。建言獻策，長官納之，不會沾沾自喜，自以為能力超人；長官不納，不認為自己沒有見識，而要曲意獻媚。儒者作為讀書人，就是這種脾氣。」

「是漢子，寡人喜歡！」

「儒者與時俱進，按照當代人的生活方式生活，但不放棄對古聖賢行事風格的追慕。因為當代人的行為，就是後世的楷模。若不逢聖主，上無人引薦，下無人推舉，讒佞小人結黨比周而諂之，縱使生命有虞，他們亦不改其志。雖三餐不濟，饑腸轆轆，仍不忘百姓之苦。這便是儒者心憂天下的胸懷。」

聽到此，魯哀公不禁感歎道：「魯國若有這樣的儒者，則寡人何憂之有！」

孔丘對於魯哀公的話不以為然，心想，俺就是這樣的儒者，只是你還不瞭解俺而已。但是，初次見面，還不宜駁他，得繼續說儒者的好處，讓他徹底改變對儒者的誤解，那樣自己才有可能被重用，重拾執政的機會，實現自己「克己復禮」、夢回周公的理想。想到此，孔丘端起席前酒爵呡了一口。然後，又從容說開了：

「儒者博學而不厭，篤行而不倦。失意獨處時，不放縱自己而自甘墮落；得意騰達時，不離經叛道而為所欲為。他們講禮，以和諧為貴，以寬容為貴。他們仰慕前賢之高義，亦能包容眾庶之平凡，就像陶瓦一樣方圓隨宜。這便是儒者海納百川的容人之量。」

魯哀公聽了不住點頭，讚賞之情寫在臉上。

孔丘深受鼓舞，繼續說道：

「儒者為國舉賢，內舉不避親，外舉不避仇，唯才是從，唯德是從。他們走上從政之路，積極進取，建功立業，不是為求累積資本而謀高官厚祿。他們舉賢薦能，乃是為國為民，不是為圖回報。因此，國君能賴儒者舉賢而治國，百姓能賴儒者薦能而受惠。如果有利於國家，何圖自己的富貴。這便是儒者舉賢薦能的真意所在。」

「儒者真高尚之士也！」魯哀公又不禁脫口贊道。

「其實，儒者的高尚情操還多著呢？」

「那先生趕緊給寡人多說說。」魯哀公催促道。

「儒者修身養性，思想獨立。國君諮詢國策，他們一定謙誠以對。只是他們生性淡泊、守正嚴謹的品德，往往不為國君與百姓所瞭解而已。國君有過失，他們會婉轉地勸諫，但不會採取激烈的做法。得志時，不居高臨下而傲人；有功時，不沾沾自喜而顯擺。天下安定時，群賢畢至，不輕視自己的作用；社會混亂時，小人當道，不消極頹廢而不振。不與觀點相同的人結黨，不跟見解相左的人為敵。這就是儒者立身行事特立獨行的表現。」

「儒者既然有如此高尚的人格，那為什麼不為世用呢？」魯哀公問道。

「儒者之中，各色人等皆有，不能一概而論。他們當中，有些人上不願為天子之臣，下不肯為諸侯之吏。他們處世謹慎恬靜，崇尚寬容；待人接物，不卑不亢；汲取新知，如饑似渴。他們淡泊名利，即使是分疆裂土，亦視之如錙銖，不肯改變自己的志向而為他人之臣吏。這便是儒者的處世態度。」

「如夫子所言，儒者是很難與之交往了，要想引之為友，恐怕更是不易吧？」魯哀公聽到此，終於對儒者之行提出了疑問。

「儒者當然也是可以與之交朋友的，只是他們交友是有原則的。」

「什麼原則？」魯哀公急切地問道。

「儒者交友，講究志同道合，道不同不相為謀。彼此各有建樹時，都感到快樂；大家都不得意時，也不厭棄對方。與朋友久處，指其失而不諱；與朋友久別，聞流言而不信。志同道合，則保持友誼；志向相左，則分道揚鑣。這就是儒者交友的原則。」

「如此說來，只要瞭解儒者交友的原則，跟他們交朋友也並不是什麼難事。」魯哀公滿有信心地說。

「國君說得對。儒者表面給人一種不可接近的感覺，實際上都是些宅心仁厚之人，因為他們最推崇『仁』。」

「那麼儒者的『仁』又體現在何處呢？」

「溫良、慎敬、寬裕、遜接、禮節、言談、歌樂、分散，即是儒者『仁』的體現。」

「何以言之？」魯哀公追根究底地問道。

「溫良，就是為人溫和善良，這是仁的根本。慎敬，就是處事謹慎，有敬畏之心，這是仁的基礎。寬裕，就是待人寬厚，不刻薄，這是仁的開始。遜接，就是與人交往親切謙遜，有親和力，這是仁的魅力。禮節，就是為人處事循規蹈矩，以禮進退，這是仁的表現。言談，就是與人交談誠懇和善，這是仁的外在體現。歌樂，就是歌舞音樂和諧動聽，有感人的力量，這是仁的教化力量。分散，就是將博愛之心推廣開來，這是仁的踐行。儒者雖有這八種美德，但並不輕言自己已經達到仁的境界，這便是儒者恭敬謙讓的品格。」

「有此八德而不誇，真乃謙謙君子也！」魯哀公情不自禁地感歎道。

見魯哀公真有推崇儒者之意，孔丘心裡頗是欣慰，端起酒爵呷了一口，開始作最後的收結陳述了：「儒者不因貧賤而喪失理想，不因富貴而得意傲人。他們不會因為來自君王、官長、有司的干擾或壓力而改變志向，所以稱為『儒』。今號為『儒』者，乃徒有其名，而無其實，故為人所輕。『儒』之名，反倒成了一種諷刺人的稱謂。」

說完，孔丘不禁長歎一聲，狠狠地喝了一口酒。

魯哀公見孔丘如此感慨，連忙接口說道：

「寡人今日得大夫耳提面命，恰似醍醐灌頂，茅塞頓開，終於明白什麼是『儒』了。從今以後，寡人再也不敢以『儒』為戲了。」

說完，魯哀公起身繞席，為孔丘斟了一盞酒，從此對之恭敬有加。

三、民之所以生者，禮為大

周敬王三十六年，魯哀公十一年（西元前四八四年）。六月初一，時屆大暑。但因剛下過一場大雨，曲阜城的暑氣為之一掃而光。空氣清新，天藍地碧，沿街兩旁的樹木枝繁葉茂，濃綠欲滴。

一大早，孔丘穿著一套麻布夏服，坐上馬車，穿過窄窄的小巷，驚起一群群在地上覓食的鳥兒。望著撲騰騰飛向天空的鳥兒，他的思緒隨著目光也飛向了遠方。走到曲阜東西走向的主街道上，孔丘一邊讓馭手放慢了車速，一邊撩開車窗布簾，探出頭來，看著街上熙熙攘攘的人群從容地穿行。

走了大約烙二十張大餅的功夫，馬車停在了魯國國君的宮牆之下。今天，孔丘與魯哀公有約，要討論些國事。

「國君，孔大夫已經到了，就在宮門外候見呢。」宮內侍衛遠遠望見孔丘的馬車停到宮牆之下，就連忙跑進宮內向魯哀公報告了。

「快請孔大夫入見。」

可是，等了很久，才見孔丘穿門入戶，誠惶誠恐地走到近前。

本來，魯哀公今天是要請孔丘來商討治國大計的，見他今天穿了一套新衣服，走路那樣小心翼翼，進殿時那種誠惶誠恐的拘禮之態，突然忘記了正題，情不自禁地脫口而出道：

「早就聽人說，大夫非常推崇禮。據說，大夫曾經為了瞭解夏朝的禮制，特意前往杞國考察。為了瞭解殷朝的禮制，又專程前往宋國考察。但是，不知結果如何？」

孔丘見魯哀公突然對「禮」的問題感興趣，覺得這可是個好機會，他一生的理想就是要「克己復禮」，恢復周公制定的禮樂制度。他認為，當今天下，之所以亂臣賊子橫行，人心不古，就是因為大家都不守「禮」。想到此，他立即接住魯哀公的話茬，回答道：

「稟國君，臣確曾因為考察夏、殷二朝禮制而專門去過杞國與宋國，雖然因為年代久遠而沒有得到驗證，但卻得到了夏朝的曆書《夏時》和殷朝的易書《乾坤》。」

「可是，《夏時》與《乾坤》並不是關於禮樂制度的書啊！」魯哀公感到不解。

「國君說得對，《夏時》、《乾坤》確實都不是關於禮樂制度的專書。但是，透過《夏時》和《乾坤》二書，我們可以從中瞭解有關陰陽的功用與禮的區分等級。更重要的是，我們由此發現了一個重要線索：禮最初是肇始於飲食的。」

「禮最初是肇始於飲食？此話怎講？大夫可否為寡人詳說之？」

魯哀公有這樣的求知欲望，孔丘當然感到高興，於是便興味盎然地打開了話匣子：

「在遠古時代，我們的祖先發明了火，開始用火將黍米烤熟了吃。又將一整頭的豬用刀劈開，割片烤熟來吃。還在地上挖出一個坑作為容器，將酒盛放其中，以手為杯，舀酒而飲。為了助興娛樂，他們還紮草為槌，擊打以土製成的鼓。這樣，他們就可以祭鬼神，以示敬意了。每當一個人死了，活著的人就會登房頂而高呼：『某某，回來吧！』接著，以生肉作為『飯含』之禮。為免死者日後挨餓，人們還在埋葬死者的同時，給他包一些熟食。這樣，死者雖埋於地下，但靈魂卻在天上。這就是遠古時代登高招魂、就地埋葬的古禮。另外，死者下葬時還有一個規矩，就是頭須朝北，腳須朝南。因為北方屬陰，南方屬陽，為了尊重活人，死者必須頭朝北下葬。這就是從遠古時代傳下來的古禮。」

說到此，孔丘抬頭看了看魯哀公，見他正凝神傾聽，一副恍然大悟的樣子，更加心情振奮，遂又繼續說了下去：

「古時的君王，在住的方面，條件極為簡陋，不像今天的君王都住在高大巍峨的宮殿之中，冬暖夏涼。他們冬天壘土為窟以避寒，夏天紮草為巢以庇身。在食的方面，由於當時尚未發明火，他們只能食草木之果，或是生吃禽獸之肉，飲動物之血。在穿的方面，那時還沒有絲麻等紡織品，男女老少都以鳥毛獸皮蔽體遮羞。後世聖人出，鑽木取火，人們開始以火烤煮食物。還發明了用模具澆鑄金屬，調和泥土燒制磚瓦陶器等技藝，於是便有了宮室之營造，酒醋之釀造。後來又在生產活動中學會了栽桑養蠶，種麻織布。這樣，人們開始穿上了絲綢與麻布，生活水準得到了大大改善。在養生送死、祭祀鬼神的過程中，祭禮也日益趨於完善，與早先有了大不同。」

「如何不同，請大夫詳說之。」

「祭祀時，先將清酒置於內室，甜酒與濁酒放在門裡，赤酒放在堂上，澄酒置於堂下。然後，抬上牛羊豬三牲，擺上鼎俎等祭器，排列琴、瑟、管、磬、鐘、鼓等樂器，以此迎接上神與祖先降臨享用。通過祭祀活動，使君臣上下的尊卑關係得以彰顯，父慈子孝的人倫規範得以明確，兄弟友愛的手足情誼得以加強，從而使上下同心，尊卑同德，夫婦各得其位，這就叫『承天之佑』。」

說到此，孔丘頓了頓，見魯哀公不住地點頭，眼裡透著真摯，遂又接著說了下去：

「除了祭品、祭器有講究外，祭祀時的禮儀也進一步強化。祭祀時，必須有主祭，先吟誦祝辭，然後敬清酒，獻牲血，薦牲毛，置生肉於祭器之中，呈魚肉熟食於案盤之上。頂禮膜拜時，踐蒲席而過，以布覆酒樽，著絲綢新裝，獻甜酒濁酒，呈烤熟之肉。為悅祖先之靈，主人與主婦交互進獻祭品。祭畢退下，將半生不熟的祭品合於一鼎之中烹煮。然後，再按牛羊豬分類盛入祭器之中。最後，主人再誦祝辭，向鬼神表達孝順之心；又代鬼神誦嘏辭，轉達鬼神對主人的慈愛之意。這叫『大祥』，是禮的最大功用所在。」

「哦，寡人明白了。那麼，大夫特別推重的『大禮』又是怎麼回事呢？」

孔丘見魯哀公如此好學不倦，雖然心裡高興，但卻謙虛地回答道：

「臣乃孤陋寡聞之人，尚不足以知『大禮』也。」

「大夫不必謙虛，還是給寡人說說吧。」

看著魯哀公那副虔誠的樣子，孔丘不好再謙虛推託，遂接著說道：

「臣聽說，禮在人類社會生活與人類發展中，是最為重要的。」

「何以言之？」魯哀公覺得孔丘這話說得太過誇張了，遂情不自禁地反問道。

「國君想想看，如果沒有禮，何以節制人們的行為。不能節制人們的行為，如何能夠虔誠敬天地、事鬼神？沒有禮，何以區分君臣、上下、長幼之尊卑？沒有禮，何以分別男女、父子、兄弟、婚姻等彼此之間的親疏關係？正因為如此，有道德、有遠見的君主都是極其推重禮的。」

「那麼君主推重禮，對治國有什麼好處呢？」魯哀公又發問道。

「明白禮的重要性，國君就會懂得如何用禮教化百姓，使他們不至於在男女婚配、親疏交往中有失禮行為。」

「言之有理。」魯哀公點點頭，表示認可。

「等到禮的教化效果達到一定程度時，再通過器物和服裝上的紋飾區分人的上下尊卑。只有百姓都接受了禮的教化而知禮守禮，才可能有喪葬祭祀的規範，以及宗廟禮拜的儀軌。只有熟悉了祭祀的儀軌，才能安排好祭祀用的祭品，佈置好祭神祭祖的食物，每年按時舉行隆重的祭禮，以表達對祖先和神靈的崇敬之情。」

「大禮就這些嗎？」魯哀公又問道。

「非也。祭祀過程中，還要安排參祭親屬的座次，區分長幼的次序，分別血緣的遠近。祭祀之後，宗族聚會飲宴，也有座次排序的問題，必須安排合乎禮儀規範。這樣，才能在聚宴中加深親情、融洽關係，體現血緣紐帶意義。往昔的君主，非常重視這些，但日常生活上卻非常樸素。他們住著低矮簡陋的房子，穿著質樸無華的衣裳，車不加飾，器不鏤花，食不二味，心無奢望，與百姓同甘共苦，有福同享，有難同當。古代的賢君聖主就是這樣講禮的。」

聽孔丘如此推重古人，魯哀公又情不自禁地問道：

「那麼，現在的君主為什麼不這樣做呢？」

孔丘一聽，慨然歎道：

「而今的君主，則好利不厭，放縱不羈，荒唐怠政，傲慢無禮。他們只知搜刮民脂民膏，以滿足他們無盡的貪欲，而不怕激起民憤。他們一意孤行，剛愎自用，違逆民意，以伐有道之國。他們為了滿足自己的欲望，無所不用其極，屠戮無辜，濫殺民眾，完全不依法治國，不立法安民。遠古的君主清心寡欲，愛民如子；現今的君主貪得無厭，視民如寇。因此，現在的君王不能修明禮教。」

「寡人終於明白了，原來禮並不是虛的擺設，而是教化百姓，治國安邦的利器啊！」魯哀公如夢方醒似的感歎道。

「國君意識到這一點，實乃魯國萬民之福也！」

四、事任於官，無取捷捷

周敬王三十六年，魯哀公十一年（西元前四八四年）。六月十九日，一大早，天氣就熱得令人透不過氣來。太陽升起才一會兒，剛剛上面還滾動著晶瑩露珠的樹葉，轉眼間就燥得打起卷兒。樹間的蟬兒，叫聲時斷時續，大概是熱得叫不動了。

早朝過後，魯哀公一身大汗，大臣還沒走出大殿之門，他就急急往後殿跑去，一邊跑一邊催促內侍道：「快去備水，寡人要沐浴更衣，熱死寡人了。」

洗過澡，脫去笨重而不透氣的朝服，換上輕便透氣的麻布輕裝，魯哀公感到一身輕鬆，原來躁動不安的情緒也漸漸平復下來。

午膳過後，魯哀公無所事事，覺得非常空虛無聊。遠遠望著宮牆正門外來來往往，川流不息，為生活奔波的人們，他突然憐憫起他們的辛勞，覺得自己應該有所作為，讓老百姓過上好一點的日子。這樣想著，他突然醒悟到，因為自己生病的緣故，已經三個月沒見孔丘了。當初讓季康子從衛國迎回孔丘，目的就是希望發揮孔丘的才幹，幫助自己治國安邦。如今這樣冷落孔丘，不是待賢用才之道啊！

想到此，魯哀公立即叫過內侍，傳令下去，讓人備車去接孔丘大夫來見。

大約過了烙三十張大餅的功夫，宮中侍者就駕車接來了孔丘。

孔丘以為魯哀公有什麼重大國事相召，一入宮門就小步快趨，滿臉的汗水「叭嗒」、「叭嗒」

往下掉，寬大的裙袍早已被汗水濕透了。

如儀入殿，走到魯哀公座前時，孔丘猛一抬頭，發現魯哀公竟然穿著薄薄的輕紗，不禁愕然。魯哀公請他入座，他半天沒有反應。最後，魯哀公猛然醒悟，大概是因為孔丘看到自己的著裝不合君臣之禮吧。於是，連忙起身道歉說：「孔大夫，寡人失禮了！」

魯哀公一邊說著，一邊就向後殿走去。而孔丘則仍立在原地不動。

不一會，魯哀公穿戴整齊，道貌岸然地坐在了君主的位子上，說：

「孔大夫，現在可以入座了吧。」

孔丘見此，連忙施禮如儀，然後慢慢地跪坐到席上。

魯哀公雖知孔丘是個拘禮之人，但見孔丘汗流浹背，衣服全濕透的樣子，還是忍不住地問了一句：「大夫，穿成這樣不熱嗎？」

孔丘明白魯哀公這話的用意，但並不想糾正國君什麼，只順著他的話作表層語義的回答道：「心靜自然涼。」

「言之有理！」

「其實，治國亦是這個道理。」

聽孔丘說到治國，魯哀公立即接口道：

「寡人因為近期多病，數月未請教大夫了。今日特召大夫來見，就是要請教治國之道。」

「臣乃孤陋寡聞之人，豈敢奢談治國之道？」

「大夫不必謙虛。寡人雖然愚魯，但願勉力而為之。」

「國君有思治之心，實乃魯國萬民之福也。」

「魯國現狀，大夫再清楚不過了。依大夫之見，要想改變目前的現狀，使魯國富強起來，老百姓的生活水準有所提高，當務之急是什麼？」

「依臣之見，只有四個字。」

「哪四個字，請大夫明示。」

「為國掄才。」

「寡人早就有心為國掄才，選賢與能，與寡人共治魯國。可是，放眼望去，寡人不知才從何來？」

魯哀公似乎非常無奈地說道。

「生於當代，卻追慕古聖賢的道德風範；按現代人的生活習俗生活，卻依舊峨冠博帶，服飾一如古人。這樣與眾不同的人，難道是隨便都能找到的人才嗎？」

「依大夫之見，是不是那些頭戴殷朝章甫帽，腳穿古代絇飾履，腰繫大帶子，手板插在腰間的人，都是賢才呢？」魯哀公不禁質疑道。

「那倒不是。孔丘剛才所說的話，並非是這個意思。那些穿著禮服、戴著禮帽，乘著軒車出行的人，是為了去行祭祀之禮，而志不在祭禮饗賓的葷菜；那些身穿麻布喪服，腳蹬菲草之鞋，手拿哭喪棒，喝著稀粥的人，是為了來行喪禮的，而志不在喪禮招待的酒肉。生於今日社會，卻追慕古聖賢的道德，遵循古代的儀禮；依當代人的生活習俗而生活，卻穿著古代的儒服，我說的就是這樣的人。我們看他們，不能只看其外表，而要看到他的內心世界。」

「大夫說得好啊！關於人才，是不是就是這些呢？」魯哀公又問道。

「當然不是。其實，人才是有不同層次的，可以分為五類。」

「人才還分五類？是哪五類，大夫可否為寡人詳說之？」魯哀公急切地說道。

「庸人、士人、君子、賢人、聖人。國君若能區分這五類人才而有選擇地使用，那治國平天下的方法都有了。」

「那麼，什麼樣的人算是庸人呢？」魯哀公認真地問道。

孔丘不假思索地回答道：

「所謂庸人，就是那些做人不懂謹慎、善始善終的人，說話信口開河而毫無道理的人，處世不知擇賢而托其身的人，做事不努力而使自己生活得以安定的人。這些人往往見小不見大，小事明白，大事糊塗。他們整天忙忙碌碌，卻不知所事何為。為人沒主見，做事隨大流，不知自己追求的到底是什麼。這就是庸人的表現。」

魯哀公點點頭，表示明白了。接著又問道：

「那麼，什麼樣的人是士人呢？」

「所謂士人，就是那些為人有主見，做事有原則的人。他們做事有明確的計畫，即使不能達到行道義、安天下的境界，也一定有自己一套值得人效法的行事法則。他們不一定能集百善之美於一身，但必有值得人們借鑒的處世方法。他們未必學識淵博，無所不知，但一定會審慎地思考所掌握的知識究竟哪些是正確的。他們說話不求多，但求說得符合事理。他們未必行過萬里路，但一定知道所走過的路是否正確。他們善於通過自己的思考而弄清事理，並用恰當的語言表達出來，最終落實到行動上。這就像生命與身體合而為一，不可分離一樣。他們不視富貴為有益，不以貧賤為有損。這就是士人的風骨。」

「那麼，什麼樣的人才算君子呢？」魯哀公又迫不及待地問道。

孔丘頓了頓，望了一眼魯哀公，然後接著說道：

「所謂君子，就是那些言必忠信，而心無怨憤之人。他們行仁行義，美德在身，但臉上卻看不出絲毫自誇炫耀的表情。他們考慮問題周到細緻，但表達看法時絕不會把話說死。他們對自己的理想有執著的追求，對實現理想有充分的信心。他們認準目標，就會勇往直前，自強不息。看看他們那平和從容的樣子，好像就是平凡人，人人都可超越，實際上則是可望而不可及的。這就是君子的境界。」

孔丘話猶未了，魯哀公就急不可耐地追問道：「那麼，什麼樣的人是賢人呢？」

「所謂賢人，就是那些道德不逾規範，行為合乎法則的人。他們言論可以成為天下人行動的指南，而又不會成為天下人批評的箭垛；他們的思想可以化育天下百姓，而又不會有礙于人自然本性的發展。他們生財有道，富可敵國，天下人也不認為他財雄勢大；他們散財濟貧，施惠蒼生，天下人也就不再有溫飽之憂。這就是賢人的形象。」

魯哀公一聽孔丘所說的賢人是如此的完美，對於聖人更是有著莫大的期許了，遂再次急切地追問道：「那麼，聖人又是怎麼樣的一種人呢？」

「所謂聖人，就是那些德比天地，符合大道的人。他們處世善於變通，為人圓融和諧。他們瞭解萬事萬物發生、發展的過程，能夠根據萬事萬物的特點，依其發展規律予以協調推動。他們善於布達思想，闡發大道，使萬民情志暢達。在天下百姓心中，他們如頭頂上的日月，化育萬民猶若神靈。可是，普通民眾不知其德，近在眼前，亦不識其人。這就是聖人的造化。」

「說得真好啊！若無大夫之賢，寡人今日何以得聞此高論？儘管如此，但寡人由於自幼長於深宮之內，養於婦人之手，不知何謂哀傷，何謂憂愁，何謂辛勞，何謂畏懼，何謂危險，恐怕不足以對萬民行『五儀』之教。大夫，您看怎麼辦？」

孔丘一聽，覺得魯哀公說的也是實情，態度頗是誠懇，但是對於這樣沒有體驗過人間疾苦的公子哥兒，他也不知如何教他了。於是，只得無奈地說道：

「從您的話中，知道您已明白了其中的一些道理。對此，臣就沒有什麼好說的了。」

魯哀公一聽，連忙說道：「寡人資質愚鈍，如果沒有大夫的開導，寡人恐怕還是難以明白如何用人治國。所以，還望大夫為寡人再指點指點。」

孔丘見魯哀公並無虛情假意，頓了頓，遂又接著說道：

「國君到宗廟祭祖，行祭祀之禮，侑勸祖神享用三牲。依禮從東階登堂，抬頭仰視屋椽，低頭察看案席，見俎豆鼎彝俱在，犧牲玉帛俱在，但卻看不到先祖來享用。睹物思人，觸景生情，國君就知道什麼是哀傷的情感了。

黎明即起，著衣正冠，天剛亮就上朝視事，與群臣謀劃國家大計，考慮國家可能面臨的各種危機，唯恐思慮不周，就要導致國家的動亂甚至滅亡。國君設身處地想一想，也就知道憂為何物了。每天日出就要上朝聽政，要一直忙到深更半夜。諸侯子孫，往來賓客，都要一一接見，按照禮儀行禮揖讓，每個動作都要中規中矩，以表現出一國之君的威儀。國君用心體會一下，也就知道什麼叫辛勞了。沉思于現實，思念著先祖，思緒飛到了遙遠的古代。走出都門，極目遠望，思接千古，睹前代城池之廢墟，知國家興亡之有定。國君想想自己的責任，也就知道什麼是畏懼了。

國君，就好比是一艘船；老百姓，就好像是一江水。水可以載舟，亦可以覆舟。國君想想此中情景，也就知道什麼叫危險了。國君如果能夠明白這五個方面，又稍稍留意一下上述的五種人才，那麼治國理政，還會有什麼失誤呢？」

孔丘說完，抬頭看了看魯哀公，見他若有所思的點了點頭，知道這一下他應該明白了。

沒想到，魯哀公突然又提出了另一個問題：

「寡人明白了人才有五種，治國有『五儀』。但具體到用人的方法，需要掌握哪些原則呢？寡人不敏，還望大夫明以教之。」

孔丘似乎早有預見，知道魯哀公要問這個問題，立即脫口而出道：

「事任於官，無任捷捷，無取鉗鉗，無取啍啍。」

「什麼意思？大夫可否詳說之？」

「所謂『事任於官，無任捷捷』，就是任命官員，主管相關事務，不要挑選那些沒有清廉節操，貪得無厭之徒。」

「那麼『無取鉗鉗』呢？」魯哀公連忙接口問道。

「就是任用官員，不要挑選那些口是心非、待人不誠之人。」

「那『無取啍啍』，又是什麼意思？」

「就是不要信用那些口無遮攔，說話不謹慎的人。這些人為官，可能因為性格的原因，往往會信口開河，言多必失，那樣會引起社會的混亂，壞了國君的大事。」

「大夫說得有理！」魯哀公脫口贊道。

孔丘則連忙道：

「任人好比用箭、禦馬。彎弓射箭，必須先要調好弓弦，這才能使射出去的箭射得遠，射得強勁有力。駕車遠行，必須先要套好馬，然後才可能讓馬跑得快、車子行得穩。用人之道亦復如此。選用官員，先要看他是否具有誠實、謹慎的品格，然後再考慮他是否聰穎有能力。如果選用了一個有才幹而無道德的人，那麼他會運用手中之權胡作非為，禍害無窮。這樣的人就好比兇狠的豺狼，避之猶恐不及，所以千萬不可親近。」

魯哀公聽到此，連忙接口說道：

「寡人明白了，用人之道，德在先，才在後，先德而後才。」

「當然，能夠德才兼備，則更好。」孔丘補充道。

「如果做到了大夫上述所說的，是否就能治理好國家，稱得上是賢君了呢？」

「可以這樣說吧。」

「如果是這樣，依大夫之見，當今天下諸侯之中，何人能算得上是賢君？」

孔丘沒想到魯哀公會立即提出這個問題將自己一軍，頓了頓，略帶勉強的口吻，說道：

「目前我還沒發現有這樣的一個人。如果硬要從諸侯之中找出這麼一位，孔丘以為衛靈公還算夠格。」

「衛靈公？」魯哀公一聽，不禁吃驚地問道。

「是啊，是衛靈公。國君認為衛靈公算不上是賢君嗎？」

魯哀公不以為然地答道：

「寡人聽說，衛靈公閨門之內，姐妹姑嫂之別亦未區分好。『齊家』尚談不上，遑論『治國』了。大夫將他視為當今賢君，寡人實在困惑不解。」

「臣說衛靈公為當今賢君，乃就其在朝廷上的表現而言，而非指他閨門之內的事。我們看一個國君是否賢君，主要看他在朝堂之上的表現，在任人處事方面的作為。」

魯哀公見孔丘這樣說，遂連忙接口問道：

「那麼，衛靈公在任人處事方面到底有些什麼表現呢？」

「孔丘在衛多年，曾聽衛靈公弟弟親口所言：靈公有一弟子，名曰渠牟，其才智足可以治千乘之國，其品德足可以表率萬民，維護國家穩定。靈公愛之，親之任之。衛國有一士，名曰林國，敬賢愛賢，唯賢是舉。被他薦舉的賢人，即便被罷黜，他也會將自己的俸祿分一半與他。靈公認為林國賢能，對之信任有加，大凡林國有薦，靈公必用。因此，在靈公治下的衛國，沒有一個賦閒遊蕩而不為國所用的士人。衛國還有一個士人，名曰慶足，人格高尚。國家有難之時，國君不請自到，幫助出謀劃策，排憂解難。國家太平時，他則掛冠封印，讓位于賢能。衛靈公親之愛之，對他尊重有加。衛國還有一位大夫，名叫史鰌，因為政治主張沒能實行，就離開了衛國。衛靈公為此郊居三日，琴瑟不張，必待史鰌回來才敢回城。由上述諸事例來觀察，說衛靈公是賢君，有何不可？」

至此，魯哀公終於心服口服地點了點頭，表示認同。頓了頓，又問道：

「那麼，賢君治國當以何事為先？」

孔丘不假思索地回答道：

「為政之急者，莫大于使民富且壽也。」

「那麼，具體怎麼做，才能使民富且壽呢？」魯哀公又迫不及待地追問道。

「不奪農時，輕徭薄賦，則可富民；加強教化，遠離罪疾，則可以讓人民健康長壽。」

「大夫言之有理。只是寡人有些擔心，若輕徭薄賦，國庫入不敷出，恐怕魯國會變得更加貧困了。」

孔丘聽魯哀公這樣說，遂抬起頭來，誠懇而坦誠地凝視著魯哀公，說道：

「《詩》曰：『愷悌君子，民之父母。』既然國君愛民如子，百姓亦視國君為父母，那麼天下哪有子女富裕了，而父母獨受其貧呢？」

「大夫說得沒錯。可是，有一個現實問題。而今周公禮法不存，天下諸侯爾虞我詐，常常以大欺小，兵戎相見。魯乃小國，國無財力，如何能在這弱肉強食的社會生存下去呢？大夫有沒有辦法，讓我魯國小而能守，大而能攻，始終立於不敗之地呢？」

孔丘一聽，不禁莞爾一笑，道：

「假如國君朝廷有禮，君臣相親，上下同心，天下百姓皆欲為國君之臣，誰還敢貿然戈矛以臨之？如果有違此道，百姓棄國君而去，視國君為仇敵，那麼天下誰還願意替國君守疆衛土？」

「說得好！寡人謹受教！」

於是，魯哀公立即下令，廢除山澤之禁，允許老百姓上山自由打獵、下河自由捕魚。並減輕關卡與交易場所的稅收，讓百姓感受到國君愛民之心、惠民之意。

五、凡為天下國家有九經

自從廢除山澤之禁的政令頒佈之後，魯國百姓一片叫好，覺得這是魯哀公的一大功德與善政。魯哀公聽到來自民間的稱頌之聲，自然心裡非常得意。

周敬王三十六年，魯哀公十一年（西元前四八四年）。九月十八日，秋高氣爽，丹桂飄香。日中時分，魯哀公處理完政務，信步走到了後花園。看著滿園高低不一的各種植物，聞著微風中飄來的陣陣桂香，他感到心情特別開朗。在園中流連了一會後，他又回到了大殿，看了一會內侍搬來的一堆竹簡，揣摸五帝、三皇以及周公等先賢治國的經驗，憶往昔，想未來，不禁大為感歎。

正在此時，突然一個侍衛從外面急步進來，報告說：

「國君，孔大夫在宮外等候晉見。」

「孔大夫等候晉見？」

旁邊的一位內侍連忙接口說道：「是啊，國君忘記了嗎？今天與孔大夫相見，不是您上次親自約下的日子嗎？」

魯哀公一拍腦袋，突然醒悟道：「是，是，是，是寡人約下的。快請孔大夫入見。」

不一會，孔丘就在內侍的引導下進入了大殿，輕車熟路，行禮如儀，然後坐下。

孔丘甫一坐下，魯哀公就開口問道：

「大夫，寡人剛剛讀史，忽有所感，正在困惑不解呢。」

「國君有何困惑？不知能否說來讓臣聽聽？」

「國家的興亡禍福，究竟決定於天命，還是決定於人力呢？」

孔丘一聽是這個問題，不答反問道：「依國君看來，到底是決定於天命，還是取決於人呢？」

「寡人覺得還是決定於天命，非人力所能左右。」

孔丘立即斬釘截鐵地說道：「非也！自古以來，國家的命運都是取決於人，而非天命。」

「大夫這樣說，有什麼事實根據嗎？」

孔丘脫口而出道：「當然是有事實根據的。不知國君聽說過沒有，殷紂王時代，發生了一件怪事，國都城牆邊有一隻小鳥生出了一隻大鳥。占卦者告知紂王說：『凡以小生大，則國家必霸，威名必揚。』紂王聽了歡喜雀躍，從此不修國政，殘虐臣民無所不用其極，忠臣義士無人能諫止匡救。

最後，天怒人怨，周人趁機攻入，殷朝從此滅亡。依仗天降吉兆，逆天而行，肆意妄為，使上天的福佑轉化為亡國禍殃，這就是一個鮮活的例證。」

孔丘說到此，故意頓了頓，抬頭看了看魯哀公，見他表情凝重，遂繼續說道：

「紂王之祖太戊時代，因社會風氣敗壞，國家綱紀紊亂，招致天降凶象，朝堂之中長出了一棵妖樹。而且不到七日，這棵妖樹就長到粗得要兩手合抱。當時占卦者說：『桑穀本是野生之木，不合長於朝堂內室，莫非這是亡國的徵兆？』太戊聽說此話，感到非常恐懼。從此反躬自省，加強道德修養，努力效法先王治國安邦的經驗，用心摸索如何教化百姓的措施。三年之後，國家大治，近悅遠來，先後有十六個國家因追慕殷朝的德治，派使者不遠千里前往朝覲學習。見凶象而反省，修其身以彌禍，終能轉禍為福，這也是一個鮮明的例證。」

說到此，孔丘再次頓了頓，見魯哀公在凝神傾聽，神色嚴肅，遂收尾作結道：

「天降災難，地現怪兆，都是上天用以警示為人君者。寤夢有所寄託，異兆有所應驗，皆是告誡為人臣者。災妖不勝善政，寤夢不勝善行。能明白這個道理，就能達到治國的最高境界。歷史的經驗證明，只有明主賢君，才能臻至這一境界。」

魯哀公聽到此，不禁慚愧地低下頭。過了一會，才抬起頭來，誠懇地望著孔丘說道：

「寡人真是淺薄啊！幸虧大夫這樣教誨我！」

孔丘聽魯哀公這樣說，遂連忙鼓勵道：「國君有知不足之心，這也是魯國萬民之福啊！」

君臣對視，沉寂了一會，魯哀公又問道：

「依大夫之見，一國之君如何做，才能遠天災而避人禍呢？」

「其實，周文王、周武王治國的成功經驗，都寫在了簡策上，只是大家都沒有好好體會，好好執行而已。這些明君聖主所制定的治國方略，在他們在世時實行得很好，卓有成效。可是，當他們死去之後，這些好的政策就沒人實行了。」

「大夫言之有理。自古及今，人存政舉、人亡政息的事比比皆是。」

孔丘點點頭，繼續說道：

「天之道，在化育眾生；地之道，在滋生萬物；人之道，在敏於政事。為政，就像種蘆葦。蘆葦的生長需要雨露的滋潤，為政則需要萬民的擁護。因此，為政之道，在於得人；得人之道，在於修身；修身目的，在於施仁行義。仁，說的是為人之道，以敬愛親人為要。義，說的是處事之道，以尊崇賢能為要。但是，人際關係有親疏之別，因此愛親人與愛天下人，就有一個感情的深淺問題。人的賢能有等次之分，因此對賢人的敬重程度就有所不同。這種差別與等次，就是禮產生的根據。禮，是政治的基礎。因此，君子不可以不重視修身。君子思修身，則不可不孝親。君子思孝親，則不可不知人。君子思知人，則不可不知天。」

「那麼，這些與為政治國有什麼關係呢？」魯哀公聽孔丘越說越偏離主題，遂提醒道。

孔丘望了一眼魯哀公，莞爾一笑，沒有正面回答，順著自己的思路繼續說道：

「放之四海而皆準，揆之古今皆通行的道理是『五倫』，敦睦『五倫』的途徑是『三德』。五倫，即君臣之道、父子之道、夫婦之道、兄弟之道、朋友之道。三德，即智、仁、勇。五倫，乃人間之至道；

三德，乃天下之至德。對於這些道理，有的人是天生就知道，有的人是通過學習後才知道，有的則是遇到挫折後被動學習而最終才明白。但是，等到他們明白了，結果都是一樣的。有的人在實踐中自覺地加以運用，有的人在行動中順利地予以運用，有的人落實到行動上有困難卻也勉力而為之。但是，等到成功了，結果都是一樣的。」

魯哀公聽到此，不禁脫口而出道：

「大夫的意思是說，一個人的悟性有差別，能力也有大小，但是，只要有一顆向善之心，和不斷努力進取的意願，那就可以了。說的真好！寡人以前確實不懂這個道理，也確實做不到這一點。」

孔丘聽魯哀公這樣說，感到非常欣慰，覺得對他進行啟發教育還是有效果的，輔佐他成為明君也還是有希望的。於是，進一步鼓勵啟發道：「好學則近于智，力行則近於仁，知恥則近乎勇。有『智』、『仁』、『勇』三德，也就知道怎樣修身了；知道如何修身，也就懂得如何治人了；知道如何治人，當然也就知道如何治國平天下了。」

「大夫的意思是說，政治也就到此為止了？」魯哀公問道。

孔丘搖搖頭，頓了頓，斬釘截鐵地回答道：「非也。凡為天下、國家，有九經。」

「大夫是說，治國安邦共有九種途徑？」

「正是。」

「敢問是哪九種？」魯哀公迫不及待地追問道。

「修身、尊賢、親親、敬大臣、體君臣、子庶民、來百工、柔遠人、懷諸侯。」

「請大夫為寡人詳說之。」

「『修身』，就是加強自身的修養，培養起高尚的道德。這樣，就能成為天下人的表率。」

魯哀公立即接口說道：

「也就是以德服人，以德治國吧。」

孔丘點點頭，繼續說道：

「『尊賢』，就是尊重賢能之士，向他們問道求學。這樣，治國安邦中遇到什麼疑難困難就能迎刃而解了。」

「那麼『親親』呢？」

「『親親』，就是孝敬自己的父母，做一個孝子賢孫。這樣，兄弟姐妹之間就會團結友愛，不會鬧矛盾，不會有怨恨之事發生。」

魯哀公點點頭，這一點他非常明白。

「『敬大臣』，就是尊重朝廷重臣，遇事多徵求他們的意見。這樣，集思廣益，治國執政就不會有太多困惑了。」

「那麼『體群臣』呢？」魯哀公不明白「敬大臣」與「體群臣」有什麼分別，遂追問道。

「『體群臣』，就是體諒臣下、士子的處境，瞭解他們的難處。這樣，他們就會深受感動，會回報國君更多。」

「那『子庶民』呢？」

「『子庶民』，就是像對待自己的子女一樣對待所有老百姓，愛護他們，關心他們。這樣，老百姓就會深受激勵，努力上進，一心向善。那麼，天下何愁不太平？」

魯哀公重重地點了點頭，孔丘又繼續解說道：

「『來百工』，就是制定恰當的工商管理政策，使遠近的手工業者都願意來我國做生意。這樣，經濟繁榮起來，國家的稅收不就增加了嗎？」

「沒想到大夫還有經濟頭腦，有理才的意識。」魯哀公情不自禁地評論道。

「『柔遠人』，就是對遠方蠻、夷之人懷有仁慈之心，善待他們。這樣，他們就會從四面八方前來投奔歸順。」

「那麼『懷諸侯』呢？」魯哀公又問道。

「『懷諸侯』，就是對其他諸侯國實行懷柔安撫政策。這樣，天下諸侯都會敬重他。」

「那麼，具體實行起來，有哪些方法呢？」魯哀公一聽，非常感興趣，遂進一步追問道。

「虔誠齋戒，內外整潔，盛服端莊，行動必合乎禮，這就是修身的方法。讒言不入於耳，女色不近於身，輕利重德，這就是尊賢的方法。對賢能者封以爵位，厚予俸祿，與他們的好惡保持一致，這就是孝親的方法。」

孔丘剛說到這裡，魯哀公就提出疑問道：

「尊賢厚祿，何以就是孝親呢？」

孔丘一聽，莞爾一笑道：「尊賢厚祿，使祖先遺留的江山社稷永久存續，豈非孝親之義？」

魯哀公點點頭，表示認同。

孔丘遂又繼續說了下去：

「對大臣多加信任，予他們以充分發揮才幹的機會，讓他們對國家有所貢獻，這就是敬大臣的方法。對忠誠守信之人予以重祿厚賞，這就是激勵士子的方法。不妨農時，輕徭薄賦，這就是愛護百姓的方法。定期考察百工的工作，按勞配以官糧，這就是招徠百工的方法。迎來送往，獎賞做得好的人，而同情能力不及的人，這就是安撫遠人的方法。讓亡國之君的後裔得到封地，使荒廢的城邦得以復興；治亂政，挽危局；與諸侯各國往來，按時依規，給對方多，自己要的少，這就是懷柔諸侯的方法。」

聽到此，魯哀公不禁贊道：「大夫說得真是精闢啊！」

孔丘回以感激的目光，又繼續說道：

「治國安邦的途徑雖然有九種，但實現起來，掌握一個總原則就可以了。」

「什麼總原則？」魯哀公又急切地問道。

「凡事豫則立，不豫則廢。」

「大夫的意思是說，一國之君做任何事都要預先有所準備。有了充分的準備，事情就能做成。反之，就一定做不成。是不是這個意思？」

孔丘一聽，非常高興，連聲贊道：「國君真是聰穎過人，魯國大治指日可期也！」

「大夫言過其實矣！請繼續說吧。」

孔丘頓了頓，又繼續前言，說道：

「只要掌握了這個總原則，就會無往而不利。因為要說的話事先考慮好，到表達時就不會有失誤；要做的事事先佈置好，到做的時候就不會出差錯；要實施的行動事先規劃好，屆時就不會失敗而後悔；要實現的人生目標事先確定好，那麼按部就班，一步一個腳印，就能實現。一個人處於下位時，沒有辦法讓上司賞識重用，那麼他就沒有機會參與政治，發揮出管理國家的長才。有辦法讓上司賞識，卻得不到朋友的信任，那也不算是得到了上司的重用。有取信于朋友之道，卻不聽從父母的教誨，當然最終也不會得到朋友的信任。有取信于父母之道，但並無依順父母的誠心，也算不得是孝順父母。有辦法修煉自己，使內心充滿誠意，但不明白如何行善，那也難於表現誠心。誠，乃天下之至道。使人誠，則是人倫之道。誠，乃發乎內心，不必努力就能做到，不必考慮就能得到，一舉一動皆合乎『道』，只有聖人才能從容而自然地做到。使人誠，則需要選擇一種好的辦法，使之堅持不懈，固守不失。」

「大夫教誨寡人真是全面啊！那麼，請問如何開始行動呢？」

孔丘不假思索地說出了十字要訣：

「立愛自親始，立敬自長始。」

「大夫為什麼那麼強調『愛』、『敬』二字呢？」魯哀公又提出了疑問。

「『立愛自親始』，就是表現仁愛之心要從孝敬父母開始。這樣，可以教化天下萬民慈善和睦。『立敬自長始』，就是表現恭敬之意要從敬重長者開始。這樣，可以教化天下百姓謙恭順從。民知慈睦，就會樂意孝養父母雙親；民知恭順，就會樂意聽從君王之命。人民既孝敬父母，又順從君王命令，那麼天下何愁不治？君王何所不能？」

魯哀公聽到這裡，不禁大為感慨：

「大夫之論真是精闢無比！誠為治國安邦之良方！只是寡人雖然明白，就怕做不到。」

第十三章　傳道解惑

一、季康子問學

周敬王三十六年，魯哀公十一年（西元前四八四年）。十月初三，孔丘往季氏府拜訪魯國執政季康子。因為從衛國回魯後，季康子已經兩次登門拜訪過他，所以他也得回訪。

沒想到，時至巳時，季康子還在內室睡覺。孔丘跟季府家臣說：

「你進去問問冢宰，他得了什麼病？」

見季氏家臣進去稟告季康子，陪同孔丘一起來訪的子貢，連忙悄聲問道：

「先生，季康子沒病，而您要探他的病，這合乎禮嗎？」

孔丘不假思索地回答道：「按照禮，君子若無喪事，則不睡在外室；若非齋戒，或是生病，大白天不會睡在內室。如果夜間睡在室外，即使有人來弔喪也是合乎禮的。今季康子白晝睡於內室，為師探問他的病，難道不合禮？」

孔丘話音剛落，季康子已經從內室出來了。

賓主相見，互相寒暄問候了一番，便分賓主坐定。

因為沒有別的事，說了些閒話後，孔丘便要起身告辭。這時，季府一個家臣進來報告說：

「昨天國君遣人來請求的事，家宰如何答覆？」
孔丘一聽，隨口問道：「請求何事？」
「哦，是這麼回事。國君欲舉行田獵，看中季府一塊田，想借用一下。肥正想就這個問題請教夫子呢。您看，是借還是不借？」
孔丘立即正色回答道：
「丘聽說，君取之於臣，叫取；君給與臣，叫賜；臣取之於君，叫借；臣給予君，叫獻。」
季康子一聽，不覺神色一變，恍然醒悟道：「肥實在是未明白這方面的道理，慚愧！」
說完，季康子立即對侍立在旁的家臣說道：
「從今往後，國君若是遣人來要什麼，一律不得再說借字了。」
見季康子如此從諫如流，孔丘不禁由此及彼，聯想到一件往事。
那時，孔丘任魯國大司寇，季桓子為執政，季康子只是其父的助手，正在學習從政。有一次，因一件涉及到魯與鄰近小國關係的問題，孔丘要往季府拜訪季康子，跟他協商。可是季康子年輕氣盛，不僅不敬之以禮，還顯得有些不耐煩。之後，孔丘繼續派人往季府通報，季康子仍是拒絕。雖如此，但孔丘最終仍決定要前往季府拜訪。弟子宰予實在看不下去，心有不平地跟孔丘說道：
「弟子曾經聽先生說過：『縱使王公貴族，若不以禮相聘，我就不會去找他們。』而今先生任大司寇時日不多，怎麼就折節委屈自己多次了呢？弟子以為，為名節計，為人格計，先生都是以不去為好。」

孔丘莞爾一笑道：

「子我，你有所不知。魯國以大欺小，以兵加害鄰近小國的日子不短了。可是，魯國相關官員不聞不問，這會鬧出大亂子來的。今國君任我為大司寇，有哪一件事比這件事更值得我關注的呢？」

孔丘的這番話被傳出去之後，魯國很多人都說：

「孔丘這樣賢德的人治國安邦，我們有什麼理由不主動停止做那些違法亂紀的事呢？」

自此以後，魯國少了很多爭吵之事，人與人之間多了一份禮讓。

宰予看到老師謙恭禮讓的品德深深影響到全體魯國民眾，不禁非常感佩老師的人格，甚至當面讚揚老師。可是，孔丘卻意味深長地說道：

「離山十里，蟪蛄之聲猶在於耳。為政之人，理應像隔山傾聽蟪蛄之聲一樣，仔細聽取他人的意見，然後擇善從之，並付諸實施。」

正當孔丘對比季康子今昔對於聽取意見的不同態度，一時陷入回憶之中時。

季康子見孔丘突然目光呆滯，陷入沉思中了，不知他在想什麼，於是，便沒話找話說道：

「夫子博古通今，學識淵博，弟子遍天下。惜肥年輕時未能醒悟，錯失了向夫子求學的機會。今雖為魯國執政，然才疏學淺，以致有很多問題都還弄不明白。不知夫子肯不肯為肥指點迷津，讓肥也長點學問。」

孔丘畢竟是書生，又有教書匠「好為人師」的職業病，一聽季康子說有問題討教，頓時來了精神，立即回答道：「冢宰不必過謙，有什麼問題儘管提出來，大家可以討論。」

「肥曾聽聞五帝之名，而不知其實，請問何謂五帝？」

孔丘從容答道：

「丘曾聽楚人老聃說過：『天有五行，水、火、金、木、土。五行分時化育，以成萬物。其神謂之五帝。』古代帝王改朝換代，都要改國號、改年號，就是取法五行的稱謂。按五行改朝換代，更替帝王，周而復始，循環不已，這便是仿效五行的變化。古之賢君聖主，死後也會以五行與之相配。如太皞配木，炎帝配火，黃帝配土，少皞配金，顓頊配水，就是如此。」

孔丘話音未落，季康子又問道：

「太皞氏從木開始，有什麼道理嗎？」

「因為五行運行，是從木開始的。木配東方，萬事萬物皆從此出。因此，為帝王者亦仿之，首先就以木為德稱王於天下。然後，則以所屬之行，依次轉換承接。」

季康子又問道：

「我聽說，句芒為木正，祝融為火正，蓐收為金正，玄冥為水正，後土為土正，這些掌管五行之神彼此有別，不相混淆，而都被稱為帝，原因何在？」

「以上這五正，都是五行的官屬名稱。五行輔佐他們成為帝王，於是便被稱為五帝。太皞等人也與之相配，也稱作帝，後來就一直這樣稱呼了。以前，少皞生有四子，分別叫做重、該、修、熙，他們的能力可以勝任金、木、水。於是，少皞氏乃使重為句芒，就是主木之官，號曰木神；讓該為蓐收，就是主金之官，號曰金神；讓修和熙為玄冥，就是主水之官，號曰雨神，或稱水神。又讓顓頊之子黎為祝融，就是主火之官，以火傳佈教化，號曰火神；讓共工之子句龍為後土，就是主土之官，號曰土地神。這五個人各以其才能和所掌管的事情為職業，生為上公，死為貴神，別號五祀，不可與帝位等同。」

孔丘話音剛落，季康子又追問道：

「如此說來，帝王改號，於五行之德來說，是因為各有其不同的管轄範圍吧。那麼，他們之所以要這樣承繼變化，主要原因又是什麼呢？」

孔丘頓了頓，又接著說道：

「這主要與他們所崇尚的德行有關，因為他們稱王時都有其所依據的特定德行。夏人以金德治天下，所以崇尚黑色。大事、喪事皆用黑色，行軍打仗乘黑馬，所養供祭祀和食用的牲畜也是黑色。殷人以水德治天下，所以崇尚白色。大事、喪事用白色，行軍打仗乘白馬，所養供祭祀和食用的牲畜也是白色。周人以木德治天下，所以崇尚紅色。大事、喪事用紅色，行軍打仗乘紅馬，所養供祭祀和食用的牲畜也都是紅色。這便是夏、殷、周三代不同之所在。」

「那麼，堯、舜二帝所崇尚的顏色又是什麼呢？」季康子又追問道。

孔丘回答道：「堯帝以火為德而稱王，崇尚黃色；舜帝以土為德而稱王，崇尚青色。」

季康子又問道：「陶唐、有虞、夏後、殷、周獨不與五帝相配，這是什麼原因？是因為他們德不及上古，還是有什麼限制呢？」

「古代平治水土，播種百穀的人很多，但只有共工之子句龍配饗土地之神，帝嚳之子棄則成為稷神。易代供奉，只限於二人，不敢增多，其原因是要表明不可與帝等列。所以，自太皞以下，直到顓頊，都順應五行而稱王。稱王者數目雖不限於五，但都與五帝相配。這是因為他們不論有多少人，其德行都不可能超過五這個數目的緣故。」

孔丘說完，季康子連忙起身繞席，恭恭敬敬地向孔丘施了一禮，說道：

「肥謹受教！聽您一席話，勝讀十年書！」

二、閔子騫問政

自從向孔丘問學後，季康子對於孔丘的態度有了一個根本的轉變，開始打內心深處佩服他的博學與卓識。

孔丘來訪後的第三天，季康子找來冉求，跟他說：

「我想實行田賦改革，將軍費改按田畝徵稅。想了很久，但始終拿不定主意。俗話說：『一動不如一靜』，我怕改革田賦制度會帶來很多新問題，所以，那天夫子來訪，我也不敢拿這個問題請教他。你是他的得意弟子，你去幫我探探夫子的口氣，看他有什麼意見？」

冉求做了好多年的季氏宰臣，與季康子有主僕之誼。加上目前在朝廷為官，也都與季康子的提拔信任有關。因此，季康子既然已經請托，他就無法推辭了，於是便答應而去。

見到孔丘，冉求將季康子的意思連說了三次，孔丘都只有一句話：「這個問題我不懂。」

冉求瞭解自己的老師，於是坦誠地說道：

「先生，您是魯國的元老，季康子要實行田賦制度改革，就等著聽您的意見，而您卻說不懂，不肯發表自己的看法，這是為什麼？」

可是，不論冉求怎麼說，孔丘就是始終不予回應。冉求無奈，只得硬著頭皮回去向季康子彙報。

等到冉求再從季康子那裡回來時，孔丘卻叫過他，悄悄跟他說：

「子有，你過來。你沒有聽說嗎？先王確定土地制度，是依據勞力多少與田地多寡來分配的，而且還結合田地的遠近予以調整平衡。根據市鎮所收賦稅，來估算居民財產的多少。徵發徭役，是以夫為單位來派勞力的，並且根據夫的標準酌量老幼的減免數目；而對於那些鰥寡孤疾和老者，則一律予以免除。國家有戰事時，就徵收一定的賦稅；沒有則不收。有戰事的年份，以井田為單位，每一井田承擔一稯禾、一秉牲口草料、一缶米的賦稅額度。這對國民來說負擔不算太重，先王也覺得只能是這個稅率了。」

「慚愧，這些弟子都不知道。如果早點知道，也可勸諫季康子別起改革賦稅的念頭。」冉求說道。

孔丘看冉求態度誠懇，於是接著說道：

「君子之所為，必依據於禮。施捨當從厚，舉事要適中，斂賦要從薄。季康子若能及於此，我也覺得心滿意足了。若不依禮，貪欲不加節制，即使是按田畝來徵收賦稅，也仍會覺得不滿足。季康子若真想依法行事，周公的典章制度就擺在那裡，完全可以拿來參考啊！若是有心要有違先王法度，隨意行事，那何必又要來請教我的意見呢？」

一席話說得鏗鏘有力，全在理上，冉求連聲說道：「弟子謹受教！」

冉求諾諾而退，一臉沮喪地走出孔府時，閔損卻興高采烈地進了孔府。

看到閔損喜形於色的樣子，孔丘連忙問道：「子騫，有何喜事呢？高興成這個樣子啊！」

閔損也不隱瞞，連忙回答說：「國君授予弟子費邑之宰職務，不日就要履新了。」

「哦？這可是好事啊！學而優則仕，你早就該出仕了。這次既然有了一個行政歷練的機會，可要盡心盡力，務必要像師兄子路、子貢、冉有一樣，做出成績來，千萬不要讓為師臉上無光嘍！」

閔損回答道：「弟子一定遵照先生的教導，竭盡全力，治理好費邑。只是弟子從未有過從政經驗，所以臨行前還想請先生指教一番。」

「其實，沒有從政經驗也無妨，只要記住兩個字，足矣。」

閔損連忙問道：「先生，哪兩個字？」

孔丘不假思索地回答道：「德與法。為政以德，為政以法，則無往而不利也。」

「為什麼？」

孔丘看了看閔損，接著說道：「德與法，乃禦民之工具也。這就好比駕駛馬車，需要用馬勒與轡繩一樣。一國之君，就好比是馬車的馭手。而各級官員，則就好像是約束馬的馬勒和轡繩。至於刑罰，則就如同馬鞭。君主執政治國，事實上就像是馭手掌握著馬勒、轡繩與馬鞭一樣。」

「先生說得真形象！那麼，請問先生，古人究竟是怎樣執政的呢？」閔損深切感動地望著孔丘，認真地問道。

孔丘回答道：「古代天子治國，以內史為左右手，以德、法為銜勒，以百官為轡繩，以刑罰為馬鞭，以萬民為馬，因此治國數百年而無過失。善於禦馬者，重視矯正馬勒，備齊轡鞭，均衡使用馬力，使左右兩驂同心協力。這樣，馭手口無聲而馬隨轡用力，馭手鞭不舉而馬奔馳千里。善於治民者，重視道德與法制的統一，百官言行的端正，人民勞力的平均，百姓之心的安定。這樣，政令不必重複而民皆順從，刑罰不用而天下大治，天地都認為他有道德，萬民皆歸順於他。如此，他的德化必然是美好的，他的民眾必然會稱頌他。」

閔損連連點頭稱是，孔丘繼續說道：「而今，人們說到五帝三王，都認為他們所創造的盛世境界是獨一無二的，他們的尊嚴與威儀仿佛還歷歷在目。為什麼會這樣呢？別無他因。是因為他們的法制健全，他們的德化深厚。因此，老百姓思念他們的德政時，必然會稱頌他們，早晚祝福他們，讓上天都知道他們的德化恩澤。上天欣悅，因而福佑他們的朝代，使他們的年成五穀豐登。而那些不擅馭民者，則正好相反。他們棄德廢法，專擅刑罰。這就好比馭馬，棄轡繩與馬勒而專用杖策鞭打。這樣，豈能駕馭得了馬。不用轡繩與馬勒，而專用杖策，馬必受傷，車必毀壞。不修德政，沒有法制，而只用刑罰，結果必然導致人民流離，國家滅亡。」

「德、法對於治國就那麼重要嗎？難道舍此就別無他法？」閔損反問道。

孔丘看了一眼閔損，頓了頓，以不容置疑的口氣回答道：

「治國而無德、法，民眾就無道德修養；民無道德修養，則必迷惑失道，不知所從。如此，上天必認為是亂了天道。如果亂了天道，刑罰必然失據，上下相訣，無人再講忠誠信義，這就是失道的必然結果。今人言惡者，必比之于夏桀、商紂，這是為什麼呢？沒有別的解釋，是因為他們法制不公，民眾心懷不服；他們道德不厚，民眾恨其殘虐。因此，當時的民眾莫不為之悲歎，並朝夕詛咒他們，以致上天都知道了。上天震怒，不肯饒恕他們的罪惡，於是便降禍於他們，使災害並生，讓他們的朝代滅絕。因此說，德與法，乃禦民之本也。」

「御民要講德與法，這個道理弟子明白了。那麼，先王御民到底有哪些有效之術呢？」閔損又問道。

「古之明君聖主，御民治天下都有一套行之有效之術。他們以六官總理國務，以司會周知四方。」

「六官是指哪六官，司會又有什麼職責？」閔損問道。

「六官，是指冢宰、司徒、宗伯、司馬、司寇、司空。他們分工明確，職責分明。冢宰用以成就『道』，司徒用以成就『德』，宗伯用以成就『仁』，司馬用以成就『聖』，司寇用以成就『義』，司空用以成就『禮』。司會，乃冢宰之副，掌管君王六典八法之戒，加強對四方諸侯及化外之人的統治。君王控制了六官，就像馭車手裡抓住了轡繩。司會掌握了六典八法，使仁義均齊，就像手中握有四馬之車兩旁馬的內側轡繩。」

「先生的意思是說，御民治天下，就像御馬。駕馭四馬之車，要控制好六根轡繩；治理天下之民，要厘清六官的職責，端正他們的行為。是吧？」閔損又問道。

孔丘點點頭，繼續說道：

「善禦馬者，坐正身體，握好韁繩，均衡左右馬力，使四馬步調一致、同心協力，迴旋曲折，皆能縱心所欲。這樣，長途奔赴目標，也可以應付一切危難。這就是明王聖主禦天地、治人事的法則啊！」

閔損聽了，連連點頭。

孔丘頓了頓，又接著說道：「昔天子治天下，以內史為左右手，將六官用作韁。然後，配合三公控制六官，均五教，齊五法。如此，控引正確，便能無往而不利。為政以道，則國治；為政以德，則國安；為政以仁，則國泰；為政以聖，則國平；為政以禮，則國和；為政以義，則國興。這便是執政之術。」

「先王禦民治天下，難道都是這樣十全十美嗎？」閔損又問道。

「人非聖賢，孰能無過？即使是明君聖主，也會有過失，此乃人之常情，不可苛求。過而能改，善莫大焉；過而不能改，則為過。官屬不分，職責不明，法政不統一，諸事失綱紀，這叫亂。如果出現這種情況，那就要追究冢宰之責。耕地荒廢，財物匱乏，萬民饑寒，教化不行，風俗淫僻，人民流離，這叫危。如果出現這種情況，就要問責于司徒。父子不親，長幼失序，君臣異志，上下乖離，這叫不和。如果出現這種情況，就要整飭宗伯。賢能而失官爵，有功而失賞祿，士卒恨怨，兵弱不堪用，這叫不平。如果出現這種情況，那就是司馬之過，需要追究。刑罰不公，亂象叢生，奸邪不盡，這叫不義。如果出現這種情況，那就要追究司寇瀆職之罪。度量標準混亂，諸事皆無章法，大都小邑都不整修，財物失散，這叫貧。如果出現這種情況，就得問司空之罪。治國如駕車。同樣的車馬，有的人駕馭起來可以日行千里，有的人則只能一天走幾百里。這是由馭手駕車進退緩急有所不同所造成的。官員執政，以同樣的法律、法規為據，有的可以實現治平的效果，有的則導致混亂。究其原因，乃是他們在法律、法規的執行上有進退緩急的差別。」

閔損聽到這裡，忽又想到一個問題，於是問道：「天子高高在上，深居宮廷，如何瞭解下面的官員做得好不好呢？」

孔丘聽了，呵呵一笑道：「天子考核官員，自有一套辦法。古代的帝王，都常在冬末考察官員的德政，及時調整法律制度，觀察國家的治亂。德盛者，則所治必平；德薄者，則所治必亂。因此，天子考察官員德政，足不出戶，坐於廟堂之上，便可瞭若指掌。德盛，法律制度就會得以健全；德不盛，則整飭法律與政治制度。立法與行政都要依德而行，這樣才能天下大治，國運綿長。為帝王者，在春季的第一個月對官員的德、才、功予以考評。能將德、法統一起來而用以施政者，則為有德；能施行德、法者，則為有行；能實踐德、法並有所成效者，則為有功；能以德、法治平天下者，則為有智。因此，天子考評官吏，考察其德、法施行的成效，治理好國家，就算大功告成。」

「先生的意思是說，冬末調整法律制度，初春考評官吏，乃先王治平天下的關鍵，是吧？」閔損問道。

孔丘高興地點點頭，說道：「正是。費邑雖小，施政原則卻是一樣的。」

「弟子謹受教！」

三、子張問入官

由於齊魯之戰中孔丘弟子冉求、子貢、樊遲等人有突出的表現，加上孔丘又從衛國回到了魯國，孔門弟子先後走上仕途的不在少數。這既使孔丘有一種心理安慰，又對其他孔門弟子產生了鼓舞激勵作用。原來追隨孔丘只為學問，不為做官的弟子，也開始躍躍欲試了。

周敬王三十六年，魯哀公十一年（西元前四八四年）。十月二十八，曲阜的天氣已經開始冷起來了。這天西風吹得正緊，塵沙刮得讓人睜不開眼。孔丘從衛國返回魯國，雖然頗受魯哀公與季康子的尊重，但也只僅止於尊重，而並沒有委他以大任，只是時不時的召見請教問題。因此，充其量，他也只是一個國策顧問的角色。因為沒被委用任何職務，他的政治抱負也就無法實現，所以他每天更多的時間都貢獻給了來自諸侯各國的弟子。雖然弟子問學絡繹不絕，讓他不得清閒，但也解除了他晚年不少的孤寂，因為夫人過世後，家中更顯冷清了。

因為這天天氣不好，所以前來問學的弟子也就少了。到午後，則一個弟子也沒了。孔丘正感到孤寂無聊時，卻見顓孫師冒著冷風與塵沙來了。

「子張，這麼大的風沙，你怎麼還來了？有什麼緊要事嗎？」孔丘一見顓孫師進門就問道。

「先生，也沒什麼事，就是來看看您。」顓孫師顯得很隨意的樣子，好像真的沒什麼事似的。

子張是孔丘前幾年在陳國時所收的弟子，當時也只有十幾歲，比孔丘小四十八歲，今年剛到二十一歲。別看他年紀不大，但卻少年老成，待人接物從容閒雅，又長得一表人才，性格也不錯，寬厚而有君子之風。所以，孔丘頗是賞識他。

師生閒話了一會，子張突然將話題巧妙地切入到入仕做官方面。這時，孔丘才知道他今天是有備而來，看來他是要為入仕作準備了。於是，就跟他聊起了冉求，聊起了子路、子貢、樊遲等人。

聊完了冉求、子路等人的從政業績後，子張向孔丘提出了一個問題：

「先生，您覺得做官什麼最難？」

「安身取譽最難。」孔丘不假思索地回答道。

「先生的意思是說，宦海沉浮，安身立命，維護穩定的地位不易，獲得良好的聲譽更難，是吧？」子張問道。

孔丘點點頭，說道：「正是此意。」

「那怎麼辦呢？」

孔丘看了看子張認真的樣子，知道他是有意要進入仕途了。於是，也就認真地回答道：

「如果要想從政，在官場上站穩腳跟，並有所作為，為師送你幾句話。」

「先生請賜教！」

「己有善勿專，教不能勿怠，有過勿再，失言勿掎，不善勿遂，行事勿留。」

「弟子不敏，請先生說得更明白點。」子張懇求道。

孔丘看了看子張，乃從容說道：

「所謂『己有善勿專』，就是自己有什麼優長，不要獨專，也要讓別人學習而擁有。所謂『教不能勿怠』，就是教誨別人行善，要持之以恆，不要有懈怠情緒。所謂『有過勿再』，就是已經犯過的錯誤，不能讓其重複犯多次。所謂『失言勿掎』，就是話說錯了，要勇於承認，不要強詞奪理，曲意辯護。所謂『不善勿遂』，就是不對的事不要再繼續做下去了。所謂『行事勿留』，就是做事要講究效率，不要拖拉，更不能拖泥帶水。君子從政，如果能做到這六點，那麼他一定能在官場站穩腳跟，政治地位得到保障，名譽也會不求自來，而且今後的從政之路也會走得更順遂。」

「那麼，從政過程中，是否有什麼要避免的呢？」子張又問道。

「這也有六個方面需要注意。」

子張急切地問道：「先生，是哪六個方面？」

「怨嗟，拒諫，慢易，怠惰，奢侈，專獨。」

「這話怎麼講？」

孔丘頓了頓，接著說道：「怨嗟，就是心中常懷恨怨不平之意，看什麼問題，做什麼事情都帶有抵觸情緒，不能客觀冷靜，這是產生刑案的原因。拒諫，就是不能虛心聽取他人的意見，這是考慮問題會出現偏頗的原因。慢易，就是言行輕慢而不莊重，這是缺乏必要的禮節教育的原因。怠惰，就是為人懶惰，處事懈怠，這是機會遲遲不來的原因。奢侈，就是不注重節儉，揮霍浪費，這是造成國家財政不足的原因。專獨，就是作風專橫，獨斷獨行，這是事情難以辦成的原因。君子從政，如果能夠避免這六個方面，那麼他的官位就能鞏固，名譽也就不求自得，從政之路會走得非常順利。」

子張聽了，不住地點頭，似乎心有所悟。

孔丘見此，繼續說道：

「因此，君子一旦受大位、領大任，居廟堂之高，統治廣大疆域，就要精明睿智，頭腦清醒，處事公正，從大局著眼，辦事大刀闊斧。將忠與信結合起來，考察所做之事是否符合倫理規範。分清美惡，懲惡揚善。對治國安邦有益的，則予以推廣；否則，則予以消除。為國盡忠，為民盡力，不求回報。這樣，他就會深得民心，獲得民眾的擁戴。實施政令時，沒有逆民之意；說服民眾時，無犯民之言；處理民事時，沒有欺民之辭；為使民眾安居樂業，不在農忙時節打擾他們；為體現愛民之意，也不會置法律於不顧，對他們太過寬容。如果做到這些，那麼君子從政便會地位穩固，聲譽鵲起，百姓也會衷心擁護。」

「具體說來，又該怎麼做呢？」子張又問道。

「君子為政臨民，重視考察身邊之事，這樣就不至於因為看不清真相而出錯。重視從身邊之事做起，事情就容易做成。為政抓住關鍵，不用煩眾便能有成，而且會獲得民眾的稱譽。君子治國，其實從身邊的許多事情上都能得到啟示。泉水源源不斷，從不乾涸，那是因為它有許多源頭活水，不是只有一個水源。君子治國安邦，重視積聚民眾于自己周圍，招賢納士而為己用。人才多了，就像泉水源頭活水不斷。這樣，就可以量才而用，委以不同的職責，人盡其才，各盡所能。如此，政治必然清明，天下自然太平。君子有優良的品德，那是長期培養修養的結果。這種品德蘊藏在心靈深處，形諸色，發乎聲。如果能夠做到這些，那麼他的地位也就穩固了，聲望也能獲得，百姓也都會自願接受其管理。」

子張聽了，連連點頭稱是。

孔丘頓了頓，又繼續說道：

「居高位而不善治理，則政局必亂。政局亂，則紛爭必起。紛爭起，則亂局更亂。因此，明君治國必寬厚以容其民，慈愛以安撫其心。這樣，民眾能夠安居樂業，自然樂意聽從其管理。躬行實踐，是治國安邦的關鍵；慈愛之言，是紓解民眾鬱情的良藥。善政易於推行，而且民無怨言；善言容易打動人心，讓民眾不生二心。以身作則，率先垂范，老百姓就會仿效而行；心胸坦蕩，光明磊落，老百姓就會坦誠相見，言行不會躲躲藏藏。為政者肆意揮霍，不注意節儉，國家財力便會耗盡，生財之道便會斷絕。為政者沒有公心，只知貪圖私利，國家便會受損，善政就難以推廣。如果善政不能得到推廣，弊政叢生，則必天下大亂。天下亂，則善言必不聞於耳。」

孔丘說到此，已是口乾舌燥。子張見此，連忙趨前，給他斟了一盞水。

孔丘呷了一口，看了看子張虔誠的樣子，又繼續說道：

「為政者治國安邦，對於他人的建議能夠虛心聽取，詳察後予以採納，那麼天天都會有人來向他進諫。君子治國，之所以能有好的措施，那是因為他聽得進別人好的諫議。君子治國，之所以能有好的作為，那是因為他凡事都能躬親實踐。國君乃萬民之表率，官員是百姓言行的標杆，君王寵臣則是百官群臣的榜樣。表率若是不正，民眾便失去參照學習的對象；標杆若不正，民眾則亂了方寸，不知所措；君王寵臣若只知諂媚，則百官群臣都會學壞。因此，君王治國安邦務須要有戒慎恐懼之心，時刻牢記諸多倫理道德規範。」

孔丘說得太多，子張一時都抓不住重點了，於是不解地問道：

「那麼，君子為政到底應該怎麼做才好呢？」

「道德情操的培養最為要緊。」孔丘不假思索地回答道。

「那麼，怎樣培養呢？」子張又問道。

「君子培養高尚的道德情操，務須持之以恆，不斷積累。這樣，才能明辨是非，把握事物發展的方向與規律，然後選擇正確的方法，把國家治理好。如此，他的地位就獲得鞏固，名望不求自來，而且受用一生。」

「除了培養高尚的道德情操外，還應該注意什麼呢？」子張又問道。

「君子為政，要善於識人用人。這就好比一個婦人織布，她首先要做的工作是親自挑選絲麻；又好比一個優秀的工匠，他在開工之前一定要精心選料。明君聖主治國安邦，亦復如此。他們為了將國家治理好，獲得好的名聲，一定會親自挑選能夠輔佐自己治國的得力能臣。因為識人選人時用心些，治國安邦過程中就能省心些。一旦君臨天下，就好像爬樹，越往上爬，就越怕掉下樹去。六馬駕車，四散逃逸，一定是在通衢大道。民眾犯上叛亂，一定是因為君王失道。君王雖有高高在上的威嚴，但失去民眾的支持便危如累卵；民眾雖地位卑下，但卻決定了君王的命運，愛之則存，惡之則亡。為君王者，必須明白這一道理。」

「先生曾說過，君與民，猶如舟與水。水能載舟，亦能覆舟。說的就是這個道理吧。」

孔丘見子張能深刻領悟其思想，並與以前自己的言論結合起來，觸類旁通，不禁感到非常欣慰。

於是，連連點頭，進一步申述道：

「為君王者，居廟堂之高，南面而牧民，當貴而不驕，富而不倨，既要總攬全域，也要知微見著；既要用心經營當前，又要謀慮將來。雖深居內廷，卻並不閉塞視聽；情雖見於近，而思則達乎遠；考察的雖為一物，明白的卻有很多道理。長久關注某一問題，而不被別的事情干擾，這是因為他善於集中注意力，用情專一。因此，君子治國，不可以不瞭解民眾的心性，而理解其感情。既知道其心性，又洞悉其感情，這樣才能貼近民眾，得到他們的真心擁護，惟命是從。國家安定，則民親其君；政策公平，則民不怨君。」

孔丘說到此，看了看子張，見其神情專注，於是啜了口水，又繼續發揮道：

「因此，君子治國，既不會高高在上，熟視民眾的疾苦而不聞不問，也不會誤導民眾去做那些虛無狂妄之事。有些事情，民眾不願為之，君王不應責備他們；有些事情，民眾不能為之，君王也不應強迫他們。為顯揚功業，青史留名，君王擴軍備戰，開疆拓土，完全不考慮民眾的意願，民眾可能表面恭敬，但心裡會老大不樂意。為奠定王霸之業，君王連年大興土木，不顧民眾勞苦，民眾就會逃避而不聽其命。若責民所不為，強民所不能，則民眾必起怨恨之情，從而惹出亂子來。」

「先生的意思是說，君子治國要以民為本，不能只從自己的主觀要求去做，是吧？」子張問道。

「其實，不僅要以民為本，還要有寬厚之心。你知道古代的帝王為什麼冠冕之前懸有玉旒，兩旁懸有玉紞嗎？」孔丘問道。

「那是為了不讓臣下看見自己的真面目，讓人覺得神聖而神秘吧。」

孔丘聽了，莞爾一笑道：

「太淺薄了！有這樣一句話：『水至清則無魚，人至察則無徒』，你聽說過嗎？」

「聽過。意思是說，考察別人太過仔細，就無人願意追隨了。也就是說，為人處世有時裝聾作啞，也是有必要的。」

孔丘一聽，覺得子張果然人情練達，對世道人情頗是通透。於是，意有嘉許地說道：

「正是此意，你很有悟性。其實，裝聾作啞也是一種對人的寬容、寬厚。古之聖王明主，之所以玉旒遮目，玉紞充耳，那是故意給臣下一種耳不聰眼不明的感覺，以此讓臣下減少心理壓力，充分發揮其才能。這就是君王對臣下的寬厚。古之賢君明主，對民眾亦如此。民眾做錯了事，並不依法嚴懲，而是教育他們，讓他們自己認識到錯誤，自己改正。民眾犯了小罪，一定會設法找出民眾的優點，借此赦免他們；民眾犯了大罪，一定認真追查原因，瞭解真相，以仁愛之心教化他們，從而讓他們改惡從善；民眾犯了死罪，儘量寬恕他們，讓他們活下來，讓他們在得到訓誡後獲得新生，重新做人。這不是好事嗎？」

「原來寬容、寬厚竟有如此大的力量。看來，寬以待人也是君子治國的成功法寶吧？」子張感歎道。孔丘點點頭，繼續說道：

「君臣同心，君民不離，上下相親，君王的治國措施就能得以落實而無阻礙。因此，君子治國，首先要培養自己的道德。道德，是從政的第一步。以德治國，則政通人和，民眾莫不從其教化。為政者無德，則無以教化民眾。民眾不受教化，則不可驅而使之。因此，君子為政，要想取信於民，讓民眾配合落實其政見，就要先虛心聽取民眾的意見；要想迅速地推行其政見，就要躬行實踐，以身作則，作出榜樣；要想民眾儘快順從其統治，就要按事物發展的規律辦事。否則，雖然口頭順從，但落實到行動上一定會很勉強，效果不彰。為政不為民，則民必不親之信之。不能取信於民，民眾不回應君王之命，則何以治國安邦？以上所說，便是治國安邦的綱領，也是入仕做官的訣竅。」

「謝先生耳提面命，弟子謹受教！」

子張唯唯而退後，立即回去將孔丘的話全部記錄了下來。

四、子夏問詩

周敬王三十六年，魯哀公十一年（西元前四八四年）。十二月二十三日，天寒地凍，滴水成冰。咆哮的北風吹過曲阜城的大街小巷，讓所有在外面行走的人都不得不臣服地彎下腰，低著頭，兩手捂住耳朵。

「先生在家嗎？」

日中時分，當子夏推開孔府破舊的院門，低頭踏進小院時，正好遇到往外走的孔鯉，便隨口問道。其實，不必問，孔丘也會在家裡。因為他現在無官無職，每天除了接待弟子的問學，就是埋頭簡冊，繼續他以前未曾整理完成的《詩》。

果然，當子夏悄悄地走進孔丘的書房時，他正埋頭閱讀著簡冊，周圍的簡冊堆得像一座座小山似的。子夏不忍心打擾正在聚精會神閱讀的孔丘，就一直站在門口看著他。過了好一會，見孔丘伸了一下胳膊，站了起來，這才輕輕地叫了一聲：「先生。」

孔丘聽到聲音，回頭一看是子夏，甚是驚喜。

子夏，即卜商，衛人，是孔丘在衛國政治避難時所收的弟子，當時才十幾歲，今年剛剛二十三歲。雖然年紀不大，但天縱聰明。衛人有讀史志者曰：「晉師伐秦，三豕渡河。」子夏糾正說：「非『三豕』，當為『己亥』。」後讀史志者詢之于晉史，果然是「己亥渡河」。因此，衛人都以為子夏非常人。

正因為子夏聰明過人，又是晚年所收最年輕的弟子，所以孔丘就特別喜歡他。今天看他在如此寒冷的時候還來看他，更是非常感動，遂連忙慈祥地問道：

「子夏，這麼冷的天來有什麼事嗎？」

「沒什麼事，就是來看看先生。」頓了頓，子夏又說道：「先生是不是又在整理《詩》了？」

孔丘點點頭，說道：「正是，要整理好並非一日之功。」

「說到《詩》，弟子倒要請教先生一些問題。」

「什麼問題？但問無妨，為師自然知無不言，言無不盡。」孔丘這樣說的時候，那種好為人師、誨人不倦的神色情不自禁地寫在了臉上。

「《鄁詩》有云：『執轡如組，兩驂如舞』，先生以為有什麼微言大義嗎？」

「能夠寫出這兩句詩的人，大概是深諳為政之道吧。」

「為什麼這麼說？」子夏問道。

「在此紡織絲帶，卻在彼形成花紋。此言編織絲帶雖在此地，織好後卻流傳到了遠方。以此織帶之法治理天下，何愁有人不接受教化？揭旄於竿，以招賢者的忠告，莫過於此也。」

子夏聽了，覺得老師的解釋雖有些牽強，但也不能說毫無道理。於是，又轉而問到另一個問題：

「弟子曾讀《詩・正月》第六章，別有一種說不出的感受。不知先生讀此詩是什麼感覺？」

孔丘欣然回答道：「為師讀此詩，每每總有一種戒慎恐懼和提心吊膽的感受。」

「先生為什麼會有這種感覺呢？」

「我是為那些不得志的君子擔心憂慮，覺得他們的處境太危險了。他們如果順從君主，與世俗共沉浮，那麼就得捨棄對『道』的堅持；如果違背君主的意志，不與世俗同流合污，那麼自身將遭遇很大的危險。要知道，他們生活的那個時代並不崇尚仁善，而他們卻偏偏要追求仁善，所以就有人認為他們非妖即妄。」

子夏看老師這樣說的時候，仿佛他自己就是那些不得志的君子，眉頭深鎖，一副憂愁的樣子，於是不禁深受感染，也表現出了悲傷之情。

孔丘見此，更加動情地說道：

「那時的賢人君子真是不幸啊！他們既不能遭逢天時，又不能遇於賢主，終養天年也求而不得。夏桀殺龍逢，商紂誅比干，皆是其類。《詩》曰：『謂天蓋高，不敢不局；謂地蓋厚，不敢不蹐。』蒼天深邃高遠，卻不敢直起腰來走路；大地廣闊無垠，卻不敢邁開大步向前。這種既不敢得罪天，也不敢得罪地，上下皆有畏懼，無所自容的境況，又是何等悲慘呢？」

子夏聽到這裡，不禁感慨唏噓。

師生二人都沉浸於《詩》中人物的命運中，相對無言。

過了好久，子夏為了打破沉寂，也為了讓老師從悲傷中走出來，於是又向孔丘提出了一個較為輕鬆的問題：「《詩》曰：『巧笑倩兮，美目盼兮，素以為絢兮』，這幾句詩是什麼意思呢？」

孔丘不假思索地回答道：「這幾句話雖是寫莊姜之美，但實際要表達的則是這樣一個道理：先有白色的底子，然後在上面繪畫才好看。」

「引而申之，是不是可以這樣說：禮儀是在有了仁德之心之後才產生的呢？」

孔丘一聽，先前臉上的憂傷之容頃刻間就像雨後的天空，一下子就明朗起來，欣然說道：「能夠發揮我思想的，恐怕只有卜商啊！好，現在我可以跟你談《詩》了。」

子夏見孔丘如此欣賞自己剛才的那句話，並寄予他這麼大的希望，於是又問了一個問題：「《詩》云：『愷悌君子，民之父母』。弟子不明白，『愷悌君子』到底是個什麼樣子？怎樣的官才可以稱為民之父母？」

「民之父母，須通曉禮樂之源，達乎『五至』，躬行『三無』，並推行於天下。不論何處出現災難，他都能預知，這樣就可稱為民之父母了。」

「先生，請問何為『五至』？」子夏問道。

孔丘不假思索地回答道：「志之所至，《詩》亦至焉；《詩》之所至，禮亦至焉；禮之所至，樂亦至焉；樂之所至，哀亦至焉。此之謂『五至』。」

「先生的意思是不是說，只要自己心中有什麼想法，就能從《詩》中找到合適的句子來表達；《詩》有什麼要表達的內容，就有相應的禮隨之產生；禮所到之處，便有音樂的產生；音樂所到之處，哀樂之情也就隨之產生，是嗎？」

「說得好，正是此意。」

「那麼『三無』呢？」子夏又問道。

「無聲之樂，無體之禮，無服之喪，此之謂『三無』。」

「《詩》中何句，最近於『三無』？」子夏問道。

孔丘看了看子夏，說道：「『夙夜基命宥密』，便是無聲之樂；『威儀逮逮』，便是無體之禮；『凡民有喪，匍匐救之』，即是無服之喪。」

「先生說的太好了，思想太完美了，境界太偉大了！可是，先生所要說的，就是這些嗎？」子夏又問道。

孔丘應聲回答道：「當然不是。子夏，我要告訴你，『三無』真正的含義還得從五個方面來說。」

「這話怎麼講？」

孔丘從容說道：「無聲之樂，乃為心聲，不違背心志；無體之禮，雖不講形式，但卻從容閒雅；無服之喪，雖哭不出聲，卻能將內心極度的悲哀之情推及到他人，讓人深受感動。無聲之樂，有願必能實現，心想必能事成；無體之禮，和同上下，有利人際融洽；無服之喪，推廣萬國，無往而不利。這樣，用『三無私』的精神治國安邦，何愁天下不寧？」

「請問先生，何謂『三無私』？」子夏不解地問道。

「天無私覆，地無私載，日月無私照，此之謂『三無私』。這種境界，在《詩》中就有記載：『帝命不違，至於湯齊。湯降不遲，聖敬日躋。昭假遲遲，上帝是祇，帝命式於九圍。』說的是商湯之德。」

子夏聽到這裡，立即站了起來，背牆而立，說道：

「先生如此精闢之論，如此諄諄教導，弟子豈敢不記下。」

說完，子夏告辭而去，回家將此記錄了下來。

五、子貢問賢

周敬王三十七年，魯哀公十二年（西元前四八三年）。春二月，子貢奉命出使衛國。返回魯國前，衛國將軍文子（即彌牟）前往送別子貢。

二人長亭話別時，文子問子貢道：

「我聽說，孔夫子教育弟子的方法是，先以《詩》、《書》啟蒙，次以孝、悌思想予以引導，再說之以仁義，觀之以禮樂，最後灌輸以文學與德行，使之成為道德高尚之士。他的弟子中，望其門牆者有三千，但登堂入室，學問達到精深境界的，則只有七十餘人。不知在這七十余人中，誰是最賢者？」

子貢回答說：「非賜所知。」

文子不甘心，又說道：「閣下亦是七十賢之一，你們朝夕相處，怎麼說不知道呢？」

子貢回答道：「要瞭解一個賢人，其實並不容易，因為賢人都不是輕舉妄動之人。君子有言：『智莫難於知人。』所以，在下難以回答將軍。」

「瞭解賢人並非易事，這個道理在下也是知道的。只是因為閣下身在孔門，又是夫子得意門生，所以冒昧相問。」

子貢見文子這樣說，也就不好意思再推託了。於是，說道：

「正如將軍所知，夫子有弟子三千，有的與在下同時就學，有的則不是同時就學。所以無法把大家的情況都告訴您。」

「好，那就盡閣下所知，給我講講他們的德行吧。」

子貢看了看文子，見其態度誠懇而急切，遂從容說道：

「能夠起早摸黑，吟《詩》誦《書》，推崇禮義，不犯重複之錯，說話謹慎，從不馬虎，這是顏回的德行。夫子引《詩》：『媚茲一人，應侯慎德，永言孝思，孝思惟則』，評價顏回說，若遇有德之君，世受顯命，不失令名。若為君王重用，則為王者之相。」

「顏回乃夫子得意門生，得夫子如此讚譽，自不意外。」文子說道。

「處貧困之境，安之若素；矜持莊重，如同做客一般。任用人才，愛之惜之，如同借用一般。不遷怒於人，不記恨他人，不記舊仇，這是冉雍的德行。夫子論其才能說：『君子有土地可居，有民眾可役，有刑罰可用，然後才敢遷怒於人。但是，冉耕不是這樣的人。』並引《詩》句誠之曰：『靡不有初，鮮克有終。』」

「冉雍出生于不肖之父家庭，而道德修煉能及於此，實在難能可貴。」文子情不自禁地評論道。

「不畏強暴，不侮鰥寡。說話率直，態度自然，相貌堂堂，才能足以領軍，這是子路的德行。夫子以文辭贊之，引《詩》譽之，曰：『受大拱小拱，而為下國駿龐，荷天子之龍。不戁不悚，敷奏其勇。』何其孔武強勇！為人雖不乏文采，但掩飾不住其質樸。」

「子路勇冠三軍，世所聞名。為人率性而為，更是其可愛之處。」文子脫口而出。

子貢見文子非常賞識子路，心想，他們都是武人，是一種惺惺相惜的感情吧。

文子見子貢突然停了下來，連忙催促道：「請再說下去。」

子貢頓了頓，又接著說道：

「尊老愛幼，不忘寄客，好學深思，博綜群藝，體察萬物，勤奮努力，這是冉求的德行。夫子因此而對他說：『好學則智，恤孤則仁，恭則近禮，勤則有成。堯、舜忠誠而謙恭，所以能稱王於天下。』並勉勵他說：『假以時日，你可為國卿也。』」

「冉求文武全才，齊魯之戰，魯國以弱勝強，冉求居功其偉。有治國安邦之才，成為國卿當指日可待。」文子說道。

「舉止莊重而嚴肅，志向遠大而好禮；居兩君之間，接引賓客、贊相禮儀，篤誠閒雅而有節，這是公西赤的德行。夫子有言：『《禮》經三百，勉而學之，則可知也。威儀三千，躬身行之，則難也。』公西赤問：『何以言之？』夫子說：『儐相贊禮，須依不同人的容貌而行禮，據不同之禮而說話，所以說很難。』眾弟子聽了，以為公西赤能行威儀三千。夫子聞之，對大家說：『若說做儐相之事，公西赤已做到。你們想學習儐相禮儀，跟他學習就可以了。滿而不盈，實而如虛，過之如不及，這些是先前的君王都難做到的。』」

「夫子言外之意，是說公西赤能做到先王都做不到的事，是嗎？」文子問道。

子貢點點頭，繼續說道：

「好學不倦，博古通今，外表謙恭，品德敦厚；與人言，沒有虛語；面對富人，自豪自信，坦蕩自然。這是曾參的德行。夫子有言：『孝，乃道德的開始；悌，乃道德的發展；信，是道德的加深；忠，是道德的準則。曾參有此四德，故稱之。』」

「曾參孝名聞天下，夫子贊之，自在意料之中。」文子說道。

「有大功而不自誇，有尊位而不以為善；待人不輕慢，做人不放蕩；不在鰥寡孤獨、貧困無助之人面前驕傲，這是子張的德行。夫子有言：『不自誇其功，常人尚可及之；不愚弊百姓，則是仁愛。《詩》曰：愷悌君子，民之父母。』夫子以為子張是有大仁德的人。」

「子張就是顓孫師吧。據說他是個美男子，待人接物非常圓融，是一個很懂人情世故的人。夫子一生講仁，對子張如此推崇，足可見子張乃為賢人也。」文子應之道。

「求學必深，送迎必敬；上交下接，禮儀界限分明，這是子夏的德行。夫子引《詩》稱之：『式夷式已，無小人殆。』意謂像子夏這樣善於待人接物，做人是沒有什麼危險了。」

「子夏就是被衛國人奉之為聖人的那個卜商吧。」

子貢點點頭，沒有再說下去。

文子連忙問道：「沒有什麼好說的了嗎？」

「當然有。」子貢說。

「那就繼續說吧。」

子貢頓了頓，看了文子一眼，又接著說道：「受人優禮不欣喜，受人輕慢不生氣；若能有利於民，則嚴於律己，清正廉潔；為君王所用，乃為庇佑百姓，這是子羽的德行。夫子有言：『獨貴獨富，君子恥之。此之境界，子羽及之。』」

「子羽就是澹台滅明吧。聽說他有君子之姿，夫子曾以容貌望其才。是吧？」文子問道。

子貢點點頭，然後繼續說道：「凡事預為籌畫，臨事從容應之，做事從不出錯，這是子游的德行。夫子有言：『欲有才能，則須學；欲有知識，則須問；想把事情做好，則須謹慎；想要成功，必須謀定而後動。以此為標準，子游做到了。』」

「子游就是言偃吧，據說很有文學才能。」文子說道。

子貢點點頭，頓了頓，又接著說道：「獨居思仁，人前人後宣仁講義，以《詩》言之：『一日三覆，白圭之玷』，這是南宮韜的德行。夫子相信他能踐行仁愛，認為他是一個卓而不群的人。」

「南宮敬叔出身魯國『三桓』之一的孟孫氏，天生資質不同。夫子以侄女妻之，自然是看重他的人品。」文子評論道。

「自見夫子，出入孔門，未曾越禮。來來往往，從他面前經過的人，未曾腳踩過他們的影子。

春風時節不殺生，草木初長不攀折。為雙親守孝時，未曾啟齒笑過。這是子羔的德行。夫子有言：『高柴居喪守孝，誠心常人難及。不殺春風啟蟄之物，是順人倫之道；不折初長草木之枝，是有推己及物的仁愛之心。成湯謙恭且推己及人，因此道德日益提升。』」

子貢話音剛落，文子便問道：「這個高柴，是不是那個長得其貌不揚，為人篤孝的齊國子羔？」

「正是。以上所述諸人，都是在下親眼所見。因為將軍相問，在下只能據實回答。其實，在下是沒資格評論他們的。」

「在下聽說：『國有道，則賢人出；君子用，則百姓附。』閣下剛才的一番評述，可謂豐富而美好。您所提及的這些孔門賢哲，都堪稱國之棟樑，王者之佐。他們現在都還沒有得到重任，那是因為現在世上還沒有賢明的君主吧。」文子說。

與文子道別後，子貢回到了魯國。

一見孔丘，子貢就將在衛國時與文子將軍談話的事向他作了彙報：

「弟子將離衛，衛將軍文子問孔門弟子之行狀，弟子辭謝再三。不得已，就我所知，將情況告訴了他。不知說得對不對？請讓弟子說給您聽聽吧。」

「好啊！說說看。」

於是，子貢便將與文子所說的話一五一十地全部告訴了孔丘。

孔丘聽完，莞爾一笑道：「呵呵，阿賜，你會將人排座次了啊！」

「弟子豈敢？弟子只是據實將所看到的都說出來罷了。」子貢連忙辯解道。

孔丘見子貢誠惶誠恐的樣子，笑著說道：

「那為師給你說些沒有親眼所見、親耳所聞的事，好嗎？」

「弟子願聽先生賜教！」

於是，孔丘從容說道：「不苛求他人，不嫉妒別人，不計舊日之仇，這大概就是伯夷與叔齊的德行。」

「伯夷、叔齊都是殷商先賢，國君尚且辭讓不做，更何況其它。」子貢說道。

「思天而敬人，崇義而守信，孝順父母，友愛兄弟，從善如流；教育無道之人，永不言棄，這大概就是趙文子的德行。」

「先生，趙文子是誰？」子貢問道。

「趙文子就是趙國的趙武，趙朔之子。他可是當代賢人啊！」

「弟子真是孤陋寡聞，慚愧！」

孔丘又說道：「事君不敢愛其命，亦不敢忘其身；善於為自己打算，但也不忘記朋友。國君用之，則努力效命；不用，則退居修身。這大概就是隨武子的德行。」

「先生，隨武子又是誰？難道也是當代人？弟子怎麼沒聽說過這個人？」子貢問道。

孔丘呵呵一笑，道：「隨武子當然是當代人，他就是晉國大夫范會。」

「哦。慚愧！」子貢說道，低下了頭。

「與他人交往，善於聽取意見，從不被騙；內心世界豐富，足以永世不衰。國家有道，其言足以治世；國家無道，沉默足以保身。這大概就是銅鞮伯華的德行。」

「先生，銅鞮伯華就是晉國的羊舌赤吧。」子貢問道。

孔丘點點頭，接著又說道：「外表寬容而內心正直，嚴於律己，隨時矯正自己的言行；要求自己正直，卻不苛求別人也如此；求仁孜孜不倦，行善終身不懈，這大概就是蘧伯玉的德行。」

「先生，您這是在說您一向推崇備至的衛國蘧瑗蘧大夫嗎？」子貢又問道。

孔丘點點頭，繼續說道：「孝恭慈仁，修德重義，節財以消怨，輕財不乏財，這是柳下惠之德。」

子貢點點頭，知道孔丘這是在表彰魯國賢者、那個被譽為坐懷而不亂的柳展獲。

「『君可能有失察之明，但臣不可不忠於君；因此，君可擇臣而用，臣亦可擇君而事。有道則聽命，無道則不從。』這是晏平仲之言，也是他的德行。」

孔丘話音未落，子貢立即接口道：「先生，您這是在表彰齊相晏子吧。可是，先生是否記得，三十多年前，您曾追隨魯昭公奔齊，齊景公多次欲用先生，晏子都予以阻撓。晏子這是不是妒賢忌能呢？如果是，那他就算不得是賢者了。」

「丘與平仲，乃『道不同而不相為謀』，與平仲之人品無關。」

子貢一聽，不禁對孔丘肅然起敬，佩服老師真是一個光明磊落、心胸闊大的君子。於是，連聲說道：「弟子明白了。」

於是，孔丘又接著說道：「篤守忠信，而躬行實踐；終日說話，而不失一言；國家無道，處賤而不憂，安貧而自樂，這大概就是老萊子的德行。」

「老萊子是楚國的賢者，據說先生曾向他問過學，所以您才特別推崇他吧。」

孔丘沒有回答，繼續說道：「改變行動以待良機，居於人下而不攀附。遊歷四方，而不忘雙親，不盡其樂；無才能則學，故無終身之憂。這大概就是介子推的德行吧。」

「介子推是晉文公的功臣，居功不傲，受了許多委屈也不抱怨，最後燒死於綿山，自然是個賢者。」子貢說。

孔丘看了看子貢，沉默良久，沒有再說什麼。子貢見老師不再說話，以為自己剛才說錯了什麼，遂連忙問道：「是弟子失言，還是先生所知就這些，沒什麼好說的了呢？」

「怎麼能這樣說呢？為師也只不過是就耳目之所及舉例說了說而已。以前，晉平公曾問祁奚道：『羊舌大夫是晉國良大夫，他的德行如何？』祁奚推說不知道。晉平公又說：『寡人聽說你小時候是在他家長大，你大概是想為他隱瞞什麼吧，他的情況不可能不知道啊！』祁奚回答說：『羊舌大夫少年時代謙恭和順，有什麼錯會立即改正，決不拖到第二天。他做大夫之時，盡善心而謙恭正直；他做輿尉時，講信用而不隱他人之功。從外表上看，他溫良好禮，善於廣泛聽取他人意見，但在原則問題上常常會堅持自己的觀點，並發表自己的見解。』晉平公說：『剛才問您，您怎麼說不知道呢？』祁奚回答道：『他的職位經常變動，我現在不知道他在做什麼，所以不敢說對他有瞭解，更不敢妄加評論。』由此，我們可以知道羊舌大夫的德行。」

子貢聽完，立即跪下道：「弟子請求退下，把先生的話都記下來。」

第十四章 從心所欲

一、韋編三絕

周敬王三十七年，魯哀公十二年（西元前四八三年）。三月底，魯國實行了稅制改革，將軍費改按田畝徵收，稱為田賦。對於這一改革，季康子曾轉請冉有側面徵求過孔丘的意見，孔丘明確反對。儘管孔丘知道自己的反對不會起什麼作用，田賦制度付諸實施是遲早的事，他心裡早有準備，可是當季康子真的予以實施時，孔丘還是感到非常震驚。

經過多日的思考與思想矛盾，四月初五，一大早，孔丘就讓人備車，今天他要去拜訪季康子，希望能說服他收回成命，不要實行田賦制度，以免加重人民的負擔。

「先生，先生！」辰時剛過，孔丘的馬車就抵達了季府門前。可是，停車未穩，孔丘還沒來得及下車，就聽身後一迭聲的叫喊聲傳來。孔丘驚訝地從車上探出頭來向車後張望，只見一人正騎馬飛奔而來。未等他反應過來，來人已到近前。這一下，孔丘終於看清了，原來是新近所收的弟子公孫寵。他是衛國人，今年才剛剛十六歲。

「子石，你有什麼事，跑得這麼急？」孔丘驚訝的語氣中不失關切之情。

「先生，不好了！」

「什麼事不好了？」孔丘也頓時緊張起來。

「師兄伯魚走了！」

「伯魚不是生病臥床嗎，他能走到哪裡去？」孔丘不解地問道。

「先生，不是這個意思……師兄……過世了！」公孫寵聲音哽噎地說道。

孔丘一聽，頓時呆住了。半晌，才瞪大眼睛追問道：

「子石，你說什麼？」

「師兄過世了……」公孫寵低聲又說了一遍。他內心實在不忍心把這樣的噩耗再說一遍，他怕年邁的老師經受不住這樣的巨大打擊。

正當公孫寵一楞神的瞬間，孔丘已重重地倒在了車上。

公孫寵見此，連忙爬上車，扶起孔丘，對正坐在馭手位置發呆的師兄叔仲會（字子期，魯國人）說道：「師兄，快趕車回去。」

回到孔府，孔丘雖在眾弟子與家人的拍打與叫喊聲中醒來，但卻癡癡呆呆，不哭也不笑，不說也不叫，就那麼整天坐在那裡發呆。眾弟子都急壞了，但又無計可施，他們知道老師這是精神上受到極大刺激了。

得知老師喪子的消息，在魯國和在境外的弟子們都紛紛趕來。這其中也包括子路、冉有、子貢、顏回、子夏、商瞿等得意弟子。大家一邊照料孔丘，一邊幫助料理孔鯉的喪事。

到了第四天，一直不言不語，只是呆呆癡癡的孔丘，突然一大早就起來坐到了書案前，就像以前一樣，攤開書簡在聚精會神地閱讀著。

眾弟子一見，感到非常不解，遂議論紛紛。

「先生是不是因為傷心過度而發瘋了？」

「有可能。先生年屆七旬，接連喪妻失子，豈能不悲痛萬分？誰能承受這樣的精神打擊？」

「是啊，先生與師母一生相濡以沫，可是前年師母過世時，先生亡奔于衛，師母離開人世時，夫婦倆竟然不能作一生死告別，這豈是常人所能承受的心理之痛？」

「而今，先生又失去心愛的兒子，白髮人送黑髮人，情何以堪？」

聽大家這樣議論，顏回不以為然地莞爾一笑。

「師兄，您為什麼笑？難道俺們說的不對嗎？天下哪有人喪妻失子而不悲痛欲絕呢？」冉儒不解地問道。

未及顏回答話，子夏接口說道：

「先生不是不悲痛，而是為人達觀，真正達到了『生死由命，富貴在天』的境界。」

「先生到底是發瘋了，還是真的達觀，待俺進去與先生談一談，不就知道了嗎？」子路率爾說道。

「師兄不要冒失為好。此次伯魚師兄過世，對先生的打擊非同小可。依我看，還是讓子淵以問學的方式探探虛實，看先生的精神是否正常？」

「有道理。」

大家異口同聲地贊同子貢的提議，子路也同意。

於是，顏淵在大家期許的目光下慢慢走進了孔丘的書房。

「先生，弟子給您請安來了。」顏淵一邊行禮如儀，一邊溫聲問候。

孔丘聽到是顏淵的聲音，立即從書簡上移開目光。看了看顏淵，然後示意他坐下。

顏淵見老師態度平靜溫和，一如往常，遂大起膽子，開口說道：

「弟子好久沒有機會向先生問學了，學問久不長進。先生博古通今，學問天下無人能出其右，還如此勤奮，一大早就起來讀書，真是讓弟子慚愧得無地自容。」

孔丘知道顏淵這是說的奉承話，儘管他平生最恨阿諛獻媚之徒，但顏淵是他的最得意弟子，所以他就不忍心駁顏淵的面子，於是便莞爾一笑。

顏淵見孔丘一笑，便更大起膽子，問道：「不知先生正在讀什麼書，如此專注？」

「《易》。」孔丘不假思索地回答道。

「先生老而好《易》，人所皆知。先生自衛返國後，尤其專注于《易》的研究，至今已是韋編三絕。《易》乃天書，弟子愚鈍，雖素有研習之志，但不得其門而入，不知先生今天能否開解弟子一二？」

「哦？子淵也有研《易》之志？」孔丘似乎眼睛一亮，大有找到知音似的。

顏淵見老師興奮的樣子，立即抓住機會說道：「先生肯教弟子嗎？」

「不敢言教，願與子淵討論。」孔丘以爽快而不失謙虛的口吻說道。

「先生，《易》究竟是誰創始的？」

「《易》道深，人更三聖，世歷三古，非一時一人所創。」

「此話怎麼講？」顏淵立即問道。

「《易》有象有辭。象，就是卦畫。據說，卦畫是起於伏羲，八卦則由文王所演，周公則對六十四卦進行了系統化整理。辭，即卦辭，也就是《易》中解說卦象的文字。」

「先生，構成八卦或六十四卦的兩個基本卦形符號，到底是什麼意思？好像說法很多，令弟子莫衷一是。」

孔丘見顏淵問得認真，態度懇切，遂立即進入到平時誨人不倦的狀態，說道：

「《易》象的兩大卦形符號，名曰陽爻與陰爻。陽爻，以一直橫表示；陰爻，也是一直橫，不過中間斷了，實際成了兩個短橫。對此，歷來對陽爻與陰爻的符號寓意都有爭議。有的認為它們分別象徵著男陰與女陰，也有人認為是表示數字的奇偶，還有人認為是源自龜甲占卜的兆紋形象。不管是那種情況，陽爻與陰爻作為《易》卦的兩大基本符號，其與先賢對於陰陽的觀念都是分不開的。也可以說，陰陽觀念是先聖古賢對自然現象長期觀察，並在此基礎上進行了高度抽象概括的結果，是對世界萬事萬物矛盾對立現象的深刻洞察。」

「由陽爻與陰爻構成的八卦，每一卦都代表什麼呢？」顏淵又問道。

「陽爻與陰爻，分別代表著天地、男女、晝夜、明暗、上下等觀念，八卦就是在此基礎上形成的。八卦各有不同的名稱，分別是乾、坤、震、巽、坎、離、艮、兌，分別代表了天、地、雷、風、水、火、山、澤等八種自然界常見的事物或現象。同時，它又分別代表西北、西南、東、東南、北、南、東北、西等八個方位，還分別表示秋冬之間、夏秋之間、春、春夏之間、冬、夏、冬春之間、秋等八種季節變化。除此，它們還分別表示健、順、動、入、陷、附、止、悅等八種狀態。」

「那八卦又是怎麼演變為六十四卦的呢？」顏淵又問道。

「八卦的每一卦都是由三爻構成，如最初的乾卦，就是由三個陽爻構成，坤卦則是由三個陰爻構成。也就是說，八卦的每一個卦象原來都是一個三畫卦。將兩個三畫卦兩兩重疊，相互匹配，便推衍出六十四卦。居上的三畫卦稱之為上卦，或稱外卦；居下的三畫卦叫下卦，或稱內卦。」

「六十四卦的每一卦都有六爻，那麼這上下六爻怎麼稱呼呢？」顏淵又問道。

孔丘看了看顏淵，覺得他並非對《易》完全不瞭解，從他所問出的話，就知道他是有所瞭解的。於是，孔丘頓時更有了茫茫人海遇知音的感覺，興趣更高了。接著說道：

「《易》卦六爻，自下往上，依序各有其名稱。最底層的一爻，稱之為『初』。由下往上的五爻，則分別稱之為『二』、『三』、『四』、『五』、『上』。其中陽爻稱『九』，陰爻稱『六』。」

「那麼，由三畫卦及其組合而成的六畫卦，其爻象之間構成了什麼樣的關係呢？」

孔丘一聽顏淵提出這一問題，更覺他對《易》不是外行了。於是，興奮地回答道：

「《易》之爻象，彼此之間的關係雖然非常複雜，但都有其內在的聯繫。比方說，剛柔相應，剛柔相敵與相勝，當位與不當位，剛柔得中與得尊以及乘、承、比、應等等。《易》所要揭示的吉凶悔吝，就是由此而呈現。」

看到老師說得神采飛揚，顏淵頓時大起膽子，脫口說道：

「好像先生曾跟人說過：『吾百占而七十當』。可見，先生對《易》精研之深。不知先生肯不肯在占筮方面也傳授弟子一二？」

孔丘一聽顏淵說要學占卜，先是一楞，猶豫了一下，還是爽快地答應了：

「那你去後園弄幾根蓍草來吧。」

顏淵一聽，不禁喜出望外。沒想到自己唐突的要求，竟然沒被老師駁回。於是，一蹦三跳地奔向了孔府後園。

子路等人見此，立即追到後園，向顏淵七嘴八舌地問了起來。得知老師要教顏淵占筮，大家都來了興致，一個個歡呼雀躍起來。子路見此，憤憤不平地說道：

「你們高興個什麼勁？又不教你們。先生對子淵真是太厚愛了。」

「師兄不要這樣說，先生教子淵占筮，咱們也可以進去一起學啊！子木，你更要進去，你對《易》研究的水準，也許能跟先生切磋交流一番呢。」子貢一邊招呼大家，同時特別慫恿商瞿，因為商瞿對《易》有研究，孔丘也有意要傳《易》學於他。

「有道理。」大家同聲附和。

於是，顏淵採好蓍草後，大家都跟著他一起進了孔丘的書房。然後，一字排開，齊刷刷地向孔丘行禮如儀。孔丘見此，心裡早就明白其意，遂莞爾一笑，示意大家都在面前的席上坐下。

「先生，蓍草採來了，請先生示教！」顏淵一邊恭恭敬敬地將所采蓍草遞上，一邊恭敬地說道。

孔丘並沒有伸手，而是對顏淵說道：

「子淵，你將這把蓍草切成整齊一律的五十根。」

顏淵遵命，一會兒就拿著切好的蓍草進來了，恭恭敬敬地呈給了孔丘。

孔丘接草在手，先掃視了一下面前的諸弟子，然後從容說道：

「古人占筮，一開始都是因地制宜，採蓍草而為。其占筮的方法大體是這樣：將採來的五十根蓍草，先從中抽出一根，置於一旁不用。」

「為什麼？」子路嘴快，立即問道。

「這一根表示太極。剩下的四十九根，則隨意分成兩組，各握在左右兩手之中，象徵天地。接著，再從一隻手中抽出一根，放在兩手中間，代表人。這樣，便有了天、地、人三才。」

「接著呢？」子路性子急，又催促道。

「再將任意一手中的蓍草按四根為一組的原則進行分組。這表示春夏秋冬四季。分組後，會剩下一根、兩根或是三根、四根蓍草。將其夾於指間，以象徵閏月。另一隻手中的蓍草，也依此方法處理，剩下的蓍草夾在另一隻手指之間，也表示閏月。」

「然後呢？」子路又問道。

「經過兩次分組，兩手所夾的蓍草加上先前拿出代表人的那根，應該是九根或五根。刨開這九根或五根，先前用於占筮的四十九根蓍草就只剩下四十四根或四十根了。這個過程，在占筮上稱之為第一變。第一變之後，將所剩四十四根或四十根蓍草，依據上述方法再予以分組推演一次，結果會有三種情況：或剩四十根，或剩三十六根或三十二根。此時，夾在左右兩手指間的蓍草與先前提取的代表人的那根，應該是八根或四根。這是第二變。」

「這麼複雜啊？」子路有些不耐煩了。

孔丘抬眼看了看子路，繼續說道：

「還有第三變呢，與第二變推演的方法一樣。推演的結果是：所剩蓍草或是三十六根，或是三十二根、二十八根、二十四根。而左右兩手所夾的蓍草與先前提起的代表人的那根，合計起來應該是八根或四根，與第二變相同。這便是第三變了。經過這三變，就可得到一爻。經過十八變，最後才能得到一卦。」

「先生，這多麻煩啊！有沒有簡便點的方法？」子路率直，情不自禁間又衝口而出了。

「占筮乃神聖之事，務須虔誠。今天為師是給大家演示占筮過程，若要真的占筮，那是要沐浴齋戒的。若嫌麻煩，如何能夠學《易》，如何占筮而求吉避凶？」

孔丘的一席話，說得子路慚愧地退到一旁。但是，子貢卻趨前說道：

「先生，您自衛返魯後，一直沉潛于研《易》，津津樂道於占筮。恕弟子冒昧不恭地說一句，先生是否已經忘記了自己終身追求的理想，放棄了『克己復禮』的理念？」

子貢話未說完，大家已是驚愕得目瞪口呆，怎麼一向非常會說話的子貢，今天竟然說出如此令人錯愕的話來。其實，子貢說這番話是另有用意的。他明白老師一生不得志，晚年又接連喪妻失子，沉迷於占筮是麻醉自己以緩解心靈痛苦的表現。今天老師如此津津樂道地跟弟子們大講占筮，所以他想借機激一激老師，讓他從喪子之痛中清醒過來，同時看看他的神志是否清醒。可是，師兄弟們都不知道子貢的這番良苦用心，大家都以奇怪的目光看著他。

就在大家面面相覷，不知所措的時候，只見孔丘平靜地莞爾一笑，道：

「阿賜，你是認為為師玩物喪志吧？」

「弟子不敢。」子貢連忙辯解道。

「為師好《易》，大家都認為我是迷戀於占筮。其實不然。為師好《易》，實是不安其用而樂其辭。」

「這話怎麼講？請先生賜教！」子貢連忙接口說道。

「對於《易》，大家都有一個錯覺，以為它的作用就是占筮，用以趨吉避凶。其實，《易》的真正價值不在此，而在其深刻的思想。如果大家細細體味一下卦辭，就會明白其中的道理。」

「《易》之卦辭，弟子雖然很多都弄不懂，但隱約覺得確實有深奧的道理蘊含其中。不知先生能否給弟子們略舉一二，以開我等之茅塞。」顏淵不失時機地接住了孔丘的話，似乎為老師打圓場，又似乎在為子貢轉圜。

孔丘一聽，覺得還是顏淵悟性最好，明白自己的心意。於是，微微一笑，從容說道：

「乾卦有云：『亢龍有悔』。這句話看起來簡單，只是告知人們一個占卜的結果，實則蘊含了一個治國安邦的大道理。它說的是，一個人處於太尊貴的地位，往往最容易失去地位。因為高高在上，不與百姓親近，就不會得到百姓的擁戴。因為脫離群眾，社會底層有人才不能被發現，就不會有人才來輔佐，因此做起事來就會處處失敗，時時都會有後悔。」

孔丘話音未落，商瞿立即接口說道：

「先生，謙卦有云：『勞謙君子，有終，吉。』是不是講君子處高位謙恭而有功的道理？」

孔丘點點頭，覺得商瞿懂行，不愧是眾弟子中對《易》有研究的。頓了頓，說道：

「勤勞做事而不聲張，功勞很大而不自滿，這是為人忠厚至極的表現。它體現了一個人有功德而又甘居人下的謙遜態度，是一種為人的崇高境界。為人處世，道德要講究盛大，禮節要講究謙恭，是一種放低姿態而贏得他人信用，從而保持自己地位的最好方法。《書》曰：『滿招損，謙受益』，說的正是這個道理。」

聽了孔丘這番結合修身養性而對《易》卦的解說，眾弟子這才明白老師研《易》並非是沉迷於占筮，而是在參悟《易》卦的奧蘊，深究先王古賢演卦的深意。

「聽先生這麼一說，弟子明白了，《易》的作用並不完全是在占筮，先王創《易》原來是別有寄託的。」子夏說道。

孔丘點點頭，看了看子夏，又掃視了子路、顏淵等在座的眾弟子，然後從容說道：

「先王作《易》，意在開啟人類智慧，揭示事物之間的內在聯繫，概括天下事物的根本規律和一切道理。有了《易》，就能溝通天下人的心志，確定天下人的事業，解決天下人的疑問。《易》以六爻成卦，意在用變化來告知人們吉凶禍福。《易》之神奇，在於可以預知未來；《易》之智慧，在於貯藏往昔的經驗資訊。可見，聖人創《易》，是要人們明白自然規律，察知世上萬物變化之理；用卦象顯示吉凶，是為了指導人們的日用行動。」

「哦，原來如此。」子路恍然大悟似說道。

孔丘看了一眼子路，又繼續說道：

「聖人在卜卦占筮前，都要淨身齋戒，是表示虔誠，也是以此明瞭卜卦的神奇德性。闔門曰坤，開門曰乾，一開一闔就叫變。往來變化而無窮盡，便叫通。變化之後，顯現於外就叫象；有了具體的形狀，就叫器；制定並靈活運用的法則，就叫法。百姓皆知利用而出入往來，但又不知其所以然，這便叫神。

《易》之本源乃太極，太極一分為二而出兩儀，兩儀又分化而為四象，四象則再衍化出八卦。有了八卦，便可判斷吉凶；斷定了吉凶，就可趨吉避凶，從而可以成就一番偉業。可以取法的物象莫大於天地，變化通達莫大于四季，高懸天穹、光明昭著者莫過於日月；為人處世，追求的崇高目標莫過於富有四海、貴為君王；能備物致用，制定典章制度以便利於天下萬民者，莫過於聖人；探賾索隱，鉤深致遠，以定天下吉凶，使天下人勤勉奮進者，莫過於蓍龜。

天生神物有蓍龜，聖人便取法而用以占卜；天地變化無窮，聖人便效法而確定易變之原理；天象有變化，聖人便取法而顯示吉凶；河水出圖，洛水出書，聖人便效法而創八卦、九疇。《易》有四象，乃為顯示吉凶徵兆；《易》系爻辭，乃為告知人們卦象之義；定出吉凶，乃為指導人們決斷行動。」

「先生的意思是說，《易》乃先聖取法于自然的產物，是上天垂象的結果，是嗎？」一直坐在一旁沉默不語的冉有突然問道。

孔丘點點頭。

「《易》曰：『自天佑之，吉無不利。』請問先生，這是什麼意思？」顏淵又問道。

孔丘看了顏淵一會，拈鬚而笑道：

「佑者，助也。天之所助者，必是順從天道之人；人之所助者，必為講究誠信之人。這個卦辭說的是，一個人恪守諾言信用，既有順從天道之心，又有崇賢尚能之意，上天必然會保佑他，他想做任何事都會無往而不利。」

聽到這裡，大家終於明白，老師神志沒有因為喪子之痛而錯亂，老師研《易》原來是有拯救世道人心的用意。於是，大家連忙從坐席上爬起，跪直了身子，一齊向孔丘行禮，幾乎是異口同聲地說道：「弟子謹受教！」

二、吾道窮矣

自從孔鯉過世後，孔丘的身體一天不如一天。他隱約知道自己年屆七旬，剩餘的時間也不會太多了。於是，在與眾弟子談《易》過後不久，便決定不再研《易》，必須抓緊時間將史書《春秋》編定殺青。

周敬王三十七年，魯哀公十二年（西元前四八三年）。六月，魯昭公夫人卒，孔丘聞訊前往弔唁。由魯昭公夫人，孔丘自然而然地聯想到魯昭公作為一國之君坎坷的一生與最後客死他國的悲慘結局，由此在思想上產生了極大的觸動。

孔丘覺得，整理魯史《春秋》不應該只具有一種歷史文化意義，在亂臣賊子橫行的今日，尤其要通過史書褒貶來遏制和約束諸侯的行為，不讓他們繼續為非作歹，肆意妄為。於是，他決定在整理《春秋》的過程中融入自己的感情與思想理念，對《春秋》的文字進行重新修訂，該記的史實如實書寫，該刪削的曲筆就刪削，以此別嫌疑，明是非，定猶豫，褒善貶惡，崇賢斥不肖，上明三王之道，下辨人事之紀，從而達到存亡國，繼絕業，補敝起廢，恢宏王道的修史目的。

眾弟子知道孔丘專心修訂《春秋》，都不敢多去打擾，甚至連問學的念頭有時也會因猶豫而打消。但是，子夏則不同。他是孔丘晚年所收的得意弟子，對於修史特別有興趣，所以常常會就修史問題向孔丘請教，甚至一起討論。

魯哀公十二年（西元前四八三年）九月初二，曲阜城已經秋意漸濃，天氣有些涼了，子夏掛念孔丘的身體情況，又往孔府探望孔丘。進了孔丘書房，看見老師正聚精會神地在竹簡上刻寫著，子夏就躡手躡腳地站到一邊，靜靜地看著。過了一會，子夏終於忍不住，悄悄地繞到孔丘身後，從老師已經刻好的竹簡中輕輕地抽出一簡，想看看老師所刻的內容。雖然極力不想驚動老師，抽簡時非常小心，但還是弄出了動靜。

「是子夏吧？」孔丘頭都沒抬，問道。

「是弟子，先生。」子夏連忙在孔丘身後跪下行禮。

「想看為師的書簡嗎？那就看吧，看看有什麼措辭不合適。」孔丘一邊頭也沒抬地繼續刻字，一邊這樣說道。

子夏得到孔丘的鼓勵，便捧起書簡，端坐在老師旁邊，認真地展讀起來。讀著讀著，便不時冒出許多困惑和不解。他想弄清這些疑惑，可是又不忍心打擾正在全神貫注刻字的老師。不過，猶豫了半日，子夏還是開口了，怯生生地問道：

「先生，弟子有一些問題不明白，想請先生賜教！」

「什麼問題?但說無妨。」孔丘停下手中的刻刀，抬起頭來看著子夏，和藹地說道。

「先生記魯隱公四年三月衛人州籲殺其君，有曰：『衛州籲弒其完君』，用『弒』字；而記同年九月州籲被衛人所殺時則曰：『衛人殺州籲於濮』，用『殺』字。為什麼，同樣是以下犯上，而一個用『弒』，一個用『殺』，這是為什麼呢?」

孔丘一聽，呵呵一笑道：

「為師修《春秋》，意不在修史，而在別嫌疑，明是非，定猶豫，褒善貶惡，崇賢斥不肖，恢宏王道。因此，為師就不能不在措辭用語上推敲斟酌，以此讓天下亂臣賊子有所懼。為師記『衛州籲弒其完君』用『弒』，意在告訴天下與後世，州籲殺君為不義之舉，是應該譴責的。記『衛人殺州籲於濮』用『殺』，是告知天下人，州籲是篡位者，不是合法的國君，他被殺是死有餘辜。」

子夏恍然大悟道：

「原來先生措辭是一字見褒貶啊!如此筆法，真是妙不可言!如果那些亂臣賊子們還在乎歷史定位的話，一定會因此而有所畏懼的。」

「這正是為師之所以反復斟酌用字的原因所在。」

「先生，弟子還有一個問題。您記州籲弒君，只記其弒君之事，而不及其弒君的地點；而記衛人殺州籲，則明記地點曰：『於濮』，這又有什麼微言大義呢？」

孔丘一聽，知道子夏是看懂了自己出語措辭的深意，不禁拈鬚而笑，以非常讚賞的眼神看了看子夏，然後從容說道：「濮是衛國臨近陳國的一個城鎮，特意點出州籲被殺的地點，暗示衛人沒有能力討伐州籲，而需鄰國陳的幫助。」

「記殺州籲之事，只說『衛人』而不具體點出人名，這又有什麼微言大義呢？」子夏又追問道。

「說『衛人』而不言及具體人名，乃是為了告知世人，州籲乃衛國之公敵，人人得而誅之。殺州籲乃是民意人心，而非泄個人之私憤。」

「哦，原來是這樣。先生字字皆有玄機，非弟子所能全部參透。」子夏說完，又繼續展讀起書簡的其它部分。

讀了一會兒，子夏突然又有問題了：

「先生，您在記文公十八年事時，有云：『春，王正月，庚申，晉弒其君州蒲。』又云：『冬，莒弒其君庶其。』為什麼記晉國、莒國大臣誅殺其君，只言其國名而不及人名呢？事實上，這兩國之君都是為其大臣所誅殺呀！」

「晉君、莒君者確系二國之臣，之所以只記其國名，而不及其大臣之名，是暗示世人，二國之臣處死其國君乃是順應民意，為了國家的前途，並非為篡位而以上犯上。因此，應該受到譴責的是被處死的兩個昏君，而非為國請命的大臣。」

「原來是這樣，先生的措辭真是用心良苦啊！」子夏恍然大悟道。

孔丘說完後繼續刻簡，子夏則在一旁繼續展讀已經刻好的簡冊。大約展讀了約半個時辰，子夏又發現有問題了，遂忍不住又抬頭問道：「先生，您記宣公年間事，有曰：『二年，秋九月乙丑，趙盾弒其君夷皋。』這好像不是事實吧。」

孔丘一向都很欣賞子夏凡事勇於質疑的精神，因此聽了子夏的疑問，連忙放下刻刀，慈祥地望著子夏，溫和地說道：「晉國之君夷皋確實不是趙盾所殺，而是他的侄子趙穿所殺。之所以要寫趙盾而不直書趙穿，乃是因為趙盾乃晉國執政，事發後沒有使趙穿受到審判，因此要推罪于趙盾。」

「先生，弟子明白了，您這樣寫是意在警示執政者不可徇私枉法吧。」

孔丘點點頭。於是，子夏又問了一些有疑惑的問題，孔丘也都一一作答。

送別子夏後，孔丘又沉潛到《春秋》的修訂工作中。

經過兩年多的潛心整理，到周敬王三十九年，魯哀公十四年（西元前四八一年）春，《春秋》的修訂工作已經進入到魯哀公時代。為此，孔丘不僅有一種大功即將告成的喜悅，更有一種壓力即將卸去的輕鬆。

三月初五，孔丘與往常一樣，一大早就起來了，進過簡單的早餐後，便坐到了書案前，準備對魯哀公時代的史料再進行一番爬梳整理，接下來就要開始艱巨的修訂工作。

日中時分，在堆積如山的書簡中埋頭工作了一個上午後，孔丘正想起身去進午餐。就在這時，南宮敬叔急急進來了。

「子容，何事急急慌慌如此？」孔丘見南宮腳步急促，遂問道。

「先生，有件事要來請教您。」

「什麼事？」

「昨日，國君率群臣出城往西郊外的大野狩獵，先生聽說了吧？」南宮問道。

孔丘點點頭，表示知道。事實上，魯哀公出城狩獵所鬧出的動靜，不僅孔丘知道，就是曲阜城裡城外的普通百姓，也是人人皆知的。像魯國歷任國君一樣，魯哀公雖即位之後就被「三桓」所挾持，朝政皆由季氏獨斷專行，名為魯國之君，實是一個傀儡，但畢竟還有一國之君的名分。所以，他出城狩獵的架勢還是擺得很足的。

孔丘對於魯哀公，原本是抱著極大希望的。魯哀公即位伊始，他就滿懷期望地從衛國返回魯國，希望輔佐魯哀公一展抱負。開始時，魯哀公也確實想有所作為，經常召他進宮問政。但是，後來魯哀公就越來越頹廢了，近些年則只知吃喝玩樂而已。其中，狩獵可謂是他的最愛。因為只有狩獵時，他才能車隊儀仗鮮明，文武群臣隨行，可以彰顯他是一國之君的威風，滿足一下虛榮心。

南宮敬叔見孔丘只點頭沒說話，知道老師早已對魯哀公感到絕望，對他的事已經沒有興趣了。但是，今天所要報告的事如果不問老師，恐怕其中的困惑誰也解不開。想到此，南宮繼續接著說道：

「國君昨日西狩，雖勞師動眾，但卻毫無所獲。倒是叔孫氏一位名叫子鉏商的車士在大野獵獲了一隻神奇之獸。」

孔丘一聽南宮說到神奇之獸，立即來了興趣，連忙問道：

「什麼神奇之獸？」

「之所以說是神奇之獸，是因為大家從來沒見過這種長相奇異之獸。」

「到底是怎樣的奇異？」孔丘又迫不及待地問道。

「這只神奇之獸，它頭似馬，卻不是馬；角似鹿，卻不是鹿，而且只有一隻角；身子像驢，但又不是驢；蹄似牛，卻又不是牛。實是一個不鹿不驢不牛不馬的『四不像』。」

孔丘聽到此，立即神情嚴肅起來，未等南宮敬叔繼續說下去，急切地問道：

「此獸現在何處？」

「車士子鉏商獵獲此獸時，已經折斷了它的前左腿。載送叔孫氏時，叔孫大夫因此獸形狀怪異，以為不祥之物，已經令人棄之于郭外。但很多人知道後，都好奇地湧向城外圍觀。」

「快，快，快備車陪為師往城外一探究竟。」孔丘不等南宮敬叔把話說完，已經迫不及待地催南宮帶他去看這只神奇之獸。

南宮是備車馬而來，不用準備就攙扶著孔丘上了等在孔府門外的馬車，然後徑直出城，前往觀看被棄之獸。

約有一個時辰，孔丘與南宮敬叔乘坐的馬車馳抵城外叔孫氏棄獸之所。遠遠望去，就見許多人圍在一座小山之下。孔丘讓馭手停下馬車，下車與南宮敬叔徑直向圍觀人群走去。費了不少勁，師生二人才勉強擠入了圍觀人群的內層。在南宮敬叔的幫助下，孔丘終於擠到了人群的最前面，看到了那只神奇之獸。

不看則已，一看孔丘就目瞪口呆了。果然如南宮敬叔先前所描述的那樣，眼前躺在地上奄奄一息的神異之獸確實是似鹿非鹿，似馬非馬，似牛而非牛，似驢而非驢，特別是它的毛色及其身上的漩輪，更非鹿、馬、牛、驢所有。再看它的狼額與牛尾，更讓孔丘確信眼前之獸就是傳說中的仁獸麒麟。

看了一會，孔丘一句話都沒說，就轉身擠出了圍觀的人群，讓南宮敬叔徑直送他回府。

回到府中，孔丘徑直坐到書案前，呆呆坐了一會後，突然將案上堆積如山、整理完備，準備修訂定稿的《春秋》簡冊悉數推倒一旁，然後長歎一聲道：「吾道窮矣！」

南宮敬叔不明就裡，連忙追問道：

「先生，為什麼這麼說？是因為看到『四不像』嗎？」

可是，不論南宮怎麼問他，孔丘都一句話不說，只是癡癡呆呆地坐在案前發呆。

南宮敬叔見此，猶豫了半日，最後還是決定退出，好讓老師沉靜一會。

走出孔丘書房，南宮敬叔坐上馬車準備離去時，又從車上下來，找來孔府一個小廝，交待他注意照看孔丘。然後，才重新上車，去找別的師兄弟了。

事有湊巧，當南宮敬叔正坐在車裡思考著要找哪一位師兄弟才能有助於勸解老師時，子貢的馬車就迎面來了。

「南宮師兄，您從何而來？」

正坐在車內深思的南宮敬叔突然聽到身邊馳過的馬車上有人叫他，連忙探出身子往外張望。未等他反應過來，子貢已經駐馬停車，走到了他的車下。

「啊，這麼巧？正想到你，你就出現了。」

「師兄，您找我有什麼急事嗎？」子貢連忙追問道。

南宮敬叔駐馬下車後，就在路傍車下，將與老師一起出城觀看「四不像」的事情一五一十地詳細道出。子貢一聽，連忙說道：「快，快，快，我們一起去看先生。」

說著，二人便各自上了車。子貢馬車在前，南宮敬叔掉轉馬頭，跟隨其後。

不大一會，兩架馬車便停在了孔府門前。停車未穩，子貢與南宮敬叔就各自從馬車上跳將下來，急步奔入孔府，並徑直進了老師的書房。

「麒麟啊麒麟，你為什麼出來呢？為什麼？」

子貢與南宮敬叔剛到孔丘書房門口，就聽老師反復說著這樣一句話。一邊說，還一邊反轉袖子擦拭眼淚。

二人猶豫了一會，子貢連忙邁步搶前一步，未及向老師行禮，就開口問道：

「先生，您說什麼呢？為什麼如此傷感？」

「先生，您是說我們今天看到的『四不像』就是傳說中的神獸麒麟嗎？」南宮敬叔也接口問道。

孔丘沒有回答，憂傷之情仍然寫在臉上。

子貢接著問道：「麒麟出現，乃是祥瑞，預示將有明主出現，天下將為之清平。先生不為之高興，怎麼反而為之憂傷呢？」

孔丘一聽，一改先前只顧傷心而一語不發的態度，情緒頗是激動地說道：「阿賜啊，你有所不知，麒麟出現，必是因為天下有明主。今世無明主，而麒麟無故出見，這正常嗎？」

「先生，麒麟出見，真的就那麼稀罕嗎？」南宮敬叔不以為然地問道。

「麒麟乃神獸，含仁懷義，非平凡之物。鳴叫起來，其聲猶如音樂；走起路來，行進中規，旋折中矩；生活起居極有規律，遊必擇上，居則有處；天性仁慈，不踏活蟲，不折青草；性喜安靜，不喜群居，不喜旅行；生性機警，遠避陷阱，不入羅網。麒麟皮毛色彩璨然，光豔照人，其出必示明主在位。堯帝時，曾有麒麟現於郊外；周朝將興，麒麟見於野。自堯帝而至周初，麒麟兩現於世，皆示祥瑞于世人，以現明王在位。」

「既然歷史上麒麟兩見，都是祥瑞，今麒麟三現，先生為何獨憂而不喜，還反復自語：『吾道窮矣』？」子貢質疑道。

「阿賜，你只知其一，而不知其二。麒麟現於世，雖是祥瑞，但今世無明主，且麒麟出現而死于奴隸人之手，這是祥瑞嗎？」孔丘激動地說道。

「先生的意思是說，麒麟出現，不遇明主而遇害，就像先生生不逢時而道窮，所以您觸景生情，引類自傷，是嗎？」南宮敬叔若有所悟地說道。

孔丘聽了沒有作聲，子貢則暗自點頭，終於明白了孔丘悲傷的原因。

三、傷顏回

麒麟出現而遇害的事，讓孔丘精神上所受的打擊是前所未有的。雖然以前周遊列國所遭遇的挫折並不少，陳、蔡之厄甚至讓他有生命之虞，但都沒有打垮他的精神。這次卻不同，他的精神堤防似乎全面坍塌。自衛返魯之後，他曾滿懷激情，寄希望于魯哀公與季康子，意欲振興魯國。可是，不久他就灰心了，因為魯哀公與季康子都讓他失望了。從此，他潛心研《易》，以此麻醉自己的精神。

前年兒子孔鯉的去世，雖然再次給他精神予以沉重一擊，但他還是堅強地挺過來了，並在巨大的精神痛苦中實現了思想觀念的轉變，從對研《易》的癡迷中走出來，重新燃起改造現實世界的熱情。為此，他日夜埋頭于簡冊中，對《春秋》予以修訂，筆則筆，削則削，別嫌疑，定是非，希望以此震懾亂臣賊子，使「周公禮法」得以恢復。而今，麒麟出現而遇害，預示從此再也不可能有明王出世了，他的理想再無實現的希望。這是他那天對眾弟子反復念叨「吾道窮矣」的原因，更是他從此心灰意懶，絕筆罷修《春秋》的緣故。雖然子夏多次勸慰，希望他畢其全功而為後世計，但都毫無效果。

面對精神日益消沉，身體也在日益消瘦的孔丘，眾弟子都看在眼裡，急在心裡，但卻無計可施。

沒過多久，精神抑鬱的孔丘終於病倒了，臥床不起。在魯國的弟子聽說老師病倒了，都紛紛前往探視。有的甚至整月住在孔府，日夜照顧老師。而遠在衛國為衛大夫孔悝邑宰的子路，聽說孔丘病倒，心急如焚。他想親自往曲阜探病，可是身為邑宰，擔負著一方父母官的重大職責，無法丟下百姓而不管。不過，經過幾天的矛盾猶豫，子路最終還是決定向孔悝告假，前往曲阜一趟，探望一下老師。得到孔悝許可後，子路星夜快馬加鞭趕往曲阜。

見到孔丘，看到老師因病瘦得都脫了形，子路非常難過。每天除了奉湯侍藥外，子路還向天地神祇祈禱，希望保佑老師快點病癒。儘管是背著老師，但最終還是被孔丘知道了。

「阿由，聽說你每天為我向天地神祇祈禱，是嗎？」

子路聽孔丘這樣問，只得承認說：「是。《誄》文上不是記載向天神地祇祈禱的話嗎？只要先生能夠早點病癒，有什麼不可呢？」

孔丘雖然從不言怪力亂神，也不相信求神拜鬼能夠治病，但他知道子路這樣做是出於一片善心，所以他也就不再說什麼了。

過了幾天，子路的假期到了，必須回到衛國履職。可是，臨走時他又不放心老師。想來想去，子路想出了一個辦法，讓自己帶來的門人留在孔府權充孔丘的家臣，以便照顧老師的生活起居。如果老師有個不測，也好幫助料理後事。因為此時孔丘已經不是大夫，府中沒有家臣。

可是，沒過多久，當子路第二次從衛國返回魯國探病時，孔丘的病也好了點。見到子路再次遠道而來，這次孔丘不是高興，而生氣了。

「阿由啊，你做的好事！你欺騙我很久了！我沒有家臣，你卻讓人冒充我的家臣。為師現在不是大夫了，沒有家臣了。但是，沒有家臣就沒有家臣，何必讓我冒充有家臣呢？我這樣能欺騙誰？

欺騙上天嗎？阿由啊，我跟你說，為師與其死在所謂家臣手中，還不如死在學生手中呢！退一步說，縱使我最終不能按大夫之禮安葬，難道還會死在路上嗎？」

子路聽了孔丘的這番話，雖然感到委屈，但是卻能理解老師的心情，他現在的心理非常脆弱，越是失意潦倒，還越是要面子，講禮儀。

其實，孔丘病中講禮儀並不是在學生面前說說而已，而是時時刻刻不忘。就在子路第二次回魯國探病之前，魯哀公聽說孔丘病重的消息後，也曾親自前往孔府探病。當時，孔丘正是病情非常沉重之際，虛弱得連坐起來的力氣都沒有。但是，當聽說魯哀公來府探病時，孔丘硬是讓人把自己的頭抱起來向著東方，以示對國君的歡迎。不僅如此，他還讓人將以前上朝時所穿的朝服找出來，蓋在身上，並拖著大帶子。

經過眾弟子的悉心照料，到魯哀公十四年（西元前四八一年）七月初，孔丘的病漸漸好了。天氣好的時候，在弟子的照顧下，他還能到附近走走，甚至還起念與弟子一起再到泗水觀瀾。

可是，好景不長，接著致命的打擊接踵而至。

七月二十三，南宮敬叔來看孔丘，說話間不經意提到了冉伯牛。孔丘一聽，立即問道：

「伯牛很久沒有來了，半年前就聽人說他身體不適，現在怎麼樣了？」

「好像情況不是……不是太好。」

孔丘聽南宮說話吱吱唔唔，不像平時那樣乾脆，於是便追問道：

「子容，伯牛身體情況到底怎麼樣，得的是什麼病？」

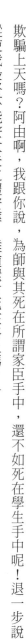

南宮見孔丘問到要害上，態度更加窘迫了。

孔丘見此，覺得有蹊蹺，於是窮追不捨。最後，南宮無奈，只得告訴了孔丘實情。

孔丘不聽則已，一聽不禁跌足長歎，悲不自禁。半晌，才自言自語地喃喃說道：

「老天啊，這太不公平了！伯牛這麼壯實的人，這麼誠實質樸的人，怎麼得這種病呢？」

南宮見孔丘這麼悲傷，後悔今天不該說漏了嘴。但是，說出的話如潑出去的水，說出來了就收不回。於是，只好安慰孔丘道：

「先生，您生病身體剛剛恢復，不要太傷心了。」

「子容啊，伯牛得了這種病，你怎麼瞞著為師，也不說一聲呢？」

「先生，弟子怕您年紀大，說了您會傷心受不了，所以就不敢告訴您。再說，伯牛也不讓弟子告訴您啊！」

孔丘聽南宮這樣說，情緒更加激動了：

「伯牛都得了這種病，怎麼就不能告訴我？我們師徒一場，難道去看他一次也不行嗎？」

南宮覺得委屈，低聲地說道：

「先生，這種病是會傳染的。我們師兄弟去看伯牛，伯牛也避而不見，更何況是您呢？」

「我都這把年紀了，你們都去看過了，難道我還怕死？就是死了，又怎麼樣？能陪我心愛的弟子一起死，我也死能瞑目。」

南宮見孔丘越說越激動，一時感到手足無措，呆在那裡半晌也說不出一句話。

良久，孔丘的情緒稍微平復了一些，語帶哽咽地說道：「子容，你就帶為師去看一眼伯牛吧。」

看著老師如此悲傷的神情，感受著老師對弟子真摯的情感，南宮只得點頭同意。

攙扶著孔丘上車，約略不到烙兩張烙餅的時間，馬車停在了一個髒亂不堪的巷口。車夫跳下來，進前向南宮報告說：「大夫，巷子太窄，馬車進不去了，只能到此。」

南宮只得攙扶著孔丘從馬車上下來，慢慢地步行走進了巷子。

走不到百步，來到一間低矮的破茅舍門前。只見大門是由藤條捆綁著幾根胳膊粗的枯木而成，窗戶是用一頂破斗笠充當。門楣低矮，孔丘高大的身軀要想進門，那得把腰彎得很低。

「先生，這就是伯牛的家了。」南宮指著眼前的茅舍，對孔丘說道。

「敲門吧。」孔丘對南宮說道。

南宮遵命上前敲門，一邊敲一邊向裡面喊著：「伯牛兄，開開門，先生來看你了。」

可是，喊了幾十聲，敲了幾十下，屋裡絲毫沒有動靜。

孔丘一看，急了，情急中顧不得為師的尊嚴與禮儀，舉起手杖就咚咚咚地連敲數十下，一邊還一邊喊叫：「伯牛，伯牛，快開開門，為師來看你了。」

可是，任憑孔丘敲斷了手杖，喊破了嗓子，裡面仍悄無聲息。

這時，孔丘與南宮都緊張了。南宮幾次想破門而入，都被孔丘制止了。

最後，南宮沒辦法，轉到窗口對裡面喊叫，可是仍無聲息。最後，他顧不得禮儀了，徑直將那頂遮風擋雨的破斗笠從外往裡給捅下來了，然後，睜大眼睛朝裡看。可是，屋裡太黑，什麼也看不見。無奈之下，南宮彎腰從地上拾起一粒小石子，從破窗戶裡往裡一扔，看看到底有沒有響動。可是，一連扔了三粒石子，都不見動靜。這時，南宮終於明白了。於是，轉到門口，顧不得大夫的尊嚴，提起袍襟，用腳猛揣了幾下。沒等孔丘反應過來，門已轟然倒下。

伴隨著門窗破處射進的兩束光線，南宮一頭撲進了破屋中，低頭察看了幾個月來一直躺在破門板上的伯牛，發現他的眼睛已經不動。用手在他鼻子下一試，已經沒有了氣息。就在南宮就要悲痛地哭出聲來時，孔丘也已經搶步進了屋子。看到僵直地躺在木板上的伯牛，看著他臉上爛得只剩下兩隻空洞的眼睛與突起的鼻樑與面頰骨，孔丘頓時一頭栽倒在小黑屋中。因為他雖聽說痲瘋病的症狀，但從未想到得這種病的人死時的狀況是這樣的可怕。

等到孔丘醒過來的時候，已在自家席上躺了一個時辰。看著圍在身邊的南宮等弟子，孔丘第一句話叮囑的便是伯牛的喪事。

「先生，您放心，弟子已經通知冉求。伯牛生前不願冉求接濟他，死後冉求替他辦理後事，諒他不會有意見。其他師兄弟現在也都在那邊幫忙料理，先生您就安心地休養吧。」南宮一邊給孔丘掖了掖被子，一邊安慰老師道。

孔丘因伯牛病逝悲痛過度而病倒後，魯國冢宰季康子聽說了，前來探病，並帶來了藥物。孔丘雖躺在病榻上，但仍執意要弟子攙扶著依禮答謝如儀。但是，拜受其藥物後，孔丘並不願意服用。南宮問其原因，孔丘答道：「我對這藥的藥性並不瞭解，所以不敢貿然嚐之。」

南宮點頭會意，老師雖然對生死問題很達觀，但對於服藥問題仍然表現出他一向謹慎的態度。

季康子送藥探病的第二天，高柴從齊國到魯國來看孔丘。得知師兄伯牛過世，痛哭一場後，準備前往孔府探望孔丘。未進孔府，見到南宮從裡面出來，連忙問道：

「先生病情如何？」

「現在總算平穩了，但先生年紀大了，接二連三經受打擊，精神非常脆弱。你進去見先生時，千萬別提一些悲傷的事。」

「師兄，說到悲傷的事，我正要報告一件噩耗。」

「什麼噩耗？」南宮吃驚地瞪大了眼睛。

「上個月，齊國田成子叛亂，弒齊簡公而自立。師弟宰予已在戰亂中死去。」

「啊？」南宮萬萬想不到，宰予竟然死于齊國政變之難中。齊國陳恒（田成子）叛亂的事，他和老師都是知道的，老師為此還勸諫過魯哀公與季康子，希望魯國合「三桓」之力幫助齊國平叛，以正君臣之義。結果，魯哀公與季康子都不聽。沒想到，宰予竟然死於難。

呆了半晌，南宮才醒過神來，問道：「這個消息你告訴其他師兄弟了嗎？」

「還沒有。我怕大家不小心說漏嘴，傳到先生耳中，那樣對他打擊會更大。」

「子羔，你做得對。子我死難的事，一會兒你進去見先生時千萬不要提起，否則先生真的受不了。」高柴會意地點點頭，整理了一下情緒，這才進去見孔丘。

雖然遠在齊國的宰予死難噩耗被暫時封鎖住了，但是沒過多久，近在曲阜的顏回突然去世的消息卻怎麼也封鎖不住。

九月初三，在病榻上纏綿了幾個月的孔丘剛剛身體有所復原。日中時分，他讓幾個月來一直侍候在身旁的弟子子夏攙扶他到外面曬曬太陽，走動走動。師生二人一邊走，一邊說些閒話，頗是其樂融融，孔丘的心情也開朗了不少。

走了約半個時辰，孔丘覺得累了，就讓子夏攙扶著慢慢往回走。可是，快到門口時，卻看見一輛馬車遠遠急急奔過來。未等子夏與孔丘反應過來，車上跳下南宮，三步兩步奔進孔府。子夏與孔丘一見，都大吃一驚，但卻不知道到底發生了什麼事。

然而，正當子夏與孔丘在發呆之時，又見南宮從府中奔出，正好與子夏撞個滿懷。

「師兄，怎麼了？」子夏急忙問道。

南宮抬頭一看是子夏，沒有答理他，只是望了孔丘一眼，然後就痛哭失聲。

「子容，你這是怎麼了？」孔丘急忙問道。

「先生，子淵過世了。」

「子容，你說什麼？子淵今年才四十一歲，正是壯年啊！」

「先生，子淵是昨天午夜過世的，今天中午才被發現。」南宮說著，又痛哭起來。

孔丘一聽南宮說得確切而不可置疑，頓時如同五雷轟頂，一頭栽倒在地，讓一直攙扶在旁的子夏都來不及反應。

南宮一見，連忙與子夏一起將孔丘抬到府內，放在睡席上。然後，二人拍胸的拍胸，捶背的捶背，忙亂了好一陣，才讓孔丘清醒過來。

清醒過來的孔丘，望著南宮與子夏，先是呆呆癡癡，不言不語，繼而則嚎啕大哭，連聲說道：

「噫！天喪我也！天喪我也！」

南宮與子夏見孔丘哭得如此悲傷，遂異口同聲地勸慰道：「先生太悲傷了，請節哀保重身體！」

孔丘一聽，不僅沒有止住哭聲，反而哭得更加悲傷，說道：

「我太悲傷嗎？我不為這樣的人悲傷，還要為誰悲傷呢？」

南宮與子夏你一句，我一句，勸慰了半天，總算讓孔丘的情緒穩定了下來。

第二天，顏路來見孔丘。他是顏回之父，也是孔丘最早的一批弟子。師生相見，彼此不免相對而泣，感傷了好一番。之後，顏路擦乾眼淚，對孔丘說道：

「先生，弟子家貧，無以葬淵兒。今雖聊備棺木，但苦無良木為外槨。先生是否可以將您的馬車賣了，給淵兒買個外槨。相信淵兒地下有知，也對您生前呵護他，死後厚待他而感激不盡。」

孔丘並非捨不得賣了自己的馬車，但是覺得應該按禮行事，不能越禮。賣掉自己的馬車，而給顏回置辦外槨，明顯於禮不合。所以，就毫不猶豫地回應顏路說：

「阿淵不管是有才無才，說來都是你的兒子。我的兒子鯉死了，也只有棺而無槨。對於阿淵過世，我雖非常悲傷，但我不能賣掉自己的馬車給他置辦外槨。因為我曾經做過大夫，依禮而言，是不能步行出門的。」

顏路從未聽老師這樣直言不諱地拒絕自己的要求，雖一時想不通，但也不便當面跟孔丘辯論什麼。於是，怏怏不樂地回去了。

第三天，南宮等眾弟子又來請求孔丘，是否可以厚葬顏回。孔丘認為依禮不合，堅決反對。可是，後來眾弟子為顏回發喪時還是應顏路之請從厚安葬了顏回。

待到顏回喪事辦畢，孔丘親到顏回墓上祭奠時，他才知道真相。不過，這時孔丘已經無能為力了，只得在顏回墓前，當著眾弟子的面說道：「阿淵啊，你生前待為師如父親，你死後為師卻不能視你為親生之子。厚葬你，違背了你的意願，也違背了我的意願，但這並非是為師要這樣，而是你的同門兄弟執意要如此。」

在場的眾弟子聽了，既非常感傷，又非常慚愧，悔不該沒有聽老師的勸，而今又讓老師感傷了一回。於是，大家只得唯唯而退。

四、哭子路

從顏回墓前回來，孔丘再一次病倒，因為他已經知道宰予在齊國死難的消息。

這次孔丘再次病倒，相比於以往的幾次，纏綿於病榻上的時間都要更長，因為他畢竟是七十一歲的老人了。

魯哀公十四年（西元前四八一年），註定是一個不平凡的歲月。這一年，是孔丘人生中經受精神打擊最多最大的一年。他最心愛的弟子，也是最得意的弟子冉伯牛、顏回、宰予三人先後在幾個月內接二連三地離世。而這一年的冬天，則是孔丘身體備受煎熬的一個冬天。從七月底病倒，直到十二月底，孔丘一直處於病危狀態。人們都說老人最怕過冬，況且這個冬天是歷史上少見的酷寒，而孔丘身體又是處於最虛弱的時候。好在有許多來自各國的弟子輪流服侍照料，最終總算讓孔丘熬過了這個苦寒的冬天，看到了來年春天的一絲曙光。

隨著天氣一天天暖起來，孔丘的身體也一天天慢慢復元。到魯哀公十五年（西元前四八〇年）三月底，他終於告別了纏綿大半年的病榻，又能起來走動了。弟子們怕他晚境寂寞，所以有事沒事都故意上門向他問學求教，並順便陪他聊天閒話。所以，這一年，孔丘過得頗是順暢。

可是，十二月二十八，當這一年就要畫上句點時，一個石破天驚的消息從天而降，讓孔丘再次猶如五雷轟頂，精神徹底被擊垮了。

這天一大早，孔丘剛剛才起來，還沒來得及進早餐，高柴就急急從衛國趕來。孔丘一見，心裡咯噔一下，不知又有什麼事發生了。於是，來不及寒暄，劈頭便問道：

「子羔，你不是在衛國任職嗎？怎麼跑到曲阜來了？」

孔丘不問也罷，一問，高柴頓時痛哭失聲。

孔丘知道情況不妙，但仍然不敢往最壞的方向想像。等高柴哭得差不多了，乃溫和地說道：

「子羔，你慢慢說。為師都能挺得住，你當然也應該挺住。」

高柴聽老師這樣說，穩了穩情緒後，遂將衛國前不久發生的宮廷政變的詳細過程一五一十地敘述了一遍。說到子路死於亂兵亂刀之下的情節時，高柴突然痛哭失聲，再也說不下去了。

孔丘連忙趨前拍打著高柴的後背，安慰道：「子羔，你把話說完吧，為師快撐不住了。」

高柴知道子路是老師最信任的弟子，子路的死對老師精神的打擊比對自己的打擊要大得多。聽老師這樣說，他只得克制住悲傷，穩定了一下情緒，說道：

「師兄被亂兵包圍時，已經殺得冠纓都掉落在地了。但是，師兄突然停止搏殺，對包圍他的亂兵說道：『夫子有言：君子死，冠不免。』說著彎下腰拾起掉在地上的冠冕，從容繫好冠纓。就在這時，那幫亂兵則乘機一擁而上，亂刀砍向師兄，將師兄砍成了……」

說到此，高柴哽咽著再也出不來聲了。

而孔丘聽到此，早已悲傷得昏厥過去了。

高柴一見，頓時慌了神，立即上前抱起老師，又拍又撫。一陣手忙腳亂之後，好久才讓孔丘蘇醒過來。沒想到蘇醒過來的孔丘，當著高柴的面就放聲大哭起來，一邊哭，還一邊捶胸打地，全然不顧平日師道尊嚴的體面。

雖然子路生性率直，行事還相當魯莽，甚至有時還會當著眾弟子的面頂撞孔丘，但孔丘卻打心眼裡喜歡他的率直和單純，一點世故也沒有，即使年過花甲，仍是那麼單純可愛。因此，每當恍惚之間，眼前就會浮現出子路那率直的形象。特別是每每想到前年自己七十大壽時子路與顏回等弟子互別苗頭，暗中較勁的場面，尤其覺得溫馨無比。

那是周敬王三十八年，魯哀公十三年（西元前四八二年）八月二十七日，是孔丘的七十歲生日。子路、顏回、子貢等弟子，為了讓孔丘能夠儘快從喪子的痛苦與陰影中走出來，重新振作精神，他們精心策劃，早早聯絡好在魯國與鄰近各國的眾弟子，為孔丘辦了一個七十大壽的聚會。

那天一大早，在魯國的弟子和在陳、衛、齊、宋等鄰國的弟子都如約陸續趕到。孔丘雖然並不贊成弟子們給他祝壽，但是看到遠道而來或是多日不見的弟子，他感到是一種莫大的安慰。

祝壽會上，眾弟子有的追憶自己師從老師求學的經歷，有的回憶自己追隨老師在齊、衛、陳、宋等國流亡的艱苦歲月，有的追憶當年師生游泰山、觀泗水的快樂時光。其間的甜酸苦辣，雖然不免讓大家想起來還要感歎唏噓，但此時此刻追憶起來，在大家看來都是人生的一種重要經歷，是一種幸福的回憶。

祝壽會的氣氛越來越溫馨，談笑風生中，師生之間原有的拘束感漸漸消除，孔丘先前一直抑鬱的情緒漸漸消除，眾弟子心情也漸漸輕鬆起來，說話也隨便起來。

「人生七十古來稀，世間唯有仁者壽。先生今已年過七十，不是常人所能企及的，不知先生對自己的一生有怎樣的評價。」子路一高興，脫口而出道。

大家一聽，覺得子路有點冒失。沒想到，孔丘卻不以為意，呵呵一笑道：

「阿由這個問題提得好，大凡為人，都會喜歡看著別人，對他人的一言一行品頭論足，對自己一生行事卻很少有反躬自省的時候。為師也是如此。丘之一生，成敗是非尚不敢論定，但人生經歷與人生態度，為師還是清楚的。」

「請先生說說看。」眾弟子幾乎是異口同聲地請求道，因為大家對此都非常感興趣。

孔丘慈祥地掃視了一下眾弟子，然後不緊不慢地說道：

「丘三歲開蒙，十有五而志於學，三十而立，四十而不惑，五十而知天命，六十而耳順，七十而從心所欲，不逾矩。」

孔丘話音未落，子路立即接口說道：

「先生『十五而志於學，三十而立，四十而不惑，五十而知天命，六十而耳順』，這個話好像以前在衛國時已跟弟子們說過，這些不同年齡段的人生境界，我們都瞭解，但是達不到。至於『七十而從心所欲』，這種境界並不難，弟子雖然只有六十，但自知也能達到。」

孔丘聽了，沒有吱聲，只是莞爾一笑。其他人也跟著笑了。

子路見大家都笑，疑惑不解地問道：

「你們笑什麼？俺說的不對嗎？從心所欲，不就是想幹什麼就什麼嗎？這有什麼難？誰做不到？」

「師兄，先生的話還有半句，『不逾矩』。」子貢提醒說。

「對啊，既然是從心所欲，那還管什麼規矩不規矩？」子路振振有詞道。

顏回見子路說話越來越賭氣了，遂不緊不慢地插話說：

「先生所說的『從心所欲，不逾矩』，是說能夠按照自己的心意行事，但不會逾禮越矩，而不是說想幹什麼就幹什麼。只有具備最高修養的人，才能臻至這種境界。」

孔丘一向喜歡子路的率直，等顏回把話說完，便慈愛地對子路說道：

「阿由，你現在明白為師的意思了嗎？」

子路看了看孔丘，又看了看顏回，沒有吱聲，只是點了點頭。

見此，子夏突然上前，說道：

「先生是智者，能對自己有清醒的評價。弟子們不比先生，對自己不可能有清醒的認識，希望先生也能對我們有個評價。」

「好！」大家齊聲附和子貢的話。

孔丘慈愛地看了看眾弟子，笑了笑，卻半天不肯開口。

眼看原來營造起來的熱烈的氣氛就要冷下去了，子路又率爾向前，說道：

「先生最得意的弟子莫過於顏回，我們大家都自歎弗如。那就請先生先評價一下顏回師弟吧。」

說到顏回，孔丘就打心眼裡感到得意。掃視了一下眾弟子，孔丘先是莞爾一笑，然後從容不迫地說道：「為師跟子淵講學整日，他從無質疑，像個愚鈍之人。可是，等他退下，我私下省察他與別人的談論，卻能很好地發揮我的思想。可見，子淵很有悟性，並非愚鈍之人。」

顏回見老師當著眾師兄弟的面誇獎自己，頓時覺得很不好意思，遂連忙上前，躬身施禮，說道：

「先生溢美愛護之辭，回實在不敢當。先生的學問道德，我們抬頭仰望，越看越覺其高；先生的思想見解，我們越是深入鑽研，越覺深奧廣博。追隨先生，往前看好像在前面，轉眼間又好像在後面。先生教學循循善誘，既重視博采文獻以豐富我們的見識，又善於用禮儀制度來約束我們的行為。我們追隨先生，想要停下來也不可能。先生就像一個卓然聳立的標杆立在前面，弟子雖已用盡了全部才力，想要邁步靠近，卻仍然找不到正確的路徑。」

孔丘聽顏回如此稱頌自己，雖然心裡頗是高興，但在眾弟子面前不免有些不好意思。遂連忙搶過話頭，說道：「說到悟性，諸位不在子淵之下者很多。但是，在安貧樂道方面，與子淵相比，恐怕諸位都無出其右。」

子路見老師如此抬愛顏回，遂又忍不住了，脫口而出道：「這話怎麼講？」

孔丘看了看子路，心知其意，乃語氣溫和地說道：

「一簞食，一瓢飲，居陋巷，人不堪其憂，回也不改其樂。賢哉，回也！丘不如回。」

子路見孔丘如此不避嫌疑地當眾讚揚顏回，心有不服，遂問道：

「子貢也是先生的得意門生，不知先生以為子貢如何？」

孔丘明白子路的意思，先是呵呵一笑，然後看了看子路，再掃視了在場的眾弟子，從容說道：

「子貢就是一個器物。」

子貢一聽，先是一楞，繼而脫口而出問道：「什麼器物？」

「瑚璉。」

「瑚璉？」大家不約而同地同聲問道。

「正是，就是宗廟裡盛放黍稷的瑚璉。你們認為不對嗎？」孔丘看著大家驚訝的神色，從容地說道。

「瑚璉是宗廟裡的珍貴之物，先生這是在讚揚子貢人才難得。」顏回說道。

孔丘滿意地點點頭，以欣賞的目光看了顏回一眼。

「如果將子淵與子貢相比，誰會更優秀呢？」子路眼光直視孔丘，認真地問道。

孔丘知道子路這是有意為難自己，遂寬厚地一笑。然後，眼光轉向子貢，問道：

「阿賜，你以為你與子淵相比，誰更優秀呢？」

子貢見老師這樣問，略一深思，從容回答道：

「弟子怎敢與子淵相比？子淵聞一知十，弟子聞一知二而已。」

「是不如他，為師同意你的看法。」孔丘肯定地說道。

子路聽了覺得更加不服氣了，脫口而出道：

「既然子淵比子貢優秀，那麼子淵為什麼貧而不能謀溫飽，而子貢則富可敵國呢？」

孔丘莞爾一笑，看了看子路，又看了看顏淵與子貢，平靜地說道：

「用之則行，舍之則藏，唯子淵與丘能及此。子淵安貧樂道，道德修養已經差不多了。子貢不聽天命，而去做生意，預測市場行情很準確。」

子路見無論怎麼說，孔丘都有說辭為顏回回護，遂靈機一動，說道：

「那麼，先生覺得弟子如何？」

孔丘見子路如此直率，非要自己給他一個評價不可，遂坦然說道：

「道不行，乘桴浮於海，若是還有人肯追隨我的，恐怕只有阿由。」

「先生是說，子路是最忠義的人吧。」冉有問道。

孔丘點點頭，子路很高興。

「除了忠義，子路難道就沒有別的長處嗎？」子貢問道。

「除此，阿由爭強好勇超過我，這一點好像並無什麼可取之處吧。」孔丘看著子路，認真地說道。

子路見孔丘不認同他的爭強好勇，遂反問道：

「如果讓先生指揮三軍，您願與誰共事呢？」

「空手搏虎，徒步涉河，至死都不知後悔的人，我是不會跟他共事的。只有遇事小心謹慎，善於謀劃籌策，並能圓滿完成任務的人，我才願意與他共事。」孔丘一邊漫不經心地說著，一邊卻笑眯眯地看著子路。

子貢見孔丘話說得直白，怕子路面子上下不來，遂連忙出來打圓場道：

「子路師兄除了忠勇以外，其實還很仁德。」

「阿由仁德不仁德，我不知道。」子貢話音未落，孔丘就毫不猶豫地說道。

「子路是先生的得意門生，先生怎麼說不知道呢？」南宮敬叔這時也插話道。

孔丘見南宮也出來說話，猶豫了一下，說道：

「以阿由的能力，一個千乘之國，讓他去負責軍事，那是綽綽有餘的。至於他有沒有仁德，為師真的不知道。」

南宮見老師這樣說，遂將站在自己身邊的冉有往前推了推，緊接著問道：

「先生，您看冉求怎麼樣？」

「阿求嘛，一個千室之邑，或是百乘之家，如果讓他去做個總管，那是絕對會勝任的。至於他有沒有仁德，為師也不知道。」

一向沉默不肯多言的公良儒，這時也忍不住了，將站在自己身旁的公西赤推出來，問道：

「先生，您看公西赤如何？」

孔丘看了看公良儒，又看了看公西赤，平靜地說道：

「哦，阿赤嘛，穿上禮服，立在朝堂之上，接待應對四方賓客，那是不會失禮的。至於他有沒有仁德，為師不敢說。」

子貢見此有些著急，遂推出站在其身後的顓孫師和卜商，問道：

「先生，子張與子夏都是您時常提到的得意門生，您認為他們誰超過誰？」

孔丘看了看子貢，又看了看顓孫師和卜商，沉默了一會，說道：

「阿師有些過分，阿商有些不及。」

子貢立即接口說道：「如此說來，子張更強些吧？」

「過與不及，同樣都不好。」

孔丘話音未落，子路接口問道：「先生的意思是說，不偏不倚，取其中庸乃為上，是嗎？」

孔丘看了看子路，滿意地點了點頭。

高柴與曾參見老師對各位師兄都有評價，遂也擠到前面，站在了顓孫師與子路的旁邊。高柴看了看孔丘，指了指站在一起的曾參與顓孫師、子路三人，對孔丘說道：

「先生剛才對各位師兄都有精當的評價，現在請先生不要說我們的優點，只用一個詞概括一下我們四人的弱點。」

孔丘一聽，覺得高柴雖有點愚鈍，但看問題也不失有新視點。於是，欣然點頭應允，說道：

「子羔愚笨，曾參魯鈍，子張偏激，阿由魯莽。」

大家聽了，一齊拍手，都覺得孔丘說得精闢，對弟子的弱點洞若觀火。子路則憨憨一笑，不住地點頭。

之後，沒有被評述到的弟子都要求孔丘對自己予以評價。雖然有的被褒獎，有的被批評，但大家都很高興。師生歡聚一堂，說說笑笑，溫馨猶如一家人。

……

而今，這一切都成了永久的回憶。

撫今追昔，坐在冷冷清清的書房中，看著滿是灰塵的簡冊與書案，想著弟子們死的死，散的散，孔丘不禁悲從中來。

五、夢周公

「先生，國君看您來了，馬車已經停在府前了。」

周敬王四十一年，魯哀公十六年（西元前四七九年）。正月十五，已到巳時了，孔丘還昏昏沉沉地睡著。自從得到子路暴死於亂刀之下的消息後，孔丘就一病不起。從年前病倒，到今天已經有半個多月了，差不多每天都是處於迷迷糊糊、夢囈不斷的狀態中。

聽到子貢報告說魯哀公來了，孔丘猶如冬眠的蟄蛇突然被春雷驚醒，立即從睡席上強撐著要爬起來。

「先生，您病重，國君是知道的，就不必拘禮了。」子貢一邊說著，一邊想按住孔丘，讓他重新躺下。可是，孔丘執意不從，說道：

「君臣之禮不能免。阿賜，你扶我坐起來，好讓我頭向著東方，以表示對國君的歡迎。還有，你把我以前所穿的朝服找出來，蓋在我的身上，帶子要散開。」

「是，先生。」

子貢答應一聲去了。這一切，他都熟悉得很，因為上次老師生病時魯哀公來探視，他就在身邊。子貢剛把朝服蓋到孔丘身上，魯哀公就進來了。子貢連忙抱住孔丘的頭，讓他半靠在自己的懷裡，正好面向東方，正對著進門的魯哀公。

君臣見禮畢，魯哀公顯得非常體貼地問了孔丘最近的生活起居情況，然後說道：

「夫子是我魯國之寶。魯有夫子，是寡人之福，亦是國家之福。而今夫子年事漸高，當以保重身體為第一要務。魯國的長治久安，今後尚需夫子出謀籌策。」

子貢一聽，就很生氣。但是，在老師面前，他不敢越禮，只得低頭沉默。

孔丘聽了魯哀公的話，也覺得他很虛偽。如果他真的願聽自己的意見，應該在自己由衛返魯後就予以重任。如果這樣，魯國的政局就不應該是現在這個樣子。但是，這些埋怨之言，拘禮的孔丘是說不出口的。所以，他只能非常謙恭地回答道：

「臣已老朽昏庸，對天下事知之甚少，對魯之朝政豈敢置喙？」

魯哀公雖然平庸，但並不昏庸，知道孔丘的話弦外有音，遂連忙轉換話題道：

「夫子弟子三千，遍於天下。望夫子為國掄才，多多舉薦賢能，以效父母之邦。」

「臣之弟子雖眾，但現在或死或老，縱有可用之才，亦多不得其用而雲散在外。」

「那麼，在魯國的弟子中，難道就沒有好學深思之輩？」魯哀公說道。

「說到好學深思，顏回可謂個中翹楚。其為人，不遷怒於人，不犯同樣的錯誤，是個難得的人才，可惜短命死了。而今再也沒有這樣的人了！」

魯哀公聽出孔丘的弦外之音，說了一會兒閒話後就告辭了。

送走魯哀公，子貢陪孔丘閒話。當說到一生為了「克己復禮」的目標而遭遇的坎坷與挫折時，孔丘不禁感慨唏噓再三。

子貢瞭解此時此刻老師的心情，遂以問代勸道：

「先生博古通今，學識天下無人能出其右，政治才幹與魄力也是有目共睹，卻才大而不為世用，一生鬱鬱不得志。今垂垂老矣，尚清貧潦倒如此。對此，不知先生有悔否？」

孔丘看了看子貢，莞爾一笑道：

「咽粗食，喝白水，彎起胳膊當枕頭，樂亦在其中矣。不義而富且貴，於我如浮雲。」

子貢知道老師說的不是心裡話，因為他不是消極避世的人，而是一個積極入世的人，一生抱持「克己復禮」的理念，滿懷治國平天下的理想，無論遇到多少坎坷與挫折，他仍然不放棄理想，即便是現在躺下來了，仍然沒有出世的意思。不然，今天跟魯哀公相見時他就不會話中別蘊那麼多懷才不遇的怨情了。子貢不想捅破老師的心思，於是說道：「先生，您身體還很虛弱，今天說了很多話，一定很累了。要不，您先睡一會？弟子到門外聽候。」

孔丘慈愛地看了看子貢，見他這些天日夜侍候在自己身邊，人都消瘦了不少，頗是心痛。於是，點點頭。

子貢退出後不久，孔丘就呼呼睡著了，睡得很沉很香，還做了一個夢。在夢中，他又回到了昔日與弟子們在一起的幸福時光。

那是在衛國閑賦的日子裡。初春時節，一個陽光明媚的日子，孔丘正在小院中悠閒地曬著太陽，子路、曾皙、公西華陪著專程從魯國前來的冉有來見孔丘。

孔丘一見冉有，倍感親切。自從因「女樂風波」而憤然離開魯國以後，師生二人分處魯、衛，已有好多年沒有見面了。

孔丘雖然人在衛，但心卻在魯。師生略敘了幾句離別思念之情的話，孔丘就問起了魯國的情況，上自政壇異動，下及百姓生活，曲阜街巷市井。談著談著，冉有說到了自己在季氏府中任職的苦惱，覺得在季氏府中做個管家，苟且偷安，並非是他的人生志向。孔丘聽了，立即反問道：

「阿求，那麼你的人生志向究竟是什麼呢？」

剛剛還侃侃而談的冉有，突然間被孔丘這樣一問，反而不好意思了，一時為之語塞，不知說什麼好了。

孔丘見冉有窘迫的樣子，連忙呵呵一笑，打圓場地說道：

「我比你們的年紀都大，但不要因為這個原因，你們就不敢在我面前盡情地說出自己的志向。我知道，你們平時都喜歡說別人不瞭解你們。如果有人想瞭解你們，那你們應該怎麼辦呢？」

子路見老師有鼓勵之意，立即憋不住了，接口就回答道：

「如果有一個千乘之國，夾處幾個大國之間，外有強敵入侵，內有連年災荒，讓我去治理，只要三年，我就可以使其國民個個有勇氣，人人懂道義。」

子路說完，得意地看著孔丘，但孔丘卻莞爾一笑，未置一辭。

見孔丘不發表意見，其他各位也就不敢貿然說出心聲了。

孔丘瞭解他們的心理，遂點名問冉有道：「阿求，你的志向如何？」

冉有猶豫了一下，然後怯怯地說道：

「如果有一個方圓六七十里，或是五六十里的小地方，讓我去治理，三年期滿，我可以讓老百姓都能富足。至於禮樂方面，我不敢誇口，只好等待賢人君子來完成了。」

說完，冉有低頭退到一旁，不敢抬頭看孔丘。

孔丘沒有立即評論冉有的說法，而是轉向公西華，問道：「阿赤，你怎麼樣？」

公西華看到老師直視過來的眼光，立即低下頭來。但是，猶豫了一下，還是作了回答：

「治國安邦之事，我不敢說有那個能力，但是願意學習。如果是宗廟祭祀或與外國盟會，我倒是願意穿著禮服，戴著禮帽，做個小儐相。」

孔丘聽了，也沒說什麼。眼光轉向曾皙，問道：「阿點，你怎麼樣？也說說看吧。」

曾皙本來在一旁調瑟，突然聽到老師點名要他說說自己的志向，立即「鏗」地一聲結束了彈瑟，霍地站了起來，非常謙恭地說道：「先生，我的想法恐怕跟三位都不一樣。」

「不一樣有什麼關係呢？只是說說自己的志向而已。」孔丘鼓勵道。

曾皙聽孔丘這樣說，遂回答道：「暮春三月，春服裁成，穿上它，與五六位成人，六七個兒童，一起到沂水中洗洗澡，再到舞雩臺上吹吹風，納納涼，然後唱著小調回家去。」

曾皙話音未落，孔丘立即擊節讚歎道：「說的真好！我讚賞阿點的主張。」

子路一聽，有點不樂意了。於是，又率爾說道：

「先生聽了弟子的說法，為什麼笑而不答，似乎笑中還暗含某種玄機。」

孔丘見子路問得直接，看了看子路，也非常直接地回答道：

「阿由啊，治國以禮，你說話一點也不懂謙遜，所以為師笑你。」

「那子有的話也夠謙遜了吧，您怎麼也不認同呢？」子路還是不服。

「阿求所說的方圓六七十里或五六十里，怎麼見得就算不得是一個國家呢？」

子路聽孔丘這樣說，雖覺得有些道理，但仍然不肯服氣，又反問道：

「子華只想做個小儐相，並沒說治國安邦，您怎麼也不認同呢？」

孔丘一聽，莞爾一笑道：「宗廟祭祀，諸侯會盟，說的不是國家之事嗎？阿華如果只能做個小儐相，那麼誰能做得了大儐相呢？」

大家都以為老師說到這個地步，子路一定是啞口無言了。沒想到，孔丘話音未落，子路立即接口說道：「弟子記得先生曾跟我們說過自己的志向：『老者安之，朋友信之，少者懷之。』請問先生，您以前所說的志向可是治國安邦啊！您剛才贊同子晳洗澡唱小調的志向，是不是說話前後矛盾？」

子路話未說完，已讓眾師兄弟驚訝得目瞪口呆。但是，子路卻坦然地望著孔丘，等著他回答。

孔丘先是一愣，繼而哈哈一笑，大家也跟著一起哈哈大笑起來。

……

子貢在門外突然聽到房內老師的笑聲，不知發生了什麼事，連忙推門而入，發現孔丘還在沉沉睡著。子貢猜想，剛才老師的笑大概是夢到什麼事了。於是，推了推孔丘。

「阿賜，我睡了多長時間。」孔丘被推醒來，看著身旁的子貢，問道。

「不長，一個時辰左右。」

「扶我起來坐坐吧。」說著，孔丘就把手伸給了子貢。

正當子貢把孔丘扶起靠坐著的時候，南宮韜與子夏悄然進來。

「先生，身體好些了嗎？」

孔丘與子貢聽到聲音，連忙轉頭，發現原來是南宮韜與子夏。

「子貢，這些天都是你照料先生起居，太辛苦你了！你先回去休息休息，讓我們替你一會兒吧。」南宮說。

「師兄，看你都瘦了，還是回去休息休息吧。這裡有我們，你儘管放心。」子夏也附和道。

孔丘慈愛地看看子貢，又疼愛地看了看南宮與子夏，就像父親看著孩子的那種心情。然後，語氣溫柔地對子貢說道：「阿賜，那你就先回去休息吧，這些天不分晝夜，確實讓你累壞了。」

子貢深情地看了老師一眼，然後跪直了身子，站起，再慢慢地告辭而出。

之後，在南宮與子貢的組織下，在魯國的弟子都排好時間來輪流陪侍孔丘。慢慢地，孔丘的身體好像日見恢復，有時還能拄著拐杖到外面走走。

周敬王四十一年，魯哀公十六年（西元前四七九年）初四，一大早，孔丘背著手，拖著拐杖，獨自出門，在門口逍遙漫步，一邊走一邊吟唱道：

「泰山其頹乎，梁木其壞乎，哲人其萎乎！」

吟唱畢，孔丘拖杖往回走，入門當戶而坐。

子貢昨天安頓好老師回家休息，一大早沒來得及進早餐就趕了過來。遠遠聽到老師邊走邊吟唱，就駐足聽了一會。現在看見老師坐在門檻上，目光望向遠方，似乎有什麼心思。於是，連忙搶步趨前，問道：「先生，您怎麼這麼早就起來了？剛才您吟唱說『泰山其頹乎，梁木其壞乎，哲人其萎乎』，好像非常感傷，不知何故？」

孔丘看了看子貢，沒有說話。

子貢看著老師憂傷的眼神，說道：

「如果泰山崩頹了，我們還有什麼可仰望的？如果梁木爛壞了，我們還靠什麼庇身？如果哲人離我們而去了，那我們還師從誰呢？先生，您是不是病得太重了，才說這種話？」

子貢一邊這樣說著，一邊伸手把坐在門檻上的孔丘攙扶起來，慢慢地進了書房。

在書案前坐定，孔丘喟然長歎道：「阿賜啊，你今天來得太晚了。我昨夜做了一個夢，見到了周公。還夢見我坐在兩楹之間，受人祭奠。」

「先生，您不要亂想。不會的，您現在病已經好得差不多了，還有很多事要做呢？弟子們也還有很多問題要向您請教。」

孔丘搖搖頭，繼續說道：

「夏朝，人死了是殯殮於東階之上，那是主人迎接賓客之地；殷商時代，人死後是殯殮於兩楹之間，處於主人與客人之間。這個位置既不被主人看重，也不為客人重視。周朝時，人死了則是殯殮於西階之上，這也是主人待賓的地方。而我是殷商後裔，死後處於兩楹夾縫之中。如果後世沒有賢明的君王，那麼誰會注意處於夾縫中的我，並對我予以尊奉呢？阿賜啊，我不將不久於人世了！」

子貢聽了老師的話，非常感傷，但是他還是想多勸慰老師，讓他重新振作精神。可是，囁嚅了半天，也找不出合適的話來。

正在此時，子夏、曾參來了。

孔丘一看到子夏，連忙說道：

「阿商，為師將不久于人世了。我死之後，你的學問會日漸長進。而阿賜呢，恐怕會日漸退步。」

曾參不解，問道：「為什麼這樣說呢？」

孔丘看了看子夏，又看了看子貢，對曾參說道：

「子夏比較喜歡跟賢於自己的人相處，子貢則喜歡取悅於不如自己的人。不知其子，可以看看他的父親；不知其人，可以看看他的朋友；不知其君，可以看看他所重用之臣；不知其地，可以看看那裡草木的生長情況。俗話說：『與善人相處，如入芝蘭之室，久而不聞其香，乃為其所化之故也；與不善之人相處，如入鮑魚之肆，久而不聞其臭，亦為其所化之故也。』盛丹之器，久而為赤；盛漆之器，久則變黑。因此，君子處世，務須謹慎選擇相處之人。」

「弟子謹受教。」子夏、子貢雙雙跪下，齊聲說道。

孔丘說完後，對三位弟子揮了揮手，說：「為師累了，想休息一下。」

子貢、子夏與曾參聞命，遂長揖而退。

七天之後，纏綿於病榻之上的孔丘溘然長逝，終年七十三歲。

後記

在中國，孔子是一個太出名的人，每個人從小就要讀他的至理名言。我也一樣。

記得上初中時，我就開始接觸《論語》與《史記》，並在心底萌發想寫一部歷史小說，將孔子其人其事寫出來。但是，隨著年齡漸長，學問稍有長進，覺得這個少年時代的理想有點狂妄。

因為古書讀得越多，世事經歷越多，少年時代頭腦中清晰的孔子形象卻越來越模糊了。再加上現實的人生命題，考大學、考研究生、拿博士學位、升副教授、升教授、當博導，要這個要那個，要完成這個任務要完成那個任務，所以這個創作計畫永遠只是一個理想，就像孔子要「克己復禮」，恢復周公禮法，實現「天下大同」的理想一樣，不可能實現。

雖如此，但理想一旦在心中萌發，就像錢鍾書先生在小說《圍城》中所說的那樣，要想打消已起的念頭，其實是比打胎還要難的。由於這個原因，加上二〇〇五—二〇〇六年在日本京都做客座教授時有一段空暇，少年時代萌發的心願開始有了實現的機遇。於是，在寫完《遠水孤雲：說客蘇秦》、《冷月飄風：策士張儀》兩部蓄謀已久的長篇歷史小說後，再將孔子形象寫出來的想法也就自然演進為一種現實的計畫。

為了實施這一計畫，從二〇〇五年開始，我就開始準備。為了瞭解孔子生活的時代，寫出反映那個時代風貌的生活細節，我除了大量閱讀先秦歷史文獻，研讀歷史地理外，還經常深入日本京都古老的街巷與建築，追索中國古代建築與民俗的殘存影像，觀摹日本人的跪坐，體驗睡塌塌米的感受。因為孔子說過「禮失而求諸野」，事實上中國古代的很多風俗習慣都還在日本人的現實生活中有所反映。

二〇〇六年從日本回國後，我又多次趁著到山東開學術會議的機會，多次登臨泰山，訪問曲阜，觀察山東人的生活。二〇〇九年二月到六月，我應邀到臺灣東吳大學做客座教授，曾有意識地觀摹了臺灣的祭孔儀式。二〇〇九年九月，到山東大學開學術會議時，除了拜訪孔子故里，看孔林，謁孔陵之外，我又特意參加了在曲阜舉辦的紀念孔子誕辰二五六〇年的文化節，看「八佾舞於庭」的儀式，聽古琴竽瑟合奏。慢慢地，我覺得我找到了感覺，開始動筆創作長篇歷史小說《鏡花水月：游士孔子》。

之所以終於下決心寫孔子，除了上述原因外，還有一個原因。二〇〇九年六月底，我在完成臺灣東吳大學客座教授任期，準備回上海前，曾到臺北重慶南路拜訪臺灣商務印書館編輯部經理李俊男先生。我在日本做客座教授時就一直與他聯絡，他是我的一部學術著作《古典小說篇章結構修辭史》的責任編輯。這次相見，主要是談幾部約定的學術著作的交稿日期問題，並送交簽好的合同文本。談到最後，偏了題，說到了歷史小說。越談越投機，最後我提到我那時已經修改好的兩部歷史小說《遠水孤雲：說客蘇秦》、《冷月飄風：策士張儀》，問他臺灣商務印書館有沒有出版歷史小說的先例，他說沒有，但又說也不妨突破慣例。於是，我便將我的創作計畫跟他說了，李先生竟然非常感興趣，並當場給我定了書系的名字「說戰國，道春秋」。

二〇一一年我的兩部歷史小說《遠水孤雲：說客蘇秦》、《冷月飄風：策士張儀》由大陸雲南人民出版社出版簡體字版，二〇一二年這兩部歷史小說的繁體字版也由臺灣商務印書館在臺灣出版發行。接著，李俊男先生來函要我接著寫「說戰國，道春秋」書系的第二組，並給我指定了所寫歷史人物，這就是孔子與荊軻，一文一武。這樣，我便加緊了進度，同時開筆寫《鏡花水月：游士孔子》與《易水悲風：刺客荊軻》。

經過多年努力，現在總算寫完了這兩部醞釀已久的長篇歷史小說，但是心中卻頗是忐忑不安。特別是這部《鏡花水月：遊士孔子》，尤其讓我沒有底氣。因為孔子太有名了，不同的人對孔子又有著不同的認識，因此要讓一個完整的、清晰的孔子形象栩栩如生地呈現在人們面前，並讓大家接受，那是非常困難的事。

儘管如此，但我還是覺得有一種輕鬆感，因為少年時代的一樁願意總算了結了。至於書中所呈現的孔子形象是否大家都能接受，那是讀者的事，大家可以仁者見仁，智者見智。在我個人來說，我讓孔子走下了神壇。在我的筆下，孔子不是神，也不是聖，而只是一個為理想而不懈奮鬥的書生，一個誨人不倦的教書匠，是一個與平凡人一樣有著喜怒哀樂的鄰家老伯，一個和藹可親的長者。

但願這樣的孔子形象不要讓大家感到愕然。事實上，孔子就是這樣的形象。我只是將他身上被後人強加的光環拿開，使他的金身還原成真實的肉身而已。

最後，衷心感謝台灣商務印書館破例為我出版長篇歷史小說，並且是以一個書系的形式，這是一個多麼難得的機會啊！感謝李俊男先生的大力支持！感謝這套歷史小說書系的編輯、美術設計、校對而付出過辛勤勞動的朋友們！感謝許多學界前輩與時賢多年以來對我創作歷史小說的關注與支持！感謝在此之前讀過我的歷史小說或其它學術著作的廣大讀者多年來的厚愛與鼓勵！

感謝我的太太蒙益給予的支持，她是全球五百大的一家德國公司中國區的財務老總，日忙夜忙，卻還承擔起兒子課業的輔導任務，這樣我才能有足夠的時間在學術研究與歷史小說創作兩條戰線上左右開弓！感謝我的岳父蒙進才先生與岳母唐翠芳女士，他們從高級工程師與國營大企業領導崗位上退休下來後，十多年來一直幫助我們，替我承擔了全部的家務勞動，這樣我才能過著衣來伸手、飯來張口的生活，安心地坐在書齋中做學問和寫作。

吳禮權　二〇一三年二月十四日夜記於上海

主要人物表

孔子 名丘，字仲尼，魯國大夫。儒家學派創始人，著名教育家。在魯昭公時曾為委吏與乘田吏，並開始興辦私學，招收弟子。魯昭公被季平子驅逐出境，孔丘追隨魯昭公往齊國避難，力圖說服齊景公與齊相晏子幫助魯昭公復國，未果。魯定公時從齊國回到魯國，先做中都宰，不久升為小司空，再由小司空升為大司寇，兼攝魯相之職。不久，因齊國女樂風波而辭職，前往衛國。在衛國不僅未得衛靈公重任，還被人讒言相害，遂轉往宋國，路出匡地，被匡人誤以為是陽虎，受困多時。到了宋國，未見到宋國國君，又被宋國司馬桓魋伐樹謀害。逃出宋國後，再回衛國途中，經過蒲城時，被衛國大夫公叔發派兵包圍。回到衛國之都帝丘後，仍然沒有得到衛靈公重用。後來，衛國發動動亂，孔丘帶領弟子前往楚國葉邑拜訪葉公，之後又見楚昭王。楚昭王欲封以書社地七百裡，可惜未能兌現就在與吳國的戰爭前線駕崩了，新君楚惠王即位後，孔丘離開了楚國，重新回到衛國，教育弟子。魯哀公時，回到魯國，繼續講學，晚年好《易》，年七十三歲而辭世。

叔梁紇 孔丘之父，宋國貴族後裔，魯國將軍。先後在魯襄公十年、十九年的偪陽之戰和齊魯防邑之戰中立下奇功。年七十娶少年顏徵在而生孔丘。

顏徵在 孔丘之母，叔梁紇第三妻。

亓官氏 孔丘之妻。宋國宗室女子，由宋平公挑選，魯國仲孫大夫保媒嫁與孔丘。

孔　鯉　字伯魚，孔丘之子。
孔　伋　孔鯉之子，孔丘之孫。
孟　皮　孔丘同父異母之兄，有殘疾。
郰曼父　孔丘承嗣之兄。
孔　蔑　孔丘遠房之兄。

【孔門弟子】

仲　由　字子路，弁人。孔丘早期弟子，有勇力才藝，以政事著名。曾任蒲邑宰。後在衛國任職，因捲入衛國內部權力鬥爭而被亂刀砍死。
顏　回　字子淵，魯人。孔丘弟子，是孔丘大弟子顏由之子，七歲拜孔丘為師。以德行著名，孔子稱其仁。
顏　由　字季路，魯人，孔丘早期弟子，比孔丘小六歲，顏回之父。
端木賜　字子貢，衛人，以口才著名，有傑出的外交與經商才能。
冉　求　字子有，魯人，孔丘弟子，冉雍的晚輩，同屬仲弓宗族。做過季孫氏家臣，有軍事才能，率師擊敗齊國的入侵，立有大功。有才藝，以政事著名。
冉　雍　字仲弓，魯人，孔丘早期弟子。生於不肖之父，與孔丘第一批所收弟子冉耕（字伯牛）為同一宗族，以德行著名。

冉耕　字伯牛，魯人，孔丘早期弟子，奴隸出身，以德行著名，得惡疾而死。

曾點　字子晳，魯南武城人，孔丘早期弟子，曾參之父。因性格豪放不羈而被人稱之為「魯國狂人」。

曾參　字子輿，魯南武城人，孔丘晚期弟子，少孔子四十六歲，曾點之子。志存孝道，故孔子因之以作《孝經》。

秦商　字不慈，魯人，孔丘早期弟子，比孔丘小四歲。

閔損　字子騫，魯人，孔丘弟子，以德行著名，孔子稱其孝。

宰予　字子我，魯人，孔丘弟子。以口才著名。

言偃　字子游，魯人，孔丘弟子。以文學著名。

卜商　字子夏，衛人，孔丘弟子。孔子卒後，教於西河之上，魏文侯師事之，而諮以國政。衛人以為聖。

顓孫師　字子張，陳人，孔丘晚期弟子。少孔子四十八歲。美男子，善於待人接物。

澹台滅明　字子羽，魯國武城人，孔丘晚期弟子。少孔子四十九歲，有君子之姿。為人公正無私，重然諾，仕魯為大夫。

高柴　字子羔，齊人，高氏之別族，孔丘弟子。長得其貌不揚，為人篤孝。曾在為武城宰，後在衛國任職。

有若　字子有，魯人，少孔子三十六歲，孔丘晚期弟子，為人博聞強記。在吳國入侵魯國的戰爭中，隨魯國大夫微虎率領的三百死士夜襲吳王駐紮的泗水大營，取得大勝。

公西赤　字子華，魯人，孔丘晚期弟子，少孔子四十二歲。束帶立朝，嫻於賓主之儀。

公治長　字子長，魯人，孔丘弟子，懂鳥語，因此而吃官司做過牢，孔丘認為他品德高尚，將女兒嫁之。

南宮韜　字子容，魯人，孔丘弟子。孟懿子之弟，又稱南宮敬叔。以智自持，世清不廢，世濁不汙，孔子以兄長之女嫁之。

商　瞿　字子木，魯人。孔丘弟子。少孔子二十九歲，特好《易》。

漆雕開　字子若，蔡人，孔丘弟子，少孔子十一歲，習《尚書》，不愛做官。

公良儒　字子正，陳人，孔丘弟子。賢而有勇，家境富裕。孔子周遊列國，常以家車五乘隨行。

司馬黎耕　字子牛，宋人，孔丘弟子。宋司馬桓魋之弟。為人性躁，好言語，見其兄長行惡，常憂之，與之不睦。

巫馬期　字子期，陳人，孔丘弟子，少孔子三十歲。

冉　儒　字子魚，魯人，孔丘晚期弟子，少孔子五十歲。

公孫寵　字子石，衛人，孔丘晚期弟子。少孔子五十三歲。

叔仲會　字子期，魯人，孔丘晚期弟子。少孔子五十歲。

子服景伯　孔丘弟子，曾為魯君與吳王會盟之相禮，為吳王向魯國索要百牢之禮而據理力爭。有外交才能。

樊遲　孔丘弟子，參與冉求指揮的擊敗齊師入侵的衛國戰爭。

公孫龍　孔丘弟子。

【賢達】

老子　即老聃，楚人，姓李名耳，道家創始人，著有《老子》（即《道德經》）傳世。曾做過東周守藏室之官。孔丘曾向他問學。

萇弘　字叔，又稱萇叔。東周內史大夫。孔丘至周室參訪時曾向其問樂。

賓牟賈　周都洛邑書生，曾與孔丘談論《武》樂。

師襄　魯國樂官，以擊磬而著名，孔丘曾跟他請教過琴藝。

楚狂　本姓陸，名通，字接輿。本是一個讀書人，在楚國也是一個很有名的士人。因看不慣官場黑暗，又對楚國社會不滿，於是就把頭髮剪掉，假裝發瘋，從此不再做官，隱居山裡，躬耕自食。因為行為古怪，所以人們給他取了一個外號，叫「楚狂」。

長沮　楚國隱士，孔丘到楚國去見葉公時曾向其問道。

桀溺　楚國隱士，孔丘到楚國去見葉公時曾向其問道。

高庭　齊國之士，曾專程向孔丘請教學問。

榮聲期　郕之野人。

丘吾子　少時好學，周遍天下，後事齊君為臣。在父母雙亡、朋友盡散後醒悟，投水自盡。

【權臣將相】

季武子　魯昭公時魯國執政。

季平子　即季孫意如，季武子之子，魯國執政，將魯昭公驅逐出境。

季桓子　即季孫斯，季平子之子，魯國執政。

季康子　即季孫肥，季桓子之子，魯國執政。

孟僖子　魯昭公時魯國三大權臣之一，孟懿子（仲孫何忌）、南宮韜（南宮敬叔）之父。

孟懿子　魯國孟孫氏第九代宗主，名何忌，世稱仲孫何忌。南宮敬宮之兄。孔丘早期弟子。

孟孺子　孟懿子長子，在齊師入侵魯國時率孟氏家兵為右軍參戰，配合冉求指揮的以季氏家兵為主力的魯國左軍擊敗齊師。

郈昭伯　魯昭公時權貴，因與季平子鬥雞而結仇，遂聯合臧昭伯、魯昭公共同攻打季氏，結果失敗。

仲孫大夫　魯國大夫，曾為孔丘保媒，娶宋女亓官氏。

叔仲昭子　魯國大夫，曾向郯子問學。

公之魚　魯國之臣，反對魯定公迎回孔丘。

少正卯　魯國大夫，主張政治革新，也興辦私學，被稱為魯國的聞人。因與孔丘政見相左，孔丘當上魯國大司寇後將其殺害。

公孫不狃　季孫氏的另一個家臣，盤據在季孫氏的封地費邑，將費邑變成了自己的獨立王國。曾召孔丘到費。後公山不狃見叛亂失敗，逃奔到了齊國，後轉往吳國。

陽　虎　即陽貨，季武子家臣，亦是季府總管，號為宰臣。因長得一副兇神惡煞的樣子，人稱陽虎。面貌與孔丘極為相似。叛亂失敗後，逃到齊國，被齊國囚禁。用計脫獄後，率領殘兵敗將逃往晉國。

微　虎　魯國大夫，在吳國入侵魯國的戰爭中，率領三百死士夜襲吳王駐紮的泗水大營，取得大勝。

公賓庚　魯將，與公甲叔子一起在夷地與吳國之師展開了殊死戰鬥。

公甲叔子　魯將，與公賓庚一起在夷地與吳國之師展開了殊死戰鬥。

析朱鉏同　魯將，與吳軍作戰戰死。

茲無還　魯國大夫。

沈諸梁　楚國賢大夫，人稱葉公，孔丘曾專門赴負函見他。

子　西　楚國令尹，楚昭王庶長兄。

晏　嬰　齊景公之相，著名外交家。

高昭子　齊國權臣，與晏子有矛盾，孔丘曾為了借力於他而實現讓齊國幫助魯昭公複國的目的而委身於他，做過他的家臣。

田　常　齊國大夫。

梁丘據　齊國大夫。

子　產　名僑，字子產，又字子美。鄭穆公之孫，鄭簡公時被封為鄭卿，為鄭國執政。

范宣子　晉國執政。
魏獻子　晉國執政。晉國名將魏絳魏昭子之孫，亦是晉國步陣戰術的發明者。
趙簡子　晉國正卿趙鞅，晉國執政。
智文子　即荀躒，晉國執政。
范　鞅　晉大夫。
荀　寅　又稱中行寅，晉國中行氏第五代家主，曾與趙簡子聯手，出兵佔領了汝濱，令晉國民眾鼓石為鐵，鑄為刑鼎，將范宣子昔日所用《夷搜之法》鑄刻其上。
竇犨鳴犢　晉國大夫，有才有德，曾與舜華助趙簡子穩定了晉國政局，後遭趙簡子殺害。
舜　華　晉國大夫，有才德，曾與竇犨鳴犢助趙簡子穩定了晉國政局，後遭趙簡子殺害。
季　劄　吳國公子。姓姬，名劄，乃吳王壽夢少子。因封於延陵，故稱延陵季子。後又封於州來，所以亦稱延州來季子或季子。
桓　魋　乃齊桓公之後，宋國司馬，孔丘弟子司馬黎耕之兄。孔丘到宋國時，曾企圖于孔丘。
蒯　聵　衛靈公之子，衛太子。其母南子行為不檢，羞而欲殺之，事敗而逃往晉國，並參與到晉國內部趙氏與範氏、中行氏之間的權力鬥爭。
史　魚　衛靈公之大臣，為人正直，深得孔丘推重。死後不葬，陳屍諫君。
蘧伯玉　遽瑗，衛國大夫，衛靈公朝賢臣，深得孔丘敬重，曾多次向衛靈公進諫孔丘。
公子朝　衛靈公男寵，與南子有不倫之情。

公叔發　衛國大夫，為人清廉而寧靜，屢諫靈公而不聽，乃鋌而走險，舉兵叛于蒲。

顏濁鄒　衛靈公之臣，子路的妻兄。孔丘在衛時就寄居於他家。

文　子　即彌牟，衛國將軍。

伍子胥　楚人，因父仇而奔吳，吳王夫差之臣。

叔孫輒　叔孫氏之庶子，曾與季氏家臣公山不狃一起叛魯，失敗後亡奔吳國。

侯　犯　叔孫氏家臣，據城叛主。

南　蒯　季孫氏家臣，據城叛主。

彌子瑕　衛國的美男子，衛靈公佞臣，與南子有私情。

文　種　越王勾踐之臣。

伯　嚭　吳王夫差時的太宰。

【公侯】

周景王　姬貴。西元前五四四年至五二〇年在位。

周敬王　姬匄，周景王之子。西元前五一九年至四七六年在位。

魯昭公　魯襄公之子。西元前五四一年至五一〇年在位。

魯定公　魯昭公之子。西元前五〇九年至四九五年在位。

魯哀公　魯定公之子。西元前四九四年至四七六年在位。

齊景公　齊國之君。西元前五四七年至四九〇年在位。
齊悼公　即公子陽生。西元前四八八年至四八五年在位。。
楚昭王　名珍，楚平王幼子。西元前五一五年至四八九年在位。
楚惠王　名熊章，昭王之子，西元前四八八年至四二三年在位。
衛靈公　衛國之君。西元前五三四年至四九三年在位。
衛出公　衛靈公之孫，太子蒯聵之子。西元前四九二年至四八一年在位。
勾　踐　越國之王。
夫　差　吳國之王。
郳隱公　郳國國君，即位之初曾派使者向孔丘問冠禮。
郯　子　乃少昊氏後裔，郯國國君，魯昭公十七年曾第二次朝魯，孔子曾向他問學。

【其他】

南　子　衛靈公夫人，美豔而放蕩。孔丘曾與之相見，子路曾為此懷疑孔丘的人品。
季　姬　齊悼公寵姬，季康子之妹，嫁前與其叔父季魴通姦亂倫。
子鉏商　叔孫氏的車士，獵獲麒麟。孔丘見麒麟死而亡。
季　魴　季康子之叔，季康子之妹與其亂倫後，嫁齊悼公。
佛　肸　趙簡子家臣、中牟邑宰，曾奉趙簡子之命前往魯國召請孔丘。

簡　子　匡人，孔丘道出匡地時，將孔丘誤認為是陽虎，以兵圍之。
沈猶氏　曲阜販羊的不法商人。
公慎氏　曲阜市民，其妻不守婦道，放蕩不羈，與人通姦有年，卻視而不見，充耳不聞。
有慎氏　曲阜富商，生活的侈華程度超過魯國之君。

參考文獻

壹、原著類

一、司馬遷：《史記》
二、司馬光：《資治通鑒》
三、劉安：《淮南子》
四、劉向：《說苑》
五、韓嬰：《韓詩外傳》
六、《晏子春秋》
七、呂不韋：《呂氏春秋》
八、董仲書：《春秋繁露》
九、《老子》
十、《論語》
十一、《孟子》
十二、《孔子家語》

十三、《詩經》
十四、《楚辭》

貳、注疏考證類

一、〔日〕瀧川資言：《史記會注考證》，北京文學古籍刊行社，1955。
二、〔日〕川龜太郎：《史記會注考證》，東京史記會注考證校補刊行會，1956。
三、魏源：《老子本義》，上海書店，1987。
四、陳鼓應：《老子今注今譯及評價》，臺灣商務印書館，1978。
五、馬敘倫：《老子校詁》，中華書局，1974。
六、朱熹：《楚辭集注》，江蘇廣陵古籍刻印社，1990。
七、陳子展：《楚辭直解》。江蘇古籍出版社，1988。
八、戴震：《孟子字義疏證》，中華書局，1982。
九、焦循：《孟子正義》，河北人民出版社，1988。
十、朱熹：《孟子集注》，上海古籍出版社，1987。
十一、杜預、孔穎達、黃侃：《春秋左傳正義》，上海古籍出版社，1990。
十二、賴炎元：《韓詩外傳今注今譯》，臺灣商務印書館，1972。

十三、陳奇猷：《呂氏春秋校釋》，學林出版社，1984。

十四、許維遹：《呂氏春秋集釋》，北京中國書店，1985。

十五、阮元：《十三經注疏》（附校勘記），臺灣新文豐出版公司，1978。

十六、國家文物局古文獻研究室：《馬王堆漢墓帛書》，文物出版社，1980。

叁、學術著作、工具書類

一、呂思勉：《先秦史》，中國友誼出版公司，2009。

二、譚其驤主編：《中國歷史地圖集》（第一冊，原始社會、夏、商、西周、春秋、戰國時期），地圖出版社，1982。

鏡花水月：游士孔子

作　　者　吳禮權
發 行 人　施嘉明
總 編 輯　方鵬程
叢書主編　李俊男
責任編輯　何珮琪
封面設計　黃馨慧
校　　對　王元元

出版發行：臺灣商務印書館股份有限公司
編輯部：10046 台北市中正區重慶南路一段三十七號
電話：(02)2371-3712　傳真：(02)2375-2201
營業部：10660 台北市大安區新生南路三段十九巷三號
電話：(02)2368-3616　傳真：(02)2368-3626
讀者服務專線：0800056196 郵撥：0000165-1
E-mail：ecptw@cptw.com.tw
網路書店網址：www.cptw.com.tw
網路書店臉書：facebook.com.tw/ecptwdoing
商務臉書：facebook.com.tw/ecptw
部落格：blog.yam.com/ecptw
局版北市業字第 993 號
初版一刷：2013 年 11 月
定　　價：新臺幣 400 元

ISBN 978-957-05-2844-2

國家圖書館出版品預行編目(CIP)資料

鏡花水月 : 游士孔子 / 吳禮權著. --
初版. -- 臺北市 : 臺灣商務, 2013.11
面 ; 公分

ISBN 978-957-05-2844-2(平裝)

857.7 102010950

廣	告	回	信
台北郵局登記證			
台北廣字第04492號			
平			信

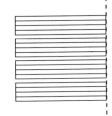

10660
台北市大安區新生南路3段19巷3號1樓
臺灣商務印書館股份有限公司　收

請對摺寄回，謝謝！

傳統現代　並翼而翔
Flying with the wings of tradtion and modernity.

讀者回函卡

感謝您對本館的支持，為加強對您的服務，請填妥此卡，免付郵資寄回，可隨時收到本館最新出版訊息，及享受各種優惠。

■ 姓名：______________ 性別：□ 男 □ 女

■ 出生日期：______年______月______日

■ 職業：□學生 □公務(含軍警) □家管 □服務 □金融 □製造 □資訊 □大眾傳播 □自由業 □農漁牧 □退休 □其他

■ 學歷：□高中以下（含高中）□大專 □研究所（含以上）

■ 地址：______________

■ 電話：(H) ______________(O) ______________

■ E-mail：______________

■ 購買書名：鏡花水月：游士孔子

■ 您從何處得知本書？

□網路 □DM廣告 □報紙廣告 □報紙專欄 □傳單

□書店 □親友介紹 □電視廣播 □雜誌廣告 □其他

■ 您喜歡閱讀哪一類別的書籍？

□哲學・宗教 □藝術・心靈 □人文・科普 □商業・投資□社會・文化 □親子・學習 □生活・休閒 □醫學・養生□文學・小說 □歷史・傳記

■ 您對本書的意見？（A/滿意 B/尚可 C/須改進）

內容 ______編輯______校對______翻譯______

封面設計______價格______其他______

■ 您的建議：______________

※ 歡迎您隨時至本館網路書店發表書評及留下任何意見

臺灣商務印書館 The Commercial Press, **Ltd.**

台北市106大安區新生南路三段19巷3號1樓 電話：(02)23683616

讀者服務專線：0800-056196 傳真：(02)23683626

郵撥：0000165-1號 E-mail：ecptw@cptw.com.tw

網路書店網址：www.cptw.com.tw 網路書店臉書：facebook.com.tw/ecptwdoing

臉書：facebook.com.tw/ecptw 部落格：blog.yam.com/ecptw